JODI PICOULT

In einer regnerischen Nacht

Buch

Allie und Cameron MacDonald leben glücklich verheiratet in einer Kleinstadt in Massachusetts. Da zerstört ein Mordfall die Idylle: Camerons Cousin Jamie hat seine Frau umgebracht, und es ist ausgerechnet Camerons Aufgabe als Polizeichef, seinen Verwandten festzunehmen.

Cameron ist entsetzt und verurteilt die Tat auch dann noch, als sich herausstellt, daß Jamie allein aus inniger Liebe zu seiner todkranken, von Schmerzen gepeinigten Frau gehandelt hat. Allie jedoch ist zutiefst bewegt von der mutigen und uneigennützigen Barmherzigkeit Jamies.

Schließlich kommt es zum Bruch zwischen den Eheleuten, und Cameron wendet sich bald darauf der attraktiven Mia zu. Als Jamie im Gerichtsprozeß freigesprochen wird, könnte dies auch eine neue Chance für Cameron und Allie bedeuten. Doch verzeihen heißt auch vergessen ...

Autorin

Jodi Picoult hat in Amerika bereits vier Romane veröffentlicht, die allesamt mit überragenden Kritiken gefeiert wurden. Die Autorin lebt mit ihrer Familie in Vermont.

Von Jodi Picoult liegt im Taschenbuch bereits vor:

Auf den zweiten Blick. Roman (43976)

JODI
PICOULT

In einer regnerischen Nacht

Roman

Deutsch von Christoph Göhler

BLANVALET

Die amerikanische Originalausgabe erschien unter dem Titel
»Mercy« bei G. P. Putnam's Sons,
The Putnam Berkley Group, Inc., New York.

Umwelthinweis:
Alle bedruckten Materialien dieses Taschenbuches
sind chlorfrei und umweltschonend.
Das Papier enthält Recycling-Anteile.

Blanvalet Taschenbücher erscheinen im Goldmann Verlag,
einem Unternehmen der Verlagsgruppe Bertelsmann

Deutsche Erstveröffentlichung April 1999

Umschlaggestaltung: Design Team München
Umschlagmotiv: Harris/Arena, Schlück/Garbsen
Satz: deutsch-türkischer fotosatz, Berlin
Druck: Elsnerdruck, Berlin
Verlagsnummer: 35082
Lektorat: SK
Redaktion: Barbara Gernet
Herstellung: Heidrun Nawrot
Made in Germany
ISBN 3-442-35082-4

1 3 5 7 9 10 8 6 4 2

Meinen Großeltern, Hal und Bess Friend,
in Liebe!
Ich könnte endlos darüber schreiben,
wieviel ihr beide mir bedeutet.

Welche Macht hat die Liebe als die der Vergebung?
In anderen Worten:
Durch ihr Eingreifen
kann Geschehenes
ungeschehen gemacht werden.
Wozu sollte sie sonst gut sein?

William Carlos Williams
»Asphodill, jene herrliche Blume«

Prolog

Nachdem sie all die Gegenstände, die ihre gemeinsame Geschichte ausmachten, in Whiskeykartons verpackt hatte, wurde das Haus ein durch und durch weiblicher Ort. Die Hände in die Hüften gestemmt, stand sie da und begutachtete stoisch die kahlen Stellen, wo sich früher die alten Untersetzer mit dem Emblem der Boston Celtics, das Angelzubehör, das alte Dartbrett aus einem schottischen Pub, die Werkzeugkiste und die Skier, die gemusterten Seidenkrawatten breitgemacht hatten, die nun auf dem Grund einer Schachtel ein Nest von Schlangen bildeten. Ohne diese Dinge kamen die grobgehäkelten Vorhänge, die Vase mit den gähnenden Krokussen und ein Petit-point-Kissen viel besser zur Geltung. Gut, das Interieur sah jetzt aus wie aus einer Haus-und-Garten-Zeitschrift, aber damit hatte sie gerechnet.

Sie packte die mit ihren Namen handbeschrifteten Kaffeebecher und die Videokamera weg, die sie zu ihrem letzten Hochzeitstag gekauft hatten, genauso wie das gerahmte Sticktuch, das irgend jemand als Andenken an ihre Hochzeit gefertigt hatte. Sorgsam nahm sie den Rahmen des großen Messingbettes auseinander und schleifte die Einzelteile ins Wohnzimmer, so daß nur noch eine dicke, schweigende Matratze übrigblieb.

Sie dankte Gott und der Mutter Natur dafür, daß der Tag für die Jahreszeit so warm war. Wenn in den Niederungen des Januars das Thermometer auf zehn Grad über Null stieg, kamen die Menschen aus ihren Häusern, und je mehr Menschen sich nach draußen wagten, desto mehr von ihnen würden zu ihrem Flohmarkt kommen. Sie schleppte die Kartons nach draußen, kippte sie um und baute den Inhalt auf den Pappen auf. Dann zog sie eine Leine zwischen den beiden Ulmen vor dem Haus und hängte säuberlich seine Kleider daran auf, selbst seine Ersatz- und seine Ausgehuniform. Seine Kommodenschubladen wurden ausgeleert und der Inhalt in kleinere Kartons sortiert: Socken, zehn Paar zu fünfzig Cent; Sweatshirts, zwei für einen Dollar. Das Bett baute sie hinter ihrem Klappstuhl auf, wo sie es nicht zu sehen brauchte.

Sie machte einen letzten schnellen Rundgang durch die Räume, da sich draußen bereits neugierige Nachbarn drängten. Die Wände waren seiner Ahnen-Memorabilien entkleidet. Jetzt, wo sein alter Ledersessel draußen vor den Azaleen stand, wirkte das Wohnzimmer leer. Alles in allem sah das Haus fast so aus wie ihre Wohnung vor acht Jahren, bevor sie ihn kennengelernt hatte.

Ein einziger Restgegenstand erinnerte noch an ihn. Es handelte sich um das Glasbild, die Narzissen vor dem blauen Hintergrund, das er ihr erst vor wenigen Monaten geschenkt hatte. In der Schlafzimmertür blieb sie stehen und beobachtete, wie die Sonne es durchdrang und Farben und Muster auf die Matratze projizierte. Als er es ihr geschenkt hatte, hatte sie es gegen das Licht gehalten, hin und her gedreht, bis er seine Hände auf ihre legte und sie so zur Ruhe zwang. »Vorsicht«, hatte er gesagt, »das ist ein heikles Ding. Siehst du, wie weich das Blei ist? Es verbiegt sich – und kann brechen.«

Sie wunderte sich, daß sie den Wortwechsel damals nicht so wahrgenommen hatte wie heute: als schrille Warnung aus weiter Ferne. Statt dessen hatte sie ihn nur angelächelt, freundlich genickt und geantwortet, daß ihr das bewußt sei; daß sie, natürlich, verstehe.

Als sie sich umblickte, überschlug sie schnell, was verkauft und was noch übrig war. Beim letzten Zählen hatte die Kassette in ihrem Schoß über siebenhundert Dollar enthalten; sie glaubte ohne weiteres, daß der halbe Ort, wenn nicht zum Kaufen, so doch zum Stöbern vorbeigeschaut hatte. Die Angelrute und die Bambusrute zum Fliegenfischen, die noch von seinem Großvater stammte, gingen als erste weg. Alle seine Hosen desgleichen.

Die Leiterin des Kindergartens hatte sämtliche Uniformen gekauft, weil die Vierjährigen so gern Polizist spielten, und wäre das nicht eine wunderbare Ergänzung für die Verkleidungsecke?

Nur seine Boxershorts lagen noch da – wahrscheinlich würde sie die zur Altkleidersammlung geben müssen –, sowie ein Stapel Reisemagazine, die sie ganz zufällig hinter seiner Bandsäge entdeckt hatte. Guter Dinge erhob sie sich, packte den Stapel und trug ihn zur Einfahrt. Das oberste Heft – blauer Ozean, weißer Strand, »Die zweihundert besten Hotels in der Karibik« – reichte sie einem Mann mit einem kleinen Mädchen an der Hand. »Danke, daß Sie vorbeigeschaut haben«, sagte sie und hielt ihm dabei das Magazin hin wie ein Theaterprogramm oder ein Abschiedsgeschenk.

Um zehn nach fünf setzte sie sich auf ihren Klappstuhl. Sie entsann sich, von Indianerstämmen gelesen zu haben, in denen die Frauen die Macht hatten, sich von einem Mann zu trennen, indem sie einfach seine Schuhe vor ihr Tipi hinausstellten. Sie preßte die Knie zusammen und versuchte, nicht an die Sonne zu denken, die ihr in die Augen stach und ihr Kopfweh bereitete.

Um fünf Uhr sechsundzwanzig fuhr ihr Mann vor. »Hi«, sagte er. »Es ist schnell gegangen.«

Sie sagte nichts.

Er warf einen Blick auf die umgedrehten Schachteln, auf den Stapel Unterwäsche links zu ihren Füßen, die leere Wäscheleine, die Kassette in ihrem Schoß. »Bist du was losgeworden?« fragte er. »Ein guter Tag für einen Flohmarkt!«

Sie blickte ihm nicht ins Gesicht, weshalb er eigenartig seine Miene verzog und ins Haus ging. Sie zählte die Atemzüge, bis er die Treppe wieder herunter- und aus der Tür gedonnert kam, um sich vor ihr aufzubauen.

Sein Gesicht war zornrot, und er stand genau vor der untergehenden Sonne, so daß seine Haarspitzen und die Schultern in Flammen zu stehen schienen.

»Tut mir leid«, sagte sie kühl und stand auf. Elegant schwenkte sie die Hand über den Rasen. »Es ist nichts mehr da.« Dann klemmte sie sich die Kassette unter den Arm, ging die Einfahrt hinunter und auf die Straße. Mechanisch einen Fuß vor den anderen setzend, schlug sie die Richtung ein, die sie ins Ortszentrum führen würde, und gestattete sich keinen Blick zurück.

Erster Teil

Wer andern keine Gnade gewährt,
wie kann er jemals Gnade erwarten?
Edmund Spenser, *The Faerie Queene*

Wer zu den Sternen aufschaut, ist sprichwörtlich
der Gnade der Pfützen auf der Straße ausgeliefert
Alexander Smith, *Men of Letters*

Nach einiger Zeit konnte ich mir ganze Teile von dir nicht mehr ins Gedächtnis rufen, so als gehörte es mit zu der Strafe, sich nur durch einen Filter zu erinnern, der im Lauf der Zeit immer trüber wird. An manchen Sonntagmorgen, wenn ich von dir träumte, konnte ich mir nicht mehr vergegenwärtigen, wie deine Zähne ausgesehen hatten oder wie genau dein Kinn sich in meine Hand geschmiegt hatte.

Ich habe mir immer vorgestellt, wie wir uns in ein helles kleines Restaurant setzen, vielleicht eines dieser Cafés, die mittlerweile so beliebt sind. Ich schwöre, ich konnte die Bohnenmischung riechen und die Stärke in den weißen Servietten, sogar die Seifenlotion, mit der du dich am Morgen gewaschen hattest. Ich konnte das befreite Lächeln sehen, das immer ganz unerwartet auf dein Gesicht zu treten schien ... das Lächeln, aber nicht deine Zähne –, und wie deine Finger ein leichtes Stakkato gegen den Kaffeebecher klopften. Ich phantasierte keine Konversation herbei: kein Du siehst gut aus, *kein* Was hast du so gemacht, *kein* Es war die Hölle. *Wie deine Zähne und die Kinnlinie blieb dieser Teil verschwommen. Ich war nicht sicher, ob wir einem bestimmten Protokoll folgen würden, wenn meine andere Hälfte aus ihrem Versteck zu mir zurückkehrte.*

1

In den Sekunden davor legte sie die Hand auf seinen Arm. »Was auch passiert«, sagte sie, »du darfst nicht aufhören.«

Er drehte sich weg. »Ich weiß nicht, ob ich überhaupt anfangen kann.«

Sie zog seine Hand an ihre Lippen und küßte jeden Finger einzeln. »Wenn nicht du«, sagte sie nur, »wer dann?«

Lange blieben sie nebeneinander sitzen und starrten durch ein schlieriges Fenster auf eine Stadt, die keiner von beiden besonders gut kannte. Er beobachtete im Fensterglas den Rhythmus ihres Atems und versuchte, sein Herz so langsam schlagen zu lassen, daß sie im Gleichklang waren. Die Ruhe lullte seine Sinne ein, bis er sich schließlich nur noch auf die Uhr neben dem Bett konzentrierte. Er würde nicht blinzeln, sagte er sich, bis die nächste Minute in die vergangene eingetaucht war.

Mit einem Zorn, der ihn überraschte, drehte er sein Gesicht ihrer Nackenbeuge zu und versuchte, diese Weichheit und diesen Duft seiner Erinnerung anzuvertrauen. »Ich liebe dich«, sagte er.

Sie lächelte, jenes schiefe kleine Verziehen des Mundes. »Also«, gab sie zurück, »glaubst du, das wüßte ich nicht?«

Am Ende hatte sie sich doch gewehrt. Er trug die Kratzer wie ein Brandmal. Doch er hatte ihr das Kissen aufs Gesicht gedrückt – sie beruhigt, indem er ihr etwas zuflüsterte. *Mein Leben,* hatte er gesagt, *ich komme nach, sobald ich kann.* Bei diesen Worten waren ihre Arme herabgefallen; es erfolgte die letzte Zuckung. Er hatte sein Gesicht in ihre Bluse sinken lassen und begonnen, ebenfalls ganz langsam zu sterben.

Zum hundertsten Mal an diesem Tag schloß Cameron MacDonald, Polizeichef in Wheelock, Massachusetts, die Augen und träumte von der französischen Atlantikküste. Wenn er es richtig hinbekam – die bleierne Stille im Polizeigebäude, das Nachmittagslicht, das über die Ecke seines vernarbten Schreibtischs tanzte –, konnte er sich einbilden, keine Smith and Wesson bohre sich in seine Hüfte; vor dem Fenster läge kein Bergpaß; verdammt, vielleicht war er nicht einmal mehr Cameron MacDonald. Er öffnete seinen Geist, so weit es ging, und ließ sich in ein blaues Märchen fallen.

Er blinzelte und hoffte auf die vorspringende Küste bei Brest oder den süßen Duft des Loiretales, den man in seiner Tasche herumtragen konnte, wenn man sich nicht allzu weit entfernte; doch statt dessen starrte er in das blasse, teigige Gesicht von Hannah, der Revier-Sekretärin. »Hier ist die Akte«, sagte sie. »Er ist angeklagt worden.« Schon wollte sie wieder hinaus, blieb dann aber, die Hand auf der Türklinke, stehen. »Sind Sie sicher, daß Sie nichts ausbrüten, Chief?« fragte sie.

Cam schüttelte den Kopf, teils, um ihn klar zu bekommen, teils, um Hannah zu überzeugen. Er lächelte sie an, denn andernfalls, das wußte er, würde sie Allie anrufen, und eine halbe Stunde später würde seine Frau ihm einen Tee aus Nesselwurz und Minzkraut einflößen.

Er legte die Akte auf den Tisch und warf einen sehnsüchtigen Blick auf *Gall's Buying Guide*, den Katalog für Polizeiausrüstung, in den er sein Reisemagazin geschoben hatte. Hannah lag gar nicht so falsch, er brütete tatsächlich etwas aus. Und zwar das gleiche wie jedes Jahr, seit er, wie man es von ihm erwartete, nach Wheelock zurückgekehrt war, um nach dem Tod seines Vaters Polizeichef zu werden. Er litt an Fernweh, verschlimmert durch die peinigende Einsicht, daß er durch etwas so Banales wie seinen Namen an diesen Ort gekettet war.

Wheelock *sah aus* wie jedes andere Nest im Westen von Massachusetts: Der Ortskern bestand aus einer weißen Kirche und einer Leihbücherei, einem gemeinsamen Bau für Feuerwehr und Polizei, dem Café und Restaurant und versprengten alten Männern, die von ihren Bänken aus beobachteten, wie das Leben vorüberschlurfte. Was Wheelock von Hancock und Dalton und Williamstown unterschied, war die Tatsache, daß beinahe jede Familie in Wheelock noch in Schottland leben würde, wenn nicht eine Laune des Schicksals es anders gewollt hätte.

Im ersten Moment fiel das nicht weiter auf. Doch dann sah man vielleicht, daß das Restaurant im Ort sein Tagesmenü nicht auf Tellern, sondern auf ›ashets‹ anbot; daß das praktische kräftige Porzellan dort mit der dicken, breiten Rose des Guten Prinzen Charlie verziert war. Oder man wohnte möglicherweise einer Hochzeit in St. Margaret bei und merkte, daß die Zeremonie noch immer mit einem Blutschwur endete. Und wenn man durch die gewundenen Nebenstraßen fuhr, würde man feststellen, daß der Name MAC DONALD auf erschreckend vielen Briefkästen stand.

Sollte irgend jemand einmal zufällig durch die schottischen Highlands reisen, würde ihm auffallen, daß ein kleiner, am Ufer des Loch Leven gelegener Ort namens Carrymuir das unheimlich genaue Ebenbild von Wheelock, Massachusetts, war.

Im achtzehnten Jahrhundert galt der Clan der MacDonalds als die größte und mächtigste Sippe in Schottland, die das Gebiet von den westschottischen Inseln bis weit in die Highlands hinauf besiedelte. Ein Ableger dieses Clans lebte in Carrymuir, einem kleinen, zwischen zwei zerklüfteten Bergklippen gelegenen Ort nördlich von Glencoe. Den in Schottland wütenden Clankriegen zum Trotz war Carrymuir, dank seiner Lage ein natürliches und leicht zu verteidigendes Fort, nie eingenommen worden.

Clan war das schottisch-gälische Wort für ›Kinder‹, und ein Clan setzte sich aus lauter Verwandten zusammen, engeren wie entfernteren, die zufällig in einem bestimmten Landstrich wohnten. Der Clanchef, ›Laird‹ genannt, bestimmte über Leben und Tod seiner Pächter und Gefolgsleute, doch war seine Herrschaft nicht ganz so unumschränkt wie die eines Königs. Schließlich setzten sich die Untertanen des Lairds aus seinen Brüdern, Neffen und Cousins zusammen. Für das Vertrauen und den Respekt, den sie ihm entgegenbrachten, schuldete er ihnen im Gegenzug Schutz und Fürsorge.

Cameron MacDonald aus Wheelock, Massachusetts, war nach seinem Ur-ur-ur-ur-urgroßvater benannt worden, einem legendären Soldaten, der in der Schlacht von Culloden gekämpft hatte, wo die Engländer die Highlander aufgerieben hatten. Unzählige Male hatte Cameron als Kind die Geschichte gehört: Als sein Namensvetter begriff, daß die Highland-Armee des Guten Prinzen Charlie keine Chance gegen die englischen Soldaten hatte, versuchte er, seine Clansmänner vor dem Tod in der Schlacht zu retten. Er verschaffte ihnen eine ehrenvolle Entlassung aus der Armee, indem er im Tausch dafür versprach, seine berühmten Kampfkünste bis zum Tod gegen die Briten einzusetzen. Doch anders als erwartet, war er nicht gestorben. Und als die siegreichen Engländer nach der Schlacht von Culloden brandschatzend, Vieh abschlachtend und Frauen schändend durch Schottland tobten, begriff der erste Cameron MacDonald, daß er seinen Clan ein zweites Mal retten mußte.

Darum arrangierte er während seiner Gefangenschaft unter König Jakob nacheinander für alle Familien aus Carrymuir die Überfahrt auf Schonern, die in die amerikanischen Kolonien segelten. Was erklärte, weshalb dieser kleine Zweig des MacDonald-Clans, während die meisten Schotten gehenkt oder als Sklaven auf die westindischen Inseln verkauft wurden, intakt blieb und sich in der Wildnis von Massachusetts ansiedelte.

Sie entdeckten einen Flecken, der aussah wie ihre Heimat, umgeben von prächtigen Bergzügen und einem kleinen Gewässer, das eher ein Teich als ein See war; also schickten sie den Daheimgebliebenen Kunde von diesem Ort. Er liegt an einem *wee loch,* schrieben sie. An einem klitzekleinen See.

Irgendwann kamen auch der Laird und seine Familie nach, während ein vertrauenswürdiger Onkel über das Land in Schottland wachen sollte. Sie tauschten den bequemen Kilt gegen landesübliche Hosen ein; stolz ließen sie das Sternenbanner wehen; sie übernahmen den amerikanisierten Ortsnamen. Und als natürliche Folge seiner ererbten Verantwortung wurde der Mann, der dem MacDonald-Clan vorstand, auch der Chief der Polizei von Wheelock.

1995 hatte nun Cameron MacDonald diese Position inne, nachdem sie von seinem Urgroßvater an seinen Großvater und dann an seinen Vater weitergegeben worden war, gemäß derselben Linie, über die auch der Ehrentitel des Clanchefs vererbt wurde. Cameron hätte keine Sekunde gezögert einzugestehen, daß sich inzwischen einiges geändert hatte. Es lag auf der Hand, daß er, obwohl er als Clanchef angesehen und in den schottischen Akten auch ordnungsgemäß an solcher geführt wurde, nicht mehr direkt für das Wohlergehen der örtlichen Bevölkerung verantwortlich war. Mindestens drei Viertel der Ortsbewohner hatten noch nie die Ländereien in Schottland zu Gesicht bekommen, die theoretisch ihnen gehörten. Kaum jemand rollte noch das ›r‹; noch weniger Menschen konnten mehr als ein paar Brocken Gälisch.

Andererseits waren solche Überlieferungen nur schwer auszurotten. Es gab keine angelaufene Silberschale, kein königliches Edikt, das bewiesen hätte, daß Wheelock den MacDonalds gehörte. Trotzdem sahen sie es so, ebenso wie ihre Vorfahren jenen schmalen Paß in den schottischen Highlands beansprucht hatten. Dies war schlicht und einfach das Land, auf dem sie schon immer gelebt hatten.

Mit fünfunddreißig wußte Cameron MacDonald, daß er bis an sein Lebensende in Wheelock bleiben würde; daß er Chief der Polizei bleiben würde, bis er starb, und den Titel an seinen erstgeborenen Sohn weitergab. Er wußte, daß er an diesen Dingen nichts ändern konnte, genausowenig wie er die beklemmende Verpflichtung abzuschütteln vermochte, Laird zu sein. Manchmal, in den stillsten Stunden der Nacht, versuchte er sich einzureden, daß ein Titel heutzutage nicht mehr das gleiche bedeutete wie vor zweihundertfünfzig Jahren. Die Welt würde schon nicht aus den Fugen geraten, wenn er eines Tages seine Frau packen und mit ihr nach Phoenix ziehen sollte, des Wetters wegen.

Doch dann fiel ihm jedesmal wieder ein, wie Darcy MacDonald, die Tochter seiner Cousine dritten Grades, mitten auf der Main Street ins Stolpern geraten war, während Cam kaum einen Meter von ihr entfernt stand und mit dem Friseur plauderte. Ihr Knie mußte mit siebzehn Stichen genäht werden, nur weil er nicht schnell genug oder zur richtigen Zeit am richtigen Ort gewesen war. Tatsächlich hatte er an manchen Tagen das Gefühl, daß jede Verhaftung, jede Verurteilung auf irgend etwas zurückzuführen war, das er als Clanführer vermasselt hatte.

In solchen Nächten drückte er sich jedesmal an seine weiche, leise schnarchend zusammengerollte Frau Allie; denn die war verläßlicher als sein eigenes unruhiges Blut. Dann versuchte er, sich wieder in Schlaf zu wiegen, doch seine Träume handelten nach wie vor von Ketten, Glied an Glied, die sich über die Weiten der Meere spannten.

In der High-School war Allie Gordon nie das beliebteste Mädchen ihrer Klasse gewesen. Davon konnte wirklich keine Rede sein. Diese Ehre gebührte Verona MacBean mit ihrem Zuckerwattehaar, ihrer ›Cover Girl‹-Schminke und ihrem rosa Mohairsweater, der sich wie eine zweite Haut um jenen Körperteil schmiegte, den die Jungs als Gipfel der Appalachen bezeichneten.

Und heute, nach fünfzehn Jahren im Nirgendwo, war Verona MacBean persönlich ins *Glory in the Flower* getreten, um drei große Blumengestecke für ein Essen in der Bücherei zu ordern, das ihr zu Ehren gegeben werden sollte.

»Verona!« Der Name war Allie augenblicklich wieder eingefallen. Irgendwie irritierte es sie, ihre Klassenkameradin in ein konservatives beiges Kostüm gekleidet zu sehen, mit zu einem Dutt zurückgekämmten Haaren und einer flächendeckenden Grundierung auf den ebenen Wangen. »Was verschlägt dich denn hierher?«

Verona hatte leise mit den Backenzähnen geklickt. »Allie«, hatte sie gewispert, und ihre Stimme war genauso dünn und hauchig wie seinerzeit in der High-School, »erzähl mir nicht, daß du immer noch hier wohnst!«

Das war nicht als Beleidigung gemeint, das war es nie, deshalb zuckte Allie nur mit den Achseln. »Na ja«, sagte sie und dehnte dabei die Worte, um sie zu kosten wie eine französische Delikatesse, »da Cam hierbleiben muß ...« Sie ließ den Satz unvollendet und schielte dabei von dem Bestellformular, das sie gerade ausfüllte, zu Verona auf. Dann sah sie ihr geradewegs ins Gesicht. »Du *hast* doch von Cam und mir gehört, oder?«

Verona war an das Kühlregal getreten, als wollte sie die Qualität der Blumen inspizieren, die sie bereits bestellt hatte. »Ja«, bestätigte sie. »Ich meine mich zu entsinnen.«

Ein paar Minuten darauf entschwebte Verona wieder, nachdem sie noch einmal den *genauen* Zeitpunkt für die Lieferung der Gestecke festgelegt hatte (schließlich fand das Essen zu Ehren einer Autorin statt; es wäre äußerst unpassend, verwelkte Rosen für eine Schriftstellerin aufzustellen, die, wie sie es ausdrückte, bald in voller Blüte stehen würde). Allie war in den rückwärtigen Raum ihres Blumenladens gegangen, wo sie ihren Steckschaum, das Moos und die Trockenmittel, den Bast und Draht aufbewahrte. Sie stellte sich vor den winzigen Spiegel über dem Waschbecken und musterte ihr Antlitz. Dann durchforstete sie ein Regalfach, bis sie ihr Jahrbuch aus der High-School aufgestöbert hatte – das sie einzig und allein aufbewahrte, um Namen und Gesichter zuordnen zu können, die zu ihr in den Laden kamen. Sie klappte das Buch auf Veronas Seite auf. Es fiel ihr leichter zu glauben, daß sie, Allie, älter und klüger geworden, während Verona MacBean, in glänzendes Schwarzweiß gefaßt, steckengeblieben war. Es tat nichts zur Sache, daß Verona erst die Harvard-Universität und dann die von Yale besucht hatte, daß ihr erstes Buch – über Philosophie – *das* Gesprächsthema am Ort darstellte. Auf lange Sicht zählte einzig und allein, daß Allie Gordon Cameron MacDonald geheiratet hatte, was niemand in Wheelock auch nur im entferntesten für möglich gehalten hätte.

Hingegen hatte es vordem niemanden überrascht, daß Verona MacBean im Herbst 1977 Cameron MacDonalds feste Freundin geworden war – obwohl Cameron bereits die Abschlußklasse der High-School erreicht hatte, während Verona eben erst in die Schule eintrat. Alle beide waren unbestreitbar schön,

Verona in der Art einer Sammelpuppe, während Cam fast alle Mitschüler überragte und mit seinen breiten, kräftigen Schultern und seinem rotblonden Haarschopf jedem sofort ins Auge fiel.

In sein Haar hatte sich Allie zuerst verliebt. Oft hatte sie in der Schulbibliothek gesessen, über ein schmales Bändchen mit Plath-Gedichten gebeugt, und darauf gewartet, daß er durch die gläserne Doppeltür trat, die den Lärm aus dem Schulkorridor abfing. Er kam jeden Tag während der Zeit, in der sie an der Theke saß und der dankbaren, überarbeiteten Bibliothekarin die Bücherausleihe abnahm. Dann ordnete sie immer die Bände in den Regalen hinter seinem Sitzplatz und stellte sich dabei vor, wie ihre Finger durch sein Haar fuhren und es teilten, bis die lodernden Strähnen sich in ein Prisma roter und honiggelber Strähnen aufspalteten. Nach dem Ende der Schulstunde nahm sie jedesmal die Bücher, die er liegengelassen hatte, räumte sie wieder an die durch das Ordnungssystem vorgegebenen Plätze und schnupperte dabei der Wärme nach, die von Cams Händen noch an den Plastikschutzumschlägen haftete.

In Wahrheit hatte Cameron MacDonald die meiste Zeit, die sie in demselben Städtchen wohnten, nichts von Allies Existenz gewußt. Sie war viel zu still und schlicht, als daß er sie wahrgenommen hätte. Es gab nur einen einzigen Vorfall in ihrer Zeit an der High-School, bei dem er sie wirklich berührte: Während einer Blutspendeaktion hatten sie nebeneinander auf den Spenderpritschen gelegen, und als sie sich aufsetzte und von ihrer Liege auf den Boden hüpfte, um die versprochenen Kekse und den Saft zu kassieren, drehte sich plötzlich alles um sie herum und wurde schwarz. In Cams Armen wachte sie wieder auf; er war von seiner Liege gesprungen, um sie im Fallen aufzufangen, und hatte dabei versehentlich die Nadel aus seiner Armbeuge gerissen. Erst nach ihrer Heimkehr an jenem Nachmittag hatte Allie gemerkt, daß der Rücken ihrer Bluse mit Cams Blut besprenkelt war.

Es fiel Allie schwer, ihre Zweifel zu besiegen, ob der Grund für ihre Heirat Jahre später nicht *doch* damit zusammenhing, daß sie beide zu den wenigen gehörten, die nach dem College wieder in Wheelock auftauchten. Cam war zurückgekehrt, weil man das von ihm erwartete. Allie, weil sie eigentlich nirgendwo sonst sein wollte.

Wenn sie auf der untersten Leiste des Kühlregals für Schnittblumen stand und den Hals in einem ganz bestimmten Winkel drehte, konnte sie durch das Fenster in Cams Büro im Polizeigebäude blicken und sogar seine über den Schreibtisch gebeugte Silhouette ausmachen. Nur aus diesem Grund hatte sie sich für dieses Grundstück entschieden, als sie vor acht Jahren den Blumenladen eröffnete.

Sie sah, daß er an seinem Schreibtisch saß, statt auf Streife zu sein, und kam zu dem Schluß, daß sie ihm genausogut gleich seinen Strauß bringen und von Verona erzählen könnte. Also kletterte sie von der Leiste herunter, rieb sich mit den Händen über die Knie, um sie aufzuwärmen, und schloß die Schiebeglastür des Kühlregals. Gedankenverloren strich sie mit den Fingern über die Süßkastanien- und Berberitzenblätter, die den Strauß für Cam begrünten.

Allie beherrschte die Blumensprache, derzufolge jede Blüte für eine menschliche Eigenschaft steht. Bouquets, die aus ihrem Laden versandt wurden, um zu einer Geburt zu gratulieren, waren voller Margeriten für Unschuld sowie Moos, das Mutterliebe bedeutete. In ihren Arrangements zum Valentinstag fand man natürlich Rosen, aber auch Lilien für Reinheit, Heliotrop für Hingabe und Vergißmeinnicht für wahre Liebe. Oft schickte sie Cam Kreationen voller Botschaften, die er unmöglich verstehen konnte. Kritisch musterte sie ihr neuestes Werk und zählte nickend die Tulpen ab, die den Strauß im wesentlichen ausmachten. In Persien würde ein Mann seiner Angetrauten Tulpen schenken, um zu zeigen, daß er vor Liebe in Flammen stand, so rot wie die Blütenblätter; und daß sein Herz wie Kohle glomm, schwarz wie der Blütengrund.

Sie füllte die Vase mit Heidekraut-Astern, Sommerastern und Feuerdorn auf. Dann steckte sie, wie immer bei Cams Sträußen, so viel Stengel Purpurklee dazu wie möglich, ohne daß die Blumen darin untergingen. Klee, der schlicht und einfach bat: *Denk an mich.*

Als sie nach draußen trat, um Cam den Strauß zu bringen, machte sie sich nicht die Mühe, die Tür abzuschließen. Kaum jemand würde es wagen, die Frau des Polizeichefs von Wheelock zu berauben.

Als sie das Revier betrat, war Hannah gerade am Telefon, winkte sie aber zu Cams geschlossener Bürotür weiter, um ihr mitzuteilen, daß er nicht in einer Besprechung war. »Nein«, sagte sie mit fester Stimme, »wir setzen keine Geisterbeschwörer ein, aber vielen Dank!«

Allie stellte die große Vase mitten auf dem Schreibtisch ab, an dem die Verhaftungen ausgesprochen wurden, und ging dann weiter in Camerons Büro. Sie klopfte kurz an und hatte die Tür schon mit der Schulter aufgedrückt, ehe Cam sie hereinbitten konnte. Er schlief, den Kopf auf der Schreibtischplatte in beide Arme gebettet.

Lächelnd schlich sich Allie um seinen Stuhl herum und fuhr mit den Fingern über seinen Nacken. Dann beugte sie sich vor und flüsterte ihm ins Ohr: »Die Gerechtigkeit schläft nie.«

Cameron wachte augenblicklich auf und fuhr so schnell hoch, daß er mit dem Kopf gegen Allies Kinn schlug. Sie taumelte rückwärts, sah einen Augenblick schwarz, dann packte Cam sie am Arm und zog sie auf seinen Schoß. »Mein Gott, Allie«, rief er. »Du hast mir einen Höllenschrecken eingejagt!« Seine Frau rieb sich das Kinn und prüfte es zaghaft, indem sie die Zähne aufeinanderbiß. Cams Finger wanderten aufwärts, um ihr den Hals zu streicheln. »Hast du dir weh getan?«

Allie lächelte. »Ich habe dir deine Blumen gebracht.«

Cam rieb sich irritiert die Stirn. »Aber ich habe dir doch gesagt, das brauchst du nicht.«

»Ich mache es gern«, entgegnete Allie.

Cam schnaubte. »Wir sind hier in einer Polizeistation, nicht in einer Hotellobby«, stellte er fest. »Wer verhaftet wird, interessiert sich nicht besonders für die Inneneinrichtung. Der bemerkt die Blumen nicht mal.«

»Aber *du* bemerkst sie«, drängte Allie.

Cam schaute in ihre großen braunen Augen, sah die fest verschränkten Hände. »Natürlich«, sagte er leise. »Natürlich tue ich das.«

Er warf einen Blick durch die offene Tür auf die Theke im Vorraum, wo Allies Strauß stand. Sie war eine Künstlerin; das sagte er ihr oft. Der Kontrast der Farben, von kräftigen Linien, weichen Kurven und die kapriziöse Ausstrahlung der Arrangements verlieh ihren Schöpfungen eine Heiterkeit und Leichtigkeit, die Allie selbst fehlte. Einmal hatte er, als sie in der Arbeit war, heimlich einen Blick in ihr Tagebuch geworfen, in der Hoffnung, Züge an seiner Frau zu entdecken, die sie vor ihm nicht zu offenbaren wagte. Doch er hatte keine wilden Phantasien oder verträumten Erinnerungen gefunden, nur eine Wiedergabe dessen, wie sie Cam gegenüber gehandelt und was sie zu ihm gesagt hatte, gefolgt von Anmerkungen darüber, was anders besser gewesen wäre.

Bisweilen wachte er mitten in der Nacht auf, schweißgebadet und in panischer Angst, daß er nach Jahren der Ehe mit Allie ebenfalls anfangen könnte, sein Leben aufzuschreiben, statt es in die Tat umzusetzen.

»Rate mal, wer heute in den Laden kam«, sagte Allie. Sie rutschte von seinem Schoß, ließ sich auf der Schreibtischecke nieder und baumelte mit einem Bein.

»Soll ich jetzt jeden in der Stadt durchgehen?« fragte Cam.

»Verona MacBean!« Allie zog die Stirn in Falten. »Also, ich weiß nicht, ob sie immer noch MacBean heißt, aber jedenfalls handelt es sich um Verona. Sie ist inzwischen eine berühmte Schriftstellerin. In der Bücherei wollen sie ein Prominentenessen für sie geben.«

»Verona MacBean.« Cam grinste. Er kippelte auf seinem Stuhl nach hinten. »Die gute alte Verona!«

»Ach, hör schon auf.« Allie trat ihm spielerisch gegen das Schienbein. »Sie sieht verkniffen und verbiestert aus, und ihre Möpse sind längst nicht mehr so groß wie damals, als sie sechzehn war.«

»Wahrscheinlich sind sie im Lauf der Zeit nach innen gewachsen.«

Allie schnappte sich einen Katalog und schlug damit nach Cams Kopf. Ein Hochglanz-Reisemagazin fiel zwischen den Seiten heraus. Mit großen Augen blickte sie auf den sprühend weißen Strand und die schaukelnde rote Schaluppe, die ihr von der Titelseite entgegenleuchteten. Sie nahm es hoch und blätterte neugierig darin. »Na, wenigstens ist es nicht der *Playboy*«, bemerkte sie. Sie überflog eine Liste von Ferienclubs und betrachtete eingehend eine Werbung mit einer geschmackvoll nackten Sonnenbadenden.

Cam streckte den Arm aus und zupfte die Zeitschrift aus Allies Hand. Ihm war heiß im Gesicht, sein Kragen zwängte ihn ein; er wollte nicht, daß Allie erfuhr, wovon er tagsüber träumte.

Als sich Röte in Camerons Gesicht schlich, zog Allie die Brauen hoch. »Ich werde verrückt«, sagte sie. »Du willst was vor mir geheimhalten.« Sie beugte sich zu ihm hinunter. »Nicht daß es mich was anginge oder so, aber ich würde lieber zum Segeln als zum Skifahren gehen.« Unsicher beugte sie sich einen Zentimeter weiter vor, mit offenen Augen, und legte ihre Lippen auf Cams.

Einen Moment lang ließ Cam ihren Atem über seinen Mund streichen, dann gönnte er ihr einen kurzen Kuß und schob sie von sich. »Nicht hier«, murmelte er.

»Wo denn dann?« flüsterte Allie, ehe sie sich beherrschen konnte.

Beide wandten den Blick ab, weil ihnen die vergangene Nacht wieder einfiel. Allies Hände hatten sich über das Bett geschlichen, waren unter sein blaues T-Shirt geschlüpft und hatten dort leise ihre Kreise gezogen. Das war ihre Einladung. Doch Cam hatte sich nur zu ihr umgedreht, sie mit seinem Blick auf Distanz gehalten und mit seinen Fingern ihre zur Ruhe gebracht.

»Oh!« Enttäuscht wanderte ihre Hand zurück.

»Es hat nichts mit dir zu tun«, beschwichtigte er eilig. »Ich bin einfach kaputt.«

Allie fragte sich, woher der Mythos stammte, daß Männer öfter Sex wollten als Frauen, denn ihrer Erfahrung nach war es genau umgekehrt. Es gefiel ihr nicht, weniger begehrenswert als ihr Mann zu sein oder immer den Anfang machen zu müssen. Manchmal machte sich Cam nicht einmal die Mühe, ihr zu erklären, daß er müde war, sondern stellte sich einfach schlafend.

Es blieb für sie die Frage, ob er sich vielleicht anders verhielte, wenn sie eine klassische Schönheit wäre oder sexy. Sie stellte sich vor, sie bräuchte nur zehn Pfund zu verlieren, sich das Haar zu schneiden und sich zu einer unwiderstehlichen Femme fatale zu stylen – wenn Cam dann nach ihr grabschen wollte, würde sie ihm einfach den Rücken kehren!

Vielleicht würde sie sich jemand anderen suchen.

Und dann mußte sie jedesmal lachen, bei dem Gedanken, sie würde sich von einem anderen so berühren lassen wie von Cameron MacDonald.

Als hätte sie die Geste heraufbeschworen, faßte Cam nach ihrem Handgelenk und streichelte mit dem Daumen darüber. Er wußte nicht, was er sonst tun sollte. Es gab Dinge, die er Allie selbst nach fünf Jahren Ehe nicht sagen konnte. Es gab Zeiten, in denen er allein sein mußte mit seinen Träumereien von einem anderen Leben, und unglücklicherweise war das oft im Dunkel der Nacht, wenn Allie mehr von ihm brauchte. Doch was sie auch denken mochte, wenn er sich von ihr wegdrehte, er zweifelte nie an seinen Gefühlen Allie gegenüber. Sie zu lieben war ein bißchen, wie sich jeden Tag im Vorortzug auf denselben Platz zu setzen – man erlaubte es sich nicht, sich die Reihe dahinter auszumalen. Man hätte schwören können, daß die Maße und Ausbuchtungen dieses Platzes eigens für einen gemacht waren: immer wieder ließ man sich mit einem Aufatmen der Zufriedenheit und Erleichterung darüber nieder, daß er noch frei war.

Allie starrte ihn an. Wenn sie nur aufhören würde, ihn so anzusehen, mit ihren Augen seine Ausflüchte einzufangen und sie in alle Winde zu zerstreuen. Er wünschte, er könnte sie glücklich machen oder wenigstens für den *Versuch* soviel Zeit aufwenden wie sie für ihn. Cam bohrte die Daumen unter die Schlaufen seines schweren Patronengurts; aus dem Augenwinkel sah er ein doppelseitiges Bild des Acadia-Nationalparks. »Es tut mir leid«, sagte er.

Nein, dachte Allie. *Mir tut es leid.*

Die Frau stand hinter der Theke des Blumenladens und ließ ihre Hände über ein Durcheinander von Fächerpalmen, Engelsflügeln, irischen Glockenblumen, Heidekraut, Hafer und Wolfsmilch fliegen. Abgeschnittene Stengel bedeckten das Resopal der Theke und die schwarz-weißen Bodenfliesen. Einen Augenblick blieb Allie entsetzt in der Tür ihres eigenen Geschäfts stehen und beobachtete eine Fremde, die ihre Arbeit tat. Dann richtete sie den Blick auf den Strauß rechts neben der Registrierkasse.

Er war glockenförmig und perfekt, ein empfindsamer Farbbogen aus sämtlichen Grünschattierungen, die Allie im Kühlregal lagerte. An zwei Stellen leuchtete hinter Grasfedern in blutend roten Tupfern die grelle Buntwurz hervor.

Allie trat einen Schritt vor, worauf die Frau einen Satz zurück machte und sich mit der Hand an die Kehle fuhr.

»Das ist mein Platz!« bellte Allie.

Die Frau lächelte unsicher. »Dann«, sagte sie, »verschwinde ich lieber.« Hastig sammelte sie die Gerätschaften zusammen, die sie aus dem Hinterzimmer stibitzt hatte, und ließ in ihrer Eile eine Schere auf den Boden fallen. »Verzeihung«, murmelte sie und tauchte hinter dem Arbeitstisch unter, um sie aufzuheben. Dann kam sie wieder hervor und streckte Allie die Schere hin wie ein Friedensangebot.

Es war das Anmaßendste, was Allie je erlebt hatte – daß eine Fremde in ihren Laden spazierte und ihren eigenen Strauß band –, dennoch schien diese Frau mit den Schatten zu verschmelzen, so als wäre alles nur ein Irrtum gewesen, und sie hätte nichts dagegen unternehmen können. Allie warf einen Blick auf die pflaumenfarbene Baskenmütze auf dem Haar der

Dame, auf die abgekauten Nägel, den schweren Rucksack, der an ihrem rechten Fuß lehnte. Sie war etwa so alt wie sie selbst, stammte aber eindeutig nicht aus Wheelock oder der näheren Umgebung; Allie hätte sich bestimmt an eine Person erinnert, deren Augen das feuchte Violett von Prärie-Enzian aufwiesen.

Sie trat an die Theke und strich mit der offenen Hand über die weicheren Grünpflanzen. »Ich habe mir gedacht, daß Sie vielleicht eine Aushilfe brauchen«, erklärte die Frau. Sie streckte eine Hand aus, die vom Floristendraht schwielig war und deren Finger leicht zitterten. »Ich heiße Mia Townsend.«

Allie konnte den Blick nicht von Mias Strauß wenden, bei dem ihr weite Felder, schnaubende Pferde und die heiße, drückende Schwere eines Sommernachmittags in den Sinn kamen. Sie wußte, daß dies nichts damit zu tun hatte, welche Blumen und Farne Mia ausgewählt hatte, sondern eher mit der Ordnung, in die sie die Pflanzen gebracht, und was sie sich wohl dabei gedacht hatte.

Allie kam eigentlich allein zurecht; tatsächlich machte sie in einem Ort von der Größe Wheelocks das meiste Geschäft durch ihre Mitgliedschaft im Blumenlieferdienst. Aber andererseits ging es auf Weihnachten zu, und auf den Valentinstag; da würde sie sich in den Hintern beißen, wenn sie jemanden mit Mias Talent aus dem Laden entließe, ohne ihr vorher ein, zwei Dinge abzuschauen.

Als ahnte sie, daß Allie sich nicht entschließen konnte, faßte Mia plötzlich in ihren Rucksack und holte ein liebevoll eingewickeltes Bündel heraus, das sie zu öffnen begann. Unversehens erblickte Allie einen exquisit geformten Bonsaibaum; winzig klein, knorrig, uralt.

»Bezaubernd«, hauchte sie.

Mia zuckte mit den Achseln, doch ihre Augen leuchteten. »Das ist meine Spezialität. Sie erinnern mich an diese Babys, die manchmal mit ihren winzigen Gesichtern aussehen, als besäßen sie die Weisheit der Welt.«

Die Weisheit der Welt. Allie blickte auf. »Ich glaube«, gab sie Mia zu verstehen, »wir könnten uns einig werden.«

Hannah, eine begnadete Lauscherin, erklärte Cameron, daß Verona MacBean ein Buch über das Bildnis der Hölle geschrieben habe.

»Dort ist es nicht mehr wie früher«, sagte sie und fuhr dabei den Rand ihrer Kaffeetasse nach. »Sie wissen schon, mit Feuer und glühenden Kohlen und so.«

Cam lachte. »Verraten Sie das bloß nicht Pater Gillivray; er schwört nämlich darauf.«

Hannah lächelte breit. »Verona meint, statt physischer Qualen würde es eher geistige geben. Wie wenn man, Sie wissen schon, diesen phantastischen Typen heiratet und dann feststellt, daß er nur auf das Geld aus war.«

»Da würde ich mir keine Sorgen machen«, winkte Cam ab. »Dazu bezahle ich Ihnen eindeutig zu wenig.«

Sie schmunzelte. »Und angenommen, man hätte, um so ein Sahneschnittchen zu heiraten, jemanden aufgegeben, der einen *wirklich* liebt. Angeblich soll die Hölle so sein wie die Qualen, die man leidet, wenn man begreift, daß man sich für den Falschen entschieden hat.« Hannah rümpfte die Nase. »Nicht daß ich wüßte, woher Verona MacBean, die Königin von Wheelock, einen Schimmer haben könnte, wie es in der Hölle aussieht.«

Camerons Vollzeit-Assistent Sergeant Zandy Monroe streckte seinen Kopf aus dem Umkleideraum. »Hannah, du vergißt, daß Verona mal mit dem Chief gegangen ist.«

Cam schleuderte einen Stapel Post nach ihm. »Haben Sie sonst noch was zu melden?«

»Kommt drauf an«, grinste Zandy. »Laden Sie mich zum Mittagessen ein?«

»Nein«, knurrte Cam. »Ich lade Allie ein.« Damit überraschte er sich selbst; sie hatten nichts dergleichen ausgemacht, als sie vorhin vorbeigekommen war; doch natürlich würde sie sich keinesfalls die Gelegenheit entgehen lassen, eine Stunde mit ihm zu verbringen. Er zog seine schwere blaue Jacke über und schloß die Bürotür hinter sich ab. »Falls die Stadt belagert werden sollte«, setzte er Hannah ins Bild, »dann wissen Sie ja, wo ich zu finden bin.«

Während er den halben Block hinunter zu Allies Laden schritt, begann er zu lächeln. Er würde ›Glory-in-the-Flower‹ betreten und ihr erklären, er suche einen Strauß, etwas mit Dahlien und Lilien, deren Farben einen an den August denken ließen. Die Blumen seien nämlich für jemand Bestimmten, und er würde sie mitspielen lassen und sich von ihr eine Grußkarte geben lassen, auf die er schreiben wollte: *Was machst du so den Rest deines Lebens?*

Summend drückte Cam die Eingangstür auf und stand unvermutet einer Frau gegenüber, die er nie zuvor gesehen hatte. Allies Name erstarb auf seinen Lippen, als er auf das unfrisierte Haar starrte, das ihr genau bis zur Schulter reichte, auf den weichen, vollen Schwung ihrer Lippen, auf den Puls, der an ihrer Kehle pochte. Sie war nicht unbedingt schön, ihm völlig fremd, und doch stockte Cam der Atem. Als er die Hand ergriff, die sie ihm zum Gruß entgegenstreckte, bemerkte er, daß ihre Augen blau violett waren, von jenem Farbton, in dem er sich den Atlantik vor der französischen Küste vorgestellt hatte.

»Ah«, sagte Allie, die aus dem Hinterzimmer kam. »Das ist Mia!« Und mehr konnte sie Cam nicht mehr erklären, denn in diesem Augenblick stürzte Zandy Monroe in den Laden und knallte dabei die Tür so brutal gegen die Wand, daß eine Glasscheibe zersprang.

»Chief«, brüllte er, »Sie müssen kommen!«

Sein jahrelang trainierter Instinkt ließ Cameron hinter seinem Sergeant auf die Straße rennen, die linke Hand an der Pistole. Er sah eine wachsende Menschenmenge vor der Polizeistation; aus dem Augenwinkel bekam er mit, daß auch Allie und Mia sich eilends näherten.

Adrenalin pulsierte durch Cams Gliedmaßen, als er ins Zentrum des Geschehens trat, wo ein roter Ford Pickup parkte. Zandy ging an das Fenster auf der Fahrerseite. »Okay«, schnauzte er hinein. »Hier ist der Chief.« Achselzuckend murmelte er Cam zu: »Wollte mit keinem außer Ihnen reden.«

»Cameron MacDonald?«

Die Stimme des Mannes klang kräftig, aber angestrengt; ein Beamter mit weniger Erfahrung hätte vielleicht nicht den Schmerz bemerkt, der bei der Anrede mitschwang. »Der bin ich«, bestätigte Cam. »Was kann ich für Sie tun?«

Der Mann stieg aus dem Wagen. Er lebte nicht in Wheelock, doch Cam meinte, ihn in der vergangenen Woche schon mal im Ort gesehen zu haben. Auf der Post, vielleicht in der Kneipe ... Er war genauso groß wie Cam, doch dünner, so als hätte das Leben seinen Tribut von ihm gefordert. »Ich bin James MacDonald«, stellte der Mann sich so laut vor, daß jeder seinen Nachnamen verstehen konnte, »und Ihr Cousin.« Er trat einen Schritt zurück zu seinem Auto und deutete auf den Beifahrersitz und die dort zusammengesackt schlafende Frau. »Meine Frau hier, Maggie, ist tot«, trug er vor. Er sah Cameron MacDonald ins Gesicht. »Und ich habe sie umgebracht.«

2

Ungeachtet aller von Verona MacBean aufgestellten Theorien brach eine sehr akute Hölle los.

Zwei Frauen fielen in Ohnmacht, wobei sich die eine die Stirn am Bordstein aufschlug, so daß sich unter ihrer Wange eine dicke rote Blutpfütze bildete. In falsch verstandenem Rittertum baute sich Art MacInnes, der örtliche Friseur, vor James MacDonald auf und boxte ihn ins Gesicht. Zwei Kinder auf knallig neonfarbenen Rädern fuhren Slalom um den Pickup herum und durch die brodelnde Menge.

»Es reicht!« brüllte Cam. Er gab Zandy ein Zeichen, der daraufhin den Pickup umrundete. Cam konnte schließlich nicht wissen, ob dieser Kerl nicht komplett durchgeknallt war; vielleicht hielt die Dame auf dem Beifahrersitz nur ein Nickerchen oder lag im Diabetes-Koma oder spielte ihnen ein Theater vor. Cam drehte sich zu den Schaulustigen um. »Geht alle nach Hause«, drängte er. »Ich kann meine Arbeit nicht erledigen, wenn ihr im Weg steht.«

Niemand rührte sich.

Cam seufzte und machte mit ausgestreckten Armen einen vorsichtigen Schritt auf James MacDonald zu. James stand leicht gebeugt und hielt sich die Hände vor das blutüberströmte Gesicht. Cam suchte in seiner Hose nach seinem Taschentuch. »Hier«, sagte er und wedelte mit dem kleinen weißen Stoffetzen vor James auf und ab, eine Geste, die fast wie eine Kapitulation wirkte.

James MacDonald sah nicht gefährlich aus; es gab keinen Grund, ihn in Handschellen abzuführen. Cam würde ihn auf einen Stuhl setzen, ihm Kaffee anbieten und versuchen, ihn zum Reden zu bringen. Er würde ihn nicht gleich verhaften.

»Chief«, meldete Zandy Monroe, »die Tür klemmt.«

Bei diesen Worten fuhr James MacDonald herum und sah Zandy an der Beifahrertür des Wagens rütteln. Als sich die Tür nicht regte, schob Zandy zwei Finger durch das halb heruntergekurbelte Fenster und versuchte, am Hals der Frau den Puls zu fühlen.

Mit einem tierischen Klagelaut befreite sich James MacDonald aus Cams Griff und rannte um das Fahrzeug herum. Er zerrte den Sergeant von der Tür und riß ihn mit all der Kraft zurück, die ein großer, starker Mann stets einzusetzen vermag. »Rühren Sie sie nicht an!« brüllte er Zandy an, mit geballten Fäusten und obszön weißen Zähnen inmitten des fleckigen Gesichts. Er drehte sich wieder zur Tür um und hebelte sie auf; jetzt begriff Cam, daß die Tür nicht geklemmt hatte, sie war aus den Angeln gerissen und danach abgeschlossen worden. James MacDonald fing die Leiche seiner Frau auf, die gegen seine Brust kippte, drückte seine Wange an ihre. Er sprach in die weiße Haut ihres Halses. »Rühren Sie sie nicht an«, flüsterte er jetzt.

Cam warf Zandy über die Motorhaube hinweg einen Blick zu. Er begab sich zur Beifahrerseite, während Zandy sich langsam auf James MacDonald zubewegte. Doch James leistete keinen Widerstand, als Cam ihm auf die Schulter klopfte. »Mr. MacDonald«, sagte er, »ich muß Sie verhaften.« Er ließ die Handschellen über den Handgelenken des Mannes zuschnappen. »Ach, Sergeant«, sagte er mit einem Nicken auf die Leiche im Wagen hin, »können Sie sich darum kümmern?«

James begann, gegen die Handschellen anzukämpfen. »Nein«, krächzte er, »das dürfen Sie nicht!«

Cam mußte sich zu ihm beugen, um ihn zu verstehen. »Wir müssen hineingehen, Mr. MacDonald.«

»Bitte lassen Sie sie nicht mit ihm allein.«

Aus dem Augenwinkel sah Cam, wie Allie aus der Menge trat. Sie zitterte, als sie näherkam, und sah Cam nicht in die Augen. »Ich bin Allie MacDonald«, erklärte sie, »Cams Frau.« Sie legte ihre Hand auf James' Arm. »Wenn Sie möchten, bleibe ich bei Maggie.«

James musterte sie von oben bis unten, dann nickte er. Cam atmete in einem langen Seufzer aus und gab Zandy ein Zeichen, James festzuhalten. Dann führte er Allie beiseite. »Das ist keine gute Idee«, meinte er. »Du könntest als Zeugin aussagen müssen, wenn er vor Gericht kommt.«

»Ach Cam«, flüsterte Allie. »Du wirst ihn doch nicht wirklich verhaften, oder?«

Cam packte sie an den Oberarmen. »Er hat eine Frau getötet, Allie.«

»Aber er hat dich um Schutz gebeten.«

Cam schnaubte. »Dazu ist es zu spät. Jetzt ist das Kind schon in den Brunnen gefallen.«

Allie richtete sich auf. »Wenn ich du wäre, würde ich ihm einfach zuhören«, schlug sie vor. »Es ist doch nicht zu übersehen, daß er seine Frau geliebt hat.«

Cam senkte den Kopf. »Das macht sie auch nicht wieder lebendig.«

James MacDonald warf einen letzten Blick auf den leblosen und lieblichen Leib seiner Frau vorne im Wagen und dachte an seinen Hochzeitstag vor elf Jahren, an dem einfach alles schiefgegangen war.

Maggie hatte sich das Wochenende vor dem Memorial Day ausgesucht, weil sie am liebsten im Freien heiraten wollte; doch das vorhergesagte milde Wetter hatte sich zu einem Wolkenbruch ausgewachsen. Da sie keine große Feier planten, hatten sie sich für einen Friedensrichter entschieden und dort einen Termin vereinbart. Doch als sie vor der Tür des Mannes standen, bekamen sie von seiner Frau zu hören, daß der Richter mit Darmgrippe im Bett liege. Nun hatte Jamie von Cummington aus eine Stadt nach der anderen abgeklappert, um irgendwo einen Richter aufzutreiben, der nicht weggefahren und nicht zu krank war, sie zu trauen.

Als Jamie und Maggie schließlich in dem Wohnzimmer eines Friedensrichters in Great Barrington standen, waren Jamies Hosenaufschläge von unzähligen Pfützen aufgeweicht, und Maggies Veilchenstrauß hing welk in ihrer Hand. Im Hintergrund konnten sie das aufbrandende Gelächter der Gäste des Richters hören, die in der warmen, trockenen Enge seiner Garage den Memorial Day mit üppigem Essen und Trinken feierten. »Wir sind hier versammelt«, setzte der Friedensrichter an, »um ... ach du liebe Güte!«

Maggies Kopf fuhr hoch. Ihre Hand begann leicht in Jamies Griff zu beben.

In diesem Moment begriff Jamie, daß er für sie zu fragen habe, ob es ein Problem gab. So chauvinistisch und altmodisch das auch erschien, nichts versinnbildlichte Jamie besser, was es heißen würde, Ehemann zu sein. Er wäre Maggies Sprachrohr. Und manchmal wäre sie seines.

»Stimmt etwas nicht?« fragte er pflichtschuldigst.

Der Friedensrichter schielte über Jamies Schulter. »Ein Zeuge«, ächzte er. »Ohne einen Zeugen geht es nicht!« Er formte die Hände zum Trichter und brüllte in Richtung Garage, bis ein verschwitzter Mann mit wildem Blick in der Tür erschien, in der Hand eine Dose Bier. »Himmel«, beschwerte sich der Mann. »Du brauchst nicht gleich so zu brüllen.« Und damit drückte er dem Friedensrichter die Dose in die Hand.

»Nicht *jetzt,* Tom«, wehrte der Richter ab.

Tom runzelte die Stirn. »Ich habe gedacht, du brauchst noch ein Bier.«

»Ich habe gerufen, weil *ich dich hier brauche.*«

»Verzeihung«, mischte sich Jamie ein. »Können wir jetzt weitermachen?«

Tom trug ein Trägerhemd von den Chicago Bulls und Lycra-Radlerhosen, die seinen Bierbauch zusammenhielten. Ein ungehemmtes, feuchtes Lächeln zog sich breit über sein Gesicht. »Hey«, sagte er und sah dabei von Jamie auf Maggie. »Ihr habt Mumm!«

Der Richter bat ihn, sich nur in die Ecke zu setzen und den Mund zu halten, dann würde er in ein paar Minuten seinen Namen auf die Urkunde setzen.

»Kommt nicht in Frage«, entschied Tom. Er packte Maggie

bei der freien Hand, so daß die Veilchen zu Boden fielen, und riß sie von Jamie weg. »Heiraten muß man richtig, sonst kann man es gleich bleiben lassen.« Mit einem schnellen Ruck hakte er Maggie bei sich ein. »Ich werde dich deinem Bräutigam übergeben, Süße«, verkündete er. »Wir werden einen richtig großen Auftritt hinlegen.«

Inzwischen wollte Jamie den Namen dieses Mannes auf gar keinen Fall auf der Heiratsurkunde und noch viel weniger dessen Pfoten auf seiner Verlobten sehen. Doch bevor er etwas einwenden konnte, lächelte Maggie fröhlich. »Das wäre wunderbar«, sagte sie zu Tom, obwohl sie Jamie dabei ansah. *Laß es uns einfach hinter uns bringen,* wollte sie damit ausdrücken, *dann können wir später darüber lachen.*

Jamie dachte an die Frauen, mit denen er früher gegangen war, sah ihre Gesichter wie im Rauch verschwimmen. Manche hatten ihm schon bei der zweiten oder dritten Verabredung ihre Pläne für eine Hochzeit mit allen Finessen dargelegt; eine hatte ihm sogar auf einer Cocktailserviette das Hochzeitskleid skizziert, das sie bereits fertig geschneidert in ihrem Schrank aufbewahrte, nur für alle Fälle. Nicht eine der Frauen, mit denen er früher zusammen gewesen war, hätte dieses Fiasko überstanden, ohne in Tränen aufgelöst zu sein. Nicht eine der Frauen, mit denen er früher zusammen gewesen war, hätte Maggie das Wasser reichen können.

Er hatte nie wirklich um ihre Hand angehalten, ging ihm plötzlich auf. Sie nahmen beide ganz einfach an, daß es irgendwann stattfinden würde.

»Under the boardwalk«, dröhnte von der Garage her, als Maggie an Toms Arm durch das kleine Wohnzimmer geschritten kam. Ihre Absätze zerquetschten die Veilchen, die sie auf dem Weg zur Tür hatte fallen lassen. Ihr Parfüm wurde überlagert von der Alkoholwolke, die der Mann an ihrer Seite ausstieß. Neben Jamie begann der Friedensrichter in seinem Buch zu blättern, weil er die richtige Seite verloren hatte.

Maggie kam neben Jamie zum Stehen und legte ihren Arm in seinen. Er spürte, wie sie bebte, und tätschelte ihr sacht die

Hand. Später würde er sich dafür bei ihr entschuldigen. Er würde diesen Tag bis an sein Lebensende wiedergutmachen.

»Wir sind hier versammelt ...«, begann der Friedensrichter.

»Weil es hier Freibier gibt«, vollendete Tom den Satz.

Maggie preßte die Hand vor den Mund und brach dann in Gelächter aus. Ihr Kopf kippte nach hinten, so daß Jamie ihren langen, glatten Hals und das volle, rötliche Haar über ihren Schultern sehen konnte. Ihr standen Tränen in den Augen; Jamie fand, daß sie dadurch wie Juwelen leuchteten.

»Der Bund der Ehe«, verkündete der Richter streng, »sollte nicht leichtsinnig oder unbedacht eingegangen werden.«

»Verzeihung«, sagte Maggie und versuchte, sich zu sammeln. Sie drückte Jamies Hand fester und biß sich auf die Lippen.

Der Richter begann zu sprechen, aber Jamie hörte ihm nicht zu. Er hatte nur noch Augen für Maggie. Hinter ihr gab es weder einen glanzvollen Ballsaal noch irgendein Kirchenfenster, sondern eine lange Schlange von Polonaise tanzenden Menschen und einen Grill, der dicke Rauchschwaden produzierte.

Er begriff, daß er nirgendwo lieber gewesen wäre als hier.

Plötzlich wurde es Jamie kalt. Maggie mußte das gespürt haben, denn sie ließ seine Hand los und legte die flache Hand an seine Wange. »Was ist?« flüsterte sie.

Er schüttelte den Kopf. Er, der Maggie alles erzählen konnte, vermochte dieses Gefühl nicht in Worte zu fassen: Hast du jemals in den Spiegel geblickt und begriffen, daß du alles erreicht hast? Hast du jemals das Gefühl gehabt, alles in deinem Leben läuft so glatt, daß es nur noch schlechter werden kann?

Maggie interpretierte sein Zögern falsch und legte ihre Finger an seinen Mund. »Es geht mir gut«, versicherte sie ihm, »ich finde es schon in Ordnung.«

Zerstreut nickte er. Dann verdrängte er diese dunklen Wolken und konzentrierte sich auf die Hoffnung, die ihm die Hand seiner Frau vermittelte.

Sobald James MacDonald von Cam in das Revier von Wheelock abgeführt worden war, begann sich die Menge draußen zu zerstreuen. Am Schreibtisch im Vorraum schloß Cam die Handschellen auf und bat James, seine Taschen zu leeren. Er sah eine Handvoll Pennies, ein Päckchen Kaugummi und ein paar Brösel auf das Resopal fallen – doch nichts, was diesen Mann zum Mörder stempeln würde.

Hannah hatte Mittagspause, deshalb war das Büro leer und still bis auf das abgehackte Rauschen des Funkgeräts. »Mr. MacDonald«, begann Cam, »kommen Sie doch bitte hier herein.«

Er führte den Sünder in den Untersuchungsraum und deutete auf einen Stuhl. Dann setzte sich Cam ebenfalls, zog ein Aufnahmeformular aus einer Schreibtischschublade und legte es mit der Schrift nach unten vor sich. Er würde erst mal anhören, was der Kerl zu sagen hatte; aber er würde seine Pistole darauf verwetten, daß er ihn schließlich doch einsperren müßte.

Cam blickte auf und sah, daß der Mann ihn mit einem Lächeln anstarrte, das eben noch die Mundwinkel erreichte. »Man sagt, du siehst aus wie er, weißt du?« sagte James.

»Wie wer?«

»Cameron MacDonald. Der erste. Der berühmte.«

Cam machte eine umständliche Zeremonie daraus, die unzähligen Stifte und Kugelschreiber auf dem Schreibtisch zu arrangieren. »Nicht daß ich wüßte«, nuschelte er. Er atmete tief aus. »Hören Sie, im Augenblick bin ich nur der Chief der Polizei, und Sie haben einen Mord gestanden. Vergessen wir also den anderen Quatsch.«

»Das kann ich nicht. Ich bin eigens nach Wheelock gekommen, weil du hier bist.«

Cam kniff die Augen zusammen. »Wie genau sind Sie mit mir verwandt?«

»Dein Großvater ist mein Großonkel. Frag Angus, wenn du mir nicht glaubst. Wie alt ist er inzwischen, achtzig? Zweiundachtzig?«

»Vor allem ist er senil, meistens wenigstens«, schränkte Cam ein. Sein Großonkel Angus war der Hüter von Carrymuir gewesen, während Cam und sein Vater es in Wheelock zu Wohlstand gebracht hatten. Nach Ian MacDonalds Tod war Cam nach Schottland geflogen, hatte seinen Onkel Angus nach Wheelock geholt und Carrymuir dem Scottish National Trust überschrieben.

»Mr. MacDonald!«

»Jamie.« Er beugte sich vor, als wolle er Cam ein Geheimnis anvertrauen. »Ich wurde nach unserem Onkel Jamie benannt«, sagte er. »Dem, der im Krieg gefallen ist.«

Cam blieb der Mund offen stehen. Niemand sprach je von seinem Onkel Jamie, weil das seine Großmutter jedesmal zum Weinen gebracht hatte. Jamie war der Erstgeborene gewesen und hätte eigentlich Clanchef werden sollen, wäre er nicht 1944 über dem Pazifik abgeschossen worden. Nur deshalb hatte Cams Vater als zweitgeborener Sohn den Titel übernommen.

Cam schluckte und faßte sich wieder. »Na gut, Jamie«, seufzte er. »Erzähl mir, was dich nach Wheelock geführt hat.«

Jamie zögerte kaum eine Sekunde. »Ich bin hergekommen, um meine Frau zu töten.«

Cam starrte in Jamies Augen, die beinahe die gleiche Farbe hatten wie seine eigenen – meergrün, ein Erbe der MacDonalds. Er suchte darin nach unterdrücktem Zorn, reuevollem Zurückweichen oder, so Gott es wollte, dem Feuer des Wahnsinns. Nichts dergleichen entdeckte er. Also klärte er ihn, während er das Verhaftungsformular in die Schreibmaschine spannte, auf: »Du hast das Recht zu schweigen.«

Jamie MacDonald hatte es sich zum Beruf gemacht, alternative Welten zu erschaffen. Er ließ junge Paare ihren ersten Rundgang durch ihr zukünftiges Heim entwerfen, in einem Haus, das noch gar nicht gebaut war; er gab querschnittsgelähmten Menschen die Möglichkeit, wieder zu laufen; er ließ Medizinstudenten an Patienten herumoperieren, die weder litten noch bluteten. Als Präsident und Gründer von Techcellence, einer auf virtuelle Realität spezialisierten Computergesellschaft für Konzeptdesign, hatte er sich an die Speerspitze einer radikalen technischen Bewegung gestellt und war zum Symbol für den ganzen Bereich geworden. Maggie, deren Computerkünste sich darauf beschränkten, WordPerfect zu starten, meinte immer, die Sache sei ganz einfach. »Du bist der Zauberer von Oz«, sagte sie dann. »Du erfüllst den Menschen ihre Wünsche.«

Irgendwie gefiel ihm dieses Bild. Es stimmte – die Leute neigten dazu, sich für Techcellence zu entscheiden, wenn es um Dinge ging, die keine andere Konzeptdesign-Firma bieten konnte. Weil Jamie keine Angst hatte, sich einer Herausforderung zu stellen und mit Kopf und Händen daran zu arbeiten, bis sie auf einen Siebzehn-Zoll-Bildschirm paßte, produzierte seine Firma oft Systeme und Modelle für virtuelle Welten, die zu Prototypen und später von anderen Firmen kopiert wurden.

Jamie hatte in seinem Haus in Cummington eine hochkomplexe Computeranlage stehen, komplett mit Datenanzug, Datenhandschuh und Datenhelm, doch die meisten seiner Designs entstanden im Labor. Es lag in der Stadtmitte und war mit ausgefeilteren Zusätzen sowie schwerem Gerät ausgerüstet – den SGI-Onyx-Rechnern, Grafikmaschinen, die in der virtuellen Welt Echtzeit simulieren konnten. Etwa zehn Menschen waren fest bei Jamie angestellt, und wenn Techcellence einen Vertrag mit Nintendo, dem Verteidigungsministerium oder einer Universitätsklinik abschloß, konnte er zweihundert weitere Leute als Subunternehmer verpflichten – Digitalsound-Mixer, Künstler, Drehbuchschreiber, technische Zeichner, Produzenten, Regisseure, Programmierer. In gewisser Hinsicht war Jamie wie ein Chefkoch – er suchte sich andere Köche, deren fertige Gerichte er zu etwas noch Edlerem kombinierte, obwohl er keine der Zutaten selbst hergestellt hatte.

Oft kam er am Wochenende in die Firma, wenn es am ruhigsten war; dann brachte er Maggie mit. Eines Samstags, ein paar Jahre nach ihrer Hochzeit, war Jamie ins Labor gegangen, um an einem Programm für einen Privatkunden zu basteln, einen Millionär und ehemaligen Tennisprofi, der seit einem Unfall beim Helikopter-Skiing querschnittsgelähmt war. Maggie, die ganz offen zugab, daß ihr so viele Computer angst machten, saß mit ihrem Buch zusammengekauert auf einem Sessel, den Jamie von der Heilsarmee gekauft hatte und in dem ihm oft die besten Ideen kamen.

Jamie steckte fest. Nicht weil er keine virtuelle Realität erschaffen konnte – jeder Hacker mit etwas Grips hätte ins Internet gehen und sich einen Bausatz dafür auf den eigenen Computer laden können. Dieser Kunde hatte eine sehr genaue Vorgabe: Er wollte wieder Tennis spielen.

Hätte Jamie ihm nur sein Geld abnehmen wollen, hätte er das Programm einfach entsprechend den Vorgaben einiger anderer VR-Programme für Behinderte konzipieren können. Mit einem Schweißband um den Kopf des Querschnittsgelähmten konnte das Magnetfeld gemessen werden, das der optische Nerv abstrahlte, so daß der Anwender in der Lage wäre, mit einer Augenbewegung einen Cursor – oder einen virtuellen Tennisschläger – zu bewegen. Doch Jamie, der stets Perfektionist gewesen war, wollte seinem Kunden mehr geben. Es würde nicht genügen, einen Tennisschläger über einen Bildschirm schwingen zu sehen und zu wissen, daß man den Ball getroffen hatte, so wie bei diesen archaischen Pong-Spielen auf den alten Atari-Videosystemen. Sein Kunde sollte *glauben,* daß er wieder auf eigenen Füßen stand.

Gewöhnlich war das kaum ein Problem beim Erschaffen einer virtuellen Welt. Ein guter Datenhelm speicherte die Kopfbewegungen und begrenzte das Sichtfeld auf ein *rein* computersimuliertes Bild mit einem Blickwinkel von 190 Grad. Wenn man noch einen Datenhandschuh und -anzug sowie eine bewegliche Plattform hinzufügte, konnte ein Designer drei Arten von Feedback schaffen. Taktiles Feedback wurde durch Vibrationen an bestimmten Körperteilen geschaffen, die das Gehirn entsprechend der visuellen und akustischen Eindrücke interpretieren würde – wenn man glitschigen Schleim *sah* und *hörte,* dann fühlte man ihn auch. Für das akustische und optische Feedback wurde mit unterschwelligen Eindrücken gearbeitet, etwa Frequenzen unterhalb der Hörschwelle, die ein Gefühl von Bewegung, Flug oder Schwindel auslösten. Und gewaltsames Feedback – echte Stöße, die dem Körper verabreicht wurden – konnte den Eindruck vermitteln, sich in der Schwerelosigkeit zu befinden beziehungsweise in einer Rakete abgeschossen zu werden.

Nur leider brachte diese Art von Feedback nichts, wenn jemand vom Hals abwärts gelähmt war.

Jamie zog den Datenhelm vom Kopf und fuhr sich mit den Händen über das Gesicht. Er merkte nicht einmal, daß er frustriert seufzte, bis Maggie ihr Buch sinken ließ und zu ihm trat. »Probleme beim Programm?« fragte sie und massierte ihm die Schultern.

»Es ist unmöglich«, gab Jamie zu. »Wie soll ich jemanden etwas fühlen lassen, für das er physisch keine Antennen mehr hat?«

Maggie zog die Stirn in Falten. »Ich kann dir nicht folgen.«

»VR – Virtual Reality – für Behinderte«, erklärte Jamie und reichte ihr den Datenhelm. »Ein Querschnittsgelähmter möchte Tennis spielen.«

Das Lächeln, das unterhalb des High-Tech-Helmes Maggies Lippen umspielte, verriet ihm, daß ihr die virtuellen Bilder des Tennis-Centers in Flushing Meadow ausgesprochen gut gefielen – die abgegrenzten Plätze, die schwitzende Menge, das rauchige Blau des Himmels. Er verfolgte auf einem Flachbildschirm, wie Maggie mit den Augen zuckte und am Rande ihres Blickfeldes einen Tennisschläger erscheinen ließ, der in einer Vorhand schwang. »Er möchte, daß sich auch seine Freunde in den virtuellen Raum einklinken können. Und er will obendrein einen virtuellen ›intelligenten Gegner‹, falls mal keiner da ist, gegen den er spielen kann.«

»Wieso hängst du denn fest?«

Jamie zog die Achseln hoch. »Weil ich ihn den Schweiß auf dem Griff seines Schlägers nicht spüren lassen kann. Weil ich ihm nicht das Gefühl vermitteln kann, daß seine Beine müde sind vom Laufen.«

»Das ist kaum deine Schuld«, entgegnete Maggie. »Könntest du das nicht anderswie kompensieren? Du weißt schon, vielleicht durch einen Duft – den Geruch von Sonnenöl, der aus den Rängen herweht, oder diesen Gummigeruch, wenn man eine Dose mit Tennisbällen öffnet?«

»Riechen kann er ja«, gab Jamie zu bedenken. »Er will richtig laufen.«

Maggie ließ sich auf seinen Schoß sinken. Sie setzte den Datenhelm ab, legte die Hand auf den Bildschirm und schüttelte den Kopf. »Es ist immer wieder beeindruckend«, sagte sie, »wieviel besser alles unter dem Helm aussieht.«

»Das ist der Sinn der Sache.« Jamie lächelte.

»Stell dir mal vor«, meinte Maggie, »so aktiv zu sein und plötzlich alles aufgeben zu müssen. Wenn ich jemals einen Unfall habe und querschnittsgelähmt werde, dann darfst du mich erschießen.«

Automatisch umschlangen Jamies Arme sie fester. »Darüber solltest du nicht mal Witze machen«, mahnte er. »Außerdem ist das nicht dein Ernst.«

Maggie zog die Brauen hoch. »Würdest du etwa als Gemüse dahinvegetieren wollen?«

»Du bist kein Gemüse«, widersprach Jamie. »Du hast immer noch deinen Geist.«

»Und darin bist du eingesperrt«, erläuterte Maggie. »Nein danke!«

»Du hast immer noch alle fünf Sinne«, wandte Jamie ein. »Du kannst immer noch sehen, du kannst mit der Haut auf deinem Gesicht Dinge spüren, du kannst riechen, schmecken und hören!«

»Der Geschmack ist ein dämlicher Sinn«, murmelte Maggie gedankenverloren. »Niemand würde ihn vermissen.«

»Wenn du ihn nicht mehr hättest, würdest du ihn sehr wohl vermissen«, meinte Jamie.

»Ich wäre lieber blind, taub und blöd als querschnittsgelähmt«, verkündete Maggie.

Selbst mit dem Surren der Computer hinten im Labor war der Raum für Jamies Geschmack zu still. Ihm wollte der Gedanke nicht aus dem Kopf, daß sie ihr Schicksal herausforderten, wenn sie so weiterredeten. »Hoffentlich wirst du nie vor diese Wahl gestellt«, murmelte Jamie.

Sie legte ihre Hand an seine Wange. »Du würdest es verkraften, wenn du mich hier nicht mehr spüren könntest«, sagte sie, während ihre Finger über seine Stirn und seine Lippen wanderten. »Und hier und hier.« Dann ließ sie die Hand über seine Brust wandern bis zwischen seine Schenkel und umfaßte ihn dort. »Aber zu vergessen, wie sich *das hier* anfühlt?«

In ihrer Hand wurde er hart. Er konnte sich nicht vorstellen, daß er jemals Probleme haben würde, sich die Empfindungen ins Gedächtnis zu rufen, die Maggie durch ihre Berührungen bei ihm auslöste. Vielleicht war das auch der Schlüssel zu seinem Programm – eine Erinnerung an etwas Vergangenes auszulösen, so daß der Geist die Parameter dazudachte, die der Körper physisch nicht mehr empfand. Er würde die Geräusche und Gerüche eines Tennisspiels einsetzen und einen kleinen Ventilator in den Helm einbauen, der bei schnellen Bewegungen das Gefühl eines Luftzugs vermitteln sollte. Wenn der Spieler mit genügend Reizen bombardiert wurde, um eine Erinnerung ans Laufen oder ans Aufschlagen auszulösen, wieso sollte dann der Kopf nicht denken können, daß es wirklich geschah?

Maggie drückte ihn liebevoll.

Jamie schluckte. Das Problem war, daß derselbe Geist, der alle Zweifel beiseite schieben konnte, auch die Fähigkeit zum Zweifeln besaß. Ein Mann, der zweiundvierzig Jahre auf eigenen Beinen gestanden und dann einen schweren Unfall überlebt hatte, würde sich von billigen Tricks nicht täuschen lassen. Ein Mann, der seine Frau berührt und sich in ihr bewegt und ihren Schweiß auf seiner Haut trocknen gespürt hatte, würde sich auf Dauer nicht mit einer simulierten Erinnerung zufriedengeben. Wenn man es auf den Punkt brachte, dann konnte Jamie noch so gut sein, eine künstliche Welt war niemals die Wirklichkeit.

Jamie legte seine Hände auf Maggies Brüste und strich mit den Zähnen über ihren Hals. »Du hast recht«, bestätigte er.

»Wenn Sie sich allein nicht gruseln«, sagte Zandy Monroe, »dann gehe ich Hugo holen.«

Allie zuckte mit den Achseln. Neben Maggie MacDonalds Leiche auf dem Fahrersitz des Pickups zu sitzen, machte ihr keine angst; bestimmt wollte Cam auch, daß sein Sergeant den Leichnam an den ortsansässigen Bestatter übergab, selbst wenn er das nicht ausdrücklich gesagt hatte. »Wir beide bleiben solange hier«, sagte sie und lächelte Zandy zu.

Sie hatte Mia in den Blumenladen zurückgeschickt und sie angewiesen, so viele Beerdigungssträuße wie nur möglich zu binden, bis Allie zurückkam. *Rosen,* hatte sie gesagt. *Nimm alle, die wir haben.* Sie hatte ihr auch geraten, Glockenblumen für Beständigkeit hinzuzufügen, und Levkojen, die für Zuneigung standen. Jetzt blickte sie auf Maggies glatte, blasse Haut. *Raute,* dachte sie. *Für Kummer. Ich hätte ihr auch zu Raute raten sollen.*

Sobald Zandy verschwunden war, rutschte Allie näher an die Tote heran. Sie sah aus dem Fenster die Straße hinauf und hinunter, und legte dann die Hand an Maggies Wange. Sie fühlte sich kalt und fest an. Allie zog die Finger zurück und schob die Hand in die Tasche.

Kurz darauf kehrte Zandy mit Hugo Huntley zurück. Er war der Leichenbeschauer im Ort und, wie jeder andere auf der Main Street, in der Menge der Gaffer gestanden, nachdem Jamie MacDonald vor der Polizeistation halt gemacht hatte. »Allie«, sagte er zur Begrüßung. Er besah sich den Leichnam durch seine dicken Brillengläser, hinter denen die Augen winzig und tief eingesunken wirkten.

»Sie ist tot«, meinte Zandy nur.

»Hmm, ja.« Hugo nickte. »Das sehe ich.«

Zandy trug Maggie MacDonald über die Straße in Huntleys Bestattungssalon und dann nach unten in den Einbalsamierungsraum. Zu Allies Entsetzen war Maggies Leichnam bereits in seiner sitzenden Position erstarrt, so daß ihre Knie, statt schlaff herunterzuhängen, steif hervorstanden und ihn in den Bauch stießen, als Zandy die Leiche über seine Schulter hievte.

Zandy legte Maggie auf die Seite und wandte sich an Allie. »Sie können jetzt wohl gehen, Mrs. Mac«, sagte er.

Allie schüttelte den Kopf. »Ich habe es ihm versprochen – wenn Sie bleiben, bleibe ich auch.«

Sie drehten sich beide zu Hugo um, der einen weißen Laborkittel angelegt hatte und Maggie MacDonald auf den Rücken rollte, so daß ihre Knie in die Luft ragten. Einen schrecklichen Augenblick lang dachte Allie daran, wie vor Jahrhunderten die Menschen beerdigt wurden, und sah die Tote im Geist auf einem verschrammten Küchentisch liegen, wo ihr mit starken Armen die von der Totenstarre steifen Glieder gebrochen wurden, bis die Leiche flach genug für einen Sarg war. Sie wandte sich ab, denn von der süßlichen Mixtur aus Desinfektionsmittel und Einbalsamierungsflüssigkeit wurde ihr noch übler.

»Ich glaube, Sie sollten lieber noch nicht anfangen«, sagte Zandy zu Hugo. »Wenigstens nicht, bevor Cam es angeordnet hat.« Hugo erfüllte zugleich die Rolle des forensischen Experten im Ort; allerdings beschränkten sich seine Erfahrungen in der Polizeiarbeit auf eine einzige Autopsie vor zehn Jahren, bei der das Ergebnis wesentlich weniger mysteriös gewesen war als allgemein erwartet: der Verstorbene, den man vergiftet geglaubt hatte, war einer Leberzirrhose erlegen.

Hugo betrachtete sich den Leichnam genauer. »Ich werde noch nichts unternehmen«, stimmte er zu, »nur sie ausziehen und ein paar Polaroids machen. Das ist auf jeden Fall der erste Schritt.«

Allie warf schnell einen Blick zur Tür, ehe sie die Arme vor der Brust verschränkte und sich darauf gefaßt machte, Zeugin zu werden. Zandy lehnte an einem Tisch mit medizinischen Instrumenten, kratzte an einem Messingknopf auf seiner schweren Jacke herum und tat so, als würde er nicht hinsehen, während Hugo sich abmühte, die steife Leiche auszuziehen. Schließlich wandten sich Allie und Zandy gemeinsam ab.

»Kein einziger Kratzer!« rief Hugo fröhlich. »Keine blauen Flecken am Hals. Nicht mal ein eingewachsener Nagel.« Allie hörte, wie ein Laken klatschend aufgeschlagen und über die Leiche gebreitet wurde. »Meine wissenschaftliche Vermutung lautet auf Tod durch Asphyxiation. Ersticken.«

Allie schüttelte den Kopf, um das Bild von Jamie MacDonald

loszuwerden, der sich über seine Frau warf, ehe Zandy sie berühren konnte. »Wieso sollte man jemanden ersticken, den man liebt?« fragte sie leise.

Hugo legte ihr die Hand auf den Arm. »Vielleicht weil sie es so wollte«, sagte er. Er führte Allie zum Einbalsamierungstisch und deutete auf ein paar winzige Tätowierungen auf Maggies Gesicht, die wie Kugelschreiberpunkte aussahen. »Die weisen auf eine Strahlentherapie hin«, erklärte er. »Im Auge sind Krebsmetastasen.«

Und dann zog er eine Ecke des Lakens weg und legte Schwielen und Narben in zornig roten Zacken frei, wo einst Maggie MacDonalds Brust gewesen war.

»Bist du bereit?«

Als er Cams Stimme hörte, drehte sich Jamie um. Er hatte bereits die obere Hälfte der freiwilligen Aussage unterzeichnet und damit bekundet, daß man ihn über das Recht aufgeklärt hatte, zu warten, bis er einen Anwalt hatte; doch das lag nicht in seiner Absicht. Er wußte, daß er bestraft werden würde; er wollte es möglichst bald hinter sich bringen. Die Handschellen hatte man ihm schon vor einer Stunde abgenommen, als die Sekretärin einen Kaffee servierte. Währenddessen hatte er darauf gewartet, daß Cam das Tonbandgerät im Vernehmungsraum installierte. Jetzt stand er vor dem hübschesten Herbstblumenstrauß, den er je gesehen hatte.

Es waren rote, lila und staubiggelbe Blüten – und die verschiedenen Farnwedel schaukelten dazwischen wie vom Baum fallende Blätter. Er starrte das Arrangement unverwandt an und sann darüber nach, wie voll und warm die Farben wirkten; im nächsten Moment sah es dann so aus, als würden sie von ihrer eigenen Schönheit zu Boden gezogen.

Jamie wandte sich an Cam. »Ich habe noch nie eine Polizeistation mit Blumen erlebt.«

Cam sah auf den Strauß. »Meine Frau bringt sie. Sie hat einen Laden hier und stiftet uns jede Woche was Grünes.« Er beobachtete, wie Jamie die dünnen Blütenblätter einer Lilie betastete und sie vorsichtig zerrieb, bis Cam sogar am anderen Ende des Raums den leichten Regenduft wahrnahm.

»Liebst du sie?«

Cam machte einen Schritt zurück. »Meine Frau? Natürlich.«

»Wie sehr?«

Cam erlaubte sich ein winziges Lächeln. »Gibt es da einen Gradmesser?«

Jamie zuckte mit den Achseln. »Das frage ich dich. Was würdest du für sie tun? Würdest du für sie lügen? Stehlen? Töten?«

»Nein«, erwiderte Cam knapp. Er zog Jamie abrupt von den Blumen weg, so daß die Lilie zu Boden fiel und unter seinem Stiefelabsatz zerquetscht wurde. »Gehen wir!«

Es begann vor fast zwei Jahren, als wir zum Eislaufen wollten. Maggie war toll auf Schlittschuhen; sie konnte kleine Axels und Pirouetten drehen und beeindruckte damit die Kids enorm, die zum Eishockeyspielen an den Teich kamen. Ich war Torwart und spürte jedes einzelne meiner vierunddreißig Jahre, wenn ich die Schüsse dieser Jungs aus der High-School abwehrte. Sobald der Puck vor dem gegnerischen Tor war, schaute ich nach rechts, um mitzubekommen, was Maggie gerade tat.

Es war reiner Zufall, daß ich sie fallen sah. Zu blöd, sagte sie, als ich übers Eis zu ihr hinüberschoß. Ein aus dem Eis ragender Zweig, der sich in ihrer Kufe verfangen hatte! Doch sie konnte nicht aufstehen; sie meinte, im Fallen etwas knacken gehört zu haben. Wir liehen uns von einem kleinen Mädchen einen Schlitten, auf dem ich sie den Hügel hochzog, und obwohl sie vor Schmerz heulte, schaffte sie es, einen Witz darüber zu machen, daß wir uns doch nächstes Jahr für die Hundeschlitten-Weltmeisterschaft bewerben sollten.

Man zeigte mir ihre Röntgenbilder, nicht nur den sauberen Bruch am Fußgelenk, sondern auch die kleinen, wie ausgefressenen Löcher in der weißen Fläche. Läsionen, sagten sie. Krebs, der in den Knochen metastasiert …

Als sie den Haupttumor gefunden hatten, amputierten sie ihr die Brust und die Lymphknoten. Sie machten Tomographien, nahmen Gewebeproben, schickten nach Östrogenrezeptoren.

Eine Weile blieb der Krebs ruhig, dann meldete er sich zurück, diesmal in ihrem Hirn. Oft hielt sie meine Hand und versuchte, die roten Blitzlichter zu beschreiben, die weichen Ränder ihres immer enger werdenden Blickfeldes, während der Tumor an ihrem optischen Nerv fraß.

Der Arzt meinte, man könne nur raten. Es sei eine Frage der Zeit, aber unmöglich im voraus zu bestimmen, wo der Krebs als nächstes auftauchen würde. Möglicherweise in einem anderen Gehirnlappen, was Anfälle zur Folge hätte. Vielleicht würde er die Atmung lähmen. Vielleicht würde sie eines Nachts einschlafen und nie wieder aufwachen.

Ein paar Monate vor unserem elften Hochzeitstag fuhren wir nach Kanada. Zum Winterkarneval in Quebec. Wir tanzten und sangen auf der Straße, und in den letzten Stunden vor dem Morgen saßen wir vor den Eisskulpturen auf den Bänken und hielten uns gegenseitig warm. Maggie zog den Reißverschluß an meiner Jacke herunter, knöpfte mir das Hemd auf und legte ihre kalten Hände auf meine Brust. »Jamie«, sagte sie, »dieses Ding frißt mich von innen her auf. Knochen, Brüste, Gehirn. Eines Tages werde ich an mir runtersehen und feststellen, daß nichts mehr übrig ist.«

Ich hatte nicht darüber sprechen wollen; ich versuchte wegzuschauen. Aber direkt vor mir stand die Eisskulptur einer Frau mit allen Kurven und Linien und in ganzer Grazie, die Arme über den Kopf ausgestreckt nach den Ästen eines Baumes, den sie nie zu fassen bekommen würde. Ich starrte in die toten Augen der Skulptur, auf ihre lebensechte Form, die eine Lüge war – eine tote Hülle; man konnte durch sie hindurchsehen.

Maggie zerrte an meinen Brusthaaren, bis der Schmerz mich zurückrief und ich sie ansah. »Jamie«, sagte sie. »Ich weiß, daß du mich liebst. Die Frage ist nur, wie sehr.«

Als Jamie MacDonald mit seiner Schilderung, wie er Maggie getötet hatte, zum Ende gekommen war, kniete er auf dem Boden, mit verkrampften Händen und tränenüberströmtem Gesicht.

»Hey«, sagte Cam, dessen Stimme in seinen Ohren belegt und fremd klang. »Hey, Jamie, ist schon gut!« Er griff verlegen nach unten, um Jamie an der Schulter zu berühren, doch stattdessen faßte Jamie nach oben und packte seine Hand. Instinktiv ließ Cam auch seine andere Hand sinken und umfaßte in stillem Zuspruch Jamies klammernde Hände.

Es war zugleich jene Geste des Gehorsams, stellte Cam verblüfft fest, mit der sich vor zweihundert Jahren ein schottischer Clansman in den Schutz seines Chiefs begab.

Der beeidigten freiwilligen Aussage von James MacDonald zufolge hatte seine Frau an Krebs im fortgeschrittenen Stadium gelitten und ihn gebeten, sie zu töten. Was weder die Kratzspuren auf seinem Gesicht noch die Tatsache erklärte, daß er, um die Tat zu begehen, in einen Ort gefahren war, in den er nie zuvor einen Fuß gesetzt hatte. Maggie hatte ihre Bitte nicht auf Video gesprochen oder sie etwa aufgeschrieben beziehungsweise notariell beglaubigen lassen, um zu beweisen, daß sie bei vollem Verstand war – Jamie sagte, sie habe ihren Tod nicht als Inszenierung, sondern als schlichten Liebesdienst gewollt.

Letztendlich hatten sie nichts als Jamies Wort. Cams einzige Zeugin war tot. Man erwartete von ihm, daß er dem Geständnis von James MacDonald allein deswegen glaubte, weil er ein MacDonald war, ein Mitglied seines Clans.

Bis auf damals, als er gegen seinen Willen nach Wheelock zurückgekehrt war, um seinem Vater im Amt des Chiefs der Polizei nachzufolgen, hatte Cam kaum einen Gedanken daran verschwendet, was es bedeutete, Oberhaupt des MacDonald-Clans aus Carrymuir zu sein – angeblich eine Ehre, eine Auszeichnung. Es bedeutete, daß er bei seiner Hochzeit mit Allie im vollen Highlander-Aufzug vor den Altar getreten war, in einem Kilt statt einem Frack und mit einem schneeflockigen Rüschenbesatz am Hemd statt einer Fliege um den Hals. Es war ein Anachronismus, ein hübsches Verbindungsglied zu ihrer Geschichte, und vielleicht fühlte er sich durch diesen Titel der Bevölkerung seiner Stadt gegenüber ein bißchen mehr verantwortlich als andere Polizeichefs; aber keinesfalls entband er ihn von irgendwelchen unangenehmen Aufgaben.

Ganz bestimmt würde er keinen Mörder vom Haken lassen, nur weil der Mann sein Cousin war. Und das Gesetz zu beugen wäre unethisch. Wenn es überhaupt einen Grundsatz gab, nach dem Cameron MacDonald sein Leben ausrichtete, dann den, die Dinge so zu tun, wie es dem Gesetz entsprach. Schließlich prägte seine Stellung als Chief der Polizei und des Clans sein gesamtes Leben.

Doch Jamie MacDonald war eigens nach Wheelock, Massachusetts, gekommen, um seine Frau zu töten; weil er die Tat an einem Ort begehen wollte, der unter der Rechtsprechung des Chiefs des MacDonald-Clans stand. Er erwartete keine Sonderbehandlung, doch er wußte, daß er sich darauf verlassen konnte, angehört zu werden und ein gerechtes Urteil zu empfangen.

Plötzlich fiel Cameron die Geschichte des alten MacDonald aus Keppoch ein, der vor Jahrhunderten eine Frau verurteilt hatte, weil sie Gold aus seiner Burg entwendete. Er hatte sie an die Felsen der Insel ketten lassen, so daß sie ertrinken mußte, als die Flut kam. Niemand aus dem Clan stand ihr bei; niemand erhob gegen das Urteil des Chiefs Einspruch. Schließlich hatte die Frau, indem sie den Chief bestahl, indirekt sie alle bestohlen.

Es war vorsätzlicher Mord; ein Mord ersten Grades, wie es in der Neuen Welt hieß.

Und zwar aus Gnade und Fürsorge.

Er wußte, daß der Ort in einem Fall wie diesem für die eine oder die andere Seite Partei ergreifen würde. Ebenfalls wußte er, daß genau wie vor dreihundert Jahren niemand in Wheelock seine Entscheidung in Frage stellen würde, ganz gleich, ob er Jamie MacDonald laufen ließe oder ob er lebenslange Haft empfahl.

Doch das machte die Sache nicht leichter.

Es war nach halb fünf, als Allie in den Blumenladen zurückkehrte. Sie zwängte sich an Mia vorbei, rutschte dabei beinahe auf den abgeschnittenen Stengeln aus, die auf dem Boden verstreut lagen, und schloß sich hinten in der Toilette ein. Dann übergab sie sich, bis nichts mehr in ihrem Magen war.

Als sie aus der Toilette trat, stand Mia vor ihr, in der Hand eine Schüssel Wasser und ein Einweghandtuch. »Sie sollten sich hinsetzen«, riet sie. »Der Rosenduft hier macht es nur noch schlimmer.«

»Es ist ein bißchen viel«, pflichtete Allie ihr bei. Sie sank auf ihren Arbeitsstuhl und legte den Kopf in den Nacken, während Mias kühle Hände ihr das nasse Einweghandtuch auf die Stirn preßten. »Himmel«, seufzte sie.

Als Allie die Augen schloß, ging Mia zur Tür. Dort blieb sie stehen, eine Hand am Rahmen. »Stimmt es? Daß er sie getötet hat, weil sie im Sterben lag?«

Allies Kopf fuhr hoch. »Wie kommen Sie denn darauf?«

»Eine Frau namens Hannah hat angerufen. Aber da waren Sie noch nicht da.« Mia stockte. »Ich habe die Körbe für den Friedhof und die Kränze fertig«, fügte sie hinzu. »Sie können sie sich ansehen.«

Mit pochenden Schläfen wuchtete Allie sich hoch. Sie würde einen Blick auf Mias Werke werfen – obwohl sie sicher war, daß sie gute Arbeit geleistet hatte –, dann die Blumen versorgen und den Laden eine halbe Stunde früher schließen.

Mias Arrangements prangten unten im Kühlregal, drei schlichte kegelförmige Aufbauten, die keineswegs wie Friedhofsgestecke aussahen. Es waren ganz traditionelle Sträuße mit Nelken, Schwarzkümmel, Berberitzen, Rittersporn, gelben Rosen und Michaelmas-Margeriten, farbenfroh, aber in keiner Weise außergewöhnlich. Allies Blick wanderte mit einem Anflug von Enttäuschung über die Arbeiten. Nach Mias grünem, erstaunlichen Traum von heute morgen hatte sie auf etwas Originelleres gehofft.

»Ah«, erklärte Mia und wischte sich die Hände an einer Schürze ab, die Allie gehörte und die sie schon fast vergessen hatte. »Die da sind nicht für die Beerdigung. Ich habe die Bestellung für diese MacBean gesehen – es hätte ja sein können, daß Sie nicht rechtzeitig wieder da sind, um die Sachen bis zu dem Essen morgen fertig zu machen.« Sie zog eine magere Schulter hoch. »Und ich dachte, in einer Bücherei will man bestimmt nichts Ausgefallenes; deshalb habe ich mich zu erinnern versucht, wie die Gestecke bei der Hochzeit meiner Cousine Louise ausgesehen haben.« Allie lüftete die Brauen, bis Mia errötete und ihre Nervosität unter einem Wortschwall kaschierte. »Sie wissen schon, so eine, die in der Mehrzweckhalle stattfindet, mit einer Kaufhaus-Band in blauen Smokings und ›Daddy's Little Girl‹-Songs.«

Allie lachte. »Lassen Sie mich raten! Das Blumenmädchen trug einen kleinen festen Strauß aus winzigen rosa Nelken.«

Mia schmunzelte. »Sie waren auch eingeladen?«

Sie half Allie, die Sträuße ins Kühlregal zu heben, und deutete dann in die hintere Ecke des Ladens, wo unter den Trockenblumenringen, die Allie für herumstöbernde Kunden aufgehängt hatte, eine ganze Reihe von Kränzen Form annahm.

Allie hielt den Atem an. Mia hatte die Raute sehr wohl entdeckt, doch auf die Glockenblumen und Allies übrige Vorschläge verzichtet. Und damit hatte sie absolut recht gehabt. Statt der traditionellen Art standen dort nebeneinander sechs Schleppgebinde, die eher auf eine Hochzeit als auf eine Beerdigung passen könnten. Schneeweiße Maiglöckchen, Orchideen und Stephanotis lugten zwischen Erika, Raute, Rosmarin, Efeu und Farn hervor. Und im Herzen jedes blassen, sahnefarbenen Straußes stand eine gewundene, blutrote Rose.

»O Mia«, hauchte Allie. »Die sind ja wunderschön!«

»Gefallen sie Ihnen wirklich?« Mia rang die Hände in ihrer Schürze. »Oder hatten Sie sich was anderes gewünscht?«

»Es ist *mehr,* als ich mir gewünscht habe.« Sie sah zu Mia auf, bemerkte das Floristenmoos, das unter ihren Fingernägeln haftete, und die unter den Schuhsohlen klebenden Blätter. »Mr. MacDonald wird begeistert sein.«

»Wenn Mr. MacDonald sie überhaupt zu sehen bekommt«, sagte Mia und senkte sofort den Blick. »Wahrscheinlich sitzt er bereits im Gefängnis, wenn die Beerdigung stattfindet.«

»Ach, so was würde Cam nicht tun«, meinte Allie leichthin.

»Cam?«

»Der Polizeichef. Er ist mein Mann.«

Mia dachte zurück an den frühen Nachmittag und an jenes Prachtexemplar, das mit einer solchen Urgewalt in den Laden gestürmt war, daß um sie herum die Luft zu summen begonnen hatte. Natürlich war er der Chief; er hatte die Sache mit Mr. MacDonald geregelt. Mia entging nicht, wie er den Arm um Allie legte, als sie sich bereiterklärte, bei der Toten zu bleiben. Er hatte sich zu ihr herabgebeugt und auf sie eingeredet; doch auf Mia hatte es so gewirkt, als würde er sich über Allie breiten, um sie zu beschützen.

»Mia«, sagte Allie jetzt. »Wo wohnen Sie eigentlich?«

Mia hatte den ganzen Tag lang immer wieder über diese Frage nachgedacht; tatsächlich erkundigte sie sich sogar im Wheelock Inn nach den Übernachtungspreisen. Denn ihre Ersparnisse würden rasch dahinschwinden, bis sie Allies Gehalt bekäme. Doch das Inn konnte aufgrund einer polizeilichen Verfügung keine Gäste aufnehmen, solange dort eine Morduntersuchung lief.

»Um ehrlich zu sein«, meinte Mia, »weiß ich es nicht genau.«

Allie blickte auf die Reihe der Grabgestecke. Höchstwahrscheinlich war es ihre Schuld, daß Mia keine Zeit gehabt hatte, eine Unterkunft zu finden. Sie dachte an Maggie MacDonald und begriff, daß sie auf gar keinen Fall auch nur eine Sekunde lang allein sein wollte. »Warum übernachten Sie nicht bei mir? Cam wird erst spät heimkommen, und ich würde mich über etwas Gesellschaft freuen.«

Mia lächelte. »Gerne.« Dann biß sie sich auf die Lippe. »Ich habe noch einen Kater in meinem Auto.«

Allie machte eine wegwerfende Geste. »Er kann unmöglich mehr zerstören, als Cam nicht schon kleingekriegt hat.« Sie schnappte sich einen Besen und begann, die abgeschnittenen Stengel zu einem Haufen zusammenzukehren, ganz konzentriert und mit an Brutalität grenzender Energie, damit ihre Gedanken nicht abschweiften. Immer und immer wieder rechte sie die sperrigen Stengelstücke über den Holzboden, bis das Schaben der Bambuspalmblätter wie Schreie in ihren Ohren gellte.

Sie hörte auf zu fegen, ließ den Unterarm auf dem Besenstiel ruhen und atmete tief durch, um nicht vor dieser Frau zusammenzubrechen, die sie kaum kannte.

»Wollen Sie darüber sprechen?« hörte sie Mias Stimme leise von hinten.

Allie schüttelte den Kopf, weil Tränen ihr die Kehle zuschnürten. »Ich weiß nicht, was mit mir los ist.« Sie versuchte zu lächeln. »Andauernd denke ich daran, wie sehr man einen Menschen lieben muß, um so etwas für ihn tun zu können.« Sie wischte sich die Augen an der Hemdschulter trocken. »Was für eine grauenvolle Vorstellung!«

»Vielleicht«, meinte Mia ruhig. »Vielleicht auch nicht.«

Mia Townsend glaubte an die Liebe, wirklich und wahrhaftig. Sie wußte, daß sie manche Menschen wie ein Blitzschlag treffen und sie zu Boden schleudern konnte, daß sie die Individuen wie mit Flammen verzehrte und ihnen den Atem raubte. Schließlich kannte sie das von ihren Eltern. Sie war inmitten ihrer alles verzehrenden Leidenschaft aufgewachsen, stets davon umgeben, doch nie in ihrem Zentrum. Wenn sie an ihre Kindheit dachte, tauchte immer das Bild vor ihr auf, wie sie im Schnee stand, die Nase gegen einen kleinen freien Fleck in einer vereisten Fensterscheibe gepreßt, und ihren Eltern beim Walzertanzen zuschaute. Sie sah die Kreise immer enger, näher und wärmer werden, bis ihre Mutter und ihr Vater schließlich miteinander verschmolzen.

Deshalb antwortete Mia, wenn man sie fragte, ob sie an die Liebe glaubte, augenblicklich mit Ja – doch sich selbst rechnete sie nie zu den Betroffenen. Sie stellte sich die Liebe als chemische Reaktion vor und sah sich dabei nicht als Teil der Gleichung, sondern als Nebenprodukt, welches manchmal bei Verbrennungsvorgängen auftritt.

Allie MacDonald hatte sie zu dem kleinen Haus im Kolonialstil mitgenommen, in dem sie und Cam seit fünf Jahren wohnten. Sie hatte Mia Tee und Suppe gemacht, und ihr die Geschichten erzählt, die sich um manche der Gegenstände im Haus rankten: den alten Eichenstamm mit der Kugel im Holz, das Schwert in der Korbscheide über dem Kamin, die Decke mit dem roten Tartanmuster, das Mia allmählich als das Familienmuster der MacDonalds aus Carrymuir erkannte. Dann hatte sie bestickte Laken über die Polster des Sofas im Wohnzimmer gezogen, Mia zwei Kissen und eine Decke überreicht, und ihr eine gute Nacht gewünscht.

Kafka, ihren Kater, unter einem Arm, schlief Mia ein und begann fast augenblicklich, von ihrer stärksten Kindheitserinnerung zu träumen: von dem Tag, an dem ihre Eltern sie vergessen hatten.

Vier Jahre war Mia alt gewesen, als sie sich zu jenem Waldspaziergang aufgemacht hatten. Sie war hinter ihren Eltern hergewandert und hatte sie überholt, als die beiden stehen blieben, um sich ein paar Minuten in einem Gebüsch zu küssen. Weil Mia wußte, daß das eine Weile dauern würde, war sie davongewandert, um den Bäumen zuzuhören. Sie besaß ein ausgesprochenes Gespür für Geräusche – konnte hören, wie Blut durch Adern strömte oder wie sich Knospen zu Blüten öffneten. Deshalb legte sie sich ins Moos auf den Bauch, während die Eltern in ihrer Umarmung stöhnten, und wartete auf das verräterische Summen und Knacken der Rinde, mit dem sich die Äste nach der Nachmittagssonne streckten. Als sie wieder daran dachte, aufzusehen, waren ihre Eltern verschwunden.

Aufmerksam hatte sie im Wind auf die Spuren ihres Lachens gehorcht oder auf das Rubbeln der Finger ihres Vaters auf dem Hals ihrer Mutter; doch das einzige, was sie vernahm, war ihr eigener unregelmäßiger Atem.

Mia hatte sich hingesetzt und die Knie an die Brust gezogen. Es war keine Absicht, sagte sie sich, sie trugen keine Schuld. Man konnte nicht sagen, daß sie Mia nicht liebten – aber einander liebten sie noch mehr.

Nach etwa drei Stunden war sie an eine Straße gelangt, und ein ihr unbekannter Fahrer hatte sie zur nächsten Polizeistation gebracht. Selbst jetzt noch erinnerte sich Mia an den Beamten damals: wie nett er ihr geholfen hatte, auf den Stuhl hinter seinem Schreibtisch zu klettern; daß sein Haar nach Pfefferminz roch und sich nicht im Wind bewegte. Er hatte sie in einem Streifenwagen nach Hause gefahren, und sie waren durch die unverschlossene Tür eingetreten. Sie schenkte ihm ein Glas Milch ein, während sie in der Küche auf ihre Eltern warteten. Mia saß ganz still am Tisch und fragte sich, ob nur sie den schweren Atem ihrer Mutter durch die Decke hörte, das Rumpeln des ausladenden Himmelbettes auf dem Fußboden im Schlafzimmer, das Schnaufen und Stöhnen, mit dem sich ihre Eltern liebten ...

Mia wachte auf, als sie die ersten Arretierstifte im Schloß nachgeben hörte. Leise Schritte tasteten sich ins Wohnzimmer vor. Blinzelnd wartete sie, bis sich ihre Augen an die Dunkelheit gewöhnt hatten. Sie setzte sich auf und sah Cameron MacDonald, der die Arme über den Kopf reckte, sich mit animalischer Grazie dehnte und sich in ihre Richtung drehte.

Sein erster Gedanke war, daß Allie doch auf ihn gewartet hatte und im Wohnzimmer eingeschlafen war – trotz seines Bescheids, es würde spät werden und sie ginge besser schon vorher schlafen. Jahrelange Erfahrung ließ ihn nach dem Pistolengurt greifen, den er bereits in der Küche abgelegt hatte, und dennoch fuhr seine Hand an die Hüfte, obwohl er begriff, daß die Frau auf dem Sofa die neue Helferin war.

Sie trug eines von Allies Nachthemden, und ihr Haar war noch wirrer als bei ihrer ersten Begegnung im Blumenladen. Ihre Hände umkrampften ein MacDonald-Plaid, und ihre Augen waren weit aufgerissen und hell.

Er versuchte, sich zu bewegen, schaffte es aber nicht.

Dann lächelte sie ihn an, und in einem instinktiven Akt, den er nur als Selbsterhaltungstrieb zu deuten vermochte, wirbelte Cam herum und rannte die Treppe hinauf.

Allie lag schlafend auf dem Rücken, in einem feinen Batistnachthemd, das das streifenweise durch das Schlafzimmerfenster fallende Licht blau färbte. Sie schnaufte leise. Cam hielt den

Atem an und ließ sich vorsichtig neben ihr auf dem Bett nieder. Er öffnete die Bänder an ihrem Ausschnitt und schälte behutsam den Stoff zur Seite, bis Allies Brüste einer Opfergabe gleich vor ihm lagen.

Er senkte den Mund über eine Brustwarze und umkreiste sie mit der Zunge, bis ihre Hand sein Haar berührte. Sie ließ einen leisen, kehligen Laut hören und versuchte sich aufzusetzen. »Nein«, flüsterte Cam. »Bleib so.«

Er zog die Schuhe, Socken und die Uniform aus, schleuderte alles hastig von sich. Mit einem metallischen Pling schlug seine Polizeimarke auf der Kommodenecke auf. Nackt blieb er vor ihr stehen, sah ihre Augen dunkler und ihre Brustwarzen härter werden und wußte, daß er sie nicht einmal zu berühren brauchte, um sie in Stimmung zu bringen.

Als er mit seinen Lippen über Allies Rippen strich, wollte sie sich wieder aufsetzen. Cam schüttelte den Kopf. »Aber ich will«, flüsterte Allie, »ich will dich anfassen.«

»Jetzt nicht«, wehrte Cam ab, »heute nicht.« Er wandte sich ihr wieder zu und liebte sie methodisch, rhythmisch, so als wollte er sie in seinem Geist Zentimeter für Zentimeter katalogisieren. Als er sich hochstemmte, um ihr in die Augen so sehen, war er schwer. Er versuchte die nagenden Gedanken an Jamie MacDonald in der Arrestzelle beiseitezuschieben und die an Maggies Leiche, die im gelben Licht des Einbalsamierungsraumes lag; statt dessen drängte sich dann plötzlich die Frau unten auf der Couch vor sein inneres Auge.

Mit pochendem Schädel versenkte sich Cam in Allie und stieß grober zu, als er beabsichtigt hatte. Als es vorbei war, wälzte er sich auf die Seite und blickte auf die roten Kratzwunden, die er mit seinen Bartstoppeln auf ihrem Hals und ihren Schultern hinterlassen hatte; die Bißwunde auf ihrer Haut.

Jamie MacDonald hatte seine Frau sanfter ermordet, als Cam die seine umarmte.

Manchmal sehe ich uns wie in einem Film, nur daß ich nicht darin mitspiele, sondern lediglich die Handlung verfolge. Ich fahre mit meinem Zeigefinger über die weichen Stoppeln in deinem Nacken, und milchiges Mondlicht fällt auf das Frotteehandtuch, das du von deinem Leib gleiten läßt.

3

Das Sterben ängstigte ihn gar nicht so sehr.

Es überraschte ihn ein wenig; mit fünfundzwanzig malte er sich sein Leben immer noch als langen Fluß aus, der bis weit hinter den Horizont in Windungen und Strudeln dahinglitt, die einen ganz unversehens packten. Inzwischen kämpfte er seit neun Jahren darum, das zu bewahren, was sein war; und er hatte definitiv die Tatsache akzeptiert, daß ein Augenblick der Unaufmerksamkeit, ein schnelles Schwert, ihn umbringen konnte. Doch so schlecht hatten seine Chancen noch nie gestanden.

Hagel und Regen bahnten sich ihren Weg unter die Falten seines Plaids, und der nasse Moorboden lähmte seine Füße. Plötzlich teilte sich der Nebel und gab hier einen golden blitzenden Knopf, dort eine flatternde Standarte oder den dampfenden Atem eines Kavalleriepferdes frei.

Er blickte nach links, dann nach rechts; zum ersten Mal in seinem Leben kannte er die Männer nicht, die an seiner Seite fochten. Seine eigenen Leute, die Pächter, Arbeiter, Cousins, befanden sich inzwischen bestimmt schon auf der Straße nach Carrymuir.

Wie er hatten sie das Meer der zehntausend sassenachs, *der Feinde, entdeckt, hatten den Donner der Kanonen gehört, die widersprüchlichen Befehle vernommen, die der Armee der Highlander erteilt wurden. Sie hatten das hitzige Glühen in Prinz Tearlachs glattem Gesicht erblickt und begriffen, daß sie einfach nicht siegen konnten!*

Als er in den ersten Morgenstunden losgezogen war, um seinen Handel mit dem Duke von Perth abzuschließen, sah er ein, daß seine Argumentation allein auf Sophisterei beruhte. Er hatte Perth versichert, seine Leute anzuführen. Das hieß aber nicht, daß er selbst ebenfalls kämpfen würde.

Aber es war Haarspalterei; jeder Eid, den er geschworen hatte, beinhaltete automatisch, daß er mitkämpfen würde. Denn kein Laird erwartete von seinem Clan Dinge, zu denen er selbst nicht bereit war. Aber in diesem Fall beabsichtigte er, die Wahrheit zurechtzubiegen, um die anderen zu schützen. Und er wußte, wenn er dem Kommandanten die Wahl zwischen einer zusammengewürfelten Bande aus Carrymuir und seiner eigenen Kampfeskunst ließ, dann gab es für jenen eigentlich keine Wahl.

Er fragte sich, während er zum dritten Mal über das Hochmoor jagte, mit blutendem Bein nach einem erfolgreichen sassenach-*Schrotschuß, ob irgendeiner dieser Toren denn begriff, daß er überhaupt nicht hier sein wollte. Er wollte keinem einzigen verfluchten Engländer mehr gegenüberstehen oder den noch atmenden Schotten, die in Viererreihen fielen, auf den Rücken steigen müssen.*

Er fragte sich, wie das Paradies aussah – hoffentlich war der Himmel wie Schottland …

Immer wieder murmelte er das Vaterunser, nur um seine eigene Stimme zu hören. Er sah einen sassenach *auf sich zurasen und riß den linken Arm hoch. Dann zog er das Schwert über den Hals des Mannes, so daß sich ein klaffender Spalt öffnete und er spürte, wie das heiße Blut durch die Hagelkörner auf seine eigene Brust spritzte.*

Cameron MacDonald sank auf die Knie und erbrach sich; vage erinnerte er sich an sein Versprechen, bis zum letzten Atemzug zu kämpfen. Er freute sich nicht gerade aufs Sterben, doch, aye, *es war ein gerechter Vertrag. Er liebte die Menschen aus seinem Dorf zu sehr, um sie leiden zu sehen.*

Und wenn er noch einmal die Möglichkeit dazu hätte, würde er wieder so *handeln.*

Angus MacDonald setzte sich in seinem schmalen Bett auf. Nachdem er am Tag während eines lichten Augenblicks den neuesten Klatsch mitbekommen hatte, wunderte er sich nicht, daß der Geist seines Ur-ur-ur-urgroßonkels Cameron ihn in der Tiefe der Nacht aufstörte. Und es überraschte ihn noch weniger, daß sich Cameron MacDonald der Erste als Geist genauso unkonventionell verhielt, wie im Leben. Kein Kettengerassel, keine quietschenden Türen, nicht mit ihm! Nein, er suchte Angus in der Verkleidung eines Traumes auf, in einem spektakulären Blutbad, das Angus durch Camerons eigene Augen zu sehen schien, während jener, das Breitschwert schwingend, über das Hochmoor wütete.

»Was anneres hättich auch nich erwartet«, brummelte er vor sich hin, während er seine Twillhose und einen oft geflickten Shetlandsweater überzog. Einst, als er noch der Hüter von Carrymuir gewesen war, hatte er sogar gesehen, wie der Geist von Maria, Königin der Schotten, als Bursche verkleidet vom Loch Leven Castle davongesegelt war – genau wie seinerzeit, als sie vor Hunderten von Jahren dessen Kerker entfloh. Damals war er mit Magenzwicken und dröhnendem Schädel wie bei einem Kater aufgewacht – ebenfalls wie jetzt.

Angus zweifelte nicht daran, daß er, obwohl ihn die meisten Menschen in den Klauen der Alzheimerkrankheit glaubten, in Wahrheit ein Opfer der kollektiven Verdrängung war. Es handelte sich um eine Art Reinkarnation, eine Wiedererweckung von Gedanken, die ein anderes Clansmitglied einst gehabt hatte. Zufällig wurde er in alles eingeweiht, was Cameron MacDonald den Ersten gerade bedrückte. Und heute abend freute sich Cameron MacDonald der Erste gar nicht darüber, was Cameron MacDonald der Zweite getan hatte.

»Weiß gar nich, was er sich dabei denkt«, plapperte Angus vor sich hin, während er sich die Pantoffeln überstreifte, weil es die ersten Schuhe waren, die er in seinem Schlafzimmer fand. »Dem jungen Cam muß man immer wieder vorbeten, wie's richtich geht.«

Im Grunde war es Angus gewesen, der Cam überredet hatte, nach dem Tod seines Vaters nach Wheelock zurückzukehren und Chief der Polizei zu werden. Vor fast genau acht Jahren war Cameron nach Schottland gekommen, um Angus von Ians Unfall zu berichten. Damals war Angus vierundsiebzig Jahre alt und Zeit seines Lebens Hüter von Carrymuir gewesen, obwohl seine Frau schon seit zwölf Jahren unter dem Rasen lag und all seine Verwandten in Massachusetts lebten. Der junge Cameron, im Herzen ein Wandervogel, hatte sich bereit erklärt, ein paar Jahre über Carrymuir zu wachen, um Angus zu erlösen; doch Ians früher Tod machte ihnen beiden einen Strich durch die Rechnung. Cam hatte Angus auf einen winzigen Schluck in die Taverne geführt, wohl wissend, daß Angus, genau wie jedem anderen, der Tod des Clanchefs sehr zu Herzen gehen würde. Er plazierte seine Hände auf den verwitterten Bartresen und erzählte ihm von der vereisten Fahrbahn, dem Traktor-Anhänger, dem Knick in der schmalen Straße. Er sprach mit monotoner Stimme, weil es ihm selbst noch nicht wirklich erschien, und erwähnte, so wie die Ärzte ihm gegenüber, daß sein Vater nicht lange gelitten habe. Als er mit seiner Rede fertig war, sah Angus ihn aus klaren und trockenen Augen an. »Aye, gut! Dann werd' ich wohl noch'n Weilchen hierbleim.«

Zu Angus' Entsetzen wollte der junge Cam tauschen. Er wolle in Carrymuir bleiben, sagte er, während Angus heimkehren und den Clan übernehmen sollte. Dieser Vorschlag hatte Angus tiefer erschüttert als der Tod seines Neffen; so einfach ließen sich die vorgezeichneten Nachfolgelinien nicht durchkreuzen.

Noch heute erinnerte sich Angus an das Glühen in Cams Augen und an den grimmig vorgereckten Kiefer, mit dem er seine Geburtsverpflichtung anfechten wollte. *Es is kein richticher Titel,* hatte er ihm entgegengehalten. *Es gibt nichts für mich als Chief, was du nich besser kanns.*

Angus hatte die Schultern hochgezogen, seinen Whiskey gekippt und den Jungen gemustert. Er fragte sich, ob Cam aufgefallen war, daß er eben in Angus' weichen schottischen Akzent verfallen war – nicht weil er den für Carrymuir typischen Dialekt beherrscht hätte, sondern weil er ihm von Geburt an in der Kehle steckte. »Pflicht is Pflicht«, hatte Angus gepredigt, »un ein Laird is'n Laird. Un Clan hin oder her, Jung, du kanns nichs gegen dein eigenes Blut ausrichten.«

Natürlich hatte sich auch die Dickköpfigkeit über Generationen von MacDonalds weitervererbt; deshalb mußte Angus schließlich in einen Kompromiß einwilligen. Cam kehrte nach Wheelock zurück, aber Angus ebenfalls, und Ländereien wie auch das Haupthaus von Carrymuir wurden dem Scottish National Trust überschrieben.

Jeden Morgen zwang Angus während seines bunten Banketts von Vitaminen und Herzpillen seinen Geist zurück nach Carrymuir, aus Angst, eines Morgens aufzuwachen und festzustellen, daß er sich nicht mehr daran erinnern konnte. Er sah die steinerne Burg vor sich, den Kamin in der großen Halle, die Schafe, die wie ein Fluß die ehemaligen Pächterhütten umströmten. Er gestattete sich keinen Gedanken daran, daß Carrymuir, das weder die Campbells oder Engländer noch irgendwer sonst einzunehmen schafften, nun von Touristen erobert wurde.

An solche Betrachtungen verschwendete er keine Zeit. Angus zog den Bademantel über seine Kleider und machte sich auf, um kurz nach drei Uhr morgens in Pantoffeln die Meile von seinem kleinen Haus zur Polizeistation von Wheelock zurückzulegen, wo er wieder einmal seinem Großneffen ins Gewissen reden würde.

UNTERSUCHUNGSBERICHT
Wheelock Police Dept.
Aktenzeichen 95-9050

STAAT *v.* MASSACHUSETTS *gegen* MACDONALD, *James Reid*
Weiß, männlich, Alter 36 Jahre, Geb.-dat. 14. 3. 59
Geburtsort: Boston, MA.
Größe 193 cm, Gew. 91 kg
Augenfarbe: Grün, Haarfarbe: Braun
ANKLAGE: *Vorsätzlicher Mord*
TATORT: *Wheelock Inn, Main St., Wheelock MA*
DATUM: *19. September 1995*
BEWEISSTÜCKE: *1. Kopfkissen*

2. *Teppichfasern*
3. *Schuhe des Tatverdächtigen*
4. *Haarprobe (des Opfers)*
5. *Haarprobe (des Tatverdächtigen)*
6. *Obduktionsbericht*
7. *Fotos vom Tatort und Opfer*
8. *Freiwillige Aussage des Tatverdächtigen*

Allie mischte sich ihren Tee selbst. Das war eine sehr englische Angewohnheit, weshalb Cam sie manchmal aufzog: Sie solle das auf alle Fälle für sich behalten, sonst würde sie von allen aufrechten Schotten aus dem Ort gejagt. Anfangs hatte sie es gemacht, weil sie so detailversessen war. So wie sie spürte, daß ein einziger herausstehender Grashalm ein ganzes Gesteck verdarb, so schmeckte sie auch die gewöhnlichen Teeblätter stark und bitter wie Arsen aus einem Beutel Lipton's heraus. Doch das hatte sie zu ertragen gelernt, und inzwischen mischte sie ihren Tee nur noch, damit Cam etwas zum Spotten hatte.

Allie tat mindestens hundert Dinge am Tag, nur weil sie mit Cam zusammenhingen. Auf diese Weise band sie ihn an sich: brachte seine Hemden in die Wäscherei, ohne daß er sie darum bat, oder stellte ihm vor dem Zubettgehen eine Schüssel mit Cornflakes bereit, damit er morgens etwas zu essen hatte; schließlich gab sie sich, wie beim Tee, absichtlich Blößen, um mit Hilfe seiner Frotzeleien einen Wortwechsel sicherzustellen. Dank ihrer Fürsorge verlief sein Leben so glatt, daß er sich nie um die kleinen Dinge zu sorgen brauchte, die vielen anderen das Leben schwermachten – die Uhren im Herbst zurückzustellen, oder für genug Milch im Kühlschrank zu sorgen, oder die richtigen Batterien im Haus zu haben für eventuelle Reparaturen elektronischer Geräte. Sie sagte sich, daß sie es nicht anders gewollt hatte, daß dies ein stillschweigendes Versprechen war, das sie an ihrem Hochzeitstag dem gutaussehenden, großartigen Mann an ihrer Seite gegeben hatte. Wenn für Cam jeder Tag nahtlos in den nächsten überging, dann brauchte er sich nie zu fragen: *Was wäre, wenn?*

Allie kam gar nicht der Gedanke, daß dies beinahe so war, als setzte sie Cam tagtäglich unter Drogen. Oder daß jede Kleinigkeit, die sie ihrem Ehemann so selbstlos abnahm, ein weiterer Seidenfaden war, mit dem sie ihn an sich fesselte – einem Mephisto gleich, der seine Beute in dessen schlechtes Gewissen einwickelte. Oder daß Cam stark und selbstsicher genug war, jede Fessel und jedes System zu sprengen, das Allie sich ausdenken mochte …

Doch andererseits *war* ihr vielleicht genau dieser Gedanke gekommen, und sie machte eben deshalb weiter.

Hin und wieder, wenn Cam die Schicht von Mitternacht bis acht Uhr früh hatte und Allie im Bett lag, ließ sie ihre Hände rastlos über ihren Körper wandern. Sie stellte sich vor, daß Cam irgendeine lächerliche Kleinigkeit auffallen würde – zum Beispiel, daß alle seine Socken zu Paaren zusammengelegt in seiner Schublade ruhten – und er sie mit demselben Gesichtsausdruck bestaunen würde, mit dem Allie ihn oft ansah. *Allie,* würde er dann sagen, und aus seinen Augen würde Verblüffung und Bewunderung leuchten, *hast du das alles für mich getan?*

Cam war mitten in der Nacht ins Revier zurückgefahren, um Zandy bei der Bewachung Jamie MacDonalds abzulösen. Als Allie den Wagen in die Einfahrt biegen hörte, ließ sie das Ei aus der Schüssel, in der es gewartet hatte, in die brutzelnde Pfanne gleiten. Als Cam dann den Schmutz von seinen Stiefeln trat und seine Jacke in der Diele aufhängte, schob Allie das Ei bereits auf eine Scheibe Toast.

Sie legte ihre Hand in seinen Nacken, als er sich schwer am Küchentisch niederließ und sich mit den Händen durchs Haar fuhr. »Müde?« fragte sie.

Cam gab einen undefinierbaren Knurrlaut von sich. Er griff im gleichen Augenblick nach der Gabel, in dem Allie den Teller vor ihn hinstellte. Der Anblick des warmen Essens ließ ihm das Wasser im Mund zusammenlaufen; doch er legte die Gabel zögernd am Tellerrand ab und drehte sich wieder zu Allie um.

Sie stand an der Spüle und schrubbte die Bratpfanne. Was Essensreste in der Pfanne anbelangte, hatte sie einen Tick und begann sie fast zwanghaft zu bearbeiten, sobald sie vom Herd kam. Ihre Schultern spannten sich vor Anstrengung, doch sie summte bei der Arbeit.

»Allie«, sagte er, aber sie hörte ihn nicht bei dem Rauschen des Wassers. *»Allie!«*

Erschrocken zuckte sie zusammen und klammerte sich ans Spülbecken, als hätte er sie zu Tode erschreckt, statt nur die Stimme zu erheben. »Was ist mit deinem Ei?« fragte sie.

»Nichts.« Cam atmete tief durch. »Allie«, begann er erneut, »glaubst du, er hat recht gehandelt?«

Allie ließ sich ihrem Mann gegenüber auf den Stuhl sinken. Sie hatte nicht den geringsten Zweifel, wen er mit seiner Frage meinte. »Und *du?*« fragte sie zurück.

Cam starrte sie so durchdringend an, daß ihr sein Blick durch und durch ging. Sie verschränkte die Hände über der Brust und spürte kurz im Gedächtnis, wie Cams Mund in der vergangenen Nacht wütend an ihrer Brust gesogen hatte. »Ich weiß nicht«, gestand er. »Aber mir sind die Hände gebunden. Er hat seine Frau getötet; bei uns liegt die Leiche. Außerdem hat er Kratzspuren im Gesicht, und Hugo fand unter Maggie MacDonalds Fingernägeln Hautpartikel, die mit seinen identisch sind.« Cam hielt inne und legte den Kopf schief. »Wenn ich an Krebs sterben würde, entsetzliche Schmerzen hätte und dich bitten würde, mich umzubringen, würdest du es tun?«

Allie zögerte nicht einmal. »Ja«, bestätigte sie. »... und danach mich selbst ...«

Cam blieb der Mund offen stehen. »Weil es Mord gewesen wäre?«

»Nein«, korrigierte Allie. »Weil du dann nicht mehr da wärst.«

Mia legte ihre Zahnbürste am Waschbeckenrand ab und starrte auf den Arzneimittelschrank. Sie hatte das schon bei anderen Leuten gemacht – einen Blick hinein gewagt –, aber das hier war etwas anderes. Hier handelte es sich nicht um einfache Neugier, sondern um das brennende Verlangen, das Puzzle zu einem Bild zusammenzufügen. Trotzdem kam es ihr absolut falsch vor, in die Intimsphäre einer Frau einzudringen, die solche Mühen auf sich genommen hatte, um ihr an einem einzigen Tag sowohl Job als auch Obdach zu verschaffen.

Mia öffnete die Schranktür und beobachtete, wie ihr Spiegelbild schmaler wurde, zur Seite klappte und dann den Blick auf wohlgeordnete, gläserne Regalfächer freigab.

Schmerztabletten, Jod und Brechmittel. Gazeverbände, Pflaster und Parfüm von Laura Ashley. Deodorant und ›Brut‹ Aftershave. Ein Kaolin-Pektat-Präparat gegen Durchfall.

Die einzige rezeptpflichtige Medizin, die sie fand, war eine Art Penicillin. Und natürlich die Antibabypillen. Sie hatte eine Zeitlang die gleichen genommen.

Mia holte die muschelförmige Schachtel heraus und fuhr mit dem Finger über den Deckel. Sie ließ ihn aufklappen und zählte nach, wie viele Pillen fehlten.

Ihr kam der Gedanke, daß sie nur ein paar davon mit dem Daumen herausdrücken und in die Toilette zu spülen brauchte, um möglicherweise Camerons und Allie MacDonalds ganzes Leben auf den Kopf zu stellen. Hastig klappte sie den Deckel wieder zu und legte die Schachtel zurück an Ort und Stelle. Das Gefühl von Macht ließ sie erbeben.

Sobald Cam sein leeres Glas abstellte, schenkte Allie ihm nach. »Es ist vorsätzlicher Mord«, sagte er, als könne er es selbst nicht glauben. »Er hat gewußt, daß er es tun würde; ist extra in einen gottverdammten fernen Ort gefahren, um die Sache auszuführen; und sein Mordgeständnis liegt bereits vor.« Er schüttelte den Kopf. »Ich weiß nicht, was Jamie sich von mir erhofft«, sagte er. »Ganz eindeutig war die Tat geplant.«

»Viele Leute werden das anders sehen«, meinte Allie freundlich.

Cam stand auf und schlang die Arme um sie. Sie paßte genau unter sein Kinn. »Schade, daß du nur die Frau eines Clanchefs bist. Du wärst die perfekte Politikergattin.«

»Hör mal«, sagte Allie langsam, als wäre ihr der Gedanke

eben erst gekommen. »Ich habe Blumen für die Beerdigung vorbereitet. Grabgestecke und so weiter. Also, eigentlich hat Mia sie gemacht.«

Ihr Gatte nickte. »Du bist die Floristin im Ort. Niemand wird annehmen, daß du damit etwas aussagen willst.«

Allie löste sich von ihm und öffnete den Kühlschrank, als suchte sie etwas darin. »Aber wenn doch?«

»Was, wenn doch?«

»Wenn ich etwas damit aussagen wollte?«

Cam ließ sich wieder auf seinen Stuhl sinken. »Allie«, hub er langsam wie zu einem Kind an, »selbst wenn *du* jemanden umbringen würdest, müßte ich dich einsperren.« Er raufte sich sein dichtes Haar, so daß es ihm ins Gesicht fiel. »Trotz allem bin ich Polizeibeamter.«

Allie nickte und malte sich dabei aus, wie Cam sie eigenhändig in die kleine, dunkle Betonzelle im Ortszentrum sperrte. »Ja«, gab sie zu. »Aber du wärst auch immer noch mein Mann.«

Das war zuviel für Cam. Er schoß hoch, daß der Stuhl hinter ihm umkippte. »Ich bin *nicht* heimgekommen, um mir so was anzuhören«, grollte er. »Von dir brauche ich mich *nicht* aufklären zu lassen.«

Etwas in Allie klickte. Sie ließ das Geschirrhandtuch fallen, machte den Kühlschrank zu und stellte sich vor Cam, mitten hinein in seinen Ärger und seine Wut, um ihn zu umarmen. »Nein«, murmelte sie. »Natürlich nicht.«

Cam ließ sich von Allie zu seinem Stuhl zurückführen und sich auf seinen Platz drücken. Er ballte die Fäuste, schloß die Augen und wünschte sich, er wäre irgendwo, nur nicht in Wheelock, Massachusetts. Mechanisch begann er im Geist seine Lieblingsorte herbeizuzaubern. Er sah, wie irgendwo in Thailand ein weißer Elefant mit einem Wassereimer bespritzt wurde, bis er dämmriggrau wirkte; wie vor neunhundert Verkaufsständen in den Souks von Kairo die Läden aufgeklappt wurden; die rosa Kathedralen von Mexico City.

Etwas wischte an seinem Bein vorbei, und er machte einen Satz.

»Verzeihung«, sagte eine Stimme, und Cam schlug die Augen auf, um die Frau vor sich zu sehen, die am Abend zuvor auf der Couch geschlafen hatte.

»Ach, Mia!« Allie drehte sich mit einem Lächeln um. »War noch genug warmes Wasser da?«

Mia nickte. Sie starrte Cam an, sah ihn so, wie er ausgesehen hatte, als er ins Wohnzimmer getreten und sich mit der Geschmeidigkeit einer Bergkatze nach oben gereckt hatte. Sie reichte ihm ihre Hand. »Hi«, grüßte sie. »Ich glaube nicht, daß wir uns schon wirklich kennen.«

Allie trat hinter Cam und legte den Arm um seine Taille. »Stimmt. Gestern wurden wir abgelenkt. Cam, das ist Mia Townsend, meine neue Mitarbeiterin. Mia, das ist ...«

»Der Chief der Polizei von Wheelock«, fiel ihr Mia ins Wort, und ein Lächeln leuchtete in ihren Augen auf. Kräftig packte sie Cams Rechte.

»Mitarbeiterin?« wiederholte Cam. Er redete mit Allie, doch sein Blick blieb fest auf Mia gerichtet, auch nachdem sie ihm ihre Hand entzogen und sich über die Schüssel mit Cornflakes gebeugt hatte, die Allies Mütterlichkeit zufolge bereitstand.

»Also«, meinte Allie, »sie hat einfach was. Warte nur, bis du ihre Arbeiten gesehen hast.«

Sie hat einfach was. Cam schluckte und faßte nach Allies Hand auf seiner Schulter. Sie war warm und klein und weich, und er kannte jeden Knochen, jede Linie darin. Sie fühlte sich ganz anders an als Mias Hand vor wenigen Augenblicken. »Ich kann mir nicht vorstellen, daß sie besser sind als deine Sachen«, wandte er ein.

»Oh«, deutete Allie an, »wart's ab!«

Cam verlagerte sein Gewicht auf den anderen Fuß. Diese Fremde war nach Wheelock gekommen und hatte an einem einzigen Tag Allie bezaubert und sich in sein Haus vorgearbeitet. Instinktiv spannte er sich an, denn es entging ihm nicht, daß er in der Nähe dieser Frau jedesmal eine gewisse Unruhe empfand, eine unbestimmte Ahnung, daß sie sich nicht zu Hause in ihrer Haut fühlte. Und die nagende Frage, ob er schon einmal mit ihr gesprochen oder sie gesehen hatte oder irgendwann einmal in ihrer Nähe gewesen war.

Plötzlich sprang Mia auf. »Mein Kater«, erklärte sie. »Ich glaube, ich habe ihn oben im Bad vergessen.« Ihr Blick zuckte zur Decke hoch. »Wahrscheinlich hat er inzwischen den Duschvorhang in Fetzen gerissen.«

Allie lachte. »Du frühstückst erst mal. Ich gehe ihn holen.«

Mia blieb noch einige Sekunden stehen, nachdem Allie verschwunden war. Dann lächelte sie Cam unsicher an und setzte sich wieder.

Cam beobachtete, wie sie Milch über ihre Flocken goß. Sie schob die Cornflakes an den hinteren Schüsselrand, wie er es bei den Engländern gesehen hatte, wenn sie Suppe aßen. »Wie heißt der Kater denn?« fragte er in einem Friedensangebot.

»Kafka.« Mia sah nicht auf.

»Kafka?« wiederholte Cam fröhlich.

Sie nickte. »Er wäre alles lieber als eine Katze.«

»Wieso das denn?« Cam merkte, wie er sich unwillkürlich vorbeugte.

Mias dunkelblaue Augen blickten direkt in seine. »Als wir zusammen in Indien gelebt haben, hat er sich für eine Kuh gehalten. Er ist vor den Autos über die Straße spaziert und hat Muhen gelernt. In Paris hat er mal auf einem Fensterbrett einen Finken gefangen und ist losgesprungen, weil er glaubte, er könne fliegen.« Sie zog eine Schulter hoch. »Man weiß nie, was ihm als nächstes in den Sinn kommt.«

»Nein«, sagte Cam. Jetzt fing er ihren Geruch auf, wie sauberer Regen, kein bißchen wie das Duschgel aus dem Bad oben. Jamie MacDonald war aus seinen Gedanken verschwunden; er sah nur noch vor sich, wie Mia durch die Straßen jener Städte wanderte, von denen er sein ganzes Leben lang träumte. »Sie haben in Indien gelebt? Und in Paris?« Als sie ihm nicht antwortete, beugte er sich weiter vor. Wenn er den Daumen bewegte, würde er über ihr Handgelenk streichen. Er wollte ihr die Frage stellen, die ihm seit gestern im Hinterkopf herumspukte. »Kenne ich dich?« flüsterte er.

Mia hörte Allies Schritte auf der Treppe und Kafkas kräftiges Miauen in ihren Armen. Sie wandte sich von Cam ab und schwieg. *Ja,* sagte sie zu sich selbst. *Vielleicht schon.*

4

Als Cam später an diesem Morgen seinen Dienst antrat, saß sein Onkel Angus im Bademantel bei Jamie MacDonald in der Zelle und spielte mit ihm Schach.

»Um Gottes willen«, murmelte Cam, während er die Tür aufschloß. »Angus, was tust du da drinnen?« Er sah sich nach Casey MacRae um, dem Streifenpolizisten, der den Gefangenen bewachen sollte.

»Ich hab Casey gesagt, daß ich ihn ablös«, erklärte Angus. »Den klein Jamie hab ich nicht mehr gesehn, seit er sieben war.«

Cam schob seine Mütze nach hinten. Er sah Jamie MacDonald an. »Gut geschlafen?«

»Nein«, gestand Jamie. »Und du?«

Cam drehte ihm den Rücken zu und blätterte im Gerichtsbuch, in der innigen Hoffnung, Jamie MacDonald noch vor dem Mittagessen einem Haftrichter vorführen zu können.

»Was tust du hier, Angus?« seufzte Cam. »Und komm aus der Zelle, verdammt noch mal. Ich kann dich nicht mit einem Gefangenen da drin lassen.«

Angus zog grummelnd den Gürtel seines Bademantels enger, erhob sich aber von der Betonpritsche, die als Sitz und zugleich als Bett diente. »Junger Cam«, mahnte er, »ich glaub nich, daß du so mit den Clansältern sprechen solls.«

Cam konnte es gar nicht leiden, wenn sein Onkel ihn ›junger Cam‹ nannte, so als wäre er immer noch ein Dreikäsehoch und der alte Cameron MacDonald nicht seit zweihundert Jahren tot. Er deutete auf Angus' durchnäßte Pantoffeln. »Du kommst im Schlafanzug daher, läßt dich mit einem Mörder einschließen und kannst nicht begreifen, wieso ich jemanden beauftragen will, der sich tagsüber um dich kümmert?«

Angus trat aus der Zelle. »Ich will nich, daß so'n grüner Junge mir sagt, wie ich am Morgen mein Haferbrei essen soll oder wiech mich waschen muß.« Er tippte Cam auf die Schulter. »Aber deswegen bin ich sowieso nich gekomm.«

Cam seufzte und drückte langsam die schwere Zellentür wieder zu. »In spätestens einer Stunde gehen wir zum Gericht«, sagte er beiläufig zu Jamie und sperrte ihn wieder ein.

Als er sich umdrehte, sah er seinen Onkel mit hochgelegten Füßen hinter dem Schreibtisch in seinem Büro sitzen. Cam kämpfte sich aus seiner Jacke und hängte sie an den dafür zuständigen Haken. »Manchmal glaube ich, ich hätte dich lieber in Carrymuir lassen sollen«, sagte er.

»Manchmal würd' ich mir das auch wünschen«, erwiderte Angus.

Cam setzte sich seinem Onkel gegenüber und stemmte die Ellbogen auf die Schreibtischplatte. »Angus«, erklärte er, »ich *weiß*, was du mir empfehlen willst, und glaube bloß nicht, daß ich mir nicht schon selbst Gedanken deswegen gemacht hätte. Aber es ist einfach so, daß es da drüben eine Tote gibt und auch ein unterschriebenes Geständnis von dem Mann in der Zelle.«

»Tjaja«, lenkte Angus ab. »Ich hab gestern nacht inner Schlacht von Culloden mitgemach'.«

Da dies das allerletzte war, was Cam als Antwort erwartet hatte, beugte er sich sprachlos vor. Dann faßte er sich wieder und schüttelte den Kopf. »*Wo* warst du?«

»Culloden«, erklärte Angus schlicht. »Ich weiß, du has schon'ne Menge vergessen, aber du wills doch nicht behaupn, daß dir das nichs sagt.«

Lange hatte sich Cam geweigert, Angus ins Altersheim zu stecken, vor allem weil das nächste Heim jenseits der Berge lag, gute fünfundvierzig Minuten entfernt. Noch dazu wäre ein Mensch, der aus den Einfriedungen der Natur stammte, kaum für antiseptisch rein gewischte Böden und Bingospiele in der Cafeteria zu haben. Doch allmählich sah er ein, daß ihm wohl keine Wahl blieb. »Angus«, meinte er freundlich. »Wir schreiben das Jahr 1995.«

»Mag schon sein«, stimmte Angus ihm zu, »aber trotzdem hab ich gesternnacht mit Prinz Charlie gegen die Engländer gekämpft.« Er setzte sich auf, als könne er nicht glauben, daß Cam zu begriffsstutzig war, um zu verstehen, was er ihm damit sagen wollte. »Dein Ur-ur-ur-ur-urgroßvater is nich glücklich. Deshalb is Cameron mich heimsuchen gekomm.«

Cam ließ den Kopf auf die Tischplatte sinken. Er würde das Spiel des Alten mitspielen; er würde ihm noch fünf Minuten zuhören; dann würde er ihn hinaus auf die Hauptstraße führen und mit seinem Gefangenen zum Bezirksgericht am anderen Ende des Ortes fahren. »Cameron MacDonald ist dich heimsuchen gekommen«, wiederholte er.

»So könnte man's sagen«, nickte Angus. »Es warn bißchen, als wär ich in sein grünes Hirn gekrochen.« Nachsinnend hielt er inne. »Er wollte gar nich in Culloden sein.«

Cam machte sich nicht die Mühe, den Kopf zu heben, und sprach einfach in seinen Hemdsärmel. »Er war ein phantastischer Soldat und für die Stuarts. Wo hätte er sonst sein sollen?«

»Ich könnt mir vorstellen, er wär lieber daheimgewesen bei seinen Leuten.«

Cams Geduld erschöpfte sich allmählich. »Angus, wir alle kennen die Geschichte. Wahrscheinlich nehmen die Lehrer sie in der verdammten Grundschule zum Lesenlernen, statt *Dick and Jane.*« Sein Kopf fuhr hoch, und er rezitierte halb singend: »Cameron MacDonald war bereit, sein Leben zu geben, damit seine Männer nach Carrymuir zurückkehren konnten.«

»Aye!« Angus deutete mit einem Finger auf ihn. »Aber weißdu auch, wrum er das gemacht hat? Wrum er bereit war zu sterben?«

In einer aufblitzenden Erkenntnis begriff Cam plötzlich, wohin das führen würde. »Weil er der Chief war?« antwortete er gewitzt und wollte schon zu einer Erklärung ansetzen, weshalb Jamie MacDonald trotzdem vor Gericht gestellt werden mußte.

»Nein«, widersprach Angus, »weil er nich ausgehalten hätt, daß die Menschen sterben, die er liebt.« Er stand auf, kam hinter dem Schreibtisch hervor und legte seine dünne, blasse Hand auf Cams Rücken. »Zerbrich dir nich den Kopf, Junge. Dir wird schon was einfalln.« Dann klopfte er zum Abschied gegen die mit Kunststoff überzogenen Stäbe des Zellengitters und marschierte hinaus.

Die Kunst des Bonsai, hatte Mia Allie erklärt, mußte im Einklang mit der Natur ausgeübt werden und in dem Wunsch, sie zu zähmen und neu zu erschaffen, wenn auch in einem anderen Maßstab. Sie beschrieb ihr die Ursprünge dieser Kunst aus China und später Japan; wie fasziniert die westliche Welt von der Macht der Bonsai-Künstler war – einen so riesenhaften, uralten Baum auf einem so winzigen Raum wachsen zu lassen. Aufmerksam verfolgte Allie, wie Mia ihr die verschiedenen Formen skizzierte, alleinstehende und seitwärts geneigte Bäume, Kaskaden, aufrechtstehende, knorrige und auf Felsen wurzelnde Sorten. Wie Mantras wiederholte sie die japanischen Bezeichnungen: Chokkan, Moyogi, Sabamiki.

Vor einer halben Stunde hatten sie in einer Baumschule ein paar junge japanische Ahorne gekauft, die Allie jetzt in Bonsais verwandeln würde, ähnlich jenem, den Mia ihr gestern vorgeführt hatte. Mia besaß einen kompletten Werkzeugsatz zur Baumbearbeitung: Säge, Schere, Zangen, Zweigmesser. »Ich bin Chirurgin«, hatte sie gesagt, und Allie lachte, bis sie begriff, daß Mia es ernst meinte.

Es gab nicht allzu viele Regeln. Am ersten Baum stutzte Mia mit der Säge zwei gegenüberliegende Äste zurück, so daß sich neue Verzweigungen bilden würden. Sie wies Allie an, die Schnitte zu säubern, damit der Baum schneller heilte. Die Blätter ließ sie sie abzupfen.

»Er sieht kahl aus«, meinte Allie.

Mia trat zurück und begutachtete ihr Werk. »Das wächst nach«, äußerte sie zuversichtlich. »Er soll nicht zu buschig werden.«

Den Draht anzubringen, war das Schwierigste. Er sollte in einer Spirale von fünfundvierzig Grad hochsteigen und sich um die Äste des Baumes winden, um sie in die gewünschte Richtung zu biegen. Mehrere Monate sollte er am Baum bleiben, mußte aber jeden Tag abgewickelt und neu angebracht werden, damit er nicht in die Rinde schnitt.

Ein paar Minuten lang sah Mia Allie bei der Arbeit zu. Man konnte gut mit ihr reden, ihr Dinge beibringen und einiges von ihr lernen. Sie wußte nicht, ob sie Allie wirklich mochte – wirklich, wahrhaftig mochte –, oder ob sie sich nur schnell mit Allie angefreundet hatte, weil sie der erste Mensch war, dem Mia in Wheelock begegnet war. Mia wußte noch, wie sie einst in der sechsten Klasse Freundschaft geschlossen hatte, als sie auf eine neue Schule gekommen war und niemanden kannte – nach einem Augenblick panischer Einsamkeit hatte sie einfach mit den beiden Mädchen herumgealbert, die in der Aula neben ihr saßen. Als zehn Minuten später alle drei aufstanden, hatte Mia ihre kleinen Geheimnisse preisgegeben und im Austausch erfahren, daß Jenna in Billy Geffawney verliebt war und daß Phyllis ein hartgekochtes Ei auf einen Bissen verschlingen konnte. Erst Monate später, als ein enges Netz geteilter Intimitäten sie einhüllte wie ein Wintermantel, erkannte Mia, wie wenig sie mit den beiden Mädchen gemeinsam hatte, denen sie sich zuallererst anvertraute; wie oberflächlich und fremd sie ihr jetzt vorkamen; wie dumm sie gewesen war, sich vor der Zukunft zu fürchten. Jahrelang mied sie die beiden, weil sie stets daran denken mußte, wieviel sie über sie wußten, und immer in der Angst, daß ein einziger, verzweifelter Akt der Verbrüderung sich eines Tages gegen sie wenden könnte.

Während Allie an ihrem neuen Bonsai arbeitete, holte Mia ihre in Arbeit befindlichen Werke hinten aus dem Mietwagen, mit dem sie in Wheelock aufgekreuzt war. Sie hatte das Auto über Nacht vor der Bücherei stehenlassen. Nachdem Mia mehrmals gegangen war, kehrte sie außer Atem mit einem Stapel von Terrackottaplatten und einem armeegrünen Campingsack zurück. »So!« Sie sah auf den Boden, auf dem jetzt in einem halben Dutzend Behältern und Töpfen überall knorrige und gebeugte Bäumchen standen. »Ich fühle mich fast wie in Kyoto.«

»Du bist ziemlich weit rumgekommen, wie?« fragte Allie,

während sie ein Stück Kupferdraht zurechtbog. »Von wo stammst du eigentlich?«

Mia schüttelte den Kopf und machte sich daran, die Töpfe nach hinten zu tragen. »Ich komme von überall«, rief sie zurück. »Nirgendwo habe ich lang genug gelebt, um wirklich sagen zu können, ich komme ›von dort‹.«

»Warst du ein Armee-Sproß?«

Mia blieb auf der Türschwelle stehen. »Nein«, entgegnete sie. »Meine Eltern wohnen immer noch in dem Haus, in dem ich aufgewachsen bin.« Sie stellte zwei Schalen auf Allies Schreibtisch ab und schleifte dann den Stuhl in die Arbeitsecke. Gedankenverloren nahm sie Allie den Draht aus der Hand und korrigierte eine Schlinge, die um einen Ast führte. »Und du bist in Wheelock aufgewachsen?«

Allie nickte. »Cam auch.« Sie lächelte. »Ich glaube, ich kenne ihn schon seit meiner Geburt.«

Mia konnte sich das gut vorstellen; einen Augenblick sah sie eine krabbelnde Allie vor sich, die sich an Cams Hemd festklammerte, um sich daran hochzuziehen. »Wart ihr schon in der High-School ein Paar?«

Allie schüttelte den Kopf. »Nein, ehrlich gesagt sind diese gräßlichen Gestecke, die du für die Bücherei gemacht hast, für eine Veranstaltung zu Ehren von Cams ehemaliger Freundin.«

Jetzt lächelte Mia. »Offengestanden hast du es am Ende besser getroffen.«

»Das«, erwiderte Allie, »will nicht viel heißen.« Sie begann, die Blätter auf einer Seite des Baumes abzuknipsen, so wie Mia es ihr vorhin gezeigt hatte. Dünnes Licht sickerte durch die hohen Fenster und betupfte den Fußboden. »Natürlich kenne ich Cam schon aus der High-School; aber er hat damals nichts von mir gewußt und mich auch nie bemerkt. Ich meine, *jeder* kannte Cam. Er war in Schottland auf dem College und ist danach ein bißchen herumgereist; als dann sein Vater starb, kam er zurück nach Wheelock.«

Am Abend zuvor hatte Allie Mia die eigenartige Erbfolge in Cams Familie erklärt, die bis in die schottischen Highlands zurückreichte. »Ich habe ihn in einem Werkzeugladen aufgegabelt«, sagte sie und schnitt einen Ahornzweig ab, der zu dicht über der Wurzel sproß, »wo ich ihn bewußtlos schlug.«

Sie war beim Holzkaufen gewesen. Mit genauen Instruktionen versehen, wollte sie sich eigenhändig aus mehreren fünfzehn mal fünf Zentimeter starken Brettern einen Arbeitstisch zimmern. Cam, der eben erst wieder in den Ort zurückgekehrt war, hatte hinter ihr gewartet. Als Allie in ihrer Geldbörse nach den passenden Münzen kramte, das Holz unsicher auf einer Schulter balancierend, vernahm sie hinter sich Cams Stimme. »Ich hätte Kleingeld«, bot er ihr an. Sie hatte sich umgedreht, um es entgegenzunehmen, dabei versehentlich die Latten herumgeschwungen und ihn damit genau am Schädel getroffen.

Als er aufwachte, lag sein Kopf in ihrem Schoß, und hinter seinen Augen dröhnte es wie wild; doch abgesehen von einer leichten Gehirnerschütterung war ihm nichts passiert. Wenn Cam diese Geschichte erzählte, fügte er gerne hinzu, daß er schon bei seiner ersten Begegnung mit Allie Sterne gesehen hätte.

Allie zuckte mit den Achseln nach Abschluß dieses Berichts; es war ihr ein wenig peinlich, so ausführlich über sich selbst zu sprechen. Mia saß am Arbeitstisch, das Kinn in die Hand gestützt. Unter ihren Ellbogen lagen Haufen von japanischen Ahornblättern, manche groß wie eine Faust. »Du erinnerst mich an meine Mutter«, bemerkte Mia.

Allie lachte. »Weil ich dir Frühstück gemacht habe?«

Mia schüttelte den Kopf. »Nein, dafür war ich immer selbst zuständig. Weil du so aussiehst wie sie, wenn du über deinen Ehemann sprichst.« Sie dachte an ihre Eltern und daran, wie sie Geschichten erzählten: Meist saßen sie nebeneinander, unterbrachen einander ständig, und ihre Hände flatterten hoch und umeinander herum wie Schmetterlinge im Liebesspiel, bis sie auf dem Knie des anderen zur Ruhe kamen.

»Und erinnert dich Cam an deinen Vater?«

Mia sah Cams Hand vor sich, die auf der karierten Tischdecke lag, und die leuchtende Linie rötlicher Haare, die ihm genau bis an den Kragen reichten. Sie versuchte sich Allie in seinen Armen vorzustellen, Allie unter seinem massigen Körper, doch es gelang ihr nicht. »Nein«, antwortete sie.

Graham MacPhee drang nie zu den Scheidungen vor. Nachdem er vor vier Jahren seine Anwaltszulassung für Massachusetts erhalten hatte, war er in die Kanzlei seines Vaters eingestiegen und hatte sich damit den zweifelhaften Titel eingehandelt, der zweite Anwalt an einem Ort zu sein, der höchstens einen brauchte. Sein Vater, seit vierzig Jahren Wheelocks Verteidiger, dilettierte auf allen Gebieten: Testamente, Immobilien, Verträge, Bankrotte, Nachbarschaftszwiste, Beleidigungsklagen.

Obwohl Graham schon mit der Staatsanwaltschaft Straferlasse ausgehandelt und ein paar Zivilklagen durchgefochten hatte, behielt sich sein Vater die schwierigen Ehedispute und zweifelhafteren Fälle stets selbst vor. Sagte, es sei eine Frage der Erfahrung, worauf Graham erwiderte, wenn er nie zum Zug käme, würde er die verdammte Erfahrung auch *nie* kriegen. Er wollte endlich sein Recht!

Gerade hockte er über einer Schadensersatzklage, als die Glocke an der Eingangstür erklang. Cleo, die Anwaltsgehilfin und Sekretärin, war nicht an ihrem Platz, deshalb marschierte Graham persönlich zum Empfang. Beim Aufstehen fegte er versehentlich die Schadensersatz-Akte vom Tisch, deren Papiere fröhlich abwärts segelten.

»Scheiße«, murmelte er und sorgte mit einem Tritt für weitere Unordnung. Er ging den Korridor hinunter und stand unvermutet dem Chief der Polizei gegenüber.

»Wo ist Ihr Vater?« fragte Cam augenblicklich und sah dabei aus dem Fenster. »Ich muß mit ihm reden.«

Graham beobachtete, wie der Mann ungeduldig seine Dienstmütze malträtierte. »Vor Gericht«, informierte Graham ihn. Er richtete sich zu voller Größe auf. »Was kann ich für Sie tun?«

Cam starrte Graham an, der sich bestimmt vor Angst fast in die Hosen machte, nur weil er mit ihm im selben Raum sein mußte. Als Graham achtzehn war, hatte Cam ihn und seine

Freunde auf der Baustelle eines Hauses erwischt, wo sie Bier tranken und auf die frisch zementierte Treppe pinkelten. Er hatte ihm die Fingerabdrücke abgenommen, ihm seine Rechte vorgelesen und ihn eingesperrt, um ihm ein bißchen Verstand einzubläuen; doch den Verhaftungsbericht hatte er nie ausgefüllt.

Graham räusperte sich. »Brauchen Sie irgendwas, Chief?«

Cam nickte knapp und legte dann den Kopf schief, als wollte er sich darüber klar werden, wie fähig Graham wohl war. »Gehen wir in Ihr Büro«, sagte er und steuerte durch den Gang auf einen Raum zu, in dem sie ungestört waren.

Graham dachte an die auf dem Boden verstreuten Papiere, an die Angelzeitschrift und den Walkman, der fett und breit auf seinem Schreibtisch lag. »In den Konferenzraum!« Er lotste Cam nach links.

Cam machte sich nicht mal die Mühe, Platz zu nehmen. »Sie wissen Bescheid über den MacDonald-Mord«, meinte er und deutete auf einen Stuhl, auf den sich Graham setzen sollte. Graham sah ihn vor dem Eichentisch auf und ab wandern, lauschte seiner Stimme, die den Raum bis in die letzte Ecke ausfüllte, und begriff, daß Cameron MacDonald im Gerichtssaal eindeutig etwas hermachen würde.

»Ich habe so dies und das gehört«, hielt sich Graham bedeckt.

Cam ließ seine Mütze auf die glatte Tischfläche klatschen. »Der Kerl muß einen Anwalt bekommen.«

Graham runzelte die Stirn. »Er hat uns beauftragt?«

Cam schüttelte den Kopf. »*Ich* beauftrage *Sie* mit seiner Verteidigung und zahle das Honorar persönlich. Zum Ausgleich lassen Sie kein Sterbenswörtchen darüber raus, wer Ihren Klienten unterstützt – nicht Ihrem Vater gegenüber, nicht dem Richter gegenüber, nicht meiner Frau gegenüber. Ihr Job ist es, ihn vor den Geschworenen aussehen zu lassen wie Mutter Teresa.« Er atmete tief ein, und als er Graham wieder ansah, glaubte Graham beinahe, Angst im Blick des Chiefs zu erkennen. »Holen Sie ihn vom Haken«, ergänzte er leise.

Graham starrte Cam an. »Und was werden *Sie* tun?« fragte er.

Cam nahm seine Mütze. »Ich werde ihn wegen Mordes vor Gericht bringen«, sagte er, »und Ihnen das Leben so schwer wie möglich machen.«

Als Cam nach dem Gespräch mit Graham MacPhee nach Hause kam, war die Haustür unverschlossen.

Er wußte, daß Allie sich im Laden befand, weil er eben mit ihr gesprochen hatte. Es handelte sich ganz eindeutig um einen Einbruch. Er zog die Waffe aus dem Halfter und eilte ins Innere, sich nach links und rechts absichernd, so wie er es gelernt hatte. Wilde Spekulationen begannen in seinem Kopf zu wuchern: Jamie MacDonald gehörte zu einem Drogenring; der Mord war eine Tarnung für viel schrecklichere Verbrechen; in genau diesem Augenblick stand jemand in seinem Schlafzimmer, wo er Manschettenknöpfe, Haarflusen und Teppichfasern stahl, die Cam später belasten sollten.

Eine gründliche Durchsuchung des Erdgeschosses ergab nichts. Er schlich die Treppe hinauf, schleuderte in der vollen Erwartung, einen Halunken in seinen Schubladen wühlen zu sehen, die Schlafzimmertür auf und richtete die Waffe auf das Bett. »Polizei!« brüllte er mit trockener, pochender Kehle.

»Oh!« Mia Townsend erbleichte und erstarrte beim Anblick der Waffe. »Jesus!«

Cam sicherte die Pistole und rammte sie wieder in den Halfter. »Scheiße!« bellte er und war mit zwei Schritten neben ihr. »Ich hätte Sie umbringen können. Ich hätte Sie *umbringen* können!« Er packte sie an den Schultern, schüttelte sie und preßte zwischen zusammengebissenen Zähnen heraus: »Was, zum Teufel, tun Sie hier?«

Mias Zähne klapperten. »Ich wollte nach der Katze schauen«, sagte sie und fing an zu weinen.

Sie hatte noch nie in die Mündung einer Waffe geblickt; aber warum kam Cam auch mitten am Tag heim? Andererseits schnüffelte sie im Schlafzimmer herum, obwohl sie hier nichts zu suchen hatte. Cams Finger bohrten sich fester in ihre Oberarme, dann spürte sie, wie er sie an seine Brust zog. Er streichelte ihr den Rücken, der sich dünnknochig und leicht anfühlte.

»Es geht schon wieder«, sagte sie und zwängte die Hände zwischen ihre Leiber.

Cam trat zurück, und Mia ließ sich auf die Bettkante sinken. »Wo ist Allie?«

»Im Laden – macht Bonsais. Ich habe es ihr beigebracht.« Sie lauschte dem brüchigen, gestelzten Rhythmus ihrer Stimme und schüttelte den Kopf, um ihn frei zu bekommen. Es war ihr ein Rätsel, wieso sie nicht denken konnte und nur Stummelsätze zusammenbrachte.

»Bonsais?« fragte Cam. »Sie machen Bonsais? Sie zwingen Bäume, so zu wachsen, wie Sie es gern hätten?«

Mia versuchte zu lächeln. »Wahrscheinlich könnte man es so nennen.«

Cam setzte sich neben sie. »Sie und ich, wir haben keine besonders gute Erfolgsbilanz«, stellte er fest.

Mia schüttelte den Kopf. Cam beobachtete, wie sie sich niederbeugte, ein paar verstreute Fotos aufhob und sie wieder in die herzförmige gestreifte Schachtel zurücklegte, die Allie auf einem Flohmarkt gefunden hatte. »Was tun Sie hier?« fragte er.

Sie spürte, wie die Röte zwischen ihren Brüsten nach oben kroch bis zu den Wangenknochen. Zu blöd. So etwas hatte sie nie zuvor getan – absichtlich die Intimsphäre anderer Menschen verletzt.

Im Gegenteil, sie hatte schon sehr früh gelernt, mit dem Hintergrund zu verschmelzen; denn am ehesten gefiel sie ihren Eltern, indem sie unsichtbar für sie blieb. Mia hatte ihre Unaufdringlichkeit zur Kunst erhoben, was sie in späteren Jahren konsequenterweise zur Kunst des Bonsai führte; dort lieferten Zurückhaltung und Verschmelzung mit dem Hintergrund den Maßstab für Erfolg. Sie war es nicht gewöhnt, etwas anderes als eine Außenseiterin zu sein; war nie etwas anderes gewesen, bis die hektischen Ereignisse von gestern sie von ihrem Beobachterposten am Rande der Stadt mitten in Allie MacDonalds Welt katapultiert hatten.

Und was die MacDonalds betraf, wurde ihr Interesse rasend schnell zur Besessenheit. Sie hatte ihren Wagen am Straßenrand geparkt, damit sie mehr Zeit zum Stöbern hätte; denn vermutlich würden sich die Nachbarn keine Gedanken machen, solange sie kein fremdes Auto in der Einfahrt sahen. Dann war sie ins Haus gegangen, um all die Lücken in dem Leben zu inspizieren, das Allie am Vormittag vor ihr ausgebreitet hatte. Um zehn Uhr wußte Mia, wie Allie und Cam sich kennengelernt hatten; um elf, wie die Tiere hießen, die Cam als Kind besessen hatte; um elf Uhr dreißig, daß die beiden traditionell den Valentinstag – Alptraum jeder Floristin – vorfeierten, wenn Allie noch nicht mit Arbeit zugeschüttet war.

Dies sah sie seit zehn Jahren als ihre erste Chance, anderen Menschen näherzukommen, und Mia wollte ganz und gar in deren Dasein eintauchen. Deshalb war sie so besessen von Allie und Cam; zumindest versuchte sie sich das einzureden. Sie merkte nicht, daß sie viel ausgiebiger Cams Sachen betrachtete als Allies; daß sie volle fünf Minuten lang mit dem Finger das Monogramm auf seinem gebügelten weißen Ausgehhemd nachgefahren war. Sie merkte nicht, daß sie bei ihrer Wanderung von Raum zu Raum jene Plätze zu bestimmen suchte – die Vertiefung in einem Sessel, die Stelle vor einer Kommode –, an denen Cam sich aufgehalten haben könnte.

Mia *war* ins Haus gekommen, um Kafka zu holen, aber vor allem wollte sie spionieren. Sie hatte die Bücher auf dem Nachttisch durchgeschaut – Allie bevorzugte Liebesgeschichten, Cam – zu ihrem Entsetzen – Gedichte; wie Goldlöckchen hatte sie sich auf allen sechs Polstern der Sitzgruppe im Wohnzimmer niedergelassen. Sogar einen Klecks von Cams Rasierschaum hatte sie auf ihren Unterarm gesprüht und daran geschnüffelt, um festzustellen, ob dies der Geruch war, der ihr schon den ganzen Vormittag nachhing. Und obwohl Mias empfindliche Ohren wahrnahmen, wie eine Fliege an einer Fensterscheibe vorbeiflog oder wie der Mond in der Nacht seine

Position änderte, hatte sie sich derart in die Bestände des Schlafzimmers vertieft, daß sie schließlich auf frischer Tat ertappt wurde.

Cam nahm ihr ein paar Fotos aus der Hand und hielt sie gegen das Licht. Mia sah ihn nicht an. »Sie haben mich erwischt«, sagte sie leise. »Ich habe herumgeschnüffelt.«

Zu ihrer Überraschung begann Cam zu lachen. »Und?«

Sie hob das Kinn und erkannte, daß sie jetzt tapfer sein mußte, sonst würde sie das hier nicht überleben. »Sie tragen Boxershorts, keine Slips; als Kind war Ihr Haar eher blond als rötlich; Sie lassen Ihre Uniformen in Hancock reinigen.«

»Und Allie?«

Mia zupfte am Bettüberwurf. »Zu ihr bin ich noch nicht vorgedrungen.« Ihre Mundwinkel hoben sich. »Ich habe auch Ihre Schmuddelhefte gefunden«, sagte sie. »Die Reisezeitschriften, die Sie im Werkzeugkasten verstecken!«

Cam nahm einen zweiten Stapel Fotos aus Mias Hand. Es störte ihn nicht, daß sie von den Zeitschriften wußte, es störte ihn längst nicht so sehr wie gestern, als Allie darauf gestoßen war. Vielleicht weil er wußte, daß Allie ihn unmöglich verstehen konnte. Mit jemandem, der nicht einmal merkte, daß er im Käfig saß, konnte man nicht über Freiheit sprechen.

»Ich habe den Artikel über Tibet gelesen«, gestand Mia.

Cam nickte. »Waren Sie mal dort?« fragte er.

Sie schüttelte den Kopf. Vornübergebeugt sammelte sie die letzten verstreuten Fotos vom Boden auf. Sie sah ein paar Schnappschüsse von Allie als Kind durch; Cams Hochzeitsbild in seiner atemberaubenden Highland-Tracht. Sie schien nach etwas Bestimmten Ausschau zu halten, deshalb blätterte Cam ratlos seinen Stapel durch, als könne er dadurch ergründen, wonach sie suchte.

»Hier«, sagte sie und hielt ein Foto hoch, auf dem ein üppiges grünes Tal zu sehen war, umgeben von lauter Bergen und mit einem beeindruckenden weißen Bergfried links. »Da bin ich gewesen.«

Cam stutzte. »Das ist nicht Ihr Ernst!«

»Ist doch in Schottland, oder?« fragte Mia. »In der Nähe von Glencoe?« Sie fuhr mit der Hand über die zusammengefaltete Schottendecke am Fußende des Bettes. »Ist das der Ort, wo Sie alle herkommen?«

Er sah in Mias dunkelblaue Augen, dachte, daß dies alles ein bißchen zu phantastisch war, um ehrlich zu klingen, und verschränkte die Arme vor der Brust. »Beweisen Sie's«, forderte er.

Später sollte sich Cam fragen, ob alles anders gekommen wäre, hätte Mia ihm die Anzahl der Pflastersteine vor dem Haupthaus nennen können, die er als Kind gezählt hatte, wenn ihn die Erwachsenengespräche drinnen langweilten; oder wenn sie sich daran erinnert hätte, daß unter dem Rosenbusch links vom Tor ein kleiner Grabstein für einen alten Terrier stand, der früher dort immer Wache gehalten hatte. »Es ist so lange her«, sagte sie, »und alles, woran ich mich noch erinnere, sind Dinge, die ich auch von einer Postkarte haben könnte.« Sie zuckte kurz die Achseln und starrte auf die Haut unter seiner Kehle, die so dünn und hell war, daß sie darunter das Netz seiner blauen Adern erkennen konnte. »Sie werden mir wohl glauben müssen«, schloß sie.

Und in diesem Augenblick hielt Cam es für möglich, daß er in Carrymuir jemanden gesehen *hatte,* der wie Mia Townsend aussah, vielleicht als er mit acht dort gewesen war oder später mit achtzehn. Vielleicht war ihr Schritt trippelnder gewesen; vielleicht das Haar kürzer, aber ganz bestimmt erinnerte er sich an diesen leichten Gang, diesen lustigen Schopf. Und weil er das Gefühl hatte, daß er sich nur auf eine Weise Gewißheit verschaffen konnte, überbrückte er den Abstand zwischen ihnen und küßte sie.

Sie paßte zu ihm. Durch die Augenschlitze sah er, daß ihre Augen immer noch offen waren, und das wurde sein Ziel: Er wollte sehen, wie sie sich schlossen. Also fuhr er mit der Zunge über ihre Lippen und küßte sie auf die Mundwinkel. Sein Denken war getrübt. Er sagte sich, sobald sie sich unter seinen Händen anspannte, wie leicht auch immer, würde er aufhören. Er sagte sich, er würde bis zehn zählen und warten, was geschah.

Ungefähr zur gleichen Zeit, als sein Herz wieder zu schlagen begann, wand sich eine ihrer Locken um seinen Finger, als könnte sie ihn dadurch zum Bleiben bewegen.

Mias Augen schlossen sich, und sie fragte sich, was, in Gottes Namen, sie da eigentlich tat. Das Blut schoß ihr durch die Adern, nicht nur wegen dieses Mannes, dessen große Hände ihr Gesicht umfaßten, sondern weil sie gewußt hatte, daß es so kommen würde, und weil es sich jetzt bewahrheitete.

Cam barg sein Gesicht an ihrem Hals. Er empfand das für einen Mann, der sich nach langen Reisen sehnte und der die Wohltaten kannte, die eine Ehefrau, eine feste Arbeit und ein Bankguthaben spendeten, höchst eigenartige Gefühl, heimzukehren. Unter seinen Lippen spürte er die Schwingungen ihrer Stimme, die sekundenlang in ihm nachsummten, bevor die Worte in ihn einsickerten.

»Ich muß gehen«, sagte Mia. »Und zwar sofort.«

Weil er fürchtete, daß sie aufstehen und aus der Tür und möglicherweise gleich aus dem Ort rennen könnte, faßte Cam nach ihrer Hand. »Ich bringe dich zurück in den Laden«, sagte er, und die Worte schepperten fremd in seinen Ohren.

»Ich bin mit dem Auto da.«

»Laß es stehen.« Cam winkte ab. »Allie wird dich später wieder herfahren.«

Sie starrten einander an, und keiner von beiden wollte auch nur andeuten, daß dies möglicherweise wieder geschehen konnte; daß einer von beiden mit dem anderen unter einem Dach schlafen wollte oder nicht. Schließlich nickte Mia, wobei ihre Entscheidung auf der Tatsache beruhte, daß sie es nicht ertragen hätte, nicht zu wissen, was Cam zu Allie sagen würde, sobald er bei ihr eintraf.

Während sie sich treppab bewegten, berührte er sie nicht einmal. Er blieb immer einen Schritt hinter Mia, so dicht, daß er den Duft einatmete, den sie hinterließ. Mit jedem Augenblick kam es ihm unglaublicher vor, daß er in seinem eigenen Schlafzimmer eine ihm kaum bekannte Frau geküßt hatte, und er überließ sich seinem schlechten Gewissen. Cam wußte nicht, was er sich dabei gedacht hatte. Auf keinen Fall wollte er sich der Erkenntnis stellen, daß er überhaupt nichts gedacht hatte.

Unten an der Treppe hob Mia Kafka auf den Arm und ging in Richtung Haustür. An der Schwelle blieb sie stehen. »Ich muß wissen, was du ihr sagen wirst.« Sie versuchte, kühl zu klingen, was kläglich scheiterte.

Cam ließ ihr den Vortritt nach draußen und schloß dann hinter ihnen ab. »Daß ich dich für einen Einbrecher gehalten und mit der Pistole auf dich gezielt habe«, sagte er. »Daß ich dir einen Mordsschrecken eingejagt habe.«

»Das«, sagte Mia und stieg in den Streifenwagen, »wäre nicht mal gelogen.«

Nachdem Allie die Bonsais verdrahtet und Verona MacBeans Gestecke in die Bücherei gebracht hatte, beschloß sie, sich bei Jamie MacDonald sehen zu lassen. Sie sagte sich, daß sie damit nicht wirklich Cams Wunsch zuwiderhandelte. Wenn irgendwer – zum Beispiel Hannah – sie fragen sollte, wie sie dazu kam, einen Mann zu besuchen, den Cam wegen Mordes vor Gericht bringen würde – nun, dann würde sie einfach sagen, er gehöre immerhin zur Familie.

Sie machte ihm ein Duftsträußchen aus Blumen, die ihm unter Umständen helfen könnten: Rosen für Liebe, Ringelblumen für Trauer, Veilchen für Treue, Chrysanthemen für Frohsinn in widrigen Umständen. Die Zwischenräume füllte sie mit Strandnelken und Zittergras auf. Sie wußte, daß der Strauß nicht in die Zelle durfte, doch nicht einmal Cam konnte etwas dagegen haben, wenn sie ihn außen an das Schloß hängte. Allie wartete, bis Cams Streifenwagen fünfzehn Minuten vom Parkplatz weg war. Dann kontrollierte sie ihre Frisur, klopfte sich die Reste vertrockneter Blütenblätter von den Kleidern und machte sich auf den Weg die Straße hinunter.

Casey MacRae befand sich, abgesehen von dem Gefangenen, allein auf dem Revier. Hannah hatte sich krank gemeldet, und Cam war, wie Casey es ausdrückte, weiß der Geier wo. »Hi«, begrüßte er sie und blickte von seiner Patience auf, die er auf der

Theke ausgelegt hatte. »Heute ist offenbar MacDonald-Tag im Haus!«

Allie knöpfte ihren Mantel auf und schüttelte ihre Haare. »Wer war denn außer mir schon da?«

Casey lächelte. »Der alte Angus«, berichtete er. »Im Bademantel, mitten in der Nacht.«

Allie lachte. »Bestimmt zu Cams Begeisterung«, sagte sie. »Ist er noch in der Stadt? Oder reitet Angus vielleicht mit ihm in den Sonnenuntergang hinaus?« Sie setzte sich auf Hannahs Drehstuhl und stieß ihn auf den Rollen zurück, so daß sie über das zerkratzte Linoleum sauste.

»Allie«, sagte Casey, »ich weiß wirklich nicht, wann Cam zurückkommt.«

Sie stellte die Füße auf den Boden und lächelte. »Ach, um Cam geht es mir gar nicht. Ich will mit Jamie reden.«

»Er wird mich *umbringen*«, prophezeite Casey.

»Cam braucht es ja nicht zu erfahren«, drängte Allie. Sie sprang von ihrem Stuhl und steuerte an Casey vorbei in den Untersuchungsraum. »Wir können da drin sitzen«, schlug sie vor. »Sie können ihm Handschellen anlegen und auch für alle Fälle dabeibleiben.« Sie wußte, daß sie gewinnen würde. Schließlich versprach sie ihm einen Gutschein über ein Dutzend Rosen am Valentinstag inklusive Zustellung an die Frau seiner Wahl – ein Geschenk im Werte von siebzig Dollar – im Tausch gegen fünfzehn Minuten mit Jamie MacDonald.

Er sah ein bißchen abgerissen aus, als er hereintrat. Sein Hemd war verknittert, weil er darin geschlafen hatte; auf seinem Kinn wuchsen feine rote Stoppeln. Caseys fleischige Hand umspannte seinen Oberarm, und seine Handgelenke steckten in alten Handschellen. »Mr. MacDonald.« Allies Kehle war plötzlich trocken. Was sagt man zu jemandem, der seine Frau umgebracht hat?

»Bitte«, murmelte er und setzte sich ihr gegenüber an den Tisch, »nennen Sie mich Jamie.«

»Dann nennst du mich Allie«, entschied sie und atmete tief durch. Sie lächelte, setzte zu einer Frage an und hielt inne.

Schließlich schüttelte sie den Kopf. »Ich kann dich wohl kaum fragen, wie es dir geht, oder?«

»Du kannst fragen, was du willst«, erwiderte Jamie. »Ich weiß nur nicht, ob ich dir darauf antworte.« Er beugte sich vor, um die Arme auf die Knie zu stützen, eine unvermutete Bewegung, die Allie in ihrem Stuhl zurückzucken ließ. Jamie sah sie an. »Ich tue dir nichts«, versicherte er.

»Ich weiß«, flüsterte Allie. Sie faltete die Hände im Schoß und merkte, daß sie immer noch die getrockneten Blumen darin hielt. Nervös streckte sie Jamie den Strauß entgegen. Er faßte mit seiner in Ketten gelegten Hand danach, und seine Finger berührten ihre dabei. Sie war überrascht, wie warm und weich sie waren, so als könnten sie allein aufgrund ihrer Struktur unmöglich Gewalt ausüben.

»Ein Einzugsgeschenk«, meinte er trocken und drehte das kleine Sträußchen in den Händen.

Allie biß sich auf die Lippe. Das hier lief nicht so, wie sie es geplant hatte. Sie hatte sich ausgemalt, wie eine zweite Florence Nightingale in der Polizeistation zu erscheinen und Jamie sein Herz ausschütten zu lassen, bevor der Prozeß begann. Statt dessen hatte sie ihm nichts zu sagen, und Jamie war nicht in der Stimmung für Vertraulichkeiten. Sie wollte ihm schon viel Glück für seine Verhandlung wünschen und davonstürzen, als er sich in seinem Stuhl bewegte und ihre Aufmerksamkeit wieder auf sich zog. »Bist du gegen seinen Willen gekommen?« erkundigte er sich.

Allie erstarrte. »Ich weiß nicht, was du meinst.«

»Es macht bestimmt keinen besonders guten Eindruck, wenn die Frau des Polizeichefs ausgerechnet dem Typen einen Gnadenbesuch abstattet, den er für einen Mörder hält.«

»Das ist kein Gnadenbesuch«, widersprach Allie hastig. Ihr Blick tastete die Reihe von Anschlagtafeln hinter Jamies Kopf ab, die Cam geschickterweise hier angebracht hatte, wo die Teilzeitbeamten sie in aller Ruhe studieren konnten: interne Bekanntmachungen, Wocheneinsatzpläne, die Fahndungsplakate des FBI.

»Nein? Dann handelt es sich wohl um einen Freundschaftsbesuch.« Er sah sie an. »Was passiert, wenn dein Mann herausfindet, daß du mich besucht hast?«

Allie zuckte mit den Achseln, aber die Geste wirkte eher wie ein Schaudern. Cam würde nicht schreien, er würde ihr ganz bestimmt nicht drohen, aber sich zurückziehen. Er würde annehmen, daß sie nicht auf seiner Seite stand oder daß sie nicht an ihn glaubte, und weil das in den fünf Jahren ihrer Ehe noch nie vorgekommen war, würde es ihn bis ins Mark treffen. »Es hat nichts mit dir zu tun oder damit, weshalb du jetzt hier bist, Jamie«, sagte Allie langsam und bahnte sich dabei vorsichtig einen Weg durch ihr Herz. »Ich will ihm nur nicht weh tun.«

Ein Lächeln stahl sich auf Jamies Gesicht und verwandelte ihn so vollkommen, daß Allie ihn nicht wiedererkannt hätte, wenn sie ihm auf der Straße begegnet wäre. »Dann bist du diejenige.«

Allie blinzelte. »Diejenige?«

»Die mehr liebt.« Er kam näher an den Tisch, und die Handschellen klirrten gegen die Metallkante, weil er unabsichtlich zu gestikulieren versuchte. »Weißt du, in einer Ehe ist die Liebe nie fünfzig zu fünfzig verteilt. Sondern immer siebzig zu dreißig oder sechzig zu vierzig. Einer von beiden verliebt sich zuerst. Einer von beiden stellt den anderen auf ein Podest. Einer von beiden gibt sich alle Mühe, damit alles glatt läuft; der andere segelt einfach so mit.«

Allie öffnete den Mund, um zu protestieren, stellte dann aber fest, daß Jamie sie nicht einmal ansah. »Als ich Maggie das erste Mal sah, stand sie bis zu den Knien im Wasser dieses kleinen Ententeichs und schrubbte mit einer langstieligen Bürste den Boden. Ich dachte, sie arbeitet für die Stadt, aber später hat sie mir erzählt, daß sie einmal im Monat den Teich putzte, weil sich sonst niemand darum kümmerte. Sie trug eine gelbe Gummijacke und sackartige gestreifte Shorts sowie Diamantohrringe. Wegen der Ohrringe bin ich zu ihr hingegangen. Immer wieder fingen sich die Sonnenstrahlen darin und blinzelten mir zu. Ich meine, sie stand da im Schlamm und in den Algen, aber sie hatte immer noch Diamanten an den Ohren.« Er schüttelte den Kopf. »Ich habe ihr die Bürste abgenommen und ihr auf den Rasen geholfen. Damals wohnte ich genau gegenüber dem Park; ich ging jeden Tag zehnmal daran vorbei, und plötzlich begriff ich, wenn ich das nächste Mal daran vorbeigehen würde, und sie wäre nicht da, würde der Park leer aussehen.«

Allie preßte sich die Hand auf den Mund und wandte sich ab. Im Geist sah sie Maggie MacDonald auf dem Einbalsamierungstisch liegen. Sie wühlte in ihrem Gedächtnis, ob Maggie Ohrringe getragen hatte.

»Ich bin«, sagte Jamie, »derjenige, der sich zuerst verliebt hat, genau wie du. Derjenige, der alles tun würde, damit es immer so bliebe, wie es am Anfang war.«

Allie spürte, wie der Raum immer enger wurde. Sie zwang sich aufzustehen. »Ich habe keine Ahnung, wovon du redest«, gab sie sich distanziert.

»Siebzig zu dreißig«, wiederholte Jamie.

»Aber du hast sie *umgebracht*«, murmelte Allie.

Jamie schüttelte den Kopf. »Ich habe sie geliebt«, sagte er ruhig, »und zwar so sehr, daß ich sie gehen ließ.«

Aus dem Augenwinkel konnte Allie sehen, wie die Tür zur Polizeistation aufging, und einen entsetzlichen Augenblick lang glaubte sie, es sei Cam, der sie hier überraschte. Ihr Magen schlug Purzelbäume, während sie darauf wartete, daß der Ankömmling in den Vorraum der Polizeistation trat. Ein junger Mann, jemand, den sie schon einmal gesehen hatte, aber nicht einordnen konnte ...

»Nicht Cam?«

»Nein«, hauchte Allie, bevor sie merkte, daß sie damit Jamies Behauptung bewies.

Casey McRae steckte seinen Kopf durch die Tür. »Allie«, bedauerte er, »du mußt jetzt leider gehen. MacDonalds Anwalt ist gekommen.«

Allie nickte, und Casey zog den Kopf zurück. Nochmals blickte sie Jamie an. »Ich wünsche dir Glück«, sagte sie steif.

Jamie streckte die Hände aus und faßte ihre kalten Finger. Sie versuchte sich vorzustellen, wie er diese Hände auf Maggies Nase und Mund gepreßt hatte, wie er immer fester zugedrückt hatte, ohne nachzulassen, aber es gelang ihr nicht. »Allie«, sagte er leise, »hältst du mich für schuldig?«

Er hatte sich eine Blöße gegeben; in seinen Augen konnte sie sehen, wieviel Mühe es ihn kostete, aufrecht zu sitzen; die Schmerzen, die es ihm bereitete, auch nur zu atmen; die schimmernde Erinnerung an einen langsamen Foxtrott im Mondlicht rund um einen Ententeich. »Das hängt davon ab«, sagte sie und gestattete sich ein Lächeln, »welches Vergehen du begangen zu haben glaubst.«

Innerhalb von fünf Minuten nach seinem ersten Blick auf Jamie MacDonald hatte Graham MacPhee begriffen, daß dieser Mann liebend gern die Todesstrafe auf sich nehmen würde, bestünde diese Möglichkeit in Massachusetts. Er wollte keinen Anwalt und erst recht keinen, der kaum besser war als ein durchschnittlicher Pflichtverteidiger. Er wollte einfach verurteilt werden und den Rest seines Lebens in einer größeren Zelle vor sich hin vegetieren.

»Ich frage Sie nochmal«, insistierte Jamie, während er die wenigen Quadratmeter des Raumes durchmaß. »Wer hat Sie mit meiner Verteidigung beauftragt?«

»Ein Freund«, gab Graham Auskunft. »Jemand, der Sie in Freiheit sehen will.«

»Ich habe keine Freunde hier«, sagte Jamie und dachte an Allie und Angus – von denen keiner die finanziellen Mittel besaß, die erforderlich waren, um einen Strafverteidiger zu bezahlen.

Graham verlor allmählich die Geduld. Dies war sein erster echter Fall – und noch dazu ein spektakulärer –, und sein gottverdammter Mandant wollte sich partout nicht verteidigen lassen. »Hören Sie«, sagte er, »es würde nichts an der Sache ändern, wenn mich Ihr lausiger Schutzengel beauftragt hätte. Ich glaube, wir können Sie vom Haken holen, und genau das beabsichtige ich zu tun.«

Jamie blieb einen Augenblick völlig reglos stehen, dann sank er, als hätte seinen Körper plötzlich alle Kraft verlassen, in Zeitlupe auf einen Stuhl.

Graham seufzte. »Erzählen Sie mir, was passiert ist.«

Fünfundvierzig Minuten lang machte sich Graham auf seinem gelben Block Notizen. Als Jamie schließlich verstummte, trommelte Graham mit zwei Bleistiften auf den Tisch und las noch einmal durch, was er aufgeschrieben hatte. Und während er das tat, beobachtete Jamie MacDonald ihn mit gesenktem Blick und gebeugtem Kopf, so als wolle er sich keine einzige Bewegung entgehen lassen. Graham fragte sich, worauf er sich da eingelassen hatte. Für einen Strafverteidiger war es nicht ungewöhnlich, seinem Klienten zu mißtrauen; hier lag der seltene Fall vor, in dem die Rollen vertauscht zu sein schienen.

Dann verband sich Jamies Blick mit Grahams, und Graham erstarrte. Plötzlich mußte er daran denken, was für eine Art von Mensch wohl zu der Tat fähig war, die Jamie begangen hatte. Konnte das wirklich Liebe sein? Was hätte die Tat außerdem auslösen können? Woher wollte er wissen, ob Maggie und Jamie MacDonald nicht mitten in einem erbitterten Scheidungskrieg gesteckt hatten und ob die Tat nicht die Folge einer bissigen Bemerkung war, die Jamie zur Raserei getrieben hatte? Woher wollte er wissen, ob Maggie nicht eine millionenschwere Versicherung mit Jamie als Begünstigtem abgeschlossen hatte? Möglicherweise war Jamie MacDonald ein leidenschaftlicher Schauspieler?

Aber das glaubte er nicht.

»Sie haben während der letzten sechzehn Jahre in Cummington gelebt, elf Jahre davon waren Sie verheiratet, und Ihre Frau sah einem langsamen, qualvollen Tod entgegen. Sie waren emotional am Ende, ja verzweifelt, und haben in einem Augenblick der Schwäche Ihre Frau getötet, weil Sie hofften, ihr weitere Qualen zu ersparen.« Graham lächelte zaghaft. »Nicht schuldig aufgrund vorübergehender Unzurechnungsfähigkeit.«

Jamie war klug genug, Graham nicht zu erklären, daß es sich ganz anders zugetragen hatte. Trotzdem wußte er nicht, ob er einem Anwalt vertrauen sollte, der noch so neu in seinem Job war, daß seine Ziegenlederschuhe quietschten, wenn er durch den Raum ging.

Graham spürte Jamies Unsicherheit und setzte sich vor ihm auf die Tischecke. »Haben Sie letzte Nacht geschlafen?«

Jamie sah auf. »Nein.«

»Wieso nicht?«

Jamie starrte ihn an, dieses Geschenk eines unbekannten Wohltäters, als wäre Graham von Sinnen. »Weil ich erst wenige Stunden zuvor einen Menschen getötet habe, den ich liebe? Weil ich jedesmal, wenn ich die Augen zugemacht habe, diese Minuten wiedererlebte? Sie können es sich aussuchen.« Er wandte sich ab, angewidert und wütend auf Graham, weil der ein solcher Novize war; wütend auf sich selbst, weil er ihm schon zuviel offenbart hatte. Ein paar Sekunden lang sprach keiner ein Wort. Als Jamie weiterredete, mußte er sich anstrengen, seine eigene Stimme zu hören. »Weil ich das erste Mal seit elf Jahren ohne sie an meiner Seite dalag.«

Graham grinste. Er kostete ihn seine ganze Selbstbeherrschung, nicht von der Schreibtischkante zu hüpfen. »Und genau deshalb«, verhieß er, »werden wir gewinnen.«

Jamie schüttelte langsam den Kopf. »Der Staatsanwalt hat eine Leiche, ein unterschriebenes Geständnis, Fingerabdrücke, Kratzwunden.«

»Mag sein«, erwiderte Graham MacPhee. »Aber wir haben *Sie*.«

Martha Sully, eine der Richterinnen am Bezirksgericht von Wheelock, war zwar eine *sassenach*, doch trotzdem meist einer Meinung mit Cam, wenn es darum ging, eine Kaution festzusetzen. Sie saß hinter ihrem Richtertisch und las Cams Verhaftungsprotokoll, wobei ihr auffiel, daß die Anklage auf ›Information oder Annahme‹ beruhte. Sie hatte Jamie bereits gefragt, ob er sich schuldig bekenne.

»Also«, sagte sie mit Blick auf Cam, »da war ja ganz schön was los an Ihrem Ende der Stadt.«

Cam grinste. »Könnte man sagen.«

Er mochte Martha Sully, mochte ihren klaren englischen Akzent voller Höhen und Tiefen. Sie klang ungeheuer konservativ, so als würde sie hinter dem Gestell für ihr Hämmerchen Scones und Sauerteigfladen verstecken. Cam kannte sie als faire Richterin. Nur einmal hatte er sich ihren Zorn zugezogen, als Angus sie in einem Wutanfall im Ortscafé angeschrien hatte, es sei höchste Zeit, diese gottverdammten Windsors vom Thron der Stuarts zu stoßen.

Martha führte ihre Verhandlungen sehr locker, wenigstens zu Anfang. Sie zog die Brauen hoch und gab Cam damit das Signal, daß sie bereit war. »Euer Ehren«, begann er wohl zum tausendsten Mal, »im Licht der Beweislage, die sich durch die freiwillige Aussage von Jamie MacDonald und durch unsere Ermittlungen am Tatort ergibt, haben wir ihn wegen vorsätzlichen Mordes verhaftet. Angesichts der Schwere des Verbrechens beantragen wir eine Kaution von fünfzigtausend Dollar.«

Als er die Summe nannte, suchten Jamies Augen die seinen. Cam wußte nicht genau, ob er Enttäuschung darin las oder Respekt.

»Euer Ehren!« Graham räusperte sich. »Mein Klient ist ein untadeliges Mitglied seiner Gemeinde. Er hat nie auch nur einen Strafzettel kassiert, ist Mitglied der Handelskammer, wurde dreimal in den Magistrat von Cummington gewählt. Da er in keiner Weise eine Bedrohung für die Gemeinde Wheelock darstellt, sind wir der Ansicht, daß er ohne Kaution auf freien Fuß gesetzt werden sollte, vorausgesetzt, er bleibt bis zur Verhandlung in unserer Gegend.«

Martha rieb sich die Schläfen und überflog nochmals die Papiere vor sich. Natürlich hatte sie schon gestern von diesem Fall gehört; sie hatte sogar darauf gewartet, daß er heute in ihrem Gerichtssaal zur Sprache käme. Sie wußte, was Cam vorhatte; aber auch, was er vor sich hatte. Alles in allem bezweifelte sie, daß er Jamie MacDonald wirklich in seinem Gefängnis haben wollte, trotz seiner ungeheuren Kautionsforderung.

»Die Kautionsbedingungen ergehen wie folgt«, sagte sie. »Mr. MacDonald wird bis zur Verhandlung das Gebiet der Gemeinde Wheelock nicht verlassen; und er ist verpflichtet, sich täglich außer sonntags vor zwölf Uhr mittags bei Chief MacDonald in der Polizeistation zu melden.« Sie faßte über ihre Halbbrille hinweg die kleine Gruppe vor ihrem Tisch ins Auge. »Die Summe«, verkündete sie, »wird auf fünf Dollar festgesetzt.«

Cam blieb noch im Gerichtssaal, nachdem Jamie und sein Anwalt gegangen waren. Er setzte sich hinter den Tisch der Anklage, streckte die Füße aus, visierte den Adler über dem Richtertisch an und kniff die Augen zusammen, um das Motto lesen zu können.

Daß er Jamie MacDonalds Hüter spielen sollte, hatte ihm gerade noch gefehlt.

Zum Teufel mit dieser Martha Sully!

Mit einem Seufzer stand Cam auf und verließ das Gericht. Im Revier gab es hundert Dinge zu erledigen, Bürokram, der während der Hektik der vergangenen zwei Tage liegengeblieben war. Außerdem mußte er mit Allie reden. Er hatte sie heute nachmittag noch nicht gesehen. Als er Mia beim Laden ablieferte, fanden sie lediglich einen Zettel an der Türe, daß Allie in Kürze zurück sein werde.

Am Fuß der Treppe sah er Jamie vor dem Büro des Kautionsbewahrers stehen und mit jemandem sprechen. Er spielte mit dem Gedanken, einfach an ihm vorbeizugehen, begriff dann aber, daß der das falsch auffassen könnte. Also holte er tief Luft und ging auf ihn zu.

»Fünfzigtausend Dollar?« sagte Jamie.

Cam öffnete den Mund, um ihm zu antworten, und bemerkte in diesem Moment, mit wem Jamie gesprochen hatte. Allie schob eben ihr Portemonnaie zurück in die Handtasche, nachdem sie offenbar die lächerliche Kaution für Jamie ausgelegt hatte. »Also wirklich, Cam«, tadelte sie und lächelte dabei zu ihm auf.

Ihr herzförmiges Gesicht war von der Kälte gerötet, und ihre Zunge fuhr hektisch über die Lippen. Das Haar floß ihr über die Schultern und verfing sich hier und da in ihrem Mantelkragen.

Innerhalb einer Stunde würde ganz Wheelock wissen, daß Cam fünfzigtausend Dollar Kaution gefordert hatte, die dann auf fünf Dollar festgesetzt und von Allie beglichen worden war. Unwillkürlich überlegte er, wie hoch sie wohl gegangen wäre. Hundert? Fünfhundert? Fünftausend?

Sie schob ihre Hand durch seinen Arm, und er merkte, wie bei ihrer Berührung sein Zorn erkaltete. »Jamie wird bei Angus wohnen«, sagte sie, als legte sie die Tischordnung bei einer Dinnerparty fest. Sie lächelte Jamie zum Abschied zu und schob Cam nach draußen.

Sie waren beide mit ihrem Wagen da, deshalb blieben sie auf dem Parkplatz stehen, die Hände wegen der viel zu frühen Kälte in die Taschen gestopft, wie zwei Boxer, die sich mißtrauisch taxierten. »Allie«, sagte er, »ich muß wissen, weshalb du hier warst.«

Allie starrte ihn an, als könnte er eine ganz neue Welt für sie erschaffen, ja, hätte das bereits getan. Er mußte an Mia denken und bekam plötzlich keine Luft mehr. »Aber Cam«, sagte Allie mit aufrichtiger, tröstender Stimme: »Ich bin deinetwegen gekommen.«

Es gibt so viele Fragen, die ich noch gern gestellt hätte:

Siehst du immer noch so aus wie damals? Hätte das überhaupt etwas zu bedeuten?

Denkst du an mich, wenn du es am wenigsten erwartest – während du einen Gartenschlauch entrollst oder dein Gesicht der Dusche entgegenstreckst oder wenn du mit jemand anderem im Bett liegst? Und kannst du es dabei belassen, oder mußt du dann zwanghaft all deine Erinnerungen wiederaufleben lassen?

Wenn ich derjenige gewesen wäre, der ging, hättest du dir dann das Herz nach mir leergeschrieben?

5

Im Lateinunterricht der siebten Klasse erfuhr Mia, daß ihr Name vom lateinischen Wort für ›mein‹ abstammte. Die Lehrerin machte einen Witz darüber und erklärte, es wäre wohl der egomanischste Name in der ganzen Schule. Doch Mia hatte nur müde gelächelt und sich gefragt, was sich ihre Eltern dabei gedacht haben könnten. Wessen Tochter war sie genau? Die ihres Vaters? Die ihrer Mutter? Trotz ihrer Liebe zueinander hatten sie ihre Tochter nicht ›Unsere‹ genannt und sie statt dessen in dem Glauben gelassen, sich für einen von beiden entscheiden zu müssen.

Den Rest des Tages hatte sie geschwänzt und war dabei schließlich zu Hause gelandet, wo sie in dem Rosengarten saß, den ihre Mutter ein paar Jahre zuvor aufgegeben hatte, da die Gartenarbeit sie am Wochenende zu viele Stunden von Ed Townsend fernhielt. Mia hatte ihn nach ihren Vorstellungen umgestaltet, die dornigen Büsche um Drahtgerüste gewunden und sie so zurechtgestutzt, daß sie zu Drachen, Zentauren und bauchigen Schiffen wurden, die genau in der Form verharrten, wie man es ihnen befahl. Ihre Eltern hielten sie für sehr begabt, eine geschickte kleine Gärtnerin. Sie hatten eine Hängematte für zwei Personen im Garten aufgehängt, so daß sie ihr bei der Arbeit zusehen konnten.

Doch sie waren nicht im Garten, als Mia heimkam, und sie ging nicht gleich zu ihrem Geräteschuppen. Statt dessen setzte sie sich in das kühle, feuchte Gras und zerrupfte mit den Fingernägeln ein Blatt. Sie dachte über ihren Namen nach. Sicherlich hatten ihre Eltern sie schon bei ihrer Geburt als Einzelwesen und nicht als Teil der magischen Gemeinschaft betrachtet, die sie bildeten. Selbstgenügsam, das war die Kleine. Unabhängig.

Mia. Meine. Und damals begriff sie, was sie vielleicht schon immer gewußt hatte – daß sie nur sich selbst gehören durfte.

Cam saß im Dunkel der Kirche und starrte auf den Leib Christi. Es war ein wachsfarbenes Abbild, das über dem Altar hing. Als kleiner Junge hatte sich Cam in der Sonntagsmesse immer wachgehalten, indem er die Augen aufriß und nicht blinzelte, bis der Tränenfilm das gemalte Blut auf Jesu Händen und Füßen echt wirken ließ.

Die MacDonalds waren seit jeher katholisch. Deshalb hatten auch einige der Clanchefs entschieden, für die Wiedereinsetzung von Prince Charles – und der Stuarts – auf dem englischen Thron zu kämpfen. Mittlerweile war Schottland größtenteils presbyterianisch, doch die MacDonalds aus Carrymuir hatten, als sie kurz vor 1750 in Massachusetts landeten, ihre ursprüngliche Religion mitgebracht.

Cam war nicht besonders fromm; doch er suchte gerne an diesem Ort Zuflucht, wenn er mit seinen Gefühlen nicht zu Rande kam. Im Augenblick saß er aus mehreren Gründen in der Kirche: Er wollte eine Kerze für Maggie MacDonald anzünden; er mußte für Jamie MacDonalds Seele beten. Außerdem wollte er mit jemandem über sein eigenes Vergehen sprechen – und obwohl ihm dabei eigentlich Mia Townsend selbst als Beichtvater durch den Kopf spukte, sah er diese Unmöglichkeit ein.

Unglücklicherweise mußte er, während er darauf wartete, daß Vater Gillivray die Beichten abnähme, ständig an seine Hochzeit vor fünf Jahren denken.

Allie war eine wunderschöne Braut gewesen, klein und elegant in weißem Satin, der ihre Brüste und Hüften umschmiegte. Cam hatte sie durch den Mittelgang auf sich zukommen sehen und nur noch gedacht: *Sie ist so leicht.* Es kam ihm so vor, als würde sie bei jedem Schritt eine Handbreit über dem Boden schweben, und als Allies Vater ihre Hand auf Cams legte, hatte er sie sofort ergriffen, um sie auf keinen Fall davontreiben zu lassen.

Doch trotz ihres hinreißenden Aussehens hatte Cam ihr die

Show gestohlen. Schließlich nahm sich nicht jeden Tag ein Clanchef eine Frau. Er hatte die Feiertagstracht seines Vaters getragen: den schwarzen Samtumhang mit den silbernen Knöpfen, den schweren Kilt im kräftigen MacDonald-Tartan, das weiße Leinenhemd mit dem Rüschenbausch an Kragen und Händen.

Als sie in ihre Flitterwochensuite im Wheelock Inn zurückkehrten, hatte Allie ihm lachend erklärt, bei ihm gäbe es mehr Schnallen und Knöpfe zu öffnen als bei ihr …

Cam sank auf die Knie wie im Gebet und hoffte, die harte Bank unter ihm würde seine Gedanken zügeln.

Nicht einmal in dieser Kirche, wo Cam Gott an seiner Seite wußte, schaffte er es, Mia Townsends Gesicht aus seinen Gedanken zu vertreiben; die mandelförmigen Augen, die Windungen ihres Ohrs. Auch sie hatte zu Jamie MacDonald gehalten, genau wie Allie, doch irgendwie verübelte er ihr das nicht.

Cam senkte den Kopf, bis seine Stirn die Banklehne vor ihm berührte. Er wußte nicht einmal, was genau er eigentlich beichten sollte. War es Ehebruch, wenn man eine Frau küßte, die nicht die eigene war? War es Ehebruch, wenn man so oft an sie dachte, daß man ihre Stimme vernahm, sobald man die Augen schloß?

Es erschien ihm nicht ausreichend, nur eine fleischliche Sünde zu beichten. Aus irgendeinem Grund hatte er das Gefühl, Allie weniger dadurch betrogen zu haben, daß er Mia küßte, als dadurch, daß diese Frau ständig durch seinen Kopf zog wie eine atemberaubende Landschaft, die man von einem Zug aus betrachtet: Nach einer Weile schaut man gar nicht mehr nach draußen, in der Gewißheit, daß sie gleich hinter dem Fenster auf einen wartet.

Und während Cam Mia auf jenem Bett gehalten hatte, das er mit Allie teilte, auf einer Tagesdecke, die Allie in einem Sommerkurs genäht hatte, in einem Zimmer, das Allie tapeziert und eingerichtet hatte, hatte er die ganze Zeit über kein einziges Mal an seine Frau gedacht.

Er sah Pater Gillivrays runden, schwarzgekleideten Leib aus dem Vestibül zu den kleinen Beichtstühlen im Seitenschiff der

Kirche schlurfen. Nachdem er dem Pater eine Minute Zeit gelassen hatte, es sich darin bequem zu machen, stand Cam auf, zog den Vorhang der Kabine beiseite und ließ sich dann auf dem Klappstuhl nieder. »Gott segne Euch, Vater«, begann er, »denn ich habe gesündigt. Seit meiner letzten Beichte sind vier Monate vergangen.«

Hinter dem Gitterfenster des Beichtstuhls konnte er Vater Gillivrays Profil ausmachen. Aus einem Impuls heraus drückte Cam seine große Hand gegen das Lattenwerk, als bliebe er auf diese Weise anonymer. »Ich muß immerzu an diese eine Frau denken«, sagte er. »Sie will mir einfach nicht aus dem Kopf. Ich sehe mich ... sehe mich ständig mit ihr. Sie ist nicht meine Gattin. Und ich habe sie geküßt. Ich habe eine Frau geküßt, die nicht meine Gattin ist.«

Und würde es jederzeit wieder tun, gestand er sich stumm ein.

»Denke darüber nach, was du dir da erlaubst«, mahnte Vater Gillivray. »Denke gut und gründlich darüber nach.«

Er bekam seine Buße und kniete in einer anderen Kirchenbank nieder, um den Rosenkranz zu beten. Es war nicht das erste Mal, daß er den Lehren der katholischen Kirche nur halbherzig folgte. Schließlich betrieben er und Allie Geburtenkontrolle, und er besuchte auch nicht jede Woche eine Messe.

Cam blickte zu dem Gipsgesicht der Muttergottes auf, sah Mia vor sich und wußte, daß er verdammt war.

Als er aus der schweren Doppeltür ins schwindende Tageslicht trat, schwitzte er. Sein Rosenkranz war unvollendet geblieben. Eindeutig hatte er es nicht geschafft, über seine Taten nachzudenken. Cam ging die Straße zum Revier hinunter, wo sein Wagen stand, und spürte, wie sich der Wind um seinen Hals schlang. Erst auf dem Heimweg im Auto merkte er, daß er weder eine Kerze für Maggie MacDonald angezündet noch für Jamie gebetet hatte.

Die zehn Angestellten, die für Jamie bei Techcellence gearbeitet hatten, setzten sich aus Computercracks, Philosophen und Genies zusammen. Zwei davon – Flanders und Rod – waren schon bei der Gründung der Gesellschaft vor über einem Jahrzehnt dabei gewesen. Wie Jamie erfanden auch sie mit ihren virtuellen Designs pausenlos neue Marksteine. Und wie Jamie verbrachten sie einen Großteil ihrer Freizeit im Labor, wo sie miteinander quatschten und beim Herumblödeln die Spielzeuge von morgen ersannen.

Im Herbst 1992 schlossen sie ihren ersten großen Vertrag mit SEGA. Während Jamie mit einem der riesigen Grafikcomputer herumspielte, machte Rod sich auf, eine Kiste Bier zu besorgen. Die drei hatten das Bier zur Hälfte vernichtet und sich dabei zu ihrem Erfolg wie auch zu ihrer unzweifelhaften Brillanz gratuliert. »Hey«, sagte Rod mit einem Leuchten in den Augen, »gib mir mal einen Datenhelm.« Er faßte nach dem Hightech-Gerät, schaltete ein paar Computer an und lud ein Programm, das sie kürzlich für ein Architekturbüro in Neuschottland erstellt hatten – ein virtueller Spaziergang durch ein Krankenhaus, das erst erbaut werden sollte. »Warst du jemals blau in der VR?«

Jamie blickte über die Schulter. »Wenn du mir das Programm abschießt, bring ich dich um«, sagte er. »Ich habe monatelang daran gesessen.«

Flanders holte sich das Programm auf einen anderen Monitor herüber, steckte die Hand in den Datenhandschuh und setzte sich einen weiteren Helm auf. Auf dem zweidimensionalen Bildschirm sah Jamie die Gestalten zweier Männer auftauchen, die in das mit Glas überkuppelte Krankenhausfoyer traten.

Rod pfiff durch die Zähne und blickte zu der eindrucksvollen Kuppel auf. »Ganz hübsch«, sagte er, »aber wie wollen sie die Vogelscheiße von der Kuppel kratzen?«

»Es ist virtuelle Vogelscheiße«, belehrte Flanders ihn. »Jamie denkt an alles.«

»Bist du bereit?« fragte Rod und drehte sich nach rechts, so daß der Tracking-Mechanismus in seinem Datenhelm Flanders erfaßte. Flanders nickte. »Dann los«, signalisierte Rod und raste wie der Blitz durch den Hauptkorridor davon.

Flanders war ihm dicht auf den Fersen und ließ die Füße über das Laufband fliegen, das ebenfalls an das Computersystem gekoppelt war. Jamie nahm einen Schluck Bier und lächelte über die Streiche, die seine Mitarbeiter in einer fremden Welt anstellten: Rollstühle durch die Gänge rollen lassen und hochspringen, um die Neonlampen an der Decke zu berühren. Flanders ging auf seiner Plattform in die Hocke und drückte gegen einen unsichtbaren Widerstand, während er in dem simulierten Krankenhaus über einen Schwesternschreibtisch hinwegsetzte. »Jetzt«, jubelte er, »machen wir richtig einen drauf.«

Ein virtueller Filzstift flog zu Rod hin, der seinen Datenhandschuh ausstreckte, um ihn aufzufangen. »Zu schwer«, kommentierte Rod. »Am taktilen Feedback mußt du noch feilen, Jamie.«

Flanders begann, die jungfräulich weißen Wände vollzukritzeln. »Mein Gott, ich war immer viel zu brav«, erklärte er. »Schon viel früher hätte ich solche Sachen anstellen sollen.«

»Graffiti?« fragte Rod. »Das ist doch was für kleine Kinder.« Er platzte in einen OP neben dem Gang und schleuderte ein Tablett mit Instrumenten zu Boden.

»Um Himmels willen«, schrie Jamie. »Raus da. Alle beide!«

Widerwillig zogen Rod und Flanders ihre Helme und Handschuhe aus. »Was ist denn?« schmollte Rod. »Du mußt das System nur wieder booten, und alles sieht so steril aus wie eh und je.«

Flanders stieß sich vom Terminal ab. »Wer sagt das?« fragte er. »Ich meine, wenn die VR so realistisch ist, daß du alles wirklich fühlst, siehst und empfindest, wer sagt dann, daß es nicht stattgefunden hat?«

»Alle Achtung«, murmelte Rod halblaut. »Drei Bier, und er verwandelt sich in Aristoteles.«

»Nein, ganz im Ernst«, beharrte Flanders. »Wenn ich glaube, daß ich durch dieses Krankenhaus gegangen bin und dort Graffiti an die Wand geschmiert habe ... wer will dann beweisen, daß es nicht so war?«

»Wenn sie das Krankenhaus bauen«, meinte Rod gähnend, »wirst du dein Kunstwerk nicht darin finden.«

»Gut gegeben«, mischte sich Jamie ein. »Damit etwas real ist, muß es irgendeine Wirkung auf die Außenwelt haben. Wenn du einen Bankraub simulierst, dann ist es gleichgültig, ob du dich daran erinnerst oder nicht – weil du danach nicht mehr Geld besitzt als vorher und weil du niemandem dabei geschadet hast.«

Rod lehnte sich in seinem Stuhl zurück. »Gut. Aber wenn du in der VR etwas tust, was – also in der wirklichen Welt keine Spuren hinterlassen würde? Du hast nur deine Erinnerung daran, daß du es getan hast.« Er grinste. »Und wenn jemand zusammen mit dir in ein System geht?« spann er den Faden fort. »Dann habt ihr *beide* dasselbe erlebt. Was zu beweisen war.«

Jamie zog eine Braue hoch. »Welche Tat würde keine Spuren hinterlassen?«

Rod grinste. »Ehebruch«, sagte er. »Guter alter Computersex. Du hängst an einem Terminal, sie am anderen. Du könntest beim Grab deiner Großmutter schwören, daß du ihre Haut gespürt und sie gerochen hast. Scheiße, mit einem guten Bodysuit könntest du sogar kommen. Und sie spürt alles an *ihrem* Ende. Kannst du beweisen, daß es nicht wirklich passiert ist?«

»Kein Austausch von Körperflüssigkeiten«, bemerkte Flanders trocken.

»Gut, aber in diesem Fall gäbe es in der Tat keine wahrnehmbare Wirkung auf die Außenwelt; der einzige Beweis wäre daher die Erinnerung der beiden Beteiligten – gleichgültig, ob sie nun Sex in einem echten Bett oder an einem Terminal hatten.« Rod jubelte vor Begeisterung. »Na los, Jamie. Jetzt widerleg das mal!«

Jamie schüttelte den Kopf und begann, die leeren Dosen aufzulesen. »Wenn ein Baum im Wald umfällt und keiner da ist ...« Er ließ den Satz unvollendet.

»Komm schon«, sagte Rod. »Willst du etwa behaupten, daß du in diesem hochsensitiven System echten Sex von virtuellem unterscheiden könntest?«

»Ihr beiden versteht das natürlich nicht«, sagte Jamie feixend.

»Hört, hört, hier spricht der Ehemann«, sang Rod.

»Ganz recht«, bestätigte Jamie. »Kein noch so komplexes System könnte mir weismachen, ein virtueller Akt mit Maggie käme an die echte Sache ran.«

»Sprich weiter, Konfuzius«, forderte Flanders ihn auf.

Doch Jamie ging ganz langsam herum und schaltete bedächtig erst die Geräte und schließlich das Licht aus. Jemandem, der noch nie im Cyberspace gewesen war, konnte man nicht erklären, daß man nur ein raffiniertes Programm und ein gewisses Maß an Begabung brauchte, um dort mit einer Frau zusammenzukommen – ohne einen Funken Seele oder Herz. Und jemandem, der nie so innig und stark geliebt hatte wie er selbst, konnte man niemals erklären, daß jede Sekunde mit Maggie ihn in eine Welt versetzte, die er unmöglich selbst zu erschaffen vermochte.

Mia mietete sich zu einem ermäßigten Langzeittarif im Wheelock Inn ein. Dafür bekam sie ein Kabuff von Zimmer in dem kleinen zweistöckigen Hotel, direkt neben der Besenkammer am Westende. Es hatte allerdings eine eigene Toilette und eine klauenfüßige Badewanne mit Vorhang zum Duschen. Außerdem gab es eine winzige Kochecke. Das Bett war mit einer Decke im gleichen Schottenmuster überzogen wie die in Cams Haus, und auf einer Kommode stand ein angeschlagener blauer Wasserkrug mit Waschschüssel.

Sie warf ihren Seesack aufs Bett und stellte vorsichtig den Rucksack auf den wackligen Tisch. Als sie den Reißverschluß öffnete, sprang Kafka heraus, froh, endlich seinem Gefängnis zu entrinnen. Wenn sie mit der Katzenkiste achtgab, würde der verkniffene Portier unten gar nicht mitbekommen, daß sie ein Haustier besaß.

Sie nahm den Bonsaibaum, den sie in der anderen Hand getragen hatte, und wickelte ihn langsam aus der schützenden Gaze-Umhüllung. Es war der, den sie Allie gestern gezeigt hatte, um den Job zu bekommen; ein Feigenbaum mit freiliegenden Wurzeln, achtundzwanzig Jahre alt, genau wie Mia. Natürlich machte sie sich schon einige Zeit an ihm zu schaffen, dennoch war es eine beachtliche Leistung. Achtundzwanzig Jahre, und trotzdem gedieh er in dieser winzigen Terrakotta-Schale. Mia fuhr mit dem Finger über die knotigen, freiliegenden Wurzeln und die flüsternden, centgroßen Blätter. »Hallo«, sagte sie leise und stellte ihn an einem Platz auf, wo er sofort den fremden Raum in ein Heim verwandelte.

Diesen Zimmer im Inn hatte sie sich genommen, weil sie Cameron MacDonald nicht wiedersehen wollte. Sie wußte, daß das in einem Ort mit nicht einmal zweitausend Einwohnern beinahe ein Ding der Unmöglichkeit war, vor allem, da sie mit seiner Frau zusammenarbeitete; doch das hielt sie nicht davon ab, auf Distanz zu gehen.

Mia stand vor der Kommode und blickte in den uralten Spiegel. Ihr Gesicht wirkte bronzefarben und staubig; und ihr Mund war breit und dünn, so wie immer. Ihre Lippen sahen nicht mehr geschwollen aus, wie vorhin, nachdem Cam sie am Blumenladen abgesetzt hatte. Als feststand, daß Allie nicht da war, hatte Mia den Laden abgeschlossen und sich im Hinterzimmer vor den Toilettenspiegel gestellt, wo sie die Fingerspitzen an den Mund legte, um auf diese Weise die Empfindsamkeit ihrer Lippen zu bewahren.

Sie begann, die Schubladen im Nachttisch und in der Kommode zu durchstöbern, nicht so sehr, weil sie etwas zu finden erwartete, sondern einfach wie jedermann, der sich in einem anonymen Hotelzimmer einrichtet. In der untersten Kommodenschublade lag eine schwer nach Pfirsich duftende Votivkerze und in dem Nachttisch links vom Doppelbett eine König-James-Bibel – König James von *Schottland,* wie sie inzwischen wußte.

Unter der Bibel fand sie einen Stapel Papier, mit dem Stadtsiegel bedruckt, und einen kleinen, abgekauten Bleistift. Mia zündete die Votivkerze an, nahm dann Papier und Bleistift heraus und setzte sich auf das Bett, wobei sie die Bibel als Schreibunterlage benutzte.

Cameron, schrieb sie, weil ihr sein vollständiger Name gefiel. *Du gehst mir im Kopf herum.* Sie dachte an seine helle Haut und daran, wie die Sonne die satten Herbstfarben in seinem Haar zum Leben erweckte. Ihr fiel ein, wie er sie, da er ihr mit seiner Waffe Angst eingejagt zu haben meinte, so fest an sich gezogen hatte, daß ihr Kopf gegen seine Brust gedrückt wurde. Sie hatte dem Rhythmus seines Herzens gelauscht, der so erstaunlich stark war, daß es ihr vorkam, als hüpfe ihr Kopf mit jedem Schlag ein winziges Stückchen.

Mia nahm den Bleistift wieder auf und strich das Geschriebene aus. *Cameron,* begann sie von neuem, *du gehst mir die ganze Zeit im Kopf herum.* Dann stand sie auf, hielt das Papier über die Flamme der Votivkerze und schaute zu, wie die Spuren ihres Wahns zu Asche zerfielen.

Heute schloß Allie den Laden vorzeitig und fuhr zu Angus' Haus, das neben Darby Macs Maisfeld stand. Darby Mac war der einzige Farmer in Wheelock, beinahe so alt wie Angus selbst, und hatte sich sein ganzes Leben immer nur Darby Mac nennen lassen, um etwaigen Witzen über ›Old MacDonald's Farm‹ den Wind aus den Segeln zu nehmen. Jetzt, Ende September, stand der Mais recht hoch, so daß Angus' Haus fast nicht zu sehen war. Allie blickte aus dem Fenster und fuhr langsamer, als sie die bunten Farbtupfer inmitten der Pflanzenschäfte bemerkte. Ein knallroter Mylar-Ballon mit der Aufschrift *Herzliche Glückwünsche* schaukelte in der leichten Brise. Es gab auch unbeschriftete Ballons, rosa, weiß und gelb, und vor dem Feld flatterte eine silberne Buchstabenkette, auf der *Alles Gute zum Geburtstag* stand.

Noch bevor sie klopfen konnte, zog Angus die Tür auf. »Wie festlich«, sagte sie, den Blick nach hinten auf das Maisfeld gerichtet.

»Aye, na ja, Darby Mac meint, das verscheucht die Krähen.«

Irgendwie war Allie enttäuscht. Für eine Sekunde hatte sie sich der Illusion hingegeben, es gäbe eine Feier hier, eine Party in Angus' Haus.

»Mädel«, meinte Angus, »willsdu nu rein oder raus?«

Allie drehte sich um und trat ein. »Ist Jamie bereit?«

Angus' Haus war, gelinde gesagt, spartanisch eingerichtet. Abgesehen von einem Kaminvorleger, den Allie selbst ihm geknüpft hatte, und einem Ohrensessel, den er sich aus dem Schloß in Carrymuir hatte nachschicken lassen, gab es nur wenig gemütliches Mobiliar. Er besaß einen Küchentisch, aber keine Stühle, weil er darauf beharrte, daß er sich nicht unnötig mit dem Essen aufhalten wollte – nachdem er der einzige sei, mit dem er dabei Konversation machen konnte. Der Sims über dem Kamin war leer, und die auffallende Bilderlosigkeit an den Wänden lenkte unwillkürlich den Blick auf den winzigen Messingrahmen auf dem Seitentischchen, in dem die Berge und Hügelwellen winkten, die seine eigentliche Heimat waren.

»Jamie isso bereit, wie er nur sein kann«, sagte Angus. Er zog einen Schirm aus dem Ständer neben der Tür und klopfte damit gegen die Decke. »Jamie, Jung«, brüllte er. »Allie will dich sehn!«

Der Gerufene kam ganz ruhig die schmale Treppe herunter, mit einer Winterjacke, die Angus gehört haben mußte, unter den Arm geklemmt. »Bist du sicher, daß du das willst?« fragte er abrupt.

Allie lächelte ihn an. »Früher oder später mußt du dich wieder rauswagen«, ermahnte sie ihn. »Wo bleibt der MacDonald-Stolz, von dem man mir seit Jahren erzählt?«

Jamie werkelte sich in die Jacke, ein formloses, tweedartiges braunes Ding, das an den Ärmeln viel zu kurz war. Allie sah Angus an. »Und du willst ganz bestimmt nicht mitkommen?«

Angus schnaubte. »Zu'nem Vortrach über die Hölle?« Er schüttelte den Kopf. »Ich bin alt genuch. Wozu solltich das Schicksal noch rausfordern?«

Die junge Frau gab ihm einen Kuß auf die Wange und ging nach draußen. Sie saß bereits im Wagen und legte den Sicherheitsgurt an, als sie bemerkte, daß Jamie immer noch neben dem Auto stand, die Finger fest um den Griff der Beifahrertür geschlossen. Sie ließ das Fenster herunter. »Du willst doch nicht zu spät kommen«, sagte sie und sah dann, in welche Richtung er blickte.

Sie beobachtete, wie ein Windhauch den Regenbogen von Ballons zum Wogen brachte. »So was habe ich noch nie gesehen«, stotterte Jamie.

Allie ließ den Motor an. »Darby Mac meint, es funktioniert.«
Jamie setzte sich neben sie und zog die Tür zu. Er starrte blind durch das Fenster. »Weißt du, als ich gestern hergekommen bin, hatte der Farmer nur einen Ballon draußen. Den mit *Herzliche Glückwünsche!*« Seine Mundwinkel verzogen sich. »Ich habe gedacht, er sei für mich bestimmt.«
Allie setzte den Fuß auf die Bremse und sah Jamie ins Gesicht. »Man kann nie wissen«, sagte sie schließlich.

Die Verhaftung von James MacDonald hatte in dem verschlafenen kleinen Ort soviel Wind aufgewirbelt, daß jeder, der unter Umständen zu Verona MacBeans Lesung aus ihrem Buch über die Hölle gekommen wäre, diese Veranstaltung komplett vergaß. Infolgedessen hatte der Freundeskreis der Bücherei die Lesung wohlweislich um einen Tag verschoben und Allie gebeten, die drei Sträuße über Nacht in ihrem Kühlregal aufzubewahren. Und weil Allie sich einverstanden erklärte, ohne Aufpreis übrigens, hatte ihr Verona persönlich zwei Eintrittskarten für das große Ereignis geschickt.
Es waren kleine, goldbedruckte schwarze Kärtchen. »Wheelocks Tochter Verona MacBean«, war darauf zu lesen, »liest aus ihrem vielgerühmten Buch *Verdammnis in den Neunzigern: Einmal Hölle und zurück*«. Natürlich hatte Allie Cam eine Eintrittskarte angeboten, aber der bedankte sich nur höflich. Selbst wenn er die nötige Zeit hatte, kostete es ihn höchstens ein Lächeln, eingelassen zu werden; das gehörte zu den Vergünstigungen eines Polizeichefs. »Vielleicht treffen wir uns dort«, hatte er gesagt, während er sich am Morgen die Socken anzog. »Ich würde gern mal sehen, was aus Verona geworden ist.«
»Dann suche ich mir eben jemand anderen«, hatte sie gescherzt. »Es gibt in dieser Stadt haufenweise Männer, die mich liebend gern zu einer Lesung über die Hölle begleiten würden.«
Cam lachte. »Hast du Angus schon gefragt?«
Allie warf den Kopf zurück. »Wer sagt denn, daß es Angus sein muß? Vielleicht nehme ich ja Jamie mit.«

Diese Antwort saß! Mit dunklem Blick hatte Cam zu ihr aufgesehen. Sie bekam Angst, daß er wütend werden oder ihr schlicht verbieten könnte, zu der Lesung zu gehen, doch stattdessen nickte er bloß. »Vielleicht solltest du das«, hatte er ihr zugestimmt.

Allie bremste vor der Bücherei ab und parkte in einer Lücke am Straßenrand. Sie trat ein, reichte der Dame vor dem Saal ihre Karte und drehte sich dann zu Jamie um, um ihn zu fragen, wo er sitzen wollte. Verlegen stand er vor der Frau, die sich gerade anschickte, davonzumarschieren.

»Entschuldige«, sagte Allie, nahm Jamie die Eintrittskarte aus der Hand, riß sie ab und führte ihn dann zu den Stuhlreihen. Sie tippte der Frau auf den Rücken. »Gibt es irgendein Problem?«

Die Frau warf einen Blick auf Jamie und sah dann wieder weg. »Ich finde es nicht richtig, daß er hier ist«, murrte sie so laut, daß sich die Leute nach ihnen umdrehten.

»Mein Cousin ist von keinem Gericht verurteilt worden«, verkündete Allie. »Er ist Gast in diesem Ort.«

»Das heißt nicht, daß uns das gefallen muß.« Allie drehte sich um und blickte in das grimmige Gesicht von Jock Farquhason, einem dürren, kleinen Bankangestellten.

»Gehen wir!« Jamie zupfte Allie an ihrem Sweaterärmel.

»Auf gar keinen Fall«, zischte sie. Sie führte Jamie an einen Tisch ganz vorn. Innerhalb weniger Minuten füllte sich der Saal, und obwohl einige Besucher Jamie im Vorbeigehen zunickten, setzte sich niemand zu ihnen – auch wer nicht den ersten Stein werfen wollte, wollte deshalb noch lange nicht aus Mitleid an einem Tisch mit einem Mörder zusammentreffen.

Allie wußte nicht, daß Cam alles mitbekommen hatte. Er lehnte im Hintergrund an der Betonwand, wo er sich entschieden wohler fühlte als auf einem Stuhl neben Jamie MacDonald, im Blickfeld von ganz Wheelock. Der Polizeichef hätte diesem Arschloch Farquhason die Meinung sagen können, doch dazu verspürte er weder Kraft noch Lust. Wenn Jamie MacDonald gewinnen wollte, mußte er nach denselben Regeln antreten wie alle anderen.

Als das Licht erlosch und Verona MacBean in voller Glorie auf das Podest trat, konnte sich Cam ein Lächeln nicht verkneifen. Die Frau in dem konservativen schwarzen Kostüm und mit dem strengen Haarknoten hatte nichts mit der kleinen heißen Braut gemein, die früher oft mit ihm nach dem Unterricht im Umkleideraum der Jungen verschwunden war. Er versuchte, sie mit den Augen auszuziehen, stellte sich dabei die sahnige Haut und die fließenden Kurven vor, die ihn während der High-School in einem kontinuierlichen Zustand der Halberektion gehalten hatten; doch Veronas Gesicht und Körperformen verschwanden immer wieder hinter Mias ängstlichen Augen und den zarten Knochen ihres Rückens.

Er drehte sich um und ging, bevor Verona auch nur zur Begrüßung ansetzte.

In einer Umfrage aus dem Jahr 1994, begann Verona, hätten sechzig Prozent der Amerikaner angegeben, an die Hölle zu glauben. 1956 seien es erst vierundfünfzig Prozent gewesen. In der Religion, erklärte sie, sei die Hölle aus dem Empfinden hervorgegangen, daß manche Menschen in diesem Leben für ihre Sünden nicht bestraft werden und deshalb im nächsten dafür büßen sollten.

Sie stand vorne auf einem kleinen Podium, das jemand aus der Grundschulaula hergefahren hatte. »Die Juden hatten die Gehenna«, sagte sie, »benannt nach einer Müllhalde in der Nähe von Jerusalem, wo die Tierkadaver verbrannt wurden. Im Neuen Testament ist die Rede von einem Feuersee und dann absoluter Düsternis.« Es erfolgte eine bedeutungsvolle Pause. »Und 1990 berichtete eine Boulevardzeitung über eine sowjetische Bohrmannschaft, die bei der Suche nach Öl auf die Hölle gestoßen sei. Als die Bohrarbeiter die Asche und den Rauch rochen und die Schreie der Insassen hörten, versiegelten sie das Bohrloch wieder.«

Jedes Schulkind konnte einen feixenden, zähnefletschenden Teufel beschreiben und seine Feuer- und Glutgrube. Die Theologie nun, so meinte Verona, postuliere seit neuestem, daß eine Hölle zwar existiere, jedoch nicht an einem festen Ort.

»Wir glauben nicht mehr, daß die Menschen in das Inferno geschickt werden.« Sie hielt inne, um einen Schluck aus ihrem Wasserglas zu nehmen. »Damit wäre Gott eine Art schrecklicher Strafrichter. Statt dessen sehen wir die Hölle als eine Entscheidung, die die Menschen selbst für das Leben nach dem Tode treffen. Wer während seines Lebens meint, Gott nicht zu brauchen, wird bis in alle Ewigkeit ohne Ihn auskommen müssen.«

Obwohl Jamie nicht zu Verona MacBean hatte gehen wollen, obwohl er nicht einmal den sicheren Hafen hatte verlassen wollen, den Angus MacDonalds Heim ihm bot, merkte er, wie ihre Worte ihn völlig in Bann zogen. Und als sie von dem allgemein verbreiteten Bild der Hölle mit ihren Danteschen Kreisen und brennenden Mauern zu sprechen begann, sah er plötzlich Maggie vor sich. Sie kuschelte sich mitten in der Nacht ins Bett, so wie immer. Jede Nacht wachte sie mindestens ein- bis zweimal auf und mußte pinkeln gehen; sie sagte immer, sie hätte eine Kleinmädchenblase. Wenn sie ins Schlafzimmer zurückkam, bibberte sie regelmäßig vor Kälte. Dann rutschte sie unter die Decke und drückte ihre Eisfüße an Jamies Waden, woraufhin er sie an sich zog, mit ihrem Rücken an seinem Bauch. »Du glühst ja«, flüsterte sie oft, »als ob du in Flammen stehst.« Während er sich auf die weiche Rundung ihres Hinterns konzentrierte, die sich gegen sein Geschlecht preßte, und ihr selbstlos seine ganze Wärme schenkte, schlief er wieder ein und kuschelte sich nun seinerseits an Maggie, um von ihr gewärmt zu werden.

Er stimmte nicht unbedingt mit Verona MacBeans Vision der Hölle überein. Vielleicht war die Sache viel einfacher, als die Theologen zu glauben schienen. Man wußte, daß man verdammt war, wenn man morgens aufwachte und mit einem schmerzhaften Stich begriff, immer noch am Leben zu sein. Man wußte, daß man verdammt war, wenn man sich abends schlafen legte und ununterbrochen auf Armeslänge von sich entfernt die Liebe seines Lebens sah, die jedesmal, wenn man ihr Gesicht berühren wollte, verschwand wie ein Spiegelbild in einem Teich.

Er drehte sich zu Allie um, die reglos und hingebungsvoll der

Lesung lauschte. Gestern war sie zu seiner moralischen Unterstützung ins Gericht gekommen; das stand fest, und auch, daß sie Cam den Grund ihres Kommens nicht verraten hatte. Bestimmt ahnte ihr Mann nicht, daß sie in diesem Augenblick neben Jamie saß. Nicht daß Jamie ihr das zum Vorwurf gemacht hätte – er verstand diese Art von Beziehung vielleicht besser als jeder andere. Etwas zu verschweigen war viel einfacher als einzugestehen, daß man gegen die Wünsche des Menschen handelte, den man zum Idol erhoben hatte.

Und plötzlich, mitten in der öffentlichen Bücherei von Wheelock, fügte sich das Puzzle zum Bild. Jamie begriff, warum er fähig gewesen war, Maggie zu töten. Immer wieder hatte er sich in den schlaflosen Nächten eingeredet, daß er einfach alles getan hätte, worum Maggie ihn gebeten hätte; daß dies das Wesen der Liebe sei. Aber allmählich ging ihm auf, daß er die Tat gewollt hatte, und zwar aus einem absolut selbstsüchtigen Grund: Er wollte sie nicht krank und schmerzgequält und erniedrigt erleben, denn so verkraftete er die Erinnerung an sie nicht. Wenn sie sich nach der Chemotherapie übergeben mußte, hatte er ihr den Kopf gehalten; er hatte die Narbe geküßt, wo einst ihre Brust gewesen war; er war ein Mustergatte statt eines Ehemanns gewesen. Doch wenn er morgens als erster aufwachte und sich zu der schlafenden Maggie umdrehte – deren Knochen sich dicht unter der gespannten Haut abzeichneten und deren ausgehöhlte, asymmetrische Brust sich unter zitternden Atemzügen hob und senkte –, hatte es ihn jedesmal geschaudert. Es waren leichte, kleine Schauder, mühelos zu unterdrücken – bevor er seine Arme um Maggie legte und sie mit einem aufrichtigen Lächeln weckte.

Er hatte sich die alte Maggie zurückgewünscht, die Frau, in die er sich verliebt hatte …

Und verabscheute sich dafür!

Doch der Sog in ihm war stark genug gewesen, ihn so weit zu bringen, daß er ihr das Leben nahm, als sie ihn darum bat – obwohl er gewußt haben mußte, daß sie nicht klar dachte, es gar nicht konnte.

Es widerte Jamie an, daß die letzten sechs Monate mit seiner Gattin eine wohlkonstruierte Lüge gewesen waren. Er litt schrecklich unter seiner Feigheit, sich ihrem Leiden nicht gestellt und die wunderbaren, unauslöschlichen Wesenszüge ignoriert zu haben, die ihr noch geblieben waren.

Außerdem peinigte ihn das Wissen, daß alles, was er getan hatte, vergebens gewesen war. Maggie zu töten hatte sie nicht gesund und fröhlich wie früher zurückkehren lassen. Jamie sah zu Verona MacBean hoch, schwarzgekleidet, zuversichtlich und weltgewandt; wie sollte sie eine Ahnung von der Hölle haben!

Graham MacPhee saß mit einer Flasche Rolling Rock in seiner Schreibstube – schließlich war es lange nach Büroschluß – und skizzierte auf der Rückseite der Speisekarte eines chinesischen Essensdienstes mögliche Verteidigungsstrategien. Vorsätzlicher Mord wurde definiert als Tötung in heimtückischer Absicht. *Hier keine heimtückischen Absichten* – diese Verteidigungsstrategie war die naheliegendste, doch zugleich diejenige, die niemand wirklich beweisen konnte. Wer wußte schon, was sich hinter verschlossenen Türen abgespielt hatte? Wer sagte, daß eine beabsichtigte Tötung aus Trauer oder Liebe überhaupt in die gleiche Kategorie fiel wie ein Totschlag? Er mußte an Jamies Geständnis denken, in dem stand, daß Maggie ihn gebeten hatte, sie zu erlösen. Wenn das Opfer mit seinem Tod einverstanden war, war die Tötung dann noch ein krimineller Akt?

Er schlug mit der Faust auf die Tischkante. Diese Argumentationskette hatte Löcher, durch die man eine Herde Elefanten treiben konnte. Die Staatsanwaltschaft würde ihn im Gerichtssaal öffentlich verhöhnen.

Graham ließ den Stift um seine Finger wirbeln wie einen winzigen Tambourstab. *Selbstmord,* schrieb er, *Mittäterschaft bei der Ausführung*. Das war ein bißchen weithergeholt, schließlich wäre Maggie MacDonald bestimmt in der Lage gewesen, sich selbst die Pulsadern aufzuschneiden oder einen Eimer Pillen zu schlucken. Wozu brauchte sie Jamie dafür?

In einigen Staaten war ein mißlungener Selbstmordversuch

ein Verbrechen. Für Massachusetts galt das nicht, dank Generationen demokratischer Gouverneure. Wenn ein Selbstmord kein krimineller Akt war, konnte Beihilfe zum Selbstmord auch keiner sein.

»Klar«, sagte er laut. »Nur daß keiner von den Sterbehilfeorganisationen auf dem Richterstuhl sitzt.«

Vorübergehende Unzurechnungsfähigkeit. Diese Möglichkeit hatte Graham Jamie bei ihrer ersten Unterredung vorgeschlagen; die Universalstrategie für alle Fälle, die sich unter außergewöhnlichen Umständen ereigneten. Das bedeutete, daß sich Jamie in dem Augenblick, in dem er seine Frau getötet hatte, nicht im Vollbesitz seiner geistigen Kräfte befand. Er war nicht in der Lage gewesen, das Wesen und die Schwere der Tat zu begreifen, die er da beging. Was im Grunde hieß, daß Jamie, als er sich ein Kissen schnappte, nicht wirklich kapierte, daß man jemanden damit ersticken konnte; und daß er, als er es seiner Frau aufs Gesicht drückte, einen tödlichen Ausgang nicht bedacht hatte. Vorübergehende Unzurechnungsfähigkeit bedeutete, daß Jamie sich in diesem Augenblick nicht darüber im klaren war, daß er etwas Falsches tat.

Graham schnaubte. Jamie hatte verdammt gut gewußt, was er da tat; er hatte es einfach für *richtig* gehalten.

Es schien ein Muster für Freisprüche in jenen Fällen zu geben, in denen die Tötung als Gnadenakt gedacht war, und in denen die Verteidigung mit psychologischen Argumenten arbeitete. Je brutaler die Tötungsart – mit einer Schußwaffe oder einem Messer –, desto eher wanderte der Angeklagte ins Gefängnis. Je hinfälliger das Opfer bei der Tötung gewesen war, desto wahrscheinlicher konnte der Angeklagte das Gericht als freier Mann verlassen. Jamie hatte ein Kissen benutzt; sanfter konnte man kaum jemanden töten. Aber Maggie war noch Minuten vor der Tat imstande zu gehen, zu lachen, zu reden.

Graham kippte den Rest seines Biers hinunter und stellte die Flasche mit dem Hals nach unten auf die polierte Schreibtischplatte. Wie die Katze um den heißen Brei schlich er um die Wahrheit herum, die plötzlich deutlich vor ihm zu stehen schien, so als wäre sie in die Gestalt eines Aasgeiers geschlüpft, der draußen vor seinem Fenster hockte. Jamie MacDonald hatte seine Frau getötet, weil sie sterben würde, weil sie Schmerzen hatte und weil sie schlichtweg nicht länger leiden wollte.

Eine Tötung aus Mitleid war ein zu unsicherer Boden, um ihn als Verteidigungsgrundlage zu benutzen. Man konnte sich nicht darauf verlassen, daß die Geschworenen für einen Freispruch plädierten. Und die Staatsanwälte argumentierten doppelzüngig, daß Euthanasie zwar eine Gnade sein könne, es darum aber keineswegs gerechtfertigt sei, das Gesetz zu brechen.

Als Graham sich für eine Laufbahn als Anwalt entschied, war ihm bewußt gewesen, daß es hier nicht darum ging, über moralische Werte zu urteilen, sondern darum, Freisprüche zu erreichen. Sein Vater hatte Mandanten verteidigt, die schlimmer zum Himmel stanken als Kanalratten, und trotzdem seine Prozesse gewonnen, einfach weil er dafür bezahlt wurde. Doch Jamies Verteidigung auf der Wahrheit aufzubauen? – Das bedeutete nichts anderes, als die Gesetze selbst anzuzweifeln.

Graham hegte keine feste Meinung zur Euthanasie. Er hatte noch nie eine Frau so geliebt, daß er auch nur auf die Frage kam, welche Gedanken Jamie durch den Kopf gegangen sein mochten, bevor er sie schließlich umbrachte. Er versuchte, die Angelegenheit von Maggies Warte aus zu sehen – wenn er zu einem solchen Leben verurteilt wäre, würde er dann wollen, daß ihn jemand davon erlöste? War dies das gleiche wie der Wunsch, daß jemand den Stecker rauszog, wenn man nur noch vor sich hin vegetierte?

Nach drei Rolling Rocks, im Vollbesitz seiner geistigen Kräfte und mit einem Körper, in dem jede Zelle vor Gesundheit strotzte, war über solche Fragen leicht nachzusinnieren. Für Antworten darauf fehlte ihm allerdings die Erfahrung.

Maggie war nicht viel älter gewesen.

Graham atmete tief durch und begann, Kreise um seine Notizen auf der Speisekarte zu ziehen. Gab es gewisse Variablen, bestimmte Augenblicke, in denen man den Tod nicht mehr durch das Gesetz erfaßte? Welche Gesetze konnte man hier überhaupt anführen, wo es doch so viele verschiedene Punkte zu bedenken gab? Eine Tötung aus Mitleid definieren zu wollen, war für Graham wie eine Zwiebel zu schälen. Bei jedem neuen Aspekt stieß man auf eine weitere Schicht und noch eine weitere, so daß man ständig weiterschälen und etliches ausklammern mußte, bis schließlich nichts mehr übrig blieb.

Er warf die leere Flasche in den Mülleimer und knipste die Schreibtischlampe aus. Nur nichts überstürzen, sagte er sich. *Du hast Zeit.*

Doch als er die Bürotür hinter sich abschloß, begann ein Gedanke in ihm zu nagen. *Du hast Zeit,* lautete dieser, *Jamie nicht.*

Cam dachte an die Immersionstechnik beim Fremdsprachenlernen, bei der sich die Leute ausschließlich in der jeweiligen Sprache unterhielten, sich im Ursprungsland derselben aufhielten und im Schlaf Sprachcassetten neben ihrem Kopf ablaufen ließen. Er kannte Menschen, die diese Technik erfolgreich angewendet und die fremde Sprache lieben gelernt hatten. Und mit genau diesem Hintergedanken nahm er sich am nächsten Tag frei und fragte seine Frau, ob sie mit ihm angeln gehen wollte.

Seit drei Jahren hatte er sie nicht mehr gefragt; aber er hoffte, wenn er den Tag von morgens bis abends in Allies Gegenwart verbrachte, nur ihr zuhörte und zuschaute, dann endlich Mia Townsend aus seinen Gedanken zu verbannen.

Cam lehnte eben die Angelrute, die schon seinem Großvater gehört hatte, ans Treppengeländer, als Allie oben auf dem Treppenabsatz erschien. Sie trug ein verblichenes Jeanshemd und ausgebeulte Khakihosen, die sie bis zu den Knien hochgerollt hatte. Auf der obersten Stufe ließ sie sich nieder, um sich ein Paar durchlöcherte Stadtschuhe anzuziehen. »Wir werden doch bestimmt naß, oder?« fragte sie, während sie die Schuhe zuband. »Ich denke, nachdem Arbuth sich die hier vorgeknöpft hat, sind sie sowieso hinüber.« Arbuth war der Köter der Nachbarn. Cam lächelte, weil ihm wieder einfiel, wie Allie den Hund mit einem Plastik-Baseballschläger verjagt hatte, als sie ihn mit ihren neuen Schuhen im Maul erwischte.

Cam steckte sich ein Netz mit kurzem Griff in den Gürtel und drückte einen roten Filzhut auf seinen Kopf. Der Filz war mit Ködern und Blinkern bestückt sowie mit einigen getrockneten Fliegen. Er streckte die Arme zur Seite und vollführte eine langsame Pirouette. Allie pfiff leise. »Welch ein Traummann!«

Sie stolperte die Treppe hinunter und schlang ihre Arme um Cams Taille. »Ist es nicht ein Glücksfall, daß Mia nach Wheelock gekommen ist?« fragte sie, und Cam versteifte sich in ihrer Umarmung. »Wenn sie nicht wäre, könnte ich mir nicht einfach so einen ganzen Tag frei nehmen.«

»Ein echter Glücksfall«, echote Cam und befreite sich vorsichtig. Er langte nach der Angelrute, um Allie nicht ansehen zu müssen. Sobald er Mias Namen gehört hatte, wußte er, was geschehen würde – er würde sich zu seiner Frau umdrehen und anfangen, ihre roten Wangen und ihr spitzes Kinn mit Mias weichen Brauen und vollen Locken zu vergleichen. »Gehen wir«, sagte er knapp und marschierte los. Allie blieb allein zurück, rieb sich die Oberarme und fragte sich, was sie jetzt schon wieder falsch gemacht hatte.

Mit zusammengebissenen Zähnen folgte sie Cam zur Haustür hinaus und sah ihn zu ihrer Überraschung in Richtung Garten gehen. »Komm mit«, sagte er und winkte sie zu sich. »Wir haben nicht den ganzen Tag Zeit.«

»Das dachte ich eigentlich schon«, murmelte Allie. »Ich dachte, deswegen haben wir uns frei genommen.« Sie sah zu, wie Cam sich in der Mitte der leicht ansteigenden Wiese aufbaute und die Angelrute ausstreckte. Er zog die knallgelbe Leine ein Stück weit heraus und begann dann, wie ein menschliches Metronom, die linke Hand mit der Rute vor und zurück, vor und zurück zu schwingen, bis die Leine durch die Führungsrollen gesaust war und sich wie ein einfarbiger Regenbogen über ihm wölbte.

»Weißt du«, meinte sie lächelnd, »ich bin vielleicht ein Neuling, aber fangen wir nicht eher Fische, wenn wir das am Wasser machen?«

Cam warf sein Haar zurück. »Glaubst du, ich erlaube dir, mit der Angel meines Großvaters loszuziehen, ohne erst mal ein paar Trockenübungen?« Er ließ die Leitschnur auf dem Fingergras zur Ruhe kommen und sah Allie an. Sie hatte die Hände in die Hüften gestemmt, und der Pferdeschwanz wellte sich über ihren Schultern; ihre Füße waren nach außen gestellt, als setze sie zu einem Plié an.

Als er Allie das letzte Mal mitgenommen hatte, waren sie aufs Meer gefahren. Nicht seine liebste Angelart, doch damals fehlten ihm sowohl Zeit als auch Lust, Allie das Fliegenfischen beizubringen, das seiner Ansicht nach eher eine Kunst als ein Sport war. Sie hatten nach Blaufischen Ausschau gehalten, und Allie – der man erst noch zeigen mußte, wie man die Spule benutzte – erwischte den größten Fisch. Er konnte sich noch erinnern, wie sie in ihrer geliehenen Gummihose im Kreis herumgetanzt war, als der Kapitän ihr als Preis für den Fang des Tages ein Freiticket für eine weitere Tour überreichte.

Er zwang seine Gedanken in die Gegenwart und zerrte an der Leine. Die Leitschnur hatte sich in einem Grasbüschel verfangen. »Da siehst du, daß du keine Ahnung hast«, erklärte er grinsend. »Bei mir hat schon was angebissen.« Behutsam ruckte er, bis die nconbunte Leine in die Luft surrte. »Paß auf«, sagte er und verschloß sich allen Gedanken, die nichts mit der Technik des nun Folgenden zu tun hatten, »es liegt alles an der Konzentration.« Wieder begann er die Leine rhythmisch hin und her zu ziehen, während er unentwegt nach vorne und hinten ausholte. »Du hast kein Gewicht am Leinenende«, erklärte er. »Du benutzt das Gewicht der Schnur selbst zum Auswerfen. Ach Quatsch, du wirfst nicht mal wirklich aus. Du hältst die Schnur einfach irgendwie über dem Wasser.«

»Gras«, murmelte Allie.

»Egal!« Er schloß die Augen und überließ sich dem Schwingen und der Bewegung. »Du willst die Schnur vor dem Fisch ausbreiten wie einen roten Teppich ... immer weiter ... immer weiter ... bis die Fliege schließlich ...«, er gab einen klatschenden Laut von sich »... ins Wasser fällt.«

Dann verstummte er. Er ließ den Arm vor- und zurückschnellen, gab dabei ab und zu mehr Leine und hielt sie mit seinen Schwüngen in der Luft, bis die Leitschnur noch weiter reichte. Er spürte die Sonne im Genick und sah die Schneefinken auf den schmalen, lila Paß in den Bergen einige Meilen entfernt zufliegen. Mit jedem Rückschwung atmete er ein, mit jedem Vorschwung aus, und verlor sich in seinen Träumen.

Er war in Neuseeland, wo er riesige Regenbogenforellen fischte. In der Wildnis Alaskas, wo das hohe Gras an seinen Beinen brannte, während er die Angel nach Lachsen auswarf. Mit einem tiefen Atemzug sah er sich in Montana stehen und zwei Leitschnüre zu einem Knoten verbinden, um damit Flußforellen zu erwischen. Er war am Loch Leven, wo er sich immer zu Hause gefühlt hatte und wo sich unter seinem kleinen, schaukelnden Boot Saiblinge und Kelpie-Geister in den Buchten versteckten.

»Auf Reisen?« fragte Allie.

Er blinzelte. Sie lächelte ihn an, und es überraschte ihn, daß sie ihn so durchschaute.

Cam schüttelte den Kopf. »Du bist dran«, sagte er und streckte ihr die Rute hin.

Sie stellte sich in seine Arme. Cam blieb direkt hinter ihr und schob die Rute unter das Band ihrer Armbanduhr. »So!« Er legte ihre Hand um den Korkgriff. »Jetzt kannst du das Gelenk nicht abwinkeln.« Er zog ihren Arm nach hinten, beobachtete dabei die Leine über ihren Köpfen, und drückte ihn dann wieder nach vorne. »Die Leine soll nicht klatschen«, fuhr er fort. »Wenn du zurückziehst, mußt du zuschauen, wie sich die Leine spannt. Sie wird straff, und irgendwann löst sich diese Schlinge ... wenn sie so steht, siehst du? Genau dann holst du sie wieder vor.«

Allie spürte, wie sich ihre Schulter in seine Brust drückte, wie sich seine Finger über ihren schlossen. Er zog ihren Arm in einer langsamen, gleitenden Pendelbewegung vor und zurück, und vermittelte ihr dabei die Geschmeidigkeit, die sie wenige Augenblicke zuvor an ihm beobachtet hatte. Sie schloß die Augen und hatte plötzlich das Gefühl, von ihm zum Tanz aufgefordert zu sein.

Zurück, zwei, drei, *vor*, zwei, drei. *Zurück*, zwei, drei, *vor*, zwei, drei. Allie sah sich durch einen leuchtenden, säulenbestandenen Ballsaal wirbeln, unter ihren Händen Cams feinen Abendanzug. Für einen Augenblick konnte sie den kommenden Winter riechen, die Schwere der Luft sehen, ihr Blut fließen spüren und wußte, daß sie und Cam perfekt harmonierten. *O ja,* dachte sie, *das ist ein Wunder.*

»Jetzt probier's mal«, sagte Cam, trat zurück, und plötzlich stand Allie allein und verlassen da. Sie hob die Angelrute, versuchte auf Cams unsinnige Anweisungen zu hören, sie solle die Angel auf zehn Uhr heben, auf ein Uhr heben, das Gelenk gerade halten, die Leine präsentieren. Den Rhythmus versuchte sie zu halten, indem sie ein Lied dazu summte; aber in ihrem Kopf war nur noch Platz für den einen Gedanken, daß Cam jetzt die Darbietungen ihres Körpers beobachtete, so wie sie zuvor seinen. Sie wurde rot und wünschte sich, er würde sie wieder in die Arme nehmen.

Es wurde Nachmittag, ehe Cam Allie für würdig befand, seine geheiligte Fliegenangel über den Wee Loch zu halten, jenen kleinen See, der für die Gründung des Ortes verantwortlich war. Cam schnürte das Kanu der Marke ›Old Town‹ auf das Dach von Allies Auto und fuhr zur Bootsrampe. Dort ließ er Allie vorne ins Kanu steigen und paddelte dann ans gegenüberliegende Ufer, wo sie am ehesten Barsche finden würden.

»Okay«, sagte Cam schließlich. »Jetzt sind wir am Geheimplatz.« Allie sah auf die Lilien und Baumstümpfe, mit denen die kleine Bucht übersät war, in die Cam sie gerudert hatte. Dann bewegte sich Cam etwas abrupt. Das Kanu schwankte sacht von einer Seite auf die andere, um wieder ins Gleichgewicht zu kommen, und Allie klammerte sich erbleichend an die Reling. »Cam«, keuchte sie. »Bitte nicht.«

Als sie sich so weit gefaßt hatte, daß sie sich umdrehen konnte, versuchte Cam gerade, eine Fliege an der Angelschnur zu befestigen. »Was soll ich nicht? Die getrocknete Fliege nehmen?« Stirnrunzelnd blickte er auf seine Hand. »Vielleicht hast du recht. Vielleicht wäre eine Nymphe ...«

»Cam«, setzte Allie erneut an, »ich hasse Boote!«

Das war eine Untertreibung. Sie verabscheute zutiefst das Gefühl, wenn die Welt unter ihren Füßen zu schaukeln begann; und im Grunde konnte sie sich für keine Sportart im Freien erwärmen. Während Cam die gemütliche Überfahrt über den See damit verbracht hatte, im Vorbeigleiten die verschiedenen Vogel- und Baumarten zu benennen, hatte Allie die Mückenstiche auf ihrem Arm gezählt. Sie hatte nur wenig für die wilde Natur übrig; aber sie wußte, daß dies die einzige Umgebung war, in der Cam nicht eingeengt oder seiner Energie beraubt wirkte. Deshalb ließ sie sich ungern eine Gelegenheit entgehen, ihn in seinem Element zu beobachten.

»Allie«, Cam zupfte an der Leine, um sie auszuprobieren, »das Wasser ist hier höchstens zwei Meter tief. Du brauchst dir keine Gedanken zu machen.« Er lächelte sie an und reichte ihr die Fliegenrute. »Also los«, forderte er sie auf.

Selbstverständlich wußte er, daß Allie sich ungern im Freien aufhielt. Verflucht, ihr Beruf bestand darin, die schönsten Schmuckstücke abzuschneiden, die die Natur hervorgebracht hatte, und sie so zu arrangieren, daß sie sich gut auf einem Eßtisch machten.

Es war ein strahlend schöner Tag; die Sonne stand hoch am klaren Himmel und tanzte über dem Wasser, die Schmeißfliegen hatten sich verzogen, die Berge am Horizont sahen aus wie auf einer Postkarte.

Cam warf einen Blick auf Allie, die behutsam die Schnur um ihren Zeigefinger wickelte, so wie er es ihr gezeigt hatte. Wenn sie das öfter machte, würde sie ebenfalls ihr Herz daran verlieren. Das hing einfach davon ab, wie oft man sich damit beschäftigte.

Gedankenverloren sah er zu, wie sie die Schnur auszuwerfen begann, wobei sie unangenehm dicht an einem Gestrüpp vorbeizog, und malte sich aus, wie er sie mitnehmen würde, wenn er Enten jagen, Eisfischen oder über den Wheelock-Paß wandern ging. Er stellte sich vor, wie ihre Beine kräftig und braun wurden, wie das zuckende Flackern eines Lagerfeuers ihr Gesicht erhellte. Er fragte sich, wie lange es dann noch dauern würde, bis sie Madagaskar sehen wollte, oder Kreta oder die Rockies. Er spielte mit dem Gedanken, einfach eine Reise zu planen – Allie würde mitkommen, wenn er sie darum bat, das wußte er –; doch natürlich wollte er nicht mitansehen, wie sie aus einem winzigen, beschlagenen Flugzeugfenster starrte und sich wünschte, sie wäre daheim.

Er fragte sich, ob es sie störte, *ihn* jeden Tag seines Lebens so zu sehen.

»Ich habe was«, sagte Allie, und ihre Stimme hüpfte mit dem leichten Schaukeln des Bootes. »Könnte sein, daß was dran ist.«

Cam sah das Wasser Wellen werfen, als der Barsch mit ihrer Angelschnur im Maul davonschwamm. Er gab Allie mit leiser, fester Stimme Anweisungen, sagte ihr, wann sie dem Fisch Leine lassen und wann sie ganz sanft Schnur einholen mußte. Als der Barsch in den brackigbraunen Wasserschichten in Sicht kam, beugte sich Cam vor und zog das Netz aus seinem Gürtel.

»Jetzt lehn dich zurück«, wies er Allie an, schob sie zur Seite und hob ihre Hand an, um den Fisch näher ans Boot zu holen. Er tauchte das Netz halb ins Wasser und sah den Fang hektisch mit dem Schwanz gegen die Nylonmaschen schlagen. »Ein toller Fisch«, sagte er in der Hoffnung, Allies Begeisterung zu wecken. »Das ist einer der größten Barsche, die ich je in diesem See gesehen habe.«

»Wirklich?« juchzte Allie. Sie lockerte ihren Griff um die Angel und ging auf der gleichen Seite wie Cam in die Hocke, um ihre Beute im Netz zu betrachten. »Sieh dir seine Augen an«, sagte sie, streckte die Hand aus, um ihm über den schuppigen Kopf zu streichen, und in diesem Augenblick kenterte das Kanu.

Allie kam augenblicklich wieder hoch, nach Luft schnappend und Wasser tretend und entsetzt bei dem Gedanken an all das schleimige Ungetier, das am Grunde eines verschlammten Tümpels wie dem hier leben mochte. Zu ihrer Überraschung war alles um sie herum vollkommen finster; einen Moment lang fragte sie sich, ob sie sich den Kopf angeschlagen hatte und blind geworden war, bis ihr plötzlich aufging, daß sie sich unter dem gekenterten Kanu befand.

Schon wollte sie wieder abtauchen und weiter nach draußen schwimmen, um nach Cam zu suchen, als sie ihn lachen hörte. Es war kein fröhliches Lachen, kein ›Wie konnte uns das nur passieren‹-Lachen, sondern ein bauchiges Grölen, das eindeutig auf ihre Kosten ging. Er lachte über sie, weil sie durch ihren Übereifer und ihre Dummheit das Kanu zum Kentern gebracht hatte. Sie zog eine Braue hoch, packte die Reling des Kanus und ließ sich treiben. Dann atmete sie langsam und tief durch. *Das sollte er ihr büßen!*

Cam fand es zum Brüllen komisch. Oh, sie würde sich schwarz ärgern; zischen und sich schütteln wie eine nasse Katze, davon war er überzeugt. Aber wenn sie ihr Gesicht gesehen hätte, kurz bevor ihr aufging, daß sie ins Wasser fallen würde ... Er wischte sich die Augen trocken und unterdrückte seine Heiterkeit, als ihm aufging, daß Allie verschwunden blieb.

»Allie«, rief er und drehte sich einmal im Kreis, um festzustellen, ob er sie irgendwie übersehen hatte. »Allie!« Seine Augen tasteten die Baumstümpfe ab, die neben dem Boot dümpelten, dort, wo Allie ins Wasser gefallen war, dicht neben einer Insel von Seerosen – deren Wurzeln, wie er wußte, sich um das Bein eines Schwimmers schlingen und ihn nach unten ziehen konnten.

Cams Puls begann im Takt mit dem Pochen in seinem Kopf zu dröhnen. Sie war eine gute Schwimmerin, aber das zählte nicht, wenn man ohnmächtig war. »Allie!« brüllte er. Seine Stimme drang über die glatte Oberfläche und klang vollkommen fremd in seinen Ohren. »Allie!«

Er ließ sich hinunter und öffnete die Augen in der schmoddrigen Brühe, doch er konnte kaum die Hand vor Augen sehen. Mit den Füßen tastete er den Teichgrund ab, in der Hoffnung, auf etwas zu stoßen, nach dem er tauchen konnte. Seine Zähne begannen zu klappern, und das Herz gefror ihm in der Brust.

Allie tauchte keinen Meter von ihm entfernt wieder auf.

»Herr im Himmel!« explodierte er. »Verflixt und zugenäht!«

Er schwamm mit einem kräftigen Zug auf sie zu, preßte sie an sich und brachte sie dann halb schwimmend, halb ziehend in flacheres Wasser, wo sie beide stehen konnten.

Als er sie auf die Füße stellte, zitterte er immer noch. Er umarmte sie so fest, daß sie ihre Rippen an seiner Haut spüren konnte. »Du hast mir einen Mordsschrecken eingejagt«, erklärte er mit rauher Stimme, erschüttert darüber, wie vehement er reagiert hatte und wie stark seine Angst gewesen war. »Ich habe mich fast zu Tode gesorgt.«

Er hielt sie vor sich hin, strich über ihre Stirn, über die sich ein Schlammring zog; und über ihr Haar, in dem nasses Laub und eine seiner Fliegen hingen. Dann hob er ihr Kinn und sah ihr ins Gesicht. »Tu das nie wieder«, murmelte er.

Sie wollte ihm erklären, daß alles nur ein Spaß gewesen war, daß es sie gestört hatte, wie er über sie gelacht hatte; doch Cam hielt sie umklammert und starrte sie an, als wollte er sich ihr Gesicht einprägen – so, als hätte er plötzlich in die dunkle Schlucht eines Lebens ohne sie geblickt.

Jamie MacDonalds Worte kamen ihr in den Sinn: *Siebzig zu dreißig.*

Cam sah sie so an, begriff sie, wie sie ihn immer ansah. Fasziniert legte sie die Hand auf seine Wange und fühlte ihn bibbern. »Bestimmt nicht«, versprach sie und wühlte ihre Hand in sein klatschnasses Hemd, als könnte sie so diesen Augenblick für immer festhalten.

6

Jamie MacDonald hielt Ausschau nach Engeln. Gestern war er den ganzen Tag durch einen Souvenirladen geschlendert, wo er sich viktorianisch anmutende Karten heraussuchte und die pausbäckigen Cupidos und ätherischen silberhaarigen Mädchen in gefältelten klassischen Gewändern begutachtete. Er hatte sie genau in Augenschein genommen, auf der Suche nach irgendeiner Ähnlichkeit, aber keine Spur von Maggie bei ihnen gefunden.

Klar, daß sie zu ihm kommen würde! Dies stand genauso fest wie sein Warten auf sie, nötigenfalls bis in alle Ewigkeit. Manchmal schloß er die Augen und roch in der Luft den Maiglöckchenduft, der Maggies Kleider durchdrungen hatte; das frische Honigaroma ihres Haars. Er stellte sich vor, wie sie in einem weißen Rollkragenpullover und einem weiten weißen Rock vor ihm stand und wie über ihre Schultern daunigweiche Federn strichen, die ihr bis auf den Rücken reichten.

Er wartete darauf, daß Graham MacPhee aus seinem verdammten Büro auftauchte. Es sah nicht so aus, als hätte der Mann noch mehr Klienten; deshalb begriff er nicht, wieso er warten mußte. Jamie warf einen Blick auf Allie, seine inoffizielle Anstandsdame in Wheelock, die in aller Ruhe eine Haus-und-Garten-Zeitschrift las, aus der die meisten Kochrezepte herausgeschnitten waren.

Als würde sie seinen Blick spüren, hob sie den Kopf. Mit einem zuversichtlichen Nicken lächelte sie ihn an.

Allie hatte ihn zur Post begleitet, in den Supermarkt, zur Reinigung. Sie hatte ihm den Weg in den Videoverleih und in den Friseursalon geebnet, die beide von Menschen geführt wurden, die nur mit Mühe verbergen konnten, daß sie Jamie für einen

Schandfleck in einer anständigen Gemeinde hielten. Und auf der Bank lotste sie ihn zu einem Schalterbeamten, der Jamie mit Mondaugen angeglotzt und ihm erklärt hatte, er sei ein Heiliger; anschließend zu der Kellnerin im Café, die ihn auf die Wange geküßt und ihm gestanden hatte, er hätte ihr den Glauben an die wahre Liebe wiedergegeben.

Schon zweimal hatte Allie ihn, wenn er sich, wie in den Kautionsauflagen festgehalten, auf der Polizeistation bei Cameron MacDonald melden mußte, begleitet, den Arm fest unter seinen gehakt. Cam hatte ihn bisher immer nur angegrunzt und mit einem Winken eiligst entlassen; doch er hatte auch nichts Schlimmeres getan. Und dies, das war Jamie klar, verdankte er nur Cams Frau.

Jetzt betrachtete er sie von seinem Beobachtungsposten neben dem falschen Kamin aus. Sie war keine klassische Schönheit, aber durchaus hübsch mit ihren whiskeyfarbenen Augen und dem schimmernden, glatten Haar. Zwar sah sie so stabil aus wie ein dünner Zweig, aber Jamie kannte sie inzwischen besser. Ob Allie MacDonald das zugeben wollte oder nicht, ihre Kraft reichte leicht für zwei. Falls sie einem Zweig glich, dann dem einer Weide – der sich bog und drehte und nachgab, statt zu brechen.

Maggie hätte sie bestimmt ins Herz geschlossen.

Bei diesem Gedanken drehte Jamie das Gesicht wieder zum Kamin. Erst jetzt bemerkte er, daß das Halbrelief über dem Sims eine pastorale Szene darstellte: Auf der Skulptur tummelten sich Hirten und Kühe mit Milchmädchen, und über allem hingen Wolken und Engel. Er starrte jedem einzelnen davon ins weiße Gesicht und verzehrte sich danach, dort irgendwo Maggies Brauen oder ihr kantiges Kinn zu entdecken.

Noch während er so dastand, eine Hand an den Sims geklammert, klopfte Allie ihm auf die Schulter. »Jamie«, sagte sie leise, »warum setzt du dich nicht hin?«

Mit Tränen in den Augen fuhr er zu ihr herum. »Ich kann sie nicht finden«, flüsterte er.

»Du findest sie schon noch«, versicherte sie ihm und führte

ihn zu dem Stuhl auf der anderen Seite. Sie setzte sich ihm gegenüber und tätschelte ihm das Knie. Während er sich mit der Hand durchs Haar fuhr, stand Allie auf und ging zu der Empfangsdame. »Also wirklich«, gab sie Bescheid, »wir warten jetzt schon sehr lange.«

Als hätte sie ihn damit herbeibeschworen, erschien Graham MacPhee im Korridor. Er wirkte aufgekratzt und lebhaft; sein Haar war feucht und glatt am Kopf, obwohl es nach dreizehn Uhr war. »Jamie, Allie«, begrüßte er sie und faßte dabei ihre Namen zu einem zusammen. »Mir ist die Zeit davongelaufen.«

Er winkte sie durch den Flur in den Konferenzraum, wo ein offener Ordner lag, dessen Inhalt sich über den Tisch hin ausbreitete. Allie nahm Platz, doch Jamie blieb neben der Tür stehen. »Der Papierkram für Techcellence ist soweit fertig«, sagte Graham. Jamie hatte sich entschieden, das Management seiner Firma bis auf weiteres Rod und Flanders zu übertragen. »Es gefällt mir immer noch nicht, daß wir nicht genauer bestimmt haben, wie lange diese Verfügung gelten soll«, ergänzte Graham und legte dabei die Stirn in Falten. »Sie können es sich noch anders überlegen und ein Datum angeben.«

Jamie schüttelte den Kopf. »Sagen wir einfach, ich bin nicht ganz so optimistisch wie Sie.«

Graham räusperte sich und setzte dann ein Lächeln auf. »Die Vorverhandlung findet nächsten Mittwoch statt«, verkündete er fröhlich, als wäre das eine gute Nachricht.

Allie warf einen Blick auf Jamie, der jedoch mit verschlossener Miene quer durch den Raum auf den müden Verkehr in der Main Street starrte. Sie fuhr sich mit der Zunge über die Lippen, schlug die Beine übereinander und beugte sich vor. »Und das bedeutet?«

Graham zuckte mit den Achseln, woraufhin ein Wassertropfen aus seinen Haaren über den Kragen seines olivfarbenen Fischgrätanzugs rann. »Das ist nur eine Formalität«, erläuterte er. »Wir gehen wieder zum Gericht, wo der Staatsanwalt einem Richter erklärt, daß es eine Leiche gibt. Hierauf wird Cam in den Zeugenstand gerufen, damit er den Zusammenhang zwischen Jamies Geständnis und den Beweismitteln darlegt; danach verkündet der Richter, daß es zum Prozeß kommt, und wir können alle wieder heimgehen.«

Allie schüttelte den Kopf. »Was ist mit Jamie? Warum kann er den Fall nicht aus seiner Sicht schildern?«

Graham sah seinen Klienten an, der immer noch auf die Hauptstraße starrte. »Es ist nicht üblich, daß die Verteidigung schon bei der Vorverhandlung ihre Beweise auspackt. Die heben wir uns für den großen Showdown auf. Wir wollen Jamie nicht zweimal einem Kreuzverhör der Anklage aussetzen.«

Zur Überraschung aller Anwesenden marschierte Jamie plötzlich durch den Raum ans Fenster und klatschte mit der flachen Hand auf das Glas. »Wie lang?« fragte er leise.

»Wie lang bis was?« fragte Graham.

»Bis das hier vorbei ist?« Jamie musterte ihn. »Wie lange dauert es noch, bis ich eingesperrt werde?«

Graham erhob sich, mußte jedoch immer noch den Kopf in den Nacken legen, um zu Jamie aufzusehen. »Das wird hoffentlich nie passieren. Deshalb sind wir ja hier.«

»Aber angenommen, wir verlieren«, sagte Jamie langsam, »dann habe ich eben eine kostbare halbe Stunde verplempert, während ich darauf wartete, daß Sie im Sportstudio Ihren Hintern von der Trainingsbank hochkriegen.«

Graham errötete bis unter die Haarwurzeln. »Es wird nicht wieder vorkommen«, versprach er leise. Irritiert ließ er sich in einen der Drehsessel fallen und begann, in dem hanffarbenen Ordner herumzublättern. »Wo wir schon dabei sind, sollten wir uns mal über die Verteidigungsstrategie unterhalten. Ich brauche von Ihnen eine Liste von Leuten, die Maggies Krankheit bezeugen können, außerdem von Nachbarn oder Freunden oder Verwandten, die gewußt haben, daß Sie beide ...«

»Verwandte«, schnaubte Jamie.

Graham warf Allie einen Blick zu und begann, winzige Kreise in die Ecke des Blattes zu malen, das er vor sich liegen hatte. »Nun«, sagte er, »wir müssen jemanden finden, der Ihren guten Charakter beeidet.«

»Das übernehme ich«, sagte Allie.

Graham grinste sie an. »Ich brauche jemanden, der Jamie schon gekannt hat, ehe er in unser Revier schneite. Aber Sie könnten helfen, Zeugen beizubringen«, schlug er vor, »denn der Frau eines Polizeichefs wird man wohl kaum die Beteiligung verweigern.« Er trommelte mit dem Stift gegen die Tischkante und wandte sich an Jamie. »Wir brauchen eine ganze Parade von Leuten, die alle angemessen schockiert darüber wirken, daß man Sie wegen Mordes anklagt.«

Jamie ließ sich auf dem Drehsessel neben Allie nieder. Er schwang sich hin und her, drückte sich dabei mit den Fußballen ab und ließ beinahe zu, daß ein Lächeln über sein Gesicht geisterte. »Und wer soll diesen Musterbürgern die Nachricht überbringen, daß mir der Prozeß gemacht wird?«

Graham blinzelte. »Ich natürlich.« Nervös fingerte er an seiner Krawatte herum, während er Jamies Blick von seinem Adamsapfel abwärts zu seiner Gürtelschnalle und zurück zu seinem Gesicht wandern spürte.

»Nein«, widersprach Jamie, lehnte sich in seinem Sessel zurück und schlug die Füße auf der Mahagonitischplatte übereinander.

»Nein?«

»Nein.« Jamie entblößte die Zähne zu einem freundlichen Lächeln. »Allie soll das tun.« Beim Klang ihres Namens zuckte Allie zusammen, denn Jamie sprach ihn aus wie ein Wiegenlied. Er setzte sich auf und stemmte die Ellbogen auf die Tischplatte. »Wer wird einen zukünftigen Zeugen eher überreden können? Ein Anwalt, der noch feucht hinter den Ohren ist, oder die sprichwörtliche Gattin des Polizeichefs?«

Allie sah ihn an und wußte, daß er genau begriff, wie sehr es ihr mißfiel, ihren gesellschaftlichen Rang aufs Tapet zu bringen und nicht sie selbst. Sie legte ihre Hand auf Jamies und schob die Finger zwischen seine. »Das mache ich gern«, sagte sie zu ihrer Überraschung. »Ich rede mit den Leuten in Cummington, und ich kann in deinem Haus nach Fotos und der Heiratsurkunde und solchen Sachen schauen.«

»Das dürfen Sie nicht«, erhob Graham Einspruch, obwohl ihm nicht recht klar war, warum.

»Könnten Sie sie nicht dazu ermächtigen?« rief Jamie aus. »Geben Sie ihr eine Genehmigung, mein Haus zu durchsuchen. Mir ist das egal.«

»Darum geht es nicht ...«, setzte Graham an.

»Es geht darum«, fiel Jamie ihm ins Wort, »daß ich Allie vertraue. Und Ihnen nicht.«

Jamie war laut geworden, und er hatte sich erhoben, mit flach auf den Tisch gepreßten Händen, um Graham niederzustarren. In diesem Augenblick streckte Duncan MacPhee, der Senioranwalt der Kanzlei, den Kopf durch die halboffene Tür und sah seinen Sohn vor einem Klienten kuschen, der des Mordes angeklagt war.

»Gibt es irgendwelche Probleme?« schnarrte er.

»Nein«, antwortete Allie zeitgleich mit Graham. Jamie sank mit einer einzigen Bewegung zurück, als wäre ihm jeder Wind aus den Segeln genommen.

Graham nickte. »Wir arbeiten aus, wie Mrs. MacDonald sich am besten unter den Bürgern von Cummington umhören könnte«, sagte er. Er erhob sich, entschuldigte sich kurz und ging zur Tür, wobei er sich fragte, ob Jamie MacDonald wohl seine zitternden Knie bemerkte.

Sobald Graham im Korridor verschwunden war, fuhr Allie zu Jamie herum. »Du warst bockig«, schalt sie ihn. »Er will dir doch helfen.«

Jamie grinste und zog ein gelbes Blatt von den Stapeln rings um den Hanfordner. »Weißt du nicht, Allie«, sagte er, »daß man niemandem helfen kann, der es nicht zuläßt?«

Allie schluckte und starrte aus dem Fenster. Ganz von selbst fiel ihr Blick auf die Polizeistation, wo eben jemand aus der Tür trat. Er war zu schnell und Allie zu weit entfernt, um ihn erkennen zu können; aber sie redete sich ein, eben einen Blick auf Cam geworfen zu haben, und dadurch fühlte sie sich gleich besser.

Neben ihr hatte Jamie sich einen Stift genommen und erstellte in säuberlichen Druckbuchstaben eine Liste. »Ich weiß nicht alle Adressen«, sagte er. »Du kannst sie dir ja aus dem Telefonbuch raussuchen.«

Allie nickte. Sie fragte sich, wie sie Cam beibringen sollte, wozu sie sich so spontan bereiterklärt hatte. Würde Mia den Blumenladen wohl allein führen können, obwohl sie noch nicht einmal eine Woche für sie arbeitete?

»Du kannst in unserem Haus wohnen«, bot er an. »Die Schlüssel sind bei Angus.« Er zögerte nur eine Sekunde. »Schau dir ruhig alles an. Bring alles her, was du für sinnvoll hältst.« Er kritzelte einen Namen zu Ende und klatschte den Stift auf den Tisch. »Da«, er strich das Papier mit der Handfläche glatt. Als er ihr das Blatt zuschob, blieb seine Hand kurz vor ihr liegen. »Danke«, wisperte er. »Ich weiß, daß du ihm das nicht überlassen willst.«

Für sie stand außer Frage, wen Jamie damit meinte. »Es handelt sich nur um ein paar Tage«, überlegte sie laut. »Und Cam ist ja auch noch da ...«

Jamie gab ihr einen Kuß auf die Stirn und stand auf. Er durchmaß den Raum von der Schreibtafel zum Tisch und postierte sich dann wieder am Fenster. Dort blickte er gen Himmel und wartete.

Er stellte sich vor, wie er in einem der Hochsicherheitsgefängnisse von Massachusetts saß – möglicherweise in Concord, wo die ganze Nacht die Autos im Kreisverkehr kreischten –, für immer abgeschnitten von Wheelock und Cummington. Er dachte an Maggie, die auf durchscheinenden Füßen durch die Straßen der beiden Orte tanzte, durch die Fenster schielte und dicke Türen aufschob, immer auf der Suche nach ihm. Er dachte an den Himmel, seine Leere und Verlassenheit ohne sie, während sie unbemerkt nach jemandem suchte, der spurlos verschwunden war.

»Du mußt mir noch einen Gefallen tun.« Jamie ließ die Stirn gegen das kühle Glas sinken. »Wenn sie kommt, wenn Maggie kommt ...«

»Dann sage ich es ihr«, versprach Allie so dicht neben ihm,

daß er ihren Atem an seiner Schulter spürte. »Ich sage ihr, wo sie dich findet.«

Im Gegensatz zu anderen New-Age-Anhängern kümmerte sich Ellen MacDonald nicht darum, wer sie in ihrem vergangenen Leben gewesen war, sofern ihr verstorbener Ehemann dabei nicht auftauchte. Wenn jemand vor acht Jahren, als Ian noch lebte, ihr gegenüber ›Kristall‹ erwähnt hätte, hätte sie ihn gefragt, ob er Waterford oder Bleikristall meine. Jetzt trug sie einen kleinen dolchförmigen Anhänger um den Hals, dessen Quarzkristall aus einer heiligen Grotte in Arizona stammte. Sie kaufte Kleider aus Recycling-Baumwolle, glaubte an Gedankenübertragung und Chakras; obendrein hatte sie sich für einen Fernkurs der auf einer Farm im Norden Vermonts beheimateten ›Mothers of Light New Age Community School‹ eingeschrieben, mit dem sie ein Diplom in naturheilkundlicher Medizin zu erhalten hoffte.

Die meisten Menschen in Wheelock, unter anderem ihr Sohn Cameron, waren der Meinung, sie hätte einen kleinen Sprung in der Schüssel, seit Ian gestorben war. Wenn sich niemand über sie lustig machte, dann nur, weil sie so viele Jahre lang die Frau des Clanchefs gewesen war – aus Respekt ließ man ihr einiges an exzentrischem Verhalten durchgehen, ähnlich wie etwa einer Herzoginwitwe oder der Königinmutter.

Alle wären überrascht gewesen, hätten sie erfahren, daß sie keinen roten Heller auf Bambuspanflöten und persönliche Duftessenzen, gegrillten Tofu und all die anderen Dinge gab, über die sie mit den Menschen diskutierte, statt sich aufrichtig mit ihnen zu unterhalten. Sie wären entsetzt gewesen, hätten sie erfahren, daß Ellen MacDonald nur an New-Age-Phänomene glaubte, weil sie am Tag nach Ians Beerdigung irrtümlich eine Broschüre erhielt, auf der in dicken schwarzen Lettern stand: *Ein Seelenverwandter läßt dich nie im Stich.*

Es hatte sich um eine Adressenverwechslung bei der Post gehandelt, nichts Ungewöhnliches in einem Ort mit dieser Unzahl von MacDonalds – um die Postwurfsendung einer New-Age-Agentur, die behauptete, Singles anhand ihrer Geburtskarten und ihres Karmas zu verkuppeln. Doch für jemanden, der eben die Liebe seines Lebens verloren hatte, erschien dieser Satz zu wahr, um ihn einfach in den Müll zu werfen.

Eine Woche lang hatte Ellen die Broschüre an ihrem Kühlschrank hängen gehabt. In derselben Woche war Camerons Frau zu ihr gezogen, um sicherzustellen, daß sie etwas aß und abends die verschriebenen Schlaftabletten nahm. Zehn Tage lang verharrte Ellen in ihrer Trauer, dann hatte sie Allie gebeten, sie in die Bücherei zu fahren; sie wolle etwas nachschlagen. Drei Monate später hatte sie sich komplett verwandelt.

Nicht daß sie an Channeling oder Reinkarnation glaubte. Doch sprach manches dafür, sich in ein Netz von Menschen einzubinden, die aufrichtig daran festhielten, daß die Liebe Generationen und Jahrhunderte überdauern konnte. Dem eigenen Körper inneren Frieden zu bringen und sich damit abzufinden, daß sie Ian in einem späteren Leben wiedersehen würde, schien gesünder, als mit einem Bein im Grab vor sich hinzusiechen. *Man kann nie wissen,* sagte sie sich immer wieder.

Soweit Ellen das mitbekam, war Allie die einzige, die sich aufrichtig über ihr neues Leben freute. Mindestens einmal in der Woche brachte sie frische oder getrocknete Blumen vorbei, und zu zweit übten sie sich an Umschlägen, Absuds und Kräutertees, mit denen sich kleinere Wehwehchen heilen ließen. Den größten Erfolg hatten sie bisher mit Frauenmantel gehabt, der Wunder gegen Allies Menstruationsbeschwerden wirkte. Einmal hatten sie einen Holunderaufguß fabriziert, den Allie morgens heimlich in Cams Orangensaft mischte; schon mittags war sein Husten weg gewesen, hatte sie erzählt.

Jetzt stand sie in Ellens Küche und zupfte Ringelblumen die Köpfe ab. Ellen kam aus dem Flur und legte die Post auf den Küchentisch. »Ist irgendwas Positives dabei?« fragte Allie über ihre Schulter hinweg.

»Rechnungen«, antwortete Ellen. »Und Gutscheine für Zeug, das ich nicht brauche.«

Allie lachte. »Gib sie Angus«, schlug sie vor. »Er ist immer noch begeistert von amerikanischen Supermärkten. Wenn er einen Gutschein kriegt, kauft er das Zeug, ganz gleich, was es ist.« Sie sah ihre Schwiegermutter an. »Einmal habe ich ihn sogar Tampax kaufen sehen.«

Ellen lächelte und trat zu Allie. »Und du glaubst, das bringt was?« fragte sie.

Allie biß sich auf die Unterlippe. »Ich weiß nicht. Salben sind schwierig … Habe noch nie eine gemacht.« Sie sah auf das Bienenwachs und das Wollfett, die in unbeschrifteten Dosen auf der Küchentheke warteten. »Jedenfalls müssen wir erst den Aufguß kochen«, sagte sie. Sie füllte Ellens Teekessel mit einem halben Liter Wasser und stellte ihn auf den Herd. »Glaubst du, wir haben schon dreißig Gramm zusammen?« Ihre Finger fuhren sacht über die zerquetschten Blütenköpfe.

Ellen nickte. »Mindestens«, bestätigte sie. Sie setzte sich auf einen Stuhl am Tisch und stützte die Ellbogen auf die Tischplatte. »Weißt du, ich glaube, wir beide hätten ziemlich gute Hexen abgegeben.«

Allie grinste. »Stell dir vor, ich könnte auf einem Besen *reiten,* statt damit zwanzigmal am Tag den Laden auszukehren!«

Der Teekessel begann zu pfeifen. Allie nahm die Ringelblumen, warf sie ins kochende Wasser und drückte den Deckel wieder auf den Topf. »Zwanzig Minuten«, sagte sie mit einem Kontrollblick auf ihre Uhr.

Ellen mochte ihre Schwiegertochter. Sie war nett und liebevoll; außerdem verrückt nach Cam. Ein bißchen übereifrig manchmal, aber Ellen wußte besser als jeder andere, wie schwierig es sein konnte, Tag für Tag mit jemandem zusammenzuleben, der Kraft und Energie besaß wie ein Hurrikan. »Spricht Cam wieder mit mir?« fragte sie.

Allie blies sich eine Strähne aus der Stirn. »Ich glaube nicht«, antwortete sie freundlich. »Er ist immer noch ziemlich sauer.«

Ellen hatte Jamie MacDonald für Maggies Grab einen Platz auf dem Familienfriedhof angeboten. Jamie MacDonald war genau wie sie. Ganz gleich, wie Maggies Leben geendet hatte, Jamie wäre liebend gern mit ihr gegangen, statt allein auf dieser Erde zurückzubleiben und vor dem gleichen Scherbenhaufen zu stehen, den Ellen seit nunmehr acht Jahren zu kitten versuchte. Aus diesem Grund hatte sie ihm augenblicklich das Abonnement einer New-Age-Zeitschrift geschenkt und ihm hinten auf dem Gräberfeld der MacDonalds einen Platz angeboten. Und Cam hatte ihr beinahe den Kopf dafür abgerissen.

»Ich stelle mir gern vor, daß Maggie und Ian aufeinander aufpassen«, sinnierte Ellen.

Allie hatte einen Milchkochtopf aus dem Küchenschrank geholt und ließ Mandelöl, Bienenwachs und Wollfett im Wasserbad schmelzen. »Aber wer kümmert sich dann um Jamie?« fragte sie.

»Du natürlich«, bekam sie zur Antwort.

Allie wollte ihre Schwiegermutter nicht darauf ansprechen, wie verstockt Cam sich Jamie MacDonald gegenüber verhielt, deshalb seihte sie den Aufguß ab und goß ihn in den Milchtopf. Schweigend warteten die beiden Frauen, bis das Wasser aufhörte zu sprudeln, dann nahmen sie die Mischung vom Herd und ließen sie abkühlen.

»So.« Allie wischte sich die Hände an der Hose ab. »Schade, daß wir sie nicht ausprobieren können.«

Ellen tunkte einen Finger in die lauwarme Salbe. »Wogegen soll sie noch mal helfen?«

Allie runzelte die Stirn. »Du bist diejenige, die den Kurs in Naturmedizin macht«, meinte sie tadelnd. »Sie soll kleinere Verbrennungen, Sonnenbrand, Ekzeme heilen.« Sie blickte auf ihre Hände. »Aber das haben wir alles nicht.«

Ellen lächelte und drehte ihr den Rücken zu. »Einen Moment«, sagte sie. Sie ging zur Glasschiebetür, durch die man in den Garten kam. Dort knöpfte sie ihren Kaftan auf und zog die Bänder auseinander, bis ihr BH zu sehen war. Sie schlüpfte aus dem Träger, brachte weiche, weiße Haut ans Licht und hielt die Hände gekreuzt vor die Brust. Dann stellte sie sich Ians Gesicht vor. Allie beobachtete, wie sie die Hände senkte, um ihre linke Brust zu entblößen, die jetzt mit einem frischen, schmerzhaften Brandfleck genau über ihrem Herzen gezeichnet war.

Allie schlug die Hand vor den Mund. Ellen langte nach der

Ringelblumensalbe, die solche Narben und Verbrennungen heilen sollte, und rieb sie sanft und kreisförmig über die rote Schwellung. »Ah«, sagte sie und lächelte Allie zuliebe. »Viel besser.« Die Röte verblaßte ein wenig, und Ellen bekundete, daß die Salbe das Sengen milderte. Gegen die tieferliegenden brennenden Schmerzen konnte sie allerdings nichts ausrichten; denn jeder Tor wußte, daß weder Ringelblumen noch irgendein anderes, den Menschen bekanntes Heilmittel, die Leiden der Seele zu lindern vermochten.

Cam traf etwas später zur Beerdigung ein, weil Miss Emily Kerr, an ihren besten Tagen achtzig Jahre alt, einen Waffenschein erwerben wollte. »Wieso?« hatte er gefragt – die Standardfrage, bevor die Erlaubnis ausgestellt wurde.

Emily hatte sich zu ihrer vollen Größe von einem Meter fünfundfünfzig aufgebaut. »Natürlich um mich vor Kerlen wie *Ihnen* zu schützen.«

Mit diesen Worten war sie aus der Polizeistation marschiert. Es war das zweite Mal an diesem Tag, daß jemand einen Waffenschein wollte. Donald Burns wollte eine Waffe, hatte er erklärt, weil er eine Jahreskarte für die Bruins habe und der Boston Garden ein gefährliches Pflaster sei.

Cam wußte es besser. Waffenscheine wurden in Wheelock kaum beantragt. Das plötzliche Interesse war vor allem auf Jamie MacDonalds Ankunft in der Stadt zurückzuführen.

Jamie MacDonald. Bei dem Gedanken flog sein Blick zur Wanduhr. Leise schimpfend zerrte Cam seine Jacke vom Haken und lief hinaus zu seinem Zivilstreifenwagen. Die Beerdigungsfeier hatte vor einer halben Stunde begonnen.

Wie sich herausstellte, war der erste Teil der Feier vorüber. Pater Gillivray hatte die winzige Gruppe bereits an dem klaffenden Schlund des frisch ausgehobenen Grabes auf dem Friedhof von Wheelock versammelt. Zu Cams Überraschung fand er auch ein paar Leute aus dem Ort vor. Allie stand neben Jamie und hielt seinen Arm. Auf seiner anderen Seite befand sich Cams Mutter Ellen.

Sie trug einen ihrer langen lila Kaftane und betastete den Ankh-Anhänger um ihren Hals. Sicher hatte sie geahnt, daß Cam den geweihten Boden betreten würde, den Hut in seinen Händen haltend. Ruckartig hob sie den Kopf, fing seinen Blick auf und starrte ihn in Grund und Boden – so wie damals, als sie die *Playboy*-Hefte unter seiner Matratze entdeckt hatte.

Auch Mia war gekommen. Sie stand ein wenig abseits von Cams engster Familie, in einen unförmigen schwarzen Jumper gekleidet, der wie eine Kreuzung zwischen Nonnentracht und Pilotenoverall aussah. Ein breitkrempiger schwarzer Hut überdeckte Augen und Nase, aber Cam erkannte sie dennoch.

Er sah auf und merkte, daß Allie an seinem Ärmel zupfte. Sie lächelte ihn unsicher an und führte ihn dann zu Jamie hinüber. Sie schob ihren einen Arm in Cams, dann den anderen wieder in Jamies, und in dieser Sekunde durchfloß Cam eine namenlose Trauer, als hätte sich durch den Kontakt zwischen ihnen ein Stromkreis geschlossen.

Maggie MacDonald wurde auf Ellens Wunsch hin auf dem Geviert der MacDonalds begraben. Das Grab lag etwas abseits von Ians und war noch weiter von dem entfernt, in dem Cams Großeltern, seine Urgroßeltern und jener heldenhafte Onkel Cameron lagen. Als Cam von dem Angebot seiner Mutter erfuhr, Maggie dort zu beerdigen, hatte er sie über eine Stunde lang angebrüllt. Das bedeutete, daß er eines Tages neben Jamie MacDonald liegen würde, und er glaubte nicht, daß er das bis in die Ewigkeit aushielte.

Während Pater Gillivray weiter seine Stimme erschallen ließ, merkte Cam, daß er auf seinen Füßen schwankte – ein Nebeneffekt der absolvierten Mitternacht-bis-acht-Schicht. Er starrte auf die Blumengestecke rund um den Sarg. Sie waren makellos, rein und in Elfenbeintönen gehalten, aus denen nur die Tränenform blutroter Rosen herausstach. Er ließ die Lider sinken und dachte an das Dudelsackpfeifen, das den Heimgang seines Vaters aus Wheelock begleitet hatte. Das Knarren des Sarges, der in die Erde gelassen wurde, ertönte.

Allies Finger schlossen sich fester um Cams Arm, und plötzlich begriff er, daß das Geräusch, das ihn an das Klagen jener Dudelsäcke erinnerte, von Jamie MacDonald herrührte. Cam hatte gehört, daß in China viele wohlhabende Familien professionelle Klageweiber bezahlten, die während der Beerdigung um den Toten weinten. Dort galt es als Ehre, wenn viele Menschen um einen weinten. Um Maggie MacDonald weinte zwar nur ein Mensch, doch deshalb war das Erlebnis nicht weniger ergreifend.

Jamie brach vor Cams Augen zusammen. Er löste sich aus Allies und Ellens Griff, sank in der weichen Erde auf die Knie und schlug die Hände vors Gesicht, während der Sarg Zentimeter um Zentimeter tiefer sank. Hinter Cam wurden die Leute aus dem Ort unruhig vor Nervosität und Verlegenheit. Pater Gillivray sah von seiner Bibel auf. »Mein Sohn«, sagte er leise.

»*Mo chridhe*«, flüsterte Jamie mit weit offenen, trockenen Augen. Plötzlich erhob er sich hölzern und tastete nach Allies Arm. »Bitte«, hauchte er, »bring mich hier weg.«

Nach einem kurzen Blick auf Cam führte Allie Jamie beiseite. Pater Gillivray absolvierte eilig seine Gebete, und nachdem Jamie verschwunden war, zerstreuten sich auch die übrigen Trauergäste schnell. Die Friedhofsgärtner begannen, Erde auf den Sarg zu schaufeln, und schichteten einen ordentlichen runden Hügel auf, wo kurz zuvor eine Grube gewesen war.

Die Hände in den Taschen, sah Cam ihnen zu und malte sich dabei aus, dies sei die Strafe dafür, daß er den Trauergottesdienst versäumt hatte. Er würde dafür sorgen, daß alles ordentlich zu Ende gebracht wurde. Die beiden Männer lehnten ihre Schaufeln gegen eine nahe Eiche und wischten sich den Schweiß aus dem Nacken. Dann drehte Cam sich um und sah Mia hinter sich stehen.

Er starrte sie an, als sei es ihm nur dies eine Mal gestattet, sie anzuschauen. Mit geballten Fäusten wartete er ab, bis der breite schwarze Hut sich so weit hob, daß er ihr in die Augen sehen konnte. Als sie aufblickte, begann sein Magen Achterbahn zu fahren wie seit der High-School nicht mehr.

Es war absolut ungehörig, hier und jetzt so zu empfinden,

doch Cam spürte, wie die Hitze aus seinem Körper loderte und zuckte. *Ah,* dachte er, als er wieder zu atmen begann, *sie leuchtet von innen.*

Mia sagte kein Wort, sondern trat vor ans Grab und hob eines ihrer Blumengestecke hoch. Nachdem sie sorgsam den Draht um die rote Rose in der Mitte abgewickelt hatte, zog sie den Stengel aus dem Steckschaum und reichte sie Cam.

Er zwirbelte sie zwischen den Fingern und strich sich damit über die andere Hand. Allie hatte wenig für Rosen übrig – nannte sie plebejisch –, doch er hatte sie immer hübsch gefunden. Ihm gefiel es, wie sie sich anfühlten, glatt und weich wie die Haut einer Frau.

Mit großer Sorgfalt pflückte er die Blüte vom grünen Stengel und zerzupfte sie in seiner Hand. Er hob sie in den Wind und ließ die Blätter in der Luft tanzen und wirbeln, bis sie auf dem Erdhügel zur Ruhe kamen.

»Was heißt das?« fragte Mia.

»Was heißt *was?*« sagte Cam erschrocken, während ihm eine Million möglicher Antworten durch den Kopf schossen.

»Diese Worte: *Mo chridhe?*«

Cam schüttelte den Kopf und gab vor, es nicht zu wissen. Doch in Wheelock beherrschte jeder ein paar Brocken schottisches Gälisch, und vor allem jene Koseworte, die eine Mutter oder ein Liebespaar benutzen würden. Schweigend begleitete er Mia zurück in den Ort, im Geist immer noch das Bild von Jamie MacDonald vor sich, der wie im Gebet vor dem Grab kniete; von Jamie MacDonald, der sich zum Leichnam seiner Frau hinabbeugte und flüsterte: *Mein Herz.*

Er hatte es geschafft, zu einem Graben zu robben, nachdem die englischen Kanonen verstummt waren, und lag nun mit dem Gesicht nach unten in einer Pfütze; hier mühte er sich mit aller Kraft, auf den Rücken zu gelangen, damit er wieder atmen konnte. Keine leichte Sache, mit zerschlagenen Kniescheiben und ohne etwas zu sehen, weil ihm das Blut aus der Wunde unter seinem Haar in die Augen rann.

Doch er hatte immer noch sein Schwert. Er schnitt eine Grimasse, zumindest war er nicht meineidig geworden. Er hatte sein Wort gegeben, gegen die Engländer zu kämpfen, bis er nicht mehr stehen konnte, und das war hiermit unbestreitbar der Fall.

Cameron betete um einen schnellen und baldigen Tod.

Erstmalig hatte er sich den Tod gewünscht, als er damals zu so großem Ruhm gekommen war. Er hatte an der Seite seines Vaters gekämpft, und sein linker Arm, der so viele rechtshändige Feinde aus den Highlands überraschte, war auch seinem eigenen Vater zum Verhängnis geworden: Als Cameron den linken Arm zum Schlag erhoben hatte, war eine Lücke entstanden, wo normalerweise ein Schild sein sollte.

Sein Vater hatte eine Schwertklinge seitlich in den Bauch bekommen und Cameron um Hilfe angefleht. Es stand außer Frage, daß sein Vater sterben würde, doch er war zu schwach, um sich selbst das Leben zu nehmen. Und so hatte Cameron die Kugel in die Pistole seines Vaters geladen und die Waffe an seine Schläfe gehalten, während sein Vater abdrückte.

Daß er seinen Vater nicht getötet hatte, war nur Haarspalterei.

An jenem Tag hatte er sich wieder in den Kampf gegen die Campbells gestürzt, nur in sein langes weißes Hemd und das undurchdringliche Gewebe seines Zorns gehüllt. Sterben wollte er, gleich hier neben seinem Vater. Er wollte nicht derjenige sein, der heimkehren und seiner Mutter, dem Bruder und den Schwestern die Nachricht überbringen mußte. Niemals wollte er Laird von Carrymuir werden.

Er war erst sechzehn und tötete eigenhändig vierzig Campbells an jenem Nachmittag. Selbst trug er nicht einmal eine Fleischwunde davon.

Auf seinen Armen brachte er den Leichnam seines Vaters heim.

Die von Schloß zu Schloß ziehenden Barden begannen, Legenden um die magische Kraft von Cameron MacDonalds linkem Arm zu spinnen. Doch wenn die Geschichtenerzähler auf

Carrymuir einkehrten, verließ Cameron den Raum. Wie viele Campbells oder englische Soldaten er auch töten mochte, nichts konnte seinen Vater zurückbringen. Er setzte ständig sein Leben aufs Spiel, wieder und wieder, doch nicht einmal dieser Tag, dieses Gemetzel bei Culloden, nahm es ihm.

Cameron blickte auf und sah Hufe in atemberaubendem Tempo auf sich zuwirbeln. Er schloß die Augen, betete, hielt sich bereit und hoffte dabei, daß er rasch ohnmächtig werden würde.

Keine drei Fuß von ihm entfernt rollte ein Mann vom Rücken seines Pferdes, das augenblicklich stehenblieb. Cam drehte sich um und starrte auf den staubigroten Mantel eines Engländers, der eine Waffe in der Hand hielt.

Er lächelte. »Nur zu, mo charaid«, *begrüßte er ihn und breitete dabei die Arme aus. »Erlöse mich von meinem Elend.«*

Der Soldat riß die Augen auf. Er blickte auf die Pistole und dann auf seinen eigenen Bauch, aus dem das Blut strömte. »Hoffentlich brauchst du noch Tage zum Sterben«, sagte der Engländer nur, dann zielte er auf sich selbst und drückte ab.

Erst nach einigen Sekunden war der laute Knall in Camerons Ohren verklungen. Er bekam die Pistole zu fassen, wie auch die Zügel des Pferdes, das geduldig stehengeblieben war, und ab und zu auf den schlammigen Boden stampfte.

Cameron blickte nach links und rechts und dann wieder nach links. Er schloß die Augen, innerlich sah er das Antlitz seines Vaters vor sich und begann zu weinen.

Wer hätte gedacht, daß er, vor die Wahl gestellt, doch nicht den einfachsten Ausweg wählen würde?

Mit klopfendem Herzen und wirrem Kopf erwachte Angus vom Geräusch der verhallenden Hufschläge. Sacht fuhr er mit den Händen über seine Glieder und betastete seine Knie, die dürr und arthritisch knotig, aber ansonsten heil waren. Mit einem gedämpften Fluch über sein nasses, verschwitztes Bettuch rappelte er sich mühsam hoch und machte sich auf den Weg zum Wäscheschrank am anderen Ende des Flurs.

Er hörte Geräusche hinter Jamies Tür und glaubte im ersten Augenblick, Cameron MacDonald sei aus seinem Traum direkt in Jamies Gehirn galoppiert; doch dann schüttelte er den Kopf, das war unmöglich. Geister, echte Geister, taten so etwas nicht. Bestimmt träumte der Junge von der Beerdigung heute, oder er hatte eben Besuch von Maggie. Angus mußte lachen; irgendwann würden sie einmal zu viert frühstücken müssen – Angus und Jamie und die zwei Geister, die das Haus heimsuchten.

Mit sauberem Bettzeug beladen schlich sich Angus leise bis zu Jamies Tür. Er drückte sie leise auf und fluchte unhörbar, als sie in den Angeln knarrte. Jamie lag ohne Decke auf dem Bett, hatte die Hände zu Fäusten geballt und warf sich von einer Seite auf die andere.

Einen Augenblick blieb Angus in der Öffnung stehen. Dann stieß Jamie einen leisen Schrei aus, einen jener Laute, die sich für einen Wachen wie Gewimmer anhören, im Traum jedoch gellende Schreie sind.

Mit einem leisen Seufzen fiel das Leinen zu Boden, während Angus das Zimmer durchquerte und sich neben Jamie aufs Bett legte. Er schlang die Arme fest um den Jungen und versuchte ihn daran zu hindern, sich noch weiter herumzuwerfen. Seine Maggie sah Jamie in diesem Traum nicht, soviel stand fest. Eher sah er sich selbst.

Und kaum hatte Angus diesen Gedanken bei sich formuliert, da barg Jamie sein Gesicht an Angus' Hals, klammerte sich an seinen Onkel, als hinge sein Leben davon ab, und ließ seinem Kummer freien Lauf.

Allie hatte irgendwo gelesen, daß Eheleute weniger als vier Stunden täglich im wachen Zustand miteinander verbrachten; diese Statistik erschreckte sie, denn dank Cams unberechenbarer Schichteinsätze hatte sie bisweilen den ganzen Tag keine Gelegenheit, mit ihm zu sprechen.

In einer anderen Statistik stand, daß Frauen im Laufe eines Tages doppelt so viele Wörter von sich geben wie Männer, und sie fragte sich, ob das daher rührte, daß Frauen von Natur aus

Klatschbasen waren, oder ob Männer einfach doppelt so lange brauchten, um zu verstehen, was man ihnen mitteilte.

Den äußeren Rahmen wußte sie nicht mehr, doch irgendwie hatten diese beiden Statistiken etwas mit Scheidung zu tun.

Sie hielt es für ihre ureigenste Pflicht, sich aktiv mit Cam zu beschäftigen, sobald und solange er bei ihr war. Ihre Beziehung war viel zu wichtig, um an einer so gewöhnlichen Klippe wie der Sprache zu scheitern.

Allie kletterte ins Bett und sah Cam an, der sich prompt nach seinem Nachttisch streckte und das Licht ausknipste. Sie seufzte und ließ sich auf den Rücken fallen, die Arme über dem Bauch gekreuzt. »Du bist sauer auf mich«, argwöhnte sie.

»Unterstell mir nicht einfach so etwas«, sagte Cam.

Doch er wechselte kein Wort mehr mit ihr, nachdem sie beim Abendessen beiläufig erwähnt hatte, daß sie in der kommenden Woche nach Cummington fahren würde, um Graham MacPhee bei Jamies Verteidigung zu unterstützen. »Und wieso sprichst du dann nicht mit mir?« bohrte Allie.

»Ich spreche doch mit dir – jetzt zum Beispiel.« Er warf ihr einen gequälten Blick zu. »Machst du dein Licht aus?«

»Du willst nicht, daß ich Jamie helfe«, meinte sie tonlos.

»Und du bist erwachsen, Allie. Die Entscheidung liegt allein bei dir.«

Allie legte die Stirn in Falten und langte nach dem Lichtschalter. »Aber du wirst für die Anklage in den Zeugenstand gehen. Und ich für die Verteidigung.«

»Ich bin Polizist«, sagte Cam, »kein Staatsanwalt. Mir ist das egal, ehrlich.«

Sie starrte an die Decke, wo sich das Mondlicht in blassen, weißen Kaleidoskopmustern sammelte. »Er ist sehr rührend«, murmelte sie.

»Wie gesagt«, wiederholte Cam, »ich bin kein Staatsanwalt. Der möchte so was hören.« Er tastete sich über die Hügel der Tartan-Decke, bis er Allies Hand fand, dann hob er sie an und küßte sie auf die Knöchel. »Gute Nacht«, sagte er mit einem Blick auf die Digitaluhr neben Allies Kopf.

»Ich werde mindestens drei Tage weg sein«, bemerkte sie noch. »Vielleicht sogar vier.«

Cam nickte und murmelte schläfrig: »Amüsier dich gut.«

»Willst du mir nicht sagen, daß ich dir fehlen werde?«

»Du wirst mir fehlen.« Er drehte sich auf die Seite und zog Allie dabei fast die ganze Decke weg.

Eine Weile beobachtete Allie, wie sich die Muster an der Decke bewegten und zu den Umrissen eines Wales, eines Lamas, eines Engels gerannen. Dann streckte sie die Hand zum Nachttisch aus und knipste das Licht wieder an. »Wir können nicht schlafen«, verkündete sie, und Cam warf sich auf den Rücken, eine Hand über die Augen gedeckt.

»*Du* kannst nicht schlafen«, korrigierte er.

Allie biß sich auf die Unterlippe. »Hast du gewußt, daß Eheleute weniger als vier Stunden wach miteinander verbringen?« fragte sie.

»Könnten wir die hier nicht zu den übrigen zwanzig zählen?« bettelte Cam.

»Nein«, widersprach Allie. Sie kaute auf ihrem Daumennagel. «Ich finde, wir sollten mehr miteinander reden. Wir haben uns die ganze Woche kaum gesehen, weil soviel los war mit Jamie und Mia und der Himmel weiß was.«

Resigniert setzte sich Cam auf und stopfte sich das Kissen in den Rücken. »Und worüber«, seufzte er, »willst du sprechen?«

»Über alles«, meinte Allie ausweichend. Bei ihren Phantasien, wie sie ein lebhaftes Gespräch führten, hatte sie sich nie Gedanken über das Thema gemacht.

»Ich habe keine Lust, mit meinen Verhaftungen aufzuwarten«, maulte Cam.

Allie zögerte. »Wir könnten darüber sprechen, was du bei der Vorverhandlung sagen wirst.«

»Nein«, wehrte Cam sich. »Das können wir nicht.«

Sie saßen nebeneinander, bis Cam sich zu ihr beugte und sie auf die Schulter küßte. »Mir gefällt es, wenn wir uns nicht unterhalten«, sagte er. »Mir gefällt der Gedanke, daß ich mich mit dir nicht unterhalten *muß*.«

Allie schwieg. »Worüber haben wir uns früher unterhalten?« Die Frage richtete sie mehr an sich selbst als an Cam.

Sie kannte die Antwort bereits: Vor fünf Jahren waren sie einander noch fremd gewesen. Damals hatten sie über ihre Zukunft gesprochen, sich Namen für ihre ungeborenen Kinder ausgedacht, das große Herrenhaus entworfen, das sie eines Tages in der besten Lage von Wheelock bauen würden. Inzwischen konnten sie beim Frühstück ganze Sätze mit einem einzigen Blick austauschen, kannten die Überraschungen des anderen.

Sie und Cam waren immer grundverschieden gewesen, deshalb hatte sich Allie mit aller Kraft an die Vorstellung geklammert, daß sich Gegensätze anzogen. Sie hatte sich eingeredet, daß zwei Menschen, die sich glichen wie identische Puzzleteile, sich gegenseitig auflösten.

In den kältesten Januartagen hatten sie angefangen, miteinander auszugehen, und nach einigen Brandy-umsäumten Abendessen in ihrem Apartment hatte Cam sie eines Sonntags auf einen Spaziergang eingeladen. Es herrschten etliche Grade unter Null, und er hatte sie in seine Jacke, seine Schneehosen und seine Gamaschen gepackt, sie durch den Wald an den Fuß des Wheelock-Passes geführt. Sie erinnerte sich noch, wie sie in das Dickicht geschaut und gedacht hatte, sie würde auf einer hauchdünnen Kruste mitten ins Herz des Winters marschieren. Aufmerksam lauschte sie Cam, der von den Chimborazo-Bergen, von der Costa de la Luz, der City von Belfast schwärmte, und beobachtete dabei seinen Atem, der in kleinen Wölkchen über jedem Wort schwebte.

»Würdest du nicht gern verreisen?« hatte er sie gefragt, und sie hatte nur den Kopf geschüttelt. Sie gestand Cam, daß der bloße Gedanke daran ihr Angst machte und einen Alptraum zum Leben erweckte, den sie als Kind mehrmals gehabt hatte. Sie war in einer fremden, steinernen Stadt, und alle um sie herum sprachen in eigenartigen Klick- und Pfeiflauten, die sie einfach nicht verstand. Sie dachte immerzu, wenn sie genauer zuhörte oder sich ein bißchen gerader hielt, würde alles einen Sinn ergeben; doch statt dessen fühlte sie sich immer einsamer, und beim Aufwachen hatte sie jedesmal das Gefühl, irgend etwas Unbekanntes falsch gemacht zu haben.

»Genau darum geht es«, hatte Cam ihr erklärt. »Du tust nichts Falsches, sondern etwas anderes.«

»Wie auch immer«, erwiderte Allie, »ich weiß gern, was mich erwartet.«

Am Abend hatte er sich mit einem Kuß von ihr verabschiedet, sie eindringlich angesehen und ihr erklärt, daß Reisen nur schön war, solange man wußte, daß es einen Ort oder einen Menschen gab, der auf einen wartete.

»Findest du uns gegensätzlich?« Allies Stimme hörte sich laut und dramatisch in ihren Ohren an. »Sag?«

Sie drehte sich zu Cam um und sah, daß seine Augen geschlossen waren und die Wimpern wie Federn auf seinen Wangen lagen. Sie legte ihren Kopf auf seine Brust und ihre Arme um ihn, atmete seinen Duft und sein Schweigen ein, folgte – wie immer – seinem Beispiel.

Cam saß auf dem Hocker im Café der Stadt und zerbröselte sein Muffin. Er spießte die Krümel auf dem Finger auf, denn eigentlich mochte er keine Blaubeeren; doch die Alternative wäre ein Doughnut gewesen, die zu verzehren er seinen Beamten während der Dienstzeit untersagt hatte, damit sie sich nicht leichtfertig zum Gespött der Gemeinde machten.

»Möchtest du noch was?« Jenny war eine Cousine dritten Grades und Serviererin im Café.

»Danke, ich bin satt«, sagte er und ließ sie zu einer der vier Sitzgruppen an der Wand weitereilen. Er warf einen Blick auf die neben einem ausgestopften Keilerkopf hängende Uhr und lehnte sich zurück. Noch zehn Minuten, bis seine Schicht begann.

Allie würde am übernächsten Tag abreisen, und irgendwie war das eigenartig. Zwar hatte er während ihrer Ehe schon öfter ohne sie auskommen müssen, aber nie, weil *sie* die Trennung veranlaßt hatte. Einmal nahm er in New Braintree an einem Lehrgang teil, das andere Mal lag er nach einer Knieoperation im Krankenhaus. Beide Male war Allie daheimgeblieben, um die Stellung zu halten.

Sie hatte ihm bereits eine Liste für seine Einkäufe im Supermarkt und für all das geschrieben, was sie normalerweise erledigte. War es wirklich möglich, daß er in fünf Jahren nicht mitgekriegt hatte, wie die Geschirrspülmaschine bedient wurde?

Er fragte sich, wie, zum Teufel, Jamie MacDonald sie dazu veranlassen konnte, Wheelock freiwillig zu verlassen.

Cam starrte auf seine Liste und dachte an die andere Aufstellung, die Allie heute morgen für Mia verfaßt hatte, als er das Haus verließ. Die war doppelt so lang. Er hatte sich schon bereit erklären wollen, sie im Laden abzugeben, als ihm einfiel, daß Allie natürlich selbst in ihr Geschäft gehen würde.

Das Läuten der Schlittenglocken kündigte wie zu jeder Jahreszeit an, daß die Cafétür geöffnet wurde. Als hätte Cam sie mit seinen Gedanken herbeibeschworen, trat Mia an die Theke.

»Hi!« sagte er.

Sie erstarrte, als sie seine Stimme hörte, und drehte sich dann mit einem schüchternen Lächeln zu ihm um. »Hi.«

Er deutete auf den Hocker neben seinem, sie setzte sich und nahm die Tasse Kaffee entgegen, die Jenny vor sie hinstellte. Nachdem sie mit geschlossenen Augen einen langen Schluck genommen hatte, blickte sie auf den Zettel in Cams Hand. »Wir werden also beide zu Waisen«, sagte sie.

Cam wedelte mit dem Zettel vor ihr herum. »Ich habe viel weniger Aufgaben als du«, neckte er.

»Dann gebe ich dir was von meinen ab«, erwiderte sie. »Willst du lieber Dünger kaufen oder die Kunden mit den ausstehenden Rechnungen anrufen?«

»Oh«, lachte Cam. »Ich nehme die ausstehenden Rechnungen. Im Drohen bin ich Experte!«

Sie lachten gleichzeitig los, und er senkte die Stimme, einzig und allein, um ihr silbernes Entzücken zu hören. Er starrte sie an, wohl wissend, daß er das nicht tun sollte – am allerwenigsten im Café, der Brutstätte für Klatsch in der Gemeinde. Leider war er seinem Verlangen hilflos ausgeliefert.

Er sehnte sich danach, ihr Haar zu berühren. Himmel, wie er sich danach sehnte!

Sie riß ihren Blick los, um auf ihre Armbanduhr zu schauen. »Ich muß gehen«, sagte sie.

Cam sprang von seinem Hocker. »Ich auch.« Er zögerte, weil er nicht genau wußte, wie er sich ausdrücken sollte. »Falls du in den nächsten Tagen irgendwas brauchst«, setzte er an, hielt aber inne und beobachtete, wie Mia ihre magere Barschaft von zwei Dollar auf der Theke zurückließ. »Mia«, sagte er, als sie schon auf dem Weg zur Tür war. »Du hast gerade hundert Prozent Trinkgeld gegeben.«

Sie zuckte mit den Achseln. »Hm ... ich habe immer ein schlechtes Gewissen, wenn ich nur Kaffee trinke ... war selber mal Bedienung.«

»Wo?«

Mia sah ihn eine Sekunde lang an und ging dann durch die Tür. Er folgte ihr und hielt auf der Straße mit ihr Schritt. »1986 in Italien«, antwortete sie schließlich. »In einem Café bei der Rialtobrücke. Es hieß La Mano del Diavolo, Hand des Teufels.«

Cams Füße verweigerten ihm den Dienst. Mia ging weiter, doch er konnte keinen Schritt mehr gehen. Er hatte in Venedig auf dieser Brücke gestanden und in der Ferne das kleine Café gesehen. Lebhaft erinnerte er sich an die lila gestreiften Schirme und die schmiedeeisernen Stühle an den Marmortischchen.

Doch er war nicht eingekehrt, da er sich bereits auf dem Weg zu Onkel Angus in Schottland befunden hatte. Er sah Mia an, die sich umgedreht hatte, und stellte sich vor, wie sie wohl vor fast zehn Jahren ausgesehen haben mochte: mit langer lockiger Mähne, einer weißen Kellnerinnenschürze um die gertenschlanke Taille, und wie ihre Stimme erklang: *Cosa desidera?* Er malte sich aus, wie sie sich nach allen Seiten umblickte, um festzustellen, ob sie beobachtet wurde, und sich dann auf der Terrakottamauer niederließ, wo sie die Schuhe von den Füßen streifte, einen nach dem anderen, um sich die Zehen zu massieren.

Und dann dachte er, daß es der größte Fehler seines Lebens gewesen war, nicht in der Hand des Teufels einzukehren.

»Wenn ich es nicht besser wüßte«, murmelte er, »könnte ich auf die Idee kommen, du hättest mich verfolgt.« Er rieb sich mit der Hand übers Kinn. »Ich war dort.«

Mia verschränkte die Arme über der Brust. »Wo?«

»1986 in Venedig. Auf der Rialtobrücke. Ich habe das Café gesehen.«

Mia spürte einen Schweißtropfen zwischen ihren Schulterblättern hinabrinnen. »Beweise es«, forderte sie ihn auf.

Gern war sie nicht Kellnerin gewesen; aber sie mußte jobben auf ihrer Großen Reise, auf der sie in jedem Land, das zu erforschen sie sich vornahm, ein paar Wochen oder einen Monat lang gearbeitet hatte. Trotzdem war die Hand des Teufels weniger schlimm gewesen als manch anderer Broterwerb: der als Lastwagendispatcherin für die Nachtschicht in Sydney, der als Klofrau im Schloß von Schönbrunn – das war wirklich anstrengend gewesen. Sie erinnerte sich noch, wie sie in Venedig die Cafégäste beobachtet und geraten hatte, wer davon das meiste Trinkgeld geben würde. Der alte Mann mit dem langen weißen Haar wie Benjamin Franklin? Die beiden Verliebten, die sich jeweils ein Herz ins Haar geschoren hatten? Der Pakistani mit dem funkelnden blauen Juwel im Turban? Sie erinnerte sich an die metallenen Liremünzen, die wie Spuren zum Punktenachmalen über die tieflila Tischdecken und Rokoko-Speisekarten verstreut lagen. Sie sammelte alle ein und stopfte sie in ihre Stoffschürze, wo sie den ganzen Tag bei jeder Bewegung ihre Melodie klimperten.

Mindestens einmal während jeder Schicht blickte sie zur Rialtobrücke hinüber und wünschte sich etwas, so wie sie es sich zur Angewohnheit gemacht hatte. Sie hatte sich Geld, ein Abenteuer und Liebe gewünscht. Ihre Wünsche heftete sie an die Fußgänger auf der Brücke, in dem Glauben, daß sich erstere schneller erfüllten, wenn jemand sie im Vorübergehen ahnungslos aufgriff.

Nie hatte sie den Menschen, denen sie ihre Wünsche anvertraute, ins Gesicht geblickt; schließlich waren es nur Boten.

Vielleicht war das der größte Fehler ihres Lebens gewesen.

Blitzartig fiel ihr der Augenblick vor wenigen Tagen ein, als Cam ihr das Bild von Carrymuir aus der Hand nahm. Ihr kam wieder der Schatten ins Gedächtnis, der über sein Gesicht gezogen war vor lauter Mißtrauen, daß ihre gemeinsame Geschichte schon lange vor ihrer ersten Begegnung begonnen haben sollte. Sie stellte sich vor, wie er auf der Rialtobrücke gestanden hatte und sein Haar geglänzt hatte wie die Liremünzen in ihrer Schürze – sie reckte das Kinn höher. »Beweise es«, wiederholte sie.

Cam schien es unbegreiflich, daß er sich damals, ohne es zu wissen, in Sichtweite von Mia Townsend befunden hatte. Beweise? Er hätte ihr von den violetten Tischdecken und den herzförmigen Lehnen der schmiedeeisernen Stühle erzählen können; doch wie Mia vor wenigen Tagen erklärte, hätte er all das auch von einer Postkarte haben können. »Ich wollte in das Café gehen«, sagte er nur, »aber mußte zum Bahnhof.« Er verlagerte sein Gewicht. »Was hast du in einem Café in Venedig gemacht?«

Auf dich gewartet. Die Worte lagen ihr auf den Lippen; sie legte die Hand auf den Mund, um sie zurückzuhalten. Dann stopfte sie mit einem brüchigen Lächeln die Fäuste in die Manteltaschen. »Also«, überging sie fröhlich seine Frage, »so ein Zufall! Das müssen wir unbedingt Allie erzählen.«

Allies Namen zu erwähnen, erleichterte sie ein wenig; sie konnte wieder atmen, und ihre Haut fühlte sich nicht mehr so heiß an. Cam nickte, lächelte ebenfalls und trat einen Schritt zurück. Er wünschte ihr einen schönen Tag.

Mia sah ihn zu seiner Dienststelle davongehen. Dann machte sie kehrt und rannte die Straße hinunter. Doch statt den Blumenladen zu betreten, wo Allie auf sie wartete, floh sie zurück in ihr Zimmer im Wheelock Inn. Sie kramte in ihrer Reisetasche, warf Papiere und Stifte und kleine Sämereientüten durch die Luft, bis sie gefunden hatte, wonach sie suchte.

Lieber Cameron, schrieb sie auf einen Zettel, der auf dem Tisch lag, *lieber spät als nie. Mia.* Sie adressierte den dazugehörigen Umschlag an die Polizeistation und versah ihn mit dem Vermerk ›Persönlich und vertraulich‹. Dann nahm sie die

Serviette, die sie aus ihrer Reisetasche gefischt hatte. Sie stammte aus der Hand des Teufels; eines ihrer Souvenirs – sie hatte es sich zur Regel gemacht, von jedem Ort, an dem sie gewesen war, etwas mitzunehmen, um sich wenigstens mit dem Anschein eines eigenen Lebenslaufs auszustatten.

Sie schob den Bogen in den Umschlag und warf einen letzten Blick auf die Serviette. Sie war an den Rändern ausgefranst und mit dem Logo des Cafés bedruckt: zwei gesichtslosen Liebenden in einem Feuerkreis, der – selbst als Silhouette – zu züngeln, zu brennen und alles zu verschlingen schien.

Mia atmete tief ein und stopfte die Serviette in den Umschlag. Dann leckte sie über die Klebefläche, schloß den Brief und besiegelte damit ihre Zukunft.

Lach nicht: am meisten vermisse ich die Gespräche mit dir. Ich male mir aus, wie ich dir im Marktgetümmel über den Weg laufe, obwohl ich nie auf den Markt gehe. Wir beschließen, gemeinsam zu Mittag zu essen, und kommen bei ein paar Margaritas ins Plaudern; dann gehen wir zurück zu deinem Hotel und reden weiter, und wir reden in der Hotellobby und reden und reden, bis der Mond hoch am Himmel steht, die Pagen ihre Schicht wechseln und der Nachtportier uns rausschmeißt.

Ich will mit dir reden, aber ich habe nicht die leiseste Ahnung, was wir uns sagen könnten.

7

Zwischen der Rechnung der Elektrizitätswerke und einer Wurfsendung der ortsansässigen Autowerkstatt, die alle Streifenwagen betreute, lag ein Umschlag aus dem Wheelock Inn. Cam seufzte und fuhr sich mit der Hand durchs Haar. Wahrscheinlich eine Beschwerde über Zandys Ermittlungen in dem Zimmer, das Jamie MacDonald bewohnt hatte; vielleicht sogar ein Hinweis auf weiteres Beweismaterial – seine Beamten hatten den Auftrag, am Tatort alle Zeugen zu bitten, sich mit der Polizei in Verbindung zu setzen, falls ihnen noch irgend etwas einfiel. Er nahm den sterlingsilbernen Brieföffner vom Schreibtisch und schlitzte den Umschlag an einer Ecke auf.

Zuerst zog er die Serviette heraus, und momentan bemerkte er weniger das stygische Wahrzeichen der Hand des Teufels als den Duft von Mia Townsend – wie Klee und Regenwasser und süßes Gras –, der sich im Raum ausbreitete. Spontan drückte er das winzige, zerrupfte Papierquadrat an die Wange.

Die Nachricht bemerkte er erst, als er den Umschlag in den Papierkorb werfen wollte. Die adretten und präzisen Bleistiftbuchstaben ließen ihn lächeln, denn er war überzeugt, daß sie als Drittkläßlerin nie über den Rand geschrieben hatte. Er las die paar Worte mehrere Male, hielt sie gegen das Licht, um festzustellen, ob etwas ausradiert worden war.

Dann nahm er den Zettel, schob ihn in die Falten der Serviette und steckte beides in die Brusttasche seiner Uniformjacke.

Schließlich zog er einen Schreibblock aus der Schublade. *Mia,* schrieb er und starrte ihren Namen auf dem Papier an. Er knüllte den Zettel zu einer Kugel zusammen, denn die drei Buchstaben senkten sich nach rechts ab.

Mia, begann er ein zweites Mal auf einem neuen Blatt. Dann knüllte er auch diese Seite zusammen und schleuderte sie von sich. Was, zum Teufel, tat er da?

Er setzte sich wieder an seinen Schreibtisch, schlitzte die Stromrechnung und die anderen Briefe auf und ordnete sie zu Stapeln, damit Hannah sie bezahlen oder anderweitig darauf reagieren konnte. Danach stemmte er die Handflächen auf die Tischplatte.

Mit geschlossenen Augen bot er Gott einen Handel an. *Wenn du jemanden in mein Büro schickst, ehe ich bis zwanzig gezählt habe,* dachte er, *werde ich mir diesen Schrieb verkneifen.* Dann hielt er den Atem an und begann zu zählen.

Er hörte, wie Hannah draußen in den vollgestopften Aktenschränken wühlte und wie Zandy seine Sachen zusammensuchte, um sich auf den Heimweg zu machen. Die Tür zur Straße ging auf und wieder zu, und eine unbekannte Stimme brachte eine Bitte vor. Schritte erklangen vor seinem Büro.

Vierzehn, fünfzehn.

Nun schlug er die Augen auf, nahm den Stift und begann zu schreiben.

Mia, jetzt brauche ich vor allem einen Cappuccino. Ich trinke nicht gern allein. Bist du dabei?

Ohne Unterschrift steckte er die Nachricht in einen Umschlag des Wheelock Police Department und legte ihn beim Hinausgehen auf Hannahs Schreibtisch zu der übrigen Post.

Allie wischte sich die Hände an der weißen Bäckerschürze ab und verstreute dabei knallgelbe Kapuzinerkresse-Blüten auf dem Küchenboden. Sie hatte einen Koffer gepackt, den sie mit nach Cummington nehmen würde; das Haus war sauber und geputzt; jetzt bereitete sie ein Essen für Cam und Mia vor, zum Dank dafür, daß sie sich während ihrer Abwesenheit um alles kümmerten.

Sie briet ein Hühnchen, zu dem es gedünsteten Spargel und ihren Kapuzinerkresse-Salat gab. Er sah so hübsch aus mit den vielen orangefarbenen und gelben Blättern auf dem grünen Endiviensalat. Am liebsten servierte sie ihn mit Walnußöl, und sobald ihre Gäste einmal den ersten Schreck überwunden hatten, Blumen zu essen, machten sie ihr jedesmal Komplimente.

Cam haßte diesen Salat; er kam sich beim Essen vor wie Robinson Crusoe, der sich von Zweigen und Pflanzen ernähren mußte. Doch sie wußte, daß Mia begeistert wäre. Ihr gefiel der Gedanke, Mia etwas zu zeigen, das sie noch nicht kannte.

»Cam!« rief sie. »Hat da jemand geklingelt?«

Im Wohnzimmer versuchte Cam, die Zeitung zu lesen. Er hatte die Klingel gehört, hatte begriffen, daß Mia draußen stand, und sich alle Mühe gegeben, die Information in den tiefsten Abgründen seines Geistes zu vergraben. Als Allie ihm mitteilte, daß sie Mia zum Abendessen eingeladen hatte, war ihm das Blut aus dem Kopf gewichen. Er konnte sich nichts Schlimmeres vorstellen, als an einem Tisch mit seiner Gattin und jener Frau zu sitzen, an die er den ganzen Tag dachte.

»Ich gehe schon«, sagte er im Aufstehen. Er stolperte zur Haustür, lehnte sich einen Augenblick mit der Stirn dagegen und fragte sich, ob er diesen Abend wohl mit bloßer Willenskraft durchstände.

Sie trug einen riesigen beigen Sweater und einen elfenbeinfarbenen Rollkragenpullover sowie dünne haferflockenfarbene Leggings, fast als wolle sie mittels ihrer Kleidung mit dem Hintergrund verschmelzen. Cam wünschte sich, ihm wäre das ebenfalls eingefallen.

»Hi«, sagte er.

Sie wich seinem Blick aus. »Hallo!« Sie faßte in ihre riesige Reisetasche und zog eine Flasche Bärentraubenwein heraus. »Ich habe was mitgebracht«, sagte sie. »Hoffentlich paßt es zu der Vorspeise.«

»Allie ist in der Küche.« Cam starrte Mia an. Er hätte gern gewußt, ob sie seinen Brief schon erhalten hatte. Gelegentlich wurden Briefe innerhalb Wheelocks noch am selben Tag zugestellt.

Mia drängte an Cam vorbei und verschwand in der Küche. Er konnte die beiden Frauen reden und lachen hören, fröhliche Laute, die ihn an Vogelgezwitscher erinnerten.

Er wußte nicht, wie lange er so dagestanden und in die Luft

gestarrt hatte, ehe Allie die Hand auf seine Schulter legte. Mia blieb ein paar Schritte hinter ihr. »Cam«, sagte Allie, »kannst du den Wein aufmachen? Ich bin fast fertig. Kümmere dich doch bitte schon mal um Mia.«

»Aber ja.« Es verblüffte Cam, wie ruhig seine Stimme klang. »Natürlich!«

Er schenkte den Bärentraubenwein in elegante Gläser, eine Hochzeitsgabe – Tulpenkelche mit dünnem goldenem Stiel. Als er Mia ihr Glas reichte, zitterten ihre Finger leicht, so daß ein paar Tropfen auf seinen Handrücken spritzten.

»Oh«, sagte sie und sah sich nach einer Serviette um. »Daß mir so was passieren muß!«

Cam wischte sich die Hand am Hosenbein ab, und es war ihm völlig egal, ob das Flecken geben würde. »Ist kein Unglück«, sagte er.

Ein paar lange, ruhige Minuten saßen sie auf der Couch, jeder an einem Ende, und nippten an ihrem Wein, bis Allie mit einem Tablett voller *spanakopita* hereinrauschte. »Wir sind hier nicht im Tanzunterricht«, sagte sie lachend. »Bei uns brauchen sich Mädchen und Jungs nicht auf verschiedenen Seiten aufzustellen.«

Cam sah ihr nach, während sie abermals in der Küche verschwand, und fragte sich zum hundertsten Mal, wie sie es schaffte, die einfachsten Bewegungen in einen Tanz zu verwandeln. Er wünschte, sie würde neben ihm stehenbleiben. Dann könnte er über das Wetter und irgendwelche Nichtigkeiten plaudern und bräuchte keine Angst zu haben, irgendwelche Dummheiten zu sagen.

Mia fuhr mit dem Finger über den Glasrand und produzierte dabei ein sphärisches Geräusch, das wie Gespenstersingsang klang. »Das hat mir mein erster Freund beigebracht«, sagte sie lächelnd.

»Ach?« Cams Kehle schnürte sich zu. »Und wer war das?«

Mia lachte. »Freddy Hornburger. Ohne Witz; so hieß er wirklich. Er war der Bruder meiner besten Freundin. Auf der Feier zu ihrem vierzehnten Geburtstag hat er mich zur Seite genommen und mich gefragt, ob ich sehen will, wie eine Eule den Kopf nach hinten dreht. Doch als wir in den Garten kamen, war nirgendwo eine Eule; statt dessen hat er mich auf eine Gartenliege geschubst und geküßt, bis ich Angst bekam, er würde mich mit Haut und Haar verschlingen.«

»Und du bist trotzdem mit ihm gegangen?«

Mia zuckte die Achseln. »Ich habe mir gedacht, schlimmer kann es nicht mehr kommen. Immerhin habe ich ihn eine volle Woche lang ignoriert und mir geschworen, daß ich nie wieder jemanden küssen würde.« Sie hob ihr Glas zu einem Toast. »Den Schwur mußte ich allerdings später brechen.«

Cam erhob ebenfalls das Glas. »Auf Freddy«, sagte er, es war ihm fast unmöglich zu schlucken.

Mia rutschte auf ihrem Couchende nach vorn, was auch Cams Ecke in Bewegung brachte. »Es fällt mir schwer, mit dir zu reden«, gab sie zu. »Ich komme mir komisch dabei vor.«

»Völlig klar, was du meinst«, antwortete Cam. »Mir geht es genauso.« Was er wirklich nicht verstand. Er hatte das unbestimmte Gefühl, daß er Mia besser kannte als sich selbst und vice versa; doch anscheinend kam er über Höflichkeitsfloskeln nicht hinaus. Er fragte sich, ob sie genau wie er spürte, daß ein Damm ihre Konversation staute und daß der erste hindurchdringende Tropfen zu einer unaufhaltsamen Flut anwachsen würde. Er fragte sich, warum sie weder seinen Brief erwähnte noch die Tatsache, daß sie ihm eine Nachricht geschickt hatte.

»Zu Tisch!« rief Allie.

Allie war eine ausgezeichnete Köchin. Sie meinte, das sei lediglich auf ihre Leseleidenschaft zurückzuführen; denn die wahre Kunst liege darin, die richtigen Kochbücher zu finden. »Jemine«, sagte Mia, während sie in ihr Hühnchen schnitt, »so was könnte ich nie hinbekommen.«

Allie lächelte. »Es ist gar nicht so schwer. Du steckst es in den Ofen und wartest, bis der kleine Knopf an der Seite rausspringt.«

»Trotzdem«, beharrte Mia. »Ich bin nicht weit über Dosenravioli hinausgekommen.«

Jetzt runzelte Allie die Stirn. »Eigentlich wollte ich dich fragen, ob du in den nächsten Tagen mal für Cam kochen würdest«, sagte sie. »Aber eine Dose Ravioli kann er wahrscheinlich auch selbst aufwärmen.«

Cam fiel die Gabel aus der Hand. Er hörte sie klirren und das Klirren immer weiter hallen. »Selbst ist der Mann!«

Allie legte die Hand auf seinen Arm. »Das weiß ich doch«, sagte sie. »Ich dachte nur, du *magst* vielleicht mal nicht.«

»Außerdem«, wandte Mia ein, »kann man in der Kochnische in meinem Zimmer höchstens Wasser heißmachen.«

Allie nahm sich etwas Spargel und reichte die Schüssel an Cam weiter. »Damit steht es fest«, verkündete sie. »Ihr beide macht es hier!«

Ihr beide macht es hier. Einen Augenblick schwebten Allies Worte vor Cam in der Luft, faßbar und schwer und so zweideutig, daß es ihn wunderte, wieso niemand sonst sie kommentierte. *Ihr beide macht es hier.* Er stellte sich Mia vor, errötend und wartend, die Tagesdecke im Schlafzimmer halb über die nackten, feinen Glieder gezogen.

»Wie lange«, fragte Mia, »wird die Sache deiner Meinung nach dauern?«

»Cummington, meinst du? Oder die Verhandlung?« Allie wartete die Antwort nicht ab, sondern sprach sofort weiter. »Ich weiß es leider nicht. Wahrscheinlich werde ich drei oder vier Tage brauchen, um mich mit den Nachbarn und den Leuten zu unterhalten, die Jamie mir aufgeschrieben hat; und einen Tag, um sein Haus durchzusehen.« Sie hielt inne. »Es ist mir dabei ganz seltsam zumute. So als würde ich den Platz von jemand anderem einnehmen.«

»Das ist keine Schnüffelei.« Cam vermied es sorgfältig, Mia anzusehen. »Du hast Jamies Erlaubnis!«

»Na ja«, meinte Allie nachdenklich kauend. »Alles hat seine zwei Seiten.«

Als nur noch leere Teller, abgenagte Knochen und runde Beerenweinflecken auf dem Tischtuch zurückgeblieben waren, schob Mia ihren Stuhl zurück. »Ich übernehme den Abwasch«, sagte sie. »Keine Widerrede!«

Sobald Mia abgedeckt hatte und in der Küche das Wasser lief, zog Allie Cam aus seinem Stuhl und schubste ihn in Richtung Wohnzimmer. Er versank eben in seinem Ledersessel, als sie sich zu seiner Überraschung neben ihm auf der Lehne niederließ. Beide hatten normalerweise ihre festen Sitzplätze: er im Lehnsessel, sie auf der Couch. Allie schlang die Arme um seinen Hals und gähnte, die Wange an Cams Haar geschmiegt. »Hoffentlich geht sie bald«, sagte sie leise.

Cam sah sie an. »Wieso hast du sie dann eingeladen?«

Allie verzog das Gesicht. »Ich fühle mich für sie verantwortlich. Sie kennt sonst niemanden hier und muß meinen ganzen Laden in Gang halten.« Sie biß sich auf die Unterlippe. »Ich meine, es war ein nettes Essen, aber ich würde mich gern ohne Publikum von dir verabschieden.«

»Bestimmt reicht es ihr auch bald.« Cam faßte Allie an der Schulter. »Ganz bestimmt.« Er stellte sich Allie in einer Stunde vor, in ihrem weißen, bis zum Kragen zugeknöpften Nachthemd, das er ihr in aller Ruhe ausziehen würde, während seine Nachttischlampe ein vertrautes Schattenmuster auf ihren Körper warf. Er wußte, daß sie sich die Zähne putzen und dann im Bett auf ihn warten würde; er wußte, daß sie als erste unter die Decke fassen würde. Ihr Liebesspiel lief stets in vertrauter Reihenfolge ab, und obwohl Allie sich damit von ihm verabschieden wollte, wußte er, daß es wie eine Heimkehr sein könnte.

Plötzlich wollte er Mia Townsend nicht mehr in seinem Haus haben. Nur wenn man die Versuchung bannte, brauchte man nichts zu befürchten.

Abrupt stand er auf. »Wo willst du hin?« Allie hatte Mühe, ohne ihn das Gleichgewicht auf der Stuhllehne zu halten.

Er lächelte sie an. »Ich werde die Dinge etwas beschleunigen.«

Als er in die Küche kam, stand Mia am Spülbecken, den Sweater bis zu den scharfen, rötlichen Ellbogen hochgekrempelt. Er stand schweigend neben ihr, beobachtete die natürliche Grazie, mit der sie sogar einen Spülschwamm handhabte, sah die Locken an ihrem Hals hüpfen, wenn sie besonders fest schrubbte. Im Rückblick war es ihm unbegreiflich, wie er es geschafft hatte, das Abendessen zu überleben und stets das Richtige zu sagen, obwohl er die ganze Zeit nur auf Mias Atem, ihren Tonfall beim Fragen, den Schwung ihrer Brauen geachtet hatte.

Mit einem Geschirrtuch bewaffnet, machte er sich ans Abtrocknen.

»Du hast Allie allein gelassen?« Der Name erhob sich wie eine hohe, klebrige Mauer zwischen ihnen.

Cam nickte. Er fuhr mit dem blau-weiß gestreiften Tuch über den Rand des ovalen Bräters, spürte den Stoff naß werden und bei den nächsten Wischbewegungen nachgeben. Anschließend massierte er die Zinken der Vorleggabel. Als er begriff, daß es nichts mehr abzutrocknen gab, sah er auf und merkte, daß Mia seine Hände beobachtete.

»Was hast du mit der Serviette gemacht?« flüsterte sie.

»Ich habe sie den ganzen Tag in meiner Hemdtasche herumgetragen«, gab Cam Auskunft. Er sah Mia nach seiner Hand fassen, ganz langsam, als wäre es eine Handlung, über die sie keine Gewalt hatte. Sie schlang ihre Finger durch seine, und er spürte, wie Seife und warmes Wasser ihren Griff besiegelten.

Er mußte an den alten schottischen Brauch des Handschlags denken, durch den zwei Menschen heiraten konnten; einfach indem sie ihre Hände miteinander verschränkten und ihre Absicht vor Zeugen verkündeten.

»Der Cappuccino«, murmelte sie. »Wir treffen uns morgen um sieben.«

Der Mond hockte mit gekreuzten Beinen auf dem Fensterbrett und hatte seinen weißen Rock über den plüschigen Schlafzimmerteppich gebreitet. Er verwandelte Allie in ein Lichtwesen, in jemanden, den sie im Spiegel nicht wiedererkennen würde; jemanden, der um seinen Wert und um seine eigene Schönheit wußte. Sie lag im Bett, den Kopf auf die Kissen gebettet, und sah Cam zu.

Er küßte ihre Halsbeuge und legte dann eine gewundene Spur

von Küssen zwischen ihre Brüste hinunter bis auf ihren Bauch. Allie sah Cams Haar auf ihren Rippen und faßte danach, überrascht, wie kühl und weich die Strähnen waren, die doch so feurig aussahen.

Sie hatte gern ein Vorspiel, von dem vor allem sie profitierte; Cam würde sich, wie immer, sanft über ihren Körper bewegen, und sobald sie ein schlechtes Gewissen bekam, würde sie ihn auf den Rücken drücken und die Fingerspitzen über seine Brust und zwischen seinen Beinen hindurch ziehen. Doch Cam konnte nie lange an sich halten, darum würde es nur ein paar Minuten dauern, bevor er sie unter sich bettete und sie nahm.

Er begann sich wieder hochzuarbeiten und drückte ihre Knie auseinander. »Noch nicht«, flüsterte sie, und Cam blickte sie unter den Haarspitzen hervor an. Er nahm ihre Hand von seiner Schulter und küßte sie, dann schob er sie zwischen ihre Körper, bis sie auf ihrer Scham ruhte. Sie spürte seine Finger zwischen ihren und die süße, feuchte Wärme.

»Jetzt«, sagte er.

Sie krallte sich in seinen Rücken, denn er drang so energisch und so tief in sie, daß er sie dabei ein kleines Stück über das Laken schob. Bis er den Kopf zurückwarf und ein Stöhnen aus seiner Kehle stieg, wartete sie – dann ließ sie sich gehen.

Wie immer sprang Cam gleich danach aus dem Bett und verschwand im Bad. Allie hörte das Wasser laufen und wußte, daß er sich einseifte und alles abwusch, was sie auf seiner Haut hinterlassen hatte.

Sicherlich trieb ihn allein die Macht der Gewohnheit; doch sie fragte sich jedesmal, was Cam wohl glaubte, wo sie gewesen war. Sie stellte sich gern vor, er würde sich ein einziges Mal so vollkommen beim Sex verlieren, daß er danach einfach nicht mehr aufstehen konnte, zu nichts mehr fähig wäre, als in einer schweigenden, glückserfüllten Geste ihre Hand zu ergreifen.

Kurz nach ihrer Hochzeit hatte Allie einmal krank im Bett gelegen und sich im Fernsehen ein Quiz für Frischvermählte angesehen. Eine der Fragen an die Ehefrauen hatte gelautet: »Welcher olympische Sport kommt Ihnen in den Sinn, wenn es daheim so richtig zur Sache geht – Marathonlauf, Kunstturnen oder Eishockey?« Als Cam von der Arbeit heimkehrte, hatte sie ihn nach seiner Meinung gefragt. »Hockey«, antwortete er, ohne zu zögern. Und das traf es genau – ihr Liebesakt hatte etwas Zorniges an sich, so als wollten sie sich gegenseitig dafür bestrafen, daß der andere nicht den eigenen Hoffnungen entsprach. Viele Nächte nach dieser Sendung war sie wach neben Cam gelegen, hatte seinem regelmäßigen Atem gelauscht und sich gefragt, wieso unter den vorgegebenen Antworten keine langsame, liebliche Sportart vorkam wie Paarlauf oder Wasserballett – etwas, bei dem sich zwei Menschen in Schönheit und Vertrauen vereinten.

Nach Mundwasser riechend, kroch Cam unter die Decke zurück. Er zog sie an seine Brust. »Das war schön«, brummelte er in ihr Haar.

Morgen würde sie in Jamie und Maggie MacDonalds Bett schlafen. Allie war gespannt, wie fest es wohl war und welche Geheimnisse sich in ihren Träumen offenbarten. »Adieu«, sagte sie.

»Nur damit du's weißt«, hatte Maggie MacDonald gesagt. »Ich bin aus Prinzip dagegen.«

Jamie lachte und drückte sie in den Stuhl, der in dem abendlich leeren Labor stand. »Du wirst überhaupt nichts spüren.«

»Darum geht es nicht«, erwiderte Maggie. »Es geht ums *Prinzip*. Ich komme mir vor wie eine Barbiepuppe, und jeder weiß, daß keine Frau auf der Welt *deren* Maße hat.«

Jamie trat an das Gerät, das Maggie mit Laserstrahlen abtasten würde, um dann ihr dreidimensionales Abbild in den Computer einzuprogrammieren. »Du bist keine Barbiepuppe.«

Maggie zog die Brauen hoch. »Soll das ein Kompliment sein?«

Er trat an den Stuhl, ging vor ihr in die Hocke und nahm ihre Hände. »Für mich«, sagte er ganz ruhig, »bist du die perfekte Frau. Wieso sollte ich dich also nicht klonen?«

Man schrieb das Jahr 1993, und Jamie war dabei, den Körper seiner Frau einzuscannen, um ihn als Modell in das VR-Programm eines Architekturbüros einzuspeisen. Das Büro hatte den Zuschlag für den Bau einer Grundschule in einem reichen New Yorker Vorort bekommen und daraufhin ein Programm bei ihm bestellt: einen virtuellen Spaziergang, bei dem der Nutzer Kindergröße annehmen konnte, um festzustellen, ob es irgendwo scharfe Kanten in Augenhöhe oder zu hohe Fächer gab. Zusätzlich hatte man jedoch um einen erwachsenen Prototyp gebeten, damit die Lehrer die besten Plätze zum Aufbewahren von Hilfs- und Lehrmitteln festlegen und nach möglichen Gefahrenquellen Ausschau halten konnten. Da das Geschlecht des Protoypen nicht vorgegeben worden war, programmierte Jamie ihnen ein weibliches und ein männliches Modell. Wer am Computer saß, würde sein oder ihr eigenes Gesicht über das Digitalgesicht des Modells projizieren können.

»Wen hast du als perfekten Mann genommen?« fragte Maggie.

»Rod.«

Sie lachte. »Rod? Wieso hast du dich nicht selbst eingescannt?«

Jamie grinste. »So sehr mir das auch schmeicheln würde, ich bin zu groß. Rod ist einsachtzig, was eher dem Durchschnitt entspricht.«

»Aha«, erklärte Maggie. »Ich bin also nicht die perfekte Frau, sondern Durchschnitt.«

»Das hast du gesagt«, erwiderte Jamie. »Nicht ich.« Er drückte ein paar Tasten auf seiner Tastatur, und die blaßgrünen Laser, mit denen die physischen Merkmale von Maggies Körper in den Computer übertragen wurden, glommen auf, legten sich als gerader Strich längs über ihr Gesicht. »Nicht bewegen«, sagte er. »Los geht's!«

Er beobachtete, wie der Lichtstrahl den Körper seiner Frau abtastete, wie er über ihre Brust und ihren flachen Bauch bis zu ihrem Arm und dem angewinkelten Ellbogen glitt. Der Laser rotierte auf seiner Achse und erglühte zwischen ihren Schulterblättern.

Jetzt wandte sich Jamie dem Computerbildschirm zu. Wie bei einem Polaroidfoto erschien Maggies Abbild Stück für Stück. Ihre Augen blinzelten aus dem Bildschirm heraus, ihre Hände materialisierten sich links und rechts von ihr. Ihre Beine, im ersten Augenblick unheimlich verkürzt an den Knien, sprangen in einem Regen von bunten Punkten in ihre richtige Position. »Okay«, sagte er. »Jetzt steh auf.«

Er wollte sich noch bei arbeitendem Laser davon überzeugen, daß die Koordinaten stimmten. »Heb den rechten Arm«, befahl Jamie, und als Maggie es tat, wiederholte ihr Computerbild die Bewegung. »Leg eine Hand auf die Hüfte. Dreh dich im Kreis.« Jede Bewegung wurde auch von ihrem Prototyp ausgeführt. Es lief wie am Schnürchen.

Er beobachtete auf dem Bildschirm, wie Maggie die Hände an ihr Haar legte und über ihren Körper strich. Jamie hielt eine Hand vor den Bildschirm; Maggie war so klein, daß sie in seine Handfläche passen würde, daß er sie in seiner Hosentasche herumtragen oder sie wie ein seltenes Kunstobjekt aufs Regal stellen könnte. »Wie ist es?« fragte sie, und die stummen Lippen auf dem Bildschirm bewegten sich unter den stummen Worten, als wollte sie ihn küssen.

Jamie starrte Maggies Körper auf dem Bildschirm an, der immer jung und fest und gesund bleiben würde, egal, wie oft man das Programm startete, und ganz gleich, wie alt sie beide in Wahrheit waren. »Perfekt«, lobte er.

Das *Glory in the Flower* war so eingerichtet, daß es wie ein Wohnzimmer an einem verregneten Herbstnachmittag aussah. Statt langer Tische voller Trockenblumengestecke und Kräuterkränze hatte Allie mitten im Laden zwei riesige Plüschsofas aufgestellt. Es gab ein Beistelltischchen, auf dem neben einigen Zeitschriften und einem kleinen Teeservice jeden Tag ein frischer Strauß stand. Daß man in einem Blumenladen war, zeigte sich nur an unerwarteten Details: an dem Efeu, der sich um die dicke Lehne und den Fuß des Sofas wand, an der Schale mit Rosenblättern neben dem Milchkännchen und dem Zucker, an dem Lampenschirm an der Decke, der ganz und gar aus getrockneten Primeln und Stroh in vollen, glänzenden Farben gefertigt war.

Hinten im Laden standen das Kühlregal und der Arbeitstisch, wo Allie die meisten ihrer Sträuße fertigte, mitten im hellen Sonnenlicht, das durch ein Deckenfenster hereinfiel. Hinter einer chinesischen Wand befanden sich der Lagerraum sowie Regale voller Metallfolien und Stoffe, eine Palette von Schleifen, dazu Vogelkäfige, Körbe und Brokat-Hutschachteln, die alle als Blumenbehälter Verwendung fanden.

Als erstes ging Mia ans Kühlregal und stellte ihr Mittagessen – Joghurt – neben einen großen schwarzen Korb mit Persimonenrosen. Dann schlüpfte sie aus dem Mantel und legte ihn auf den Bürostuhl im Lagerraum. Gedankenversunken überflog sie ihr Arbeitsmaterial: Bast, grüner Draht, Scheren, Blattspray, Blumenband und riesige Schachteln mit Moos und Steckschaum.

Erst am Tag zuvor war ihr aufgegangen, nach welchem System Allie ihre Blumen ordnete. Im Kühlregal standen die Blumen nicht nach Verfügbarkeit oder Beliebtheit sortiert, nicht einmal nach Farben, sondern nach ihrer Bedeutung. Sie wußte, daß Buketts einst nicht nur als dekorativer Schmuck, sondern als Botschaften übersandt wurden. Als Mia angefangen hatte, sich für die Ausbildung zur Floristin zu interessieren, hatte sie diese Philosophie fasziniert – Allie offenbar desgleichen. Die Blumen mit positiven Eigenschaften hatte sie auf der linken Seite des Kühlregals gesammelt, jene, denen Negatives zugeschrieben wurde, auf der rechten. So standen Jasmin und blauer Flieder, Kamelien und Passionsblumen – die für Anmut, erste Liebe, Vollkommenheit und Treue standen – beieinander in praktischen schwarzen Floristenkörben. Akanthus, Krokus, Stechapfel und Pfingstrosen hingegen waren in ihrer Schmach auf der anderen Seite zusammengefaßt, denn sie symbolisierten Verschlagenheit, Entehrung, Neid und Schande.

Mia fürchtete sich fast davor, die rechte Seite des Kühlregals zu öffnen, so als könnte das Böse daraus in die Welt entweichen wie einst aus Pandoras Büchse.

Als das Telefon klingelte, zuckte sie zusammen. »Hallo«, sagte sie, »*Glory in the Flower.*« Sie rechnete damit, daß es Allie war, die nachprüfen wollte, ob Mia pünktlich den Laden ohne irgendwelche Katastrophen geöffnet hatte; doch noch während ihr dieser Gedanke durch den Kopf ging, begriff sie, daß das nicht Allies Art war. Allie würde ihr einfach vertrauen, gleichgültig, ob Mia das verdiente oder nicht.

»O Antonio!« Sie entspannte sich, als sie die Stimme eines Großhändlers erkannte. Ihr Blick überflog die Nägel, die in gleichmäßigen Abständen aus dem Regal über ihren Augen ragten, jeder mit einem Wochentag und den jeweils fälligen Bestellungen gespickt. »Ich brauche Jacaranda«, orderte sie, »und etwas Baumfarn.« Allie hatte ihr eingebläut, soviel wie möglich bei Antonio zu bestellen; seine Preise waren zwar etwas höher als die der Konkurrenz, doch seine Ware auch immer frisch.

Sie feilschte um den Preis für die Storchschnäbel, einigte sich schließlich mit ihm auf vier Dollar fünfundsiebzig pro Bund und erklärte ihm, daß sie die lila ›Washington State‹-Tulpen gerne mal anschauen würde. Dann legte sie auf, schloß die Augen und lauschte.

Die Stille machte Geräusche, pulsierte durch die Klimaanlage des Geschäfts. Und wenn sie das Kühlregal einen Spalt weit offen stehen ließe, würde sie bestimmt das Rascheln der seidigen Rosen hören, die ihre Knospen öffneten.

Mia sah zum Schaufenster hinüber. Allie hatte ihren Bonsaibaum auf einen niedrigen Tisch auf der anderen Seite des Raumes gestellt, neben sieben weiteren Bäumchen, die sie mit Draht umwickelt hatten, in der Hoffnung, sie irgendwann zu verkaufen. Lächelnd durchquerte Mia den Laden, wand den Draht von Allies Baum, damit er nicht zu tief in die Rinde schnitt, und lauschte, wie die Wurzeln und das Holzmark in der frisch gewonnenen Freiheit seufzten. »Es tut mir leid«, sagte sie, während sie sorgfältig den Kupferdraht wieder anlegte. »Ihr müßt noch ein bißchen aushalten.« Sie wiederholte den Vorgang bei einigen anderen Exemplaren; dann schnitt sie Zweige und Äste nach, wo Allie ihrer Meinung nach den zukünftigen Wuchs unterschätzt hatte. Schließlich setzte sie sich auf das Sofa, das quer zur Ladenfront stand.

Es gab hundert verschiedene Dinge zu tun; leider hatte Allie ihr diese verfluchte Liste dagelassen, obwohl Mia einfach nur die Augen schließen und an Cam denken wollte. Sie wußte, daß sie ihm Bescheid geben mußte, wohin sie mit ihm Kaffee trinken gehen würde; doch sie hielt es nicht für klug, in die Polizeistation zu spazieren, wo der ganze Ort ihnen zuschaute. Nicht daß sie irgend etwas Ungehöriges taten. Ein Kaffee war schließlich nur ein Kaffee. Und Allie hatte Mia gebeten, auf Cam aufzupassen!

Sie ging ans Kühlregal und nahm ein Bündel traurig dreinblickender Stiefmütterchen und empfindlicher Apfelblüten heraus. Die Blumenstengel verteilte sie rund um den Apfelzweig und machte sie mit einem golddurchschossenen Band fest. Dann rannte sie, nachdem sie das Schild ›Geschlossen‹ ins Fenster gehängt hatte, die Straße hinunter zum Revier und klemmte das winzige Bukett unter den Scheibenwischer des Zivilstreifenwagens, den sie als Cams erkannte.

Als Mia wieder im Geschäft ankam, war sie außer Atem, und ihr Puls raste nicht nur wegen der körperlichen Anstrengung. Sie setzte sich wieder auf die Couch und starrte auf die vielen Blütenblätter, die abgefallen waren, als sie das Sträußchen gewunden hatte.

Irgendwie wußte sie, daß Cam es begriff.

Stiefmütterchen bedeuteten *Ich denke an dich.* Und Äpfel standen seit Adam und Eva für Versuchung.

Allie fuhr nicht gleich zu Jamie MacDonalds Haus. Statt dessen hielt sie erst vor der Praxis von Dr. Dascomb Wharton, dem Hausarzt, der Maggie seit Ausbruch der Krankheit 1993 betreut hatte.

Ohne Termin mußte sie natürlich warten, und zwar auf einem angeknacksten schwarzen Bistrostuhl, wo sie eine Zeitschrift aus der Epoche des Golfkriegs las. Ab und zu, wenn sie merkte, daß die Arzthelferin herüberschaute, warf sie einen Blick auf ihre Uhr.

Zwei Stunden nach ihrem Eintreffen wurde sie durch etliche gewundene Gänge in Dr. Whartons Privatreich geführt.

Der Arzt war ein furchteinflößender Zottelbär, der offenbar zu spät von den Gefahren des Cholesterins erfahren hatte. Als Allie die Tür aufdrückte, verspeiste er gerade eine Calzone, deren Stücke er in regelmäßigen Intervallen in eine kleine Schüssel mit Tomatensoße tunkte. »Setzen Sie sich, setzen Sie sich«, bellte er. »Es stört Sie hoffentlich nicht, wenn ich Mittagspause mache, während wir plaudern?«

Allie schüttelte den Kopf. Noch nie hatte sie einen derart dicken Menschen gesehen, abgesehen natürlich von den furchtbar traurigen Fällen in Oprah Winfreys Talkshow; es war wohl nur eine Frage der Zeit, wann der spindelbeinige Stuhl unter dem Hintern des Mannes einfach zusammenkrachte. Der Arzt wischte sich den Mund mit einer Serviette ab und lächelte sie an.

Wieso hast du so große Zähne? dachte Allie. Sie lächelte zurück.

»Was kann ich für Sie tun, Mrs. MacDonald?«

Allie zog ein Polaroidfoto von Jamie aus dem Seitenfach ihrer Handtasche, unglückseligerweise kein gutes Bild; tatsächlich hatte Cam es ihr leihweise aus der Polizeiakte mit der Abschrift des Verhaftungsprotokolls überlassen. »Ich komme wegen dieses Mannes«, sagte sie und reichte dem Arzt das Foto. »Kennen Sie ihn?«

Dr. Wharton kniff die Lippen zusammen. »Natürlich kenne ich Jamie. Aber Maggie kenne ich besser, schließlich bin ich ihr Arzt.«

»War«, korrigierte ihn Allie, ohne zu überlegen. Der Arzt starrte sie an. »Sie ... ist vor ein paar Tagen gestorben.«

»Oh!« Dr. Wharton blieb der Bissen im Mund stecken. »Also, tja, das mußte ja kommen.«

Allie stopfte das Foto zurück in ihre Handtasche. »Sie war wohl sehr krank?«

Dr. Wharton beugte sich vor. »Meine Liebe, ich habe ein Arztgeheimnis zu wahren.«

Allie nickte, darauf war sie gefaßt gewesen. Sie zog einen Brief von Graham MacPhee hervor, auf dem offiziellen Briefbogen der Kanzlei gedruckt, und reichte ihn wortlos hinüber. »Ich verstehe«, sagte er, nachdem er die paar Zeilen überflogen hatte. »Jamie hat es also getan.«

»Wir waren noch nicht offiziell vor Gericht.« Sie schlug die Beine übereinander. »Deshalb bin ich nach Cummington gekommen. Ich bin auf der Suche nach Menschen, die Maggie und Jamie kannten und die der Meinung sind, daß man eine solche Anklage nicht aufrechterhalten kann.«

Dr. Wharton stopfte sich die Reste seiner Calzone in den Mund und streckte einen Finger hoch. Nachdem er geschluckt hatte, ließ er sich in seinen Stuhl zurücksinken und brachte ihn damit um ein Haar zum Kippen. »Ich werde Ihnen und jedem Gericht, das mich unter Strafandrohung vorlädt, folgendes erklären: Maggie MacDonald hätte meiner Meinung nach dieses Jahr nicht überlebt. Der Brustkrebs, der vor zwei Jahren bei ihr diagnostiziert wurde, war in ihre Knochen und schließlich in ihr Gehirn metastasiert. Er hat weder auf Chemotherapie noch auf Bestrahlung reagiert, und das letzte Mal kam sie zur Behandlung, weil der Tumor den Sehnerv angegriffen hatte.« Er hielt inne, als wollte er Allies Auffassungsvermögen testen. »Das Auge«, erläuterte er.

»Was für ein Tumor war es anfangs?« erkundigte Allie sich.

»Ein duktales Mammakarzinom«, gab Wharton Auskunft. Er klopfte mit den Fingern auf die Tischplatte.

Allie senkte den Blick, bevor sie die nächste Frage stellte. Sie sah Maggie auf dem Einbalsamierungstisch im Bestattungsinstitut liegen, die Knie grotesk in die Luft gestreckt. »Hatte sie starke Schmerzen?«

Der Doktor gab ein eigenartiges nasales Geräusch von sich. »Nun ja, Schmerz ist etwas Relatives. Manche Frauen können zum Beispiel eine Geburt durchatmen, andere wären dabei am liebsten bewußtlos.«

»Wir reden hier nicht übers Kinderkriegen«, protestierte Allie.

»Nein«, stimmte Dr. Wharton ihr zu. »Allerdings nicht.« Er legte die Finger aneinander und ließ sein Kinn darauf ruhen. »Ich glaube, Maggie MacDonald litt Schmerzen, ja«, räumte er ein.

»Aber ...«, hakte Allie nach, die den Zweifel in seinem Tonfall gehört hatte.

»Aber ich glaube nicht, daß dies das Schlimmste für sie war.« Allie zog die Brauen hoch, und Dr. Wharton lächelte so lieblich, daß alle Wülste in seinem Gesicht Grübchen bekamen und sich übereinander falteten, bis er wie ein ganz anderer Mensch aussah. »Am meisten machte Maggie zu schaffen, daß sie Jamie zurücklassen würde.«

Jeder, der sich gewundert hätte, warum der Blumenladen so spät am Abend noch geöffnet war, hätte vermutet, daß Allie an Hochzeitsschmuck arbeitete. Manchmal brauchte es zwei oder drei Tage, bis alle Blumen in einem Brautstrauß verdrahtet waren, und Allie blieb oft bis zur Geisterstunde auf, um die mühsame Arbeit zu vollenden. Deshalb wandte sich Cam auch nicht ab oder versuchte sich zu verstecken, als er die Straße vom Revier herunterkam und dabei mehreren Familien begegnete, die auf dem Weg zum Abendessen ins Café waren. Er steckte einfach den schlaffen Strauß in seine Jackentasche, lächelte Geordie MacDonald sowie Sarah Murray zu und nickte, ja, es werde dieses Jahr ungewöhnlich früh kalt.

Mia hatte abgesperrt, Cam mußte also klopfen. Das überraschte ihn; immer wieder bläute er Allie ein, die Tür abzuschließen, worauf sie schlicht erwiderte, sie gebe kein lohnendes Ziel ab: Falls durch irgendeinen Zufall tatsächlich einmal ein Dieb seinen Fuß in diesen Ort setzen sollte, würde er sich nicht gerade einen Laden aussuchen, der kaum Beute versprach. Bis Mias kleines Gesicht in einer Fensterscheibe erschien, hatte Cam es beinahe geschafft, diesen letzten Gedanken an Allie aus seinem Kopf zu verbannen.

Sie trug Jeans, die ausgesprochen weich aussahen, und ein weißes Männerhemd, dessen Ärmel sie bis zu den Ellbogen hochgerollt hatte. Einen irrationalen Augenblick lang wollte Cam sie an der Schulter packen und sie auffordern, ihm zu verraten, wem das Hemd gehörte. Doch statt dessen lächelte er und zog das winzige Bukett aus seiner Tasche. »Ich habe deine Blumen gekriegt«, sagte er.

Ihr Gesicht war blaß wie der Kragen ihres Hemdes, aber dadurch wirkten ihre Augen um so ausdrucksvoller. Heute leuchteten sie wie Saphire und erinnerten ihn an die Kronjuwelen der Königin. Er löste seinen Waffengurt und legte ihn vorsichtig neben der Kasse auf die Theke. Als er sich umdrehte, stand sie einen Schritt vor ihm. »Woher willst du wissen«, fragte sie leise, »daß ich dir nicht gefährlich werden kann?«

Er setzte sich auf eines von Allies Sofas, die er eigenhändig aus dem Transporter eines Cousins gewuchtet hatte, nachdem sie Allie auf einem Flohmarkt in einem Ort jenseits der Berge ins Auge gestochen waren. Auf dem Beistelltischchen stand das elegante Porzellanteeservice neben einer größeren Vase mit den gleichen Blumen, die sie an seine Windschutzscheibe geklemmt hatte.

»Hübsch«, sagte er, während er über ein Stiefmütterchen strich. »Und sie riechen nach Frühling.«

Mia setzte sich Cam gegenüber auf die Couch und zupfte einen Zweig aus dem Strauß. »Apfelblüten«, sagte sie. »Man bekommt sie kaum im Oktober.« Sie besah sich die Blüten, die spiralig um den Zweig wuchsen. »Wenn man an Heiligabend einen Apfel in zwei Hälften schneidet, die linke Hälfte am Herzen trägt und die rechte Hälfte vor die Haustür legt, wird man um Mitternacht angeblich den Menschen, nach dem man sich sehnt, in der Nähe der zweiten Hälfte finden. Hast du das gewußt?«

Cam sah zu, wie sie gedankenverloren die Rinde von dem Zweig schälte. »Und – schon mal ausprobiert?«

»Nein«, antwortete Mia. »Ich habe es nur gehört.«

»Woher weißt du, welche welche ist?«

»Wie bitte?«

Cam berührte einen Zweig nahe bei seinem Ellbogen. »Was die linke und was die rechte Hälfte eines Apfels ist?«

Mia zog die Brauen hoch. »Keine Ahnung. Wahrscheinlich hängt das davon ab, wie man's sieht.« Sie fuhr mit dem Finger über den Rand einer Teetasse, machte aber keine Anstalten, Tee einzuschenken oder Cam auch nur zu fragen, ob er welchen trinken wolle. Er sah ihre Knie wippen, weil sie mit den Füßen auf den Boden klopfte, und begriff, daß sie noch nervöser war als er selbst.

Plötzlich schoß sie hoch und ging an ihm vorbei zum Kühlregal. Von seinem Platz aus konnte Cam sehen, wie sich ihr Gesicht im Glas spiegelte. Ihre Züge sahen so müde aus, als könnte die leiseste Mundbewegung das ganze Gesicht zerfallen lassen. »Während meiner Reisen«, sagte sie, »habe ich so viele Informationen wie möglich über Blumen gesammelt. Auf Korfu trägt man Sonnenblumen als Hüte. Und in Frankreich benutzen die Bäuerinnen Clematis als Wäscheleine.« Sie fuhr mit der Hand über die kühle Front des Glasregals und klammerte sich an dessen Rahmen wie eine Ertrinkende. »Hast du gewußt, daß Allie auch frische Kräuter hat? Hier steht Basilikum. Früher war das ein Symbol für Haß.« Sie drehte sich hastig um und bot Cam, der hinter sie getreten war, einen duftenden, abgebrochenen Stengel an. Er nahm ihn entgegen, legte ihn auf der Couchlehne ab und schloß dann seine Finger über ihren.

Mia löste sich aus seinem Griff und verschränkte die Arme vor der Brust. »In Rumänien hingegen«, erklärte sie mit hoher, dünner Stimme, »muß eine Frau einen Mann dazu kriegen, daß er Basilikum aus ihrer Hand nimmt, dann wird er ihr bis an sein Lebensende treu bleiben.« Plötzlich sackte sie gegen das Kühlregal, als würden ihr die Knie den Dienst verweigern. Sie schlug die Hände vors Gesicht. »O Gott«, wimmerte sie, »o Gott!«

Cam zog sie in seine Arme und hielt sie, bis alles Spröde aus ihrer Haltung gewichen war und sie schluchzend an ihm lehnte. »Psst«, flüsterte er in ihr Haar. Sein Blick fiel auf das Basilikum, das verloren auf der Sofalehne lag. »Psst.«

Jamie MacDonald wohnte in einem bescheidenen Haus im Kolonialstil nördlich des Dorfteichs von Cummington. Die Fassade war weiß gestrichen, und von den schwarzen Fensterläden begann bereits die Farbe abzublättern. Als Allie ihren Wagen in die Einfahrt lenkte und den Motor abstellte, winkte ihr ein Nachbar zu, als würde sie erwartet.

An der Haustür hing ein hübscher Kranz. Korkenzieherweide war zu einem Herz gebogen worden, und durch die Windungen hatte man getrocknete rote und weiße Rosen gezogen. Allie fischte Jamies Hausschlüssel aus ihrer Tasche und schloß auf.

Im Haus war es sauber und sehr ruhig. Allie wußte von Jamie, daß er und Maggie überstürzt aus Cummington abgereist waren; doch nirgendwo lag Staub, und auf dem Lackparkett im Hausgang waren weder dreckige Stiefelabdrücke noch schwarze Absatzspuren zu sehen. Die Luft roch nach Zitronenwachs, Immergrün und noch etwas, das Allie nicht genau benennen konnte – das aber sicher etwas mit Maggie zu tun hatte.

»So«, sagte sie laut und eigentlich vor allem, um zu hören, wie ihre Stimme in einem fremden Heim klang, »an die Arbeit.« Sie hängte ihren Mantel über den Knauf am Treppengeländer und zog Jamies Liste aus der hinteren Jeanstasche. »Die Akten sind im Arbeitszimmer«, las sie und streckte den Kopf durch die erste Tür auf der rechten Seite.

Es war ein Eßzimmer mit einem riesigen ovalen Kirschholztisch und einem irischen Spitzenläufer. Mitten auf dem Tisch stand ein überdimensionaler Zinnpokal voller knubbliger Wachstrauben. Vom Eßzimmer aus gelangte sie ins Wohnzimmer, wo das leere schwarze Auge des Fernsehers sie anstarrte und die Kuhlen auf der Couch ihr verrieten, daß Maggie und Jamie gern nebeneinder saßen.

Ich hätte Detektivin werden sollen, dachte sie, als sie die hundert Dinge auflistete, die sie nun bereits von Jamie und seiner Frau wußte, einfach indem sie ein paar Zimmer ihres Hauses durchquerte. Sie ging in die Küche, öffnete den Kühlschrank, rümpfte die Nase, goß die saure Milch in den Ausguß und warf dann das angeschimmelte Brot in den Mülleimer. Hierauf entdeckte sie das Arbeitszimmer.

Es war in europäischem Blau gestrichen, und an einer Wand

standen uralte vergilbte Bücher, die zu lesen unmöglich jemand die Geduld aufbringen konnte, davon war Allie überzeugt. Es gab zwei Schreibtische: zum einen die breite, leicht geneigte Arbeitsplatte eines Architekten, zum anderen ein schlichtes Eichenmöbel voller Schubladen. Allie nahm sich zuerst den Zeichentisch vor. Jamie hatte erwähnt, daß Maggie Illustratorin war oder gewesen war, bevor sie nicht mehr arbeiten konnte. Zwar sah sie keine halbfertigen Blätter auf der Platte festgepinnt; dafür lagen jedoch in einer kleinen Schale mit Mickymaus-Gesicht Marker in allen Farben von Allie vertrauten Elementen: Salbei und Limone, Honig und Muschelrosa; Himmelblau und Aubergine, Topas und Elfenbein. Allie nahm die Marker heraus, rollte sie zwischen ihren Händen und verzichtete nur mit Mühe darauf, einen Regenbogen zu zeichnen.

An einer Ecke des weißen Schreibtisches war ein Foto von Jamie und Maggie festgeklemmt. Allie betrachtete es näher, fasziniert von dem dynamischen Lächeln auf Maggies Mund und dem Leuchten in ihren Augen. Jamies Arm lag um ihre Schulter, und sein Gesicht erschien im Profil, weil er ihr gerade einen Kuß auf die Wange drückte.

Allie legte den Finger auf die Stelle in Maggies Wange, die Jamie küßte, und führte ihn dann an den Mund. Mit einem Anflug von schlechtem Gewissen zog sie das Foto aus der Halterung und steckte es in die Tasche ihrer Chamoisbluse.

In Jamies Schreibtisch befanden sich die Rechnungen und die Steuererklärungen. Sie entdeckte die feuerfeste Kassette unter der rechten Schublade, genau wie er es beschrieben hatte. Der Schlüssel steckte bereits im Schloß; sie brauchte ihn nur umzudrehen, um die Heiratsurkunde, ihre Pässe, die Notarabschrift des Hauskaufs und ihre Versicherungsurkunden vor sich zu haben. Kurz entschlossen nahm sie einen braunen Umschlag aus dem Schreibtisch, entleerte ihn und stopfte alles hinein. Dann zog sie das Foto aus ihrer Tasche und ließ es vorsichtig zu den anderen Dokumenten gleiten.

Wenn *sie* in der Jury säße, würde sie genau wissen, was sie am ehesten überzeugte.

Allie ging nach oben ins Schlafzimmer und öffnete die drei Türen, hinter denen sie zwei begehbare Schränke und ein Bad entdeckte. Im Wäscheschrank gab es ein ganzes Regalfach voller sorgsam aufgestapelter Eisprung-Bestimmungstests. Sie zog einen heraus und betrachtete das verschwommene Bild einer Mutter und ihres Kindes auf der Packung. Maggie und Jamie hatten keinen Nachwuchs, genau wie Allie und Cam. Der Unterschied bestand darin, daß Maggie und Jamie sich ein Baby *gewünscht* hatten. Allie auch – schon seit dem Augenblick, als sie das erste Mal mit Cam ausgegangen war –, doch selbst jetzt, nach fünf Jahren, behauptete er steif und fest, noch nicht bereit zu sein. Und wie in allen Dingen richtete sie sich auch darin nach ihm.

Allie schloß den begehbaren Schrank und begab sich ans andere Ende des Schlafzimmers. Sie setzte sich vor Maggies Frisierkommode und sprühte ein wenig Parfüm aus einem Zerstäuber auf ihren Hals. Joy. Sie kannte den Duft, hatte ihn sich aber nie leisten können. Links davon stand ein Deodorant. Rechts eine Armee bernsteinfarbener Plastikdöschen mit Demerol, Valium und einer Unzahl anderer Medikamente, die Allie nicht kannte.

Ach, Maggie, dachte sie und blickte in den Spiegel, *ich hätte sie weggeschlossen. Ich hätte sie nicht ausgerechnet da aufbewahrt, wo ich sie jedesmal sehen muß, wenn ich in den Spiegel schaue.*

Mit der Akribie eines Forschers notierte Allie vorne auf dem braunen Umschlag die Namen der verschriebenen Arzneien und ihre Dosierung.

Im Rückblick war Allie nicht mehr in der Lage zu sagen, was sie dazu getrieben hatte; doch sie begann, sich ganz systematisch auszuziehen. Sie schob ihre Schuhe unter den Frisiertisch, hängte Bluse und Jeans über den Stuhl und trat in Maggie MacDonalds begehbaren Schrank.

Sie kleidete sich in ein hauchdünnes apricotfarbenes Jäckchen und einen knöchellangen Rock aus Ripsseide in allen Schattierungen eines Sonnenuntergangs. Er war ihr in der Taille zu weit, deshalb schnürte sie ihn mit einem indianischen Perlengürtel enger. Dann entdeckte sie einen großen blauen Rollkragenpullover, der ihr bis zu den Knien reichte und sie bei lebendigem Leibe zu verschlingen schien.

Maggie war größer gewesen.

In einer Hutschachtel oben auf dem Regal entdeckte sie eine Perücke in der Farbe von Maggies Haar. Sie glaubte nicht, daß Maggie eine Perücke getragen hatte; das wäre doch gewiß bei der Obduktion festgestellt worden. Diese hier stammte vielleicht vom letzten Jahr, als Maggie sich einer Chemotherapie unterzog, die nicht angeschlagen hatte.

Allie hockte sich vor den Frisiertisch und zupfte und stopfte ihre mittelbraune Mähne unter das enge Haarnetz, bis sich zwei dicke Strähnen künstlicher Haare an einem Punkt unterhalb ihres Kinns trafen.

Sie durchsuchte die Schubladen in der Wäschekommode und zog lange halterlose Strümpfe und darüber Baumwollsocken und Tennisschuhe an. Ein mit exotischen Früchten bedrucktes Tuch schlang sie sich um ihren Hals und ein längeres, transparenteres um ihre Hüften. In der obersten Schublade stieß sie auf Maggies alte BHs, zart und durchsichtig wie eine Erinnerung und begraben unter den matronenhaften medizinischen Baumwollbüstenhaltern für Brustamputations-Patientinnen.

Allie wurde übel, und sie preßte sich die Hand auf den Mund, um gleich ins Bad zu laufen; doch als sie sich umdrehte, blickte sie auf das Bett. Erst jetzt fiel ihr auf, daß es nicht gemacht war. In diesem Haus, wo alles an seinem Platz stand, wo sich kein Staubkorn niederzulassen wagte, wirkten die zerwühlten blauen Laken und die zusammengerollte, verwurstelte Daunendecke wie ein Frevel. Ganz langsam trat sie näher, ließ sich auf der Bettkante nieder und faßte nach einem Kissen. Sie hielt es sich vors Gesicht, roch Jamies Aftershave und Joy.

Möglicherweise hatte sich Maggie zu elend gefühlt, um am Tag ihrer Abreise noch das Bett zu machen, oder Jamie war als letzter aufgestanden. Sie wußte nicht einmal, ob Maggie überhaupt noch oben geschlafen hatte oder ob sie zu schwach gewesen war, die Treppe hinauf und hinab zu steigen. Doch Allie sah die beiden so deutlich vor sich wie die bunten Muster des Rockes über ihren Beinen: Jamie und Maggie, die eben aus dem Haus gehen wollten, als Maggie sich plötzlich umdrehte, Jamies Hand packte und ihn wieder die Treppe hinaufzerrte, um ihm ein letztes Mal in ihrem eigenen Heim zu lieben.

Sie legte sich in Maggie MacDonalds Kleidern auf das Bett, zog die Decke über ihren Kopf und weinte.

Cams Gesicht drehte sich in die gleiche Richtung wie Mias, als sie sich küßten. Sie schlugen mit den Zähnen aufeinander und quetschten sich die Nasen, bevor sie es richtig hinbekamen; doch allein die Tatsache, daß sie erst zueinander finden mußten, statt irgendeiner Routine zu folgen, ließ ihn schwindlig werden. Fast jugendlich saßen sie auf der Couch und küßten sich, die Hände zwischen ihren Leibern gefangen wie Schwammspinner, die unter die Kleider krochen und mit ihren Flügeln gegen die Haut schlugen.

Ein einziges Mal gestattete sich Cam zu denken, daß sie anders roch, sich anders anfühlte und anders schmeckte als Allie. Dann konzentrierte er sich auf ihre Handrücken; darauf, wie ihr Puls unter ihrer Schläfe schlug; wie sauber und betörend ihr Haar roch.

Ganz langsam zog er Mia aus, immer darauf gefaßt, daß sie ihr Hemd festhielt oder sich anderweitig wehrte; doch nichts dergleichen geschah, und so machte er einfach weiter. Sie saß auf der Couch, inmitten ihres weißen, unordentlichen Hemds, das sich unter ihren Beinen ausbreitete wie die geöffnete Blüte einer Lilie. Dann stand er auf und begann, seine Uniform aufzuknöpfen.

Als er sie wegschleuderte, traf seine Marke an der Tischkante auf, als wollte sie ihn daran erinnern, wer er war und warum er das hier nicht tun sollte; doch er schob die innere Warnung beiseite, schlüpfte aus seinen Schuhen und wand sich aus seiner Hose. Als er nackt vor Mia stand, streckte sie die Hand aus, um seinen Schenkel zu berühren. Sie stand auf und ging um ihn herum, die Finger hinter sich herziehend, so daß sie die ganze Zeit über an seiner Haut blieb. »Oje«, sagte sie leise, als sie wieder vor ihm stand, »wo ist der Fehler?«

Da preßte er sie an sich und stellte sie dabei auf die Zehenspitzen, so daß ihre Schultern und Bäuche und Beine aufeinandertrafen. Er küßte eine Locke, die sich zu ihrem Mundwinkel vorgestohlen hatte, folgte ihr auf die Couch und drang mit Bedacht in sie ein.

Sie sah Cams Schönheit nicht als Ganzes, sondern in Stücken und Ausschnitten wie bei einem langsamen Kameraschwenk. Ihr Blick wanderte vom Rotblond seines dichten Haares zu den Adern unter der weißen, ebenen Haut und von dort zu dem schlichten, festen V, wo sein Schultermuskel mit seinem Bizeps zusammentraf. Sie fuhr mit den Händen über seine Brust und seinen Bauch bis zu dem Punkt, wo ihre Leiber zusammentrafen, und spürte ihn erbeben.

Etwas aus dem Takt, klopften ihre Herzen zwischen ihnen. Cam wußte, daß er sich nicht mehr halten konnte; deshalb vergrub er sein Gesicht an ihrem Hals und zog sich mit der größten Willensanstrengung, die er je in seinem Leben aufgebracht hatte, aus Mia zurück, um sie dann an sich zu pressen.

Zwischen ihnen spürte er den milchigen, klebrigen Fleck, verbindend wie Schuld. »Ich habe nichts dabei«, sagte er zur Erklärung.

Mia nickte. »Das nächste Mal mußt du etwas besorgen!«

Cams Herz machte einen Satz. Sie wollte ihn wiedersehen, es wieder tun. Er rollte sich auf die Seite, hätte sie dabei um ein Haar von der schmalen Couch gestoßen und zog ihren Körper wie eine Decke über seinen. Erst jetzt merkte er, daß Mia weinte. Mit dem Finger wischte er eine Träne weg, die an ihrer Nasenspitze baumelte. »Warum?« fragte er, unschlüssig, ob er die Antwort hören wollte.

Mia schauderte. »Ich habe gerade an meine Eltern gedacht«, flüsterte sie, »und gemerkt, daß ich viel zu lang auf dich warten mußte.«

Cam rutschte unter ihr zur Seite, immer noch voller Angst,

daß sie zerbrechen oder sich beim nächsten Blinzeln in eine kleine Wolke auflösen und verpuffen könnte. Blind tastete er hinter sich auf der Couchlehne herum und bekam schließlich den Basilikumzweig zu fassen. Er steckte ihn hinter Mias Ohr. »Wie war das mit dem Tee?« fragte er und genoß es, wie sie sich, einer Sonnenblume gleich, dem Licht und der Kraft seines Lächelns zuwandte.

8

Im Jahr 1692 wurden in Glencoe, einem Ort keine fünf Meilen von Carrymuir entfernt, achunddreißig MacDonalds von Soldaten der Campbells ermordet, die zwei Wochen lang die Gastfreundschaft des Ortes genossen hatten.

Der Laird der MacDonalds hatte es auf die lange Bank geschoben, Willhelm von Oranien seine Gefolgschaft zuzusichern, und bis fünf Tage über die vorgesehene Frist hinaus gewartet, ehe er ihm die Treue gelobte. Doch er *hatte* sein Wort gegeben; deshalb ahnte der Laird nichts Böses, als ein Trupp von Soldaten aus dem Clan der Campbells nach Glencoe gekommen war und im Namen der Englischen Krone um Quartier bat.

Die Engländer jedoch hatten beschlossen, den Highlandern eine Lektion zu erteilen. Die Campbells, seit Urzeiten mit den MacDonalds verfeindet, waren nur zu gern bereit, Willhelm von Oranien diese Ehre zu erweisen. Nachdem sie ausgiebig in Glencoe Quartier genommen hatten, hatten sie in den frühen Morgenstunden ein Massaker veranstaltet und dabei den Laird der MacDonalds erschossen, seiner Gemahlin die Ringe von den Fingern gerissen und sie nackt im Schnee sterben lassen.

In Glencoe, wie natürlich auch in Carrymuir, galt heute noch die Devise, keinem Campbell über den Weg zu trauen.

Was der Grund dafür war, daß Jamie MacDonald, als er den Namen der für seinen Fall zuständigen Staatsanwältin hörte, erbleichte und seine Knie unter ihm nachgaben.

Audra Campbell, stellvertretende Staatsanwältin, stand vor Martha Sully, der Richterin, die für die erste Anhörung des Falles ›Staat von Massachusetts gegen James Reid MacDonald‹ eingeteilt war, und hielt das Bild eines mondweißen, leblosen Körpers hoch, der das allerletzte war, was Jamie sehen wollte.

»Euer Ehren«, begann sie, »wir haben den Obduktionsbericht der Leiche von Margaret MacDonald; ein unterschriebenes Geständnis des Angeklagten, in dem er seine Schuld an ihrem Tod bezeugt; Polaroidfotos, die nach der Verhaftung des Angeklagten durch Polizeichef Cameron MacDonald aufgenommen wurden und Spuren des Widerstands von Margaret MacDonald gegen ihren Mörder aufzeigen; außerdem verschiedene Beweisstücke, die die Anwesenheit des Angeklagten am Tatort belegen.« Sie zog die Brauen hoch, als wollte sie ausdrücken: *Wären wir nicht alle lieber woanders?*

Nervös rutschte Graham neben Jamie hin und her. Vor ihrer Ankunft im Gericht hatte er seinem Mandanten die Prozedur erläutert; zumindest hatte Jamie verstanden, daß sie keine eigenen Argumente vorbringen würden, weil die einem Kreuzverhör standhalten müßten. *Hier geht es nicht um Schuld oder Unschuld,* hatte Graham gesagt. *Hier wird nur entschieden, ob es einen Prozeß gibt oder nicht.* Und obwohl Jamie das offenbar mitbekam, während er in Grahams engem Honda saß, erklärte es nicht, wieso sein Klient bei einem einzigen Blick auf die Staatsanwältin augenblicklich dahingewelkt war, als erblicke er ein Gespenst.

Audra Campbell war eine Tigerin, eine Staatsanwältin von enormer Kampfeslust, die ihre streng geschnittenen Kostüme und ihr französischer Zopf in keiner Hinsicht weicher wirken ließen. Meist lag ihr nicht viel an den Fällen, die sie in der Region Berkshire bearbeitete, aber sie verlor nicht gern. Sie betrachtete die Angeklagten weniger als Vergewaltiger oder Diebe oder Mörder denn als Gegner, die es zu besiegen und moralisch zu brechen galt.

Sie trat vor den hölzernen Tisch der Anklage und warf einen Blick auf die Zuschauer hinten im Gerichtssaal. »Ich habe einen Zeugen hier, Euer Ehren, der bestätigen kann, daß der Angeklagte am Nachmittag des 19. September 1995 seinen Wagen vor der Polizeistation Wheelock abgestellt und vor der dort versammelten Menge zugab, daß er seine Frau getötet hat. Dieser Zeuge ist der Beamte, der auch die Verhaftung vorgenommen und das Geständnis des Angeklagten aufgenommen hat. Zudem gibt es einen weiteren Zeugen, der bestätigen wird, daß der Angeklagte ihn vor der Polizeistation attackierte und deshalb gewaltsam zurückgehalten werden mußte.«

Sie warf einen kühlen Blick auf Graham MacPhee, der allerdings zu sehr damit beschäftigt war, die versammelten Zuschauer zu betrachten, um ihren Blick aufzufangen. Zandy Monroe, jener Sergeant, der offenbar bereit war auszusagen, daß Jamie ihn angegriffen hatte, saß mit gesenktem Kopf neben Cam, der ihm etwas ins Ohr flüsterte.

Graham fragte sich, ob Cameron MacDonald das wohl fertigbringen würde. Wie konnte ein Mensch nachts noch schlafen, der wahrscheinlich seinen Cousin für den Rest seines Lebens hinter Gitter brachte.

Mr. MacPhee jun. starrte auf den gelben Notizblock, den er zur Vorverhandlung mitgebracht hatte. Von einigen Dreiecken und seinen Initialen abgesehen, hatte er nichts von Belang darauf gekritzelt. Mit Bedacht notierte er nun Cams Namen und unterstrich ihn. Allie war in Cummington, um wichtige Zeugen aufzuspüren; doch Graham wußte, daß die Verteidigungsstrategie bei der Hauptverhandlung zum großen Teil Cam miteinbeziehen mußte. Graham malte sich ein Kreuzverhör aus, bei dem er am Zeugenstand lehnte, so lässig wie irgend möglich, und Cam bat, die komplizierten Familienbande der MacDonalds in Wheelock zu erläutern. Er stellte sich vor, wie er Cam aufforderte, das Motto des Chiefs von Carrymuir zu rezitieren, dieselben Worte, die auch das Stadtsiegel von Wheelock zierten: *Ex uno disce omnes* – von einem schließe auf alle.

Wenn Cam bezeugte, daß sein Cousin ein Mörder war, was würde das über Cam selbst aussagen?

Graham lächelte. Er mußte nur dafür sorgen, daß der Hauptzeuge der Anklage einen Anflug von Unsicherheit zeigte, das mit Jamies Aussage kombinieren, und die Sache war geritzt.

Jetzt fehlten ihm nur noch die rechtlichen Grundlagen für seine Verteidigung.

»Herr Anwalt«, sagte Martha Sully. »Möchten Sie dazu Stellung nehmen?«

Graham merkte, wie Jamie neben ihm steif wurde. Er stand auf, räusperte sich und strich das Brooks-Brothers-Sakko über seinen gebügelten Anzugshosen glatt. »Euer Ehren«, hub er an, »zwar sind einige der von der Anklage erhobenen Vorwürfe zutreffend; doch steht mein Klient auf dem Standpunkt, daß er nicht schuldig ist, und zwar aus folgenden Gründen: Er war von seinem Schmerz derart übermannt, daß er einfach nicht er selbst war. Als Margaret MacDonald starb, war James MacDonald Opfer einer vorübergehenden Unzurechnungsfähigkeit. Wir wären bereit, das bei einer Verhandlung zu bezeugen und auch entsprechende Beweise vorzulegen.«

Er setzte sich abrupt, und Jamie sah zu ihm hinüber, ein schnelles, ironisches Lächeln auf den Lippen. »Na also«, flüsterte Jamie. »Das häßliche Entlein hat sich doch noch in einen Schwan verwandelt.«

Graham zog eine Braue hoch. »Das war noch gar nichts«, murmelte er.

Martha Sully blickte hinab auf die vor ihr versammelten Menschen. Sie setzte ihre Halbbrille auf und begann, etwas in die Akte vor ihr auf dem Richtertisch einzutragen. »Das Gericht befindet, daß das Beweismaterial ausreicht, um diesen Fall einer Jury zur Beratung vorzulegen«, verkündete sie und klappte die Akte zu.

Audra Campbell begann, Unterlagen und Notizbücher in ihre lederne Tasche zu stopfen. Sie stand auf, glättete ihre Rockfalten und kam an das Pult der Verteidigung. »Wir sehen uns noch«, sagte sie zu Graham, dann fixierte sie Jamie, und ein raubtierhaftes Lächeln teilte ihr Gesicht in zwei Hälften. »Mr. MacDonald«, sagte sie, »ich kenne kein Pardon.«

Jamie hielt ihrem Blick stand. »Tja«, erwiderte er gleichmütig, »von einer Campbell hätte ich das auch niemals erwartet.«

Ellen MacDonald hätte Mia nicht einen solchen Schrecken eingejagt, wäre sie gerade mit etwas Unverfänglichem beschäftigt gewesen, wie die Bonsais zu stutzen oder Pflanzschalen zu arrangieren, statt einen Bestellblock mit Cams Namen vollzukritzeln.

»Hallo«, rief Ellen, nur Zentimeter von Mias Schulter entfernt, so daß Mia einen Satz in die Luft machte. Sie sprang hoch, blickte der Besucherin, die sie kurz auf der Beerdigung gesehen hatte, ins Angesicht und stopfte das Papier mit ihren Träumereien in die Gesäßtasche ihrer Jeans.

»Mrs. MacDonald!« Mia versuchte zu lächeln. »Hat Allie Ihnen nicht erzählt, daß sie verreist?«

»Natürlich«, erwiderte Ellen, marschierte zur Kaffeemaschine und schenkte sich die Tasse voll, aus der Allie gewöhnlich trank. »Aber sie hat mir gesagt, Sie würden währenddessen den Laden leiten und daß ich einfach wie üblich vorbeikommen und mir nehmen soll, was ich will.«

Mia starrte sie verständnislos an. *Nehmen, was sie will?*

Ellen spazierte weiter zum Kühlregal und begann, die Kräuter zu befingern, die Allie auf der rechten Seite aufbewahrte. »Frische Zitronenmelisse und getrocknete Linde«, sagte sie eher zu sich selbst als zu Mia. Sie richtete sich auf, die Stirn in Falten gelegt. »Ich weiß, daß sie irgendwo sein müssen. Sie bestellt mir jede Woche, was ich brauche.«

Mia dachte an die letzte Lieferung, die Antonio vorbeigebracht hatte, an die eigenartigen Zweige und Blätter, die sie nicht hatte einordnen können und auf Allies Schreibtisch gelegt hatte. »Ach«, sagte sie, »die meinen Sie.«

Ellen streckte die Hand nach den Pflanzen aus und rieb mit den Fingern darüber, als wollte sie prüfen, wie empfindlich sie waren. »Großartig!« Sie freute sich. »Die hier sollen Wunder wirken, wenn man zur Ruhe kommen möchte.«

Mia blickte auf die unscheinbaren Zweige in Ellens Hand und zog eine Braue hoch. »Ich habe es lieber ein bißchen bunter«, wandte sie ein.

»O nein«, meinte Ellen. »Ich brauche sie als Medizin. Sie werden gekocht. Naturheilkunde.« Sie wedelte mit der Zitronenmelisse durch die Luft, so daß einige der Blütenköpfe zu Boden schaukelten. »Allie ist eine wahre Himmelsbotin, wenn es um ganzheitliche Medizin geht.«

Das hatte Mia nicht anders erwartet. Sie lächelte verlegen, weil sie nicht wußte, ob sie noch irgend etwas tun sollte, etwa Ellen MacDonald einen Teekessel anbieten, in dem sie ihren Aufguß zubereiten konnte, oder die Blätter für sie abzupfen. Ellen sagte nichts weiter, doch sie schien es auch nicht eilig haben, zu gehen.

»Sie sind also Cams Mutter«, sagte Mia und merkte erst, nachdem sie die Worte ausgesprochen hatte, wie vertraulich sie klangen.

»Eben jene«, bestätigte Ellen. Sie faßte tief in eine Tasche und holte ein paar abgeschliffene Steine heraus. »Sie wirken ein bißchen verstimmt, meine Liebe«, sagte sie und schüttelte die Steine dabei in der Hand wie Würfel. Als sie auf den Tisch gefallen waren, begann sie, sie auszusortieren. »Das hier ist Rhodonit, der beruhigt – hier, nehmen Sie ihn –, und dieser Rosenquarz beinhaltet die Liebe; nein, den nicht, das ist ein Karneol, der steht für Sexualität ... Ah!« Triumphierend schwenkte sie einen glatten grünen Stein vor Mia. »Aventurin«, verkündete sie, »für Seelenruhe!«

Mia berührte jeden einzelnen der Steine, die wie bunte Murmeln über Allies Schreibtisch verstreut lagen. »Und das funktioniert wirklich?« fragte sie.

Ellen zuckte mit den Achseln. »Vermutlich hängt das davon ab, wie sehr man es sich wünscht. Als den alten Angus der Schlag traf, ein Jahr nach seiner Ankunft in Amerika, und alle der Meinung waren, er würde in wenigen Tagen sterben, da habe ich ihm Malachite in den Saum seines Krankenhemds genäht. Die sollen Herz und Kreislauf stärken. Und siehe da, am nächsten Morgen ist er auf seinen eigenen Beinen aus dem Krankenhaus marschiert.«

Mia blieb der Mund offen stehen. »Unglaublich!«

Ellen lächelte. »Wahrscheinlich war das weniger auf den Malachit als darauf zurückzuführen, daß er ein MacDonald ist«, gab sie zu. »Die sind zu eigensinnig, um zu sterben, ehe sie es wirklich für richtig halten.«

Mia hörte die Tür in den Angeln quietschen und eilte nach vorne, um einen möglichen Kunden zu bedienen. Über den Arbeitstisch gebeugt, auf dem er sorgfältig zwei Pappteller und Besteck arrangierte, stand Cam. »Hi«, grinste er, als sie in den Verkaufsraum trat. »Da es nur in meinem Interesse liegt, dich bei Kräften zu halten ...«

»Cam«, unterbrach Mia ihn, »rate mal, wer hier ist.«

Ellen trat aus dem Büro, mit wieder zugeknöpftem Mantel und Bündeln borstiger Pflanzen in beiden Händen. »Na so was«, meinte sie fröhlich, »zwei Fliegen mit einer Klappe.«

Cam beugte sich zu seiner Mutter hinab und küßte sie auf die Wange. »Was machst du denn hier?«

»Allie hat mir Lindenblüten besorgt«, sagte sie und streckte Cam die Zweige entgegen, damit er daran roch. »Ich bereite heute ein Schlafmittel zu.«

»Na klar!« Cam lächelte, denn er war zu gut gelaunt, um sich über die Verrücktheiten seiner Mutter zu ärgern. »Irgendwer muß auch das übernehmen.«

Ellen sah auf den Tisch, der so liebevoll für zwei gedeckt war; auf die fettigen Calzones, die Cam gekauft hatte, und die bereits durch den Boden der Papiertüte leckten. Sie sah ihrem Sohn ins Gesicht. »Sag bloß nicht, *du* hättest vergessen, daß Allie weg ist«, mäkelte sie.

»Das ist für Mia«, erwiderte Cam glatt. »Allie hat mich gebeten, sie nicht verhungern zu lassen.«

Einen Moment lang konnte Ellen nicht genau sagen, was los war. Doch dann begriff sie: Cam fieberte; er verbrannte innerlich. Er wirkte nicht krank, doch die Flammen hinter seinen Augen und die von seinem Hals aufsteigende Röte konnte sie jederzeit deuten.

Ellen starrte ihren Sohn an, der eben etwas auswickelte, das wie Parmesan aussah, und dabei ein altes schottisches Wiegenlied pfiff. Dann sah sie Mia an, die ihre Hände nicht ruhig zu halten vermochte. In Ellens Tasche lag noch ein Amethyst, der für Willenskraft stand, und sie spielte mit dem Gedanken, ihn Cam zu geben – doch sie spürte, daß er das selbst entdecken mußte.

Dann dachte sie an Allie, die nicht hier war, um all das mitzubekommen; Allie, die mit gebeugtem Rücken über Ellens Herd stand und Bienenwachs und Wollfett und weiß Gott was mischte. Sie dachte daran, wie sie, Ellen, eine Tinktur zu stark angesetzt hatte und wie Allies Haut, als sie sich die Flüssigkeit gegen Falten ins Gesicht gerieben hatte, grün wurde. Ihr fiel ein, wie Allie in Ellens früherem Hochzeitskleid ausgesehen hatte, wie sie Cams Hand während der Parade der Gratulanten so fest gedrückt hatte, daß sie blaue Flecken darin hinterließ, die erst nach einer Woche wieder verschwanden.

Ellen legte ihre Pflanzen beiseite und knöpfte ihren Mantel auf. Sie nahm auf einem der Arbeitshocker Platz und stützte die Ellbogen vor einem Pappteller auf. »Wie nett«, schmetterte sie, »hoffentlich reicht es auch für drei.«

Das freie Zimmer in Jamies und Maggies Haus war in ein Arbeitszimmer für Jamie umgewandelt worden, komplett mit modernstem Computersystem und VR-Inventar. Vorsichtig trat Allie in den Raum; Computer machten sie nervös. Im Vorjahr hatte sie einen Kurs mitgemacht, bei dem ihr beigebracht worden war, wie Computer ihr Lager überwachen und Rechnungen stellen konnten; doch einige von den Gerätschaften, die in Jamies Arbeitszimmer herumstanden, hatte sie noch nie *gesehen.*

Eigenartige geometrische Muster wirbelten über den Bildschirm, als wäre der Benutzer nur kurz auf die Toilette gegangen und wollte gleich wieder zurück sein. Dies hier war Allie bekannt – die sogenannten Bildschirmschoner oder etwas in der Art; damit sollte Energie gespart werden, wenn der Computer angeschaltet war, aber nicht bedient wurde. Es überraschte Allie, daß Jamie nicht daran gedacht hatte, den Rechner abzuschalten, bevor er mit Maggie aufbrach; dann begriff sie, daß er wahrscheinlich andere Dinge im Kopf gehabt hatte. Trotzdem, die Stromkosten wüchsen in astronomische Höhen, solange Jamie in Wheelock war. Fast schüchtern ließ sich Allie auf dem Drehstuhl nieder und faßte nach dem Ausschaltknopf.

Sobald sie die Hand ausgestreckt hatte, verschwanden die

geometrischen Muster, und ein knallgelber Ball blinkte sie an wie der Blitz einer Kamera. Der Ball schlidderte von links nach rechts und hinterließ eine Schriftzeile. WILLKOMMEN, las Allie. BITTE HANDSCHUHE UND DATENHELM ANLEGEN.

Wie hypnotisiert durch diesen Apparat, der zu wissen schien, wann sie eingetroffen war, faßte Allie nach dem Handschuh. Sie schob ihre Hand hinein und bewegte die Finger, dann starrte sie auf den Kopfschutz neben ihr. Sie hatte keine Ahnung, was ein Datenhelm war; doch nur diesen Gegenstand konnte man als Helm bezeichnen. Zögernd nahm sie ihn und schob ihn über Kopf und Augen.

Sie zuckte zurück. Statt auf einen Computerbildschirm zu starren, befand sie sich nun mitten *darin.* Auf allen Seiten und selbst, wenn sie den Kopf hin und her bewegte, war Allie von einer schlichten Zelle mit grauen Wänden und blauem Teppichboden umgeben, ähnlich dem Wartezimmer eines Arztes. Einige Zentimeter vor ihrem Blick begannen sich Worte zu bilden, die wie Kolibris umherschwebten. *Willkommen im Northrup Architectural Virtual Design System,* las Allie. Sie streckte die Hand aus, und ließ die Buchstaben auf ihr ruhen. Vergnügt stellte sie fest, daß sie Gewicht und Masse besaßen. Dann folgte in kleinerer Schrift: *Produziert und implementiert von Techcellence Inc., Copyright 1993.* Stirnrunzelnd sann Allie darüber nach. Komisch, daß Jamie nicht an neueren Projekten arbeitete ...

Doch bevor sie sich weiter darüber wundern konnte, klappten die Wände um sie herum weg, und sie blickte auf drei schwebende Hologramme: einen Wolkenkratzer, ein Hotel und einen Fahnenmast. Eine körperlose Fernsehansagerstimme erklärte: »Bitte zeigen Sie mit dem Handschuh auf das Projekt, das Sie besichtigen möchten.« Noch während Allie die Hand ausstreckte, benannte die Stimme die einzelnen Wahlmöglichkeiten. »Rystrom Towers«, dröhnte sie. »Das Four Seasons, Toronto ... Carter-S.-Wilder-Grundschule.«

Allie schloß die Finger um den Fahnenmast. »Sie haben die Carter-S.-Wilder-Grundschule gewählt«, meldete die Stimme.

»Wenn Sie mit Ihrer Führung fortfahren möchten, sagen Sie das bitte jetzt.«

Allie räusperte sich und kam sich ein wenig idiotisch vor. »Ich möchte mit meiner Führung fortfahren«, murmelte sie.

Urplötzlich stand sie auf einem rasenbewachsenen Abhang und blickte hinunter zu dem neuen Ziegelbau mit den glänzenden Fahrradständern und den hölzernen Klettergerüsten. Sie spürte den Wind in ihren Haaren, hörte den Lärm spielender Kinder. Verblüfft ging Allie in die Hocke und strich mit der Hand über das Gras. Sie hätte schwören können, in ihrem Handschuh die saftigen Gräser und stacheligen Stoppeln einer frischgemähten Wiese zu spüren. »Jamie«, flüsterte sie, »du bist ein Genie.«

Sie stand auf, ging los und fragte sich, warum sie nicht in den Computer krachte, der genau vor ihr stehen mußte – aber unter ihr befand sich offenbar eine bewegliche Plattform, die ihr ganz entgangen war. Am Schuleingang blieb sie stehen und zog an der schweren Aluminiumtür. Sie schwang bei der ersten Berührung auf, doch da hatte Allie bereits gemerkt, daß ihre Hand, die sich bestimmt nur um leere Luft schloß, auf einen Türgriff und einen Widerstand traf.

In der Aula gab es eine Vitrine mit Preisen und lustige Kindergemälde, deren Ecken sich aufbogen wie Augenwimpern. Allie prüfte gerade das Klebebild eines Künstlers, als die körperlose Stimme sie herumwirbeln ließ. »Bitte wählen Sie die Gestalt aus, die Sie während Ihrer Führung annehmen möchten.« Jetzt tauchten vor ihren Augen verschiedene Figuren auf: eine Frau, ein Kind, ein Mann, ein Junge im Rollstuhl. Nicht sicher, warum sie nach ihrer sexuellen Natur und ihren physischen Möglichkeiten gefragt wurde, deutete Allie auf die ihr am nächsten schwebende Gestalt. »Weiblich«, dröhnte die Stimme. »Erwachsen.«

Das winzige Bild wuchs immer weiter an, bis Allie merkte, daß sie jemandem gegenüberstand. Sie kniff die Augen zusammen und betrachtete aufmerksam das dichte Haar, das arglose Lächeln, das unzweifelhafte Bild von Maggie MacDonald.

»Treten Sie vor«, lud Maggie sie ein, und Allie fragte sich, ob das ihre richtige Stimme war. Sie machte einen Schritt vorwärts, und dann auf Maggies Drängen hin noch einen, bis sie begriff, was Maggies Bild wollte: Allie sollte im wahrsten Sinne des Wortes in sie hineinlaufen. Natürlich, dämmerte es Allie. Auf diese Weise sollte der Computer den Benutzer beziehungsweise sie selbst in der Schule ›sehen‹, so hatte es Jamie gewollt. Allie fiel der Blitz wieder ein, als sie sich vor den Computer gesetzt hatte – es mußte eine eingebaute Kamera gewesen sein, die ihre Gesichtszüge aufgenommen hatte, um sie auf diese einprogrammierte weibliche Gestalt zu übertragen. Auf diese Weise konnte sie während des Rundganges ihre Hand nach irgendwelchen Dingen ausstrecken und würde eine weibliche Hand sehen; und wenn sie in einen Toilettenspiegel schaute, blickte ihr ihr eigenes Gesicht entgegen.

Mit aufgerissenen Augen trat Allie in Maggies Körper, auch wenn das Gefühl, unter der Haut eines anderen Menschen zu stecken und durch geliehene Augen in die Welt zu blicken, sie schaudern ließ. Und sie fragte sich, ob der Kummer, der sie dabei überkam, von Jamie beabsichtigt war, ob sie ihn sich nur einbildete oder ob er ein so wesentlicher Teil von Maggie gewesen war, daß er nun durch die Gänge dieser ungebauten Schule schwebte wie ein unerlöster Geist.

Cam saß im Blumenladen am Arbeitstisch und schaute zu, wie Mia den Draht um die acht Bonsaibäume neu wand. »Sieht aus, als würde das weh tun«, bemerkte er.

Mia lächelte. »Wann bist du denn das letzte Mal mit Kupferdraht umwickelt worden?«

Cam lachte. »*Das* nenne ich eine Idee.«

Es war sein dritter Abend mit Mia. Abgesehen von seiner Mutter, die tags zuvor zu einem so unglücklichen Moment aufgetaucht war, hätte ihn niemand verdächtigt, sich irgendwie ungehörig zu verhalten. Und selbst *sie* hatte keine Beweise. Cam verhielt sich während des Tages so wie immer, ging zur Arbeit, prüfte die Einsatzpläne, das Gerichtsbuch, erledigte sein Pensum. Doch pünktlich um sechs Uhr abends schloß er sein Büro ab und erzählte Hannah, daß er Mia Townsend zum Abendessen ausführen würde. Daß Allie ihn gebeten hätte, sich um sie zu kümmern.

Er war der Meinung, die halbe Wahrheit zu erzählen, wäre auf lange Sicht vielleicht klüger, als direkt zu lügen.

Danach ging er zum Laden, blieb dabei auf einen kurzen Plausch bei den Alten vor dem Café und auf den Stufen vor der Post stehen; schließlich klopfte er an die abgeschlossene Tür. Wenn Mia ihm öffnete, wurden seine Sinne jedesmal von dem frischen, süßen Duft der Blumen überwältigt, die sie den Nachmittag über zu Sträußen gebunden hatte. Jedesmal sah sie vollkommen überrascht aus, ihn zu sehen, zog ihn dann aber ins Innere, schloß die Tür hinter ihm ab und küßte ihn, während ihre Finger die kurzen Muskeln seines Rückens kneteten.

Die erste Nacht würde er zeit seines Lebens nicht in Worte fassen können. Mia zu lieben war ein bißchen, als wäre er eines Morgens aufgewacht und hätte die Farbe Grün entdeckt. Plötzlich sah man sie im Gras, in den Bäumen und auf den Straßenschildern – und faßte es nicht, wie man so viele Jahre seines Lebens ohne diesen Farbton hatte leben können, der der übrigen Welt erst Sinn zu verleihen schien.

Heute abend hatte er ihr beim Arbeiten zugesehen, wohl wissend, wie flink und sanft ihre Hände agieren, formen und gestalten konnten. Sie begann, die Erde rund um die Wurzeln eines chinesischen Wacholders aufzulockern. »Erzähl mir, wie du als Kind warst«, sagte sie. »Ich will wissen, was ich verpaßt habe.«

Cam grinste. »Mit sechs Jahren habe ich den Abfluß in der Dusche neben dem Schlafzimmer meiner Mutter verstopft. Es war so eine Glaskabine, weißt du, und ich dachte, ich könnte mir einen eigenen Swimmingpool für den Winter bauen. Das Wasser drang durch die Decke und hat unten den Eßtisch versenkt.«

»Ah«, sagte Mia, trat hinter ihn und fuhr mit der Hand über seinen Nacken. »Das verrät eine Menge.«

»Ich habe immer Münzen zwischen die schwarzen und weißen Tasten auf dem Klavier gesteckt«, fügte Cam hinzu.

»Bestimmt.« Sie schlang die Arme um ihn.

»Meine Mutter pflegte zu orakeln«, murmelte er, während er Mias Lippen auf seinem Hals spürte, »daß ich mit einem Bein in der Hölle stünde.«

Sie kam wieder nach vorne und setzte sich auf seinen Schoß. Cam spürte die Wärme ihrer Haut durch alle Kleiderschichten. »Und jetzt«, sagte Mia und küßte ihn, »hast du es ganz geschafft.«

Er stand auf und trug sie zum Sofa. Als er seinen Kopf zu ihr herabbeugte, legte sie ihre Hand auf seine Lippen. »Erzähl mir dein größtes Geheimnis«, bettelte sie.

Cam lachte. »Ich wäre gern Reiseschriftsteller geworden«, gestand er, und sein Atem strich warm über ihre Kehle. »Ich wollte nach Yucatan gehen, nach Singapur, nach Culebra und Prag – und der Welt erzählen, was sie alles verpaßt.« Seine Stimme sank zu einem Flüstern herab. »Ich wäre ein guter Schriftsteller geworden«, beteuerte er. »Ganz bestimmt.«

Mia stellte sich Cam auf den Stufen des weißen Tempels in Sagaing vor, an den grauen Fluten des Irawaddy in Burma. Sie sah einen Stift hinter seinem Ohr klemmen und ein Notizbuch in seiner Hosentasche. »Warum bist du keiner geworden?« fragte sie.

»Ich mußte heimkommen«, sagte er. »Als mein Vater starb, sollte ich Clanchef werden. Das geht nicht ohne festen Wohnsitz.«

»Du könntest umsatteln.«

Cam schloß die Augen und stellte sich Mia in weißem Leinen vor, barfuß und sonnenverbrannt an seiner Seite auf einem Katamaran, der sich zwischen Sail Rock, Mustique und den anderen Inseln vor dem Wind hindurchschlängelte. Er zuckte mit den Achseln, schob zur Seite, was nicht sein sollte, und legte einen Finger auf Mias Wange.

»Und was ist *dein* größtes Geheimnis?« wollte er wissen.

Mia blinzelte ihn an. »Ich liebe dich«, sagte sie.

Die Worte betäubten ihn. Es waren schlichte Worte, er hatte gewußt, daß sie kommen würden, und er hatte sie Millionen Male von seiner Frau gehört. Er wußte nicht warum, doch so wie Cams Seele Mia gehörte, so gehörte diese Aussage nur Allie. Er wollte sie nicht aus Mias Mund hören, konnte sie nicht ertragen von ihr; denn sie erinnerte ihn an den kolossalen Preis, den er zahlen, und an die Schmerzen, die er verursachen mußte, um sich zu nehmen, was ihm seiner Meinung nach von Anfang an zustand.

Cam rollte sich von Mia weg und setzte sich auf den Boden. Er stützte den Kopf in die Handwurzeln und atmete tief durch.

Mia huschte in die Sofaecke, und als er sich umdrehte, hatte sie sich zu einem Ball zusammengekauert, als würde sie sich kleiner machen wollen als überhaupt möglich. »Das hätte ich nicht sagen sollen«, murmelte sie und zupfte dabei an der Haut unter den Nägeln. »Es tut mir leid.«

Cam faßte hinter sich und drückte ihre Hand. »Es braucht dir nicht leid zu tun«, beschwichtigte er. Er zögerte und bedachte die Wehrzäune, die sein Geist bereits gegen das Feuer errichtete, das von seinem Bauch aufwärts in seinen Hals kroch. »Ich liebe dich auch«, sagte er.

Mia erstarrte. »Wirklich?«

Cam nickte. Er fühlte sich schwach und wußte nicht, ob das von dem blauen Flieder und den Ringelblumen kam, die in jeder Ecke zu stehen schienen, oder daher, daß er – in einem Augenblick – sich in jemanden verwandelt hatte, den er nicht mehr kannte. »Gott helfe mir«, wiederholte er, »aber ich liebe dich.«

Mia legte ihre Hand, leicht und kühl, in seinen Nacken. »Gott hat nichts damit zu tun«, mahnte sie leise.

Morgens drängten sich im Sunny Side Up, dem Café im Ort, auf ihren festen Stammplätzen die Einheimischen, die dem Koch nur zuzunicken brauchten, um ihre Bestellung aufzugeben. Ab und zu kehrte auch Cam dort ein. Er war selten so hungrig, daß er mehr als einen Kaffee trank, denn Allie bereitete ihm jeden Morgen ein reichhaltiges Frühstück; doch dort erfuhr man, welcher Teenager am ehesten nach der Schulabschlußfeier die Tribüne in Brand setzen würde und wessen Frau in letzter Zeit eine Sonnenbrille trug, um ihr blaues Auge zu verstecken.

Seit Allie fort war, gab es allerdings nur noch kalte Cornflakes zum Frühstück. Darum kehrte Cam in dem Café ein und bestellte sich Rührei mit Speck. Nach zwei Minuten stand sein Frühstück vor ihm, glibberig und übelriechend.

Cam sah zu Vera auf, der Bedienung am Vormittag. »Das ist kaum zu glauben«, sagte er. »Ich habe noch niemanden so schnell Eier braten sehen.«

Geringschätzig winkte sie ab. »Er will Eindruck bei dir schinden«, sagte sie. »Erschrick nicht, wenn noch Schalen drin sind.«

Cam breitete die Papierserviette über seinen Schoß und hob die erste Gabel voll Ei an seinen Mund. Die Eier schwammen in der Tat halb roh im Fett, so wie Allie sie nie im Leben auf den Tisch gebracht hätte. Er nahm seine Kaffeetasse, ließ seinen Blick durch das Restaurant schweifen und versuchte, dem Puzzle von Gesichtern, denen er zunickte und lächelte, die richtigen Namen zuzuordnen. Hinten an der Wand saß Elizabeth Fraser aus der Kinderbücherei mit ihrem drei Wochen alten Baby – Wheelocks jüngstem Bürger. Am Fenster zur Straße saß Joshua Douglas, ein neunjähriger Junge und äußerst wohlerzogen und brav, soweit Cam bekannt war, aber trotzdem sollte er nicht allein im Café frühstücken. Er nahm sich gerade insgeheim vor, einmal bei der Familie Douglas vorbeizuschauen, als der Mann zu seiner Linken sich verabschiedete, seinen Hocker an der Bar verließ und Cam freie Sicht auf Jamie MacDonald eröffnete, der eben seine Zeitung sinken ließ.

Jamie erwiderte ungerührt seinen Blick. »Chief MacDonald«, begrüßte er ihn.

Cam schnaubte und nahm einen Schluck Kaffee.

»Schmeckt's?« fragte Jamie freundlich.

Cam schluckte. »Nicht mehr«, sagte er. Er starrte auf seinen Teller und fragte sich, was ihn eigentlich an Jamie MacDonald so störte. Ständig hatte er mit Kriminellen zu tun, von denen einige wesentlich gefährlicher waren als Jamie; doch dieser Mann machte ihn nervös. Vor allem jetzt, wo die Sache mit Mia angefangen hatte. Cam konnte dem Mann, der vor Gericht stand, weil er seine Frau umgebracht hatte, nicht in die Augen sehen, ohne daß er irgendwie das Gefühl bekam, *er* sollte sich schuldig fühlen.

Wenn Jamie die Wahrheit sagte, dann hatte er etwas getan – das er auf *keinen Fall* tun wollte –, aber worum seine Frau ihn gebeten hatte. Jamie, der Schurke! Wohingegen Cam, der wohlanständige Chief, nicht gegen das ankam, was er *unbedingt* tun wollte: alle Gedanken an seine Frau verdrängen und mit Mia Townsend zusammen sein.

Angewidert von seiner eigenen Heuchelei wie auch von dieser Argumentationskette, die Jamie zu einem wahren Heiligen stempelte, ließ Cam die Gabel auf den Teller fallen. Aus dem Augenwinkel sah er, wie Jamie einen Teil der Zeitung zusammenfaltete und ihm anbot. »Die Sportseiten?«

Cam grunzte und nahm sie. Blind starrte er auf die Statistiken der High-School-Mannschaften in der Umgebung und schob schließlich die Zeitung unter seinen Teller.

Ohne Jamie anzusehen, stemmte er den Kopf auf die geballten Fäuste. »Alles in Ordnung mit Angus?« fragte er.

Er konnte ahnen, wie Jamie langsam den Kopf zu ihm herüberdrehte, nachdem er begriffen hatte, daß Cam soeben den ersten Versuch zu einer zivilisierten Konversation unternommen hatte. Doch bevor Jamie Gelegenheit bekam zu antworten, flog die Tür des Cafés auf und knallte gegen den Rahmen, daß die am Türgriff hängenden Schlittenglocken schepperten. Ein Mann in schwarzem Regenmantel und mit wilden gelben Augen schwenkte eine Beretta.

Er stolperte auf Jamie zu, der sich auf seinen Hocker drückte und erbleichte. Im Hintergrund begann Elizabeth Frasers Baby zu weinen. »James MacDonald«, zischte der Mann, »niemand außer Gott hat das Recht, ein Leben zu nehmen.« Er löste den Sicherungshebel an seiner Kanone.

Cam stand auf und zog blitzschnell seine Pistole aus dem Halfter. »Polizei«, schnarrte er, für den Fall, daß der Wahnsinnige die deutlich sichtbare Marke und Uniform nicht wahrgenommen hatte. »Lassen Sie die Waffe fallen.«

Der Blick des Mannes war starr auf Jamie gerichtet. »Nein«, krächzte er. »Ich bin berufen, dies zu vollbringen.«

Cam warf einen Blick über die Schulter und gab den anderen Gästen ein Zeichen, langsam durch die Tür nach draußen zu verschwinden. »Was zu vollbringen?« fragte er ruhig. »Jamie ans Leben zu gehen? Ich dachte, das stünde allein Gott zu.«

»Ich bin ein *Werkzeug* Gottes«, verkündete der Mann.

»Natürlich«, brummte Cam. Er räusperte sich. »Sie können ihn erschießen«, sagte er, ohne auf Jamies ergebene Miene zu achten, »aber danach sind Sie dran!«

Falls dem Mann diese Konsequenz zu denken gab, ließ er sich das nicht anmerken. Er stürzte auf Jamie los, Bibelsprüche brüllend, die von ›Mörder!‹-Schreien durchsetzt waren. In jenem Sekundenbruchteil, der sich in einem Augenblick der Gefahr so unendlich in die Länge zieht, begriff Cam, daß Jamie nichts zu seiner Verteidigung unternahm. Jamie sah dem Mann ins Gesicht und wartete darauf, daß dieser Wahnsinnige ihn aus nächster Nähe erschoß.

Cam sprang den Mann an, packte sein Handgelenk und riß es nach oben, so daß der Schuß in der Decke landete und der Putz auf Jamie herabregnete. Er rang den Apostel nieder, bog ihm die Arme auf den Rücken, damit er die Handschellen anlegen konnte, und zischte ihm die Belehrung über seine Rechte ins Ohr.

Der Koch trat sichtlich mitgenommen aus seinem Reich und deutete auf die durchlöcherte Decke. »Und wer zahlt mir das?« jammerte er.

»Besprechen Sie das mit dem Bürgermeister«, schlug Cam vor und zerrte seinen Gefangenen auf die Füße. »Mitkommen«, befahl er.

Jamie stand von seinem Hocker auf. Der Mann spitzte die Lippen und spuckte Jamie an, so daß links auf seinem Hals ein Speichelfladen landete. »Ich habe vielleicht ein Leben genommen«, sagte Jamie leise zu dem Mann, »aber das war kaum mehr eines.« Dann sah er zu Cam auf. »Danke!«

Das Mitgefühl, das er eben noch für Jamie MacDonald empfunden hatte, war verflogen; Cam hatte sogar vergessen, daß er sich über der Morgenzeitung zu etwas Konversation mit ihm aufraffen wollte. Er hatte den Moment vergessen, in dem er blitzartig begriff, daß Jamie sich verblüffenderweise über diesen Angriff aus heiterem Himmel zu freuen schien. Plötzlich sah er nur noch das Gedränge vor der Tür und den gesenkten Kopf des schluchzenden Psychopathen. Und er spürte nur noch sein Herz, das Adrenalin durch die Adern pumpte, fast als würde er Mia lieben. Cam sah Jamie wütend an und richtete seinen Zorn auf ein neues Ziel. »Wenn das noch mal vorkommen sollte«, meinte er hitzig, »lasse ich ihn schießen.«

Cam saß in Boxershorts auf dem Sofa im Blumenladen und las eine drei Tage alte Zeitung, die einen Wurzelballen eingehüllt hatte. Mia war losgegangen, um ihnen etwas zu essen zu besorgen – selbst Romeo und Julia hatten ihrer Ansicht nach zwischendurch mal was zu sich genommen. Die erste Seite fehlte, also überflog er die Kurzmeldungen aus aller Welt, jene winzigen Berichtsfetzen, bei denen man sich jedesmal fragte, was alles ausgelassen worden war.

Vor Alaska war ein Öltanker gesunken; die IRA hatte sich zu einer Bombe vor einem Postgebäude in Devonshire bekannt; und auf einem amerikanischen Armeestützpunkt bei Fulda in Deutschland hatte ein GI den Liebhaber seiner Frau geköpft.

Jetzt zog Cam die Zeitung näher. Der Soldat hatte seine Frau als Ehebrecherin verdächtigt, seinem Rivalen den Kopf abgehackt und in einer Plastiktüte neben dem Krankenbett seiner Frau abgestellt. Diese lag gerade in der Klinik, weil es Komplikationen bei ihrer Schwangerschaft gab.

Der Soldat hatte sich widerstandslos festnehmen lassen. Die enthauptete Leiche des Nebenbuhlers war in einer Telefonzelle auf einem Flughafen der Air Force gefunden worden.

Cam stand auf, verließ das Sofa und trat dabei auf die zerknüllte Zeitung, die zu Boden gefallen war. »Scheiße«, murmelte er. »Scheiße!«

Er ging nach hinten und blieb vor dem kleinen Spiegel in der Toilette stehen. An einer Ecke war Glas abgesprungen, und das Licht war trübe, doch Cam konnte ohne weiteres die starren Züge seines Gesichts ausmachen.

Da gab es keinen Kommissar, keinen Clanchef, keinen Ehemann. Er sah keinen Familienvater, keinen guten Bürger, niemanden, der Respekt verdiente.

Wut glühte in seinen Augen, kämpferisch hielt er sich aufrecht, um jeden herauszufordern, der ihn für etwas zu kritisieren wagte, das er ein einziges Mal in seinem ganzen verdammten Leben tun wollte. Er sah die Röte auf seinen Wangen und das Brennen in seinen Augen und erkannte beides als Zeichen von Verliebtheit.

Lieber würde er sich den linken Arm abschneiden lassen, als daß er durch den Vorhang in den Verkaufsraum träte und Mia bäte zu gehen. Er sagte sich, daß er nicht ändern konnte, was bereits geschehen war.

Dann trat Cam aus der Toilette und warf einen Blick auf den Schreibtisch, wo Allie ein gerahmtes Foto aufgestellt hatte, das sie beide in den Sanddünen von Nantucket kniend zeigte. Er nahm das Bild, rieb mit dem Daumen über das Glas und gab sich alle Mühe, seinen Blick nicht auf Allie, sondern nur auf sich selbst zu richten. Stirnrunzelnd stand er über dem Foto. Bildete er sich das nur ein, oder wirkte sein Lächeln gezwungen?

Während der vergangenen drei Tage hatte er nicht an Allie gedacht; das gehörte im Moment nicht her. Aber sie würde heimkommen – er hatte ihr bestimmt nicht weh tun wollen –, trotzdem liebte er Mia und konnte nicht alles haben.

Mia sollte keinesfalls der unausweichlich folgenden Konfrontation ausgesetzt werden. Wie schon einmal stellte er sich vor, mit Mia auf einem Katamaran in der heißen Sonne zu sitzen, und begriff, daß Mia, auch wenn er an diesen Ort und an die Umstände gekettet blieb, frei wie der Wind war.

Genau das machte sie so attraktiv.

Wenn man jemanden liebt, wirklich liebt, muß man ihn dann ziehen lassen?

Ganz unvermittelt fiel Cam Jamie MacDonald ein.

Cam spürte, wie der Raum auf ihn einstürzte, und schleuderte das Bild wieder auf Allies Schreibtisch, so daß das Glas im Rahmen platzte. Er zog seine Hose vom Sofa und stieg hinein, knöpfte sein Hemd zu. Gerade stopfte er es in den Bund, als Mia die Tür öffnete.

Sie brachte den Winter mit herein, in lose wehenden Fäden rings um ihren dünnen Parka. »Ich habe Schinken und Käse«, sagte sie, »und einmal Bolognese.«

»Es geht nicht«, sagte Cam.

Mia ließ die Papiertüte fallen und machte einen Schritt auf ihn zu.

Er hob beide Hände. »Es geht nicht«, wiederholte er mit brechender Stimme. Er ließ nicht zu, daß sie ihn beim Vorbeigehen berührte, doch den Bruchteil einer Bewegung später folgte sie ihm wie ein Schatten, den er unmöglich abschütteln konnte.

Watchell Bud Spitlick und seiner Frau Marie hatte früher *The Pickle Barrel* gehört, ein Ramschladen im Zentrum von Cummington. Als die Spitlicks sich letztes Jahr zur Ruhe setzten, packten sie all ihre Waren ein, um ihr seit fünfundvierzig Jahren ausgeübtes Gewerbe in ihrem Heim weiterzuführen.

Allie saß neben einem riesigen weißen Kühlschrank, der nicht mehr funktionierte, sie aber dennoch mit dicken Lettern aufforderte, *Moxie* zu trinken. In ihrer Linken hielt sie ein beschlagenes Glas Eistee; mit der Rechten streichelte sie eine blinde Tigerkatze, die sich ihren Weg durch den Raum suchte, indem sie gegen die Möbel rumpelte. Watchell lächelte ihr von einem rissigen Ledersessel aus zu; Marie thronte ungezwungen auf einem Stapel Stoffballen.

»Eine beeindruckende Sammlung«, meinte Allie höflich.

»Tja.« Watchell nickte. »Man weiß nie, was die Leute brauchen könnten.« Er strahlte sie an.

Marie tippte ihm aufs Knie. »Bud, Lieber«, sagte sie, »Mrs. MacDonald ist nicht hergekommen, um übers Geschäft zu sprechen.« Sie bedachte Allie mit einem Stirnrunzeln. »Weshalb *sind* Sie eigentlich gekommen, meine Liebe?« Bevor Allie antworten konnte, schlug sich Marie leicht an die Schläfe. »Wie dumm von mir! Sie müssen eine Verwandte von Jamie sein, und er ist nicht zu Hause.« Augenblicklich schoß sie an ein Regal, wo sich Grieß und Gesundheitswässerchen und Pfeifenreiniger stapelten; sie fing an, hinter dem Krimskrams herumzusuchen. »Ich weiß, daß Maggie mir einen Schlüssel gegeben hat; er muß hier irgendwo sein ... Weißt du noch, Bud, als wir letzten Sommer die Blumen für sie gegossen haben ...«

»Mrs. Spitlick«, fiel Allie ihr ins Wort, »um den Schlüssel geht es nicht.« Sie setzte ihren Tee auf einem riesigen Faß ab, das als Kaffeetisch diente. »Ich möchte mich mit Ihnen über Jamie und Maggie unterhalten.«

»Sehr nette junge Leute«, dröhnte Watchell.

»Wir lieben sie wie unsere eigenen Kinder«, ergänzte Marie.

Allie machte den Mund auf, um ihnen die traurige Nachricht zu eröffnen, doch dann verschränkte sie die Hände im Schoß. »Es handelt sich darum ...«, setzte sie vorsichtig an. »Ich bin nämlich eine entfernte Cousine von Jamie und habe ihn seit Jahren nicht gesehen.« Mit ihrem treuherzigsten Lächeln fuhr sie fort: »Wie ist er denn so, inzwischen?«

»Oh!« Marie flatterte zurück zu ihren Stoffballen. »So einen Menschen gibt's kein zweites Mal. Auf Jamies Schultern sitzt ein kluger, ja brillanter Kopf. Arbeitet an Computern oder so, Sie wissen schon, dieses moderne Zeug, mit dem ich leider nichts anfangen kann. Schaufelt den ganzen Winter über unsere Auffahrt frei, nur damit Watchell sich nicht überanstrengt.«

Allie lächelte so strahlend, daß ihr der Mund weh tat. »Und ist er schon lange verheiratet?«

Marie und Watchell tauschten einen Blick aus. »Sie kennen Maggie nicht?« fragte Marie.

Allie schüttelte den Kopf. »Äh – nein! Das ist ein ganz spontaner Besuch.«

Marie spitzte die Lippen. »Ich kenne kein Paar wie die beiden. Man könnte glauben, sie sind an den Hüften zusammengewachsen. Also, ich weiß noch, als Maggie zu ihm gezogen ist –

Jamie war seit ein paar Jahren Junggeselle –, da haben sie sich tagelang im Haus vergraben. Wir beide sahen die Pizza-Lieferanten kommen und gehen, und ab und zu blitzte was oben am Fenster – wenn sie Fangen gespielt haben.« Sie lächelte, und ihre Augen knitterten in den Winkeln. »Ich glaube, keiner hat Jamie gesagt, daß die Flitterwochen so heißen, weil sie nach ein paar Wochen wieder zu Ende sind.«

»Sie kennen die beiden also recht gut?«

»O ja«, bekräftigte Marie.

»Und Jamie liebt Maggie über alles?«

»So etwas habe ich noch nicht erlebt.«

Allie stand auf. »Ich glaube, ich warte in ihrem Haus auf sie«, erklärte sie und vermerkte im Geist die Spitlicks als brauchbare Charakterzeugen.

Watchell schielte aus dem Fenster zu Jamies Haus hinüber. »Warten Sie schon lang?« fragte er. »Irgendwie fällt mir auf, daß da seit ein paar Tagen ein Auto steht.«

»Deshalb wollte ich bei Ihnen nachfragen«, improvisierte Allie. »Jamie muß vergessen haben, daß ich kommen wollte.« Sie merkte, wie die Lügen den Hals unter ihrem Rollkragenpullover mit Röte überzogen.

»Hoffentlich ist nichts passiert«, murmelte Marie. Sie sah ihren Mann an. »Könnte etwas mit Maggie sein?«

Bei diesen Worten erstarrte Allie, die eben dabei war, ihren Mantel überzustreifen. »Wie meinen Sie das?« fragte sie.

»Sie ist schon länger krank«, erläuterte Marie. »*Krebs.*« Sie flüsterte das Wort, als könnte die Krankheit auch in ihrem Haus über die Schwelle kriechen. Sie begleitete Allie zum Ausgang. »Falls ja, dann kommen Sie genau im richtigen Moment«, meinte sie. »Eine Familie ist ein Segen.« Sie drehte sich in Richtung Wohnzimmer um. »Bud«, rief sie, »du bringst Mrs. MacDonald heim!«

»Aber nein, ich bin doch kein Kind«, protestierte Allie.

»Es ist dunkel, und ich dulde keine Widerrede«, erklärte Marie.

Allie wartete, bis Watchell Spitlick den Reißverschluß seiner

Jacke zugezogen hatte und ihr dann seinen Arm bot, um sie über die Betonstufen vor dem Haus zu geleiten. Als Allie die Mitte des Rasens erreicht hatte, fiel ihr auf, daß ihr Begleiter stehengeblieben war. Watchell starrte auf die leere Straße vor Jamies Haus, als sähe er dort etwas Bestimmtes.

»Vor ein paar Monaten«, begann er, und die Worte kamen in runden Kältewölkchen aus seinem Mund, »ging es Maggie plötzlich mitten in der Nacht schlechter. Es war eine Reaktion auf die Medizin, die sie nehmen mußte. Sie schlug sich ihr auf die Lunge, so daß sie nicht mehr atmen konnte. Der Krankenwagen kam, es war wohl gegen zwei Uhr morgens, und als sie Maggie auf dieser Klappbahre herausgetragen haben, blieb Jamie immer neben ihr. Er hatte nicht einen Faden am Leib, aber das schien er überhaupt nicht zu merken. Ich kann das Haus nicht mehr ansehen, ohne dabei an diese roten Blinklichter zu denken und an den splitterfasernackten Jamie, der Maggie küßte, als könnte er sein Leben in sie hineinhauchen.«

Allie öffnete den Mund, um etwas zu sagen, fand aber keine Worte. Watchell begleitete sie durch Jamies Vorgarten. »Da wären wir!« Er wartete, bis Allie die Tür aufgeschlossen hatte. »Rufen Sie auf jeden Fall an, wenn Jamie heimkommt.« Er lächelte. »Wir wollen doch hören, ob alles in Ordnung ist.«

Am Sonntag hatte Cam fest vor, in die Messe zu gehen. Er legte seinen schönsten Anzug samt Krawatte im Tartanmuster an und parkte an einer Stelle, die nicht so weit von der Kirche entfernt war, daß es lächerlich gewirkt hätte. Er unterhielt sich mit seiner Großtante Chloe und half seiner im neunten Monat schwangeren Streifendienstleiterin, den Hügel in der Ortsmitte hinaufzuwatscheln. Jedem, der ihn danach fragte, erklärte er, daß Allie in einer Familienangelegenheit verreist war, ohne näher darauf einzugehen. Als er sah, wie Jamie MacDonald persönlich dem alten Angus die Stufen zur Kirche hinaufhalf, lächelte er sogar.

Er wollte gereinigt werden. Als Kind wurde er immer dazu gezwungen, sonntags in die Messe zu gehen. Die meiste Zeit hatte er dabei an seinen neuen Basketball gedacht oder an das Eishockeymatch drüben auf dem Dundee-Teich, das für mittags vereinbart war; trotzdem hatte er sich beim Verlassen der Kirche jedesmal ein wenig gelöster gefühlt, ein bißchen leichter geatmet. Damals machte er sich noch keine Gedanken über Spiritualität und Religion, sondern nahm die Kirche schlicht als phantastische Maschine wie aus einem Bilderbuch, in die man auf der einen Seite hineinging und auf der anderen vollkommen verändert wieder herauskam – in einer anderen Farbe, einer anderen Form oder mit neuen Ideen im Kopf.

Am vergangenen Samstag war Cam nicht zur Beichte gegangen. Es widerstrebte ihm. Er spürte, daß seine Gefühle für Mia nur schwächer würden, wenn er darüber sprach, daß ihre Farbe und Intensität verblaßten, sobald er das Geschehen in Worte faßte.

Cam trat durch das Hauptportal der Kirche und bekam einen Zettel mit dem Ablauf der Messe in die Hand gedrückt. Doch dann stauten sich die Kirchgänger, die einen Platz in den Kirchenbänken suchten, und Cam ging wieder nach draußen, in der Hoffnung auf ein paar Augenblicke in der kühlen Herbstluft.

Er stand auf der obersten Stufe, die durch jahrelange fromme Benutzung in der Mitte durchgetreten war. Zu seinen Füßen lag seine Stadt. *Seine,* so wie es zuvor die seines Vaters und seines Großvaters gewesen war. Jede Straße in Wheelock und jeden Einwohner kannte er. Er wußte, welcher Ladenbesitzer an der Main Street als erster nach einem Schneesturm den Gehweg freischaufelte – welche Jungs er in den längsten, wärmsten Sommernächten beim Biertrinken hinter der Tribüne an der High-School erwischen würde.

Sein Blick wanderte von links nach rechts, vom Café zur Post und zur Polizeistation, wo Zandy eben die Tür aufschloß. Er blickte zum Fuß der Treppe und entdeckte Mia.

Aha – sie war also katholisch; dieser Gedanke dröhnte dumpf in seinem Kopf. Er kannte ihre Allergie gegen Schokolade, die Kälteempfindlichkeit ihrer Haut und das kleine, rechteckige

Muttermal auf ihrer rechten Hüfte; aber er wußte nichts über ihre Religion. Er hatte nicht einmal eine Ahnung, wo sie geboren war oder wie ihr zweiter Vorname lautete.

Seine gesamte Willenskraft vermochte ihn nicht davon abzuhalten, die Treppe hinabzusteigen.

Bevor er unten ankam, war sie verschwunden. Cam streckte die Hand aus, wohl wissend, daß die Leute ihn beobachteten und zu flüstern begannen. Er faßte nur dünne, kalte Luft. Und dann kehrte er zurück zu seinem Wagen und dachte, daß er eigentlich in der Messe nichts zu suchen hatte.

Mia fühlte sich grauenhaft, daher wußte sie, daß sie verliebt war. Ihr Kopf schwamm, ihre Schultern schmerzten, ihre Haut schien nicht mehr zu passen. Sie brachte Stunden damit zu, Blumenarrangements ohne jeden Farbtupfer zu fertigen. Im Hotel schaltete sie den Fernseher ein und sah sich Wiederholungen von *The Love Boat* an, während Kafka eingerollt auf ihrem Schoß schlummerte.

Sie wünschte, sie wäre nie nach Wheelock gekommen.

Andererseits konnte sie nicht begreifen, daß sie so viele Jahre vergeudet hatte, bevor es sie hierher verschlug.

Doch was sie am meisten an Cameron MacDonald liebte, war nicht sein Aussehen im flackernden Kerzenlicht oder der Anblick seines glatten Haars, wenn es sich mit ihrem verschlang und vermischte. Er zog sie vor allem durch das an, wofür er stand: seine festen Wurzeln, seine Nische, der unangefochtene Respekt. Cams Platz in der Welt war nicht zu erschüttern. Zugegeben, diesen Platz hatten ihm seine Vorfahren bereitet, und er gehörte in ein Leben, das Mia grundsätzlich ausschloß; doch für jemanden, der seit seiner Kindheit nie wirklich ein Zuhause besaß, war eine solche Verbundenheit wie ein in der Ferne schimmernder Hafen.

Jeden seiner Titel sah sie als weiteres Seil, das Cam fest im Boden verankerte: Clanchef, Polizeioberster, Freund, Vertrauter. Man konnte jeden im Ort fragen, wer Cam war, und jeder wußte eine Antwort: *Mein Cousin. Der Laird von Carrymuir. Mein Mann.*

Mia schob Kafka von ihrem Schoß und rollte sich zusammen. Sie schloß die Augen und vergewisserte sich, daß sie Cams Bild noch so vor sich hatte wie vorhin dort in der Kirchentür: mit seinem windzerzausten Haar, der über die Schulter flatternden Krawatte, die Hände an den Seiten zu Fäusten geballt, als könne er tatsächlich gegen seine Gefühle ankämpfen.

Es hatte keinen Sinn, es noch länger hinauszuschieben. Mia stopfte ihre Sachen in den Rucksack und wickelte ihren alten Bonsai in ein Oxford-Shirt mit angeknöpftem Kragen, so daß er oben Luft zum Atmen hatte. Dann schaltete sie den Fernseher aus und das Licht, zog die Jalousien zu, bis es vollkommen dunkel im Zimmer war. Aufmerksam lauschte sie den Geräuschen, die durch den Teppichboden drangen – wie der Hotelportier einen Schlüssel aus einem Fach holte, das Schleifen der schweren Eingangstür, die eben aufging, das Quietschen des ungeölten Rades am Gepäckkarren des Pagen. Sie wartete, bis diese Laute in einem Hintergrundsummen untergegangen waren, damit sie die nur zu ahnenden Geräusche einer plötzlich grau gewordenen Welt wahrnahm. Dann setzte sich Mia an den Tisch, einen Hotelbriefbogen vor sich, den sie kaum sehen konnte, und begann zu schreiben. Als sie das Gefühl hatte, ihm alles gegeben zu haben, was sich in ihrem Herzen auftürmte, versiegelte sie den Umschlag, schnappte sich die Katze und schloß die Tür hinter sich ab.

Zweiter Teil

»Die Sünde wird durch Gnade frecher nur«

Shakespeare, *Timon von Athen*

Hast du gewußt, daß ich ein Bild von dir mit mir herumtrage? Ich habe es nicht selbst aufgenommen; es ist Monate später irgendwie in meinen Besitz gelangt. Du stehst im Hintergrund – jemand hat etwas anderes fotografiert, und du warst zufällig in dem anvisierten Ausschnitt. Du sitzt unter einem Baum, trägst ein riesiges Sweatshirt, und deine Knie sind angezogen, um ein Buch zu halten. Doch du liest nicht, sondern blickst in die Kamera.

Du bist ein bißchen verschwommen auf dem Foto, aber es gefällt mir trotzdem. Du trägst dieses wissende Lächeln auf dem Gesicht, als wäre dir klar, daß du auf einem fremden Foto erscheinst – was für dich nicht die geringste Rolle spielt. Dieses Lächeln – genau das fesselt mich so an diesem Bild. Es umfaßt die verschiedensten Dinge, an die ich denken muß, wenn du mir einfällst. Es zeigt, daß du glücklich bist, du dich konzentrierst, Neugierde verspürst. Vor allem jedoch zeigt es jemanden, den ich geliebt habe.

Ich erinnere mich so gut an dich.

9

Als Allie Pauline Cioffi erzählte, daß Maggie MacDonald gestorben war, kniff Pauline die Augen zusammen, so als könnte sie, indem sie Allie aus ihrem Blickfeld verbannte, auch die Hiobsbotschaft ungeschehen machen. Als sie die Augen wieder aufschlug und Allie immer noch vor ihr stand, grub sie die Zähne in die Unterlippe und nickte knapp, bevor sie sich abwandte. »Tja«, erklärte sie stoisch, »das war zu erwarten.«

Allie ließ sich erst ins Haus führen, ehe sie Pauline berichtete, daß Jamie angeklagt war, seine Frau umgebracht zu haben. Sie rechnete mit einer weiteren Verweigerungsgeste, vielleicht sogar einem Zornesausbruch; doch Pauline zog lediglich ein Paar Socken aus einem Stapel jungfräulich weißer Wäsche und knotete sie zusammen. »Wahrscheinlich«, sagte sie, »mußte auch das so kommen.«

Pauline war Maggies beste Freundin, so stand es wenigstens auf Jamies Liste für Allie. Sie hatten sich bei einem von der Kirche veranstalteten Aerobic-Kurs kennengelernt, während der einzigen drei Stunden in der Woche, die Pauline von ihren Kindern erlöst war. Um diese Entlastung ein wenig zu verlängern, hatte Pauline nach dem Kurs Maggie ins Café eingeladen, und das entwickelte sich zu einer Tradition. Pauline war gebaut wie ein Apfel, und ihr Haus stellte einen Dschungel aus Spielsachen, Stoffwindeln und einzelnen Schuhen dar. Sie bat Allie, in ihrem Gehege Platz zu nehmen, bot ihr jedoch keinen Kaffee an. Statt dessen setzte sie ein feuchtes, klebriges Baby in einen Laufstall, scheuchte das andere Gemüse aus dem Raum und hörte zu, wie Allie ihr die Umstände von Maggies Tod eröffnete.

»Es überrascht Sie nicht, daß Jamie wegen Mordes vor Gericht steht?« fragte Allie. »Haben Sie ihn gut gekannt?«

Pauline zuckte mit den Achseln. »Gut genug, um zu wissen, daß er Maggie töten würde, wenn sie ihn darum bat.«

Allie beugte sich vor. »Sie haben *gewußt,* daß Maggie ihn darum bitten würde?«

Pauline nickte, als wären die Gespräche, die sie damals mit Maggie geführt hatte, nichts weiter gewesen als Unterhaltungen über das Wetter oder Kaffeesorten. Vor Allies Augen begann sich alles zu drehen – was hätte es für Folgen, wenn Pauline als Zeugin aufträte? Würde ihre Geschichte das Geständnis bekräftigen, das Jamie für Cam unterschrieben hatte? Oder würde man sie als Aussage aus zweiter Hand abtun?

»Jamie MacDonald ist ein Segen und ein Fluch«, seufzte Pauline.

Allies Kopf fuhr hoch. »Wie meinen Sie das?« erkundigte sie sich.

»Maggie sagt das ständig ...«, antwortete sie und verbesserte sich »... sagte das ständig.« Im matten Nachmittagslicht konnte Allie den Tränenfilm über Paulines Augen erkennen. »Es tut mir leid. Eigentlich war ich darauf vorbereitet. Ich meine, ich habe gewußt, daß es dazu kommen würde – Maggie und ich haben darüber gesprochen; aber wenn es dann soweit ist, tut es trotzdem weh, egal, wie oft man es sich vergegenwärtigte.« Sie atmete tief durch und sah Allie wieder ins Gesicht. »Sagen Sie mir noch mal, weswegen Sie hier sind«, bat sie. »Ich werde Maggie helfen, soweit das noch geht.«

»Sie haben gesagt, Jamie sei ein Segen und ein Fluch«, wiederholte Allie.

»Ach ja«, nickte Pauline. »Maggie hat ihn mehr geliebt als ihr Leben.« Betroffen hielt sie inne, als ihr aufging, was sie da eben gesagt hatte. »Maggie hat ihn mehr geliebt als ihr Leben«, wiederholte sie dennoch. »Sie hat gewußt, daß Jamie alles für sie tun würde, deshalb hat sie sich gedacht, wenn sie nur genug Druck machte, würde er ihr den fälligen Abschied erleichtern.« Sie sah zu Allie auf. »Haben Sie sie gekannt? Maggie?«

Allie schüttelte den Kopf. »Ich wünsche es nachträglich sehr.«

Pauline trat an den Laufstall und holte ihr kleinstes Kind heraus, ein Mädchen, das an dem Zopf seiner Mutter zu kauen begann wie an einer langen Schnur. »Ich kann Ihnen einfach nicht erklären, wie Maggie war, ohne daß Sie sich Jamie an ihrer Seite vorstellen. Die beiden waren unzertrennlich, Ehrenwort! Aber nicht nur auf Maggies Betreiben. Ich habe immer gesagt, ich würde jederzeit mein Leben mit ihrem tauschen – ihr die ganzen schmutzigen Windeln und die Pausenbrote und die Kindertransporte überlassen, wenn ich dafür einen Mann bekäme, der so an meinen Lippen hängt; aber Maggie hat immer gesagt, das sei längst nicht so angenehm, wie es aussähe. Ich glaube, es hat ihr zu schaffen gemacht, daß Jamie nie loslassen konnte und sie diese enge Bindung nicht so wollte wie er.«

Das Baby hüpfte in ihren Armen. »Sie hat mir gesagt, wenn es andersrum wäre – wenn Jamie Krebs hätte –, dann wäre sie nicht dazu fähig, ihn ... Sie wissen schon. Sie hat gesagt, sie hätte zu viel Angst davor, was danach aus ihr würde. Für Jamie dagegen wäre das anders, der dächte an keine Zukunft, in der sie nicht vorkam.« Pauline sah auf. »Und dann hat Maggie noch gesagt – über ihren Tod –, daß sie keine Wahl mehr hätte. Sie hat gewußt, daß sie Jamie schrecklich ausnutzen würde, aber selbst das war ihr egal, wenn dadurch nur die Schmerzen aufhörten.«

Allie beobachtete, wie Pauline einen Kuß auf das zerzauste Haar ihrer Tochter drückte, und schluckte schwer. Pauline wagte ein kleines Lächeln. »Wie geht es Jamie?«

Allie atmete tief aus. »Er ist wütend. Und frustriert. Einsam. Ich glaube, er fühlt sich allmählich schuldig.«

Pauline nickte. »Genau wie Maggie.« Sie schwenkte ihren freien Arm und schloß mit der Geste das Chaos im Zimmer und all die Meinungsverschiedenheiten ein, die eine Familie ausmachten. »Sie war neidisch auf mich. *Auf mich!* Oft bemerkte sie, ganz egal, was in meiner Ehe passiert, wenigstens ist es ausgewogen zwischen Frank und mir. Aber bei Jamie, egal, wie sehr er sich auch bemüht hat – egal, wieviel er ihr *gegeben* hat –, Maggie fühlte sich danach immer mies und hatte ein schlechtes Gewissen, weil *sie* nicht soviel einbrachte.« Pauline schüttelte den Kopf. »Ich habe ihr gesagt, sie ist verrückt.«

Allie mußte daran denken, wie Jamie Maggies schlaffen Körper in der Kabine seines Wagens umklammert hielt, damit kein anderer sie berührte. Sie dachte daran, wie ihr jedesmal das Herz im Hals zu schlagen begann, wenn sie die Tür zum Revier aufdrückte, um Cam einen unangekündigten Besuch abzustatten, immer in der Hoffnung, er gebe ein Anzeichen der Freude von sich. »Verrückt«, sinnierte Allie. »Das glaube ich nicht.«

Cam fuhr mit heruntergekurbelten Fenstern aus Wheelock hinaus und jagte seinen Wagen über Seitenstraßen, als könnte er seiner Schuld entrinnen. Solange der Wind ihn peitschte und die Kälte Finger und Wangen betäubte, war es leichter, Mia zu vergessen. War es leichter, sich auf Allie zu konzentrieren.

Die Blätter begannen zu fallen – karmesinrot und orange drehten sie wie kleine, steife Ballerinas ihre Pirouetten über die Windschutzscheibe. Bald kam die Zeit des Indian Summer, jene dreiwöchige Spanne im Oktober, wenn jeder, und damit auch sein Bruder, beschloß, die Berkshires zu besuchen, um die Landschaft zu genießen. Einzig in diesem Monat des Jahres war das Wheelock Inn ausgebucht, standen die Menschen im Café bis zur Türe an. Wheelock besaß weder die Eleganz von Great Barrington noch den Charme von Lenox; doch es war einer jener Orte abseits der Route 8, die immer noch malerisch und unberührt wirkten. Der Ruf brachte Probleme mit sich – die Touristen schienen zu glauben, das Ganze sei künstlich entstanden wie etwa die Shaker Town in Pittsfield, weil in einem so niedlichen Dorf unmöglich Menschen leben konnten. Er entsann sich, daß einmal, als er noch ein Kind war, jemand an ihre Haustür geklopft hatte. Höflich hatte seine Mutter den Besucher in seinem perfekten italienischen Anzug und den zweifarbigen Schuhen angelächelt, wie auch die Frau an seinem Arm mit ihrem federgeschmückten Hut und dem Hasenfellmuff. »Wir würden gerne wissen«, hatte der Mann in gequetschtem Long-Island-Akzent gefragt, »ob Sie vielleicht Antiquitäten haben, die Sie gern verkaufen würden?«

Cam lenkte den Wagen an den Straßenrand und ließ die Stirn

aufs Lenkrad sinken. Es ging über seine Vorstellungskraft, wie Hundertschaften von Fremden in einen Ort strömen konnten, der nicht mehr groß genug für Mia, Allie und ihn selbst zu sein schien. Und da zudem dieser verdammte Mordprozeß durch die Zeitungen spukte, würde sich Wheelock garantiert in einen Zirkus verwandeln.

Der Chief stieg aus dem Wagen, knallte die Tür zu und merkte erst, als er sich aufrichtete, daß er immer noch die Ausstaffierung für einen morgendlichen Kirchgang anhatte. Er hakte den Finger in den Knoten, zog daran und lockerte die Krawatte, öffnete auch den obersten Knopf an seinem Hemd. Dann zog er seine Schuhe und Socken aus und stellte beides auf der Motorhaube ab.

Zu Hause ging er ständig barfuß, Allies Warnungen vor zugigen Zimmern oder Erkältungen zum Trotz; doch im Freien hatte er seit sieben Jahren immer Schuhe an. Es war damals Anfang Oktober gewesen, genau wie jetzt, und Allie tauchte mit einem Picknickkorb in seinem Büro auf. »Komm schon«, hatte sie gesagt, »an einem so schönen Tag begeht niemand ein Verbrechen.«

Damals gingen sie seit ein paar Monaten miteinander. Cam hatte Allie recht gern und es sich zur Gewohnheit gemacht, den Sonntagnachmittag Zeitung lesend in Allies Apartment zu verbringen. Ihm war bewußt, daß sie ihn am Altar stehen und ihr einen goldenen Ring anstecken sah, wenn sie ihn anblickte, aber das störte ihn nicht. Heiraten würde er erst dann, wenn es ihm paßte. Man hatte ihn gezwungen, nach Wheelock zurückzukommen und seinem Vater als Polizeichef nachzufolgen; doch niemand würde ihn zwingen können, mit einer Unterschrift den Rest seines Lebens aus der Hand zu geben.

Allie hatte hinter dem Football-Feld an der High-School picknicken wollen – wahrscheinlich aus einer nostalgischen Verklärung ihrer gemeinsamen Wurzeln heraus, vermutete er –, doch Cam blieb unerbittlich: daß er sich nur mittags frei nehmen würde, wenn sie auf den Picknickplatz fuhren. Wie er nicht anders erwartet hatte, erklärte sich Allie einverstanden, und er hatte sie in einem Streifenwagen zum Wee Loch am Nordrand des Ortes gefahren.

Er konnte sich noch entsinnen, daß er zu ihr hinübergesehen hatte, als sie an einer Ampel hielten. Damals wünschte er sich, daß sie zu ihm aufsehen und lächeln würde – insgeheim wollte er es *heraufbeschwören*; doch Allie hatte wie gebannt auf das Armaturenbrett des Wagens gestarrt. Ohne Cam auch nur anzusehen, hatte sie auf einen Knopf gedeutet. »Ist der hier für das Blaulicht?« fragte sie. Sacht fuhr sie mit dem Finger über den Schalter.

Cam lachte und deckte seine Hand über ihre. »Mach schon«, sagte er. »Das ist die Chance deines Lebens.«

Allie schaltete das Blaulicht ein, und sie rasten, allerdings ohne Sirene, zum See. Nachdem Cam im Schatten der Uferbäume angehalten hatte, stellte er den Automatikhebel auf Parken, lehnte sich mit verschränkten Armen zurück und sah Allie an. »Na?«

Allie lächelte. »Ich fühle mich sehr geehrt. Schade, daß ich es hier drinnen nicht sehen konnte.«

Cam grinste. »Du schaust lieber zu, als mittendrin zu stecken?«

»Na ja«, erwiderte Allie, »das hängt von der Situation ab.«

Cam bestand darauf, daß sie ihre Schuhe im Auto ließen – was war ein Picknick mit Schuhen? Er half ihr, die Kühltasche langsam über den Rasen zu tragen, und ließ Allies Füßen dabei Zeit, nach Stacheln und spitzen Steinen zu tasten, die er nicht bemerkte. Allie hatte riesige Stangenbrot-Sandwiches mitgebracht – Parmaschinken auf Baguette, italienische Salami und Provolone, Roastbeef und Boursin. Dazu kam eine Thermoskanne mit Pfirsich-Eistee und eine Schüssel mit rotem Kartoffelsalat. Zum Nachtisch gab es für jeden ein Apfeltörtchen. Allie erklärte ihm, sie hätte alles nur auf eine plötzliche Laune hin zusammengepackt; doch Cam erkannte an der geröteten Haut unter ihren Augen, daß sie dieses Picknick schon länger geplant hatte und nachts aufgeblieben war, um für ihn zu kochen.

Zu seiner Überraschung gefiel ihm dieser Gedanke ausgezeichnet.

Er beobachtete, wie sie auf dem Boden niederkniete, um die Kühltasche zu öffnen. Sie hatte die Hälfte des Inhalts in einem Halbkreis um sich aufgebaut, als sie Cam ansah. »Ich habe die Decke vergessen«, platzte sie heraus, als wäre dies das Schlimmste auf der Welt. »Wie konnte ich bloß diese blöde Decke vergessen!«

Sie sah aus, als würde sie gleich weinen, und das war so etwa das letzte, womit Cam fertig wurde, darum sprang er auf. »Im Auto müßte etwas sein«, tröstete er hastig und lief zur Straße zurück, doch er fand nur Notfallfackeln und einen Ersatzwagenheber. Als er an den See zurückkam, starrte Allie ihn an, die Hände im Schoß, in denen sie immer noch die Apfeltörtchen hielt. Er wollte ihr schon erklären, daß sie sich ohne Decke behelfen mußten, doch das Vertrauen in ihren Augen hielt ihn davon ab. Cam hatte es damals in den Gesichtern fast aller Ortsbewohner vorgefunden, die zur Beerdigung seines Vaters gekommen waren und sich danach blindlings in Cams Obhut begaben. Cam kannte diesen Blick und die Last der Verantwortung, die ihm jedesmal die Brust zerquetschte, wenn er ihm begegnete. Aber bei Allie wirkte das Vertrauen anders. Cam sah sich, wie Allie ihn sah, und zum ersten Mal begriff er, daß es möglich war, für einen anderen Menschen jeden Tag ein Held zu sein.

Er wußte nicht mehr, was er ihr gesagt hatte oder wie es dazu kam, daß er mit dem Knie in einem Törtchen landete, als er Allie in seine Arme zog und mit ihr auf eine Decke fiel, die die Natur für sie bereitgelegt hatte und die in dem strahlenden Gold herbstlicher Ahornblätter leuchtete. Nicht Lust überkam Cam. Es war das Gefühl, daß seine Unbesiegbarkeit dahinschwinden würde, wenn er sie nicht irgendwie konservierte. Und die beste Garantie dafür lag in der Person, die ihm dieses Gefühl vermittelte; daher machte er sie zu einem Teil seiner selbst.

Cam hatte an ihren Kleidern gezerrt, über so einfache Dinge wie Knöpfe verärgert, bis Allie ihn sanft beiseitedrückte und sie selbst öffnete. Als wäre es absolut natürlich, mitten am Tag halbnackt herumzuliegen, hatte sie die Arme nach Cam ausgestreckt, und er war zu ihr herabgesunken, hatte an ihrem Haar gezupft, ihren Rücken in das knisternde Laub gedrückt, ihren Hals mit seinen Küssen verbrannt. Selbst jetzt noch, Jahre später, brauchte er nur die Augen zu schließen und sah Allie mit schweren Lidern vor sich, den Kopf zur Seite gedreht und jene leuchtenden gelben Blätter im Haar, als schiene die Sonne selbst in ihrem Rücken.

Als er in sie drang, war er so davon gebannt, wie warm sie sich anfühlte und wie gut sie zusammenpaßten, daß er weder die Blätter spürte, die von oben auf ihn fielen und an seinen Schultern kitzelten, noch wie Allie sich kurz unter ihm versteifte oder den erstickten Schrei, den sie in seinen Hals drückte. Cam spürte einen vorübergehenden Druck, dann ein Nachgeben; doch er hielt das für eine innere, von ihm aufgebaute Barriere, die schwand, als er den Dingen ihren Lauf ließ.

Erst als er sich auf die Seite rollte und über dem goldenen Laub die zuckerahornroten Schmierer auf ihren Schenkeln sah, begriff er, daß Allie Gordon mit fünfundzwanzig noch Jungfrau gewesen war.

Cam sprang auf und begann sich anzuziehen. Er sagte kein Wort, bis er in Hemd und Hose steckte, Allie hatte sich derweilen zu einem kleinen Ball zusammengerollt, die Hände um die Knie geschlungen, die Kleider schützend um sich gezogen. »Warum hast du mir das nicht gesagt?« wollte er wissen, hoch über ihr stehend.

»Du hast mich nicht gefragt«, wisperte Allie.

Fluchend und das Laub hochkickend stakste Cam in Richtung See davon. Dort blieb er ein paar Minuten, bis er merkte, daß Allie, die sich inzwischen angezogen hatte, hinter ihm stand. »Du bist wütend auf mich«, stellte sie fest.

»Scheiße, ja«, fauchte Cam.

Allie erschauerte ein wenig. »Das ändert doch nichts«, sagte sie. »Wir leben in den Achtzigern. Ich wollte dich nicht in eine Beziehung lotsen. Und wahrscheinlich wäre es sowieso irgendwann passiert.«

»Darum geht es nicht«, brummelte Cam. »Das erste Mal

hätte anders sein sollen. In einem Bett, bei allen Heiligen! Mit Vorsicht!«

Allie strahlte. »Dann bist du gar nicht wütend auf *mich*«, erkannte sie, »sondern auf dich selbst.«

Sie schloß ihn von hinten in die Arme und ließ ihre Wange gegen seinen Rücken sinken. Eine Zeitlang blieben sie so stehen und beobachteten die Blätter, die sich gegenseitig über den See jagten wie Kobolde. Dann löste Cam Allies Hände von seiner Taille und führte sie zum Auto. »Ich hole die Kühltasche«, sagte er, weil er nicht wollte, daß sie dorthin zurückkehrte.

Er überquerte nochmals die Straße, barfuß. Ehe er die Tasche aufhob, kehrte er mit dem Fuß Laub über die Stelle, an der sie gelegen hatten, als wollte er alle Hinweise auf Allies Schmerzen vertuschen. Als er sich umdrehte, sah er Allie vor dem Streifenwagen stehen, die Hände in die Hüften gestemmt. Sie hatte die Zündung und das Blaulicht eingeschaltet, und der kreisende blaue Strahl fing sie alle paar Sekunden ein, ließ sie zu einem stillen, betörenden Engel erstarren.

Shelley Pass, der erste Ort abseits der Route 8 hinter Wheelock, litt unter demselben Los wie sein Nachbarort: ebenfalls eine typisch neuenglische Siedlung, in der schönen Landschaft der Berkshires gelegen und, wenn die Blätter sich bunt färbten, von Touristen überlaufen. Doch besaß er den Vorzug, daß dort der Dichter geboren war, der die Verse über ›Little Boy Blue‹ zu Papier gebracht hatte – weshalb im Ortszentrum, gegenüber der Kirche, eine Statue des faulen, handspannengroßen Schäfers stand, der tief schlafend und mit fest umklammertem Horn hinter einem Heuschober lag. Aus für Cam unerfindlichen Gründen *reisten* tatsächlich Menschen hierher, um diese Statue zu bestaunen und Fotos davon zu machen.

Cam fuhr durch den kleinen Ort, die Schuhe auf dem Beifahrersitz, die nackten Zehen über dem Bremspedal eingerollt, wenn er an eines der verrosteten Stoppschilder kam.

Wonach er suchte, war ihm nicht klar; aber er wußte, daß er nach etwas Ausschau hielt. Er passierte die typischen Marksteine jedes neuenglischen Ortes: Friseur, Feuerwehrhaus, Post. Cam beugte sich vor zur Windschutzscheibe, als könnte er dadurch eine Boutique herbeizaubern. Er würde sein Glück noch fünf Minuten lang versuchen, dann einfach zum nächsten Blumenladen fahren, in dem keine Mia Townsend arbeitete, und Allie ein Dutzend Rosen kaufen.

Aus einer Laune heraus bog er in eine Seitenstraße und sah am Ende einer schmuddeligen Sackgasse ein hübsch gemaltes Schild leuchten. MEENA'S UND HEDDY'S stand darauf in lila Lettern. FEINE KÜNSTE UND ANDERES. Cam mußte lächeln. Was waren wohl unfeine Künste? Schiefe Teppiche und Malereien mit Schlamm?

Als er in den Laden trat, mußte er den Kopf einziehen, um nicht an der niedrigen Decke anzustoßen. Im Verkaufsraum war niemand außer einer kleinen Frau in einem Kaftan, der sie vom Hals bis zu den Füßen einhüllte. »Hallo«, sagte sie. »Kann ich Ihnen behilflich sein?«

Cam grinste sie an. Sie reichte ihm vielleicht bis zur Brust. »Ich suche ein Geschenk für meine Frau«, sagte er. »Darf ich mich mal umsehen?«

Die Frau zuckte mit den Achseln. »Lassen Sie sich Zeit.«

Cam spazierte durch das Gerümpel und mußte daran denken, wie Allie ihm befohlen hatte, sie mit seiner Smith and Wesson zu erschießen, falls sie ihren Laden jemals ›kuschelig und kitschig‹ werden ließ. Er betastete herzförmig geschliffene Steine und handbemalte Kaffeetassen mit getöpferten Eidechsen als Henkel. Es gab eine kleine Sammlung von Pet Rocks – Schmeichelsteinen in Pappkäfigen – und muschelverzierten Lampenschirmen. Er entdeckte Aquarelle von verschiedenen Spanielrassen, Ohrringe aus Sterlingsilber, bestickte Westen. »Suchen Sie was zum Geburtstag?« fragte die Frau.

Cam wirbelte herum. *Nein,* dachte er, *sondern um mein Gewissen zu beruhigen.* »Sie ist Floristin«, sagte er statt dessen. »Haben Sie was in der Richtung?«

Sie führte ihn zu Kränzen aus getrockneten Primeln und Binsenkörbchen mit Efeu; doch diese Sachen hatte Allie selbst im

Laden. Resigniert schüttelte er den Kopf. »Vielen Dank für Ihre Mühe«, setzte er an.

»Warten Sie!« Obwohl sie so klein war, besaß die Frau eine Stimme mit der Autorität eines Rekrutenschleifers. Cam blieb augenblicklich stehen. »Meine Schwester arbeitet hinten an etwas«, erklärte sie. »Vielleicht könnten wir da was arrangieren.«

Sie saß über einen Tisch gebeugt, wo sie akribisch an einem blauen Glasstück herumschnitt. Es war das letzte Puzzlestück in einer atemberaubenden Buntglasscheibe, auf der drei schlanke Narzissen vor einem elektrisierend saphirblauen Hintergrund standen. Die dünnen Stengel waren aus hellem Edelsteingrün, die Blütenmitten feuerrot. Die Narzissen selbst besaßen jene an Silberahorn erinnernde Farbe, die Cam immer mit Allie in Verbindung brachte. Und der Hintergrund schimmerte genauso blau wie Mias Augen.

Er begriff, daß es Buße genug war, wenn er dieses Bild für den Rest seines Lebens im Wohnzimmer aufhängte.

»Ich nehme es«, sagte er, denn er wußte, daß der Preis nichts zur Sache tun würde. Er wartete, bis die Frau ihr Werk in mehrere Schichten Gaze und Stoff gewickelt und es mit einem letzten zärtlichen Streicheln auf den Rücksitz seines Autos bugsiert hatte. Es lag eine gewisse Ironie darin, daß er etwas kaufte, das ihn mit derart leuchtenden Farben an seine Schuld erinnerte. Den ganzen Heimweg über dachte Cam an Blaubeeren und Blut und andere Dinge, die unauswaschbare Flecken hinterlassen – und fragte sich dabei, wie lange es wohl dauerte, eine Seele zu reinigen.

Graham McPhee hatte seinen Schlafrhythmus verloren. Seit seiner Zusage, Jamie MacDonald zu vertreten, schlief er keine Nacht mehr durch. Und seit er bei der Anhörung offiziell auf vorübergehende Unzurechnungsfähigkeit des Angeklagten plädiert hatte, konnte er keine fünf Minuten mehr im Bett liegen, ehe er in kalten Schweiß gebadet aufwachte und sich fragte, ob er seine Verteidigung nicht besser auf Euthanasieargumente begründete.

Er stand in seidenen Boxershorts auf dem Balkon seiner Wohnung und starrte die Sterne an. Das Problem bei einer Verteidigungsbasis auf Euthanasie lag darin, daß er einfach nur gewinnen wollte. Einen Präzedenzfall schaffen wollte er nicht! Und wenn er durch eine unorthodoxe Verteidigungsstrategie einen riesigen Medienzirkus auslöste, wer, zum Teufel, wollte dann vorhersagen, wie das die Jury beeinflussen würde? Ganz zu schweigen davon, daß fortan bis in alle Ewigkeit jeder, der ohne Zeugen einen anderen Mensch tötete, behaupten könnte, das Opfer habe ihn darum gebeten.

Es gab zu viele Stolpersteine bei einer Verteidigung, die sich auf eine Tötung aus Mitleid berief; Stolpersteine, die einen während der Verhandlung zu Fall bringen konnten. Wer hätte zum Beispiel in Maggies Tod einwilligen müssen? Jamie hatte zwar Maggies Erlaubnis, sie zu töten; aber was wäre gewesen, wenn sie im Koma gelegen und ihren Willen nicht hätte kundtun können?

Und wer sagte, daß nur Maggies Einwilligung nötig war? Was war mit ihrer besten Freundin? Ihrer Tante Lou in Chicago? Ihrer ehemaligen Zimmergefährtin im College? Jedem anderen, der eine Rolle in ihrem Leben gespielt hatte und der sie gerne noch etwas länger um sich gehabt hätte?

Und falls man die Einwilligung hatte, mußte sie dann noch bestätigt werden? Von einem Arzt etwa, der erklärte, daß die Krankheit nicht zu heilen war? Welche Krankheiten waren überhaupt eindeutig unheilbar? Jeder kannte irgendeine Geschichte von jemandem, der nach fünfzehn Jahren aus dem Koma erwacht war. Mußte das vorliegende Leiden langwierig sein? Schmerzhaft? Tödlich? Mußte der oder die Betreffende überhaupt krank sein?

Dann war da noch die Tötungsart zu berücksichtigen. Warum war zum Beispiel Ersticken in Ordnung, wenn ein Schuß in den Kopf nicht in Frage kam?

Graham setzte sich in einen kalten Metalliegestuhl und legte die Füße auf das Balkongeländer. Es gab Millionen Sterne da draußen und ebensoviele Facetten bei einer Verteidigung auf

Euthanasie. Man konnte einfach kein Gesetz erlassen oder einen Musterfall schaffen; denn schon der nächste Fall würde aufgrund auch nur leicht verschobener Umstände dagegen verstoßen.

Jamie MacDonald mochte vielleicht nicht geisteskrank wirken, möglicherweise war er nicht einmal vorübergehend unzurechnungsfähig gewesen, als er seine Frau umgebracht hatte; doch diese Tatsache konnte Graham umschiffen. Euthanasie ... Euthanasie war einfach zu unsicher. Er seufzte, stand auf und blickte über die Dächer der Häuser von Wheelock, die von in gleichmäßigen Abständen brennenden Straßenlaternen erhellt wurden. Und er fragte sich, ob Jamie ebenfalls gerade ins Dunkel starrte.

Als Cam am nächsten Tag im Revier erschien, war es bereits später Vormittag. Er schloß sein Büro auf und stellte das Buntglasbild hinter seinem Schreibtisch ab – Allie würde am Nachmittag zurückkommen, und er hatte es für den Fall mitgenommen, daß sie bei ihm hereinschneite, bevor sie nach Hause fuhr. Dann wand er sich aus seiner Jacke und hängte sie ordentlich auf.

Sobald er an seinem Schreibtisch saß, lehnte er sich in seinem Stuhl zurück und ließ seine Gedanken schweifen. Als jemand an die Tür klopfte, zuckte er zusammen. Er brüllte: »Herein«, die Tür schwang auf, und vor ihm stand Hannah, dicht gefolgt von Jamie MacDonald. »Chief«, sagte sie, »es ist Mittag.«

Cam blickte auf die Uhr. Es war genau 11 Uhr 59. Dieser verdammte Jamie; er befolgte Martha Sullys Anweisungen auf die Minute – war noch kein einziges Mal nach 12 Uhr erschienen, um sich bei Cam zu melden. Und es lief jedesmal die gleiche Prozedur ab – Hannah klopfte an seine Tür und schleifte Jamie hinter sich her wie einen unartigen Schulbuben. Dann fragte Jamie ihn, wie es ihm heute ging, worauf Cam grunzte und ihn mit einem Kopfnicken verabschiedete.

»Chief MacDonald«, sagte Jamie freundlich, wobei er im Türrahmen stehenblieb. Er nannte Cam nie anders, und aus irgendeinem Grund hatte die Bezeichnung einen ironischen Beigeschmack. »Wie geht's heute morgen?«

Mit gerunzelter Stirn sah Cam von seinem Schreibtisch auf. »Ich wollte dir dafür danken«, fuhr Jamie ruhig fort, »daß du mir deine Frau geliehen hast.«

Bei diesen Worten erstarrte Cam das Blut in den Adern. Er sah Jamie grimmig an, mit sprühendem Zorn im Blick über die peinliche – wenn auch falsche – Intimität, die diese Bemerkung andeutete. »Geh schon«, forderte er ihn leise auf, die Stimme dünn und scharf wie der Brieföffner, den er unbewußt in die Linke genommen und wie eine Waffe gezückt hatte.

Cam brauchte fast den ganzen Nachmittag, bis er sich wieder beruhigt hatte. Er saß immer noch in seinem dunklen Büro, den Kopf auf dem Schreibtisch, und schöpfte tief und verzweifelt Luft, als Hannah mit der Post hereinkam. »Meine Güte«, sagte sie und trat hinter ihn, um die Vorhänge aufzuziehen und das Fenster einen Spalt weit zu öffnen. »Hier sieht es ja aus wie in einem Mausoleum.« Sie ließ das Päckchen mit Briefumschlägen auf Cams gesenkten Kopf segeln. »Die Telefonrechnung ist auch dabei«, ergänzte sie, bevor sie wieder hinausging. »Einer der Anrufe nach Kanada geht auf mein Konto. Ich habe ihn bereits von meinem Gehalt abgezogen.«

Seufzend sah Cam die Post durch. Werbung, Werbung, eine Anfrage von einem Anwalt, noch mehr Werbung, die Telefonrechnung. Und ein kleinerer Umschlag aus dem Wheelock Inn, der Cams Herz zum Pochen brachte, noch bevor er ihn aufgeschlitzt hatte.

Cameron, schrieb sie, *bitte gib Allie die Schlüssel und sag ihr, daß es mir leid tut. Der Kupferdraht an den Bonsais müßte im Februar endgültig abgenommen werden.*

Ich kann Dir nichts weiter sagen, außer daß ich nicht hierbleibe. Natürlich ist das feige; es tut mir leid.

Noch eines gehört hierher: Ich habe eine ganze Reihe von Männern gern gehabt und mit manchen geschlafen, aber geliebt habe ich nur Dich.

Als Cam ans Ende des Briefes gelangte und die von dem

schweren Stift ins Papier gedrückten Spuren nachfuhr, als könnte er daraus entnehmen, wohin Mia verschwunden war, zitterte er am ganzen Körper. Ohne seinen Mantel anzuziehen, ohne ein Wort zu Hannah zu sagen, rannte er aus dem Büro. Er raste über die Straße zum Wheelock Inn, stürmte durch die Eingangstür und verlangte die Schlüssel zu Mias Zimmer. »Aber Chief ...«, wollte der Portier einwenden, ehe Cam ihm mit erhobener Hand das Wort abschnitt.

Das Zimmer war leer. Es roch nicht nach ihr, sondern nach weißen, frischen Laken und Putzmittel. Die King-James-Bibel lag an ihrem gewohnten Platz auf dem Nachttisch, die Fernbedienung für den Fernseher halb auf der Ablage. Unter den großen Augen des in der Tür wartenden Pagen sank er auf die Knie.

Das kam nur davon, daß er sie aus seinen Gedanken verbannt hatte.

Einen abwegigen, irrationalen Augenblick spielte er mit dem Gedanken, in die Polizeistation zurückzurennen und das Buntglasgemälde zu zerschlagen, als hätte Mias Verschwinden mit der physischen Existenz dieser Scheibe zu tun und als könnte er durch diesen Akt Mia zurückholen.

Cam ließ sich auf die Bettkante sinken und zog seitlich die Knie an: In dieser Haltung hatte Mia drei Nächte lang auf dem Sofa in seinen Armen geschlafen. Er schloß die Augen und versuchte, die winzigen Erhebungen in der Matratze zu spüren, versuchte, sich dem anzuschmiegen, was vielleicht der Abdruck ihres Körpers auf dem Bett war oder auch nicht. Er tat so, als würde er genau dort liegen, wo sie gelegen hatte, und flüsterte sich das ein, bis er wirklich daran glaubte.

Schließlich setzte er sich auf und schwang die Beine über die Bettkante. Er richtete im Spiegel seine Krawatte und warf einen Blick zur Tür, doch der Page war verschwunden. Eilig verließ er das Hotel und überquerte die Straße, als hätte er alles unter Kontrolle. Dann öffnete er die Tür zum Revier.

Allie stand in seinem Büro, die in ein weißes Tuch gewickelte Glasscheibe unterm Arm. Aus ihrem Gesicht strahlte die Freude eines kleinen Kindes, das über ihm unverständliche Dinge noch in Staunen geraten konnte. »Cam«, sagte sie mit leuchtenden Augen, »ist das für mich?«

Sie hängte das Buntglasbild im Schlafzimmer auf, an einem schmiedeeisernen Haken, der einst einem üppigen Immergrün Halt geboten hatte. »Wunderschön«, sagte Allie andächtig. Sie saß im Schneidersitz neben ihm auf dem Bett, hielt ihr Colaglas in der Hand und balancierte ihren Teller auf dem Schoß. Sie hatte darauf bestanden, mit dem Abendessen auf ihn zu warten und es im Schlafzimmer zu servieren, damit sie ihr neues Geschenk betrachten konnte, während die Sonne hindurchleuchtete. »Ich muß wohl öfter wegfahren«, meinte sie.

Cam lächelte in sein Essen. Das Glasgemälde warf eine bunte Lichtpfütze auf die Tagesdecke, genau bis an seinen Fuß. Er zog ihn ein wenig zurück, doch die Farbpfütze wanderte ihm hinterher.

Nachdem sie in der Polizeistation das Glasbild ausgepackt hatte, hatte sie es gegen das helle Nachmittagslicht gehalten und es hin und her gewendet. Immer wieder machte sie neue Versuche, das Blau in dem Bild zu beschreiben – daß die helleren Stellen in jenem blassen Grünblau leuchteten, das man vor Augen hatte, wenn man an den Sommer dachte; daß die dunkleren Scherben sie an einen mondlosen Nachthimmel erinnerten. Schließlich gab sie es auf, die Farben in Worte zu fassen. Es gab Blautöne, die man einfach selbst sehen mußte, entschied sie, und genau darin lag die einmalige Schönheit.

Doch Cam wußte, daß sie sich irrte. Der hellere Blauton war die Farbe von Mias Augen, kurz bevor er sie küßte; der dunklere Ton war die Farbe von Mias Augen, wenn er sich wieder von ihr löste.

Die letzten Sonnenstrahlen brannten durch die Scheibe und ließen sie eigenartig trübe und matt zurück. »Ich werde das Bild immer anschauen«, verkündete Allie. »Vielleicht lasse ich es direkt in ein Fenster einsetzen.«

»Das ist eine Idee!« Cam nickte. Er schaufelte sich eine Gabel Kartoffeln in den Mund und versuchte zu schlucken. Natürlich verhielt er sich unmöglich – nachdem sie beinahe eine Woche weg gewesen war, hätte er sie eigentlich angeregt und interessiert über ihre Reise ausfragen sollen –, doch er konnte Mia einfach nicht aus seinen Gedanken verbannen. Er hatte Angst davor, so als würde er sie dadurch noch weiter wegtreiben, als sie es ohnehin schon war.

Doch er würde sie finden, bevor das eintraf!

»Vielleicht sollte ich Detektivin werden«, meinte Allie leichthin, und Cam blinzelte sie an, als hätte sie eben seine Gedanken gelesen. »Es hat mir gefallen, für Jamie rumzuschnüffeln.« Sie setzte ihren Teller ab und streckte sich. »Ich würde dir ja davon erzählen, aber«, jetzt senkte sie die Stimme, »es ist *geheim.*« Dann lachte sie. »So was wollte ich immer mal sagen. Du weißt schon, wie wenn du bei einem Riesen-Mordprozeß bei den Geschworenen sitzt und niemandem erzählen darfst, was du weißt. Das hier ist fast genauso.«

»Du glaubst also, daß du der Verteidigung helfen kannst?« sagte Cam tonlos.

»Oh, ich glaube, Jamie verläßt das Gericht als freier Mann«, verkündete sie mit unerschütterlicher Überzeugung. »Ich kann dir nicht erzählen, mit wem ich schon alles gesprochen habe«, ergänzte sie beinahe verlegen, »aber in Cummington hält man seine Verhaftung eindeutig für einen Irrtum.«

»Das wird nicht reichen, eine Jury umzustimmen«, wandte Cam ein.

»Nein«, pflichtete Allie ihm bei, »aber wir haben Beweise, die ein ganz anderes Licht auf Jamies Motive werfen.«

»Sein Ziel war es, Maggie zu töten«, beharrte Cam. »Das hat er mir selbst erklärt.«

Allie schnaubte. »Natürlich, wenn du es wörtlich nimmst. Aber was, wenn er in diesem Augenblick nicht er selbst war?« Ihre Augen strahlten auf, und Cam erkannte darin die Narzissen der Buntglasscheibe. »Kannst du dir vorstellen, jemanden so sehr zu lieben, daß du komplett den Verstand verlierst?« Ihre Mundwinkel zuckten. »Ich finde das sehr romantisch.«

Nein, dachte Cam, *es ist die Hölle.* »Ich liebe dich«, sagte er mit belegter Stimme, »aber ich würde dich nicht umbringen.«

Allie starrte ihn an. »Das hätte ich auch nicht erwartet«, antwortete sie nach einer kurzen Pause. Sie schwieg, und als sie wieder sprach, mußte Cam sich vorbeugen, um sie zu verstehen. »Aber du und ich, wir sind auch nicht wie Maggie und Jamie.«

Darauf wußte Cam nichts zu erwidern. Er stellte seinen Teller auf den Teppich, streckte die Arme über den Kopf und ließ sich nach hinten auf das Kissen sinken. »Es geht doch nichts über eine gepflegte Unterhaltung beim Abendessen«, sinnierte er.

Allie grinste. »Worüber willst du denn sprechen?« fragte sie.

Über Mia. Cam dachte an die Notiz in seiner Hosentasche, an die Schlüssel, die er Allie noch geben mußte. Vielleicht würde er es ihr nicht gleich heute abend sagen. Am besten ließ er sie erst einmal richtig ausschlafen, ehe er ihr erzählte, daß ihre neue Mitarbeiterin abschiedslos die Stadt verlassen hatte. Doch dann merkte er, wie er die Schlüssel aus seiner Tasche zog und sich zu Allie herumwälzte. »Mia hat mich gebeten, dir die Schlüssel zu geben«, sagte er. »Sie mußte weg.«

Allie runzelte die Stirn. »Ist irgendwas passiert?«

Ja. »Ich glaube nicht. Irgendeine Familienangelegenheit.«

»Hat sie gesagt, wann sie zurückkommt? Hat sie eine Nummer hinterlassen?«

Cam sackte in sein Kissen. »Eigentlich hat sie überhaupt nichts gesagt.«

Allie legte sich neben ihn und schmiegte ihren Kopf in seine Armbeuge. »Hoffentlich haben wir sie nicht verscheucht«, murmelte sie.

Cam schloß die Augen. Er sah, wie Mias Locken, nachdem er seine Hände darin vergraben hatte, ihr zum Beweis seiner Leidenschaft wirr vom Kopf abstanden.

Allies Finger schlängelten sich zwischen seinen Hemdknöpfen hindurch und begannen, seinen Bauch zu streicheln.

Er stellte sich Mias schmalen Körper vor, feucht und offen über ihm, während ihr Schrei in die Nacht hinaus hallte.

Allie küßte ihn auf die Schulter, und ihr Atem drang in einem heißen Kreis durch den Stoff.

Plötzlich hörte sie ihn gleichmäßig und tief schnaufen. Es gelang ihm sogar, ein leises Schnarchen zu produzieren.

Allie strich mit der Hand über seine Stirn. »Schwere Woche gehabt?« flüsterte sie. Sie küßte ihn auf den Mundwinkel und zog sich vorsichtig von ihm zurück, bis sie auf ihrer Seite des Bettes lag. Cam hielt die Augen geschlossen, doch er spürte, wie Allies Hand sich zwischen ihre Schenkel schob. Das Besteck auf den leeren Tellern begann zu klirren. Cam biß die Zähne zusammen, dachte, daß dies schlimmer war, als mit Allie zu schlafen, und zwang sich, das leise Schaukeln der Matratze zu ertragen, während sie sich selbst gab, was er ihr vorenthielt.

10

Balmoral Beene war nach dem Schloß der englischen Königsfamilie in Aberdeenshire benannt; nicht, weil seine Eltern Schotten oder Engländer oder irgendwann jenseits des Atlantik gewesen waren, sondern schlicht, weil seine Mutter ein Bild auf einer Postkarte gesehen und Gefallen daran gefunden hatte, wie das Wort ihren Mund füllte – einem feuchten, reichhaltigen Kuchen gleich. Eine fast poetische Gerechtigkeit hatte dazu geführt, daß Balmoral Beene im Rolodex des Wheelock Police Department gelandet war: möglicherweise der einzige Ort Amerikas, in dem jeder Einwohner quasi von Geburt an den Namen Balmoral kannte. Aus diesem Grund, oder vielleicht trotzdem, war er dazu übergegangen, sich Bally zu nennen, noch bevor er Privatdetektiv geworden war.

Soweit Cam wußte, hatte die Polizei – also er selbst, sein Vater oder sein Großvater – noch niemals Bally Beenes Hilfe in Anspruch genommen. Natürlich waren sie knapp besetzt, doch wenn in Wheelock tatsächlich einmal ein großer Fall zu lösen war, stand stets ein Bataillon von State Troopers bereit, die ihnen der Staatsanwalt für die Dauer der Ermittlungen zur Verfügung stellte. Nichtsdestotrotz war Ballys Nummer immer noch im Rolodex.

Bally Beene hatte den Anruf persönlich entgegengenommen und sich recht geziert, so als wäre er unglaublich beschäftigt – ehe er einen Termin vereinbarte. Doch als Cam zu der betreffenden Stunde in seinem Büro in Great Barrington erschien, saß Bally gemütlich in seinem Bürostuhl, hatte die Füße auf den Schreibtisch gelegt und feilte sich die Fingernägel. »Hi«, sagte er, als Cam durch die Tür kam, so als würde er ihn schon ewig kennen. »Haben Sie sich schon mal maniküren lassen?«

Cam blieb stehen, ohne die Tür hinter sich zu schließen. »Nein«, sagte er langsam.

»Das ist verdammt noch mal das Entspannendste in der Welt.« Er grinste Cam an. »Wie geht's Ihrem Vater?«

»Er ist tot«, erwiderte Cam.

»Das habe ich gehört«, gab Bally zu.

Was soll die Frage dann? schoß es Cam durch den Kopf. Er sah sich in dem winzigen Raum um, der über einer Bäckerei lag und infolgedessen unwiderstehlich nach Zimt, Fleischtaschen und Schokoladenkuchen roch.

»Die Antwort lautet nein«, sagte Bally. »Man nimmt nicht zu, solange man das Zeug nur einatmet.« Er warf die Pappfeile in einen Mülleimer, auf dem neben einer riesigen grünen 33 Larry Birds lachendes Gesicht prangte. »Kommen Sie rein, machen Sie die Tür zu.« Er deutete auf einen Stuhl vor dem Schreibtisch. »Bleiben Sie ein bißchen.«

Cam versuchte, seine Gedanken wenigstens so weit zu sammeln, daß er professionell klang; denn er wollte diesen Mann damit beauftragen, eine Frau zu finden, die er kaum kannte, aber ohne die er einfach nicht leben konnte. Ballys Lachen riß ihn aus seiner Grübelei. »Sehen Sie sich an«, meinte Bally, »Ihr Dad wäre vor Stolz geplatzt.«

Cam blieb der Mund offen stehen. »Kennen wir uns?« fragte er.

»Nicht wirklich«, antwortete Bally. »Nicht direkt.«

Cam rutschte auf seinem Stuhl nach vorn. »Vielleicht ist dies eine geeignete Gelegenheit, mir zu erklären, wieso Sie im Adreßverzeichnis der Wheelock Police Station stehen. Welche Aufgaben haben Sie früher für uns übernommen?«

»Ich bin Detektiv«, klärte Bally ihn auf, »und habe ermittelt.«

»In welchem Fall?«

Bally kniff die Augen zusammen, dann seufzte er. »Eigentlich gebe ich keine derartigen Informationen weiter; aber nachdem der Knabe, der mich angeheuert hat – Ihr Dad –, tot ist, ist es wohl nicht so schlimm.« Er lächelte zauberhaft und entblößte dabei weiße, regelmäßige Zähne, die in den unzähligen Falten und Furchen seines Gesichts eigenartig fehl am Platz wirkten. »Ich habe Ihnen nachgeforscht.«

Cam blinzelte. »Mir?«

»Ganz recht.«

»Für meinen Vater?« Er nickte. Cam schüttelte den Kopf und versuchte, diese Neuigkeit zu verdauen. »Wieso?«

Bally seufzte. »Nachforschen ist vielleicht nicht das richtige Wort. Ich habe Sie ein wenig im Auge behalten. Während Sie durch die Welt gezogen sind.« Er grinste. »Bin allerdings nie selbst nach Paris oder gar Nepal gekommen. Scheiße, ich war noch nicht mal in Kalifornien!«

»Mein Vater hat Sie dafür bezahlt, daß Sie mir folgen?«

»Ich bin Ihnen nicht wirklich gefolgt«, schränkte er ein. »Nur von hier aus habe ich Sie im Visier behalten. Mit einem Computer und einer Telefonleitung läßt sich so einiges anstellen. Ich konnte nachvollziehen, woher Sie Ihr Geld bekommen haben, wer es Ihnen gegeben hat, in welchen Wohnungen Sie übernachteten.« Bally hielt inne. »Nicht, daß er Ihnen mißtraut hätte«, ergänzte er dann. »Er wollte nur sichergehen, daß Ihnen nichts passiert.«

Cam starrte auf seine Hände, die er in seinem Schoß zu Fäusten geballt hatte. Er fragte sich, ob seine Mutter davon wußte. Welche Charakterschwächen hatte ihm sein Vater wohl zugetraut, daß er annahm, ihn kontrollieren zu müssen?

Er war keineswegs überzeugt, daß Bally Beene der richtige Mann war, Mia zu finden.

Schon wollte er aufstehen und gehen, als Ballys Stimme wieder losdröhnte: »Bevor Sie sagen, daß es ein Fehler war, herzukommen, möchte ich Sie daran erinnern, wie vertrauenswürdig ich bin. Schließlich ist es jetzt fünfzehn Jahre her, daß ich angefangen habe, Sie zu beobachten, und *Sie* haben nichts davon gemerkt.«

Cam zwang sich, locker zu bleiben. Er atmete tief ein, Anis, frische Hefe und Zuckerguß. »Ich muß eine verschwundene Person finden«, erklärte er. »Das hat nichts mit meiner Polizeiarbeit zu tun.«

»Eine persönliche Angelegenheit«, sagte Bally, zückte einen Stift aus seiner Hemdtasche und begann, etwas auf die Rückseite einer *Dunkin' Donuts*-Serviette zu kritzeln.

»Sehr persönlich«, bekräftigte Cam.

»Hat sie Sie bestohlen?«

»Nein«, antwortete Cam und stutzte. »Woher wissen Sie, daß es sich um eine Sie handelt?«

»Ich habe geraten«, sagte Bally, ohne aufzusehen.

Während der nächsten Stunde beantwortete Cam so viele Fragen über Mia, daß sie vor seinen Augen Gestalt anzunehmen begann, fast als kauere sie vor ihm auf dem Schreibtisch. Er starrte auf das V ihrer blassen Haut, das sich über ihrem Baumwollsweater erhob, auf den gertengleichen Schwung ihres Halses.

»Kein Bild?«

»Keins, an dem Sie sich orientieren könnten«, murmelte Cam, und nun sah Bally ihn neugierig an. »Vergessen Sie das«, sagte der Chief schnell.

Bally wollte ihm nichts versprechen, doch er versicherte ihm, sein Bestes zu tun. Irgendeine Spur würde sie bestimmt hinterlassen haben – Rechnungen, Arbeitsverträge, Führerschein –, und da sie nicht wirklich weggelaufen war, würde sie sich kaum die Mühe machen, ihren Namen zu ändern. Er sagte, er würde Cam anrufen, nicht zu Hause natürlich, und sich als Albert Prince melden.

»Prince Albert? Wie der Gemahl von Königin Victoria?« Cam lachte.

Bally zuckte mit den Achseln. »Na«, sagte er, »egal!«

Er begleitete Cam die drei Schritte zur Tür und riet ihm, vor der Heimfahrt unbedingt die Napoleons aus der Bäckerei unten zu probieren. »Komisch«, sagte Bally, wie um ihre Unterredung zu einem Abschluß zu bringen. »Es dreht sich doch alles im Kreis. Bei dem ersten Fall, den ich für Ihren Vater übernommen habe, ging es auch um eine Frau, die ihm davongelaufen war.«

»Eine Polizeisache?« Cam knöpfte sich den Mantel zu.

»Eine persönliche Angelegenheit. Wie haben Sie noch gesagt? Ach ja – *sehr* persönlich.«

Cam sah auf. Das Bild, das er von seinem Vater hatte, zerbröckelte in lauter winzige Einzelteile. Der Mann hatte ihn quer durch Europa, Afrika und Rußland beschatten lassen. Der Mann hatte etwas mit einer Frau zu tun gehabt, die ihm davongelaufen war.

»Haben Sie sie gefunden?«

Bally lachte. »Glauben Sie, Ihr Dad hätte mich andernfalls ein zweites Mal beauftragt? Natürlich habe ich sie gefunden.«

Cam starrte Bally an. Natürlich wußte Bally nicht, wie Ian MacDonald dann weiter vor gegangen war, nachdem er ihm die Adresse dieser Frau ausgehändigt hatte. Brachte sein Vater sie irgendwo unter, weit weg von dem Haus, in dem Cam aufgewachsen war? Hatte er nur existiert, wenn er bei Cam und seiner Mutter zu Hause war, und war erst mit einer anderen zum Leben erwacht?

»Es würde mich interessieren, ob er die Verbindung mit ihr aufrechterhalten hat«, meinte Cam ruhig.

Bally zog die Brauen hoch. »Das will ich doch meinen«, sagte er. »Sie ist Ihre Mutter.«

Der Außenkamin des Hauses, in dem Cam aufwuchs, war von unten bis oben mit Efeu überwuchert und schon aus weiter Ferne so eindeutig auszumachen, daß Cam als Kind geglaubt hatte, er sei ein pelziges Schlaftier. Er fand Ellen im Garten hinter dem Haus, vor dem Kaminfundament, in den Händen zwei L-förmige, teure Kupferruten, die sie langsam in Richtung Rasen schwingen ließ. «Brauchst du einen neuen Brunnen?« Cam war in der Schiebetür stehen geblieben.

»Ich richte mein inneres Auge aus«, rief Ellen ihm zu. Seit dem Tod von Cams Vater hatte sie angefangen, mit der Wünschelrute umzugehen, war dann der amerikanischen Rutengängergesellschaft beigetreten und schließlich so gut geworden, daß sie vor mehreren Jahren zur Rutengängerin des Jahres gekürt wurde, nachdem sie über einer Karte exakt ein Raketenlager der bosnischen Serben ausgependelt hatte. Inzwischen betrieb sie das Rutengehen als Hobby, suchte für Menschen, die in

Wheelock Bauland erwerben wollten, nach Wasseradern, bestimmte das Geschlecht ungeborener Kinder, suchte nach verlorengegangenen alten Schmuckstücken. »Ich glaube, in der Nordwestecke ist irgendwo ein elektromagnetisches Feld, das Pepper aus der Ruhe bringt.«

Pepper war der vierzehn Jahre alte Cairnterrier, der sich weder durch Türklingeln noch Explosionen in der Pfanne oder irgend etwas sonst aus der Ruhe bringen ließ. »Woher weißt du, daß es ihm zu schaffen macht?«

Ellen lächelte ihren Sohn über die Schulter weg an. »Er ist nicht mehr wie früher«, rief sie ihm zu.

Cam verdrehte die Augen und spazierte nun gemächlich hinterher, um seiner Mutter bei ihrer Arbeit zuzusehen. Sie hielt die Kupferruten in Bauchhöhe vor sich wie ein Paar Revolver und senkte in periodischen Abständen die Lider, wenn die eine Rute auf die andere zu zuckte. »Cam«, schalt Ellen ihn, »du machst mir alles kaputt.«

»Weil ich es für Blödsinn halte?«

Ellen seufzte und nahm beide Ruten in eine Hand. »Weil du zuviel Energie ausstrahlst. Wenn du so nah bei mir bist, kann ich kein anderes Feld mehr spüren.«

Er verschränkte die Arme vor der Brust; nicht zum ersten Mal sah Ellen MacDonald zu ihrem Sohn auf, um an den Tag zu denken, als sie ihm den Hintern versohlen wollte und feststellen mußte, daß er einen Kopf größer war als sie. »Was ist mit dir los?«

»Sag du es mir doch. Du hast hier den sechsten Sinn.«

Ellen schmunzelte. »Das ist keine große Kunst. Jeder Halbidiot merkt, wann du wütend bist, Cam. Dann umgibt dich eine dicke schwarze Wolke.«

Unwillkürlich drehte Cam sich um, wandte sich aber gleich wieder dem reizenden Rhythmus zu, in dem seine Mutter lachte. *Warum war sie weggelaufen?*

»Ich habe heute was Interessantes erfahren«, begann er, »während ich mich mit einem Mann namens Balmoral Beene unterhielt.«

»Ach wirklich?« Ellen war auf dem Weg zurück zum Haus. »Möchtest du mit mir essen?«

Cam folgte ihr hinein. »Mom«, sagte er. »Weißt du, wer das ist?«

»Natürlich, Cam.« Ellen zog flink eine Dose Thunfisch vom Regal und öffnete sie für Pepper, der verrückter nach Thunfisch war als jede Katze, die Cam je erlebt hatte. »Ein Privatdetektiv, den dein Vater ab und zu engagierte. Ist im Revier irgendwas los?«

Cam erstarrte, denn er begriff zu spät, daß ihn seine Mutter natürlich fragen würde, wozu er einen Privatdetektiv brauchte, wenn er Ballys Namen erwähnte. »Ein Fall«, meinte er teilnahmslos. »Bally hat mir erzählt, daß Dad ihn engagierte, um mir während meiner Reisen nachzuspionieren.«

»Ja, das stimmt«, bestätigte sie. »Ich wollte das.«

Cam beugte sich vor. »*Du* wolltest das?«

»Natürlich«, erklärte sie locker. »Ich wollte sichergehen, daß dir nichts passiert.«

»Ich war zwanzig«, entrüstete Cam sich, »und kein Kind mehr!«

Ellen zog die Achseln hoch. »Du wirst *immer* mein Kind bleiben.« Sie öffnete den Kühlschrank und zog eine Tupperware-Schüssel mit etwas Dickem, Braunem heraus. Dann kippte sie die Masse auf einen Teller und ging damit zur Mikrowelle. »Du willst ganz bestimmt nichts? Stroganoff. Mit Tofu.«

»Wieso bist du weggelaufen?« platzte Cam heraus.

Abrupt ließ Ellen den Teller heruntersinken, so daß er auf die Platte schepperte. Kleine Soßenspritzer landeten auf ihrer Bluse. »Wer hat dir das erzählt?« fragte sie.

»Bally«, setzte Cam nach. »Er hat gesagt, das war der erste Fall, den er für Dad übernommen hat.«

Sie schob den Teller in die Mikrowelle und begann, den Tisch zu decken. Mit langsamen, anmutigen Bewegungen zog sie zwei Tellersets von einem Halter auf der Küchentheke und legte sie exakt vor den beiden Stühlen auf den Tisch. Dann folgten Servietten, Gabeln, Messer. Soeben hatte sie zwei Weinkelche von einem Bord genommen, als sie sich zu Cam umdrehte. »Also«, erklärte sie, »zuerst einmal bin ich in Wahrheit zweiundfünfzig, nicht dreiundfünfzig.«

Cam blieb der Mund offen stehen. »Meinst du, es bedeutet mir irgendwas, daß du dein wahres Alter verschweigst?« fuhr er sie an. »Ich mußte heute morgen erfahren, daß meine Eltern mir nicht vertraut haben, und damit nicht genug – es sieht für mich noch dazu so aus, als wärst du vielleicht gezwungen worden, Dad zu heiraten ...«

»Cam«, unterbrach Ellen ihn ruhig. »Denk doch mal nach. Glaubst du wirklich, daß ich deinen Vater nicht heiraten wollte?«

Cam versuchte sich daran zu erinnern, wie seine Eltern miteinander umgegangen waren, und sofort fiel ihm ein, wie er einst als Fünfjähriger aus einem Alptraum aufgewacht und mitten in der Nacht in ihr Schlafzimmer gewandert war. Selbst im Dunkeln hatte er den Haufen im Bett sehen können, der sich stöhnend wälzte. Zu Tode erschrocken glaubte er, seine Mutter schreien zu hören, und in diesem Augenblick begriff er, daß dieses gräßliche Ding seine Eltern bei lebendigem Leibe auffressen wollte.

Er schlich sich an die Bettkante und war schon kurz davor, aus vollem Halse loszuschreien, als er seinen Vater unter der Decke fand. Es war ein Spiel! Eine Minute lang schaute er zu, dann tippte er auf irgendeinen Körperteil unter der Decke. »Kann ich mitspielen?« fragte er und wunderte sich, warum seine Eltern zwar loslachten, ihn aber nicht mitmachen ließen.

»Hör mal zu«, sagte Ellen. »Warum, um Gottes willen, sollte ich herumlaufen und mir freiwillig ein Jahr mehr aufbuckeln?« Sie setzte sich auf den Stuhl, auf dem sie saß, seit Cam denken konnte. »Und falls du jemals mit dem Gedanken spielen solltest, mir ein Enkelkind zu schenken, wirst du bald merken, daß ein Kind, das zwei Monate zu früh geboren wird, niemals zehn Pfund wiegen kann.«

Cams Hände sanken herab. »Du bist weggelaufen, weil du *schwanger* geworden bist?« fragte er.

»Ich bin weggelaufen, weil ich schwanger geworden bin und

weil dein Vater geglaubt hat, ich sei achtzehn«, antwortete Ellen. »Er war elf Jahre älter; ich habe mir damals nicht vorstellen können, daß es ihm gefallen würde, an jemanden wie mich gekettet zu sein, ganz egal, wie gut ihm meine Gesellschaft gefallen hat. Und wir sprechen hier über das Jahr 1959, wo selbst weniger anständige Männer als Ian immer noch ehrenvoll handelten. Also wollte ich ihm den Ärger ersparen. Nur hat er mich gefunden – dank Bally Beene. An meinem siebzehnten Geburtstag haben wir geheiratet. In Maryland, wo ich mich ein Jahr älter machen konnte und wir keine Einwilligung von meinen Eltern brauchten.«

Cam sah seine Mutter in einem ganz neuen Licht. »Und Dad war das egal?« fragte er.

»Oh«, widersprach Ellen, »das war es keineswegs. Ich bedeutete ihm etwas, und du ebenfalls, so klein du in diesem Augenblick auch noch warst. Nach der Hochzeit hat er eine Woche lang nicht mit mir gesprochen, weil ich so dumm gewesen war, mich ihm nicht anzuvertrauen.«

Die Mikrowelle piepte. Cam ging hin, holte den dampfenden Teller heraus und stellte ihn vor seine Mutter. »Du warst ja eine richtig heiße Nummer«, grinste er.

Ellen spießte ein Tofustück auf und pustete, um es abzukühlen. »Erzählst du mir, wieso du bei Bally warst?«

Immer noch lächelnd schüttelte Cam den Kopf. »Du wirst dich wohl aufs Revier bemühen und es über den Akten auspendeln müssen«, sagte er. »Es ist vertraulich.«

»Ich habe einen Chief geheiratet und einen zweiten geboren«, erwiderte Ellen. »Komm mir nicht mit diesem Quatsch.«

»Irgendwelches Zeug«, wich Cam aus.

»Solange es nur nichts mit Jamie zu tun hat«, mahnte Ellen. »Der hat schon genug Probleme.«

»Schmutzige Sachen über einen Mörder auszubuddeln ist nicht mein Job«, sagte Cam. »Das überlasse ich dem Staatsanwalt.«

»Er hat sie aus Mitleid getötet«, korrigierte Ellen, »und ist kein Mörder.«

»Siebzehn, achtzehn«, murmelte Cam, »das ist eine Frage der Semantik.«

Ellen funkelte ihn an.

»Tut mir leid«, sagte Cam.

Sie stand auf und begann, in der Küche herumzulaufen, ihren Teller und das Besteck vorzuwaschen und es in die Geschirrspülmaschine zu stellen. Auch das leise Klatschen ihrer Schlappen auf dem weißen Boden klang vertraut, und Cam begann sich an diesen Raum als einen Ort der Musik und des Lichts zu erinnern, wo an einem verregneten Samstagmorgen die Waffeln im Eisen verbrannten, während er zu dem improvisierten Tänzchen seiner Eltern rund um den Küchentisch den Takt klatschte. Selbst wenn das Radio aus war, kam er oft in die Küche seines Elternhauses und spürte deutlich die dortige Vitalität. Cam merkte, daß er die Küche in seinem eigenen Haus anders empfand; die war kein Herz, das die anderen Räume mit Leben versorgte. Wenn er und Allie gemeinsam in der Küche waren – Gemüse schnitten, Kaffee kochten oder auch aßen –, nahm er vor allem die Stille wahr.

»Ist Allie schon wieder zurück?« Cam nickte. Seine Mutter hatte ihm den Rücken zugedreht, was sie durchaus nicht daran hinderte, Cam wahrzunehmen. »Das ist doch bestimmt schön für dich.«

»War es auch«, brummte er. »Ist es auch.« Er ging zurück zum Tisch, um das unberührte Gedeck abzuräumen, das seine Mutter offenbar für ihn bereitgelegt hatte.

»Ach«, sagte Ellen, über das Spülbecken mit laufendem Wasser gebeugt, »kannst ruhig alles stehen lassen.«

»Ich habe dir doch gesagt, daß ich nichts möchte«, wehrte Cam sich. »Du hättest nicht für mich decken müssen.«

Ellen drehte das Wasser ab und trocknete sich die Hände am Geschirrtuch. »Das ist nicht für dich.« Röte stahl sich über ihren Nasenrücken auf die Wangen und löschte dabei die Falten und die Vergangenheit aus, bis Cam ganz deutlich das siebzehnjährige Mädchen erkannte. »Das ist für deinen Vater.«

Cam schreckte zusammen. »Für Dad?« Er blickte auf die

kupfernen Wünschelruten seiner Mutter, die wieder sorgsam verpackt in ihrem gepolsterten Holzkasten lagen. Interesse für spirituelle Phänomene war das eine; Channeling etwas anderes. Er machte den Mund auf, um ihr zu erklären, daß sie sich nicht allzu große Hoffnungen machen sollte.

»Es ist nicht so, wie du glaubst«, kam Ellen ihm zuvor. »Ich habe mir nur gedacht, falls er vorhat, irgendwann mal vorbeizuschauen, dann kommt er wahrscheinlich direkt zu mir, und sicher während des Essens. Ich tippe auf einen Donnerstag, wenn es Hähnchenpastete gibt.«

Cam betastete den Rand des Tellersets und stellte sich vor, wie der kräftige Körper seines Vaters den Raum um diesen Stuhl ausfüllte. Er mußte daran denken, wie der Senior alles gesalzen hatte, ohne es erst zu probieren; schließlich briet seine Mutter eines Tages ein Hähnchen mit einer ganzen Schachtel Morton's Salz, um ihm eine Lektion zu erteilen. Er mußte daran denken, wie Ellen ihrem Mann Gemüse auf den Teller gegeben hatte und eine Dampfwolke ihre Haarspitzen ringelte, während Ian eine Hand um ihre Hüfte legte und sie an sich zog.

»War er schon da?« hörte Cam sich fragen.

»Nicht, soweit ich weiß«, gab Ellen zu. Sie trat neben den Sohn und legte ihre Hände auf seine, über dem Fransenrand der Tellerunterlage. Im Glanz des Porzellans meinte Cam ihre beiden Gesichter zu sehen und die leichte, Hoffnung verratende Verzerrung. »Aber das heißt nicht, daß er nicht unterwegs ist.«

Graham öffnete das Päckchen, während Jamie in seinem Büro saß. Es war zerknüllt und angerissen eingetroffen. Jamie vergrub sich nervös zwischen den Armlehnen seines Stuhles, während Graham das vergilbte Klebeband und das braune Packpapier attackierte. »Sie glauben nicht, daß es eine Bombe ist, oder?« fragte Jamie.

»Es macht kein Geräusch«, sagte Graham, obwohl allein die Vorstellung – eine *Bombe,* die an ihn für einen Klienten geschickt wurde – so unglaublich dramatisch war, daß er unwillkürlich ein paar Sekunden lang darin schwelgte. Grunzend riß er die letzte Papierschicht auf, und eine ganz gewöhnliche Bibel kam zum Vorschein, wie man sie in einem Hotelzimmer findet. Er überreichte sie Jamie.

Während er sie über den Tisch hielt, fiel zwischen Umschlag und Vorsatzblatt ein Zettel heraus. Jamie faltete ihn auf und las ihn laut vor.

Bereuen Sie, stand darauf. *Unser liebender Gott wird Ihnen vergeben. Denken Sie an Jesaja 1.18: »Kommt zu mir, laßt uns gemeinsam bedenken, spricht der Herr: und seien eure Sünden wie Scharlach, so sollen sie weiß wie Schnee sein; und seien sie rot wie Blut, so seien sie wie Wolle.« Ich weiß, daß Sie während der Verhandlung um Vergebung beten werden. Möge diese Bibel Ihre Erlösung einleiten!«*

Jamie knüllte den Zettel in der Faust zusammen. »Ich habe Gott nicht vergeben, daß er Maggie hat krank werden lassen«, grollte er. »Warum, zum Teufel, sollte Ihm was daran liegen, mir zu vergeben?«

Während der nicht endenwollenden Nacht, in der Maggie Jamie gebeten hatte, sie zu töten, mußte er wenigstens fünf Minuten lang geschlafen haben. Zwar konnte er sich nicht entsinnen, eingeschlafen zu sein – er meinte, jedesmal mitbekommen zu haben, wie die Digitaluhr eine Minute weiterschaltete –, doch irgendwann hatte Jamie die Augen aufgeschlagen, war mit der Hand über Maggies Bettseite gefahren und hatte nichts gespürt.

Er schoß hoch und dachte: *Sie ist schon gegangen.* Dann, als sein Verstand sich wieder zurückmeldete, erhob er sich und machte sich auf die Suche. Erst sah er im Bad nach, doch dort war sie nicht; dann ging er nach unten in die Küche, wo Maggie sich manchmal Tee aufbrühte, wenn die Schmerzen zu schlimm wurden. Auch die war verlassen. Jamie stolperte durch das dunkle Haus, stieß mit Schienbeinen und Ellbogen an alle möglichen Kanten. Er streckte den Kopf zur Tür hinaus und flüsterte ihren Namen. Zuletzt schlug er den Rückweg zum Schlafzimmer ein.

Als Jamie die Treppe erklomm, sah er ein schmales Lichtband

aus seinem Arbeitszimmer dringen. Er drehte den Knauf und schob leise die Tür auf, bis er Maggie vor seinem privaten Computerterminal stehen sah, in ihren Bademantel gehüllt sowie in Datenhelm und Datenhandschuh, die an den Computer angeschlossen waren.

Er wußte, daß sie ihn unter dem Helm nicht hören würde, deshalb machte er sich gar nicht erst die Mühe, ihren Namen zu rufen. Statt dessen tappte er vorwärts, bis er genau hinter ihr stand und sehen konnte, wie sie sich in einem seiner alten Programme bewegte.

Das ergab keinen Sinn, doch in jener Nacht hatte nichts Sinn ergeben, angefangen mit Maggies Forderung, sie zu töten. Sie war kein Computerfreak wie er – hatte im Gegenteil nicht das geringste für Computer übrig. Ihre Abneigung ging so weit, daß sie sich weigerte, in Jamies Arbeitszimmer Staub zu wischen, weil sie sich davor fürchtete, über irgendwelche Drähte steigen zu müssen oder die empfindliche technische Balance zu stören. Jamie konnte sich nicht entsinnen, daß Maggie seit ihrer Heirat jemals freiwillig sein Arbeitszimmer betreten, ganz davon zu schweigen, daß sie eines seiner VR-Programme gestartet hätte.

Jamie warf einen Blick auf den Bildschirm. Was er sah, unterschied sich natürlich erheblich von dem, was Maggie unter ihrem Datenhelm wahrnahm. Doch selbst im zweidimensionalen Bild konnte er erkennen, daß sie die CD-Rom für ein etliche Jahre altes Programm gefunden hatte: den Rundgang durch eine Schule, mit ihrer Person – digitalisiert. Sie war irgendwo mitten in einer Grundschule und marschierte entschlossen durch die Gänge. »Komm schon«, sagte sie leise zu sich selbst, »irgendwo muß es hier einen geben.«

Er runzelte die Stirn und beobachtete, wie sie die behandschuhte Hand ausstreckte, um eine Tür zu öffnen, die in eine Toilette führte. Sie war für Lehrerinnen bestimmt und mit einem bodenlangen Spiegel an der Wand neben dem Papierhandtuchspender ausgestattet. Maggie trat vor den Spiegel, so daß sie ihr Gesicht und ihre Gestalt erkennen konnte. Nur daß es ihr Körper aus dem Jahr 1993 war, vor ihrer Erkrankung.

Nun hielt sie den Atem an und löste mit ihrer freien Hand den Gürtel des Bademantels. Dann begann sie, sich mit der Hand im Handschuh zu streicheln. Jamie wußte, was sie sah, weil das Spiegelbild auf dem kleinen Computerbildschirm dem entsprach, was Maggie durch den Datenhelm erblickte. Doch Maggie, die zudem den gesamten Ornat eines Virtual-Reality-Systems trug, *sah* sich selbst nicht nur anders, sondern *empfand* sich auch anders.

Jamie trat näher, bis er sich nur noch eine Armeslänge entfernt von ihr befand. Maggies Hand in dem Spezialhandschuh schwebte Zentimeter über ihrer Haut, trotzdem wußte er, daß sie die Wärme und Festigkeit eines richtigen Körpers spürte. Ihre Hand strich über ihre Rippen in Richtung Schlüsselbein und umschmiegte die Luft über ihrer Brustamputations-Narbe. Auf dem Bildschirm, im Spiegel, hielt sie ihre gesunde Brust.

Unter dem Datenhelm begann Maggie zu lächeln.

Jamie spürte, wie seine Augen brannten. Und er, der seine ganze berufliche Laufbahn der Erschaffung virtueller Umgebungen geweiht hatte, die keinerlei Störung zuließen, beging die Todsünde, in die Peripherie einzudringen. Er legte seine Arme um Maggies Taille und band ihren Morgenmantel wieder zu. Dann faßte er nach dem Handschuh und zog ihn von ihrer Hand, um mit seinen Fingern Maggies zu umfassen, am Schluß zuzudrücken, bis es schmerzte, bis ihr nichts anderes übrigblieb, als sich daran zu erinnern, daß da draußen die wahre Wirklichkeit auf sie wartete.

Einmal mußte ich mitten in einer stinklangweiligen Sitzung daran denken, wie es wohl wäre, dich wiederzusehen. Allein die Vorstellung machte mich nervös. Ich fing an zu schwitzen, konnte mich nicht zusammenreißen. Tatsächlich mußte ich aus dem Raum gehen.

Ich stand auf dem Parkplatz, wo mich die Parkwächter ansahen, als hätte ich den Verstand verloren, und japste nach Luft, bis ich mich besser fühlte. Als ich in die Sitzung zurückkehrte, kam es mir: Ich würde töten, nur um dich wieder in Armen zu halten.

11

Audra Campbell, die stellvertretende Staatsanwältin, gab vor, sich mit einem Angestellten am Landgericht von Pittsfield zu unterhalten, während sie sich genaugenommen auf den kleinen, aber entschlossenen Klüngel von Reportern konzentrierte, der vor dem Gebäude wartete. Eine Vorverhandlung vor einer Geschworenenjury war normalerweise uninteressant für die Presse – neunundneunzig Prozent aller Fälle, die einer ausgelosten Jury vorgelegt wurden, führten zu einer Anklage – doch diese hier hatte die Zeitungen und die örtlichen Fernsehsender hergelockt. Ein bißchen Ehrgeiz konnte einen sehr, sehr weit bringen, und Audra beabsichtigte, auf Jamie MacDonalds dreckigem Stecken bis zu einer Beförderung zu reiten.

»So geht das«, sagte sie zu dem Angestellten, dessen Namen sie bereits für einen zukünftigen Gefallen gespeichert hatte. Sie balancierte einen Stift auf ihren Fingerrücken und hakte den Mittelfinger darüber. Der Angestellte hatte sich an dem dämlichen Kneipentrick versucht, brachte ihn aber nicht zustande; Audra drückte die Finger zusammen, und der Stift knackte entzwei.

»Sie dürfen nicht daran denken, welche Macht Ihre Kraft hat«, erklärte Audra, »das Geheimnis liegt in der Kraft Ihrer Macht.« Sie schenkte dem jungen Mann ein strahlendes Lächeln und wandte sich ab, um den Geschworenen zuzunicken, die sie vor einigen Wochen auszuwählen geholfen hatte und die nun einer nach dem anderen durch die Tür des kleinen Vorraums traten.

Es waren insgesamt dreiundzwanzig, und jeder von ihnen wies mindestens ein bezeichnendes Merkmal auf, woran Audra ihn sich merken konnte: einen gezwirbelten Schnurrbart, einen schwangeren Bauch, unruhige schwarze Dachsaugen. Der Sprecher zeichnete sich durch eine Stupsnase mit ungleichmäßigen Nasenlöchern aus; die hätte sie nicht einmal vergessen, wenn sie gewollt hätte. Sie grinste ihn an, während er durch die Tür kam.

Die Zeugen, die sie unter Strafandrohung herbestellt hatte, saßen in einer Reihe vor dem genannten Zimmer. Hugo Huntley, der Leichenbeschauer, löste etwas abseits ein Kreuzworträtsel. Der Polizeichef und sein Büttel, der MacDonalds Zimmer im Hotel untersucht hatte, hockten nebeneinander, die Köpfe zusammengesteckt und fast gleich gekleidet, als wollten sie ihr gegenseitiges Spiegelbild darstellen.

Der Angeklagte und sein Anwalt hingegen konnten ihretwegen auf den Bermudas sein oder den Mond umkreisen. Aufgrund einer eigenartigen und – für sie – wunderbaren Verfügung des Rechtswesen hatte der Angeklagte nicht das geringste mit der Vorverhandlung zu tun. Selbst wenn jemand unschuldig eines Verbrechens angeklagt war, durfte der Angeklagte bei einer Vorverhandlung vor den Geschworenen nicht anwesend sein.

Ein Hochgefühl gespannter Erwartung rieselte über Audra Campbells Rücken, als sie in den Konferenzsaal trat und die Tür schloß.

»Sie werden mich unter Anklage stellen«, meinte Jamie trübsinnig. Er saß auf einem Sack *Blue Seal*-Hundefutter und schaute Angus dabei zu, wie der seinen allmorgendlichen Verrichtungen nachging. Graham MacPhee, der gekommen war, um Jamie an diesem mit Sicherheit schwierigen Tag emotionalen Beistand zu leisten, lehnte an der Garage und gab sich Mühe, keine Hundescheiße an seine teuren Bally-Slipper zu bekommen.

»Die Geschworenen in der Vorverhandlung stellen *jeden* unter Anklage. Wenn die Anklage behauptet, ein Schinkensandwich hat einen Mord begangen, stellen sie sogar ein Schinkensandwich unter Anklage«, erläuterte Graham. »Das ist nicht persönlich gemeint, und es hat keinerlei Auswirkungen auf den Prozeß.« Er beobachtete, wie Angus einem hinterhältigen schwarzen Rottweiler auswich. »Am besten nutzen wir die

Zeit, indem wir uns die Informationen vorknöpfen, die Allie uns beschafft hat, und fangen an, Ihre Verteidigung vorzubereiten.«

Angus war die zweifelhafte Ehre zuteil geworden, zum Hundefänger von Wheelock ernannt zu werden. Cam hatte ihm den Posten angeboten, damit Angus etwas zu tun hatte, nachdem er ihn aus Schottland hergeschleift hatte; also hatte Angus sich sofort an die Arbeit gemacht, einen Zwinger in seinem Hof gebaut, und suchte seither pflichteifrig die Seitenstraßen von Wheelock nach nichtregistrierten Kötern ohne Halsband ab.

Zur Zeit befanden sich zwei Tiere in seinem Zwinger, der Rottweiler, ein flaumiges Tier, das in Jamies Augen wie ein Persianerlämmchen aussah, und ein fetter Dalmatiner; beide bellten wütend, um Angus auf sich aufmerksam zu machen, während er Hundefutter in zwei große Näpfe schüttete. Angus schloß den Verschlag ab, zog einen kleinen Tabaksbeutel aus der Tasche, zündete seine Pfeife an und nahm einen tiefen Zug, bevor er sich zu Graham und Jamie gesellte. »Ihr beiden habt wohl 'ne *ceilidh,* wie?«

»Party kann man das eigentlich nicht nennen«, verneinte Graham. »Jamie ist nicht nach Feiern zumute.«

»Aye, gut«, sagte Angus, »du hättest deine Anhörung in Carrymuir hammüssn, Junge. In Schottland gibs vor Gericht auch ›schuldig‹ und ›nich schuldig‹ – aber da gibs noch was anneres: ›nich zu beweisen‹.« Er hielt inne und sah Jamie scharf an. »Heißt so was wie ›unschuldig – aber laß dich nich noch ma dabei erwischen‹.«

Jamie stieß die Schuhspitze in den Dreck. »Dazu wird es wohl kaum kommen«, meinte er leise.

»Jamie«, versprach Graham, »wir kriegen Sie da raus!« Er grinste. »Und zwar ohne Schottentricks, wenn Sie den Ausdruck verzeihen. Diese Sache soll Ihnen nicht für den Rest Ihres Lebens nachhängen.«

Der arme Angeklagte lächelte traurig. »Glauben Sie, das ist so einfach?«

»Aber ja.« Graham löste sich von der Garage und näherte

sich Jamie mit der zuversichtlichsten Miene, die er aufsetzen konnte. »Gar kein Problem!«

Angus sah von Graham zu Jamie und wieder zu Graham. »Knallkopp«, brummelte er. Er richtete sich auf, warf einen langen Blick auf die kläffenden Hunde und ging zurück zum Haus. »Möchtesdu vielleichn winziges Schlückchen, Graham?« rief er über die Schulter. »Nee?« redete er weiter, ohne Graham Zeit zum Antworten zu lassen. »Na, komm einfach ma wieder vorbei, wenn du nich im Büro gebraucht wirs ...« Die Fliegentür schlug hinter ihm zu, und Jamie war mit Graham allein.

»Ich lasse Sie wissen, was ich in Erfahrung bringen kann!« Damit verabschiedete Graham sich, während er die Einfahrt hinunterschritt.

Jamie ging in Angus' Domizil und setzte sich im Treppenhaus auf die unterste Stufe. Er rieb sich mit den Handballen die Augen und seufzte.

»Mies drauf, wie?«

Jamie blickte auf und sah Angus mit einer Flasche Whiskey und einem kleinen Glas vor sich stehen. Angus schenkte das Glas halbvoll und reichte es ihm. »Es ist gerade mal elf Uhr morgens«, wehrte Jamie ab.

»Das isn ebenso guter Grund wie jeder annere.« Angus setzte die Flasche an den Mund und nahm neben Jamie Platz. »Issie heut viel bei dir?«

»Wer?« fragte Jamie abweisend.

»Maggie.« Er tätschelte Jamies Arm. »An manchen Tagen isses schlimmer als an anneren. Wenn ich früher ma so ausgesehen hab wie du jetz, hat Fee mir immer gesagt, ich soll mich zusammenreißn und aufhörn, mein eigenes Grab zu schaufeln, weil sie ganz bestimmt vor mir gehn würde.«

»Fee?«

»Fiona. Meine Frau. Is '75 gestorben – genau wie sie immer gesagt hat.«

Jamie blieb der Mund offen stehen. »Ich wußte gar nicht, daß du verheiratet warst.«

»Ach, na ja!« Angus lächelte. »Sie hatte Todesängste davor,

allein zurückzubleim. Manchma hab' ich mich nur zu'nem Nickerchen hingesetzt unbin aufgewacht, weil sie mich gepiekt oder mirn Spiegel unter die Nase gehalten hat.« Er lachte. »Schließlich kam's soweit, daß ich geglaubt hab', ich bin wirklich und wahrhaftig tot, wenn ich ma aufgewacht bin und sie *nich* an mir rumgefummelt hat.« Seine Augen starrten durch die Fliegentür ins Nichts. »Irgendwann hab'dann *ich* Fee schlafend im Bett gefunden, viel zu spät am Morgen, als daß alles mit ihr in Ordnung sein konnte.« Angus schloß die Augen und dachte daran, wie in jenem Augenblick jenseits der Zeit ihr Gesicht an den Rändern zerflossen war, bis er nur noch das Lächeln des Mädchens sah, das er einst barfuß am Ufer des Dee erblickt hatte.

Jamie nahm Angus die Flasche ab und schenkte sein Glas voll. Dann reichte er es seinem Onkel und wartete, bis der damit fertig war. »Irgendwie fügt sich schließlich doch alles zusamm«, erklärte Angus und zog sich am Geländer hoch.

»Wie meinst du das?«

Angus hielt die Whiskeyflasche gegen das Licht. Jamie betrachtete seinen Onkel durch die hellbraune Flüssigkeit hindurch, die das Gesicht des Alten nicht verzerrte, sondern nur dunklere und düstere Schatten darauf projizierte. »Nach 'ner Weile zählt es nich mehr, daß Maggie und Fee gegangen sin«, sagte Angus leise. »Was immer zähln wird, is, daß sie so gegangn sin, wie sie's sich gewünscht ham.«

»Bei diesem Fall«, sagte Audra und nagelte alle dreiundzwanzig Geschworenen mit ihrem Blick fest, »haben wir es mit einem Mord zu tun. Vorsätzlicher Mord wird vom Gesetz definiert als Mord mit bösartigen Absichten. Wenn Sie den Angeklagten für schuldig befinden, müssen drei verschiedene Bedingungen zutreffen: Die Tat muß mit Vorsatz, Überlegung und freiem Willen ausgeführt worden sein. Vorsatz bedeutet, daß er die Absicht gefaßt hat, sein Opfer zu töten. Überlegung bedeutet, daß er das Für und Wider seines Planes abgewogen hat – selbst wenn dieser Vorgang nur wenige Sekunden Dauer aufwies. Und freier

Wille bedeutet, daß er ganz bewußt ausführte, was er sich vorgenommen hatte.

Wie Sie wissen, ist Maggie MacDonald tatsächlich tot. Wir haben einen Zeugen, der gehört hat, wie der Angeklagte gestand, seine Frau getötet zu haben. Es liegt eine vom Angeklagten unterzeichnete Aussage vor, die belegt, daß er eigens von seiner Heimatstadt in einen anderen Ort gefahren ist, um den Mord zu begehen. Der Beamte, der den Tatort untersucht hat, wird aussagen, daß er unwiderlegbare Beweise gefunden hat, die den Angeklagten mit dem Tatort in Verbindung bringen. Und Sie werden die Aussage des Mediziners hören, der die Autopsie an der Verstorbenen vorgenommen hat.« Sie stand aus ihrem steifen Plastikstuhl auf, breitbeinig, die Hände hinter dem Rücken verschränkt. »Ich werde die Zeugen nacheinander hereinrufen und befragen. Danach stehe ich zu Ihrer Verfügung, falls es noch irgendwelche Punkte gibt, die Sie gern geklärt hätten.«

Audra öffnete die Tür und deutete durch den Gang auf Hugo Huntley, der sein Kreuzworträtsel zusammenfaltete, es in die Tasche schob und sich widerstrebend auf den Weg machte – so, als würde er langsam und unausweichlich in ihr Netz gezogen.

Der Sprecher der Geschworenen vereidigte Hugo. Sein Haar war asymmetrisch über das linke Ohr zurückgekämmt, wie um eine kahle Stelle zu verdecken. Die krumme, klobige Nase erinnerte Audra an einen Pelikan. »Würden Sie bitte Ihren Namen und Ihre Adresse nennen?«

»Hugo Huntley«, antwortete er. »Vierzehn-fünfzig Braemar Way, Wheelock, Massachusetts.«

»Und was ist Ihr Beruf, Mr. Huntley?«

Hugo fuhr sich mit der Zunge über die Lippen. »Ich bin der Besitzer von Huntley's Beerdigungsinstitut in Wheelock. Außerdem diene ich der örtlichen Polizei als Leichenbeschauer.«

Audra nickte. »Könnten Sie diesen Damen und Herren beschreiben, was Sie am Nachmittag des neunzehnten September gesehen haben?«

»Ich war gerade bei der Arbeit, als Zandy Monroe – ein Sergeant auf unserer Polizeistation – mich bat, mit ihm eine Leiche abzuholen. Also gingen wir über die Straße, und er zeigte mir diese Frau auf dem Beifahrersitz eines Pickups, die auf den ersten Blick seit einigen Stunden tot sein mußte. Wir nahmen ...«

»Wir?« unterbrach ihn Audra.

»Wir heißt ich, Zandy und Allie MacDonald – die Frau des Polizeichefs, die zufällig gleichzeitig mit Zandy dort war. Wir brachten Maggies Leichnam in mein Institut, und ich kümmerte mich darum, so wie ich es bei allen Beerdigungen in Wheelock tue.«

»Aber das war keine gewöhnliche Beerdigung«, hakte Audra nach.

Hugo blinzelte. »Es war eine schöne Beerdigung. Mit Blumen und allem Drum und Dran.«

Audra biß die Zähne zusammen. »Ich meinte die Verstorbene. Können Sie die Todesursache beschreiben?«

»Sauerstoffmangel«, antwortete er knapp. »Wahrscheinlich durch Ersticken, da es keine Spuren am Hals gab, die auf einen Tod durch Erwürgen oder irgendeinen Kampf hingedeutet hätten.« Er hielt inne, nahm die Brille ab und wischte sie am Sakkoaufschlag sauber.

»Haben Sie sonst noch etwas gefunden?«

Hugo dachte einen Augenblick nach. »Verschiedene Hinweise auf eine Chemotherapie und auf Strahlenbehandlungen, außerdem eine Narbe von einer Brustamputation auf der rechten Seite.«

Audra blieb wie angewurzelt stehen und suchte die Gesichter der Geschworenen ab, ob sich irgendwo so etwas wie Verwirrung oder ein Anflug von Mitleid zeigte. »Ich meinte, irgend etwas Ungewöhnliches ...«

Mr. Huntley sah ihr in die Augen. »Was wollen Sie eigentlich von mir hören?«

»Haben Sie unter den Fingernägeln der Toten Hautpartikel des Angeklagten gefunden?«

Hugo nickte.

»Bitte antworten Sie mir«, drängte Audra.

»Ja«, nickte er pflichtschuldigst.

»Worauf genau würde das hinweisen?«

Er zuckte mit den Achseln. »Sie hat ihn gekratzt. Aber das will nicht viel bedeuten. Ich meine, es muß nicht unbedingt heißen, daß ein Kampf stattgefunden hat. Vielleicht wollte er, daß sie ihn kratzt.« Er wurde rot. »Also, ich habe die beiden natürlich nicht gekannt, als die Missus noch am Leben war – aber ich habe den Mann bei ihrer Beerdigung erlebt. Glauben Sie mir, ich habe viele Trauernde gesehen, aber Jamie MacDonald war bisher der einzige Witwer, der vor Schmerz nicht mehr stehen konnte. Er war ... am Ende – ich schätze, der Ausdruck trifft es.«

»Danke, Mr. Huntley«, fiel ihm Audra geschwind ins Wort, bevor er ihren Fall noch weiter unterminieren konnte. »Das wäre alles.«

Hugo ging und schloß die Tür hinter sich. Audra wandte sich an die Geschworenen und lächelte gewinnend. »So«, sagte sie, »gibt es noch Fragen?«

Cam spazierte durch das kleine Dachzimmer, das wie eine übermöblierte Landhausküche wirkte, komplett mit Ochsenjoch über dem Eingang und Fleckerlteppichen. Es gab eine atemberaubende Menge an Kuh-Krimskrams: Löffelhalter, Salz und Pfeffer mit Kuhfleckenmuster, einen Milchkrug in Form einer jungen Kuh, einen schwarzweiß gefleckten Lehnstuhl, Kuhdecken und gerahmte Kuhposter an den Wänden. Der Raum wirkte überladen, chaotisch, und er hätte nie geglaubt, daß Mia hier lebte, stünde nicht ihr Bonsai in der Mitte des Tisches wie eine Palme auf einer sturmumtosten Insel.

Bally Beene hatte ihn drei Wochen und einen Tag nach Mias Verschwinden angerufen, um ihm mitzuteilen, daß sie sich die ganze Zeit direkt vor seiner Nase herumtrieb. Auf alles war er gefaßt gewesen, als er den Anruf in der Station entgegennahm, auf eine Adresse irgendwo in der texanischen Prärie oder vielleicht in Bombay, doch Bally hatte nur gelacht. »Sie werden es mir kaum abnehmen. Aber sie wohnt in North Adams bei einer

Familie im Zimmer über der Garage.« Gegen ein geringes Aufgeld hatte Bally auch einen Schlüssel für Cam beschaffen können.

Wenn man zügig fuhr, war North Adams nicht mehr als fünfzehn Minuten von Wheelock entfernt.

Cam erzählte Allie, er müßte an jenem Abend zu einer Zusammenkunft bezüglich eines neuen Anti-Drogenprogramms; er sei wahrscheinlich nicht zum Abendessen zurück. Eigentlich hatte er tagsüber arbeiten und dann nach North Adams fahren wollen. Doch als er auf einer Patrouillenfahrt einen Betrunkenen am Steuer angehalten hatte, war ihm plötzlich der Spruch entfallen, mit dem man einen Verhafteten über seine Rechte aufklärte – und den er normalerweise im Schlaf aufsagen konnte. Deshalb fuhr er schon nach dem Mittagessen, als er es nicht mehr hinter seinem Schreibtisch aushielt, zu Mias Adresse.

Er parkte seinen Wagen am Ende der Straße und starrte lange auf das Haus, in dem Mia drei Wochen lang ohne ihn hatte existieren können. Immer und immer wieder spielte er in Gedanken die Szene durch; wie sie die Tür öffnen und ihn davor sehen würde. Sie trug einen flauschigen weißen Morgenmantel und auf ihrem nassen Haar ein Handtuch; sie schlug die Hände an den Hals, als erblicke sie einen Geist. Dann flüsterte sie seinen Namen und beugte sich vor, um sich an ihn zu schmiegen.

Das Komische daran war, daß er sich nicht ausmalte, sofort mit ihr ins Bett zu springen. Er stellte sich vor, daß er mit ihr auf dem Boden sitzen würde, den Rücken in eine Ecke gelehnt, Mia zwischen seinen Beinen. Liebevoll würde er ihr das Handtuch vom Kopf ziehen und die Knoten aus ihrem Haar kämmen. In seiner Phantasie verwoben sich ihre Stimmen zu einem feinen Netz, das die hereinsinkende Nacht halten würde.

Als sich herausstellte, daß sie nicht zu Hause war, machte Cam es sich in Mias Apartment gemütlich. Er fuhr mit den Fingern über die vertraute knorrige Rinde des alten Bonsais und ließ Kafka um seine Beine streichen. Von einer geöffneten Dose Lachs gab er die Hälfte dem Kater und aß die andere Hälfte selbst. Er hätte gern ein Bier dazu gehabt, aber im Kühlschrank standen nur Senf und ein großer Krug Aloe-Vera-Saft; so begnügte er sich mit einem Glas Wasser.

Als er Mia die Treppe hochkommen hörte, hockte er mit Kafka auf seiner Schulter zusammengerollt im Dunkeln. Sie schloß die Tür auf, warf ihren Rucksack auf einen kleinen Tisch und knipste das Licht an. Als sie Cam sah, schossen ihre Hände an den Mund und flatterten dann wieder herab. Ihre Augen wurden schmal. »Raus aus meiner Wohnung«, befahl sie.

»Gut«, murmelte Cam im Aufstehen. »Gleich!«

Kafka lief miauend zwischen Mias Beinen durch. Sie nahm ihn auf den Arm und wog ihn, als könnte er ihr als Waffe dienen. Mia drehte Cam den Rücken zu, und erst jetzt fiel ihm auf, wie sie angezogen war. Der kurze rote Rock ging ihr kaum über den Hintern, und ihre langen Beine steckten in knallroten Strumpfhosen. Ein gestreiftes Schürzenoberteil mit Puffärmeln und ein Hut, der wie eine Narrenkappe auf ihrem Kopf saß, machten die Uniform komplett. Bally hatte ihm erzählt, daß sie in einem Fast-food-Restaurant namens *Jolly Chicken* arbeitete, doch daran hatte er bis zu diesem Augenblick nicht gedacht.

»Du riechst nach Fritten«, bemerkte er.

Mia ging in Richtung Küche. »Berufsrisiko«, antwortete sie knapp.

Er stützte sich auf die Theke, die den Kochbereich vom Rest des Apartments abtrennte. »Wieso bist du gegangen?«

Mia sah ihn über ein Glas Wasser hinweg an. »Wieso hast du mich gefunden?« fragte sie.

Cam lächelte. Sie war wütend und geradezu lächerlich auf Streit aus, sah obendrein idiotisch aus in ihrer Uniform, aber er konnte den Blick nicht von ihr wenden. Er spürte jeden Zentimeter des Raumes, den er in Anspruch nahm, und hatte das Gefühl, seit Wochen nicht mehr so komplett gewesen zu sein. »Beantworte meine Frage«, feilschte er, »dann beantworte ich deine.«

Mia zog die schlabbrige rote Kappe von ihrem Kopf und schüttelte ihre Locken aus. »Das habe ich bereits«, knallte sie ihm hin. »Ich habe es dir geschrieben.« Als Cam nicht antwortete, seufzte sie. »Es liegt auf der Hand, daß ich nicht bleiben kann.«

»Und ich kann dich nicht gehen lassen«, meinte Cam. »Damit steht es wohl unentschieden.«

Mia holte eine Dose Katzenfutter aus der Küchenkammer.

»Ich habe der Katze was gegeben«, meldete Cam. Er flüsterte sich den Satz noch einmal vor, weil es ihm gefiel, daß er eine so belanglose Information an Mia weitergegeben hatte. Wie wundervoll wäre es, wenn er sie fragen könnte, wo sein Gürtel lag, wieviel Geld noch auf dem Girokonto war, ob er auf dem Heimweg Milch kaufen sollte – schlichte, offene, eheliche Wortwechsel, die ihnen beiden versagt waren –, und dies schmerzte mehr als jede physische Einschränkung ihrer Beziehung.

»Wie hast du mich gefunden?« insistierte Mia.

Cam zog die Achseln hoch. »Ich habe jemanden beauftragt. Es ging nicht anders.«

»Für mich gibt es kein Zurück.«

Er setzte sich auf das Sofa. »Ist es wegen Allie? Ich ...«

»Sag es nicht einmal«, flüsterte Mia. »Tu's nicht.« Sie sank in den Kuhsessel ihm gegenüber und beugte sich vor, die Arme auf die Knie gestützt. »Du hast doch alles«, fuhr sie langsam fort, als würde sie einem kleinen Kind den Lauf der Welt erklären. »Eine Familie, einen tollen Job, Menschen, die zu dir aufsehen. Du hast ein Heim.« Sie lächelte leise. »Also geh!«

Cam schüttelte den Kopf. »Nicht ohne dich.«

Mia fuhr mit dem Finger einen der schwarzen Flecken auf dem Polster nach. »Du kannst mich nicht zwingen!«

Einen Moment lang antwortete Cam nicht, sondern gab sich damit zufrieden, dem Spiel ihrer Hand auf dem Sessel zuzusehen, dem Sonnenuntergang, der eine Seite ihres Gesichtes und ihren einen Oberarm in einem verblassenden Muschelrosa zum Leuchten brachte. Dann rutschte er vom Sofa auf den Teppich und kniete wie ein Bittsteller vor ihr nieder. Er berührte die Hand, die auf dem Sessel Kreise zog, sein erster Kontakt mit ihr seit Wochen. Sie starrten auf ihre Finger, Cam, der den Moment nicht stören wollte, und Mia, die es nicht konnte, beide gelähmt von ihren jeweiligen Erinnerungen. »Du liebst mich«, beschwor Cam sie.

Mia schaffte es, ihre Hand wegzuziehen. »Deshalb mußte ich fort«, sagte sie.

Cam streckte einen Finger hoch, fuhr ihren Mund nach und hielt dabei mit einer Sicherheit und Vertrautheit an den Winkeln und an dem Grübchen in der Oberlippe inne, als hätte er sie mit eigenen Händen geformt. »Bitte tu mir keinen Gefallen«, flüsterte er. Dann drehte er sich um und verließ ihr Apartment. Hinter sich hörte er Kafkas Jaulen und das erstickte Stöhnen, mit dem Mias Widerstand brach.

C. J. MacDonald, Teilzeitpolizeibeamter in Wheelock und Teilzeitlagerist in einem Schnapsladen, berichtete langsam und methodisch den Geschworenen, was er am Tatort des Mordes an Maggie MacDonald entdeckt hatte. »Fasern, die aus der Kleidung des Angeklagten stammen«, tat er kund, »und überall im Zimmer Fingerabdrücke vom Angeklagten und von seiner Frau.« Er hielt kurz inne und zählte die Finger seiner einen Hand ab, als wollte er feststellen, ob er etwas von dem ausgelassen hatte, das er sich so pflichtbewußt eingeprägt hatte. »Ich glaube, das war's«, schloß er.

»Können Sie«, hakte Audra nach, »aus dem Zustand des Raumes entnehmen, wie der Mord begangen wurde?«

C. J. runzelte die Stirn. Normalerweise wurde er in derlei Dingen nie um seine Meinung gefragt. Er sah zu der dünnen Frau in dem blauen Kostüm auf, die ihn an den widerwärtigen Terrier erinnerte, der unten an der Straße lebte. »Es gab keine große Unordnung«, gab er Auskunft. »Das Bett war gemacht; und die Koffer waren gepackt, als würden sie abreisen wollen.«

Audra drehte sich um. »Als würden sie abreisen wollen? Eine Flucht vom Tatort?«

C. J. zuckte mit den Achseln. »Möglich«, sagte er. »Aber da bin ich nicht sicher.«

»Natürlich nicht«, bestätigte Audra. »Vielleicht können Sie

uns erzählen, welches Szenario sich aus Ihrer eigenen Rekonstruktion ergab. Schließlich gehören Sie zu den Beamten, die den Tatort untersucht haben.«

Widerstrebend – C. J. hatte schon in der Schule miserable Aufsätze geschrieben – begann er die Geschichte eines Mordes zu spinnen. Audra lehnte sich mit der Schulter an die Wand und schloß die Augen. Sie stellte sich Maggie MacDonalds erstarrtes Gesicht vor, kurz bevor ihr Mann das Kissen darauf preßte, in jenem Sekundenbruchteil der Unentschlossenheit, in dem sie sein Handgelenk und sein Gesicht zerkratzt hatte. Sie fragte sich, womit – und ob überhaupt – man Jamie MacDonald von seinem Entschluß hätte abhalten können.

Cam stand am Ende der Küchentheke und schaufelte in atemberaubendem Tempo Cheerio-Flocken in sich hinein. Er schaute zu, wie sich Allie vorbeugte, um das nun saubere Besteck aus dem Geschirrspüler zu holen. Dann trat sie an die Besteckschublade und sortierte die Teile mit einem Klappern, das an seinen Nerven schabte, in die jeweiligen Fächer.

»Du hast zuviel Spülmittel in die Maschine getan«, knurrte er. »So wird das Zeug nie sauber. Wir essen von einem Schmierfilm.«

Allie nickte und kehrte zu dem Gerät zurück, um nun die Teller herauszuholen. Sie stellte sie einzeln in den Schrank, wobei es jedesmal ein langes, klirrendes Geräusch gab.

Cam knallte seine Schüssel auf die Theke. Er wartete darauf, daß Allie sich umdrehte und ihn fragte, was, zum Teufel, eigentlich mit ihm los war – nicht daß er vorhatte, ihr mitzuteilen, daß inzwischen vier Tage seit seinem Besuch bei Mia vergangen waren und sie immer noch nicht nach Wheelock zurückgekehrt war. Er wollte, daß Allie ihn anfunkelte und ihn anwies, die gottverdammte Geschirrspülmaschine selbst auszuräumen. Sie sollte zur Weißglut auflaufen.

Sie sollte ihn provozieren, damit er endlich eine Rechtfertigung für all den Zorn hatte, der in ihm tobte.

Statt dessen lächelte Allie nur, so wie immer. »Tut mir leid«, sagte sie. »Hast du Kopfschmerzen?«

Cam drehte sich weg. Wenn er zugab, daß ihm die Schläfen pochten, würde sie ihn wahrscheinlich auf das Sofa schleifen und ihn irgendein aus Unkraut gebrautes Gesöff trinken lassen. Sie würde ihn nicht in die Arbeit lassen, bis es ihm wieder besser ging. Bis sie alles in Ordnung gebracht hatte.

Zur Zeit konnte Cam sich nicht ausstehen. Er beobachtete Allie, die in der Küche herumwirtschaftete und das Haus ›fertig machte‹, wie sie es nannte, bevor sie beide in ihre Arbeit verschwanden. An jeder ihrer Bewegungen fand er etwas auszusetzen, angefangen damit, wie sie den Wasserhahn zudrehte, bis zu der Art und Weise, wie sie die Milch im Kühlschrank unterbrachte. Natürlich war nicht Allie oder ihre Alltagsroutine das Problem – eine Alltagsroutine, an die er sich im Lauf der Zeit gewöhnt hatte, denn schließlich war er der Hauptnutznießer ihrer Fürsorge und Pingeligkeit. Nein, sie sollte einfach jemand anders sein.

Allie trat hinter ihn, schlang einen Arm um seine Taille und legte die Wange an seinen Rücken. »Du hast ganz bestimmt nichts?« fragte sie leise und ruhig, wie um ihn zu beschwichtigen. Aus irgendeinem Grund machte ihn das fast rasend.

Es tut mir leid, wollte er sagen. *Ich will dich nicht so behandeln.* Doch die Worte drangen nicht über seine Lippen, und auch das erbitterte ihn. Er entzog sich ihrem Griff. »Kannst du mich nicht ein einziges Mal in Ruhe lassen?«

Allie zuckte kurz zusammen, was er nicht sehen sollte, das wußte er; dann zauberte sie mit wahrscheinlich letzter Kraft ein breites, verzeihendes Lächeln auf ihre Lippen. Cam starrte ihr lange ins Gesicht, dann packte er seinen Hut samt Pistolengurt und floh hinaus.

Auch Cam war unter Strafandrohung zu der Vorverhandlung von Jamies Fall bestellt worden. Das überraschte ihn nicht, immerhin hatte er die Verhaftung vorgenommen – aber das machte es nicht einfacher, öffentlich gegen seinen Cousin auszusagen. Nie war er sich der Sätze so bewußt gewesen, die er zu einer

Darlegung aneinanderreihte; der verschiedenen Bedeutungen des Ausdrucks ›Recht sprechen‹.

»Er kam ins Ortszentrum«, beantwortete Cam Audra Campbells Frage, »und wollte mich sprechen. Um mir zu sagen, daß er seine Frau getötet hatte.«

»Hat der Angeklagte erklärt, daß *er* es getan hat?«

Cam nickte. »Ja.« Im Geist sah er Jamie in seinem Wagen sitzen und die Spannung wie blaue Schwaden von seinem Körper abstrahlen, während er sich erkundigte, ob Cam tatsächlich Cameron MacDonald war, der Chief von Carrymuir. Er entsann sich, daß ihm Jamies Größe und das rötliche MacDonald-Haar aufgefallen waren – sowie die drei parallelen Kratzer auf der linken Wange. Wie in den Kautionsauflagen festgelegt, hatte Cam Jamie noch an jenem Morgen aufgesucht, bevor er zu der Vorverhandlung nach Pittsfield gefahren war. Inzwischen, einen Monat später, waren die Kratzer verschwunden; man sah nicht mal mehr weiße Streifen. Cam dachte bei sich, daß Jamie nur zu gern eine Narbe zurückbehalten hätte.

»Chief MacDonald?«

Cam sah auf und merkte, daß die stellvertretende Staatsanwältin ihm eine Frage gestellt hatte, die er nicht mitbekommen hatte. »Verzeihung«, sagte er. »Könnten Sie das wiederholen?«

»Ich wollte mich nach dem Geständnis erkundigen, das der Angeklagte unterschrieben hat.« Sie hielt ein Papier in der rechten Hand hoch, das Cam als Jamies freiwillige Aussage vor der Polizei von Wheelock erkannte.

Er seufzte. »Ich habe den Angeklagten in Gewahrsam genommen, und er erzählte mir, welche Umstände zum Tod seiner Frau geführt hatten, angefangen von ihrer Krebserkrankung bis zu den Metastasen-Herden. Außerdem soll seine Frau ihn gebeten haben, sie zu töten, obwohl es dafür keine Beweise gibt.«

Audra lächelte, und Cam merkte verblüfft, wie raubtierhaft sie aussehen konnte. Vorübergehend fiel ihm Graham MacPhee ein, und er hoffte, daß der Anwalt seine Stifte gut gespitzt hatte. »Haben Sie den Angeklagten über seine Rechte aufgeklärt?«

»Selbstverständlich.«

»Wurde irgendwie Zwang ausgeübt, um das Geständnis zu erhalten?«

Cam sah sie finster an. »Das ist bei uns nicht üblich.«

»Hat der Angeklagte schließlich ein Geständnis unterzeichnet?«

Nun machte Cam einen steifen Rücken. »Hören Sie, Sie halten das verdammte Ding in Ihrer Hand.« Er stand auf und frohlockte über die Tatsache, daß Audra Campbells Gesicht ein tiefes Rot angenommen hatte. »Ich habe Ihnen alles gesagt, was ich weiß. Er hat gestanden. Punkt. Und jetzt muß ich wieder in die Arbeit.«

Audra nagelte ihn mit ihrem Blick fest. »Vermittler«, sagte sie, »könnten Sie den Zeugen anweisen, nur das zu beantworten, worüber er *befragt* wird?«

Ein kleiner Kerl mit einer solchen Stupsnase, daß Cam ihm direkt in die Nasenlöcher schauen konnte, lächelte ihn entschuldigend an. »Chief MacDonald«, flehte er, »bitte antworten Sie nur, wenn Sie darum gebeten werden.«

Cam setzte sich wieder und blitzte zu Audra hinüber. Sie warf ihm einen Blick zu. »Keine weiteren Fragen«, sagte sie.

Wenn Cam sie anbrüllte, dann normalerweise deshalb, weil Allie ihm einfach am nächsten war. In gewisser Hinsicht faßte sie das als Ehre auf. Sie wußte, daß er in Wahrheit nicht auf sie wütend war – sondern auf einen Gefangenen, der ihn zur Weißglut getrieben hatte, oder auf einen Fall, an dem er gerade arbeitete –, doch nur in ihrer Nähe fühlte er sich wohl so sicher, daß er sich einfach gehen lassen durfte. Darum hatte es sie nicht so betroffen gemacht, *was* er an diesem Morgen rausgelassen, sondern wie er sie dabei angesehen hatte: und zwar so, als könnte er sie wirklich nicht ausstehen.

Sie betrachtete ihr Gesicht noch ein paar Minuten im Badezimmerspiegel, auf der Suche nach etwas, das Cams Herzensumschwung rechtfertigen würde. »Sei nicht albern«, mahnte Allie sich. »Du mißt dieser Sache viel zu viel Gewicht bei.«

Sie schlüpfte aus ihrem Frotteebademantel – marineblau mit

silbernen Sternen –, den Cam ihr zum Geburtstag geschenkt hatte, begleitet von einem niedlichen Kärtchen, auf dem stand, daß sie für ihn Himmel und Erde in Bewegung setzen konnte. Sie besaß kaum Reizwäsche – ihre Kollektion bestand ausschließlich aus dem, was man ihr vor fünf Jahren und sieben Pfund am Brautabend geschenkt hatte. Doch sie wußte noch, daß die smaragdgrüne Satinrobe, die ihr bis zum Knie reichte, einst Cams Lieblingsstück gewesen war. Ihr fiel wieder ein, wie sie sich geliebt hatten, die Robe unter ihr ausgebreitet, kühl und glatt unter ihrer Haut.

Seit den Flitterwochen hatte sie dann keine Reizwäsche mehr angezogen – irgendwie war es witzlos, für den Mann sexy aussehen zu wollen, der zugesehen hatte, wie man mit Darmgrippe über der Kloschüssel hing oder den Müll wegräumte, den die Waschbären über den Rasen zu verstreuen pflegten. Der Satin fühlte sich phantastisch an ihren Schultern und ihrem Rücken an: wie er so aufgrund der leichten elektrischen Spannung an ihrer Haut haftete und über ihre Hüften raschelte. Allie nahm den Zerstäuber und trug etwas Parfüm an den Handgelenken und hinter den Ohren auf, nachträglich dann auch noch in den Kniekehlen. Das taten die Filmdiven im Kino immer, obwohl sie nicht genau begriff, warum. Welcher Mann schnüffelte schon da unten rum?

Sie zupfte fest an den Aufschlägen der Robe, schlug sie über ihre Brüste und trat aus dem Bad. Cam lag im Bett, mit angezogenen Beinen, die neueste Ausgabe einer Jagdzeitschrift vor sich. Als sie ins Schlafzimmer trat, sah er zu ihr auf und rieb sich mit Daumen und Zeigefinger über die Augen, um ihr zu zeigen, daß er müde war.

Allie ließ sich auf der Bettkante nieder. Seit er heute morgen aus dem Haus gestürmt war, hatte er nur das Nötigste mit ihr gesprochen. »Hi«, sagte sie.

Cam konnte nicht anders; er lächelte: »Hi!«

»Ich will mich nicht streiten«, platzte es aus Allie heraus.

Cam sah sie an. Im weichen Licht der Leselampe wirkten Allies Augen tief und dunkel, und auf ihrem Hals und ihrer Kehle tanzte ein Muster von dreieckigen Schatten. »Ich auch nicht«, beschwichtigte er. Er faßte nach ihrer Hand, jener, die so nervös über die Robe strich. Ihre Finger waren stark und erwiderten ganz natürlich seinen Druck. »Komm her«, sagte er und klopfte auf das Laken neben sich.

Mit einem schnellen Beinschwung krabbelte Allie über seinen Körper. Nahtlos schmiegte sie sich an ihn, ihr Gesicht paßte in seine Halsbeuge, ihr Arm streckte sich über seinen Bauch, eine Wade schlüpfte zwischen seine Beine. Wie oft hatten sie schon so gelegen?

Etwas begann sich in ihm zu regen, Blut strömte in seinen Unterleib. Er dachte an Allies Körper, der wie ein Bankett vor ihm ausgebreitet lag, und wurde härter. Er wollte, daß sie ihn berührte. Jetzt.

Merkwürdigerweise war es möglich, daß ein seit langem vertrauter Mensch ihn genauso erregte wie jemand Mysteriöses, Unbekanntes.

Cam nahm Allies Hand, zog sie auf seine Boxershorts und hielt den Atem an, als ihre Finger durch den Schlitz schlüpften, um ihn zu streicheln. Ihre Hand fuhr auf und ab, liebkoste und hielt ihn abwechselnd.

Ihr Liebesspiel lief nach einem festen Muster ab. Er spürte, wie seine Hoden fester wurden, und rollte sich auf die Seite, wobei er Allie auf den Rücken drückte. Er küßte sich auf den Innenseiten ihrer Schenkel nach oben, legte ihre Beine auf seine Schultern und dachte dabei die ganze Zeit an irgendwelche Dinge – Baseball, Auslandsnachrichten, Einsatzpläne –, um auf keinen Fall die Kontrolle zu verlieren.

Doch sobald er in sie drang, hörte er auf zu denken. Sein Körper reagierte ganz von selbst, stieß so hart zu, daß Allie gegen das Kopfende des Bettes schlug. Er rieb seine Wange in ihrer Halsbeuge, zog die Hände durch ihr Haar und preßte sie aufs Bett.

Er wußte, daß er ihr damit nicht weh tat – ebensowenig wie er die Bisse und Kratzer auf seinen Schultern und seinem Rücken spürte, die Allie, wenn alles vorbei war, wie eine Katzenmutter zu lindern versuchte. Mit Allie war es immer so, von Anfang an so gewesen. Ihm kamen die Nächte mit Mia in den Sinn, ihr stundenlanges Liebesspiel, das so behutsam und zärtlich gewesen war, ein Folge sich steigernder, bebender Schockwellen.

Und gleich darauf spürte er sein schlechtes Gewissen, das um ihn herum aus der Matratze quoll wie ein Federbett, und ihn ganz und gar zu verschlingen drohte. Er hatte ein schlechtes Gewissen, weil er an Mia dachte, wo er doch nur an Allie denken sollte; er hatte ein schlechtes Gewissen, weil er mit Allie schlief, wo er doch Mia liebte; er hatte ein schlechtes Gewissen, weil er sie beide begehrte.

»Wie kommt es, daß es im Film nie so ist?« murmelte Allie, die Lippen an seinen Hals gedrückt.

Seine Arme schlossen sich fester um ihre Taille. »Wie denn?«

Er spürte ihr Lächeln. »Als würden sie versuchen, sich gegenseitig umzubringen.«

Cam mußte daran denken, was er am Morgen in der Küche Allie gegenüber empfunden hatte. Und fragte sich, wie sie dieses Motiv aufgreifen konnte ...

Energisch stieß Audra Campbell die Tür des Gerichtsgebäudes auf und lächelte zuversichtlich auf die wartenden Reporter hinab, die wissen wollten, wie die Vorverhandlung ausgegangen war.

»Miss Campbell«, rief ein Reporter. »Können Sie uns sagen, was da drin passiert ist?«

Gekonnt strahlte sie in Richtung der nächsten Fernsehkamera und fragte sich, wie viele Nachrichtensendungen sie am Abend wohl auf Video aufnehmen konnte. »Im Fall ›Staat von Massachusetts gegen James MacDonald‹ haben die Geschworenen entschieden, den Angeklagten vor Gericht zu stellen.«

Eine Stimme stieg wie eine Spirale aus der Menge auf. »Haben Sie mit dieser Entscheidung gerechnet?«

»Natürlich«, antwortete Audra. »Schließlich ist er des Mordes angeklagt.« Sie ließ ihren Blick über die vor ihr Versammelten wandern, die an ihren Lippen hingen und ihre Worte wie wild auf ihre winzigen weißen Notizblöcke kritzelten, um sie für die Nachwelt zu bewahren. »Und ich bin sehr zuversichtlich, daß es vor Gericht zu einer Verurteilung kommen wird.« Sie hob die Hand – die Audienz war beendet –, stieg die Treppe hinunter und durchpflügte die Menge der Reporter.

Wenn sie die Wahl gehabt hätte, hätte sich Allie jederzeit lieber für eine Beerdigung als für eine Hochzeit entschieden. Niemand hatte etwas auszusetzen, wenn sie an Fuß- und Kopfende des Sarges die Blumenarrangements anbrachte, und sie brauchte sich auch keine Sorgen zu machen, mit einer verwelkten Rose oder einem schlaff gewordenen Storchschnabel jemandem den ganzen Tag zu ruinieren. Andererseits heiratete eine Braut nur einmal. Wenn die Stephanotis nicht richtig befestigt war, konnte sie auf dem Weg zum Altar aus dem Strauß purzeln, und das wollte niemand auf seinem Hochzeitsvideo sehen. Außerdem gab es keine zweite Chance, wenn die Blumen nicht rechtzeitig in die Kirche gelangten.

Cam hatte sie mit ihren Blumenkörben, der Raphia, dem Steckschaum und den Drahtspulen an der Kirche abgesetzt. Die großen Gestecke beiderseits des Altars waren bereits angebracht, doch es mußte immer noch eine Blumengirlande an den für die Familie reservierten Bankreihen befestigt werden. Allie hätte das ebenfalls vorab erledigen können, doch sie hatte die ganze Nacht zum Sonntag damit zugebracht, die Buketts und Ansteckssträußchen für das ungewöhnlich personenreiche Ereignis zu fertigen.

Sie setzte sich in den stillen Mittelgang und verdrahtete einen Mimosenstengel. Das hatte sie schon so oft gemacht, daß sie ihre Gedanken dabei schweifen lassen konnte. Zum tausendsten Mal wünschte sie sich, Mia würde nicht in den nächsten Augenblicken durch die Tür kommen, die Ärmel hochkrempeln und ihr beistehen.

Die Braut bekam den traditionellen weißen Hochzeitsschmuck, akzentuiert von einigen Herbstlilien in verschiedenen, rosa angehauchten Karmesintönen. Allie hatte sie dazu überredet. Die Hochzeit fand an Halloween statt – also gut, zwei Tage davor –, und die Braut hatte etwas Gruseliges in Orange und Schwarz gewollt. Schlimmer noch, die Gäste sollten allesamt kostümiert kommen. Auf den Kirchenstufen war Allie bereits dem Bruder der Braut begegnet, der sich als Napoleon verkleidet hatte.

Jetzt betrat er die Kirche und blieb neben ihr stehen. Allie hob den Kopf und sah zu ihm auf – einem unverhältnismäßig großen Napoleon, fand sie. Er hatte eine Hand in die Jacke geschoben. »Stört Sie doch nicht, wenn ich hier bin, oder?« fragte er.

Allie schüttelte den Kopf. »Leider habe ich keine Zeit zum Plaudern«, antwortete sie. »Es ist ziemlich viel zu tun.«

Er nickte. »Ich soll dafür sorgen, daß der Priester auch wirklich kommt.« Schmunzelnd fügte er hinzu: »Ich habe immer gedacht, die wohnen unter dem Altar, wenn sie nicht gerade predigen.«

Allie umwand vorsichtig einen Mimosenstengel. Die hellen Blüten waren so empfindlich, daß sie bei ihrer Berührung erbebten. »Wahrscheinlich ist der Priester noch nicht da?«

Der Mann schüttelte den Kopf. »Nee!«

Allie sah auf. »Ich kann nach ihm Ausschau halten«, schlug sie vor. »Als was kommt er denn?«

Er sah sie an, als wäre sie verrückt. »Als Priester natürlich«, erklärte er. »Wie denn sonst?«

Allie hörte Schritte und sah erschreckt auf. Es war elf Uhr; die Zeremonie würde erst in zwei Stunden beginnen, doch die ersten Gäste trafen bereits ein. Wenigstens nahm sie an, daß es Gäste waren – eine mittelalterlich gekleidete Dame, ein Hofnarr und Elvira, die Königin der Nacht. »Hi!« rief Napoleon ihnen winkend zu. »Tante Anne! Du siehst toll aus!«

Er verschwand, um sich ein paar Minuten mit seinen Verwandten zu unterhalten – während derer Allie eine ganze Efeugirlande fertigen konnte –, kehrte dann aber zu ihr zurück, als sei ihr seine Anwesenheit eine Hilfe. »Sie sind zu früh dran«, verkündete er Allie. »Sie haben sich in der Reisezeit von New

York aus vertan.«

Allie nickte und zupfte aus einem der Sträuße eine Lilie. Die Lilien sollten oben an den Bänken die Enden der Gewinde bilden, und die Mimosen würden so festgesteckt werden, daß sie wie weiche Kaskaden von den Seiten fielen.

»Hübsche Blumen«, sagte Napoleon. Er zerquetschte eine Mimose zwischen den Fingern. Allie verzog das Gesicht. »Riecht gut.«

»Das haben Mimosen an sich«, sagte sie. »Schauen Sie!« Sie nahm ihm den Mimosenstengel aus den Fingern, bevor er noch mehr Schaden anrichten konnte, und strich mit der Fingerspitze leicht über die nächste Blüte. Die Blütenblätter zogen sich schüchtern zusammen. »Deshalb hat man sie früher immer bei Hochzeiten verwendet. Man sagte, wenn ein Mädchen im Zustand der Sünde an dieser Pflanze vorbeikäme, würden sich die Blüten zusammenziehen, als berührte sie etwas Böses.«

Napoleon lachte. »Soviel zur Märchenhochzeit meiner Schwester!« Er schwenkte die Hand über die halbfertige Girlande. »Das ganze Ding wird zusammenschrumpfen und welk herunterbaumeln«, meinte er. »Sie lebt schon seit einem Jahr mit Pete zusammen.«

Allie hängte gerade das erste Gewinde auf, als ein Terrorist, Shirley Temple und ein Hippie die Kirche betraten. Sie setzten sich hinter die anderen Gäste und begannen eine leise Unterhaltung. »Ich werde nie fertig«, murmelte Allie vor sich hin.

»Hey«, bemerkte Napoleon, der vor ihr stand. »Ich habe da ein Rumoren gehört. Das muß Pater Gillivray sein.« Er machte sich auf den Weg durch den Mittelgang, auf dem ein weißer Läufer den Schritt seiner blanken Stiefel dämpfte.

Sie biß die Zähne zusammen, als sie erneut die Stimme des Mannes vernahm, diesmal vor dem Hintergrund einer anderen, höheren und weicheren Stimme. »Da ist jemand, der Sie sucht«, verkündete Napoleon jetzt. Allie blickte auf und sah Mia hinter ihm stehen.

Ein Lächeln trat auf ihr Gesicht. »Gott sei Dank«, sagte sie. »Du hättest dir keinen besseren Augenblick aussuchen können.

Geh mir zur Hand, ja?«

Mia hatte ihren leise miauenden Rucksack auf eine Kirchenbank gestellt und kniete nun neben Allie nieder, um einen Lilienstengel mit Draht zu umwickeln.

Allie deutete auf eine fertige Girlande, hielt das obere Ende gegen eine Kirchenbank und zog einen Reißnagel aus ihrer Schürze, um sie festzumachen. »Die untere Hälfte drapierst du einfach nach oben«, erklärte sie ihr.

Mia nahm sich die lange Kette und ging nach hinten. Vorsichtig wollte sie eine Blüte zurechtrücken, die sich dabei verdreht hatte. Die Blütenblätter der Mimose zuckten zurück, als wäre ihnen die Berührung peinlich. Dann ging die nächste Blüte zu und die übernächste und so weiter, bis alle Blüten fest geschlossen waren, bebend vor Bescheidenheit, und alle Schönheit vergangen.

12

Wie kommt es, daß man nur am Anfang einer Beziehung spürt, wieviel Wärme von einer Person ausstrahlt und wie viele Zentimeter man sich bewegen müßte, damit man wie zufällig ihre Schulter berührt?

Cam blickte stur auf die Straße. Komisch, mit Allie konnte er vierzigmal am Tag zusammenrumpeln – vor dem Kühlschrank oder am Waschbecken im Bad –, und doch war er sich nie ihrer Nähe bewußt, hatte nie das Gefühl, seine Nerven würden sich ein winziges bißchen nach ihr ausstrecken. Er konnte sich nicht einmal mehr daran erinnern, ob er jemals neben Allie im Auto gesessen und sich überlegt hatte, wie er am geschicktesten sein Bein gegen ihres drückte und das dann auf die Frostbeulen im Asphalt schob.

Allerdings saß Mia ohnehin so dicht neben ihm, daß er die Wolle ihres Pullovers riechen konnte. Vor der roten Ampel sah er aus dem Augenwinkel den Puls hinter ihrem linken Ohr schlagen.

Seit er Allie an der Kirche abgeholt und Mia an ihrer Seite gefunden hatte, brachte er kaum ein Wort heraus. Ihm war fast das Herz stehengeblieben vor Schreck, sie über ein Körbchen mit weißen Gänseblümchen gebeugt zu sehen, das Haar auf dem Kopf zusammengerollt und mit einem strategisch hindurchgesteckten Stift aufgespießt. Cam war im Mittelgang stehengeblieben und spürte etwas in sich anwachsen, bei dem es sich möglicherweise um schlichte Erleichterung handelte – das er aber wie eine Hitzewelle, wie eine explodierende Hoffnung empfand.

»Hey«, war es aus ihm herausgeplatzt. »Du bist wieder da. Wie geht's deiner Tante?« Die Worte waren schon auf den weißen Läufer gepurzelt, den man für die Braut ausgerollt hatte, ehe ihm auffiel, daß er sich eben ein Detail ausgedacht hatte, das er eigentlich gar nicht wissen durfte.

Allie war damit beschäftigt gewesen, ihren Blumendraht und die Schweizer Taschenmesser wieder in der kleinen roten Werkzeugkiste zu verstauen, die sie zum Transport verwendete. Ihre rauhen und grünfleckigen Hände fummelten an dem Schloß der Kiste herum. »Woher weißt du, daß sie bei ihrer Tante war?« fragte sie, dann stand sie auf und gab ihm einen Kuß auf die Wange.

Nur weil es so von ihm erwartet wurde, schlang er seinen Arm um Allies Taille. »Da sind doch immer irgendwelche Tanten im Spiel«, improvisierte er und sah Mia hilfesuchend an.

»Es geht ihr gut«, antwortete Mia und warf ihm dabei mit den Augen den Lügenfaden zurück, wohl wissend, daß sich in Windeseile ein Netz daraus spinnen würde, groß wie das eines Krabbenfischers und ebenso verfänglich.

Allies Wagen war wegen eines kaputten Rücklichts in der Werkstatt, weshalb Cam sie zur Kirche gefahren hatte und sie und Mia nun zurück zum Blumenladen brachte. Aber er hatte den Zivilstreifenwagen nehmen müssen, dessen Kofferraum voll war mit Schachteln von Flugblättern und T-Shirts und Baseballkappen für ihre Anti-Drogen-Kampagne an den Schulen. Was bedeutete, daß sie die restlichen Blumenkörbe und Arbeitsmittel auf den Rücksitz luden, während er mit Allie und Mia vorne saß.

Mia gab sich redliche Mühe, auf Allies Hälfte der Vorderbank zu bleiben – Cam hatte keine Ahnung, wie sie überhaupt in der Mitte gelandet war –, aber ab und zu wurde sie durch eine Unebenheit auf der Straße gegen ihn geschleudert. Cam nahm auch Mias Geruch wahr, den holzigen Tannengeruch ihres Haares und ihrer Haut, der sich mit Allies flüchtigem Apfelparfüm mischte, bis ihm ein wenig übel wurde.

»Sechs-zwei-eins an vier«, knisterte es aus dem Funkgerät. Cam sah nach unten und stellte fest, daß es gegen Mias Schenkel drückte. Er faßte nach unten und zog es heraus. »Vier an

Sechs-zwei-eins«, gab Cam zurück, dann folgte eine Reihe von Buchstaben und Zahlen. Schließlich drückte er den Empfänger neben Mias Bein in die Halterung zurück. »Ich muß los«, erklärte er Allie. Er trat kurz aufs Gas und bog auf den Parkplatz ihres Geschäfts. »Werdet ihr allein fertig?«

Allie nickte. »Ich bin ein alter Hase«, sagte sie. Sie stieg aus dem Auto und faßte auf die Hinterbank, um zwei Blumenkörbe herauszuzerren.

»Ich helfe dir«, sagte Mia. Sie faßte ebenfalls auf die Rückbank, ohne dabei Cams Blick zu erwidern. Allie machte sich auf den Weg zum Laden, die Körbe in einer Hand balancierend, so daß sie in ihrer Tasche nach dem Schlüssel suchen konnte.

»Du bist zurückgekommen«, sagte Cam leise.

Mia nickte. Sie zerrte an Allies Werkzeugkiste, die sich irgendwie im Sitzgurt verhakt hatte und sich nicht lösen wollte.

»Wann kann ich dich sehen?« fragte Cam.

Mia sah auf. »Gar nicht«, murrte sie. Wieder zog sie am Griff der roten Kiste.

Cam drehte sich auf dem Fahrersitz um und legte seine Hand auf Mias. Mit einem Ruck flog die Werkzeugkiste hoch, der Deckel ging auf, und Blumendraht, Steckschaum und Messer verteilten sich über den ganzen Sitz. »Scheiße«, murmelte Mia und beugte sich hinunter, um ein Band aufzuheben, das davongerollt war.

Cams Hand zog sie wieder nach oben, und zwar so, daß sie an dem Rücksitz lehnte; dann küßte er sie. Mitten auf der Main Street, und mit Allie hinter der offenen Ladentür ... Sein Mund schob sich über ihren, bis sich ihr Magen anspannte und ihr Seufzen zu Cams nächstem Atemzug wurde.

Als Mia den ersten Schritt hörte, drückte sie Cam von sich weg. Sein Gesicht war rot, und um seinen Mund lag ein feuchter Ring. Mia zweifelte nicht daran, daß sie genauso aussah. Sie senkte den Kopf, so daß die Locken über ihre Wangen fielen, und tastete auf dem weißgrauen Bodenbelag nach den verstreuten Utensilien.

Allie zog die andere Hecktür auf und erfaßte mit einem Blick das Durcheinander im Auto. Sie fischte eine Drahtspule aus einem der übrigen Blumenkörbe. »Was ist passiert?«

Sie war zu sehr damit beschäftigt, eine Schachtel mit Lilien aus dem Auto zu bergen, als daß sie den Blickwechsel zwischen Cam und Mia mitbekommen hätte. »Ein Mißgeschick«, sagte Mia und knallte dann die Autotür zu, als würde sich Cam damit tatsächlich auf Distanz halten lassen.

Die Verhandlung in dem Fall ›Staat von Massachusetts gegen James MacDonald‹ war für den sechzehnten Januar angesetzt; das bedeutete, daß Graham MacPhee etwas mehr als zwei Monate blieben, um ein Karnickel aus dem Hut zu zaubern. Er hatte in letzter Zeit mit einem Notizblock neben dem Bett geschlafen und sich alles aufgeschrieben, was ihm zu Jamies Verteidigung einfiel. Zwar wollte er immer noch auf Unzurechnungsfähigkeit plädieren, doch würde er zusätzlich ein bißchen Sand ins Getriebe der Anklage streuen. Zum Beispiel hatte Allie eine Freundin von Maggie aufgetrieben, die bestätigen konnte, daß Maggie ihren Mann gebeten hatte, sie zu töten; damit wäre die Bedingung des Vorsatzes nicht mehr ganz so eindeutig gegeben. Und Graham beabsichtigte auch, die Mitleidstrommel zu rühren, indem er ganz subtil die Euthanasiekarte ausspielte. Er sah sich selbst in einem feierlichen Gerichtssaal stehen und mit klingender Stimme Jamies Haut retten, nachdem er sich eine brillante Rede zum Thema Gnade zurechtgelegt hatte.

Seit einigen Wochen reichte Graham auch Vorab-Anträge für die Verhandlung ein – ganz gewöhnliche Anträge, die dazu beitrugen, den Fall ein wenig hinauszuzögern. Er hatte Audra Campbell mit einem Antrag bedient, der ihr zustand – und in dem er also ankündigte, für seinen Klienten Unzurechnungsfähigkeit geltend zu machen; damit mußte sie einen vom Staat bezahlten Psychologen beauftragen, Jamie zwanzig Minuten lang zu untersuchen und daraufhin ein Gutachten abzugeben. Und dann, um sie zu ärgern, hatte er beantragt, die Beweise der Anklage noch einmal überprüfen zu dürfen. Nicht daß Graham glaubte, die Staatsanwältin hätte irgendwelche Asse im Ärmel versteckt; doch es würde einige Zeit in Anspruch nehmen, Kopien von Jamies Geständnis, den Laborergebnissen und so weiter anzufertigen; obendrein gefiel ihm der Gedanke, daß Audra Campbell wertvolle Zeit vergeudete, während der sie nicht an ihrer Anklage feilen konnte.

Heute war er jedoch den weiten Weg nach Pittsfield gefahren, um gegen einen Antrag zu kämpfen, den Audra *ihm* überreicht hatte und in dem sie forderte, daß die Worte ›Tötung aus Mitleid‹ während der Verhandlung nicht verwendet werden durften. Von Jamie dürfte nur als ›dem Angeklagten‹ oder ›Mr. MacDonald‹ gesprochen werden; die Grautöne der von ihm begangenen Tat müßten im Schwarzweiß der Anklage erscheinen. Audra war verflucht noch mal gewitzt genug, um zu wissen, welche Aspekte des Falles Graham er zu seinem Vorteil nutzen konnte. Als Graham den Antrag zum ersten Mal gelesen hatte, war er in seinem Stuhl zusammengesunken, wie erschlagen von dem Bild eines Gerichtssaales, in dem es kein Mitleid geben durfte. Der Landesrichter Roarke, ein großer schwarzer Bär von einem Mann, hatte Audras Antrag stattgegeben. »Aber Euer Ehren«, wandte Graham ein, »das hier war kein kaltblütiger Mord. Es handelt sich hier um eine Tat, die begangen wurde, um einem Menschen Leid zu ersparen. Wie sollte die Verteidigung da *nicht* von Mitleid sprechen?«

Der Richter sah Graham ruhig an. »Betrachten Sie«, sagte er, »das bitte als Ihr Problem, nicht als meines, Mr. MacPhee.« Aus dem Augenwinkel konnte Graham das Lächeln der Staatsanwältin sehen, das deutlich aus den geröteten Flecken ihres Gesichts strahlte. »Achten Sie darauf, daß Sie während der Verhandlung die Worte ›Mitleid‹ oder ›Tötung aus Mitleid‹ nicht verwenden, sonst ... nun, sonst bekommen Sie es mit mir zu tun. Diese Regel gilt für die Zeugenbefragung, für das Kreuzverhör und für die Eröffnungs- und Abschlußplädoyers. Und weisen Sie Ihre Zeugen an, den Begriff ebenfalls zu meiden; andernfalls ziehe ich Sie dafür zur Verantwortung und bestrafe Sie wegen Mißachtung des Gerichts. Habe ich mich klar ausgedrückt, Mr. MacPhee?«

»Kristallklar«, knirschte Graham, stopfte seine Papiere in den Aktenkoffer und marschierte aus dem Saal, bevor Audra Gelegenheit hatte, ihn anzufeixen.

Er stieg in sein Auto und fuhr in Richtung Wheelock. Es war dunkel; Mitte November brach die Nacht viel früher an. Unentschlossen überlegte er, ob er direkt zu Angus fahren und sich dort mit Jamie beraten, oder ob er ihm eine schlaflose Nacht ersparen und bis zum Morgen warten sollte.

Graham fuhr über die linke Nebenstrecke nach Wheelock, die nicht durchs Ortszentrum führte und genau an Angus' Haus vorbeiging. Die Straße passierte auch den Friedhof, was Graham im Vorbeifahren nie auffiel – außer im Winter, wenn der Schnee alles zudeckte und Graham sich fragte, ob der Tod dadurch noch kälter und beklemmender wurde. Konsequenterweise beschloß er, sich bei seinem Ableben verbrennen zu lassen. Als Graham jetzt daran vorbeifuhr, bemerkte er einen dünnen grünen Strahl, der irgendwo hinten im Friedhof auf und ab hüpfte.

Halloween war bereits vorbei, deshalb handelte es sich wahrscheinlich nicht um Jugendliche, die irgendwelche Streiche ausheckten, doch man konnte nie wissen; und schließlich lagen Grahams Großeltern irgendwo in der Nordwestecke. Er stellte den Wagen ab und schaltete den Motor aus. Dann folgte er zwischen den verwitterten Grabsteinen hindurch dem einsamen Lichtstreifen.

Graham klappte die Mantelaufschläge über die Ohren und fragte sich kurz, was, zum Teufel, die Polizei von Wheelock eigentlich für ihr Geld tat, wenn *er* hier durch den Friedhof schleichen und sich, weiß der Himmel welchen Ärger einhandeln mußte.

Bei einem japanischen Ahorn, der nackt und gebeugt wie eine alte Frau vor dem silbernen Profil des Mondes stand, blieb er stehen. Vor einem Grab saß auf einem Liegestuhl Jamie MacDonald.

Seine Sturmlampe wackelte bedenklich auf Maggies Grabstein, der so neu war, daß Graham selbst auf diese Entfernung die tiefen Einkerbungen im Granit ausmachen konnte, mit denen ihr Name hineingemeißelt war.

Jamie nickte einer Stimme zu, die Graham nicht hören konnte. »Ich weiß. Angus gibt sich alle Mühe, damit ich rausgehe; aber mir ist einfach nicht danach.« Jamie erhob sich und umrundete das Grab, sorgsam bedacht, nicht auf den Erdhaufen zu treten, unter dem man den Sarg begraben hatte. »Ich muß immerzu an dich denken«, sagte er leise. »Weißt du, ich konzentriere mich auf ein einziges Bild von dir und halte es den ganzen Tag über fest. Heute habe ich dich immerzu bei der Überraschungsparty zu meinem dreißigsten Geburtstag gesehen. Ich habe dir alles vermasselt, erinnerst du dich? – Seinerzeit bin ich früher von der Arbeit heimgekommen, weil ich dich zum Essen ausführen wollte, und du hast gerade meinen früheren Zimmerkameraden aus dem College ins Haus gelassen. Mein Gott, es war nicht zu fassen. Du hast Leute überzeugt, extra zu meinem Geburtstag aus Kalifornien oder Florida zu kommen – Freunde, die ich seit Jahren nicht mehr getroffen hatte. Aber was mich am meisten an dieser Party beeindruckte, war dein Anblick, als ich irgendwann mittendrin in die Küche kam, um mir noch ein Bier zu holen. Da hast du am Herd gestanden, diese riesige Fleischmenge in einen Topf geschüttet – ich glaube, es gab Chili – und mich angelächelt, während der Dampf dir die Haare rund ums Gesicht zu Locken ringelte. Du als Vegetarierin hast mich über diesen Topf voll rohen Fleischs hinweg angegrinst, als könntest du dir nichts Schöneres auf der Welt vorstellen. Und in dem Augenblick habe ich begriffen, wie groß deine Liebe war.«

Jamie sank wieder in den Liegestuhl zurück, der gerade so weit vom Grabstein entfernt stand, daß er ihn mit den Fingerspitzen berühren konnte. Graham trat einen Schritt zurück und beobachtete, wie die Hände seines Mandanten den kalten, glatten Granit liebkosten, als wäre der Stein lebendig und nachgiebig wie die Haut einer Frau.

Sie wollte ihn nicht sehen. Cam hatte Briefe ins Wheelock Inn geschickt und Nachrichten am Empfang hinterlegen lassen, weil

Mia nicht ans Telefon ging; er hatte sogar einmal während seiner Nachtschicht an ihre Tür getrommelt, im Wissen, daß sie da war – doch sie hatte nicht reagiert. Er begann sich zu fragen, warum er sie überhaupt gebeten hatte zurückzukommen. In einem Ort mit ihr zu leben und derartig fühlbar auf Distanz gehalten zu werden, war doppelt so schlimm wie eine echte Entfernung.

Mittlerweile schaute er zweimal am Tag in Allies Laden vorbei, nur in der Hoffnung, Mia dort zu entdecken.

Meistens arbeitete sie hinten an irgendeinem Gesteck. Dann beobachtete Cam sie, während er sich mit Allie abplagte. Ihm fiel auf, daß sie eine Vorliebe für eigenartige Formen und Strukturen hatte und lieber auf diese Weise Muster erzeugte als durch verschiedene Farben. Außerdem besaß sie irgendwie einen sechsten Sinn und ein ausgezeichnetes Gehör – sie blickte jedesmal auf, wenn Allie einen Schritt auf ihn zu machte, ganz gleich, wie leise seine Frau war; zweimal hatte er sie nach dem Telefon greifen sehen, noch bevor die MacDonalds es läuten gehört hatten.

Eines Tages zog Allie gerade ihren Mantel an, als er vorbeikam. »Schade«, sagte sie. »Ich muß mal schnell in Grahams Büro.« Sie warf Mia einen Blick zu. »Überleg's dir. Du kannst ja deine Tante mitbringen.«

»Wohin mitbringen?« fragte Cam.

»Zum Thanksgiving-Truthahn!« Allie stellte sich auf die Zehenspitzen und gab Cam einen Kuß auf die Wange, während er ihr die Tür aufhielt und ihr zum Parkplatz folgte. »Ich wollte, daß Mia kommt, aber sie will etwas mit ihrer Tante unternehmen.«

»Mit der kranken?«

»Nun«, gab Allie Auskunft, während sie in den Wagen stieg, »inzwischen ist sie wieder gesund.«

Cam beugte sich hinunter und lächelte ihr zu. »Leg den Gurt an«, sagte er. Er wartete, bis sie das Schloß eingehakt hatte, dann zog er den Gurt zurecht, bis er flach über ihre Schulter und zwischen ihren Brüsten hindurchlief, um seitlich in den Falten ihres Mantels zu verschwinden. »Viel Spaß«, verabschiedete er sie.

Er ging zu seinem Streifenwagen, setzte sich hinein und hantierte eine Minute am Funkgerät herum, bis er sicher sein konnte, daß Allie außer Sicht war. Dann stieg er wieder aus und marschierte zurück.

Die Unruhestifterin wartete auf ihn, auf der überpolsterten Lehne des Sofas kauernd. »Du arbeitest an Thanksgiving«, stellte sie fest.

»Wie jedes Jahr«, bestätigte Cam, »und du hast keine Tante.«

Mia stand auf und ging an die Kühltheke, um Johanniskraut und Zittergras herauszuholen. »Ich habe sehr wohl eine Tante«, erwiderte sie streitlustig. »Sie lebt in Seattle.« Sie sah auf. »Übrigens hat die Polizei in Wheelock auffallend wenig zu tun«, meinte sie.

Cam hakte die Daumen in die Hosentaschen. »Warum gehst du mir aus dem Weg?« fragte er.

Sie drehte sich weg. »Ich gehe dir nicht aus dem Weg«, widersprach sie.

Von hinten her drückte er sanft ihre Schulter. »Das freut mich zu hören!« Er drehte sie um und zog sie nach vorne in den Laden, wo er die Tür abschloß.

»Was tust du da?« Mia streckte die Hand nach dem Riegel aus. Als Cam sich mit seinem Körper vor die Tür stellte, verschränkte sie die Arme vor der Brust.

Seine Augen wurden groß. »Mia«, sagte er lächelnd, »was glaubst du eigentlich von mir?« Er faßte wieder nach ihrer Hand und rieb sie, bis er spürte, wie der Widerstand aus ihrem Körper wich. »Ich möchte mit dir spazierengehen«, sagte er.

Mia kniff die Augen zusammen. »Spazierengehen?«

»Einfach spazierengehen. Einen Fuß vor den anderen setzen.« Er grinste. »Ich wette, im Gehen bist du inzwischen verdammt gut.«

»Zehn Minuten«, sagte sie und folgte Cam durch die Hintertür hinaus.

Er führte sie die Anhöhe hinter dem Laden hinauf, die direkt in die Berkshires überging. Beim Aufstieg verfingen sich Mias Füße in Wurzeln und Ranken, und ihre Schuhe glitschten über nasses Laub. Ihr Atem kam in immer schnelleren Stößen, und sie wußte nicht, ob das von der Anstrengung oder von Cams festen Schritten vor ihr herrührte.

Schließlich blieb er stehen und zog sie auf ein Plateau, von dem aus man durch eine Wand von schmalen, struppigen Fichten hindurch bis auf den Parkplatz vor dem Laden und die Main Street blicken konnte. Die ebene Fläche war mit abgefallenen Nadeln bedeckt. »Hübsch«, sagte Mia, die hinter einem dünnen Baumstamm hervorschielte. »Davon habe ich nicht einmal was geahnt!«

»Wenn man die Augen nicht aufmacht, entgeht einem so manches«, bemerkte Cam leichthin. Er ließ sich auf dem Boden nieder und stützte sich hinten mit den Ellbogen auf. »Wieso bist du zurückgekommen?«

Mia setzte sich neben ihn, die Beine im Schneidersitz übereinandergeschlagen. »Die Bezahlung ist besser.«

Cam lachte kurz. »Von der Uniform ganz zu schweigen. Jemand sollte *Jolly Chicken* wegen sexueller Herausforderung verklagen.«

Sie wartete darauf, daß er noch etwas sagte, etwas wie: *Gab es noch einen Grund?* oder *Und was ist mit mir?* Als er es nicht tat, atmete sie tief durch. »Außerdem war ich nicht besonders gut im Hähnchenteilewenden«, ergänzte sie.

»Nein«, pflichtete Cam ihr bei. »Obwohl wahrscheinlich interessantere Kundschaft vorbeikam.«

Mia lachte, weil sie an die pickligen Teenager denken mußte, die Geld, klebrige und schmierige Münzen, aus ihren Jeanstaschen klaubten. »Längst nicht so interessant wie die Leute, mit denen *du* zu tun hast.« Sie legte sich flach auf den Boden, schloß die Augen und bekam gar nicht mit, wie Cams Atem im selben Moment stockte. »Was waren deine merkwürdigsten Fälle?«

Es gefiel ihr, wieder neben ihm zu liegen, so wie nach der Liebe, und sie würden nun die Worte des anderen so nahe an sich heranlassen wie zuvor den Körper. Sie stellte sich ihren Satz als etwas Greifbares vor, als eine Spinnwebe, die sich um Cam schlang und ihn zu ihr herüberspann. Anschließend würde seine

Antwort sie umschnüren und an ihn binden. *Das* hier hatte sie am meisten vermißt, nicht den Sex oder den Kitzel des Verbotenen.

Cam zwang sich, neben ihr liegenzubleiben, ohne sie zu berühren. »In meinem ersten Jahr bei der Polizei – noch vor meinem Europatrip – war ich mal der erste bei einem Autounfall auf der Route acht. Der Typ, der seinen Wagen gegen einen Telefonmasten gesetzt hatte, war sechsundvierzig, stocknüchtern und einfach am Lenkrad eingeschlafen. Als ich ihn aus seinem Auto fischte, fing er an, französisch zu sprechen; dann hat er wie ein Baby geweint und sprach wieder französisch. Später kam raus, daß er in seinem ganzen Leben nie die Berkshires verlassen und nie eine Fremdsprache gelernt hatte. Nach ein paar Wochen legte sich der Schock wohl wieder; aber man hat in den medizinischen Fachzeitschriften über ihn geschrieben.

Und dann war da der Bienenschwarm, der in den Haushaltswarenladen geflogen ist und auf die Kunden losging. Schuld daran war ein Nachbar, der seinen Rasenmäher unter dem Bienenstock angeworfen hatte. Daraufhin wurden die Bienen wild und sind durch die Fenster hinten im Laden und durch die Tore reingekommen. Dreißig Leute wurden gestochen, manche hatten allergische Reaktionen.«

Mia stützte sich auf einen Ellbogen. »Und in so einem Fall wird die *Polizei* gerufen?«

Cam stöhnte. »Die Polizei wird *in jedem Fall* gerufen.«

Mia lachte. »Was würdest du nicht für eine Verfolgungsjagd mit dem Streifenwagen geben«, sinnierte sie.

»Die haben wir auch. Wheelock ist nicht so verschlafen, wie es scheint.« Er zog die Stirn in Falten. »Vor zwei Jahren hat an Halloween jemand auf dem Friedhof eine Leiche ausgegraben und ist mit dem Kopf und dem rechten Arm eines Leichnams verschwunden, der seit dreißig Jahren dort ruhte.«

»Igitt!«

»Du sagst es. An manche Sachen gewöhnt man sich nie, selbst wenn man bei der Polizei arbeitet.« Er drehte sich auf die Seite, so daß er Mia direkt ansah. »Eltern erklären zu müssen, daß ihr einziges Kind bei einem Motorradunfall umgekommen ist. Oder eine Tür aufzubrechen und zu wissen, daß dahinter jemand steht, der auf dich schießen wird. Gegen gewisse Waffen kann man sich einfach nicht schützen.«

Mia stellte sich Cam verletzlich und unter Attacke vor. »Aber das passiert hoffentlich nicht oft«, flüsterte sie.

Cam blickte Mia an, die nichts von Berettas und Kalibern oder Patronen wußte und ihn doch mit einem Lächeln in die Knie zwingen konnte. »Du würdest dich wundern«, sagte er.

Sehr geehrter Mr. MacPhee,
ich habe im Boston Globe *über Sie gelesen und nun das Gefühl, daß ich Ihnen schreiben muß.*
Vor drei Jahren geriet mein Bruder in einen Motorradunfall, weshalb ihm ein Bein amputiert werden mußte. Sein Rücken war ebenfalls an mehreren Stellen gebrochen, und er litt über ein Jahr lang Schmerzen, bis er sich am Ende in den Kopf schoß. Ich hörte den Schuß und lief in sein Zimmer. Er stöhnte und wälzte sich herum, sein Gesicht war zur Hälfte zerfetzt. Ohne auch nur nachzudenken, nahm ich die Waffe und gab einen zweiten Schuß auf ihn ab.
Ich habe die gleiche Prozedur durchgemacht wie wahrscheinlich Ihr Klient jetzt. Nach sechs Monate währenden Ermittlungen und einem gräßlichen Medienrummel kam ein medizinischer Gutachter zu dem Ergebnis, daß der erste Schuß Jeff ohnehin getötet hätte.
Bitte zeigen Sie Ihrem Klienten diesen Brief. Ich hoffe, die Geschworenen hören auf ihr Herz.

Angus erwachte aus dem Nickerchen, das er auf Allies Wohnzimmersofa absolviert hatte. Irgendwann während des zweiten Viertels war er eingeschlafen, und nun hatte er die ganze erste Halbzeit verpaßt. Er blinzelte zum Fernseher hin und versuchte, sich ins Gedächtnis zu rufen, welche College-Teams eigentlich spielten.

Ellen MacDonald kam mit einer Kasserolle voller Yamswurzeln aus der Küche. »Na so was«, sagte sie mit einem Blick auf Angus. »Und wir dachten schon, du bist tot.«

»Immer langsam«, grinste er. »Ihr braucht mich noch nich aufzugeben.«

Er rubbelte sein Gesicht, stand auf und machte sich auf den Weg in die Küche. Allie kam gerade heraus, mit einem Truthahn beladen, der halb so groß schien wie sie selbst. »Vorsicht!« rief sie, während der Dampf vor ihrem Gesicht hin und her wehte wie ein Vorhang im Wind.

Angus setzte sich auf seinen Platz – der eigentlich Cams Platz war, doch Cam arbeitete an diesem Thanksgiving, so wie jedes Thanksgiving seit acht Jahren. Es war ein fairer Handel; auf diese Weise stellte er sicher, daß er an Weihnachten frei hatte. Aus für Angus unerfindlichen Gründen bestand Allie jedes Jahr darauf, ein Thanksgiving-Essen zu veranstalten, zu dem sie Cams gesamte Familie einlud. Angus hätte es passender gefunden, wenn sie eingeladen worden wäre, da schließlich sie das Haus allein hüten mußte.

Aber wahrscheinlich war es besser, wenn er einfach seinen Mund hielt und es sich schmecken ließ.

Allie beugte sich über Angus' Schulter und zupfte eine knallorange Blume in dem Gesteck zurecht, das sie gemacht hatte. Es war ein ausgehöhlter Kürbis, den sie mit Steckschaum gefüllt und mit einer Kombination von Strohblumen, Blütenspindeln, Schneebeeren und chinesischen Lampions bestückt hatte. In einer Minute wäre auch der Rosenkohl fertig; Salat und Füllung standen bereits auf dem Tisch. »Jamie«, rief sie. »Essen!«

Lustlos kam er an den Tisch und setzte sich auf den Stuhl neben Angus. »Was meinst du?« fragte er. »Ob man im Gefängnis zu Thanksgiving auch Truthahn kriegt?«

»Wenn du wills«, antwortete Angus. »Ich glaub schon. Wenn ich mich recht erinner ...«

»Stop«, schnitt ihm Allie das Wort ab. »Das ist kein Gesprächsthema für einen Festtag.«

»Aber andererseits«, wandte Jamie ein, »bin ich auch kein festlicher Gast.«

Ellen streckte die Hand über den Tisch und klatschte einen Löffel Yamswurzeln auf Jamies Teller. »Iß«, forderte sie ihn auf.

Allie wanderte um den Tisch und schenkte jedem Weißwein ein. Als sie Angus ausließ, zupfte er sie am Pullover. »Und was is mit mir?«

»Du hast Traubensaft. Du darfst keinen Alkohol trinken, wegen deiner Herzmedikamente.«

»Ich hätt lieber die Pillen weggelassen«, brummelte er.

Sie stellte die Weinkaraffe neben dem Truthahn ab und erhob ihr Glas. »So«, sagte sie und lächelte dabei in die Runde, »auch in Cams Namen möchte ich euch danken, daß ihr dieses Jahr wieder an Thanksgiving zu uns kommen konntet. Und unsere Gedanken gelten all denen, die – die in diesem Jahr nicht bei uns sein können.« Sie drehte sich zu Jamie um. »Ich habe mir gedacht, daß du vielleicht den Truthahn anschneiden möchtest«, sagte sie.

Jamie nahm das sterlingsilberne Tranchierbesteck, das Allie ihm hinhielt. Er hörte die Soße auf dem Küchenherd blubbern, das Geplauder am Tisch und das Lärmen der Sportreporter im Fernseher. Sein Blick fiel auf den Truthahn, dem Allie aus ernährungsphysiologischen Gründen bereits die Haut abgezogen hatte, auf die weiße Brust unter seiner ausgestreckten Hand. Er ließ die Gabel fallen und senkte die Finger auf die Wölbung, weil er plötzlich an Maggies Haut, Maggies Hals denken mußte. Dann ließ er auch das Messer fallen und stürmte die Treppe hinauf.

Allie fand ihn auf dem Badewannenrand sitzend, wo sie neben ihm Platz nahm. Sie faßte nach seiner Hand und drückte etwas Fettiges, Glitschiges hinein. Er machte die Augen auf und entdeckte das Gabelbein des Truthahns. »Ellen hat den Truthahn angeschnitten«, erklärte sie. »Aber ich dachte, vielleicht möchtest du gern mit mir den Wunschknochen brechen.«

Plötzlich fühlte er sich besser als seit Wochen. Sie hatte es wirklich drauf, diese kleine angeheiratete Verwandte! »Das habe ich mit Maggie auch immer gemacht, obwohl sie Vegetarierin war«, erinnerte er sich. »Aber wir haben uns dabei gemeinsam etwas gewünscht. Sie glaubte, wenn wir beide an dasselbe denken, dann würde der Wunsch ganz bestimmt in Erfüllung gehen, egal, wer das längere Ende erwischt.«

»Darf ich raten?« fragte Allie. »Weltfrieden? Ein Lottogewinn?«

»Wir haben uns immer Kinder gewünscht«, flüsterte Jamie. Er sah zu ihr auf. »Also haben wir wohl beide nicht gewonnen.« Nachdenklich fuhr sein Finger den Knochen entlang. »Wieso nimmt sich Cam an Thanksgiving nicht frei?«

»Er muß entweder heute oder an Weihnachten arbeiten«, antwortete sie.

»Oder er nimmt sich beide Tage frei und läßt sich was von seinem Gehalt abziehen.«

»Aber wer hielte dann Wache?« wandte Allie ein. Sie grinste. »Das ist, als wäre man mit einem Arzt verheiratet. Wenn eine Frau ein Kind bekommt, kann das auch nicht warten, bis Thanksgiving vorbei ist. Das gleiche gilt für Einbrüche, Unfälle und so weiter.«

»Trotzdem«, sagte Jamie. »Er sollte über *dich* wachen.«

Allie lief leicht rosa an. Sie nahm Jamie den Knochen aus der Hand. »Also, wünsch dir was«, sagte sie und faßte nach dem einen Ende.

Jamie dachte kurz nach. Dann schlang er die Hand um das andere und bog den Knochen ein wenig durch, um die Spannung zu testen. »Hoffen wir, daß die Menschen, nach denen wir uns sehnen, zu uns zurückkehren«, betete er laut. »Und zwar bald.«

In seinem Streifenwagen hatte Cam das Funkgerät leise gedreht, so daß er den Splitt unter den Reifen knirschen hören konnte, während er durch seine Stadt patrouillierte. Er brauchte sich keine Sorgen zu machen, daß ihm vielleicht ein wichtiger Funkspruch entging; seinen Code bekam er immer mit, ganz egal, wie leise die Stimme des Funkbeamten war. Zum dritten Mal an diesem Abend fuhr er nun an seinem Haus vorbei, sah die Lichter im Eßzimmer brennen und das Leuchten des Fernsehers hinter dem Panoramafenster.

Thanksgiving war nicht so übel. Weihnachten hielt er für deprimierender; all die alten Leute, die ihre Küche in Brand setzten oder sich aus ihrem Haus aussperrten, nur damit sie jemanden zum Reden hatten, selbst wenn es ein Polizeibeamter war. Das empfand er als das Schlimmste an seinem Beruf: im Gegensatz zu den anderen Einwohnern von Wheelock konnte er nicht so tun, als wäre dies ein friedlicher kleiner Ort in Neuengland. Er wußte, wer seine Kinder mißhandelte, wer seine Frau schlug, wer vor der Grundschule Drogen verkaufte und wer am Mittwochvormittag am ehesten betrunken war. Diesen Ort kannte er wie eine Mutter ihr Kind.

Als er es leid war, die Main Street abzufahren, bog er auf den Parkplatz vor dem Wheelock Inn ein und schaltete sein Radar an. Er dachte an Mia und fragte sich, ob sie wohl in ihrem Zimmer war, zusammen mit Kafka, ob sie sich an diesem Feiertag irgend etwas vorgenommen hatte.

Ob sie an ihn dachte.

Als das Funkgerät knisterte, ließ er den Wagen automatisch anfahren. Das statische Rauschen wich einer Folge von Codes, die er mühelos verstand. Ein Raubüberfall im Minimart, genau jetzt!

Die Erfahrung machte es ihm keineswegs leichter. Cam trat das Gaspedal durch, raste die Main Street hinunter zu der Tankstelle am Ortsrand und fragte sich währenddessen, ob er die Dreckskerle erwischen würde, ehe sie sich aus dem Staub machten. Das Problem dabei war, daß diese Arschlöcher immer erst schossen und erst später nachdachten.

Aus naheliegenden Gründen war er ohne Sirene losgefahren und schaltete eine Meile vor dem Minimart auch das Blaulicht aus. Durch die Schaufensterscheibe konnte Cam sehen, wie Gordo Stuckey, der Teenager, der nachmittags meist dort arbeitete, ausgestreckt auf dem Boden lag, während seine Hände im Takt zu seinem Schluchzen zuckten.

Wo, zum Teufel, steckte der zweite Einsatzbeamte? C. J. fuhr irgendwo herum, und so groß war Wheelock nun auch wieder nicht.

Er zog seine Smith and Wesson aus dem Halfter, hielt sie auf Armeslänge von sich gestreckt und schlich vorne am Gebäude entlang. Im Verkaufsraum befanden sich zwei Männer, einer übergewichtig und mit einem Minikuchen in der Hand, während er Gordo mit seiner Waffe am Boden festnagelte; der andere schaufelte soeben Geld aus der Registrierkasse in eine Leinentasche mit der Aufschrift ›Freundeskreis der Bücherei Wheelock‹.

Die Waffe auf den Mann über Gordo gerichtet, zwängte sich Cam durch die Tür. *Sie sind zu zweit,* sagte eine Stimme in seinem Kopf. *Sie sind zu zweit, aber du weißt nicht, ob der zweite eine Waffe hat, und C. J. ist unterwegs.*

»Waffe runter«, bellte Cam.

Der Mann lachte. »Ich denk ja gar nicht dran!«

Als Cam einen Schritt vorwärts machte, hob der Mann, der die Kasse geleert hatte, eine zweite Pistole und richtete sie auf Cams Kopf. »Vielleicht sollten Sie auf ihn hören, he?«

Cam hob langsam die Hände, während der Kerl hinter der Kasse auf ihn zukam, um ihm seine Waffe abzunehmen. *Scheiße Scheiße Scheiße,* dachte er. Und dann, aus jedem Zusammenhang gerissen: *Aber es ist doch Thanksgiving.*

Der Mann umrundete die Theke, polterte an der Kaffeemaschine mit den Styroportassen, Deckeln und dem Milchtöpfchen vorbei, das derweilen auf Cams schwarze Einsatzstiefel tropfte. Er rutschte aus und landete auf dem Rücken – seine Waffe schlidderte unter das Metallregal mit den Brötchen und dem Brot.

»Fallen lassen!« brüllte Cam und zielte geistesgegenwärtig auf den anderen Ganoven. Gordo lag auf dem Boden und wimmerte.

Auf einmal war klar, daß der Kerl den Abzug durchdrücken wollte. Es gab eine Verschiebung in der Luft um ihn herum, dann einen Druckwechsel, der ihm den Brustkorb zusammenpreßte und auf seine Trommelfelle schlug.

Sein Schuß war in der Schulter des Mannes gelandet und hatte dessen Kugel abgelenkt, die das gehärtete Glas im Schaufenster des Minimarts in ein unordentliches Netzgebilde verwandelte. »Keine Bewegung«, brüllte Cam, als der Komplize auf das Regal mit den Brötchen zurobben wollte.

Als C. J. eintraf, hatte Cam die beiden bereits Rücken an Rücken gesetzt und mit Handschellen an den Zeitungsstand gefesselt. »Scheiße«, sagte C. J. Er sah Cam von oben bis unten an. »Scheiße«, wiederholte er nachdrücklich.

»Im Brotgang liegt eine Waffe«, erklärte Cam müde und rieb sich den Nacken. »Der Krankenwagen ist unterwegs.« Er nickte zum Lagerraum hin. »Ich werde ihr Auto beschlagnahmen. Gordo Stuckey kommt nachher aufs Revier, um seine Aussage zu machen«, meinte er. »Sobald er sich umgezogen hat.«

»Hat er sich vollgemacht?«

Cam nickte. C. J. stampfte auf die beiden Gefangenen zu. »Ich bringe sie in die Zelle«, versprach er. Er kniete vor dem Verwundeten nieder, der daraufhin ausspuckte. Dann musterte er Cam. »Hast du auf die Schulter gezielt oder dein Ziel verfehlt?«

Cam schnaubte und ging nach draußen zu seinem Streifenwagen. Es waren nicht mehr als sieben Minuten vergangen.

Immer noch benommen, begab er sich in sein Büro. Er mußte einen Bericht schreiben, mußte sich für den abgegebenen Schuß rechtfertigen, hatte Millionen Dinge zu erledigen, nur weil diese beiden Nichtsnutze beschlossen hatten, an Thanksgiving seine Stadt unsicher zu machen. Doch statt dessen rief er die Funkzentrale an und erklärte, daß er heimgehen würde und daß C. J. in Kürze mit den Gefangenen einträfe. Er ordnete an, bis morgen früh einen zusätzlichen Teilzeitbeamten einzusetzen, nur falls diese Burschen irgendwo Freunde hatten.

Dann ging Cam zurück zu seinem Wagen, der hinter der Polizeistation parkte. Er setzte sich hinein und hielt sich mit beiden Händen am Lenkrad fest, weil er plötzlich am ganzen Leib zu zittern begann. Vor seinen Augen hüpfte alles auf und ab, seine Schultern verkrampften sich. Er dachte kurz an daheim, wo fröhlich und in Feiertagslaune lauter Menschen feierten, die er jetzt nicht ertrug. Vorsichtig, fast in Schrittgeschwindigkeit, fuhr er die Straße zum Wheelock Inn hinunter.

Mia öffnete ihm, und die Katze sprang ihr vom Arm. Als sie über die Schwelle trat, um Kafka wieder einzufangen, merkte sie, daß Cam zitterte, so heftig und unbezähmbar, wie sie es noch nie bei einem erwachsenen Mann erlebt hatte.

Sie ließ den Kater fallen, der den Gang hinunter und auf die Eismaschine zulief. »Was ist denn los?« fragte sie und zog Cam in ihr Zimmer. Sie rechnete mit dem Schlimmsten. *Meine Mutter ist gestorben. Ich habe Krebs. Allie weiß alles.*

Cam sank auf das Bett, und Mia kletterte hinter ihn, um ihn zu wiegen, so gut es bei seiner Größe ging. Er erzählte ihr von der Mitteilung aus der Funkzentrale und wie er auf dem Parkplatz direkt unter ihrem Fenster gewartet hatte, von dem Kriminellen mit dem geflochtenen Zopf und wie Gordo zitternd am Boden gelegen hatte, von dem Milchfleck, der ihm so oft die Schuhe ruiniert und ihm nun das Leben gerettet hatte.

Als alles gesagt war, schlug Cam die Augen auf. Mia lag ihm gegenüber auf dem Bett, mit angezogenen Beinen, genau wie er. Ihre Arme waren mit seinen verwoben, ihre Füße um seine Fußgelenke gehakt. Er fühlte sich an eines dieser chinesischen Ring-Geduldsspiele erinnert, die man erst nach Stunden auseinander bekam. *Du brauchst es gar nicht zu versuchen,* dachte er. *Du brauchst es gar nicht erst zu versuchen.*

Jetzt, wo die Angst vorüber war, kam ihm sein Körper zu groß für seine Haut vor. Er rollte Mia auf den Rücken und küßte sie, preßte sich auf sie und schob seine Zunge in ihren Mund. Es war nicht das zärtliche Liebesspiel, das er mit ihr sonst betrieb; es war schnell und zornig, so wie bei Allie, und irgendwo im Hinterkopf stellte er fest, wie leicht nach gewissen Gefahren die Grenzen überschritten wurden.

Er kam nicht dazu, sein Hemd auszuziehen. Mia spannte sich um ihn herum an, streichelte sein Haar und rutschte näher, bis ihr gemeinsamer Rhythmus in ein langsames Wiegen überging. Im allerletzten Augenblick zog er sich aus ihr zurück und ergoß sich über die sauberen weißen Laken des Bettes.

»Tut mir leid«, entschuldigte er sich.

Mia lächelte ihn an. »Man stelle sich vor: ein Bulle, der nicht an Vorbeugung denkt!«

Er strich die Locken aus ihrem Gesicht. »Du hast mir gefehlt«, sagte er. Dann küßte er ihren Hals und rutschte ein winziges Stückchen von ihr weg. Sein Finger senkte sich, um ein wütendes Mal auf ihrer Brust nachzuzeichnen, eine Vertiefung, die seine Polizeimarke in ihre Haut gedrückt hatte.

Mia setzte sich auf und ging ins Bad. Sie starrte auf die Schwiele. »Es tut nicht weh«, versicherte sie ihm. »Das geht wieder weg.« Aber während der gesamten drei Stunden, die Cam in ihrem Zimmer war, blieb die Stelle wund und rot: während sie sich ein zweites Mal liebten und während des langen, heißen Bades in der Wanne. Schließlich zog sie, bevor er ging, ihren dicken grauen Pullover wieder an; als könnte sie die Stelle dadurch ausmerzen und sie beide vergessen lassen, daß er sie so als sein Eigentum zu brandmarken versuchte.

Einmal hörte ich, wie in einem Bus ein Mädchen sagte, dieser Typ sei ihr einfach unter die Haut gegangen. Ich fand das eine bemerkenswerte Vorstellung – daß jemand einen so tief berührt, daß er fortan ein Teil von einem ist.

Der Ausdruck ist mit einem Bild verbunden: etwas Flüssiges und Warmes, das vom Herzen ausströmt und, vom Blut getragen, bis in die Fingerspitzen und Zehen vordringt.

Dieses Mädchen im Bus sagte, sie könne nicht aufhören, von diesem Mann zu träumen. Sie sagte, wenn sie ihm nicht begegnet wäre, wäre sie nicht der Mensch, der sie jetzt war.

Und die Haut, *sagte sie.*

Das gab mir zu denken.

13

Graham MacPhee hatte über zehn Minuten gebraucht, ehe er den Mut aufbrachte, den Polizeichef anzurufen. Zehn Minuten, in denen er mit den Händen über seine teuren Hosen gerieben und immer wieder Hannahs Stimme am Telefon gelauscht hatte, nur um gleich wieder aufzulegen. Es waren keine zwei Monate mehr bis zur Verhandlung und damit auch zur Zeugenbefragung. Cam würde von der Anklage in den Zeugenstand gerufen – daran gab es keinen Zweifel –, doch Graham wollte nichts dem Zufall überlassen. Wenn er wenigstens einen Fuß in die Tür bekam, könnte er Cam nach seinem Cousin aushorchen. Jeder gute Anwalt wußte, daß man nicht einmal im Kreuzverhör Fragen stellte, auf die man die Antwort nicht bereits kannte.

»MacDonald!« Cams Stimme klang so ungeschliffen und kantig wie der ganze Mann.

»Chief, hier ist Graham MacPhee.« Er atmete tief durch. »Ich würde gern wissen, ob Sie ein paar Minuten Zeit für mich hätten.«

Cam blieb eine Sekunde lang still. »Geht es um das, was ich glaube?«

Graham nickte, ehe ihm einfiel, daß Cam ihm nicht sehen konnte. »Um Jamies Fall«, bestätigte er.

»Nicht in diesem Leben«, wehrte Cam ab und legte auf.

Nun, das war zu erwarten gewesen. Graham seufzte, kippelte mit dem Stuhl nach hinten und legte die Füße auf den Schreibtisch. In einer Situation wie dieser spielten sich Polizei und Staatsanwaltschaft stets die Bälle zu.

Normalerweise hätte ihn das nicht gestört. In Wahrheit besaß er Kopien von Jamies Verhaftungsprotokoll und von den Notizen, die sich der Chief nach Jamies Ankunft in der Stadt gemacht hatte. Er besaß eine Aufstellung aller am Tatort gefundenen Beweismittel. Wie auch immer, Audra Campbell hatte ihm dankenswerterweise sogar ein Duplikat der Polizeiakte aus Wheelock überlassen.

Ihm fiel wieder ein, wie Cam ihn einmal, als er noch auf der High-School war, beim Feiern auf einer Baustelle erwischt und eingesperrt hatte. »Fick dich«, begehrte er immer wieder auf, während Cam ihm Handschellen anlegte, ihn in die Polizeistation schubste und die Zellentür aufsperrte. Cam hatte nur gelacht. »Glaub mir«, gab er ihm damals zu verstehen, »da kannst du jemanden finden, mit dem es mehr Spaß macht.«

Cam war klar gewesen, daß Graham sich seines Fehlverhaltens eigentlich schämte. Er hatte das Gefühl gehabt, daß Graham nicht unbedingt bestraft werden mußte; er brauchte nur einen ordentlichen Denkzettel.

In Grahams Augen war das eine eigenwillige, aber aufrichtige Art von Justiz. Und nun, Jahre später, war Cam in Grahams Büro gekommen, um ihn mit der Verteidigung seines Cousins zu beauftragen, eines Mannes, den er wenige Stunden zuvor wegen Mordes eingesperrt hatte. Doch Cam hatte um Verschwiegenheit gebeten. Vielleicht weil er wirklich glaubte, daß ein Pflichtverteidiger keine saubere Arbeit leisten würde; vielleicht weil er insgeheim mit dem armen Kerl fühlte, während er offiziell die Staatsanwaltschaft unterstützen mußte. Wie man es auch drehte, wie starrköpfig und überheblich Cam sich in diesem Fall auch verhalten mochte, er empfand etwas für Jamie; er mußte dafür sorgen, daß sich alles zu einem guten Ende fügte.

Und genau da wollte Graham ansetzen: Er mußte der Jury zeigen, daß Cam sich ebenso viele Sorgen um Jamie machte, wie es die Geschworenen tun sollten.

Der Anwalt starrte das schwarze Tastentelefon auf seinem Schreibtisch an. Er schaute aus dem Fenster auf die Polizeistation. Wenn er gut aufpaßte, konnte er es so einrichten, daß er zufällig mit Cam zusammenstieß, wenn der zum Mittagessen ins Café ging; auch könnte er grade auf der Straße sein, wenn Cam morgens ins Revier kam.

Oder er konnte einfach die beste Waffe in seinem Arsenal einsetzen. Mit einem triumphierenden Lächeln nahm Graham den Hörer ab und wählte die Nummer von *Glory in the Flower.*

Allie wand ein Stück Kupferdraht von ihrem Bonsaibaum und ließ es in einem schlampigen Knick vom Zweig baumeln. »Schau nur!« jubelte sie und zupfte an Cams Hemd. »Der Zweig bleibt fest!«

Cam warf einen Blick auf das kleine Bäumchen. »Ganz schön«, meinte er teilnahmslos, »wenn man so was mag.«

Allie begann, den Draht behutsam wieder um den Stamm und die Äste zu winden, wo die Rinde nicht durch die letzte Wickelung beschädigt war. »Also«, sagte sie, »ich mag es jedenfalls. Mia ist bestimmt stolz auf mich.«

»Wieso ist Mia bestimmt stolz auf dich?« Die Stimme drang durch die Hintertür des Blumenladens, und dann kam Mia persönlich um die Ecke, den Arm voller Stechpalmen, Efeu und Pinienzapfen. Sie warf Cam einen knappen Blick zu und ließ ihn gleich wieder zurück auf den Arbeitstisch gleiten. Dann fiel ihr Bündel auf den Boden, und sie fegte sich die Nadeln von der Jacke. »Ich hasse Weihnachten«, verkündete sie, »und andauernd dieses Harz.«

Allie nickte. »Du kriegst es nicht von den Händen und mußt die ganze Zeit damit weiterarbeiten.« Sie legte ihre Hand auf Cams Schulter und schwenkte die andere durch die Luft. »Schau dir meinen Ahorn an«, bat sie.

Mia fuhr mit dem Finger den Ast nach. »Sehr schön«, sagte sie. Aus dem Augenwinkel sah sie Allies Hand über Cams Nacken streichen; Mia zwang sich zu Gleichmut.

Cam nahm Allies Hand fort, vorgeblich, um sie zu halten; dann stand er auf und trat einen Schritt zurück. Er verstand nicht, wie es soweit hatte kommen können, daß er zwischen den beiden Frauen klemmte, so daß Allie Anspruch auf gewisse Dinge hatte – wie seinen Namen und sein Haus – und Mia auf andere – seine Stimmung, seine atmosphärischen Erinnerungen, die Stelle im Nacken, die Allie eben noch gestreichelt hatte.

Er kam nicht gern in den Laden, aber trotzdem mindestens einmal am Tag, um Mia zu sehen. Seit einiger Zeit erzählte er Allie, daß er doppelte Schichten schob, mittwochs acht Stunden und die Nachtschicht bis zum folgenden Morgen dazu, weil ein Teilzeitbeamter weggezogen war und er einspringen mußte; in Wahrheit verbrachte er die Zeit mit Mia, die er in ihrem Hotelzimmer liebte, während Kafka sie von seinem Hochsitz auf dem Fernsehbrett aus beobachtete, mit großen und wissenden gelben Augen.

Oft ging er mittwochs nach dem Abendessen kurz ins Bett, um gegen elf Uhr aufzuwachen, Allie an seiner Seite und die Buntglasnarzissen matt und schwarz im Fenster vor ihm. Dann zog er sich unbemerkt an und fuhr ins Wheelock Inn, wo er an der Seite parkte und über die Hintertreppe in den ersten Stock zu Mias Zimmer hinaufstieg. Er wechselte die Betten so nahtlos, daß ihm der Betrug nach ein paar Wochen zur zweiten Natur geworden war und er sich gar kein anderes Leben mehr vorstellen konnte.

Allie fing an, die Stechpalmen zu sortieren, die Mia auf den Boden hatte fallen lassen. Sie machte zwei Haufen, einen mit grünen Zweigen, den anderen mit grünen Zweigen und Beeren. »Kränze«, seufzte sie, »ich winde den ganzen Tag nichts als Kränze.«

Sie blickte zu Cam auf. Graham hatte sie vor ein paar Tagen angerufen und sie nochmals um ihre Hilfe gebeten; doch diesmal war die Aufgabe nicht so einfach wie damals, als Details aus Jamies Leben sie in Cummington zusammengebracht hatten. Er setzte ihr auseinander, daß er mögliche Zeugen befragte – sie allerdings nicht –, da sie weder über den Vorfall noch über Jamies Charakter davor direkt Bescheid wußte. Dafür, hatte er gesagt, kenne sie Cam besser als jeder andere. Und wenn sie Graham in den Tagen vor der Verhandlung Anhaltspunkte dafür geben könne, was Cam Jamie gegenüber empfand, dann würde sie ihm die Verteidigung wesentlich erleichtern.

»Sie wollen, daß ich ihn ausspioniere!« Sie hatte ihn durchschaut.

Graham räusperte sich. »Nein«, widersprach er. »Ich bitte Sie nur darum, sich unauffällig einzuklinken.«

Er sagte ihr nicht, wieso es so wichtig war, daß sie Cam mit einem Sperrfeuer von Bemerkungen über Jamie belegte; aber Graham brauchte die Antworten auf seinen Fragenkatalog für die Verhandlung. Allie war natürlich nicht auf den Kopf gefallen; sie nahm an, daß es etwas mit Cams schlechtem Gewissen zu tun hatte. Und es dürfte bestimmt nicht allzu schwierig sein, Jamie in ihre Gespräche beim Essen einzuflechten.

Sie nahm einen Stechpalmenzweig, einen mit drei Beeren, und steckte ihn durch das Knopfloch in Cams Brusttasche. »So«, sagte sie, »sehr schneidig.«

Cam warf einen Blick darauf. »Ich muß los.«

»Oh«, sagte sie und tippte sich mit dem Finger auf die Lippen. »Jetzt weiß ich wieder, was ich dich fragen sollte. Jamie wollte wissen, ob du so ein Werkzeug mit verstellbaren Ratschen hast.«

»Das wollte *Jamie* wissen?« Er runzelte die Stirn. »Ist bei Angus irgendwas kaputtgegangen?«

Allie schüttelte den Kopf. »Nicht daß ich wüßte. Ich glaube, er ist einfach auf der Suche nach Weihnachtsgeschenken.« Sie widmete sich der Aufgabe, die untersten Blätter von den Stechpalmenzweigen zu beseitigen. »Er wollte dir unbedingt etwas besorgen, das du *brauchst.*«

»Ich brauche nichts von ihm und *will* nichts von ihm.« Cam zupfte das Zweiglein aus seinem Knopfloch und zwirbelte es zwischen den Fingern.

»Drückeberger«, schalt Allie. »Immerhin ist er dein *Cousin.*«

Er setzte sich die Mütze auf und zog den Schirm tief über die Augen. »Ich weiß nicht, ob ich nachher heimkomme«, wechselte er schnell das Thema. Aus dem Augenwinkel sah er Mia draußen vor dem Laden mit ein paar langen Trauerweidengerten kämpfen, die sie in einen ordentlichen Kreis zu winden versuchte. »Heute ist Donnerstag«, führte er als Erklärung an.

Allie nickte und blickte auf den Efeu zu ihren Füßen. Sie begann, ihn aufzusammeln. »Wahrscheinlich bin ich selbst bis weit über Mitternacht hier«, meinte sie. »Du hast ja keine Ahnung, wie viele Bestellungen schon für nächste Woche vorliegen.«

Die Vorweihnachtswoche stellte normalerweise kein Problem dar; doch Allie würde mit Graham ein paar Tage nach Cummington reisen, um mit den Zeugen zu sprechen, die sie für Jamie ausfindig gemacht hatte. Und das bedeutete, daß Mia ganz alleine fünfzig verschiedene Kränze, Tischgestecke und Festkörbe zu fertigen hätte. Aber sie würde auch ganz alleine hier sein.

Sichtlich erleichtert legte Cam die Hand auf den Türknauf. Mia war immer noch draußen; er sah ihren Atem in der kalten Luft dampfen. Er wandte sich wieder seiner Frau zu. »Besorg du bitte auch irgendwas für Jamie«, gab er sich geschlagen. »Ich meine, ich will nicht mit leeren Händen dastehen.

Er hatte ihr bereits den Rücken zugedreht, darum sah er Allies glückliches Lächeln nicht. »Ich kümmere mich schon darum«, versicherte sie. »Mach dir keine Gedanken!«

Hugo Huntley führte Graham in eine Kammer voller Särge. »Verzeihen Sie«, erklärte er zum fünften Mal, »aber wenn wir eine Totenwache haben, wird bei uns der Platz knapp.«

Graham hätte das Gespräch mit dem Bestatter/Leichenbeschauer sofort verschoben, wäre er informiert gewesen, daß Gerade eine Totenwache stattfand. Allerdings hatte Hugo, der in Arbeit erstickte, nicht angerufen, um das Treffen abzusagen, und so mußte Graham unfreiwillig einer winzigen weinenden Frau kondolieren. Jetzt war er in der Sargausstellung. Mit seinen sechsundzwanzig Jahren hatte sich Graham noch nicht viele bedanken über den Tod gemacht, nicht einmal seit Jamie MacDonalds Fall. Der Tod war etwas, das einem widerfuhr, wenn man viel älter und lebenssatt war. Er hatte nie mit dem Gedanken gespielt, sich ein Grab auf dem Friedhof reservieren zu lassen; es entzog sich sogar seiner Kenntnis, daß es Särge in verschiedenen Formen, Größen und Farben gab, die den Verblichenen ebenso individuell angepaßt wurden wie die Kleider auf ihrem letzten Weg.

»Mr. Huntley«, begann Graham, »ich versuche zur Zeit, mir ein genaueres Bild von den Ereignissen zu machen, die zu Maggie MacDonalds Tod geführt haben. Unter anderem erfuhr ich, daß Sie den Obduktionsbericht für die Staatsanwaltschaft erstellten.«

»Ah«, sagte Hugo und lehnte sich an einen Sarg, »ich teile Ihnen gerne alles mit, was ich weiß.«

Graham atmete erleichtert auf: ein Zeuge der Anklage, der im Kreuzverhör mit ihm kooperieren würde. »Was können Sie mir über Maggie MacDonalds Todesursache berichten?«

Hugo spitzte die Lippen und schob sich die Brille höher auf die Nase. »Um es laienhaft auszudrücken, sie wurde erstickt. War wahrscheinlich seit fünf oder sechs Stunden tot, als ich sie zum ersten Mal zu Gesicht bekam. Ziemlich sicher hat er ein Kissen verwendet; auf ihren Lippen und in ihren Haaren waren Fasern, die mit den Befunden aus dem Polizeilabor übereinstimmten – obwohl das auch heißen könnte, daß sie gern auf dem Bauch schlief ...«

»Noch etwas?«

Nebenan war das laute Schluchzen der Trauernden zu hören. »Sie wissen natürlich, daß sie an Krebs im fortgeschrittenen Stadium litt.«

Graham nickte. »Ich werde mich in ein paar Tagen mit ihrem Arzt unterhalten. Aber Sie haben herausgefunden ...?« Er ließ die Frage unvollendet.

»... daß eine Totalamputation der Brust wie auch der Lymphknoten vorgenommen wurde. Es gab Hinweise auf eine Strahlenbehandlung wegen eines Tumors, der den Sehnerv schädigte. Knochenläsionen im gesamten Körper, die vor längerer Zeit eingesetzt hatten.« Er zuckte mit den Achseln und blickte auf. »Sie war nicht gerade in guter Verfassung.«

»In Ihrem Bericht erwähnten Sie Hautpartikel unter ihren Fingernägeln.«

»Die stammen von ihrem Ehemann«, sagte Hugo. »Doch wie ich bereits Miss Campbell erklärt habe, muß das meiner Meinung nach nicht unbedingt auf einen Kampf deuten. Es gab keine anderweitigen Hinweise darauf – keine Prellungen oder Zerrungen, und soweit ich gehört habe, war das Zimmer auch ziemlich aufgeräumt, obwohl man das natürlich hätte säubern können, nachdem ...« Er lächelte reuig. »Wenn man in meiner Branche arbeitet, Mr. MacPhee, entwickelt man irgendwann einen sechsten Sinn für bestimmte Dinge. Ich bin kein Experte in Detektivarbeit oder Herzensangelegenheiten; aber mich verbindet etwas mit den Menschen, die ich für eine Beerdigung vorbereite. Ich hätte erkennen können, wenn Maggie sich gegen ihn gewehrt hätte. Menschen, die erschossen oder erstochen wurden, sterben immer mit weit aufgerissenen, ängstlichen Augen, und der Mund steht ihnen offen wie bei einem Schrei. Maggie hat ausgesehen, als wäre sie einfach eingeschlafen.«

»Na ja«, Graham rang sich ein Lächeln ab, »das ist ja schon mal was.« Er merkte, daß er sich auf den Fuß eines Mahagonisarges gesetzt hatte, und sprang auf.

Graham fiel wieder ein, daß Maggies Sarg geschlossen gewesen war, weiß und rein. Er fragte sich, ob Jamie ihn ausgesucht hatte, nachdem man ihn gegen Kaution freisetzte. Auf welche Weise würde er persönlich so eine Aufgabe anpacken? Ging man dabei ganz systematisch vor, so, als ob man sich für einen Küchenschrank oder eine Hausfarbe entscheiden müßte: der Sandfarbene hier, nein, der Schwarze mit der goldenen Borte? Wie sollte man etwas aussuchen, in das man die Hälfte des eigenen Herzens legen mußte, um sie zu Grabe zu tragen?

Angus hatte drei volle Tage damit zugebracht, mit jener Zweigstelle des Scottish National Trust Verbindung aufzunehmen, die für Carrymuir zuständig war, und den Angestellten zu überzeugen, daß er tatsächlich der ehemalige Aufseher des Anwesens war. Doch eine Woche später präsentierte er Allie ein Päckchen mit dem Stempel eines internationalen Übernacht-Luftfrachtdienstes. »Du wirs mir nie für die Mühe danken können, die ich mir gemacht hab', Kleines«, sagte er, »also versuchs' gar nich erst.«

Allie verliebte sich augenblicklich in das Bild, das mittlerweile ein wenig verblichen in einem gesprungenen Obsidianrahmen steckte. Es zeigte zwei kleine Jungen auf der Eingangstreppe vor Carrymuir. Einer hockte über einem Murmelspiel, der andere hatte die Hand auf den Rücken eines Wolfshundes gelegt. Die beiden waren etwa fünf Jahre alt, und ein Fremder hätte sie für Brüder gehalten, so ähnlich waren ihre geschmeidigen Gestalten, der Beatles-Haarschnitt und der Farbton ihrer Haare.

Soweit sie wußte, hatte Cam dieses im Jahr 1965 aufgenommene Bild von sich und seinem Cousin Jamie nie gesehen.

Sie hatte das Foto herausgenommen, sobald sie aus dem Laden nach Hause gekommen war, und den Rahmen mit Zweikomponentenkleber geflickt. Erst morgen wäre er wirklich trocken; trotzdem klemmte sie das Bild wieder hinter das Glas, damit Cam einen Eindruck erhielt.

Er kam zur Tür herein, sichtbar erschöpft, löste Waffengurt und Halfter und trat sich die Stiefel von den Füßen. Dann ließ er sich auf das Sofa fallen, fast ohne Allie wahrzunehmen, die am Eßtisch saß. »Schweren Tag gehabt?«

»Ich war heute Ampel, und zwar in der Stoßzeit«, brummelte er.

Allie lächelte. »Ist das so ähnlich wie Kobold an Halloween?«

Cam stöhnte, setzte sich auf und drückte sich ein riesiges Kissen an die Brust. »Ich würde gern wissen, warum die Stadtwerke die einzige gottverdammte Ampel in Wheelock so programmiert haben, daß sie genau um halb fünf nachmittags den Geist aufgibt.«

Allie rieb mit dem Ärmel über eine Rahmenecke, bis sie glänzte. »Muß man den Verkehr wirklich regeln? Was haben die Leute gemacht, bevor es eine Ampel gab?«

»Unfälle«, erwiderte Cam. Er sah zu ihr hinüber. »Was hast du da?«

Sie kam ins Wohnzimmer. »Jamies Weihnachtsgeschenk ist eingetroffen«, sagte sie und präsentierte ihm den Rahmen.

Cam betrachtete ihn leidenschaftslos, einen milden Kommentar auf den Lippen, als er plötzlich die Augen aufriß. »Das bin ja ich«, japste er.

»Mit Jamie.«

Er riß ihr den Rahmen aus der Hand. »Das ist Carrymuir – wo, zum Teufel, hast du das her?«

Seine Augen tasteten das Bild ab, als könnte er mittels eines prüfenden Blicks die verschwommenen Formen im Hintergrund klar werden lassen oder die seither vergangenen Jahre zurückdrehen. »Angus hat es gehabt«, sagte sie und kam damit der Wahrheit recht nahe.

Cam sah zu ihr auf. Einen Augenblick lang ließ das Scheinwerferlicht eines vorbeifahrenden Autos ihre Züge gefrieren, dann verwandelte sie sich wieder in jemanden, den er kannte. »Angus besitzt genau ein Bild«, belehrte er sie. »Das, das der National Trust auf seine Postkarten druckt.«

»Tja«, meinte Allie, »das hier hatte er wohl vergessen.«

Cam stellte das Foto neben sich auf das Sofa und schüttelte den Kopf. »Das schenkst du Jamie nicht«, sagte er.

Allie lächelte. »Ich wußte, daß du auch eins wollen würdest. Deshalb habe ich ein Duplikat machen lassen. Es müßte fertig sein, bevor …«

»Du gibst es Jamie *nicht*«, wiederholte Cam. »Ich will nicht, daß er mich ansieht und denkt: ›Scheiße, wir haben zusammen Murmeln gespielt, er ist mir also was schuldig.‹«

Allie verschränkte die Arme vor der Brust. »Mach dich nicht lächerlich. Gib es wieder her.«

»Nein.« Cam stand auf. Er überragte sie, und sie mußte den Kopf zurücklegen, um ihm weiter in die Augen zu sehen. »Ich habe es satt, daß sich ständig alles um Jamie dreht, bei dir, bei meiner Mutter und in der Zeitung. Es interessiert mich nicht, daß wir früher in Schottland zusammen gespielt haben. Ich will nicht, daß wir irgendeine gemeinsame Vergangenheit haben.«

Eine Sehne pulsierte hektisch an seinem Hals, und seine Augen hatten sich verdunkelt, bis sie beinahe schwarz wirkten. Allie machte einen Schritt zurück, denn dieses Stadium des Streites erkannte sie als kritisch. Dies war der Punkt, an dem sie normalerweise klein beigab. Dies war der Punkt, an dem sie Cam immer anlächelte und genau das sagte, was er hören wollte.

»Du kannst die Vergangenheit nicht ungeschehen machen«, hörte sie sich sagen.

Er wußte nicht und würde nie herausfinden, was seine Sicherungen durchbrennen ließ. Jamie war gar nicht mehr sein Thema, als Allie sich zum Widerstand entschloß und ihm diesen weisen Rat erteilte. Er dachte an Mia und daran, was er sich zuschulden kommen ließ. Cam sah seine liebe, grimmige Frau an und merkte, daß ihm endlich gelungen war, woran er seit Monaten arbeitete. Er hatte Allie provoziert. Und jetzt übermannte ihn der Zorn – auf sich selbst, weil er sich in Mia verliebt hatte; auf Allie, weil sie dieses Foto aufgetrieben hatte, das mit Sicherheit in der Zeitung landen würde; auf Jamie, der Allie so total in Beschlag nahm, daß sie nicht da gewesen war – zu dem Zeitpunkt, als Cam sich so in seinem Leben verhedderte, daß er sich nur noch durch einen schmerzvollen, unwiderruflichen Schnitt befreien könnte.

»Wetten daß?« sagte er mit seidig ruhiger Stimme und nahm das Foto vom Sofa. Der geklebte Rahmen gab unter dem Druck seiner Finger nach, und das Glas zersplitterte zu ihren Füßen. Cam zerrte das vergilbte Foto heraus und riß es in zwei Hälften, so daß er und der Wolfshund gut einen Meter von Jamies Abbild landeten.

Allie stieß ihn von sich und überraschte ihn damit derart, daß er rückwärts auf dem Sofa landete und zu ihr aufstarrte. Er sah, wie ihr Hals bebte, während sie um Beherrschung rang. »Du Scheißkerl«, fuhr sie ihn an. »Ist dir je der Gedanke gekommen, daß das, was *du* willst und *du* brauchst, nicht unbedingt das Beste für alle anderen ist?«

Sie schnappte sich ihre Tasche von dem niedrigen Fußbänkchen vor dem Fenster und machte sich auf den Weg zur Tür. Ihre Worte klangen ihr immer noch im Ohr, und sie fragte sich, an welchem Punkt die Auseinandersetzung umgekippt war, so daß sie keinen dummen Zank über ein Weihnachtsgeschenk mehr ausfocht – sondern plötzlich ihr ganzes Leben mit Cam in Frage stellte.

Alles an ihr war auf irgendeine Weise mit ihm verbunden. Sie hatte die Lage ihres Ladens so gewählt, daß es nicht weit zur Polizeistation war. Sie hatte ihre Essenszeiten so eingerichtet, daß sie mit den Schichten zusammenfielen, die Cam jede Woche schob. In den vergangenen fünf Jahren hatte sie Angeln und Zielschießen gelernt, wie man die Zeit am Sonnenstand ablas und wie sie in bitterer Kälte einen freien Kopf behielt. Sie war kaum je Allie; statt dessen war sie die Frau des Polizeichefs geworden, die Frau des Clanoberhaupts. Vor acht Jahren hatte sie sich so sehr nach Cam verzehrt, daß sie nicht merkte, wie sehr sie sich gleichzeitig dafür selbst aufgab.

Es war befreiend, ihrer Wut freien Lauf zu lassen; auf diese Weise kam sie in der gleichen Zeit doppelt so weit. Sie würde Jamie hundert von diesen Bildern schenken, wenn ihr der Sinn danach stand. Mochte Cam doch in der neuesten Enge ihres Heimes ersticken; sollte er doch versuchen, sich daran zu erinnern, wo sie die Quittungen für seine gereinigten Uniformen aufbewahrte und wie man etwas anderes kochte, als Dosen zu öffnen!

Sie spielte mit dem Gedanken, zu Mia ins Wheelock Inn zu ziehen, doch hatte sie das Gefühl, sich dadurch aufzudrängen. Graham MacPhee hatte die ganze Sache ausgelöst, doch sie kannte ihn nur flüchtig. Und bei Angus war nicht genug Platz für Jamie und sie. Also ging sie den ganzen Weg zur Ortsmitte bis zu der Telefonzelle neben der Polizeistation. Dann rief sie Cams Mutter an und fragte sie, ob sie sich über einen Besuch freuen würde.

Allie hackte leidenschaftlich auf ihren Sellerie ein. »Dieser Idiot«, sagte sie. »Ich habe es endgültig satt.«

Ellen nahm die Gurkenscheiben von ihren Augen. Sie lag auf dem Küchenboden, damit sie sich mit Allie unterhalten konnte, während diese Gemüse schnitt. Sie hatten bereits gegessen, doch Allie strahlte eine negative Aura aus, die erst abgearbeitet werden mußte, bevor ihr Geist in den Zustand des Schlafes übergehen konnte; und da Ellen keinen Punchingball oder etwas Gleichwertiges besaß, hatte sie ihre Gemüseschublade leergeräumt. »Er ist auch mein Sohn«, sagte sie.

Allie warf ihr einen Blick über die Schulter zu. »Ich weiß«, entschuldigte sie sich, als hätte Ellen dieses schwere Los nicht verdient. »Wenigstens kann *ich* weggehen.«

Ellen lachte und stand auf, wobei der Kaftan elegant zu Boden sank und sich um ihre nackten Füße sammelte. »Ich kann es nicht, und du kannst es auch nicht, Schatz«, faßte sie zusammen. Sie nahm Allies Handgelenk, schüttelte ihr das scharfe Messer aus der Hand und drehte sie nach oben, so daß eine blasse silberne Narbe unter dem Neonlicht sichtbar wurde. »Er steckt dir unter der Haut.«

Ellen hatte ebenfalls eine Narbe. Die meisten Ehepaare in Wheelock hatten eine; so wollte es der heidnische Brauch, der die kirchliche Hochzeit abschloß. Vor vielen Jahren war in Schottland jede Ehe mit einem Blutschwur besiegelt worden, und diese Tradition hatten die Einwohner dieses Ortes mit über den Ozean gebracht. Früher witzelte man über eine Frau, die mehrmals geheiratet hatte und wieder geschieden worden war, sie hätte mehr Kerben an ihrem Arm als ein Meterstab.

Ellen war in Ohnmacht gefallen, als Ian das *sgian dhu* aus seinem Stiefel gezogen, ihre beiden Handgelenke aufgeritzt und sie mit einem Taschentuch zusammengebunden hatte, um das Blut zu stillen. Sie waren auf den Stufen vor dem Haus des Friedensrichters gestanden, und ganz plötzlich schien die Sonne zu hell, um noch echt zu sein; schließlich war sie mit dem Kopf im Schoß ihres frischgebackenen Ehemanns und mit einem dumpfen Klopfen im Arm aufgewacht. Wenn Ellen sich recht entsann, hatte Allie den Blutschwur ganz gut überstanden. Cam hingegen sah damals ein bißchen blaß aus.

Allie hielt die freie Rechte um ihr Handgelenk, als würde es fünf Jahre danach immer noch schmerzen. Sie ging an den Küchentisch und setzte sich. «Das ganze Theater bringt uns noch um«, sagte sie. »Wenn alles vorbei ist, werden wir überhaupt nicht mehr miteinander reden.«

Ellen nickte mitfühlend. »Er hat ein schlechtes Gewissen«, meinte sie nur. »Wieso sollte er sonst jedesmal so aufbrausen, wenn du nur ein bißchen Güte willst?« Sie hielt inne. »Ich nehme an, du solltest dich etwas weniger intensiv mit Jamies Fall befassen«, schlug sie vor. »Laß doch Graham diesmal allein nach Cummington fahren.«

Allie schüttelte den Kopf. »Er kann mich nicht daran hindern zu tun, was ich will«, beharrte sie. »Cam hat damit Probleme, nicht ich.«

»Ja, aber du darfst dich nicht verzetteln. Wenn es für dich so wichtig ist, ein fester Bestandteil der Verteidigung zu sein, dann gib auf den Nebenschauplätzen nach. Sag Cam, daß du Jamie das Foto nicht zu Weihnachten schenkst.«

Allie seufzte und legte die Wange auf den kühlen Holztisch. Es war Vollmond. Sie konnte das entfernte Bellen eines Hundes irgendwo am Ende dieses Straßenzugs hören und den Wind, der im Zimmer nebenan durch den Kamin pfiff. »Wir fahren morgen los«, murmelte sie.

»Das hat Cam erwähnt«, sagte Ellen.

»Ich will nicht weg, solange das nicht geklärt ist.« Sie setzte sich abrupt auf und fuchtelte mit den Armen. Gedankenverloren rieb sie über ihr Handgelenk, als wollte sie die Wunde spüren, die ihr an ihrem Hochzeitstag zugefügt wurde. Was hatten sie einander sonst noch versprochen? Ihr fiel ein, wie Cam sie angesehen hatte und wie sich seine ruhige, feste Stimme gleich einem schützenden Cape um ihre Schultern gelegt hatte. *Alles, was ich habe, und alles, was ich bin, soll fortan dein sein.*

Das gleiche hatte sie zu ihm gesagt. Hätten sie sich an ihr Gelübde gehalten, hätten sie Stücke und Teile ihrer selbst dem andern zur Verfügung stellen müssen, so wie sie ihr Blut ausgetauscht hatten: Cam hätte vielleicht etwas von ihrer Ruhe annehmen sollen, und sie einen Teil seines aufbrausenden Wesens; so hätten sie gegenseitig ihre Gefühle und Wesenszüge ergänzt, bis sie nicht mehr Gegensätze, sondern gleichartig geworden wären.

Wahrscheinlich wäre dann dieser Streit nie vom Zaun gebrochen worden.

Sie sah zu Ellen auf und lächelte ein wenig. »Du hältst immer zu ihm«, sagte sie.

Die Ältere lachte. »Die Macht der Gewohnheit!« Sie reichte

Allie ihre eigenen Autoschlüssel. »Nimm mein Auto«, sagte sie. »Cam kann dir morgen hinterherfahren, wenn du es wieder ablieferst.«

Allie stellte sich an die Spüle und wusch sich die Selleriereste von den Händen. »Wieso hast du gewußt, daß ich gehen würde?«

»Weil ich dich kenne und weil ich meinen Sohn kenne und weil du die Stärkere bist.«

Die Jüngere seufzte. »Du kümmerst dich um ihn, solange ich in Cummington bin?« Sie gab Ellen einen Kuß auf die Wange. Ellen nickte und öffnete die Tür, um ihre Schwiegertochter hinauszulassen.

Es hatte angefangen zu schneien, feinen, mondbeschienenen Staub, der die Welt in einen Tummelplatz für Gespenster verwandelte. Allie legte den Kopf in den Nacken und ließ den Schnee auf ihren Lidern landen. Sie schob die Zunge vor, um ein paar Flocken aufzufangen, und wartete dann, bis sie zusammen mit ihrem Stolz auf ihrer Zunge geschmolzen waren.

Sowie sie ins Schlafzimmer trat, wußte sie, daß Cam nicht schlief. Sie knipste das Licht an. »Ich bin wieder da«, sagte sie.

Cam drehte sich zu ihr um und blinzelte. Allie setzte sich aufs Bett und zog die Schuhe aus. »Hör mal«, sagte Cam mit belegter Stimme, als klemmten ihm die Worte in der Kehle.

»Ich will mich nicht streiten«, sagte Allie. »Da ich morgen für drei Tage wegfahre, möchte ich einfach heute in meinem eigenen Bett schlafen.« Sie sah zu ihm hinüber. »Stört es dich, daß ich nicht da bin? Daß ich Jamie helfen will?«

»Du kannst tun und lassen, was du willst, Allie.«

Sie zog die Stirn in Falten. »Das ist keine Antwort auf meine Frage.«

»Du kannst tun und lassen, was du willst. Ich wünschte nur, du würdest nicht ständig von ihm reden. Damit will ich nun mal nichts zu tun haben.« Als Allie nichts darauf erwiderte, schielte Cam zu ihr hinüber. »Schenk ihm das verdammte Bild, wenn dir soviel daran liegt«, knurrte er.

Allie ließ den Deckenrand durch ihre Finger gleiten. »Nein«, sagte sie. »Du hast deine Meinung dazu gesagt. Ich kaufe ihm einen Pullover.«

»Schenk ihm das Bild.«

»Wahrscheinlich könnte er sowieso einen Pullover brauchen …«

»Allie«, fiel Cam ihr ins Wort, »laß das dämliche Bild noch mal abziehen.« Sie streckte sich auf dem Bett aus und verschränkte die Arme vor der Brust. »Wir streiten uns schon wieder«, stellte sie fest, »kriegen nichts mehr richtig hin.«

Sie fragte sich, was zwischen gestern und heute vorgefallen war, denn diese Zeitspanne hatte ausgereicht, daß sie ihre Selbstbeherrschung verlor. Die alte Allie hätte sich über Cams Entschuldigung gefreut, hätte es ihm leichter gemacht, weil sie wußte, wie schwer ihm so etwas fiel. Die alte Allie hätte sich in diesem Augenblick glücklich schlafen gelegt, weil es ihr gelungen war, die Stimmung zu heben und den Frieden wiederherzustellen. Schließlich war sie nur deswegen heimgekommen. Doch statt dessen blieb Allie schweigend und abweisend auf ihrer Hälfte des Bettes liegen und versuchte zu atmen, trotz des Felsbrockens, der ihr auf der Brust lag.

Die Bäume wogten vor dem Fenster, schlossen das Mondlicht aus und nahmen Cam die Sicht auf seine Frau. »Manches kriegen wir sehr wohl richtig hin«, sagte er vieldeutig. Er stellte seine Motive nicht in Frage – was jeder gute Polizist tun sollte –, sondern rutschte einfach zu Allie hinüber und zog sie in seine Arme. Er schloß die Augen und versuchte sich einzugestehen, wie angenehm sich ihre Schultern an seiner Brust anfühlten, wie ihre Füße unter der Decke zuckend nach kühlen Stellen tasteten. Etwas durchströmte ihn wie ein Tabakrauch, nur war es wärmer und einem Gefühl der Erleichterung täuschend ähnlich. Er fuhr mit den Lippen über die Stelle hinter ihrem Ohr.

Einen Augenblick lang schien Allie unter Cam zu schmelzen und sich näher an die Quelle seiner Wärme zu schmiegen. Er spürte ihre Haut sich dehnen, wo seine Finger sie berührten.

Doch dann zog sich Allie MacDonald zu seiner Überraschung und zum ersten Mal in seinem Leben von ihm zurück.

Watchell Bud Spitlick erklärte Graham, daß er ihm, wenn sie mit ihrem Plauderstündchen fertig wären, eine Kiste Haarpomade zeigen würde, die noch aus seinem ehemaligen Geschäft übriggeblieben war. »Sie verwenden dieses moderne Gel«, meinte er, »dabei ist da genau das gleiche drin. Wieviel zahlen Sie, vier Dollar pro Dose? Ich lasse Ihnen die ganze Kiste für vier Dollar.«

Wenn es dasselbe Zeug war, das Watchell sich in sein Haar schmierte und das die weißen Strähnen an seinem kleinen rosa Schädel kleben ließ wie Fäden auf einem Babyhintern, dann wollte Graham nichts davon wissen. Trotzdem hatte er es immer noch besser getroffen als Allie, die mit Marie Spitlick in der Küche war und sich in einem Fotoalbum Bilder des Pudels anschaute, den die Spitlicks jüngst hatten einschläfern lassen. Allmählich kamen ihm Bedenken wegen der beiden. Er wußte, daß er allerhöchstens einen von ihnen in den Zeugenstand rufen könnte; aber es war unmöglich zu sagen, wer von beiden glaubwürdiger wirken würde.

»Ich wünschte, Mrs. MacDonald – Allie – hätte uns das bei ihrem letzten Besuch gesagt.« Bud schüttelte den Kopf. »Es wäre mir ein Bedürfnis gewesen, an der Beerdigung teilzunehmen.«

Graham winkte ab. »Als Allie Sie besuchte, war die Beerdigung bereits vorbei. Zu der Zeit ging es ein bißchen hektisch zu.«

Der Alte nickte. »Ich kann mir gar nicht vorstellen, was Jamie durchmachen mußte. Er hätte anrufen können, wissen Sie? Per R-Gespräch. Ich hätte ihm zugehört.«

»Bestimmt«, bestätigte Graham. Er rutschte ein bißchen zur Seite, weil sich ihm ein Stapel von Tonbandspulen in die Hüfte bohrte.

»Na ja«, seufzte Bud und erhob sein Glas Karottensaft zu einem stillen Toast, »so ist es bestimmt am besten für Maggie.«

Graham war plötzlich hellwach und setzte sich auf. »Sie wußten von Maggies Krankheit?«

»Natürlich«, sagte Bud. »Hat Mrs. MacDonald – Allie ...«

»Sagen wir einfach, daß Sie immer Allie meinen, wenn Sie von Mrs. MacDonald sprechen«, unterbrach Graham ihn gewandt.

»Also, hat sie Ihnen nicht gesagt, was ich ihr letztes Mal erzählte?« Falls ja, dann war das inzwischen Monate her, und Graham konnte sich nicht mehr daran erinnern. »... von der Nacht, in der der Krankenwagen kam, um Maggie zu holen, weil sie nicht mehr geatmet hat. Hätte uns fast das Herz gebrochen, daß die jungen Leute soviel durchmachen mußten. Und daß Maggie so war, wie sie war.«

»Schwach, meinen Sie?«

Bud lachte. »Maggie? Schwach? Nein, ich meine hilflos. Sie konnte es nicht ertragen, wenn irgend jemand irgendwas für sie tat. Als ich das gleiche mit meiner Schwester durchmachte, hat sie mir geradeheraus erklärt, daß sie lieber tot wäre, als der Gnade dieser Maschinen ausgeliefert zu sein.«

»Können Sie mir das ausführlicher beschreiben?«

Der Mann lehnte sich zurück und stellte sein Glas auf einem Untersetzer aus in Schellack gegossenen Kronenkorken ab. »Es war keine so gute Zeit für mich«, begann er. »Meine Schwester hatte einen Schlaganfall, von dem sie sich nicht mehr erholte. Ein paar Monate lang waren Marie und ich fast den ganzen Tag im Krankenhaus. Maggie hat sich damals Urlaub genommen und den Laden für uns geführt; und sie hat Jamie dazu gebracht, am Wochenende bei uns sauber zu machen. Sie hat uns immer diese Kekse mit M&Ms drin gebracht und riesige Kuchen, mitten ins Krankenhaus, weil sie meinte, wir dürften nicht vom Fleisch fallen. – Jedenfalls«, fuhr er mit einem Seufzer fort, »kam Maggie eines Nachts, als Marie eben dem Ruf der Natur folgen mußte, näher ans Krankenhausbett als je zuvor. Sie war schon vorher im Zimmer gewesen, aber war immer gleich wieder rausgelaufen, so als könnte sie sich anstecken. Sie sah Frances mitten ins Gesicht, das seit dem Schlaganfall auf einer Seite ganz streng schaute, und strich ihr über die Wange. ›Das ist doch kein Leben‹, hat sie zu mir gesagt.«

Graham zückte einen Notizblock aus seiner Brusttasche und fing an aufzuschreiben, was Mr. Spitlick berichtete. »Noch etwas?« fragte er und gab sich Mühe, sich seine Aufregung nicht anhören zu lassen.

»Ich habe ihr geantwortet, daß Frances gehen würde, wann Gott es wollte. Da …«, er schüttelte den Kopf, »hat Maggie gesagt, wenn sie an Frances' Stelle wäre, würde sie wollen, daß irgendwer Gott wachrüttelt und ihn fragt, wieso er sich soviel Zeit läßt.«

Graham beugte sich vor, die Ellbogen auf den Knien balancierend. Dabei warf er die Tonbandspulen um, so daß David Cassidy und Joni Mitchell und die Bee Gees über seine schwarzen Stadtschuhe purzelten. »Mr. Spitlick«, fragte er, »würden Sie das auch vor Gericht aussagen?«

Bud lächelte traurig und blickte aus dem Fenster auf das leerstehende Haus der MacDonalds. »Für die beiden würde ich alles tun«, antwortete er. Er erhob sich, Graham erhob sich ebenfalls; dann schlug er Graham mit einer großen, abgearbeiteten Hand auf die Schulter. »Jetzt ist sie bestimmt ein Engel«, meinte er, und seine Stimme klang eigentümlich dünn dabei.

Graham sah zu Jamies Haus hinüber, wo unter dem Verandadach ein bronzenes Mobile lärmte. »Bestimmt!«

Dr. Roanoke Martin war in Gedanken mehr bei seiner Sekretärin als bei dem Mann ihm gegenüber. Als Psychologe im Auftrag des Staates Massachusetts hatte er wahrhaftig genug Penner, Schizophrene und Psychotiker gesehen. Einmal hatte er sogar ein Gutachten über einen Kerl erstellt, der behauptete, daß ihm die linke Seite – nur die *linke* Seite, wohlgemerkt – des Gehirns von Charles Manson eingepflanzt worden sei. Roanoke Martin hatte keinen Anlaß zu glauben, daß sich James MacDonald in irgendeiner Hinsicht von seinen anderen Patienten unterschied und nicht gleichzusetzen war mit zehn vergeudeten Minuten, die mit einem Mittags-Quickie besser genutzt wären.

Er hatte die Standardfragen gestellt: Wußte er, wie er hieß? Welches Jahr man schrieb? Wer Präsident war? Konnte er von seiner Kindheit, seiner Familie erzählen? Der Mann vor ihm war ruhig und sprach bedächtig, obwohl er gut zwanzig Zentimeter größer war als Roanoke, was den Arzt ein wenig nervös machte – wenn man sich ständig mit Geisteskranken abgab, die beim geringsten Anlaß durchdrehen konnten, mußte man schon allein anhand ihrer Größe auf der Hut bleiben.

»Können Sie mir sagen, was am neunzehnten September geschehen ist?« fragte Roanoke. Er hob die dünne schwarze Armbanduhr an, so daß sich das LED-Display in seiner Brille spiegelte. Jetzt schaukelte Angela bestimmt in ihrem Drehstuhl hin und her, die Füße auf dem Schreibtisch, den Rock bis zum Oberschenkel hochgeschoben.

»Ich habe meine Frau getötet«, antwortete Jamie. »Ich habe ihr ein Kissen auf das Gesicht gedrückt und sie erstickt, so, wie sie es gewollt hat.«

Unwillkürlich beugte sich der Psychologe vor. »Bereuen Sie, daß Sie das getan haben?«

Jamie gab ein Geräusch von sich, das verdächtig nach einem Schnauben klang; doch Roanoke wußte, daß es kein Schnauben war, keines *sein konnte*. Die Angeklagten waren sich immer bewußt, daß sie einen guten Eindruck auf den Staat machen mußten, und selbst die wahrhaft Verrückten verhielten sich entsprechend. »Bereuen?« wiederholte er. »Das ist ein bedeutungsschweres Wort, Doktor.«

Roanoke tippte mit dem Finger auf den Konferenztisch. »Was bedeutet es für Sie?«

»Wahrscheinlich dasselbe wie für jeden anderen, der Englisch spricht«, fuhr Jamie ihn an. »Bereue ich, daß ich Maggie getötet habe? Nein. Bereue ich, daß ich es tun mußte? Ja. Bereue ich, daß sie nicht mehr lebt? Mehr als Sie je begreifen könnten, indem Sie beschissene zehn Minuten auf mich verwenden.«

Roanoke schwieg einen Augenblick. »Sie scheinen viel Zorn in sich zu tragen«, meinte er.

Jamie lachte. »Für solch eine Diagnose haben Sie studiert?«

Der Doktor schob die Papiere zurecht, die zusammengenommen die Akte James MacDonald ausmachten. Er wußte bereits, was er in seinen Bericht schreiben würde. Der Angeklagte verstand sich auszudrücken, verhielt sich abweisend und war bei klarem Verstand. Keinesfalls war er verhandlungsunfähig. Er begriff in vollem Umfang, was er vor drei Monaten seiner Frau angetan hatte.

Und er zeigte keine Reue.

Resigniert zog er den Moralstärketest hervor, den er mit allen Patienten anstellte, die ihm vom Staat geschickt wurden und auf ihr Verfahren warteten. Kohlberg hatte ihn ersonnen; er war in seinem Feld umstritten – wegen der Auswertung, bei der die Frauen angeblich benachteiligt wurden; doch Roanoke neigte dazu, seinen Patienten einfach nur zuzuhören und ihre Bedenken nicht in eine Skala einzuordnen. Bei dem Test ging es um eine hypothetische Situation: Jemand leidet an einer sehr seltenen und sehr schmerzhaften Krankheit. Die einzige Medizin, mit der diese Krankheit geheilt werden kann, befindet sich in einer Schweizer Apotheke, wohlverwahrt und verschlossen, und ist unsagbar teuer. Ohne diese Medizin wird der Kranke sterben. Würde man die Medizin stehlen?

Die moralische Stärke des Patienten sollte anhand der Kriterien beurteilt werden, aufgrund derer er seine Entscheidung fällte. Manche weigerten sich standhaft, das Gesetz zu brechen. Andere meinten, man könne Ausnahmen machen. Wieder andere schlugen einen Handel mit dem Apothekenbesitzer vor.

Doch dann versuchte man, die Antwort abzuändern, indem man dem Kranken einen Namen gab. Was war, wenn es sich nicht um einen Fremden, sondern um einen Freund handelte? Um das geliebte Haustier? Die Mutter?

Roanoke räusperte sich. »Ich werde Ihnen jetzt eine hypothetische Situation schildern«, begann er. »Könnten Sie mir bitte mitteilen, was Sie unter den gegebenen Umständen täten.« Er hob das Papier, um die originale Situationsbeschreibung zu überfliegen, so wie Kohlberg sie erdacht hatte. »Ihre Frau«, las er, »leidet an einer seltenen und schmerzhaften Krankheit.«

Er hielt inne, als er merkte, wie sich ein Schatten auf sein Papier legte. Jamie MacDonald stand in seiner ganzen Größe von 193 Zentimetern vor ihm und beendete auf diese Weise das Gespräch. »Verzeihen Sie mir«, sagte Jamie leise und wandte sich zur Tür, »aber ich glaube, das haben wir bereits abgehakt.«

»Hat sie das als Witz gemeint?« fragte Graham. »Sie wissen schon, als Spaß, den man sich mit seiner besten Freundin erlaubt?«

Er und Allie hatten sich in einer roten Plastiknische im *Taco Bell*-Restaurant von Cummington niedergelassen. Pauline Cioffi saß ihnen gegenüber. Sie war mit ihren Kindern gekommen und hatte sich entschuldigt, daß es wirklich nicht anders ging; sie schienen wie Parasiten an ihr zu kleben, bis sie ihren Führerschein machten.

»Maggie hatte Humor«, berichtete Pauline, »aber auch Geschmack: Sie wollte Jamie nicht so ganz plump bitten, sie umzubringen, so wie man ihn darum bitten würde, die Koffer vom Speicher zu holen und dann den Rasensprenger zu reparieren.«

»Genau so hat sie es gesagt?« fragte Allie. »In diesen Worten?«

Pauline schüttelte den Kopf. »Ich weiß es nicht mehr hundertprozentig«, antwortete sie, »aber es war etwas in der Art.«

»Und was haben *Sie* darauf erwidert?« hakte Graham nach.

Pauline lächelte. »Ich schlug ihr vor, mir eine Woche lang die Kinder abzunehmen. Die würden selbst Mutter Teresa ins Grab kriegen.«

Graham sank ein wenig auf seinem Bänkchen zusammen. »Sie haben also doch einen Witz daraus gemacht.«

»*Ich* schon«, bestätigte Pauline. »Aber bei meinen Worten hat sie meine Hand gepackt. Das hat sie nicht oft gemacht – Sie müssen wissen, sie gehörte nicht zu diesen Bussi-Bussi-Leuten, die einen ständig in den Arm nehmen. Jedenfalls hat sie meine Hand gepackt und gewartet, bis ich ihr in die Augen sah, und dann äußerte sie: ›Ich meine es ernst.‹«

In der Spielecke hörte man eines von Paulines Kindern weinen. »Wieso kam sie darauf, daß Jamie es tun würde?« fragte Allie.

Pauline drehte sich zu ihrem heulenden Sohn um. »Ist schon wieder vorbei«, rief sie ihm zu. »Was haben Sie gesagt? Wieso Jamie es tun würde?« Sie zuckte mit den Achseln. »Jamie hätte sich die Kehle durchgeschnitten, wenn es Maggie glücklich gemacht hätte. Über die Konsequenzen hätte er sich erst hinterher Gedanken gemacht.«

Graham gab ein leises ersticktes Geräusch von sich. Allie sah zu ihm hin, doch er hatte die Finger vor dem Gesicht verschränkt, und sie kannte ihn nicht gut genug, um zu wissen, was er gerade dachte. »Sie würden ihre Beziehung demnach als eng bezeichnen?« fragte er.

Pauline lächelte traurig. »Offensichtlich als zu eng.«

Graham zog die Brauen zusammen. »Sie glauben also, daß Jamie etwas Unrechtes tat?«

Lange schwieg sie, bevor sie antwortete. Sie ließ ihren Blick zu ihren Kindern wandern, die gerade in eine überdimensionale Plastik-Tortilla kletterten. »Nein«, antwortete Pauline schließlich. »Ich glaube nicht, daß er etwas Unrechtes getan hat – eher *Maggie!*« Sie sah Graham und Allie wieder an und wendete den Blick ihrer müden braunen Augen dabei auf eine Weise zu ihnen, die sie fast schön erscheinen ließ. »So wie ich es sehe, ist Liebe eine größere, festere Form von Vertrauen. Maggie hat Jamie versprochen, daß alles gut werden würde, und er hat ihr natürlich sofort geglaubt. Aber es ist nicht so gekommen, oder?« Pauline schüttelte den Kopf. »Sie war meine beste Freundin, so wahr mir Gott helfe; aber eigentlich sollte sie vor Gericht stehen. Sie hat den Umstand ausgenutzt, daß ihr Mann verrückt nach ihr war, und nun nennt man ihn dafür einen Mörder.«

Pauline streckte die Hand aus, tastete blindlings nach ihrer Cola und nahm einen kräftigen Schluck, bevor sie das Glas wieder abstellte und sich zurücklehnte. Sie schloß die Augen, doch lächelte dabei. »Maggie und ich haben immer davon geträumt, daß wir zu meinem vierzigsten Geburtstag – meiner wäre drei Jahre vor ihrem gewesen – nach Hawaii fahren. Nur wir beide, hat sie immer gesagt, und Jamie würden wir solange in einen Überseekoffer stecken, weil er sowieso nichts mit sich anzufangen wußte, wenn sie weg war.« Dann blinzelte sie Allie und Graham an; ihre Augen strahlten, das Lächeln war brüchig. »Na ja«, schloß sie, »Sie wissen ja, was man über Träume so sagt.«

»Wie kommt es, daß Ärzte«, zischte Graham Allie quer durchs Wartezimmer zu, »nur Zeitschriften abonnieren, die kein Mensch lesen will, und daß selbst die aus der Steinzeit stammen?«

Allie überlegte kurz. Er war ein netter Kerl; er wollte immer für sie zahlen und hatte sich nie beschwert, wenn Allie den Zeugen mehr Fragen zu stellen begann, als sie eigentlich sollte. »Es ist eine Verschwörung«, schlug sie vor. »Sie wollen sich die Kranken vom Leib halten.«

Graham ließ die Zeitschrift fallen – ein winziges Heftchen von einer katholischen Wohlfahrtsorganisation – und streckte die Beine aus. »Oder er züchtet sich so erst Patienten«, sann er nach. »Er läßt sie solange warten, bis alle ihre Körperfunktionen versagen.«

»Wir sind bestimmt bald dran«, redete Allie ihm gut zu. »Sie hätten sich doch nicht vor den kleinen Jungen drängeln wollen, oder?«

Eigentlich hätte Graham das nur zu gern gewollt, denn das hätte bedeutet, daß er und Allie nach drei Tagen strapazierender Befragungen in Cummington fertig waren. Er ließ seinen Blick über Allie MacDonald wandern. Sie war nur ein paar Jahre älter als er und besaß viele anziehende Eigenschaften. Erstens sah sie immer adrett angezogen aus, selbst wenn sie klobige L.-L.-Bean-Stiefel zu ihrer seidenen Hemdbluse trug, damit sie durch den Schnee und den Schlamm waten konnte. Zweitens eignete sie sich ausgezeichnet als Beifahrerin, wenn es darum ging, auf einer Straßenkarte nach Abkürzungen zu suchen. Und sie war bemerkenswert zäh!

»Der Herr Doktor hat jetzt Zeit für Sie.«

Bei diesen Worten schoß Graham hoch. Allie folgte ihm in

das Arbeitszimmer, in dem sie schon vor über zwei Monaten mit Dr. Dascomb Wharton gesprochen hatte. Diesmal war er nicht beim Essen, doch sein unförmiger Leib schien über die Armlehnen seines Drehstuhls zu quellen wie geschlagener Hefeteig.

Graham streckte die Hand aus. »Guten Tag, Sir«, sagte er. »Ich bin Graham MacPhee, der Anwalt von James MacDonald.«

»Kommen Sie zur Sache«, knurrte Dr. Wharton. »Ich habe noch zu tun.« Er wühlte in ein paar Akten auf seinem Schreibtisch und schlug schwer seufzend eine davon auf. »Bevor Sie fragen, die Antwort lautet ja, ich werde aussagen, und was Sie wissen wollen, ist folgendes: Es handelte sich um ein Duktalkarzinom, das 1993 erstmals diagnostiziert wurde, obwohl sich die Metastasen vor dem Knoten in der Brust bemerkbar machten.« Er las seine Notizen vor, und sein riesiges Gesicht hob und senkte sich mit der Bewegung seiner Lippen, die ihnen detailliert Maggies Verfall schilderten.

Als der Arzt zum Ende gekommen war, rutschte Graham unruhig auf seinem Stuhl herum. »Hat Maggie MacDonald jemals die Bitte an Sie gerichtet, sie zu befreien?«

»Natürlich nicht.«

»Aber sie hat um Schmerzmittel gebeten? Und um eine Strahlenbehandlung?«

Der Arzt zog die Brauen zusammen. »Ich habe es ihr vorgeschlagen«, präzisierte er. »Das ist so üblich – in Fällen wie ihrem tut man, was man kann.«

»Dr. Wharton«, sagte Graham, »wie stehen Sie zur Euthanasie?«

»Ich habe den hippokratischen Eid abgelegt, Mr. MacPhee, und werde dem Leben jederzeit den Vorzug geben.«

Allie ließ ihren Blick über die Diplome an der Wand gleiten, während sie sich fragte, worauf Graham hinaus wollte. Er klang, als würde er für die Verhandlung proben, obwohl sie keinen Sinn darin sah, einen Zeugen der Verteidigung vor den Kopf zu stoßen.

»Sie haben noch nie einem älteren Patienten eine überhöhte

Dosis Morphium verabreicht? Sie haben noch nie, nun, die Dinge beschleunigt?«

»Verzeihen Sie«, schnarrte der Arzt, »mir war nicht klar, daß *ich* hier unter Anklage stehe.«

Graham besaß den Anstand, rot zu werden. Allie fand es hübsch, wie die Röte von seinem Kragen aufwärts stieg bis zu seinen Ohren. Cam wurde niemals rot.

»Ich versuche nur nachzuvollziehen, was in Maggies Kopf vorging«, erläuterte Graham. »Warum sie sich für genau diese Methode und nicht für eine orthodoxere entschieden hat.«

»Ich kann mir nicht vorstellen, daß zu diesem Zeitpunkt ihr Kopf noch viel unternahm«, erwiderte Wharton. »Sie litt unter beträchtlichen Schmerzen; sie lebte mit dem Wissen, daß sie sterben würde – aber ohne irgendwelche Anhaltspunkte für das Wann.« Er hielt inne. »Da hat man nicht mehr viel Interesse an Erörterungen.«

»Maggie wußte, daß sie sterben würde?« fragte Graham.

Wharton sah ihn eigenartig an. »Ich würde doch meinen, das liegt auf der Hand.«

»Aber hat sie Ihnen jemals geradeheraus gesagt, sie wüßte es? Oder, wo wir gerade dabei sind, haben *Sie* ihr mitgeteilt, daß es in einer bestimmten Zeitspanne geschehen würde?«

Der Arzt setzte die Brille ab und begann, die Gläser an seinem weißen Kittel sauber zu reiben. »Wir haben bei unserer letzten Begegnung darüber gesprochen. Sie müssen wissen, daß ihr Körper allmählich Stück für Stück abschaltete. Und Sie können mir glauben, daß ich wirklich um jedes Leben kämpfe, bedingungslos – aber das bedeutet nicht, daß ich keine Abstufungen in der Lebensqualität erkennen kann. Ich habe Maggie damals wörtlich erklärt, daß niemand die Antwort wisse. Der Krebs würde wieder auftreten, aber wo und wann, könne niemand sagen. Es hätte an jenem Nachmittag geschehen können; oder drei Monate später.« Er blickte auf. »Um es ein wenig drastisch auszudrücken; man ist im Dunkeln mit einer Klapperschlange eingesperrt, die man zwar hören, aber nicht sehen kann.«

Allie zuckte zusammen. Graham streckte instinktiv seine knochigen Finger aus und umfaßte ihre Hand. »Wann haben Sie Maggie MacDonald das letzte Mal gesehen?«

Wharton warf einen Blick in seine Akte. »Am fünfzehnten September«, sagte er. »Sie war die letzte Patientin an diesem Tag.«

Allie und Graham sahen sich an. »Damit blieben ihr dreieinhalb Tage«, murmelte Allie, »... um sich zu befreien.«

Noch nie hatten sie eine so lange Zeitspanne angezogen miteinander verbracht.

Mia kam, zwei Stunden nachdem Allie in Graham MacPhees Wagen nach Cummington losgefahren war, wo sie einige Tage übernachten würden. Sie hatte keinen Koffer dabei – das wäre anmaßend und zu auffällig gewesen. Aber sie hatte Kafka und saubere Unterwäsche in ihren Rucksack gepackt.

Ein köstliches Prickeln bemächtigte sich ihrer bei der Aussicht, Mann und Frau zu spielen. Sie würde für Cam kochen, die ganze Nacht an seiner Seite schlafen und mit ihm vor dem Kamin sitzen, die Füße auf dem Boden ineinander verschlungen, während sie in Cams Reisemagazinen blätterten.

»Es ist traumhaft«, sagte sie am Sonntagmorgen. Im Waffeleisen, das in einem Schrank hinter einer kaputten Kaffeemaschine verstaut gewesen war, befand sich schon der frische Teig. »Vielleicht ziehe ich gar nicht mehr aus.«

Cam legte die Hände um den Becher mit heißer Schokolade. »Also das würde bestimmt interessant werden«, feixte er.

Er war das ganze Wochenende nicht aus dem Haus gegangen. Mia in seinem Bademantel zu sehen, in seiner Dusche, in seinem Bett, gab ihm das Gefühl, ein Teenager zu sein, der etwas Verbotenes machte. Das Haus begann nach ihr zu riechen, und anstatt sich zu fragen, ob das vielleicht Allie auffallen würde, merkte er, wie er darüber nachsann, ob er wohl immer diesen Duft wahrnehmen würde.

Im Augenblick hatte sie die Nase in ein Kochbuch gesteckt. Beide besaßen zugegebenermaßen kein Talent, was das Kochen anbelangte, und so mußten sie sich auf das Arsenal von Rezepten verlassen, die Allie auf einem Regal neben der Mikrowelle aufbewahrte. »Die Waffeln werden noch anbrennen«, meinte sie schnüffelnd.

Cam starrte das Eisen an, ein großes schwarzes Ding, das in beängstigender Geschwindigkeit Rauchwolken ausstieß. »Wir hätten uns auf Eier beschränken sollen«, meinte er.

Mia drehte sich in seinen Armen um und verschränkte die Hände in seinem Nacken. Sie strahlte ihn an. »Ach, ich weiß nicht. Wenn man schon träumt, dann lieber große Sachen, mit Vanille und Zucker.«

Cam schlang seine Hände um ihren Hintern und hob sie auf die Küchentheke. »Wenn du es dir aussuchen könntest, wo würdest du dann hinreisen wollen?«

Mia lächelte begeistert. Draußen wurde es allmählich wärmer, die Sonne schmolz den Schnee auf dem Dach und ließ das Tauwasser gleichmäßig vor dem Küchenfenster herabtropfen. »Kommst du mit?« fragte sie.

»Möglich«, schränkte er ein, »hängt vom Reiseziel ab.«

»Also gut, dann ... in die Türkei.« Sie schloß die Augen und dachte an die kleine Villa am Meer, die sie damals einen Monat lang gemietet hatte: um die bezahlte Eskorte für arabische Ölmagnaten auf Besuch zu spielen. Das Haus war weiß gewesen; alles war weiß gewesen bis auf die roten Mohnblüten am Eingang und das unglaublich azurblaue Meer, das nahtlos in den Himmel überging. »Du hättest eine geräumige Pyjamahose an und würdest auf der Veranda Eiskaffee trinken.«

»Ich trage Boxershorts im Bett und mag keinen Eiskaffee«, widersprach Cam.

Mia sprang von der Theke und glitt an ihm herab. »Das ist meine Phantasie. Verdirb sie mir nicht.« Sie legte den Kopf schief. »Wo würdest *du* hinwollen?«

Etliche Bilder zogen an seinem inneren Auge vorüber. Er stellte sich Mia in den italienischen Alpen vor, mit aus der Gondel baumelnden Skiern an den Füßen. Oder in Tokio, wo sie umringt war von kichernden japanischen Schulmädchen, die auf ihre blauen Augen zeigten. Zu guter Letzt zog er sie an der Hand durch die Hallen von Carrymuir.

»Acht Jahre in die Vergangenheit«, antwortete er nur. »Da würde ich hinwollen.«

Er wußte nicht, ob zutraf, was er damit unausgesprochen ließ; ob er gegebenenfalls tatsächlich alles anders gemacht hätte. Selbst wenn er Mia in den Armen hielt, konnte er Allie nicht ganz vergessen, die den Pfannenschaber anders hielt und die eigenhändig die Kacheln hinter der Spüle mit Sprenkeln verziert hatte, während sie zu den Klängen einer Motown-CD durch die Küche getänzelt war. Es fiel ihm schwer, sich ein Leben vorzustellen, das nicht von Allie geprägt war; und gleichermaßen unmöglich zu verstehen war, wie er so lange ohne Mia hatte existieren können.

Cam sah sie an und fragte sich, was wohl in Gang gekommen wäre, wenn er damals auf einen Drink im ›La Mano del Diavolo‹ eingekehrt wäre. Wenn er Mia nach dem Tod seines Vaters nach Wheelock mitgebracht und sie statt Allie geheiratet hätte? Irgendwo im Hinterkopf war ihm klar, daß es nie so weit gekommen wäre; daß er sich auch deswegen so zu Mia hingezogen fühlte, weil sie ganz nach Belieben durch die Welt ziehen konnte. Sie wäre nicht mehr dieselbe Frau, sobald man ihr Grenzen setzte.

Trotzdem beherrschte ihn der alles überwältigende Wunsch, sie noch ein bißchen um sich zu haben. Seine Augen wurden dunkel in den Winkeln, und Mias Mund zuckte, als er sie zu Boden zwang – nicht elegant wie in einem Hollywood-Streifen, sondern plump, so daß sie zum Schluß übereinanderfielen und ihnen der Atem in einem gemeinsamen Stoß aus der Lunge gepreßt wurde.

Cams Gesicht senkte sich über ihres. »Die Waffeln werden verbrennen«, konstatierte sie; dann vergrub sie die Finger in seinem Haar und zog ihn an sich.

Von neuem bezauberte ihn der Anblick ihres Körpers. Ihre Haut schien zu glühen. Seine Hand überspannte ihren Bauch von den Brüsten bis zur Hüfte. Er erklärte ihr, daß er sie liebte, und das war kein Geständnis, sondern ein Gebet.

Mia saß rittlings auf ihm, hatte den Kopf zurückgeworfen und legte mit ihrem ungekämmten Haar spiralförmige Schatten auf seine Brust, als plötzlich die Hintertür aufging, die direkt in die Küche führte. Irgendwo im Hinterkopf hatte sie etwas wahrgenommen, neben Kafkas Pfoten, die oben über den Teppichboden tappten und der um ein Grad abfallenden Temperatur. Aber sie schenkte dieser Wahrnehmung ebensowenig Aufmerksamkeit wie allem anderen, wenn Cam ihre übrigen Sinne ausfüllte.

Ellen MacDonald stand einen Schritt neben ihnen, einen Ersatzschlüssel in der einen Hand, einen Teller in der anderen. Ihre Wangen waren bleich wie der Baiserkuchen, den sie Cam gebacken hatte. Als Trostpflaster, weil Allie nicht da war!

»Da brennt was an«, sagte sie, dann ließ sie den Kuchen auf die Theke fallen und verschwand ohne ein weiteres Wort.

Weil er ganz sicher gehen wollte, daß niemand sie belauschte, hatte Graham Jamie gebeten, sich mit ihm am Fuß jenes Passes zu den Berkshires zu treffen, der Wheelock zu einem derartigen Postkartenidyll machte. Es gab dort einen Weg, der irgendwann in den Mohawk Trail mündete; doch gute zehn Meilen davon entfernt war er nur eine Schotterstrecke, die von ehrgeizigen Teenagern mit neonfarbenen Mountainbikes befahren wurde. Nachdem in der vergangenen Woche ein paar Zentimeter Schnee gefallen waren, wußte Graham, daß sie dort ungestört wären und für seinen Klienten die Zeit gekommen war, ihm endlich die Wahrheit zu sagen.

Jamie war sich im klaren, daß er mit Graham früher oder später sehr viel ausführlicher darüber sprechen mußte als bei seiner freiwilligen Aussage. Die beiden Männer spazierten schweigend eine Weile nebeneinander her, die Köpfe gegen den Wind gesenkt, die Hände tief in den Parkas vergraben.

»Wann hat sie Sie darum gebeten?« fragte Graham.

»Zum ersten Mal? Im Januar. Wir waren in Quebec – nach der Chemotherapie, aber vor den Augenbestrahlungen. Ich habe es als Galgenhumor abgetan.«

»Und dann wieder?«

Jamie bückte sich, um einen Zweig aus dem Schnee zu ziehen. Er fuhr damit die hüpfende Spur eines Hasen nach. »Nach ihrem Arzttermin in jener Woche im September. Das war am Freitag – sie ließ sich immer den letzten Termin am Abend geben, weil sie lieber den ganzen Tag arbeiten wollte, ehe sie die schlechten Nachrichten hörte. Deshalb kam sie meist gegen sechs heim. – An dem Abend ist sie erst nach neun Uhr heimgekommen.« Jamie lächelte schwach, in seiner Erinnerung gefangen. »Natürlich hatte ich bis dahin alle Krankenhäuser in der Nähe abtelefoniert und mich bei der Polizei nach Autounfällen und Fällen von Fahrerflucht erkundigt. Sie hatte einen Karton dabei – einen großen Karton, einen Wodka-Karton –, aus dem Schnapsladen, wenn ich mich recht erinnere. Sie sagte kein Wort zu mir, sondern ging einfach nach oben und fing an, ihre Kleider in die Pappschachtel zu räumen.«

»Was tust du da?« fragte er. »Was hat der Arzt gesagt?«

Aber Maggie faltete weiter ihre Kleider zusammen. Erst kamen die Shorts, und er glaubte schon, sie wollte in ihren Schubladen Platz für die Wintersachen machen. Doch als sie auch die Unterwäsche einpackte und das Nachthemd, das sie am Abend zuvor getragen hatte, kniete er neben ihr nieder, packte sie an den Schultern und drückte so fest zu, daß sie ihn einfach ansehen mußte.

»Jamie«, sagte sie. »Ich mache das nicht mehr mit.«

Was? Sein Geist klammerte sich an jeden Strohhalm. Kleider zusammenfalten? Mit ihm reden? Er zog sie zu sich her, bis sie neben ihm auf dem Bett saß. »Das Sterben ist nicht das Schlimmste«, sagte sie. »Aber daß ich nicht weiß, was mich als nächstes erwartet, bringt mich um.«

Sie bat ihn geradeheraus, sie zu töten. Er erklärte ihr, daß er das auf gar keinen Fall tun würde. Sie meinte, er verhielte sich egoistisch. Er sagte, sie verhielte sich auch egoistisch. Sie antwortete, das sei ihr gutes Recht.

Maggie wollte, daß er es gleich tat; er wollte noch ein letztes

Wochenende mit ihr. Sie machte sich daran, alles vorzubereiten, damit er nicht aufräumen mußte, nachdem sie gegangen war; er zwang sie, die Sachen zurück in die Schublade zu legen, weil er meinte, daß ein Schatten und eine Erinnerung an sie besser seien als nichts. Er erklärte ihr, er würde den Ort wählen, da er nicht in Cummington weiterleben könne, falls er den Dorf als den Ort im Gedächtnis behalten müsse, an dem er Maggie getötet habe.

Am Samstag schliefen sie so lange, daß beim Aufwachen Maggies Haar um seine Hände und sein Gesicht geschlungen war. Sie machten ein Picknick auf dem Dach ihres Hauses, von wo aus man fast dreißig Kilometer blicken konnte. Sie gingen in einen Film, von dem sie nichts mitbekamen, und knutschten und streichelten sich gegenseitig in der letzten Reihe.

Am Samstag abend leisteten sie sich das sündteure Restaurant, in dem Jamie sie vor elf Jahren gebeten hatte, seine Frau zu werden. Sie bestellten die erlesensten Vorspeisen auf der Karte, aßen sie mit bloßen Händen und fütterten sich gegenseitig mit abgezupften Stücken Hummer und Täubchen. Sie platzten in eine Hochzeitsfeier im Red Lion Inn in Lenox und tanzten, bis die Band ihre Instrumente verstaute.

Am Sonntag beobachteten sie, wie die Sonne einem aufklappenden Fächer gleich über den Berkshires aufging. Sie verbrachten den Tag damit, nach intensiven Farben zu suchen – dem Blau eines wolkenlosen Himmels, dem gelbsten Gelb eines Löwenzahns, dem rötesten Feuerwehrauto – damit Maggie sie mit sich nehmen konnte. Sie hielten sich gegenseitig in der Schwärze einer Nacht, in der sich der Mond aufzugehen schämte, und dachten sich Namen für die Kinder aus, die ihnen versagt geblieben waren.

Am Montag morgen fuhren sie nach Wheelock und mieteten sich im Motel ein. Jamie kaufte eine Flasche Sekt, zu der sie eine Pizza aßen, während sie besprachen, wie es ablaufen sollte.

Am Montag abend liebten sie sich ein letztes Mal, fielen erschöpft in Schlaf und wachten, immer noch miteinander verbunden, wieder auf.

Dienstag morgen gab Maggie ihm den letzten Kuß.

»Es hat keine fünf Minuten gedauert.« Jamie bohrte den Stiefel in den Schnee. »Ich habe ein Kissen genommen. Irgendwann hat sie mich gekratzt, aber das hatten wir besprochen, und ich sollte auf keinen Fall aufhören. Also habe ich mich über sie gebeugt und ihr Sachen ins Ohr geflüstert – Sie wissen schon, Sachen, von denen ich wußte, daß sie gern daran denken würde, und dann bewegte sie sich plötzlich nicht mehr.«

Wortlos machte Graham kehrt und ging zum Fuß des Berges hinunter. Als sie die Hauptstraße im Zentrum von Wheelock erreicht hatten, drehte er sich um. Jamies Gesicht war gerötet und verquollen, seine Nase lief. Graham war überzeugt, daß er selbst genauso aussah. Das war ein weiterer Grund, weswegen sich Graham diesen Ort für das Gespräch ausgesucht hatte. Wenn ein Mann im Dezember vom Paß herunterkam, konnte man unmöglich sagen, ob sein Gesicht von der Kälte gerötet war oder ob er geweint hatte.

»Jamie«, sagte Graham und sah seinen Mandanten an. »Ich weiß, daß Sie es wieder tun würden. Aber würden Sie diesmal irgendwas anders machen?«

Er sah, wie Jamies Gesicht in sich zusammenfiel, während er um Beherrschung rang. »Ich würde gerne behaupten, daß ich mich diesmal danach selbst umbringen würde«, gestand Jamie leise, »aber dazu würde ich nie den Mut aufbringen.«

14

Als ihr Sohn Cameron sechzehn Jahre alt war, hatte ihn Ellen MacDonald einmal mit einem Mädchen überrascht. Sie hatte an seine Zimmertür geklopft, so wie immer, doch nur kurz, und sofort danach die Tür geöffnet. Auf dem Bett kniete Cam mit einem Mädchen, das sie nie zuvor gesehen hatte.

Cam hatte sich das Hemd ausgezogen, das Mädchen desgleichen. Seine Hände ruhten auf den Brüsten der Kleinen, und einen Augenblick lang nahm Ellen nichts anderes wahr – mit dem Neid der Erwachsenen starrte sie auf diese hohen, runden Halbkugeln, die so aussahen, wie es ihre Brüste nie mehr könnten. Sie mußte einen Laut von sich gegeben haben, denn das Mädchen blickte auf und quiekte. Cams Kopf fuhr zu seiner Mutter herum, und seine Lippen flüsterten lautlos Silben, die er nicht auszusprechen vermochte.

Danach konnte Ellen ihrem Sohn lange nicht in die Augen sehen. Nicht seine Scham oder ihre Verlegenheit belasteten ihre Beziehung. Sondern etwas, das sie nie für möglich gehalten hätte, wenn es ihr jemand erzählt hätte; etwas, das ihr noch nach all den Jahren vor Augen flimmerte wie eine rote Fahne: daß innerhalb von Sekunden aus ihrem Kind ein Mann geworden war.

Ellen war nicht in Cams Haus geblieben, nachdem sie ihn mit Mia erwischt hatte. Sie mißtraute sich selbst. Damals hatte sie die Episode den überaktiven Hormonen eines Teenagers zugeschrieben. Doch hier lag der Fall anders. Und wo sie einst geschwiegen hatte, wollte sie nun vor Entrüstung wie ein Vulkan explodieren.

Wenn sie gewußt hätte, wo Allie sich aufhielt, hätte sie sie angerufen. Statt dessen brachte Ellen zu Hause zwei volle Stunden damit zu, ihren inneren Frieden zurückzuerobern. Dann ergab sie sich in ihre Wut und holte ihre Wünschelrute hervor. Sie hielt sie auf Hüfthöhe von sich, mit geballten Fäusten, um die Stöße abzufangen. Dicht gefolgt von ihrem Hund, ging Ellen von Raum zu Raum – angefangen in ihrem Schlafzimmer, wo sie Cam empfangen hatte, über das Säuglingszimmer, das später Ians Arbeitszimmer geworden war, und dann in Cams letzte vier Wände.

In der Mitte des Zimmers blieb sie mit den elastischen Wünschelruten stehen. Sie blickte von der Tapete – große Klipper mit unwahrscheinlich topplastigen Masten – auf das schmale Bett, das Cam von der achten Klasse an zu kurz gewesen war. Sie blickte auf ihre Ruten und fluchte. Diese zitterten leicht, aber schlugen nicht aus. Sie konnte nicht einmal sicher sein, ob das Beben in den dünnen Kupferstangen nicht von ihrer eigenen inneren Unruhe herrührte.

Aber sie wollte verdammt sein, wenn sie die Suche jetzt aufgab. Daher kehrte sie zurück ins Schlafzimmer und schritt erneut den Weg zum Säuglingszimmer und zu Cams Raum ab. Ellen schnupperte konzentriert, spürte aber nur einen leisen Hauch von Putzmittel, wo eigentlich starker und beißender Gestank herrschen sollte; etwas, das schon so lange vor sich hin faulte, wäre doch bestimmt dunkel, tief, übelriechend. Sie ließ sich auf die Knie nieder, um unter der Heizung nachzusehen; sie überprüfte den Fleck neben dem Kamin, wo sich einst Trockenfäule ausgebreitet hatte. Sie würde nicht aufgeben, sagte sie sich, bis sie den Ursprung jener Verkommenheit gefunden hatte, die in die Seele ihres Kindes gesickert war.

Seine verdammte Mutter. Cam folgte Mia durch das Haus, während sie die verbrannten Waffeln ins Spülbecken kippte, ihre Socken aus den Spalten im Sofa zog und ihre Zahnbürste aus dem Bad holte. Er hatte einen Steifen wie noch nie, weil sie das vorhin nicht zu Ende hatten bringen können, und er wollte mit ihr reden; aber alles, was ihm einfiel, war, daß ihnen immer noch einundzwanzig Stunden blieben.

»Wohin willst du?« fragte er.

Mia packte Kafka in ihren Rucksack. »Was glaubst du denn?«

Cam rieb mit der nackten Zehe über einen rauhen Fleck im Holzboden. »Dann komme ich später vorbei. Nachdem ich meine Mutter erdrosselt habe.«

»Nein«, wehrte Mia ab. Sie hängte sich den Rucksack über die Schulter. Als das Vynil über ihre Jacke glitt, verursachte es ein leises Ratschen wie das Zuziehen eines Reißverschlusses, das in Cams Ohren grauenvoll endgültig klang. »Ich habe noch was zu tun.«

»Du wolltest es mit mir tun«, erhob er Einspruch. »Du wolltest den ganzen Tag hierbleiben.«

»Das war vorher«, meinte Mia. Sie wischte sich das Haar aus den Augen, und der Ärmel rutschte ihr über die Hand, die darin verschwand wie die eines kleinen Kindes.

Er nahm ihr den Rucksack ab und schob den Ärmel des Mantels nach oben, so daß ihre Finger wieder zum Vorschein kamen. Dann legte er seine Hand unter ihre und küßte ihre Knöchel. »Sie wird nichts verraten«, versprach er.

»Das tut nichts zur Sache! Sie weiß es.«

Cam war klar, daß er sie nicht aufhalten konnte, deshalb folgte er ihr die Treppe hinab. Als sie aus der Tür gehen wollte, ohne sich von ihm zu verabschieden, faßte er sie an der Schulter und drehte sie zu sich herum. »Weißt du, wie es ist«, schniefte sie, »wenn man nur glücklich werden kann, indem man alle anderen unglücklich macht?«

Cam sah, wie sich seine Hand um Mias Wange schmiegte. Als er sie zurückzog, war seine Handfläche von dünnen nassen Linien überzogen. Er dachte an das bekümmerte Gesicht seiner Mutter, dann an Allie. »Ich kann es mir ziemlich gut vorstellen«, knurrte er.

In ihrer Eile hatte Mia die Hälfte ihrer Sachen vergessen. Ein Armband, das Cam in die Tasche schob, einen Satz saubere Unterwäsche, der ihr während des überstürzten Packens aus dem

Rucksack gefallen war, und ein T-Shirt mit einer aufgedruckten Minnie-Maus und dem Schriftzug *Mia Townsend* darüber. All das stopfte Cam in die Schublade zu seinen Unterhosen und Socken. Dann streifte er sich einen Pullover von St. Andrews und eine Jeans über und fuhr zu seiner Mutter.

Der Eingang stand offen; seine Mutter war nirgendwo zu sehen. Ihre Wünschelruten lagen auf dem Küchentisch, und zwar über Kreuz, was Cam ihren emotionalen Aufruhr deutlicher vor Augen führte, als alles Geschrei und Gebrüll es vermocht hätten. Man ließ Wünschelruten *niemals* über Kreuz liegen; wie oft hatte sie ihm das gesagt? Behutsam hob er die Kupferstäbe hoch, überrascht über das Summen, das dabei in seinen Unterarmen entstand, und legte sie in ihren schützenden Holzkasten zurück.

Er blickte auf und sah seine Mutter vor sich stehen. »Verdammt«, er versuchte zu lächeln, »du bist wirklich gut im Anschleichen.«

Ellen verschränkte die Arme vor der Brust.

»Wirst du es Allie erzählen?« fragte Cam.

Sie sah ihm in die Augen. »Das ist *deine* Strafe«, sagte sie.

Er hörte, wie das Haus sich um sie herum festsetzte, das Knarren und Stöhnen, das Cam einst aus seinem Zimmer in die starken Arme seiner Mutter rennen ließ. »Sollen wir darüber reden?« fragte Cam leise.

Ellen schüttelte den Kopf. »Ich kenne dich nicht«, antwortete sie tonlos. »So habe ich dich nicht erzogen.«

Darin schwang unausgesprochen mit: *Und dein Vater auch nicht.* Wie oft hatte er diese Lektion schon gehört? Ein MacDonald lügt nicht und stiehlt nicht. Er steht zu seinem Wort. Und er bricht niemals, niemals einen besiegelten Schwur.

Wenn man als ein MacDonald ein Gelübde ablegte, dann nahm man es mit ins Grab.

Jamies Gesicht tauchte vor Cams innerem Auge auf. *Was hatte er seiner Frau geschworen?*

Und was hatte Cam seiner geschworen?

Er dachte an Allie und sank sichtbar in sich zusammen, seine

Schultern sackten herab, und sein Kopf beugte sich unter der Last seiner Triebe. Dann fiel ihm wieder ein, daß diese Sache nichts mit Allie zu tun hatte. Daß er Mia anbetete, war keine Trotzreaktion gegen seine Frau und auch nicht darauf zurückzuführen, daß ihm seine solide, stabile Ehe nicht reichte. Es war ein selbstsüchtiger Akt gewesen und wahrscheinlich das einzige, was Cam in seinem Leben ausschließlich aus Lust vollbracht hatte.

Er wollte abgeschnittene Jeans mit verblichenen khakifarbenen T-Shirts tragen und Reiseschriftsteller werden; statt dessen schlüpfte er in die Uniform eines Chiefs der Polizei. Er wollte den ganzen Erdkreis überfliegen und sich wie eine Libelle überall da niederlassen, wo es ihm gefiel; statt dessen fesselte und band ihn Wheelock. Er hatte ein gesichtsloses Wesen unter den Massen sein wollen, die sich an der Riviera oder bei den Stierkämpfen drängten; statt dessen trug er den Titel eines Clanchefs und war allen Leuten landauf, landab wohlbekannt.

Seine Sehnsucht nach Mia nahm ihn so mit, daß seine Überzeugungen bis in die Fundamente erschüttert wurden; und in einem Augenblick, in dem er sich nicht einmal hätte zurückhalten können, wenn er gewollt hätte, ergriff er die Gelegenheit, ehe sie sich wieder entzog.

Ellen machte einen Schritt auf ihn zu. Cam fühlte sich daran erinnert, wie sie, Sekunden ehe der Blitz ihrer Hand über seinem Kinderpopo niederfuhr, jedesmal scheinbar vor ihm in den Himmel wuchs. Jahre hatte er gebraucht, um zu begreifen, daß das nur eine Frage der Perspektive war: Er duckte sich unter ihrem Zorn.

Cam zwang sich, aufrecht stehen zu bleiben, so daß er seine Mutter überragte. Sie schaute zu ihm auf, und einen Moment lang hatte er nicht den Mut, ihr in die Augen zu sehen. Doch als er schließlich auf sie hinabblickte, sah sie ihn keineswegs zornig an. Ihr Blick war weich und schlehendunkel wie der Grund des Meeres. *Ich habe sie wegen ihrer Augen geheiratet,* hatte Ian MacDonald gern gesagt. *Bin, verdammt noch mal, kopfüber in ihre Augen gefallen und hab' einfach nicht mehr rausgefunden.*

»Ich verstehe dich nicht«, flüsterte sie. Dann ging sie hinaus und ließ zwischen ihnen das schwach glühende Bild von Cams Vater stehen, die Erinnerung daran, wie sich seine Eltern hinter der halb geschlossenen Speisekammertür geküßt hatten, und die Frage, wieso etwas, das sich so unglaublich richtig anfühlte, so eindeutig falsch sein konnte.

In seiner Linken hielt Graham den Zeitschriftenartikel, der ihn den ganzen beschissenen Weg nach Boston geführt hatte, um den Psychiater Dr. Harrison Harding zu konsultieren. In seiner Rechten hielt er den Umschlag mit dem Befund des staatlich beauftragten Psychologen nach seiner abgebrochenen Sitzung mit Jamie: *Mr. MacDonald lieferte während der Untersuchung keine klinischen Hinweise, die auf eine wie auch immer geartete Psychopathologie hindeuten. Er zeigte keinerlei Anzeichen einer Psychose, einer Neurose oder einer auffälligen Persönlichkeit. Seine Reaktionen waren der Situation angemessen, seine Antworten intelligent und vernünftig. Was die juristische Beurteilung seiner Tat betrifft, besteht kein Zweifel daran, daß er um deren Wesen und Wirkung Bescheid wußte.*

Jamie saß neben Graham und trippelte nervös mit den Füßen auf den Boden. Aus purer Verzweiflung hatte er sich einverstanden erklärt, ein ganzes Arsenal an Tests zu absolvieren: Rorschach, IQ, WAIS, graphische Projektionen. Dennoch hatte er die dreistündige Fahrt damit zugebracht, Graham zu erklären, daß er nicht verrückt sei und daß ihn darum auch kein Psychiater für verrückt erklären könne. Er war der festen Meinung, daß Dr. Harding nicht anders wäre als dieses Arschloch, zu dem ihn die Staatsanwältin geschickt hatte.

Graham sah das anders. »Wenn auch Harding nicht der Meinung ist, daß Sie verstört genug waren, um nicht mehr klar denken zu können«, sagte er, »dann müssen wir eben jemand anderen suchen.«

Aber insgeheim glaubte er, daß seine Suche in diesem edel ausgestatteten, spartanischen Büro ihr Ende fände. Dem *Time*-Artikel zufolge, an den sich Graham klammerte wie an einen

Rettungsring, war Dr. Harrison Harding ein glühender Verfechter der Euthanasie. Nicht daß er seiner Überzeugung Taten folgen ließ; er war einfach eine Art wohlerzogener, soignierter Fürsprecher für die Beihilfe zum Suizid. Im Zusammenhang mit einem Bericht über den Sterbehelfer-Anwalt Kevorkian war auch er interviewt worden, womit der Reporter hatte zeigen wollen, daß mehr als nur *ein* gebildeter Wissenschaftler an die Tötung aus Mitleid glaubte.

Harding kam persönlich heraus. »Mr. MacPhee«, begrüßte er sie und streckte die Hand aus. Dann tastete er Jamie mit einem Blick ab. »Mr. MacDonald!«

Graham wandte sich an Jamie. »Bleiben Sie hier.« Er kam sich vor wie eine Mutter. »Ich will kurz mit ihm allein sprechen.«

Jamie grunzte, doch er setzte sich wieder und schlug eine Ausgabe der Zeitschrift *Omni* auf. Graham folgte dem Psychiater in dessen Allerheiligstes. Im Gegensatz zu dem kargen Warteraum wirkte diese Räumlichkeit warm und sonnendurchtränkt. Schüsseln mit Knabberzeug standen zur Stärkung für die nächste Sitzung auf kleinen Resopalwürfeln, die als Kaffeetischchen dienten. Dr. Harding setzte sich auf ein unförmiges Sofa und deutete auf ein gleichartiges ihm gegenüber. »Da haben Sie ja einen ziemlichen Fall«, leitete er höflich ein.

Als Graham angerufen hatte, um den Termin zu vereinbaren, hatte er sich mit Harding persönlich unterhalten und war dabei die Details durchgegangen. Jetzt schilderte er dem Doktor kurz Jamies Sicht der Ereignisse, die zu Maggies Tod geführt hatten, und welchen Eindruck er selbst von Jamie hatte. »Manchmal sieht man ihn an und denkt sich: *Wie, zum Teufel, konnte er das nur tun?* Und manchmal sieht man ihn an, und da bricht einem sein Anblick einfach das Herz.« Graham verstummte, atmete tief durch, blickte auf den Psychiater und versuchte, an dessen Miene abzulesen, wie seine Worte aufgenommen worden waren.

Offenbar brachte man Psychiatern auf der Uni bei, sich niemals in die Karten schauen zu lassen. Harding ließ seinen Kopf auf den gefalteten Händen ruhen und schnaubte kurz. »Sie haben auf Unzurechnungsfähigkeit plädiert«, sagte er. »Warum nicht auf Euthanasie?«

Grahams Antwort kam wie aus der Pistole geschossen. »Weil Amerika dafür noch nicht bereit ist, schon gar nicht in den Berkshires, wo die Hälfte der Jury aus Farmern bestehen wird, die nach acht Jahren von der Schule abgegangen sind, und aus Fabrikarbeitern, die sich vornehmlich damit beschäftigen, welchen Kreis man an welches Quadrat schmieden muß.«

»Mr. MacPhee«, erkundigte sich der Psychiater nun, »was bringt Sie zu mir?«

Graham schluckte. »Ich brauche Ihr Gutachten darüber, ob Jamie sich über das Wesen und die Wirkung seiner Tat im klaren war. Im wesentlichen, ob er begriff, welche Konsequenzen es haben würde, seine Frau zu ersticken, ob er wußte, daß es Unrecht war – diese Art Fragen.«

»Ich weiß nicht, ob ich meine Beurteilung Ihren juristischen Kriterien anpassen kann«, sagte Harding.

Graham spürte dunkle Röte auf seinem Gesicht brennen. Wäre er hier hereingestürmt und hätte erklärt, daß er sein Plädoyer geändert hätte, hätte Harrison Harding mit Sicherheit Saltos geschlagen, nur um mit dem Fall in Verbindung gebracht zu werden. »Sie haben gedacht, ich wollte mich von Ihnen beraten lassen, wie ich am besten auf Euthanasie plädieren kann«, faßte er zusammen.

Der Doktor nickte und seufzte dann. »Ich möchte Ihnen von mir selbst erzählen«, hub er an. »Meine Frau und meine dreijährige Tochter wurden von einem Heckenschützen niedergeschossen, der in Chicago in einem *Kentucky Fried Chicken* Amok gelaufen ist. Meine Tochter war sofort tot; meine Frau lag drei Jahre lang auf der Intensivstation, wurde über eine Nasensonde ernährt, mußte eine Windel tragen und schrumpfte immer weiter ein, bis sie nicht wiederzuerkennen war und ich nicht mehr ganz sicher sein konnte, ob sie tatsächlich noch derselbe Mensch war. Aus dieser Erfahrung rührt mein Bedürfnis, die Medizin mitkontrollieren zu dürfen.«

Graham setzte sich erregt gerade. »Sie haben sie nicht getötet!«

»Das bedeutet nicht, daß ich es nicht gern getan hätte. Oder daß ich anderen Menschen das Recht dazu verwehren würde.«

Der junge Anwalt pickte sich einen Reiskeks aus der Knabberschale auf dem Würfel und fuhr mit dem Finger die rauhe Kante nach. »Dann haben Sie bestimmt eine Menge mit Jamie zu bereden«, meinte er.

Einen langen Augenblick schwiegen beide. Schließlich erhob sich Dr. Harding und trat ans Fenster. »Ich kann Ihnen nichts versprechen und kann kein Urteil abgeben, ohne Mr. MacDonald gesehen zu haben«, hielt er sich bedeckt. »Andererseits sind da gewisse Dinge, die Sie vielleicht bedenken sollten. Impulsives Verhalten in der Vergangenheit zum Beispiel. Ist Mr. MacDonald ein Mensch, der spontan seinen Koffer packt und eben mal stand-by auf die Fidschi-Inseln fliegt? Oder würde er die Tickets eher sechs Monate im voraus kaufen, um einen besonders günstigen Preis aushandeln zu können? Und dann wäre da noch das psychologische Konzept der Regression, demzufolge der Geist in einer Periode extremer Belastung sich in einen kindlichen Zustand zurückentwickelt.«

Graham wühlte sein Notizbuch aus der Jackentasche und begann mitzuschreiben. »Es gibt eine Theorie, derzufolge Jamies Persönlichkeit möglicherweise so zerbrechlich war, daß er sich mental völlig an einen anderen Menschen binden mußte«, fuhr Harding fort. »Man bezeichnet das als Verschmelzungsphantasie. Dann hätte er nervenmäßig tatsächlich die gleichen Schmerzen gespürt, die seine Frau aushalten mußte. Indem er sie getötet hat, um ihrem Leiden ein Ende zu bereiten, wäre damit auch sein Leiden beendet.«

»Das trifft den Nagel wahrscheinlich auf den Kopf«, sagte Graham, »aber ich glaube nicht, daß wir vor Gericht damit durchkommen.«

Gedankenversunken drehte sich der Doktor um. »In extremen Fällen«, erklärte er langsam, »kann übermäßiger Streß zu einer psychotischen Episode führen. Denken Sie an die Vietnam-Veteranen, die mit PTSS heimgekehrt sind – einem posttraumatischen Streßsyndrom. Manche von ihnen durchleben in regelmäßigen Abständen ihre früheren Schlachten. Es gab ein paar Prozesse wegen Mordes, weil die Betroffenen jemanden in ihrer Nähe plötzlich für einen Vietkong hielten.«

Graham sah ihm an. »Werden Sie Jamie untersuchen?«

Harding nickte. »Ich nehme an, Sie haben ihn nicht nur mitgebracht, damit Sie sich während der Fahrt nicht langweilen.« Er ging zur Tür, öffnete sie und winkte Jamie herein, der aufsprang wie ein zu lang eingesperrtes Hündchen. »Mr. MacDonald«, begrüßte ihn Harding mit einem Händeschütteln. »Ich habe Ihren Fall verfolgt.«

Jamie blickte von Graham auf Harding und dann wieder auf Graham. Er setzte sich und verschränkte streitlustig die Arme vor der Brust. »Wahrscheinlich soll ich mich jetzt hinlegen und Ihnen von meiner Mutter erzählen«, murrte er.

»Nein«, widersprach Harding. Er ließ sich auf der Schreibtischecke nieder und faßte nach einem kleinen Kassettenrecorder, den er Jamie hinhielt. »Es stört Sie doch nicht?« fragte er. Er drückte auf den Aufnahmeknopf, und kurz herrschte Schweigen. Dann sah er Jamie an. »Ich werde Ihnen später ein paar Fragen stellen«, begann er, »aber erst werde ich Ihnen von meiner Frau erzählen.«

Cam blätterte gerade in den Reparaturrechnungen für die Streifenwagen der Polizei von Wheelock, als seine Mutter im Revier erschien. Seit jenem unglückseligen Zusammentreffen vor einer Woche hatte er sie nicht gesehen; doch er wußte, daß sie in der Zwischenzeit Allie getroffen und nichts verraten hatte. Vor ein paar Tagen hatte Allie ihm abends erklärt, daß Ellen angerufen habe, um ihnen mitzuteilen, daß sie nicht zum Weihnachtsessen kommen könne; eine alte Freundin aus einer Kommune in Vermont habe sie zu einer ländlichen Feier eingeladen. »Ich würde lügen, wenn ich behaupten würde, ich sei nicht enttäuscht«, hatte Allie ihr geantwortet, »aber mit Pferdeschlitten und einer Séance können wir natürlich nicht mithalten.«

Ellen stand in der Tür zu seinem Büro, zwei festlich verpackte Geschenke in der Hand. »Fröhliche Weihnachten«, verkündete sie mit herabgezogenen Mundwinkeln.

»Fröhliche Weihnachten«, murmelte er, den Blick starr auf die Tischplatte gerichtet. Er räusperte sich, stand auf und stopfte die Hände in die Taschen. »Ich habe gehört, daß du Weihnachten nicht da bist«, sagte er.

Sie nickte. »Ich bin in der *Peace-of-Living-Community.* Eine Frau, die ich vor einem Jahr auf einem Shiatsu-Kurs kennengelernt habe, hat sie auf ihrer Farm gegründet, nachdem ihr Mann gestorben ist.« Ohne weitere Umstände ließ sie die Geschenke auf seinen Schreibtisch fallen. »Ich habe mich selbst eingeladen, da ich Allie nicht in die Augen sehen könnte. Der Himmel weiß, wie du das jeden Tag schaffst.«

Cam zwang sich, sie anzublicken. »Ich werde es ihr sagen. Bestimmt. Aber Mia werde ich auch nicht aufgeben.«

»Hat jemand Mia schon mal darauf hingewiesen, wie dumm es ist, mit einem Mann durchzubrennen, der vor einer anderen Frau davonläuft?« Sie schüttelte den Kopf. »Die Geschichte wiederholt sich.« Ellen richtete sich auf und legte die Hand auf die beiden Geschenke, die auf Cams Schreibtisch warteten. »Das dünne ist deins«, verriet sie ihm. »Ich glaube, du solltest es aufmachen, solange ich da bin.«

Langsam riß Cam das fröhlich-grüne Papier und das Spektakel von Bändern oben an der Spitze herunter. Darunter kam ein handgemachter Besen mit einer gewebten Strohmatte an einem Ende und einem geschnitzten Gesicht oben an dem Sassafrasholz-Stiel zum Vorschein. »Ein Besen?« stotterte er.

Ellen berührte das Lederband, das als Schlaufe durch das Loch im Stiel gezogen war. »Es soll Glück bringen, wenn man bei einem Neubeginn einen Besen schenkt«, antwortete sie. »Ich finde, das paßt; denn wenn ich auch wünschte, daß es nicht ausgerechnet so passiert, möchte ich trotzdem, daß du glücklich bist, Cam.« Sie deutete auf das Gesicht, das winzige Abbild eines verschrumpelten, ergrauten Männleins. »Das ist ein Baumgeist. Er soll dir bei der geistigen Reinigung helfen.«

Sie legte eine Hand auf den Arm ihres Sohnes. »Wenn Gott gewollt hätte, daß wir nur unserem Instinkt folgen, dann hätte er uns keinen Verstand gegeben.« Sie zog ihn zu sich herab und in ihre Arme, so daß Cam das vertraute Gemisch von Pfefferminzdrops, Fantastic und Chanel No. 5 riechen konnte, das sich durch seine gesamte Kindheit zog. »Versprich mir«, sagte Ellen, »daß du dir wirklich alles gut überlegst.«

Mia öffnete die Geschenkschachtel und fand darin einen Wollschal in den bunten Clanfarben der MacDonalds aus Carrymuir. »Danke«, sagte sie und wand sich den Schal ums Handgelenk. Sie lächelte etwas betreten und dachte: *Was hat das zu bedeuten? Weiß sie Bescheid?*

»Ich habe nichts für dich«, sagte sie. »Es tut mir leid.«

Allie grinste. »Das habe ich auch nicht erwartet. Wenn es dich erleichtert, dann nimm es einfach als Weihnachtsbonus dafür, daß du den Laden geschmissen hast, während ich bei Jamies Verteidigung geholfen habe. Andernfalls hätte ich das Geschäft zusperren müssen.«

Mia räusperte sich nervös. Es war der Tag nach Weihnachten, den sie in aller Ruhe dazu nutzen würden, das Lager wieder in Ordnung zu bringen und den Laden sauberzumachen, der nach dem Chaos während der Fertigstellung von über sechzig Feiertagsarrangements mit Samtbändern und angeknacksten Votivbildschächtelchen übersät war.

Sie hatte Cam an Weihnachten kaum zu Gesicht bekommen. Nur ganz kurz, als er Allie am Heiligabend aus dem Laden abholte. Heute abend wollten sie zusammen feiern. Was er sich wohl für eine Ausrede einfallen lassen würde?

Allie machte sich an die Arbeit, sammelte Spulen mit golddurchschossenem Band und ein paar vereinzelte Steckschaum-Platten auf, die ihnen beim Fegen entgangen waren. Unbestreitbar trug sie Sachen, die sie eigens für Weihnachten gekauft hatte – blaßrosa Steghosen und einen übergroßen Pullover in Grau, Weiß und Rosa. Immer wieder faßte sie sich an die Ohren, um mit einem Paar blinkender Saphire zu spielen. Sie sah

Mia an. »Sind die nicht schön?« fragte sie, eindeutig ohne eine Antwort zu erwarten. »Cam hat sie mir geschenkt.«

»Sehr hübsch.« Mia gab sich alle Mühe, ihre Stimme locker klingen zu lassen. »Und was hast du ihm präsentiert?«

»Ach, verschiedenes.« Allie faßte nach einem Besen und stützte den Ellbogen auf den Stiel. »Ein paar Freizeithemden, einen tragbaren CD-Player, eine Gitarre.«

Mia sah sie an. »Eine Gitarre? Kann er denn spielen?«

Allie lächelte. »Noch nicht. Aber ich habe ihm auch ein paar Unterrichtsstunden geschenkt. Ich habe mir immer einen Mann gewünscht, der mir Liebeslieder vorsingt.«

Ihre Assistentin trat an den niedrigen Tisch, auf dem die Bonsaibäume standen, die sie gemeinsam vor mehreren Monaten gekauft hatten. Sie fuhr mit den Fingern über die Stämme, die sich, pedantisch verdrahtet, in allen möglichen unnatürlichen Positionen seitwärts und nach unten beugten. »Du mußt die Knospen stutzen«, erklärte sie Allie gedankenverloren. Dann ging sie ans Kühlregal und holte ihren Joghurt heraus. Sie dachte daran, wie sie in Allies Bad unter der Dusche gestanden hatte, dicht an Cam gepreßt, und unter lautem Gelächter Kanons mit ihm gesungen hatte. »Ich wußte gar nicht, daß Cam singen kann«, sagte sie.

»Kann er auch nicht«, gab Allie zu. »Aber um das zu ändern, reicht mein Weihnachtsbudget nicht aus.«

Lange hatte Mia nach einem Geschenk für Cam gesucht. Am liebsten hätte sie ihm einen Pullover oder ein verblichenes altes Chambray-Hemd gekauft, damit sie endlich etwas von ihr Ausgesuchtes in Händen hätte, wenn sie ihn entkleidete; doch das war absolut unmöglich. Wie sollte er seiner Frau das neue Kleidungsstück in seinem Schrank erklären? Cam gehörte nicht zu den Männern, die zum Shoppen ins Einkaufszentrum gingen; lieber erklärte er Allie, daß er neue Jeans brauchte, um ihr dann seine Größe aufzuschreiben.

Das gleiche galt für Kunstgegenstände oder elektronische Dinge. Mia konnte ihm keine Tickets für ein Spiel der Bruins kaufen, weil sie seine gesamte freie Zeit für sich selbst beanspruchte und sie sich nicht erdreisten konnte, noch mehr davon zu stehlen. Sie hatte sich so in das Geschenkesuchen hineingesteigert, daß sie sich eines Morgens im Blumenladen krank gemeldet und den ganzen Tag lang Kataloge gewälzt hatte, die wie eine bunte Steppdecke über ihr Bett im Motel gebreitet lagen.

»Jetzt kommt es also zu Jamies Verhandlung«, wechselte Mia das Thema.

Allie hielt einen Sekundenbruchteil im Aufräumen inne. »In nicht mal einem Monat«, verdeutlichte sie. »Kaum zu glauben.«

»Daß es so schnell dazu gekommen ist?«

»Nein, daß es *überhaupt* dazu gekommen ist.« Sie lehnte den Besen gegen den Arbeitstisch und stemmte die Hände in die Hüften. »Wahrscheinlich bin ich bis Neujahr die meiste Zeit weg«, sagte sie. »Graham hat mich gebeten, eine Art telefonische Umfrage zu machen.«

»Eine Umfrage?« Mia löffelte ihren Joghurt leer und stellte den Becher auf dem großen, wachsigen Blatt einer Paradiesfeige ab. »Weswegen?«

»Wegen der Geschworenen. Ich glaube, er will versuchen, bei der Auswahl zu tricksen. Heute soll ich mich mit einem Kerl von der Universität treffen, der mir alles genau erklärt.«

Und dann fahre ich heim zu Cam. Die Worte blieben unausgesprochen, weil sie für Allie Alltag waren. Mia blickte auf den Tisch und folgte mit den Augen der Maserung. Was diese Frau alles besaß! Sie wollte selbst in der Lage sein, Cams Kommen und Gehen so leicht zu nehmen, daß ihr nicht jedesmal das Herz im Hals schlug und ihre Handflächen vor Aufregung juckten.

Noch sechs Stunden, tröstete sie sich. *Noch sechs Stunden, dann gehört er wieder dir.* Sie sah auf und merkte, daß Allie sie mit eigenartiger Miene beobachtete. »Es macht dir doch nichts aus?« fragte Allie, und Mia erstarrte kurz, weil sie sich fragte, wie wichtig die Frage wohl war, die ihr eben entgangen war.

»Was?«

»Den Laden allein zu führen«, sagte Allie. Sie lächelte ein wenig. »Die Chefin zu sein. Schon wieder!«

Mia stand auf und ließ ihren leeren Joghurtbecher in das

Loch im Arbeitstisch fallen, unter dem der riesige Abfalleimer stand. »Natürlich nicht«, antwortete sie. »Ich nehme doch gern deinen Platz ein.«

Persönlich hielt Graham MacPhee nichts von Blind Dates. Für ihn waren sie der Beweis für einen kratertiefen Makel, so als würde man, allein indem man einem zustimmte, sich das Wort VERZWEIFELT in die Stirn brennen. Er ging aus, wenn ihm danach zumute war, was in diesem winzigen Ort nicht oft vorkam. In seinem Hinterkopf nagte schon lange der Verdacht, daß seine Mutter ihn für schwul hielt.

Seine Mutter war Zahnhygienikerin und bot immer wieder die Tochter oder Nichte eines ihrer Patienten feil. »Eine reizende Person«, erwähnte sie dann beim sonntäglichen Abendessen, »und hat ihren Einser-Abschluß in Skidmore gemacht.« Früher hatte Graham Mädchen in einer Country- und Western-Bar im übernächsten Ort südlich von Wheelock aufgerissen, aber dorthin fuhr man eine halbe Stunde; außerdem hatte er von einer seiner Exkursionen einen akuten Befall mit Filzläusen heimgebracht, darum lebte er seit einiger Zeit solo und zölibatär. Zu seinem letzten Geburtstag hatte seine Mutter ihn bei einer Video-Partnerschaftsvermittlung eingeschrieben. Er war nie in deren Büro gewesen; den Rundbrief warf er ungelesen weg.

Dann stieß seine Mutter auf Veronica Daws. Sie war mit einem riesigen Loch zu ihr gekommen. Eine Lehrerin in der dritten Klasse. Sie hatte blonde Locken und eine Figur, sagte seine Mutter, für die man sterben könnte. Sie war gewillt, mit Graham auszugehen.

»Wunderbar«, hatte er gesagt, »aber *ich* komme nicht.«

Seither veranstaltete seine Mutter einen persönlichen Kreuzzug für Veronica Daws. Sie verschaffte sich irgendwie ein Bild der jungen Frau, die einigermaßen attraktiv war, und schickte es per Einschreiben und Rückschein an Graham. Sie erwähnte den Namen Veronica bei jedem Telefonat und bei jedem Essen, bis Graham klar wurde, daß es einfacher war, sich auf ein Blind

Date einzulassen, als seine Mutter für den Rest seines Lebens im Genick zu haben.

»Ich habe von Ihrer Verhandlung gehört«, sagte Veronica Daws und spielte mit ihrem Chefsalat. Während der gesamten Vorspeise und jetzt des Salatgangs hatte sie es geschafft, ihr Essen zu ungewöhnlichen Mustern zu ordnen, doch Graham hatte noch keinen Bissen in ihren Mund wandern sehen. »Es hört sich ziemlich dramatisch an.«

Dramatisch? Er zog die Brauen zusammen und versuchte dann, die Dame nicht allzu streng zu beurteilen. Wie sollte sie anders mit all den brodelnden Emotionen umgehen, aus denen die Verteidigung in Jamie MacDonalds Fall bestand, als sie auf Drittklässlerniveau zu reduzieren?

»Hat er es getan?« fragte sie.

Sie sah ihn mit babyblauen Augen an, und ihre Gabel schabte über den Teller. Offensichtlich hielt sie sich penibel an die Ratschläge aus irgendeinem universellen Frauen-Verabredungs-Ratgeber, denen zufolge die Frau den Mann dazu bringen sollte, über sich selbst zu sprechen. Graham bejahte ihre Frage.

Veronica schauderte. »Puh«, sagte sie. »Wie halten Sie es nur in einem Zimmer mit ihm aus?«

Graham warf einen Blick über die Schulter auf die Wanduhr. »Er ist nicht Charles Manson. Ich brauche keine Angst um mein Leben zu haben.«

»Trotzdem.« Veronica ließ sich nicht beirren. »Er hat sie *umgebracht.*« Bei dem Wort senkte sich ihre Stimme. »Ich meine, ich weiß, sie lag im Sterben und so, aber das gibt ihm noch lange nicht das Recht, den lieben Gott zu spielen.«

Graham ließ ein Lächeln aufblitzen. »Entschuldigen Sie mich einen Augenblick?« bat er. Er ging zur Toilette, trat in die Männerkabine und vermerkte im Geiste, daß das einzige Fenster zu weit oben und viel zu schmal für ihn war. Seufzend ließ er sich mit angezogenen Hosen auf dem Sitz nieder.

Natürlich hatte Jamie das Schicksal in die Hand genommen. Aber andererseits hatte er es auf Maggies Bitte hin getan. Graham konnte hundert Argumente finden – ein Leben ohne Bewußtsein war kein Leben mehr; ein leidender Mensch hat das Recht, seinem Leid ein Ende zu setzen; ein Akt der Gnade schließt einen Mord aus. So abstrakt formuliert, würden die meisten Menschen diesen Aussagen zustimmen. Wir sind alle darauf programmiert, nur das Beste zu wollen, nicht wahr? Aber nichtsdestotrotz blieb die Tatsache, daß Jamie MacDonald seiner Frau ein Kissen aufs Gesicht gedrückt hatte, bis sie aufhörte zu atmen. Was immer er auch zu tun geglaubt hatte, es kam aus tiefstem Herzen – und diese Emotionen waren so real gewesen, daß er sogar das Leben eines anderen Menschen beendete.

Auf lange Sicht war es gleichgültig, in welche Schublade Graham diese Gefühle steckte. Man konnte sie als Liebe bezeichnen oder als Angst, als Verzweiflung, als Mitleid. Es konnte alles zusammen oder nichts davon gewesen sein. Und dennoch hatte Jamie MacDonald diese Gefühle empfunden und genau das getan, was die überwältigende Mehrheit von uns niemals wagen würde.

Graham wußte, warum Veronica Daws ihm nicht glaubte. Warum der Ober ihm einen scheelen Blick zugeworfen hatte, als er vorhin am Empfang seinen Namen nannte. Die Realität eines toten Opfers verstellte den Blick auf die dunkleren Bereiche der Motivation und der uns beherrschenden Leidenschaften. Man gestand sich nur ungern ein, daß ein anderer mehr Mut hatte, als man selbst in derselben Situation aufbrächte – oder daß es möglich war, jemanden so zu lieben, wie man es persönlich absolut nicht kannte.

Und weil Außenstehende das so schwer verstanden, wußte Graham, daß er Jamie nur rausboxen konnte, wenn er ihn als verrückt hinstellte.

Graham drückte zweimal die Toilettenspülung, als würde das helfen, den Kopf klar zu bekommen. Er wusch sich die Hände, klopfte sie an seiner Hose trocken und beschloß, den Rest des Abendessens als Test für die Verhandlung zu nutzen, indem er Veronica auf seine Seite zu ziehen versuchte. Sie war jung und leicht zu beeindrucken; sie hätte unter den Geschworenen sitzen können. *Wissen Sie,* würde er sagen, wenn er wieder Platz nahm, *vor Gericht gibt es oft vieles, was nicht gleich ins Auge fällt.*

Graham ging im Geist hastig ein Eröffnungsplädoyer durch und trat aus der Toilette. Veronica Daws, aufgeplustert und aufgeregt wartend, winkte ihm augenblicklich verschämt zu. Graham rückte seine Krawatte gerade und fragte sich, ob ihm in Liebesdingen wohl jemals soviel Glück vergönnt sein würde wie Jamie.

Fyvel Adams, Professor für Soziologie an der University of Massachusetts in Amherst, arbeitete in einem Verschlag. Er sagte, er bräuchte nicht viel Licht und Platz, um Daten zu sammeln und zu sortieren.

Allie und Graham standen draußen im Gang. Er wurde von Leuchtkugeln erhellt, die strategisch im Abstand von jeweils einem Meter aufgehängt waren und Graham dunkle Schatten unter die Augen legten sowie einen Bartschatten ins Gesicht zauberten. Allie fragte sich, ob das nur von der Knastbeleuchtung herrührte oder ob er in letzter Zeit schlecht schlief.

Graham hatte ihr auf der langen Fahrt nach Amherst das Prinzip einer Geschworenen-Befragung erläutert. Die endgültige Liste der Geschworenen für Jamies Fall würde aus einer Liste von dreihundert Namen erstellt, die wiederum aus zufällig ausgewählten Bürgern im Berkshire County ausgesucht wurden. Die Feldforschung, die sie gemeinsam mit Fyvel Adams durchführen sollte, würde darin bestehen, ihre eigene Auswahl an Bürgern zu befragen. Dann würden per Computer die Persönlichkeitsmerkmale der Befragten, die Mitgefühl für Jamie gezeigt hatten, mit demographischen Merkmalen wie Alter, Geschlecht, Tätigkeit, politische Einstellung verglichen. Aufgrund der Ergebnisse der Computerauswertung konnten die Merkmale des perfekten Geschworenen für Jamies Fall bestimmt werden, und an diese Meßlatte würde Graham sich halten, wenn es an der Zeit war, die endgültige Jury zu bestimmen.

Fyvel Adams wies eine solche Größe auf, daß sein Adamsapfel genau vor Allies Auge auf und ab sprang. Er schien nur aus Hals zu bestehen – war knochendürr, und sein Kopf lief oben eiförmig zusammen. Zwei Studenten arbeiteten an seiner Seite, Dissertationskandidaten, die Allie mit Vergnügen zur Hand gehen würden.

Adams breitete mehrere Papiere auf dem Boden aus, so daß Allie und Graham sie lesen konnten. »Einerseits haben wir die grundlegenden Eigenschaften« – er fuhr mit dem Finger über die erste Seite – »Alter, Geschlecht, Religion, Abstammung und so weiter.« Er wendete die Seite und begann, eine Grafik zu skizzieren, die weder Allie noch Graham zu deuten vermochten. »Und dann haben wir noch die unscharfen, vagen Aussagen.«

Allie kniete nieder und las die erbärmlich getippte Rückseite. Den Anweisungen zufolge sollten die Befragten ihre Antworten abstufen zwischen *1*, starker Zustimmung und 4, starkem Widerspruch. Sie warf einen Blick auf die erste Aussage: *Unter gewissen Umständen sollte es einem Menschen gestattet sein, das Gesetz zu brechen.* Sie sah auf Graham.

Erfolg läßt sich direkt danach bemessen, wie hart man dafür arbeitet.

Gott hat die Menschen erschaffen; die Wissenschaft hatte kaum etwas damit zu tun.

Wenn ein Mensch für gehirntot erklärt wird, sollte seine Familie einen Arzt bitten dürfen, die lebenserhaltenden Geräte abzustellen.

»Also«, sagte sie und atmete tief durch, »das ist bestimmt interessant.«

Sie zog ihr Personenregister vom Berkshire County aus der Tasche, in dem jeder siebenundneunzigste Name mit einem roten Punkt markiert war. »Wie lange haben wir dafür Zeit?« erkundigte sie sich.

Graham rieb sich die Schläfen. »Eine Woche«, sagte er. »Sie können die Anrufe von meinem Büro aus tätigen; Ihre Hilfskräfte übernehmen die zweite Hälfte des Registers und rufen von der soziologischen Fakultät aus an.«

Er lächelte Adams zu, dankte ihm für die Unterstützung und

führte Allie sacht am Ellbogen hinaus. »Wem, zum Teufel, will ich damit eigentlich was vormachen?« murmelte er.

Allie tröstete ihn: »Sie kriegen ein Fleißbildchen, weil Sie sich solche Mühe machen.«

Graham schmunzelte. »Wenn das so ist, werde ich umgehend meine Anstrengungen verdoppeln.«

Schweigend fuhren sie zurück zu der Anwaltskanzlei MacPhee & MacPhee, wo Allie den restlichen Nachmittag mit einer Plastikschüssel Hühnchensalat aus dem Café und einem Headset verbrachte, das sie von Grahams Sekretärin ausgeliehen hatte, um ohne Hörer telefonieren zu können. Sie hatte eben ihren vierzigsten Anruf hinter sich, als Graham den Raum betrat.

»Wie geht's voran?« fragte er und blätterte in dem Stapel der durchgeführten Interviews.

Allie zuckte mit den Achseln. »Die Leute sind ja so was von unflexibel. Ich glaube, jeder, den ich angerufen habe, ist heimlich Mitglied des Ku-Klux-Klan«, schimpfte sie. »Bis auf die, die mir gleich erklärt haben, sie hätten keine Zeit für Telefonverkäufer, und wie es mir wohl gefiele, wenn sie bei mir zu Hause anrufen würden.«

Graham lachte. »Hoffentlich haben Sie denen unsere Nummer gegeben.« Er steckte einen Löffel in den Hühnchensalat und nahm sich einen Mundvoll. »Ich zieh' mal los«, sagte er. »Warten wir ab, was bei diesen Befragungen herauskommt.«

Allie sah zu ihm auf. »Bringen Sie mir Kaffee mit«, bat sie. »Das wird eine anstrengende Nacht.«

Als Graham bei seinem Auto stand, klappte er seine Aktentasche auf und zog sein Auswahlverzeichnis heraus. Der erste Name lautete Arlene Abbot, 59 Cheshire Road, Wheelock.

Er fuhr die Main Street hinunter und bog nur einmal verkehrt ab, ehe er die ihm nicht unbekannte Straße fand. Das Haus der Abbots war eine kleine Ranch mit einer riesigen amerikanischen Flagge an einem Mast im Vorgarten. Das vermerkte er neben dem Namen.

Zwei weitere Bewohner von Wheelock besaßen Dinge, die

Grahams Meinung nach auf Sturheit hindeuteten: Kettengliederzäune, deutsche Schäferhunde, gestutzte Hecken. Mit sinkendem Mut notierte er sich diese Besonderheiten.

Der nächste ausgesuchte Name lautete Lawrence Alban, 7572 Groundhog Path, Hancock. Man fuhr eine Weile Richtung Nachbarort, und mit Hilfe einer Ortskarte fand er das Haus. Radkappen im Garten, die Außenwände knallgrün angestrichen, selbstgezimmerte Vogelhäuschen. Er lächelte und kritzelte einen großen Stern neben diese erste Hoffnung auf Nonkonformismus.

Zu Weihnachten hatte Mia ihm die Welt geschenkt. Cam drehte den winzigen Globus in seinen Händen und zerknüllte nebenbei die Verpackung. Der Globus hatte keine Achse; er wurde durch eine eigenartige magnetische Kraft oder vielleicht durch Magie an seinem Platz gehalten.

»Um deine geographischen Kenntnisse aufzufrischen«, sagte sie, brachte den Globus zum Kreiseln und bot ihm eine jener Lügen dar, die jedesmal gar nicht so unwahrscheinlich scheinen, wenn es Weihnachten wird. »Eines Tages ziehen wir los.«

»Ein tolles Geschenk«, meinte er beglückt. Er gab ihr einen Kuß. »Perfekt.« Allie dagegen hatte ihm eine Gitarre geschenkt, auf der er nicht spielen konnte. Mia erfreute ihn nicht mit etwas, das *sie* sich wünschte; sie hatte sich in ihn hineinversetzt und ihm geschenkt, was *er* gern haben wollte. »Wo hast du den her?«

Mia konnte sich das Lächeln nicht verkneifen. »Aus einem Katalog«, gestand sie. »Einem dieser Unternehmen, die Artikel für Leute führen, die schon alles haben.«

»Ich habe nicht alles«, sagte Cam. *Dich habe ich nicht.*

»Ach, ich weiß nicht.« Mia legte einen Arm um seine Taille. »Du hast alles, was den amerikanischen Traum ausmacht.«

Cam ließ sich das durch den Kopf gehen. Das Haus, zwei Autos, einen Garten. Die Frau und die Schatten der Kinder, die eines Tages dazu kommen würden. Es ergab ein hübsches, farbenfrohes Bild, und doch war es beängstigend, sich vorzustellen, daß Mia dabei irgendwo außerhalb des Rahmens stand.

»Ich wollte dir was besorgen, das du im Büro aufbewahren kannst«, sagte Mia leise, »das in deinen Schreibtisch paßt.«

Cam schob ihr das Haar aus dem Gesicht. »Ich werde ihn nicht verstecken, sondern den ganzen Tag damit spielen.«

Sie lagen bäächlings auf dem Bett im Wheelock Inn, den Globus auf Armeslänge vor ihnen. Wie Blinde tasteten sie das Relief auf der Kugel ab, reisten über den Himalaya, durch die Sahara und das Mittelmeer.

»Tja«, sagte Cam schließlich und zog einen Umschlag aus seiner Brusttasche. »Meins ist längst nicht so exotisch. Aber trotzdem frohe Weihnachten!«

Mia riß den Umschlag auf. Darin lag eine sorgfältig handgeschriebene Broschüre über das Braebury House, eine Pension in den White Mountains von New Hampshire. Das Haar fiel ihr über das Gesicht, als sie sich aufsetzte, um die Fotos von einem Lehnstuhl vor einem prasselnden Kaminfeuer, einem Himmelbett, einem gemütlichen Gewirr von Antiquitäten zu betrachten.

»Das Wochenende in vierzehn Tagen«, flehte Cam sie an. »Ich werde behaupten, ich müßte auf ein Training nach New Braintree. Und deine Tante könnte nochmal krank werden.«

Mia stellte sich vor, Cam ein ganzes Wochenende für sich allein zu haben, an einem Ort, wo niemand sie als die Andere erkennen oder ihn identifizieren würde. Sie versuchte sich auszumalen, wie ihre Eltern Teil eines Zweigespanns zu sein, so eng mit ihm zusammen, daß sie füreinander denken konnten. Sie stellte sich vor, wie es wohl wäre, nicht als fünftes Rad am Wagen herumzuirren.

Er drückte ihr einen Kuß auf den Hals, als würde er glauben, daß sie noch unschlüssig wäre; als könnte sie dieses Geschenk wirklich ausschlagen. »Bitte«, flüsterte Cam. »Laß es uns noch einmal versuchen!«

In Wheelock feierte man Weihnachten weniger ausgiebig als das nachfolgende Hogmanay, im übrigen Massachusetts als Silvester bekannt. Wie in Schottland soffen sich die meisten Einheimischen hemmungslos voll. Nach Mitternacht machten sich die Nachbarn zu Fuß auf, um sich gegenseitig ein gutes neues Jahr zu wünschen, mit Keksen, Weinflaschen oder edlem Whiskey im Gepäck.

Da Cam an Silvester immer arbeitete, war es für Allie im Grunde eine Nacht wie jede andere, abgesehen von dem Lärm draußen – die trunkenen, disharmonischen Darbietungen von ›Auld Lang Syne‹ und das Fauchen und Knallen der von Teenagern auf den nassen, kalten Straßen gezündeten Kracher waren nur schwer zu überhören. Sie hatte Angus und Jamie überreden wollen, bei ihr zu Hause im Fernsehen die Übertragung der Jahreswende vom Times Square anzuschauen; doch Angus hatte nur gegrunzt und gemeint, wenn ihm noch ein Jahr vergönnt sei, dann würde er es verdammt nochmal damit einleiten, indem er sich gründlich ausschlief.

Jamie – tja, Jamie war einfach nicht nach Feiern zumute gewesen. »Dann komm einfach nach zwölf vorbei«, hatte sie gesagt. »Man sagt, der beste Neujahrsbesuch sei ein großer Mann mit schönem Haar, der jede Menge zu essen mitbringt.«

Darüber hatte Jamie lachen müssen. »Cam ist genauso groß. Und ich kann mir nicht vorstellen, daß er Lust hat, mit mir ein Faß aufzumachen, nachdem er die ganze Nacht lang Betrunkene einsperren mußte.«

Also feierte Allie allein. Um elf Uhr hatte sie eine Flasche Glenfiddich Malt hervorgeholt, den sie sonst nie trank, und sich einen Schluck genehmigt. Bis halb zwölf waren dem zwei weitere gefolgt. Um Mitternacht fühlte sie sich energiegeladen und in festlicher Stimmung, ihr Magen glühte angenehm, und sie hatte Kraft, die Welt zu erobern. Sie sah sich eine Weile Dick Clark im Fernsehen an und ging dann nach oben. An Hogmanay kam Cam gewöhnlich gegen zwei Uhr früh heim. Sie konnte duschen, das Bett frisch überziehen und dann hoffen, daß er nicht allzu erschöpft wäre, wenn er nach Hause kam.

Kurz nach eins stand alles bereit. Das Schlafzimmer sah bezaubernd aus; von Kerzen erhellt, die von Weihnachten übriggeblieben waren, und erfüllt vom Duft des Rosenwassers, das sie beim Kochen der Bettwäsche mit in die Maschine schüttete. Sie trug immer noch ihren karierten Pyjama und die riesigen, elefantenförmigen Pantoffeln, aber ihr blieb reichlich Zeit zum Umziehen. Seufzend sah sie sich um und suchte nach einer Beschäftigung.

Eigentlich hatte sie keine Lust, Cams Schubladen aufzuräumen, aber sie war in Geberlaune. Es hatte sie immer fasziniert, daß jemand, der tagsüber in einer Polizeiuniform so makellos und glattgebügelt dastand, seine sonstigen Klamotten derart vernachlässigen konnte. Allie hatte ihn einst damit geneckt, daß er nur zur Polizei gegangen sei, weil es ihm nicht gelänge, sein normales Outfit in Ordnung zu halten. Worauf Cam geantwortet hatte, daß Ellen ihm in seiner Jugend die Unterwäsche gebügelt habe und daß dies vielleicht seine heimliche Rebellion war.

Allie öffnete seine Hemdenschublade und ließ den Regenbogen an Farben durch ihre Finger gleiten. Sie konnte sich nicht vorstellen, daß Ellen Boxershorts bügelte, ja, überhaupt bügelte. Das widersprach inzwischen ihren Prinzipien – sie meinte, das Bügeln raube der Persönlichkeit eines Stoffes jegliche Eigenart. Sie hatte Allie sogar wegen der Bonsais in ihrem Laden getadelt. Wie konnte sie es vor sich rechtfertigen, etwas mit Kupferdraht festzuzurren, das dazu bestimmt war, wild und frei zu wachsen?

Gedankenverloren begann Allie, Cams T-Shirts nach Farben zu sortieren. Sie wußte, daß nach einem Tag alles wieder durcheinander wäre; aber sie hatte nichts Besseres zu tun, und wenn sie sich hinlegte und die Augen auch nur einen Augenblick zumachte, wäre sie mit all dem Whiskey in den Adern augenblicklich weggetreten. Die roten nach oben, die blauen nach unten, weiße und bedruckte auf einen eigenen Stapel.

Sie zog Cams Wäscheschublade auf und begann, die Socken nach Paaren zu ordnen. »*Süüüße*«, säuselte sie, während sie eine lange graue Socke aus dem Wirrwarr zog, »ich hab' genau den *Richtigen* für dich!« Eifrig durchwühlte sie das Tohuwabohu nach dem passenden Partner, rollte beide zu einem Ball zusammen und legte sie ganz nach hinten. So machte sie weiter, bis alle Socken in Reih und Glied lagen. »Wie in der Arche Noah«, murmelte sie, dann hörte sie Cam die Treppe hochkommen.

Sie drehte sich zu ihm um, mit glühenden Augen und brennenden Wangen. »Na sieh mal an«, sagte sie. »Rothaarige Neujahrsbesucher bringen angeblich Unglück!« Sie machte einen unsicheren Schritt auf ihn zu und zupfte an seinem Hemd.

Cam roch den Whiskey; er hatte ihn schon unten gerochen. Und hier überdeckte er mit Leichtigkeit den frischen Blumenduft aus dem aufgeschlagenen Bett. »Mein lieber Mann«, sagte er und grinste derart, daß sich ein Grübchen in seiner Wange bildete. »Allie MacDonald, du bist blau!«

»Gar nicht wahr«, wehrte sich Allie entrüstet. »Bloß du bist einfach zu nüchtern.«

»Stocknüchtern«, bestätigte Cam lachend. »Genau so habe ich mir das Heimkommen vorgestellt.«

Er setzte sich aufs Bett, streifte die Stiefel ab und entdeckte die säuberlich aufgereihten Socken in der Schublade. »Hoffentlich hast du das nicht meinetwegen gemacht«, sagte er. »Das ist doch zwecklos.«

Allie zog die Achseln hoch. »Mir war langweilig.« Sie wackelte einen Schritt auf ihn zu, wobei sie verführerisch die Hüften schwenkte und dadurch fast ins Straucheln geraten wäre. »Ich habe auf dich gewartet.«

Cam lächelte. »Gedulde dich noch ein bißchen, ich muß erst duschen.«

»Schon okay«, meinte Allie. »Ich nehme mir einfach die nächste Schublade vor.« Sie drehte sich wieder zur Kommode um und zog Cams Boxershorts heraus. Es gab ein paar weiße, doch die meisten waren mit tropischen Fischen, Elchen oder Straßenschildern bedruckt – Allie stopfte ihm jedes Jahr eine neue Unterhose in den Weihnachtsstrumpf. Sie hob die oberste Hose hoch – die mit den Lippenstiftküssen –, und etwas purzelte zu Boden.

Es war ein T-Shirt, das um einen BH und einen Slip gerollt

war, wie Allie sie nie tragen würde. »Sieh dir das an«, sagte sie und hielt beides gegen das Licht.

Cam hatte sich gerade das Hemd über den Kopf gezogen. Auf Allies Bemerkung hin drehte er sich um und sah in ihrer Hand Mias Überbleibsel jenes bedauerlichen Wochenendes vor Weihnachten – die Wäsche, die er, wie ein Idiot, vergessen hatte ihr zurückzugeben.

Die Erkenntnis traf ihn wie ein Boxhieb in den Bauch, ließ ihn mit abrupt angehaltenem Atem aufs Bett sinken. *Noch nicht, noch nicht, noch nicht,* dachte er. *Ich will sie nicht gehen lassen.* Großzügig überging er dabei die Frage, welche Frau er eigentlich meinte.

Allie hielt das T-Shirt vor sich hoch und bemerkte den kleinen Aufnäher im Nacken. »Mias«, stellte sie ungerührt fest, »das hätte ich mir denken können.«

Sie faltete das T-Shirt zusammen und legte es neben Cam aufs Bett. »Mein Gott, war das die ganze Zeit bei uns? Sie muß es vor Monaten vergessen haben, als sie damals bei uns übernachtet hat.«

Cam spürte, wie sich sein Mund hölzern um Worte herum arbeitete, denen jede Kante fehlte. »Vielleicht hast du die Sachen mitgewaschen«, würgte er heraus, »und hast sie aus Versehen in meine Schublade geräumt.«

Allie nickte. »Wahrscheinlich war ich mit den Gedanken irgendwo unterwegs. Beim Wäschewaschen schalte ich meinen Kopf auf Automatik. Wenn es weich ist, müssen es Boxershorts sein.«

Cam stopfte Hemd und Höschen unter das Bett, wo er nicht länger darüber nachzudenken brauchte. Noch nie hatte er Allie so geliebt wie in diesem unglaublichen, arglosen Augenblick; das Gefühl überschwemmte ihn, gepaart mit einer Woge heißer Erleichterung, bis er so voll und schwer wurde, daß er sich kaum mehr bewegen konnte.

Er sah seine Frau an, die hinter vorgehaltener Hand hickste und deren sich aus dem Zopf lösendes Haar über ihren karierten Pyjamarücken fiel. Die Zähne in die Unterlippe bohrend, faltete sie seine Unterwäsche weiter; in einem überschwenglichen Schwall purzelte Geplauder aus ihrem Mund.

Die Unschuld stand ihr so gut.

Das Haar fiel dir wild ins Gesicht, und du hattest die Daumen mit der leeren Eichel darin vor deinen Lippen aufeinandergepreßt. »Genau so«, sagtest du, aber du mußtest zu sehr lachen, konntest mir nicht genau zeigen, wie du mit deinen Daumen diese kleinen Kuppen über der hölzernen Hülle formtest und dann, durch die Knöchel blasend, dieses unheimliche Heulen erzeugtest.

Du trugst diese flachen schwarzen Schuhe, wie eine Ballerina, aber trotzdem machte es dir nichts aus, durch den Wald zu wandern. Ich sehe noch, wie das nasse Laub sich klettenartig an deine Knöchel heftete, und ich bin ziemlich sicher, daß eine Ranke dir den Rock zerriß und ein münzgroßes Loch zurückließ.

Ich war hoffnungslos unbegabt, was das Pfeifen auf einer Eichel anging; doch du hast nicht lockergelassen, sondern drücktest deine Hände auf meine und befahlst mir, eine neue verdammte Eichel zu suchen, nachdem meine ungeschickten Daumen die erste zerquetscht hatten.

Du weißt doch, daß man manche Menschen an bestimmten Tagen ganz besonders liebt? Es war nicht das Leuchten, das die Sonne über deine Locken breitete, auch nicht das Gefühl deiner Hände über meinen, die sich abmühten, meine Finger in eine bestimmte Haltung zu biegen.

Ich liebte dich, weil du wenigstens an diesem Tag einfach nicht aufgeben wolltest.

15

Allie und Cam feierten den Valentinstag am 14. *Januar*, weil der Laden sie im folgenden Monat zu sehr auf Trab hielt, als daß sie den Tag dann hätten genießen können. Inzwischen pflegten sie diese Tradition schon seit langem. Jedes Jahr wachte Allie am Morgen auf und zog eine Karte und ein Geschenk für Cam aus ihrem Nachttisch; Cam starrte sie dann an und klappte den Mund auf und zu wie ein Fisch auf dem Trockenen, weil er es schon wieder vergessen hatte.

Nicht daß sie außergewöhnliche Überraschungen parat hatte – normalerweise ging sie in ein Anglergeschäft und kaufte ihm ein paar künstliche Fliegen außerhalb der Saison –, doch jedes Jahr hoffte sie am Abend zuvor unwillkürlich, daß auch Cam diesmal daran denken würde. Wahrscheinlich hätte sie die Chancen zu ihren Gunsten beeinflussen können, indem sie ein paar Tage zuvor beiläufig den Valentinstag erwähnte, doch genau das verkniff sie sich.

Sie mußte Cam zugute halten, daß er jedesmal Abbuße leistete. Nach der Arbeit kam er mit einer Schachtel Pralinen und einer Karte heim, auf der in Bleistift und mit leicht zittriger Schrift *Ich liebe dich* stand, so als hätte er sie während der Fahrt im Auto verfaßt.

Dieses Jahr feierten sie zwei Tage früher, also schon am 12. Januar, weil Cam am Wochenende auf Dienstreise gehen würde. Die Sonne stand schon hoch und reglos am Himmel, als Allie aufwachte, doch sie kniff die Augen zu und zwang sich weiterzuschlafen. Sie gab vor, etwas Betörendes, Süßliches zu riechen – den Duft von vielleicht einem halben Dutzend Calla-Lilien, die Cam mitten in der Nacht unter seiner Bettseite versteckt hatte. Sie wagte einen verstohlenen Blick nach rechts, doch Cam schnarchte noch leicht. Einen Arm hatte er hoch über den Kopf geworfen, ein Fuß schaute unter der Decke hervor.

Ich zähle jetzt bis zehn, sagte sie sich. *Dann wird er aufwachen und mich überraschen.*

Eins, zwei, drei …

Sie wußte nicht, warum es ihr in diesem Jahr wichtiger war als je zuvor. Vielleicht, weil es während der Feiertage so oft zum Streit kam. Vielleicht, weil sie ihn so wenig zu Gesicht bekommen hatte, während sie Grahams Jury-Umfrage durchführte. Vielleicht, weil sie es allmählich satt hatte, die ganze Arbeit zu tun.

Sieben, acht …

Seufzend drehte sie sich zu Cam um. Das Buntglasbild, das er ihr vor Monaten geschenkt hatte, legte einen blauen Schatten über sein halbes Gesicht und ließ ihn wie ein Wesen aus einer anderen Welt aussehen. Das Glasherz der Narzisse, eine blutrote Scherbe, leuchtete wie eine Narbe auf seiner Wange.

Sie wühlte in ihrem Nachttisch nach der Karte und der kleinen Schachtel. Dann stupste sie ihn in die Rippen. »Alles Gute zum Valentinstag!«

Cams Augen flogen auf. »Nein«, stöhnte er. Er grub das Gesicht ins Kissen. »Scheiße!«

Allie fuhr mit der Hand über seine muskulöse Schulter und durch die Furche seines Rückgrats. »Laß mich raten«, flüsterte sie.

Cam stützte sich auf die Ellbogen und bot ihr ein Lächeln dar, mit dem er eine Schlange betört hätte. »Ich hatte alle Hände voll mit diesem dämlichen Training zu tun«, redete er sich heraus. »Du weißt schon, damit auf dem Revier alles geregelt ist, wenn ich heute wegfahre. Außerdem habe ich noch bis Mitternacht Zeit«, rechtfertigte er sich.

»Das sagst du jedes Jahr.«

»Weil es immer wieder wahr ist.« Er rollte sich auf den Rücken. »Wenn du schlau wärst, würdest du bis zum Abendessen warten, ehe du mir deine Karte gibst.«

Er öffnete sie bereits. »Täte ich das«, meinte Allie leidenschaftslos, »würde ich *nie* was zum Valentinstag kriegen.«

Cam setzte sich auf, las die Karte, grinste und gab ihr einen Kuß auf die Wange. »Sieh es einfach so. Da ich mittags weg muß, kriegst du bis dahin ganz bestimmt was.« Er riß das Papier auf, mit dem das kleine Geschenk verpackt war, und hob zwei Wollfliegen aus der Schachtel. »Die sind ja toll«, gab er sich begeistert. »Ich finde es einfach phantastisch, Zeug zum Fliegenfischen zu bekommen, wenn draußen dreißig Zentimeter Schnee liegen.«

Allie schwang die Beine aus dem Bett. »Auf diese Weise kommt der Frühling schneller«, prophezeite sie und tappte davon ins Bad.

Sobald sie die Tür hinter sich zugezogen hatte, atmete Cam langsam aus und legte die Hände vor sein Gesicht. Sie zitterten. Er wollte sich um ein Uhr mit Mia in Shelburne Falls treffen, wo sie ihren Wagen bei einem *Stop & Shop* stehenlassen würde, um dann den Rest der Fahrt nach New Hampshire mit ihm gemeinsam zurückzulegen.

Als Allie aus dem Bad kam, war er bereits dabei, Anziehsachen in eine Reisetasche zu stopfen. Sie sah ihn seine Jeans zusammenfalten, einen Rollkragenpullover und ein Sweatshirt, eine lange Unterhose. Dann stellte er seine schweren Schneestiefel obendrauf. »Hast du nicht die Uniform vergessen?« fragte sie.

Es fröstelte ihn leicht, als er die Reisetasche zuzog und sich umdrehte. »Mein Gott«, sagte er. »Du hast mir vielleicht einen Schrecken eingejagt.« Er deutete auf die Tasche. »Das Seminar ist in Zivil. Ohne Uniform.«

Allie zog eine Braue hoch. »Und es wird drinnen abgehalten?«

»Mitten im Januar? Was glaubst du denn?«

Sie ging an ihre Kommode und holte sich ihre Wäsche heraus. »Und wozu brauchst du dann die lange Unterhose?«

»Ach die«, meinte Cam. »Sie wollen auch so eine Art Überlebenstraining machen. Einen Biathlon. Skifahren und Schießen. Du weißt schon.«

Er fragte sich, seit wann er so gut im Zurechtstutzen der Wahrheit war.

Allie kämpfte sich in eine Strumpfhose. Es war kein eleganter Anblick, entgegen aller Teenager-Phantasien. Abrupt drehte er sich um, nahm seine Tasche und verließ das Schlafzimmer.

Graham saß in ausgebeulten Khakihosen auf dem Boden, mit verknittertem und schief geknöpftem Hemd, so daß ein Zipfel über den anderen hing. Er tunkte einen Doughnut in die Brühe, die er sich als Kaffee gemacht hatte, und starrte auf die Kunststoff-Tafel vor ihm.

Er hatte sie aus dem Konferenzraum bei MacPhee & MacPhee organisiert. Sie war in lauter Quadrate unterteilt. Links standen in grüner Tinte die Tage: 15., 16., 17., 18., 19. September. Oben neben die 15 hatte Graham geschrieben: TERMIN 16.45 DR. DASCOMB WHARTON. Und unten neben der 19 stand: MAGGIE, VERMUTLICHE TODESZEIT 7-10 UHR, HUGO HUNTLEY.

In der Mitte sah die Tafel aus wie ein Kreuzworträtsel. Er war bemüht gewesen, die Tage so nachzuzeichnen, wie Jamie sie ihm während des Spaziergangs vor ein paar Wochen geschildert hatte. Denn nachdem Allie sich pflichteifrig der Geschworenen-Umfrage annahm, blieb ihm Zeit genug, seine Zeugen vorzubereiten und Jamies Geschichte zu untermauern. In vielen Fällen hatte zu seinem Erstaunen *tatsächlich* jemand gesehen, wie Jamie und Maggie zu zweit ihr letztes Wochenende feierten. Watchell Bud Spitlick erinnerte sich, sie auf ihrem Hausdach gesehen zu haben, wo sie etwas aßen; er sagte, er hätte ihnen noch zugerufen, vorsichtig zu sein. Und ein Platzanweiser in Loew's Multiplex Cinema erinnerte sich, Jamie und Maggie an jenem Samstagabend beobachtet zu haben. Mit rotem Kopf hatte er Graham erzählt, er habe sie mit der Taschenlampe anleuchten und sie um etwas Zurückhaltung bitten müssen, so seien sie einander an die Wäsche gegangen.

Beim American Express lag eine Kreditkartenquittung vor mit Jamies Unterschrift aus dem *Rooster's Comb*, dem snobistischen Restaurant, in dem sie danach gespeist hatten. Der Geschäftsführer des *Red Lion* gab Graham die Adresse der frischvermählten jungen Leute, in deren Feier Maggie und Jamie geplatzt waren und die sich natürlich an die beiden erinnerten. Erst jetzt erfuhren sie zu ihrem Erstaunen, daß das Paar, das so professionell Jitterbug tanzte, mit keiner der beiden Familien bekannt war.

Zeugen für Sonntag aufzutreiben, jenen Tag, an dem Jamie mit seiner Frau draußen gewesen war, damit sie sich die Welt einprägte, erwies sich als mühsamer. Ein Hotdog-Verkäufer, der seinen Stand an dem Park nahe der Berge aufgebaut hatte, in denen sie Jamie zufolge gewesen waren, meinte, er habe sie *möglicherweise* gesehen – doch konnte er sich nicht wirklich erinnern. Nachbar Spitlick hatte den Rasen gemäht, als die MacDonalds gegen fünf Uhr nachmittags zu ihrem Haus zurückkehrten.

Am Montag hatte ein Tankwart in Cummington ihren Tank mit bleifreiem Benzin gefüllt und mit Jamie geplaudert, während er die Windschutzscheibe putzte. Er erinnerte sich an Mr. MacDonalds Worte, sie würden einen Impromptu-Urlaub einlegen – erinnerte sich vor allem an das Wort ›Impromptu‹, weil er dessen Bedeutung nicht kapierte. Im Gästeverzeichnis des Wheelock Inn wurde mit Maggies Unterschrift die Ankunft von Mr. und Mrs. MacDonald um elf Uhr fünfzehn bestätigt. Der Barkeeper in der Lounge brach fast weinend zusammen, als Graham ihn fragte, ob er sich erinnern könne, Jamie den Sekt verkauft zu haben; er erklärte, er würde sich immer wieder fragen, ob er nicht irgendwie zu der Tat beigetragen hatte, indem er Jamie betrunken gemacht hatte.

Der Besitzer der Pizzeria konnte sich nicht entsinnen, Jamie MacDonald an jenem Montagabend gesehen zu haben, aber andererseits sprach er kaum Englisch und hatte Grahams Frage möglicherweise überhaupt nicht verstanden.

Am Dienstag nachmittag war Jamie beim Revier vorgefahren, wie der Polizeichef, Allie und eine ganze Reihe von Zeugen bestätigen konnten.

Doch zwischen Montag abend und Dienstag nachmittag war Grahams Tafel leer.

Der Rest des Doughnuts wanderte in seinen Mund, und er fuhr mit dem Finger über die weißen Löcher auf der Tafel. Niemand vermochte zu sagen, was genau zwischen zwanzig Uhr dreißig am Montag abend und dreizehn Uhr am Dienstag in jenem Zimmer im Wheelock Inn geschehen war. Vielleicht hatten Jamie und Maggie einen gemeinen, erbitterten Streit gehabt. Vielleicht hatte Jamie den Verstand verloren. Oder vielleicht hatte Jamie einfach nur Abschied von ihr genommen.

Graham ließ den Kopf hängen und fuhr sich mit der Hand durchs Haar, bis es in eigensinnigen Wirbeln abstand. Er wußte, daß der kollektive Blick der Jury, genau wie sein eigener, nicht von dem Gewirr an Beweisen angezogen würde, das die Tafel bedeckte, sondern von diesen blanken Stellen. Diese blanken Stellen luden mehr zu irgendwelchen Vermutungen ein als jede Geschichte, die er zu Jamies Verteidigung ersinnen konnte. Rätsel mochte jeder; wer war nicht begeistert, wenn er an einer Geschichte mitschreiben konnte?

Er stellte sich die unbekannten Gesichter der Geschworenen vor, die allesamt ihre eigene Version der Ereignisse in Maggies letzter Nacht erfanden, und fragte sich, ob auch nur einer davon der Wahrheit nahe kommen würde.

Cam hatte den festen Vorsatz gehabt, in aller Ruhe eine Karte für Allie auszusuchen; doch der alkoholisierte Autofahrer, den Zandy zur Vernehmung in die Station gebracht hatte, fing plötzlich an, mit Sachen um sich zu werfen und Zandy wie auch den zweiten Einsatzbeamten zu attackieren. Nur zu dritt war es ihnen gelungen, das Arschloch festzuhalten und in eine Zelle zu bugsieren.

»Scheiße, das ist doch nicht zu glauben«, sagte Cam zu Zandy. »Wieso werden Verrückte eigentlich immer am Wochenende verhaftet, wenn wir sie nicht zur Kautionsanhörung weiterschaffen können?«

Der zweite Beamte, MacIver, war mittleren Alters und hatte

schon unter Cams Vater als Teilzeit-Beamter gearbeitet. »Aus demselben Grund, aus dem die Kinder krank werden, wenn die Arztpraxis zu hat«, sagte er. »Nur um einen zu ärgern.«

Der Gefangene fing an, die Zellentür zu bearbeiten. »Hey!« brüllte Cam ihn an. »Immer mit der Ruhe, ja?« Er warf einen Blick auf das Verhaftungsprotokoll und sah dann Zandy und MacIver an. »Kommen Sie beide hier klar, oder soll ich Verstärkung holen?«

»Am besten die Nationalgarde«, brummte Zandy, während ein Speichelfladen innen an das Flexon klatschte. »Oder ein paar Eingeborene, die wir ihm als Futter zum Abendessen reichen.«

Der Gefangene war so groß wie Cam und mit doppelt so vielen Muskeln bepackt. Cam machte sich keine Sorgen, daß der Mann ausbrechen könnte, doch er würde mit Sicherheit Nerven kosten. »Ich kann im Gericht anrufen«, schlug er vor. »Vielleicht kriegen wir jemanden her, damit er eine Kaution festsetzt, dann bitten wir den Sheriff, ihn ins County-Gefängnis zu verlegen.«

Zandy sah Cam hoffnungsvoll an. »Was immer du meinst«, sagte er. »Aber paß auf, daß du rechtzeitig nach New Braintree losfährst.«

Cam hatte Hannah und den anderen Beamten mitgeteilt, daß er auf eine Fortbildung gehen würde. Er wußte, daß niemand an seinen Worten zweifelte, wenn er erklärte, daß ein spezielles Wochenend-Seminar für Polizeichefs zum Thema Waffensicherheit stattfand. Mit einem Nicken verschwand er in seinem Büro und setzte sich.

Er rief im Gericht an und brachte einen Gerichtsangestellten dazu, einen Kautionsbeamten aufzutreiben; dann legte er wieder auf. Eigentlich hatte er Mia anrufen wollen, um sich noch einmal mit ihr abzustimmen; doch die Zeit war ihm am Vormittag davongelaufen, und jetzt stand sie bestimmt schon im Blumenladen – oder fuhr sogar schon los. Seufzend stand er auf, ging aus seinem Büro und schloß die Tür hinter sich ab. »Sie sagen, sie schicken am Abend jemand vorbei«, informierte Cam Zandy. »Soll ich von unterwegs nochmal anrufen?«

Zandy schüttelte den Kopf. »Auch wenn Sie es nicht glauben,

Chief«, sagte er, »wir kommen hier möglicherweise ohne Sie zurecht.« Er grinste und nickte in Richtung Tür. »Raus – raus mit Ihnen!«

Cam war schon auf dem Weg zu Allies Laden, als ihm ihr Valentinstagsgeschenk einfiel. Nach einem Wendemanöver mitten auf der Main Street fuhr er zu dem Kartengeschäft am anderen Ortsende. Er stellte das Radio an und sang mit Van Morrison. Als er in den Parkplatz einbog, verlas der Radiosprecher in seinem nasalen Tonfall eben die Nachrichten.

Cam warf einen Blick auf die Uhr im Armaturenbrett. Zwölf Uhr. Scheiße.

Er lief in den Kartenladen, schnappte sich eine Schachtel Pralinen, zog die erstbeste Karte mit einem Herzen vom Ständer und fuhr mit deutlich überhöhter Geschwindigkeit zurück zum *Glory in the Flower.*

Allie stand über ihren Bonsaibaum gebeugt und verdrahtete mal wieder die schmerzhaft verdrehten Zweige. »Hi«, sagte sie, die Augen auf die Tüte in seiner Hand gerichtet.

»Wo ist Mia?« fragte er, so, wie er es hundertmal an diesem Vormittag geübt hatte.

Allie zuckte mit den Achseln, wischte sich die Hände an der Jeans ab und kam auf Cam zu, bis ihre Hände über der Papiertüte schwebten wie Bienen beim Honigsammeln. »Sie hat sich frei genommen. Ihre Tante ist wieder krank geworden.«

Cam nickte mitleidig. »Das heißt, daß du dieses Wochenende allein bist. Schaffst du das?«

Sie lächelte. »Ich komme ausgezeichnet allein zurecht, vielen Dank«, beruhigte sie ihn und faßte in die Tüte.

Cam setzte sich auf einen der Arbeitshocker. »Das hat heute schon mal jemand zu mir gesagt.«

Allie fuhr mit ihrem Daumen unter den Klebestreifen des Umschlags. »Und was lernen wir daraus?« fragte sie. Sie zog die Karte heraus. Sie war rot mit einem riesigen rosa Herz auf der Vorderseite. ALLES GUTE ZUM VALENTINSTAG, DAD, las sie. ICH BIN VIELLEICHT SCHWIERIG, ABER WENIGSTENS NIEDLICH!

Alles Liebe, Cam, hatte er darunter geschrieben. Allie glaubte, sich verlesen zu haben, und klappte die Karte wieder zu. ALLES GUTE ZUM VALENTISTAG, DAD. »Soll das ein Witz sein?« fragte sie mit einem zaghaften Lächeln.

Cam starrte sie an. »Wieso?«

Sie wedelte die Karte vor ihm auf und ab. »Alles Gute zum Valentinstag, *Dad?*«

Er schnappte ihr das Ding aus der Hand. Finster betrachtete er die Vorderseite und schob die Hand vors Gesicht, um sich die Augen zu reiben. »Es tut mir leid«, sagte er. »Ich habe nicht nachgedacht.«

Allie blinzelte ihn an. Er hatte nicht nachgedacht? Konnte er nicht einmal eine dämliche Karte lesen, bevor er sie ihr kaufte? Sie blickte auf ihre Hände, die immer noch fleckig von Blumenerde und von den spitzen Kupferdrahtenden verkratzt waren. Er sollte nicht im Streit losfahren. Rasch beugte sie sich über ihren Bonsaibaum, damit Cam nicht ihre Gedanken lesen konnte. Vielleicht maß sie dieser Sache zuviel Bedeutung bei, weil er wirklich andere Sachen im Kopf hatte.

Sie wünschte nur, sie würde zu diesen Sachen gehören.

»Na ja«, sagte sie und legte Karte und Pralinen neben den Bonsai auf den Arbeitstisch. Dann nahm sie ihre Drahtschere zur Hand. »Du willst wahrscheinlich los.«

»Stimmt!« Cam stand auf. »Man kann nie wissen, wie der Verkehr wird.«

Sie gingen aufeinander zu und umarmten sich ungeschickt, gehemmt durch Cams Waffengurt und Allies Drahtschere. Cam gab ihr einen Kuß auf den Kopf. »Alles Gute zum Valentinstag«, sagte sie fröhlich.

»Dir auch«, brummte er. Sein Kinn ruhte auf Allies Schulter, und er konnte durch das große Schaufenster aus dem Laden blicken. Es zeigte nach Norden. Er fragte sich, wie weit es wohl nach New Hampshire war.

Mia beobachtete, wie die glatte Schneedecke vorbeizog, geschwungen und weiß wie ein Frauenkörper. Sie saß auf dem Beifahrersitz, hatte die Beine untergeschlagen und Cam den Rücken zugedreht. Er fuhr mit einer Hand; die andere hatte sich auf dem freien Polster zwischen ihnen mit ihren Fingern verwoben.

Sie waren in Braebury, New Hampshire, einem Ort, der sich über den Connecticut River und bis nach Vermont hinüber erstreckte, was man kaum erwartet hätte. Er lag nahe genug an den Skigebieten, um bekannt zu sein, war aber noch so weit davon entfernt, daß sich die Touristenmassen in Grenzen hielten.

Cam lenkte den dunkelblauen Ford Sedan in die Auffahrt eines viktorianischen Lebkuchenhäuschens mit unzähligen Erkern und Türmchen, das zartrosa gestrichen war und sich vom Schnee abhob, als würde es sich schämen. In den weißen Haufen vor dem Haus steckte ein Schild: BRAEBURY HOUSE BED & BREAKFAST, unter einer geschnitzten Holzmöwe mit im Wind ausgebreiteten Schwingen.

»Oh«, rief Mia aus, den Blick auf die gewundene, ringsherum laufende Veranda gerichtet. »Es ist phantastisch.«

Cam lachte. »Es wäre auch phantastisch, wenn es sich nur um eine Höhle handelte.« Er drückte ihre Hand. »Also los!«

Behende schulterte er ihren Rucksack – mitsamt Kafka und einigen Dosen ›Fancy feast‹-Katzenfutter –, dazu seine eigene Reisetasche. Mia ging in der Spur, die er durch den Schnee pflügte, und mußte daran denken, daß dies ihre Beziehung besser beschrieb als jeder andere Vergleich. Ihr Gepäck und seines, das nicht zueinander paßte und doch von derselben festen Hand gehalten wurde.

Das Wirtspaar Alice und Horvath Kingsley erwartete sie bereits an der Eingangstür. »Kommen Sie herein, kommen Sie nur«, begrüßte Horvath sie mit schwerem Akzent.

Alice machte viel Aufhebens um den Schnee, der sich unten an Mias großer Jacke festgesetzt hatte. »Sind Sie gut hergekommen?« fragte sie.

Cam lächelte. »Kein Mensch ist unterwegs.«

Mia stampfte sich den Matsch von den Stiefeln. »Ich sollte die lieber ausziehen«, sagte sie und bückte sich, um die Senkel zu lösen. Sie neigte den Kopf, weil sie sich eigenartig unsicher gegenüber diesem alten Mann und seiner Frau fühlte; sie kannten sich ja überhaupt nicht, und Mia kam sich vor wie eine schreckliche Hochstaplerin. Sie bohrte gerade die Zehen in ihren dicken Wollsocken, als sie Cams Hand schwer wie ein Joch in ihrem Nacken spürte.

»Sind Sie zum Skifahren hier?« fragte Horvath. Der Bauch hing ihm über die Trägerhosen, ein eigenartiger Widerspruch zu seiner Frau, die nur aus Haut und Knochen zu bestehen schien.

»Unter anderem«, antwortete Cam locker. »Wir haben erst geheiratet.«

Mia blieb der Mund offen stehen, und nur mit aller Kraft schaffte sie es, ihn wieder zu schließen und Cam anzulächeln.

Alice Kingsley strahlte sie an und sah dabei aus wie ein Habicht. »Wie schön!« rief sie und legte die Hand auf Mias Arm. »Wann denn?«

In Mias Mund befanden sich auf einmal lauter Steine. »Vor drei ...« Ihre Stimme versagte schon beim zweiten Wort. »Drei Wochen«, setzte sie hinzu, doch im gleichen Augenblick behauptete Cam: »... drei Monaten.«

Cam sah Mia an und lachte. »Mir kommt es jedenfalls wie drei Monate *vor.*«

Über die eisig weiße Ebene wehte das leise Stöhnen eines Cellos, gefolgt von dem Tanz einer Piccoloflöte und einer lebhaften Violine. Mia drehte den Kopf zur Tür, die in Windrichtung offen stand, und meinte, sich die Musik nur eingebildet zu haben. »Habe ich das eben wirklich gehört?« fragte sie.

Alice nickte. »Eine Meile weiter gibt es eine Musikerkolonie«, erklärte sie. »Manchmal sind dort Musiker aus dem *Boston Symphony Orchestra* für ein paar Wochen zu Besuch, und wenn der Wind zu uns herbläst, tja, dann kann man alles mithören. Natürlich ist es viel angenehmer, wenn die Streicher kommen als zum Beispiel die Schlagzeuger. Aber im Sommer gefällt es uns noch besser. Da spielen sie bei sich im Garten kleine Quartette.«

Sie legte einen Arm um Mias Schultern und zog sie in den Hauptraum des Hauses, eine hübsche Grotte mit höhlenartiger Decke und einem Kamin, vor dem sechs Menschen sitzen konnten. »Kommen Sie, meine Liebe«, drängte sie. »Sie müssen sich gleich ins Gästebuch eintragen.« Sie warf einen Blick auf Horvath, der sich mit Cam über die Vogelhäuschen unterhielt, die wie winzige Telefonzellen den beschneiten Rasen hinter dem Haus tüpfelten. »Zeig doch solange Mr. MacDonald sein Zimmer.«

Mia nahm den Stift und blickte auf die ordentlichen Schleifen und Schwünge der Namen jener Gäste, die sich vor ihr eingetragen hatten. Ihre Hand begann zu zittern. Es war nicht recht, sie wußte, daß es nicht recht war; aber andererseits hatte Cam gesagt, sie seien verheiratet.

Mr. und Mrs. Cameron MacDonald, kritzelte sie unsicher. *Wheelock, Mass.*

Sie starrte auf das Papier und fühlte sich mit jedem der schlampigen, krakeligen Worte besser, das vor ihr Auge trat. Schließlich war es ihr Wochenende, ihr Weihnachtsgeschenk – hatte sie da nicht das Recht, ein bißchen zu schwindeln?

Cam tauchte hinter Mia auf und zog sie an seine Brust, so daß sein Daumenballen kaum spürbar über ihren Busen strich. Er blickte auf ihren Eintrag im Gästebuch, auf seinen Namen in Mias zittriger Handschrift.

Zärtlich schlang er seine Finger um ihre. Er dachte an den Brauch der Verlobung durch Handschlag und begriff zum ersten Mal, daß kein priesterlicher Segen und kein Stück Papier den eigenen Gefühlen mehr Substanz verleihen konnte, als wenn ein Herz glaubte, jemandem zu gehören. »Nicht schlecht für eine Anfängerin«, lobte er.

Mia drehte sich in seinen Armen zu ihm um. »Tja«, erwiderte sie, »Übung macht den Meister.«

PSYCHIATRISCHES GUTACHTEN
PATIENT: James MacDonald
GUTACHTER: Harrison Harding, M. D.

Während der ersten Sitzung verhielt sich Jamie reserviert und abweisend. Er erklärte mir wiederholt, daß er nicht verrückt sei und deshalb nicht verstehen könne, inwiefern ein Psychiater ihm vor Gericht von Nutzen sein solle. Ich erläuterte ihm, daß es, ganz abgesehen von der Verhandlung, sinnvoll sei, wenn jemand, der ein solch traumatisches Erlebnis durchgemacht hatte wie er, seine Gefühle mit einem professionellen Gesprächspartner diskutierte. Worauf er meinte, daß niemand außer seinem Anwalt glaube, er habe ein traumatisches Erlebnis zu verarbeiten.

Ich bat ihn, von seiner Kindheit, seiner gegenwärtigen Lebenslage und der Beziehung zu seiner Frau zu erzählen, um weitmöglichst zu verstehen, was in ihm während der Abschiedsphase vorging. Ich sagte, ich wolle irgendwann genauer über die Tage vor Maggies Tod sprechen, allerdings müsse das nicht unbedingt heute geschehen.

Die meiste Zeit sprach er über seine große Liebe. Er sagte, er glaube, man würde sich nur ein einziges Mal wirklich verlieben, und er habe das Glück gehabt, dieses Gefühl elf Jahre lang spüren zu dürfen. Auf direkte Nachfragen vermochte er seine Frau sehr detailliert zu beschreiben, angefangen von der Form ihrer Brauen über die Länge ihrer Fingernägel bis zu der Position ihrer Muttermale. Wenn er über Maggie sprach, lächelte Jamie immer wieder und stand gelegentlich auf, um ans Fenster zu treten, als würde er sie dort erwarten.

Mehrmals wies er darauf hin, daß die Frau, die er getötet hatte, nicht dieselbe Frau gewesen sei, in die er sich verliebt habe. Ich bat um eine ausführlichere Erklärung. Er sagte: »Alle meinen, ich hätte Maggie getötet; doch sie wissen nicht, wie sie früher war. Als wir nach Wheelock kamen, handelte es sich bereits um eine andere Person.« Er schilderte mir eindringlich die Schmerzen, die sie ertragen mußte, angefangen von nächtlichen Halluzinationen bis zu heftigem Erbrechen nach der Chemotherapie. Das jüngste ihrer Gebrechen sei der Übergriff des Krebses auf den optischen Nerv gewesen. Bildhaft demonstrierte er, wie er ihren Schädel mit den Händen hatte zusam-

menpressen müssen, da sie überzeugt war, das Chaos an Farben in ihren Augen würde ihren Kopf zum Platzen bringen.

Es hat den Anschein, als würde, ungeachtet aller Arztberichte, Jamies Wissen um die Schmerzen, die seine Frau ertragen mußte, von Maggie selbst stammen. Überdies lassen Wesen und Intensität ihrer Beziehung vermuten, daß Jamie tatsächlich emotional dieselben Qualen erlitt, die seine Frau körperlich durchstand.

Auf meine Frage, ob es irgend etwas gebe, das er Maggie nicht habe sagen können, nickte er. »Daß sie sich geirrt hat ... als wir darüber sprachen, hat sie gemeint, es wäre besser, sie als die Frau im Gedächtnis zu behalten, die sie früher gewesen war, und nicht als diejenige, die sie inzwischen war. In Wahrheit habe ich jetzt nämlich keine von beiden.«

Jamie betrachtet die Beziehung zu seiner verstorbenen Gattin als etwas Edles und Heiliges. In der Vergangenheit scheint sein Handeln stets darauf angelegt gewesen zu sein, Maggie zu gefallen, was in seiner Zustimmung zu und seiner Mitwirkung bei ihrem Tod endete.

FÜR GRAHAM MACPHEE: *Ich weiß, was Sie von mir erhoffen, aber in Wahrheit war Jamie sehr verständig und ruhig. Er scheint Reue zu empfinden – nicht über die Tatsache, daß er einen Menschen getötet hat; sondern letztendlich betrog ihn die von ihm idolisierte Frau, indem sie ihn bezüglich der auf sein Leben übergreifenden Verästelungen anlog.*

Nicht sein Verstand wurde gebrochen, sein Herz war es.

Demokraten zählten am meisten. Menschen unter dreißig schlugen mit fünf Punkten zu Buche, während Rentner nur einen Punkt erhielten. Juden waren sechs Punkte wert; Protestanten drei; Katholiken einen. Jeder weiterführende Schulabschluß gab einen Extrapunkt.

Fyvel Adams zufolge, der die Computerauswertung der Jury-Umfrage durchführte, spielte das Geschlecht keine Rolle bei der Bestimmung des idealen Geschworenen für Jamies Prozeß. Genausowenig wie die Abstammung. Insgesamt konnte es ein Geschworener auf zwanzig Punkte bringen. Niemand mit weniger als fünfzehn Punkten sollte in der Jury sitzen dürfen.

Graham und Audra hatten sich vor einer Stunde mit Richter Roarke getroffen und vereinbart, vierzehn Geschworene auszuwählen, worunter sich zwei Ersatzleute befanden. Roarke erinnerte Graham an das Wortverbot, das Audra beantragt hatte. »Oh«, zischte Graham der stellvertretenden Staatsanwältin ins Ohr, »Sie meinen das ›M‹-Wort?«

Als Roarke ihm einen finsteren Blick zuwarf, obwohl er unmöglich gehört haben konnte, was Graham geflüstert hatte, begriff Graham etwas von entscheidender Bedeutung für den Fall seines Klienten. Richter Roarke wollte eine Verurteilung. Und das bedeutete, daß er keine Fehler machen durfte, die eine Berufung ermöglichten.

So saßen am Freitag Graham, Allie, Jamie und Fyvel Adams am Tisch der Verteidigung, während die vorläufigen Geschworenen einzeln hereingerufen wurden. Jamie klopfte nervös mit dem linken Fuß auf den Boden, bis Allie, kühl und wohlvorbereitet in ihrem eleganten pflaumenblauen Wollkleid, ihn mit einer Berührung zur Ruhe brachte. Graham lächelte ihr zu. Er sah, wie sie Jamies Finger nahm und sie auf dem Tisch zwischen ihren beiden Händen festhielt.

Der erste mögliche Geschworene hieß Alexander Grant und war ein pensionierter Colonel, der in der Army Karriere gemacht hatte. Graham verdrehte die Augen. »Phantastischer Anfang«, flüsterte er und legte eines seiner zwanzig möglichen Vetos gegen den Geschworenen ein.

An Grants Stelle trat Roberta Cavendish, siebenundvierzig, katholisch, Hauptschulabschluß, Mutter von fünf Kindern. »Sieben Punkte«, murmelte Fyvel, zu Graham gebeugt. »Das reicht nicht.« Graham überflog seine eigene Liste der Adressen, die er sich angeschaut hatte, und sah, daß er auch an dem Heim der Cavendishs vorbeigekommen war. *Räudiger Hund,* hatte er geschrieben. *Haus nur zur Hälfte gestrichen. Überall Weihnachtsbeleuchtung.* »Sie bleibt«, murmelte Graham.

Die nächste potentielle Geschworene, eine junge Musiklehrerin an der Grundschule von Wheelock, zwinkerte Graham beim Hinsetzen zu. Audra Campbell verschränkte die Arme vor der Brust und lehnte ihrerseits diese Dame ab.

Graham lehnte einen fünfundsechzigjährigen Farmer ab, der nur sechs Jahre zur Schule gegangen war. Audra wollte den fünfundzwanzigjährigen schwarzen Sozialarbeiter nicht.

Eine Frau mit hellen Augen und strohigem orangefarbenen Haar watschelte in den Zeugenstand. Fett, unsicher; immer wenn Audra oder Graham eine Frage auf sie abfeuerten, verknotete sie erst einmal ihre Daumen. Neben Graham kringelte Fyvel zornig die Ziffer ein, die er für sie errechnet hatte: 8. Er schüttelte den Kopf und warnte lautlos: »Nein.« Doch Graham sah ihr in die Augen und glaubte, jenen gelben Funken darin zu entdecken, der manchmal im Fahrwasser des Mitleids aufblinkte. Er nickte dem Richter zu.

Die aufgerufenen Geschworenen wurden immer schlimmer, so als hätte man bei der Lotterie gemogelt. Nach einer kurzen Pause am Spätvormittag war scheinbar niemand mehr unter fünfundsechzig, jeder katholisch und jeder hatte irgendwann in der Armee gedient. Graham begann, Fyvels hektisches Zupfen an seinem Hosenbein und das aufgeregte Kritzeln auf dem Notizblock zu ignorieren. Statt dessen sprach er sich flüsternd mit Allie ab: *Mir gefällt, daß sie so oft blinzelt. Sie hat einen netten Mund. Eine Mickymaus-Krawatte ist ein sicheres Zeichen für Nonkonformismus.*

Audra lehnte eine kahlgeschorene junge Frau ab und einen japanischen Computerfachmann. Graham legte sein Veto gegen eine Dame ein, die dem Ortsverband der Abtreibungsgegner vorstand.

Als schließlich vierzehn mögliche Geschworene beisammen waren, drehte sich Graham zu dieser Gruppe um und atmete tief durch. Von den vierzehn hatte Fyvel nur zwei gebilligt: einen laut eigener Auskunft am Hungertuch nagenden Künstler und eine Aushilfs-Kindergärtnerin. Das Durchschnittsalter der bislang versammelten Geschworenen lag bei zweiundfünfzig Jahren. Die Mehrheit war katholisch, konservativ, eher ungebildet. Fyvel knallte seinen Stift hin; er rollte davon und unter das Pult der Verteidigung.

Graham warf einen Blick auf diejenigen Geschworenen, die noch nicht befragt worden waren. Ein Meer von nichtssagenden, alten Gesichtern; niemand, der offenkundig die Eigenschaften besaß, mit denen er zwanzig Punkte auf Fyvels Skala erreichte. Natürlich erkannte man einen Demokraten oder Juden nicht auf den ersten Blick – doch Graham hatte keinen Grund zu der Annahme, daß die übrigen möglichen Geschworenen sich plötzlich als liberaler erweisen könnten.

Ihm waren fünf Vetos geblieben. Wenn er eines davon einsetzte, bekam damit Audra die Möglichkeit, einen der Geschworenen loszuwerden, die ihnen wirklich gefielen, den Künstler etwa oder die Kindergärtnerin. Bei seinem bisherigen Glück würden sie womöglich durch Ronald Reagans Stabschef aus dem Weißen Haus ersetzt.

Er warf Audra Campbell einen kurzen Blick zu und wandte sich dann an Richter Roarke, um ihm zu erklären, daß die Verteidigung mit der Auswahl der Geschworenen einverstanden sei.

Hoecht Lake lag wie ein Kirschkern mitten in Braebury, in ein Tal gebettet, das ringsum anstieg und über dessen Hänge sich der Ort ausbreitete. Cam schnürte Mias Schlittschuhe und zog sie einmal rings um das Oval, bis sie sich sicher genug fühlte, allein das Gleichgewicht zu halten. Die übrigen Schlittschuhläufer schwebten lachend und wie ein Meer von Luftballons durch ihr Blickfeld. Ein kleines Mädchen bot ihnen an, sie mit der Polaroidkamera zu fotografieren, die Mia gekauft hatte. Vor ihren Augen entwickelte sich das Bild: Cam, dessen Haar mit der Sonne um die Wette leuchtete, und in seinen Armen Mia mit einem breiten Grinsen im Gesicht.

Doch wenn man nicht eislaufen kann, ist man es bald leid, ständig hinzufallen. »Meine Knöchel haben irgendeinen genetischen Defekt«, sagte Mia und packte Cams Hand, als sie über einen im Eis steckenden Halm stolperte. »Sie knicken immer ein.«

»Mit deinen Knöcheln ist alles in Ordnung«, zerstreute er ihre Zweifel. »Sie sind einfach nicht an so was gewöhnt.«

Behutsam löste Cam Mias Finger und glitt davon, um dann in einer scharfen Kurve anzuhalten und ihr die Schneegischt ins Gesicht zu spritzen.

»Angeber«, grollte Mia.

»*Das*«, meinte Cam, »ist nun wirklich genetisch veranlagt.« Er zog eine kleine Schleife um sie und legte dann seine Hände auf ihre Hüften. »Du mußt dich einfach gleiten lassen.«

Mia spürte, wie die Füße unter ihr wegrutschten. »Laß los«, sagte sie und zog Cams Hände weg. »Das ist mir zu schnell.«

»Mia!« Cam lachte. »Die *Bäume* sind schneller als du.«

Er schwebte davon, und Mia stolperte über den nächsten Halm, der aus dem Eis ragte. Breitbeinig blieb Cam hinter ihr stehen und zog sie unter den Achseln wieder hoch. »Mir war klar, daß es gefährlich sein würde, mit dir loszuziehen«, knurrte sie. »Aber nicht so gefährlich!«

Cam stellte sie auf die Füße. »Wenn du ganz lieb zu mir bist«, schlug er vor, »darfst du eine Runde aussetzen.«

Mia hielt sich an seinem Ellbogen ein und lächelte dankbar. Er verfrachtete sie auf eine der Holzbänke. »Bin gleich wieder da«, rief er und kurvte mit halsbrecherischer Geschwindigkeit in Richtung des abgetrennten Hockey-Ovals davon.

Sie schaute zu, wie sich Cam zwischen den drei dort stattfindenden Hockeyspielen hindurchschlängelte und dabei immer dort, wo sein Schlittschuh drübergefahren war, eine dünne weiße Linie hinterließ. Plötzlich fand sie seine eleganten Bewegungen nicht mehr schön, sondern ärgerlich. So würde Mia nie eislaufen können. Sie würde sich nie so nahtlos wie die anderen hier in die harschen neuenglischen Winter einfügen wie Cam. Noch ein Unterschied, der den Berg zwischen ihnen aufstockte.

Als Cam zu Mia zurückgeglitten kam, saß sie zusammengekauert auf ihrer Bank, hatte die Schlittschuhspitzen in das vernarbte Holz gebohrt und die Arme um die Knie geschlungen. Obwohl sie wußte, daß ihre Nase lief, ihre Augen geschwollen und die Wangen rotfleckig von der Kälte waren, hob sie den Kopf.

In Cams Brust zog sich etwas zusammen, als er sie so erblickte. Er konnte sich nur vorstellen, daß sie sich beim Fallen irgendwie verletzt hatte und er rücksichtslos genug war, sie allein zu lassen. »Mia?« Er zog sie in seine Arme. »Was ist denn?«

Ihre Antwort kam stockend und fast als Flüstern. »Ich will nicht skilaufen.«

Cam blinzelte. »*Was* willst du nicht?«

Sie löste sich aus seiner Umarmung. »Ich will morgen nicht skilaufen.« Schniefend wischte sie sich die Nase am Ärmel ab. »Du sollst mich nicht schon wieder bei etwas erwischen, was ich nicht kann.«

Cam küßte sie aufs Ohr. Seine Lippen waren mindestens zehn Grad wärmer. »Wir brauchen nicht skizulaufen«, versicherte er ihr und legte einen Arm um sie. Er dachte an die Grammatik des Gälischen, wo es nicht hieß, man sei in jemanden verliebt, sondern wo man ›Liebe für jemanden‹ hatte, als wäre die Liebe etwas Greifbares, das man überreichen konnte wie einen Strauß Tulpen, einen goldenen Ring, ein Päckchen Zärtlichkeit. »Ich würde dich auch lieben, wenn du den ganzen Tag nur im Sessel sitzen würdest«, versicherte er, und Mia lächelte.

Sie blieben in schweigsamer Zweisamkeit hocken, mit Blick auf eine Eis-Skulptur, die ein vielversprechender einheimischer Künstler an der Nahtstelle zwischen den beiden Eisflächen geschaffen hatte. Sie stellte einen Vogel dar – einen Phoenix, vermutete Cam –, der sich mit ausgebreiteten Schwingen aus dem Teich erhob.

Irgendwo in seinem Hinterkopf spürte er ein leichtes Brennen, und er dachte an Jamie MacDonalds freiwilliges Geständnis, das er auf Geheiß der Staatsanwältin noch einmal durchgelesen hatte, um sich auf die Verhandlung vorzubereiten. In dessen Verlauf erzählte Jamie, daß er irgendwo während eines Urlaubs mit seiner Frau eine Eisskulptur gesehen hatte, die nur noch eine Hülle ohne jedes Leben darstellte – und wie sehr sie Maggie geglichen hatte.

Mia verschränkte ihre behandschuhten Finger mit seinen nackten. »Du denkst gar nicht ans Skilaufen«, stellte sie fest.

Cam schüttelte den Kopf. »An Jamie«, gab er Auskunft, als würde das alles erklären. Er sah Mia in die Augen. »Glaubst du, daß es falsch von ihm war, seine Frau umzubringen, wenn er doch gewußt hat, daß sie sowieso sterben würde?«

Mia wandte den Blick ab. »In der Zeitung stand, daß sie ihn darum *gebeten* hat. Also, für mich ist das etwas anderes.«

»Ich weiß«, pflichtete er ihr bei. »Ich rede nicht davon, ob er schuldig ist. Aber was hättest du an seiner Stelle getan?«

Mia blickte Cam an, dessen Wange so stoppelbärtig und dessen schneller Atem so gesund war. Sie drückte seine Finger, nur um zu spüren, wie er den Druck erwiderte. Mia wußte am allerbesten, daß es keinerlei Bedeutung hatte, was man in einer bestimmten Situation tun *würde*, solange man sich nicht tatsächlich darin befand.

Würde sie Cam töten, wenn er sie aus einem guten Grund darum bat? Wahrscheinlich nicht. Dazu war sie zu egoistisch. Seit jeher. Ihre Eltern hätten ohne zu zögern getan, was Jamie zur Last gelegt wurde. Natürlich wären sie dabei noch weitergegangen.

Was sie auf die Frage brachte, die ihrer Meinung nach jeder Jamie MacDonald stellen sollte. Wie konnte er danach weiterleben?

»Glaubst du, daß es richtig von ihm war?« wiederholte Cam.

Mia biß sich auf die Lippe. »Ich glaube, wenn man liebt, verliert man sich selbst«, antwortete sie vorsichtig. »Meine Mutter verursachte ständig irgendwelche Brände in der Küche, weil sie zwischendurch meinen Vater neckte oder küßte und darüber alles andere vergaß.« Sie hielt inne. »Und ich glaube nicht, daß sie mich so oft alleine lassen wollten, wie sie es getan haben; aber sie waren derart damit beschäftigt, Mann und Frau zu sein, daß sie gar keine Zeit hatten, auch Vater und Mutter zu sein.«

Sie kam Cam näher, bis ihre Worte direkt auf seine Lippen fielen. »Ich kann nicht für Jamie sprechen«, meinte sie. »Aber ich habe begriffen, daß man möglicherweise Dinge tut, die man eigentlich nicht tun dürfte – und zugleich weiß, daß es nicht falsch ist.«

Sie wandte den Kopf ab und kuschelte sich eng an ihn. Ein einzelner Tropfen rann an der Seite der Eisskulptur herab und bohrte ein Loch in den Schnee am Rande des Weihers. Cam vergrub sein Gesicht in Mias Locken und fragte sich, wieviel Zeit ihnen noch blieb.

»Ich will Ihnen nichts versprechen«, sagte Graham und nahm gelangweilt einen Bissen von seinem Steaksandwich. »Sie sollen bloß wissen, was auf dem Spiel steht.«

Jamie starrte niedergeschlagen auf ein Truthahnsandwich. Die Mayonnaise sickerte durch das Weißbrot, das ohnehin zu dünn geschnitten war. Er drückte mit dem Finger auf die Mitte und beobachtete, wie das Dressing hervorquoll. »Ich hätte nicht gedacht, das mal von Ihnen zu hören.« Er blickte auf. »Wie lange ist das jetzt her? Drei, vier Monate? ›Ich hole Sie da raus, Jamie‹«, imitierte er in Falsettstimme.

Graham schüttelte den Kopf. »Wer weiß?« sagte er. »Mein möglichstes werde ich tun.«

Jamie sah ihn wütend an. »Oder ich kriege zwanzig Jahre bis lebenslänglich!«

Graham wollte schon protestieren, überlegte es sich aber anders und nahm einen Bissen von seinem Sandwich. Jamie war nicht auf den Kopf gefallen, und er hatte an jenem Tag die Auswahl der Geschworenen mitverfolgt. Er hatte gesehen, wie Graham den Kopf senkte, als alles vorüber war, so als sei ihm die Last auf seinen Schultern plötzlich zu schwer. Ihm war aufgefallen, wie Richter Roarkes Blick ihn jedesmal musterte, wenn der Richter glaubte, er merke es nicht – fast wie der eines Wissenschaftlers, der ein seltenes Insekt untersucht.

Jamie schob sein Sandwich von sich. Er dachte daran, daß der Schnee jetzt knietief auf Maggies Grab lag. Die frische Luft würde ihm fehlen, dachte er. Und der Himmel.

Abgesehen davon wäre die Strafe wohl fast die gleiche: mit dem Urteil ›Lebenslänglich‹ wurde die Welt auf ein Gefängnis beschränkt, oder die Welt erwies sich als Gefängnis, weil man dazu verurteilt war, weiterzuleben.

Am Samstag fuhr Allie mit Jamie bis nach Pittsfield, um ihm einen Anzug für die Verhandlung zu kaufen. Er hatte mehrere zu Hause, doch er weigerte sich, sie zu holen. »Sie hat sie ausgesucht«, erklärte er Allie, die genau verstand, was er meinte.

Der Herrenbekleidungsladen hieß *Lou's,* und Lou kam höchstpersönlich, um sie zu beraten. »Sie sind sehr groß«, sagte er und blickte zu Jamie auf. »Größe vierundvierzig oder sechsundvierzig, schmal?«

Allie trat vor den Mann hin. »Wir suchen etwas Gedecktes«, sagte sie. »Geschmackvoll, aber nicht aufdringlich.«

»Geschmackvoll«, echote Lou und probierte das Wort dabei aus, als hätte er es noch nie richtig gehört. »Geschmackvoll.«

Allie drängte sich an dem Ladenbesitzer vorbei zu einem Ständer mit dem Schild *44, schmal.* »Lieber Blau oder Grau, Jamie?«

Jamie folgte ihr. »Ich weiß nicht. Wahrscheinlich Blau.« Er fuhr mit der Hand über die Sakkos, daß die Bügel knackten und klapperten. »Kauft Cam seine Anzüge auch hier?«

Allie lachte. »Cam kauft seine Klamotten aus einem Katalog für Polizeiausstattung«, berichtete sie. »Er besitzt genau ein Sportsakko. Seine Mutter hat es ihm gekauft, als er zweiundzwanzig war.«

Energisch zog sie ein paar Anzüge vom Ständer. »Du bist groß genug, um Zweireiher zu tragen«, sann sie nach, »aber die Geschworenen sollen dich schließlich nicht für einen Fatzke halten.«

»Soll ich die ganze Verhandlung über denselben Anzug tragen?« Er steckte den Finger durch ein Knopfloch.

»Graham meint, du brauchst nicht jeden Tag im Anzug zu kommen. Nur während des Eröffnungs- und Schlußplädoyers, wenn du den tiefsten Eindruck auf die Geschworenen machst. Er empfiehlt Pullover mit V-Ausschnitt und Krawatten mit Wall-Street-Tupfen.«

»Wall-Street-Tupfen?«

Allie nickte. »Du weißt schon, gelb oder rot mit diesen Pünktchen in ordentlichen kleinen Reihen – wofür man keinerlei

Phantasie braucht.« Sie sah auf. »Komm hierher«, dirigierte sie ihn.

Sie hielt einen Anzug vor Jamies Brust, so hoch sie hinaufreichte. »Ich glaube, der hier gefällt mir am besten. Zieh mal die Hosen an.« Als Jamie wie angewurzelt stehenblieb, mußte sie lachen. »Mach schon«, sagte sie und schob ihn vorwärts. »Ich werde nicht mitkommen.«

Jamie sah sich nach den Umkleidekabinen um und begriff schließlich, daß sie hinter der Spiegelreihe links von ihm versteckt waren. Er trat in eine Kabine und hängte die drei Anzüge, die Allie ausgesucht hatte, über den Haken an der Wand. Dann zog er seine Sachen aus und schlüpfte in die erste Hose.

Allie hatte ein Hemd vergessen. Einen Augenblick lang stand er nur da und schaute benommen auf seine nackte Brust. Das Haar lief zu einem Pfeil zusammen und verschwand dann unter dem lockeren Bund des gebügelten Beinkleids. Er sah aus wie ein Kind, das sich die Sachen seines Vaters anzieht.

Ihm fiel ein, wie Maggie ihn seinerzeit mitgeschleift hatte, als sie sich einen Badeanzug kaufen wollte. Sie meinte, es gebe nichts Schlimmeres für eine Frau alleine, und sie wüßte wirklich zu schätzen, jemanden um sich zu haben, der sie liebte, ganz gleich, wie unförmig ihr Körper auch war. Es war eine recht geräumige Umkleidekabine gewesen, so daß er mit hineingekommen war, während seine Frau einen Badeanzug nach dem anderen probierte. Er fand, daß sie alle gut aussahen, und sagte ihr das auch, doch sie hatte kein Auge für die hübschen Stücke. Statt dessen piekte sie bei jedem Anzug nur in ihren Bauch, zog ihn ein und klatschte sich auf die Schenkel, bis Jamie aufging, daß sie statt der glatten roten, aquamarinblauen und lila Fitzelchen immer nur sich selbst im Spiegel sah.

Nach ihrer Brustamputation hatte Maggie nicht mehr in den Spiegel schauen wollen. Morgens schlang sie nach dem Duschen noch in der dampfigen Kabine ein Handtuch um ihren Leib, so daß die Narbe verdeckt blieb. Soweit er sich entsinnen konnte, hatte sie sich nach der Operation grundsätzlich in ihrem begehbaren Schrank angezogen.

Plötzlich brach Jamie der Schweiß aus. Er schlüpfte aus der Hose und rein in seine alten Sachen. Als er die Tür der Umkleidekabine öffnete, wartete Allie bereits auf ihn. Sie hielt zwei Hemden in der Hand.

Er warf ihr die Anzüge über den Arm, eine rutschige Kaskade aus Fischgrät, dezenten Karos und dunkler Wolle. »Such du einen aus«, sagte er und drängte an ihr vorbei nach draußen in die klare Kälte. »Mir ist es gleich.«

Die Zeit war viel zu kurz. Am folgenden Nachmittag würden sie nach Shelburne Falls zurückfahren zu Mias Wagen, und dann wäre Cam bald wieder bei Allie, während Mia in ihrem Wheelock Inn verschwand. Einen Tag Eislaufen, ein Morgen, an dem er Mia in seinen Armen halten konnte – und schon mußten sie in den Alltag zurückkehren, als hätte dieses Wochenende gar nicht stattgefunden.

Während im Bad das Wasser lief, entfachte Cam im Kamin in ihres Zimmers ein Feuer. Er schaltete das Licht aus, so daß das Himmelbett in rotes, rauchiges Glühen eintauchte, und zog sich das Handtuch von den Hüften.

Mia kam aus dem Bad, tropfnaß und mit einem zum Turban geschlungenen Handtuch auf dem Kopf. »Geht's dir besser?« fragte er.

Sie trat ans Feuer und kauerte sich davor nieder. »Wärmer ist mir.« Cam schob seine Hände unter ihre Schenkel und zog sie zu sich her. Er löste das Handtuch und massierte sie vom Hintern bis zu den Waden. »Viel wärmer«, sagte sie lächelnd.

Vor dem Kamin kniete er nieder, ohne sich um die Steine zu kümmern, die in seine Knie schnitten, und küßte Mias Leib von oben bis unten, immer entlang der tänzelnden Linien, die das knisternde Feuer auf sie warf. Er spürte die Hitze in seinem Rücken und die Hitze, die sich zwischen seinen Beinen sammelte, als er seinen Mund über ihrem Busen schloß. Mia keuchte, und der Laut war eine Symphonie in seinen Ohren.

Als sie schließlich auf dem dicken Fransenteppich vor dem Kamin rittlings über ihm saß, sah er sie lange an. Ihr Haar schimmerte karmesinrot, ihr Kopf lag im Nacken, so daß er statt ihrer Miene nur Schatten sah.

Cam zwang sich, die Augen zu schließen. Mia hatte ihn Lauschen gelehrt. Und so hörte er über dem Puls des Winters aus der Musikerkolonie eine Meile entfernt den Schrei eines Saxophons im Liebesspiel mit einer Flöte. Das leise Schnarchen von Mias Katze durchdrang den Raum. Die Schneeflocken klatschten ans Fenster. Und als er hinterher in Mias Armen einschlief, träumte er, dies sei die letzte Nacht der Welt.

Mia wachte erst gegen Mittag auf und ließ sich ganz langsam wieder von der Wirklichkeit einfangen. Sie begann über eine Idee nachzudenken, die sie Allie vorschlagen wollte. Ein Club für die ›Blume des Monats‹, so wie die ›Frucht-des-Monats‹-Organisationen, die von Florida aus arbeiteten, nur daß man statt Orangen und Persimonen Duftzweige und Mandelblüten bekäme ...

»Ich habe es mir überlegt«, sagte Cam, eine körperlose Stimme auf der wärmeren Seite des Bettes. »Vielleicht müssen wir überhaupt nicht zurück.«

Mia drehte sich zu ihm um und lächelte. »Heute ist Sonntag«, sagte sie, »und am Nachmittag verwandelt sich die goldene Kutsche wieder in einen Kürbis.«

Er streckte die Hand nach ihr aus. Cam fühlte sich so von Mia ausgefüllt, als würde er gleich platzen, und er konnte sich nicht vorstellen, jemals in sein voriges Halbleben zurückzukehren. »Ich meine es ernst«, sagte er. »Du würdest doch mitkommen, oder?«

Mia merkte, wie der Atem sich in ihr beschleunigte. Das war ihr vertraut, das war ihr gemeinsames Spiel. »In die Türkei. Nach Grönland. Wohin du willst«, träumte sie laut.

Cam schüttelte den Kopf. »Ich meine, ich werde Allie ...«, Mias Hand schoß vor, um ihm den Mund zuzuhalten, doch das Wort war bereits ausgesprochen und verfing sich obszön in ihren Fingern, »verlassen«.

Mia setzte sich auf und zog dabei die Decke mit, so daß Cam

nackt, schlaff und bloßgestellt vor ihr lag. »Sag es nicht«, flüsterte sie.

Er drehte sich zu ihr um und legte eine Hand auf ihr Bein. »Willst du denn irgendwas anderes?«

Dich, dachte sie, *so wie du bist. Das Leben, das du hast.* Sie sah Cam an ihrer Seite in einem Mietwagen sitzen, Kafka während der langen Fahrten auf seinem Schoß. Sie plazierte ihn als Tagelöhner auf eine der riesigen Farmen im Süden oder in die Lieferwagenzentren der Stadt, um irgendwie über die Runden zu kommen. Wenn sie sich ihn ohne Namen vorstellte, ohne Position, ohne Familie – sah sie sich selbst.

Falls Cam seine Reisetasche packte, um nach Wheelock heimzufahren und die Scheidung einzureichen, wäre er nicht mehr der Mann, in den sie sich verliebt hatte. Dann gingen die Menschen auf der Straße grußlos an ihm vorbei; dann schlief er mit ihr unter den Sternen, aß drei Wochen lang Ravioli, weil er sich nichts anderes leisten konnte und wäre nicht mehr Cameron, ihr blauer Prinz. Und wie lange würde es dauern, bis er sie dafür verfluchen würde, daß sie ihm die Koordinaten geraubt hatte, durch die er sich seit jeher selbst definierte?

Sie begriff, daß sie sich die ganze Zeit über nur gewünscht hatte, die Uhr zurückstellen zu können: Cam kennengelernt zu haben, ehe Allie in sein Leben getreten war und den Platz eingenommen hatte, den sie an seiner Seite so mühelos ausfüllte. Und in einem jener blitzartigen Momente der Einsicht begriff Mia, daß sie die ganze Zeit über nicht unbedingt das gewollt hatte, was Cam ihr bieten konnte, sondern das, was Allie MacDonald besaß.

Cam drehte Mia zu sich und wischte mit dem Finger eine Träne von ihrer Wange. »Du willst auch nicht weg«, stellte er fest.

Mia lächelte halbherzig. »Das ist es wohl«, stimmte sie zu.

Doch sie wußte, daß es mehr war. Wenn sie Cam wirklich liebte, und das tat sie, würde sie ihm die Schmerzen ersparen, die es bereitete, kein Heim mehr zu haben.

Halbblind starrte sie aus dem Fenster auf die reine Schneefläche. Cam saß auf der Bettkante und zog seine Boxershorts an. Sie beobachtete, wie sich sein Trizeps an- und entspannte. In ein, zwei Augenblicken würde er fragen, was sie heute machen sollten, wenn sie nicht skilaufen wollte; und ihr lag auf der Zunge: *Hierbleiben. Mit dir schlafen. Dich nicht vergessen!*

Er kam zu ihr herüber und zog sie in seine Arme, weil er ihr Schweigen falsch interpretierte. Mia gestattete sich den Luxus, sich an jemanden zu lehnen, dem sie ihr Leben leichten Herzens anvertraut hätte. Sie küßte seinen Hals, ließ ihre Zunge vorschnellen und hinterließ ein kleines, nasses Zeichen, das bereits ging, als sie ihre Zunge wieder löste. Dann richtete sie sich unmerklich auf, gerade so weit, daß ihre Muskeln und das Mark in ihren Knochen deutlich den ersten Schritt von ihm weg bemerkten.

16

Am Montagmorgen um 8 Uhr 05 holte Mia Townsend ihre Habe heraus, die sie säuberlich in der Kommode des Wheelock Inn verstaut hatte, und rollte alles zu Würsten zusammen, die beste Packmethode, wie sie aus langer Erfahrung wußte. Sie stopfte ihre Besitztümer in den Rucksack und schnappte sich mit der freien Hand die Katze. Dann setzte sie Kafka auf ihren Bauch und legte sich aufs Bett, das noch vom vergangenen Nachmittag nach ihr und Cam roch. Sie war vor ihm in Wheelock eingetroffen, und er kam erst zu ihr ins Hotel, statt gleich heimzufahren. Cam hatte sie so zärtlich ausgezogen, daß sie glaubte, er ahne etwas von ihrem Entschluß. Doch dann begriff sie, daß es nur seine Art war, etwas zu kennzeichnen, das für ihn kein Ende, sondern einen Anfang bedeuten sollte.

Ihr Körper konnte nicht so leicht loslassen und hatte ihm ein Wiegenlied gesungen, harmonisch begleitet von den Bewegungen ihrer Haut an seiner, bis er tief und fest neben ihr einschlief. Irgendwann hatte Mia die Augen geschlossen und sich auf die Geräusche konzentriert, die durch die Wände und Fenster drangen, Familiengeräusche, Freizeitgeräusche, das Summen eines langsam sich neigenden Wochenendes.

Plötzlich grub sie ihr Gesicht in das Kissen, auf dem Cam gelegen hatte. Sie glaubte nicht, daß sie jemals seinen Duft vergessen würde; dennoch hatte sie ihm, während er auf der Toilette war, für alle Fälle eines der Sweatshirts stibitzt, die in seiner New-Hampshire-Tasche waren. Das würde sie diesmal mitnehmen, ihr Souvenir aus Wheelock!

Kafka miaute und kratzte über ihre Rippen. Gedankenverloren streichelte sie ihm über den Kopf und versuchte, sich Cameron MacDonalds Gesicht in all seinen Zügen einzuprägen.

Ein letztes Mal ging Mia die Schubladen und das Bad durch, um ganz sicher nichts liegenzulassen. Mit sanfter Hand fuhren ihre Finger den knorrigen Stamm ihres Bonsai entlang, der sie überallhin begleitet hatte. Dann stellte sie ihn mitten auf das Bett, wo Cam ihn keinesfalls übersehen konnte.

Nun schloß sie die Tür des Zimmers hinter sich, das für kurze Zeit ihres gewesen war. Sie ging nach unten, zahlte ihre Rechnung, gab den Schlüssel ab. Dann trat sie nach draußen.

Es war unverhältnismäßig warm für Januar und noch früh am Morgen. An manchen Stellen schmolz der Schnee bereits bis auf die blanke Erde und brachte das schwache, farblose, vergewaltigt wirkende Gras zum Vorschein.

Mia atmete tief durch und ging mit hoch erhobenem Kopf zu ihrem Wagen, ohne auch nur einmal in die Pfützen zu blicken, die ihr nur ihr eigenes Gesicht zeigen würden.

Am Montagmorgen um 8 Uhr 05 sammelte Allie die schmutzige Wäsche auf, die sie in die Reinigung bringen wollte. Sie ging alle paar Wochen zu Mr. Soong, sonst würde es knapp mit sauberen Uniformen für Cam. Er war schon sehr früh losgefahren – *noch* eine Konferenz außerhalb, diesmal wegen irgendeiner Einsatztruppe. Und da er am Vorabend erst nach zehn Uhr daheim eintraf, hatte er keine Gelegenheit mehr zum Auspacken gehabt.

In Allies Ohr klingelte noch die Erklärung, das Seminar über Waffensicherheit in New Braintree würde in Zivil abgehalten; doch sie war nicht sicher, ob er nicht irgendwelche anderen Sachen eingepackt hatte, die eine Reinigung vertragen konnten. Er besaß mehrere Pullover, die nicht gewaschen werden durften.

Sie bückte sich, um die Reisetasche zu untersuchen, die vor ihr auf der Seite lag, und zog eine Jeans und feuchte, muffig riechende lange Propylen-Unterwäsche heraus. Eben registrierte sie gedankenverloren, daß das gelbe Sweatshirt fehlte, in dem er losgefahren war, als die Bilder in ihren Schoß purzelten.

Es waren miserable Polaroids, das nahm sie als erstes wahr. Die Bilder hatten einen Schleier, und die Farben wirkten verfälscht; deshalb konnte es beinahe sein, daß sie sich verschaut hatte, als sie Cam und Mia auf einem Teich mit Eisläufern stehen sah.

Sie hatten die für Polaroids typischen roten Augen.

Er hatte den Arm um sie gelegt.

Sie, Allie, war blöde gewesen …

Als zögen die Bilder wie auf einem Karnevalsumzug an ihr vorüber, erinnerte sie sich daran, wie Mia neben Cam in der Küche stand, wie Mias Zahnbürste in ihrem Bad gelegen hatte, wie Mia und Cam sich im Blumenladen unterhielten, während sie hinten arbeitete.

An Mias Unterwäsche in Cams Schublade.

Allie spürte, daß ihr Rückgrat nachgab. Sie blieb seitlich auf dem Boden liegen, preßte die Bilder an sich und fragte sich, warum sie nicht weinte.

Sie hatte immer gedacht, sie würde weinen, wenn es je zu einer solchen Situation kommen sollte. Und bestimmt hatte sie sich diese schon irgendwann ausgemalt – zog nicht jeder, der verheiratet war, das Schlimmstmögliche in Betracht? In *Glamour* und *Cosmo* standen solche Geschichten seitenweise. Die Zeitschriften rieten den Frauen, stark zu bleiben und Mumm zu zeigen; doch Allie glaubte, wenn es hart auf hart kam, wenn ihr Mann sie tatsächlich betrog, würde sie sich komplett abschotten und in ihr Schneckenhaus zurückziehen.

Als katapultierte dieser Gedanke sie ins Leben zurück, riß sie mit solcher Wut an der Tasche, daß der Reißverschluß auseinanderging. Sie zerfetzte die Bilder, so weit es die zähen Polaroidfilme zuließen. Zuletzt entdeckte sie die Kondome in Cams Rasieretui und stakste hölzern zur Toilette, wo sie jedes einzelne Päckchen aufriß und die Präservative Stück für Stück hinunterspülte.

Sie weinte immer noch nicht, dachte auch nicht: *Womit habe ich das verdient?* Statt dessen fragte sie sich: *Womit hat er mich verdient?*

Hastig zog sie sich an, weil noch so viel zu tun war. Dann setzte sie sich aufs Bett, umschlang die gerade begriffene Information, bis sie sich zu einem kleinen heißen schmerzhaften

Knoten verdichtete, hart wie Steinkohle, und begrub sie ebenso tief.

Am Montagmorgen um 8 Uhr 05 lief Jamie MacDonald mit den Wölfen. Jedenfalls redete er sich das ein. Er war barfuß in den schmelzenden Schnee getreten und langsam durch Darby Macs Maisfeld gewandert, bis seine Fußsohlen taub waren. Im Winter bildete das Feld eine Fläche von aus dem Schnee ragenden Stoppeln. Jamie suchte sich einen Weg zwischen den Reihen hindurch, irrte hierhin und dorthin, krabbelte auf Händen und Knien weiter, versank bis zu den Ellbogen im Schnee.

Hoffentlich würde er eine Lungenentzündung bekommen.

Er hetzte immer weiter, über das Land dahin, bis seine Bronchien brannten und seine Augen vor Anstrengung tränten. Dann ging Jamie in die Hocke, warf den Kopf zurück und heulte die Sonne an. Er schrie, bis seine Stimme versagte, bis nichts mehr in ihm war.

Schließlich kehrte er, wieder ein Mensch, zu Angus' Häuschen zurück. In dem Drahtzwinger nebenan befanden sich zwei Straßenköter und ein reinrassiger Spaniel. Sie hüpften und kläfften, als er näher kam – preßten ihre kühlen, nassen Schnauzen in seine warme Handmulde.

Ohne zu zögern, öffnete Jamie den Verschlag. Er beobachtete, wie die Hunde über die Straße davonjagten, schwanzwedelnd und immer schneller werdend, je intensiver sie den schwachen Duft der Freiheit witterten.

Am Montagmorgen um 8 Uhr 05 lag Graham MacPhee in tiefem Schlaf über einem Stapel staubiger Gesetzbücher. Der Rücken des obersten Bandes hatte eine Rille in seine Wange gegraben, und seine Augen waren, als sie sich langsam öffneten, rot und verklebt. Er hatte fast die ganze Nacht dazu gebraucht, sein Eröffnungsplädoyer vorzubereiten. Heute war zwar Montag, jedoch Martin-Luther-King-Day; deshalb fanden keine Gerichtsverhandlungen statt. Das verschaffte ihm, Jamie und allen Beteiligten eine Gnadenfrist von einem Tag.

Er setzte sich auf und nahm einen langen Schluck aus einer Zweiliterflasche Cola, mit dem er den metallischen Geschmack in seinem Mund wegzuspülen trachtete. Wer ihn an diesem Morgen sah – schuhlos, unfrisiert, übernächtigt –, würde ihn morgen am Tisch der Verteidigung nicht wiedererkennen.

Eine Frau trat vor seine Kunststofftafel. »Hi«, sagte er und fragte sich, wie, zum Teufel, sie hereingekommen war; schließlich hatte er die Bürotür noch gar nicht aufgeschlossen »Können Sie mir sagen, wer Sie sind?«

Beim Klang seiner Stimme berührte sie nur die Tafel, auf der untereinander die fünf Tage vor Jamies Verhaftung aufgelistet waren. Ihre Hand ging einfach hindurch. Dann legte sie, sanfter diesmal, eine Fingerspitze auf eines der freien weißen Felder, die für die letzte Nacht vor dem Verhängnis standen.

Mit klopfendem Herzen schoß Graham hoch. Er machte einen Schritt auf die Frau zu, die sich daraufhin zu ihm umdrehte.

Er hatte die Polaroids des Leichenbeschauers gesehen, ebenso wie die Bilder, die Allie aus Jamies Haus in Cummington mitgebracht hatte. Das war Maggie MacDonalds Antlitz.

Als Graham etwas zu sagen versuchte, drang kein Laut aus seinem Hals. Er rieb sich die Augen, doch das Bild löste sich nicht auf. Er dachte an Dr. Harrison Harding und fragte sich, ob es sich hierbei wohl um eine psychotische Episode handelte.

Maggie fuhr mit der Hand über das ins Auge springende Loch in Grahams Verteidigungsstrategie, über den einzigen Zeitraum vor Maggies Tod, für den es keine Belege gab. Und so schnell, wie sie gekommen war, war sie plötzlich verschwunden.

Graham trat an die Tafel. Er streckte eine Hand aus, um die Stelle zu berühren, auf der Maggies Finger gelegen hatte. Statt eines blanken weißen Feldes leuchtete dort ein Fleck, ein Fingerabdruck. Ein unmißverständliches Zeichen in dunkelroter Tinte oder vielleicht Herzblut.

Um 8 Uhr 35 am Montag morgen war Ellen MacDonald draußen, um ihr tägliches Laufpensum zu absolvieren. Wenn sie von ihrem Haus aus nach Süden lief und eine Schleife um den

Park und die Bücherei zog, direkt am Wheelock Inn vorbei, hatte sie eine Strecke von gut drei Kilometern zurückgelegt. Wenn sie sich besonders fit fühlte, konnte sie es in einer flotten halben Stunde schaffen.

Sie hatte ihren Walkman auf und hörte ein Enya-Tape. Ihr Jogginganzug bestand aus Naturfasern. Ihre Turnschuhe gestatteten es ihren Füßen, frei zu atmen.

Am Wheelock Inn löste sich ein Schnürsenkel. Sie kauerte nieder, um ihn neu zu binden, und ging dabei ungewollt hinter einer schmelzenden Schneewehe in Deckung. Von diesem Beobachtungsposten aus sah sie den Zivilstreifenwagen, den Cam normalerweise fuhr, auf den Parkplatz des Wheelock Inn einbiegen.

Ellen machte kehrt und rannte heimwärts, ehe sie noch mehr mitbekommen konnte.

Um 8 Uhr 45 teilte man Cam mit, daß Mia Townsend nicht mehr im Wheelock Inn zu Gast sei. Er erstickte den Drang, den Manager an der Kehle zu packen und ihn zu schütteln, bis er eine genauere Erklärung abgab; statt dessen bat er ihn ganz ruhig, noch einmal nachzusehen. »Sie müssen sich irren«, sagte er. »Da liegt bestimmt ein Mißverständnis vor.«

Sowie Cam in die Lobby getreten war, hatte der Manager – den sie schon vor Wochen bestochen hatten, um seine Diskretion zu gewährleisten – ihn zu sich gerufen. Ms. Townsend habe ihre Rechnung beglichen und sei heute früh abgereist, erklärte dieser Mensch, und zog dabei ihre Quittungskopie aus einem kleinen Stapel. Cam erkannte Mias Unterschrift, dieselbe krakelige Handschrift, mit der sie ihn und sich vor wenigen Tagen in einer verschwiegenen Pension als Mann und Frau eingetragen hatte.

Während Cam die Treppe hinaufstapfte, fiel ihm ein, daß er heute keine Zeit für so ein Hickhack hatte. Er mußte zu einem echten Seminar, diesmal über Einbruchdiebstahl, und sollte deshalb um zehn Uhr in Pittsfield sein. Eigentlich wollte er Mia nur rasch mitteilen, daß er Allie gegenüber geschwiegen hatte, weil es zu spät gewesen war. Daß er gleich nach dem Seminar zu einem Anwalt gehen und heute abend mit Allie sprechen wollte. Er war gekommen, um sie lächeln zu sehen und um sie in die Arme zu nehmen, so daß die Anziehungskraft sie wie ein Laserstrahl verband und er den ganzen Tag von dem Wärmeeffekt zehren konnte.

Mit dem Schlüssel, den Mia ihm gegeben hatte, öffnete er die Tür zu dem winzigen Raum neben der Putzkammer. Alles war sauber und auffallend frei von persönlichen Dingen. Bis auf das ungemachte Bett, das immer noch nach Sex roch, und den Bonsai in der Mitte.

Zwei Kissen klemmten ihn ein, damit keine Erde auf die Laken gelangte. Das Bild traf ihn mit einer größeren Wucht, als jede Nachricht es vermocht hätte, weshalb sie den Baum so zurückgelassen hatte.

Zurückgelassen ...

Noch während er hinsah, begann sich der Bonsai zu winden. Er war nicht mehr in Kupferdraht gewickelt, sondern im Lauf der Zeit in seiner unnatürlichen Form steckengeblieben. Mit offenem Mund beobachtete Cam, wie sich der Stamm jetzt teilte und weitete. Der Ast, der horizontal und dann nach unten vom Stamm wegführte, spannte sich an wie ein Bizeps und drehte sich plötzlich der Sonne zu. Die freiliegenden Wurzeln bohrten sich tief in den Behälter, und aus den gekappten, zusammengestutzten Knospen begannen wachsig grüne Blätter zu sprießen.

Der Baum, der nun kein Bonsai mehr war, begann so zu wachsen, wie es die Natur beabsichtigt hatte.

Cam sank gegen die Wand des Zimmers, in dem er so rasend geliebt hatte, und begriff, daß es diesmal keinen Besuch bei Bally Beene, keine Verfolgung Mias quer durchs Land geben würde.

Der Baum schmückte sich mit Girlanden rosafarbener Blüten.

Und es gab kein Zurück.

Um 9 Uhr 05 stand Allie im *Glory in the Flower* vor dem Blumenbänkchen mit den Bonsaibäumen und beobachtete gebannt, wie sie sich aus ihrem Kupferdraht befreiten. Wie schlüpfende Küken sträubten und streckten sich die Äste und sprengten dabei die einengenden Schlaufen, bis sie wieder so dastanden wie vor Monaten, als Mia und Allie sie aus der Baumschule geholt hatten.

Allie war gekommen, um sicherzustellen, daß ihre Mitarbeiterin nicht hier war; daß sie nie wieder hier sein würde. Während der Fahrt ins Ortszentrum hatte sie alle möglichen Szenen durchgespielt. Sie würde in den Laden stürmen und Mia anbrüllen, verdammt noch mal auf der Stelle aus ihrem Leben zu verschwinden. Sie würde zuckersüß mit ihr plaudern und ganz normal zu arbeiten anfangen, um dann, wenn Mia es am wenigsten erwartete, die Bombe platzen zu lassen, daß sie *alles wußte.* Sie würde ihr ein Wochengehalt zusätzlich zahlen und sie einfach hinauswerfen.

Ihr Zorn hatte sich nicht gelegt. Im Gegenteil, so geladen hatte sich Allie schon lange, lange nicht mehr gefühlt.

Doch die Bonsais unter dem Fenster hatten sie abgelenkt. Sie zogen Allie so in Bann, daß ihr im ersten Moment die Geranien entgangen waren, die Mia aus ihren Töpfen gerissen hatte, um sie überall auf dem Boden, dem Arbeitstisch, der Ladentheke zu verstreuen.

Die Blüten waren kräftig malvenfarben und lila, rosa, rot und weiß. Sie blieben an Allies Schuhsohlen kleben und hefteten sich an den Aufschlag ihrer langen Hose. Geranien bedeuteten: *Ich werde ihn nie wiedersehen.*

Bis sie das ›Geschlossen‹-Schild in die Tür gehängt und leere Kartons aus dem Getränkemarkt geholt hatte, war der Schnee beinahe geschmolzen. Überall spitzte das Gras heraus; nur ein paar übriggebliebene weiße Flecken erinnerten Allie daran, daß es Winter war. Äußerst bedächtig sichtete sie den Vormittag über alles, was ihr Mann besaß, bis sie schließlich jede Spur von ihm im Haus getilgt hatte. Seine Schuhe und Bücher, seine Angeln und Elektrowerkzeuge stellte sie draußen auf die umgedrehten Kartons, die sie entlang der Einfahrt aufgereiht hatte; dann setzte sie sich mit einer Geldkassette unter eine behelfsmäßige Wäscheleine, an der seine Uniformen, seine Freizeitkleidung und das besagte Sportsakko hingen.

Bei gutem Wetter waren private Flohmärkte besonders gut besucht.

Allie handelte und feilschte, wobei ihr mehr daran lag, ihre Ware loszuwerden, als einen bestimmten Betrag zu erzielen. Sie bat die Einkaufenden, auch ihre Freunde vorbeizuschicken, machte Sonderangebote: zwei zum Preis von einem bei den Sportsachen. Beim Kauf einer Uniform gab es ein Paar Schuhe gratis. Die Beweise für die Existenz ihres Ehemanns sah sie in den Armen der Nachbarn verschwinden, die nur zufällig vorbeigekommen waren. Sie spürte die Wintersonne, die ebenso ungewohnt und heiß brannte wie ihr Zorn.

Und sie wartete darauf, daß Cam heimkam.

Dritter Teil

Wenn du einem Menschen genügend vergibst,
dann gehörst du ihm, und er gehört dir,
ob es nun einem von beiden gefällt oder nicht –
das ist das Besatzungsrecht des Herzens.

James Hilton, *Time and Time Again*

Ich glaube, du hast mir einmal ein Schreiben geschickt. Es war eine Ansichtskarte, in unidentifizierbaren Blockbuchstaben an mich adressiert, auf der kein einziges Wort stand. Sie kam etwa zwei Jahre danach.

Vorne waren ein Schwein und eine Färse in lustigen Hüten und bunten Kostümen abgebildet. ICH BIN SCHWEIN RAUS, *stand darüber.* UND DIR GEHT'S KUTH? *Es war eine Karte, wie man sie in einer Million Jahren nicht auftreiben würde; genau deshalb nahm ich an, sie käme von dir: noch eine Schicht, unter der du dich versteckst.*

Abgestempelt war sie in Edinburgh.

Sie trifft nicht zu, diese Redensart, daß Schreiben fast so gut sei wie dort zu sein. Tagelang starrte ich diese Postkarte an und berührte sie an all den Stellen, wo du sie in meiner Einbildung berührt hattest, während du die Adresse schriebst, die Marke aufklebtest und so fort – aber kein einziges Mal hatte ich das Gefühl, dich wiedergefunden zu haben.

17

Allie entsann sich, einst in einem Lied gehört zu haben, daß der erste Mensch, in den man sich verliebte, einem das Herz stahl. Der Mensch, an den man seine Unschuld verlor, stahl einem die Seele. Und wenn diese beiden sich in einer Person vereinten, war man verloren.

Sie hing auf ihrem Hocker in einer Country & Western-Bar in Shelburne Falls und sah zu, wie andere Menschen, deren Leben nicht in Scherben lag, zu den fröhlichen Melodien einer Fiedel tanzten. Ungerührt hatte sie Cam vor den Kartons stehen lassen, aus denen sie seine Sachen verkauft hatte, einfach so vor dem Haus, und sich zu Fuß auf den Weg ins Ortszentrum gemacht. Von dort aus war sie getrampt, bis sie weit genug von Wheelock entfernt war, um wieder atmen zu können. Im *Rodeo Joe* war sie einzig und allein eingekehrt, weil diese erstbeste Bar am Ort eine Lizenz zum Alkoholausschank besaß und weil sie fest vorhatte, sich bis zur Besinnungslosigkeit zu besaufen.

Nervös zupfte sie an der Serviette unter ihrem Glas – ein Tequila, ihr sechster. Rodeo Joes Motto versprach ihr ganz persönlich eine ›scheißgute Zeit‹. Allie verzog das Gesicht. Sie fragte sich, ob sie wohl den Überschuß zurückbekommen würde. Schließlich schaffte man es nie, sich zu betrinken, wenn man es am allernötigsten hatte.

Ein Mann in einem roten Westernhemd schwenkte ein Bein über den Hocker neben ihrem wie über einen Pferderücken. Er nickte ihr zu und winkte dann dem Barkeeper. »Rexie, der nächste für die Dame geht auf mich.«

Sie starrte ihn an. Wie lange war es her, seit sie auf einen Drink eingeladen worden war? »Das ist sehr nett«, sagte sie, »aber ich bin heute nicht in Stimmung.«

»Nicht dein Tag, was?« fragte er. Seine Stimme klang nach Westen, und er sprach im Rodeo-Slang, als würde er mitten in Massachusetts auf einer Ranch leben. Allie beugte sich über ihr Glas und verkniff sich ein Lächeln. Das waren die Folgen von Country & Western – die Leute setzten sich unförmige Hüte auf und sagten Dinge, die sie normalerweise nie im Leben sagen würden. Wahrscheinlich arbeitete der Mann neben ihr in der State Street in Boston als Steuerberater.

»Cowboy«, klärte sie ihn auf, »ich hätte heute gar nicht erst in den Sattel steigen sollen.«

Er war nicht so groß wie Cam und auch weniger muskulös, doch in guter körperlicher Verfassung. Drahtig – so als würde er Squash spielen, statt in Gold's Fitneßstudio gehen. Die Züge seines Gesichts waren so scharf, daß sie fast in sich unstimmig wirkten; doch im Zusammenspiel verliehen sie ihm ein ehrliches, rauhes Aussehen. Seine Haare waren dunkler als Cams. Und er hatte kein Grübchen im Kinn.

Angewidert schob Allie ihren Tequila von sich weg. Wann würde sie aufhören, alles an diesem Maßstab zu messen?

»Ich heiße O'Malley«, stellte er sich vor.

Allie sah auf. »Nur O'Malley?«

Er nickte. »Jedenfalls ist das der einzige Name, auf den ich höre.«

Sie lachte und fuhr mit der Fingerspitze durch die Kondenströpfchen an ihrem Glas. »Ich heiße Allie!«

»Nur Allie?« Der Mann grinste; das ließ ihn weicher aussehen.

Sie erwiderte sein Lächeln. »Das ist der einzige Name, auf den ich höre«, gab sie zurück. »Leben Sie hier in der Nähe?«

O'Malley nickte. »Draußen im Westen. Ich bin Vormann auf der Double K.«

Allies Augen wurden größer. »Sie meinen, es gibt tatsächlich eine Ranch da draußen?«

»Sozusagen«, antwortete er. Verschwörerisch beugte er sich vor. »Ich wette fünf Dollar, daß niemand auf der Tanzfläche hier einen Pferdekopf vom -hintern unterscheiden kann.«

Wieder lachte sie auf. Es fühlte sich gut an, linderte die Spannung in Brust und Schultern. »Sie sind also wirklich ein Cowboy?«

O'Malley zuckte mit den Achseln. »Wenn man so will. Eigentlich züchten wir Bisons auf der Double K.«

»Bisons? Sie meinen Büffel?«

»Genau!«

Allie gönnte sich einen tiefen Schluck. »Wozu?«

»Vor allem als Schlachtvieh. Sie wären überrascht, wie viele Nobelrestaurants in Boston feste Kunden bei uns sind.«

Allie zog die Brauen hoch. »Ich habe noch nie Büffelfleisch gegessen.«

O'Malley legte seine Hand auf ihre. »Das ist kein Unglück«, versicherte er ihr. Diesmal lächelte er und zeigte dabei weiße, ebenmäßige Zähne wie eine Reklame. »Komm, wir tanzen, Allie«, forderte er sie auf, und ehe ihr einfallen konnte abzulehnen, hatte er sie schon in die Menge gezogen.

Er hielt ihre linke Hand zwischen ihren Leibern, gegen ihre Brust gedrückt. Ab und zu spielte er an ihrem Ehering, doch erwähnte er ihn mit keinem Wort. Eigentlich sagte er überhaupt kaum etwas. Den ruhigen Singsang aus dem Lautsprecher summte er mit, bewegte seine Hüften in einem Rhythmus, den er sich, wie Allie vermutete, im Sattel angeeignet hatte, und tanzte mit ihr ins Vergessen.

Anfangs bekam sie kaum Luft. Doch sie entspannte sich ganz bewußt. Sie schloß die Augen, so daß die Scheinwerfer nur noch ein leichtes Prickeln auf ihren Lidern hervorriefen, und drückte sich tapfer an den geschmeidigen Körper vor ihr. Es kostete Überwindung, einem anderen Mann so nahe zu sein; doch sie hielt sich vor, die Schlacht schon halb gewonnen zu haben, wenn sie ihre Scheuklappen öffnete.

Wie ein Wirbelwind erfaßte die Musik sie und schob sie enger zusammen, bis O'Malleys Wange schließlich an ihrer lag. Allie hörte ihn Zeilen eines ihr unbekannten Liedes murmeln und sang im gleichen Rhythmus ihren eigenen Text: *Cam hat's getan; Cam hat's getan; und du kannst es auch.*

Zurückgeblieben waren nur Dinge, die keiner haben wollte, wie Cam vermutete, und das schloß ihn selbst ein. Auf den umgedrehten Kartons in der Einfahrt lagen ein paar verwaiste Sockenpaare und Boxershorts, ein Pullover, den er vor Jahren mit Bleiche vollgespritzt hatte, ein kaputter Bohrer.

Er ließ alles liegen, wo es war, und betrat das Haus. Es war eigenartig, die leeren Stellen an den Wänden zu sehen, wo die Erinnerungsstücke aus Carrymuir gehangen hatten, die sauberen Kreise auf den staubigen Regalbrettern, wo einst die aus München und Stuttgart mitgebrachten Bierkrüge prangten. Er überlegte, was Allie wohl auf neugierige Fragen geantwortet hatte – Lügen ausgesprochen oder die Wahrheit? Er vermochte nicht zu sagen, was ihm lieber war.

Das Haus wirkte zwar noch eingerichtet, aber eindeutig als Bleibe einer Frau. Allies Tagesdecken lagen über dem Sessel und dem Sofa. Allies Vorhänge waren zurückgezogen und ließen die scheidende Sonne ins Haus. Allies Kochbücher standen, der Größe nach geordnet, auf dem Küchenregal.

Er sank auf die Couch – sein Lieblingssessel war weiß der Himmel wo – und ließ alles hochkommen. Die Enttäuschung, die Wut, die Scham. »Verdammt nochmal«, brüllte er, und das Gefühl dabei war so angenehm, daß er es gleich wiederholte. »Wie kannst du mir das nur antun?«

Seine Stimme hallte so laut, daß sich das Echo seiner Entrüstung im Fransenteppich und in den Polstermöbeln festkrallte. »Wieso hast du mich verlassen?« fragte er leiser und wußte in diesem Augenblick, daß er überhaupt nicht wütend auf Allie war.

Ob Mia wohl an ihn dachte?

Mit einem schweren Seufzer stand Cam auf und vergrub die Hände in den Taschen. Er wanderte durchs Haus, um das Ausmaß der Folgen seiner Untreue in Augenschein zu nehmen: das halbleere Bad, in dem kein Rasierer mehr stand, nur noch ein Festival von Lotionen, Badezusätzen und rosenfarbenen Seifen; die Werkstatt im Keller, leer wie am Tag ihres Einzugs; die lächerlich kleine Schlafzimmer-Ankleide, die jetzt höhlenartig und geräumig wirkte, und auf deren Boden Staubfusseln umherkullerten.

Sogar sein beschissenes Kissen hatte sie verkauft.

Er kehrte ins Bad zurück, um Wasser zu lassen, und bemerkte einen in Zeitungspapier gewickelten Gegenstand, der in der dunklen Ecke hinter der Toilette klemmte. Er beugte sich vor und zog ihn heraus. Die Tagesnachrichten vom vergangenen Donnerstag blickten ihm entgegen, und obwohl er ihr dabei keine Absicht unterschob, prangte ein großer Artikel über die bevorstehende Verhandlung gegen Jamie MacDonald auf der Vorderseite.

Noch bevor er das Paket öffnete, wußte er, was es enthielt. Hier auf dem Badezimmerboden, ohne jedes Licht von hinten, hatte das Buntglasbild weder Farbe noch Leben. Cam setzte sich davor und schaute es an. Er wußte nicht, warum es nicht auf einem Karton neben seinen anderen Geschenken an Allie feilgeboten worden war; er würde es nie erfahren.

Cam dachte daran, wie er es Allie überreicht hatte: mit der Ermahnung, vorsichtig damit umzugehen – sonst verböge sich das Blei. Er hatte es ihr geschenkt und dabei die ganze Zeit an Mia gedacht.

Das würde sich wahrscheinlich auch nicht so bald ändern. Unabhängig davon, was Allie unternahm und wann sie wieder auftauchte, ein weiterer Teil von Cam war gestorben. Vernünftigerweise mußte er damit rechnen, daß er Zeit zum Trauern brauchte.

Nur würde er es nicht zeigen. Das war er seiner Frau schuldig.

Seiner Frau. Die Worte gerannen ihm auf der Zunge. Sorgfältig nahm er ein Knäuel Toilettenpapier zur Hand und reinigte das Buntglasbild. Er wischte die bunten Scherben klar und staubte die Bleifassungen ab. Dann schaffte er den kostbaren Gegenstand ins Schlafzimmer und hängte ihn wieder an den schmiedeeisernen Haken, an den er gehörte.

Cam blieb vor dem Objekt stehen, bis der Mond dahinter aufging, und schickte sich in diesen Tag, in den nächsten und übernächsten.

Wenn du lange mit einem Mann verheiratet bist und mit ihm schläfst, gibt es eine gewisse Ordnung. Du weißt, wie lange und wann du geküßt wirst. Du weißt, daß er mit der rechten Brust anfangen und sich dann auf die linke konzentrieren wird. Du weißt, daß sein Mund über deinen Bauch wandern und dich bis kurz vor den Gipfel bringen wird und daß er dann wieder hochkommen wird an deinen Mund, um dich deine eigene Erregung schmecken zu lassen.

Bei einem neuen Mann fehlt dieser Rhythmus.

Allie lag nackt auf dem Rücken in einem Zimmer im *Green Gate Motel* und hatte O'Malleys schweren Körper auf ihrem. Sie hatten sich beim Küssen die Nasen aneinander gestoßen, hatten einander den Schmelz von den Zähnen geschabt, und soviel Disharmonie konnte nicht allein auf ihre Trunkenheit zurückzuführen sein. Allie war nervös, aber nicht wegen des Aktes selbst. Sie wußte nicht, was sie als nächstes tun sollte, und die reine Neuartigkeit, die *Andersartigkeit,* gab ihr das Gefühl, etwas Falsches zu tun.

O'Malley hatte übermäßig viel Zeit damit zugebracht, an und in ihrem Ohr herumzulecken, was sie überhaupt nicht erotisch fand. Er hatte die Tendenz, ihr Dinge zuzuflüstern, bei denen sie am liebsten die Beine zusammengekniffen hätte: *Willst du einen Cowboy reiten, Süße? Ich kann verdammt lang im Sattel bleiben.*

Doch zu ihrer Überraschung spürte sie, wie ihre Brustwarzen fest wurden und ihr Unterleib weich. Erschrocken begriff sie, daß dieser Mann, den sie nicht kannte und nicht mochte, sie kommen lassen würde.

Es ist bloß Sex, sagte sie sich, als er ein Kondom überstreifte und in sie drang. *Das war es für Cam; das ist es für mich – und hat mit einer Ehe nichts zu tun.*

Sie fing an zu weinen und weinte all die Tränen, die am Vormittag oder nachmittags auf dem Weg nach Shelburne nicht fließen wollten. Erst weinte sie leise, dann mit immer lauterem Schluchzen, so daß sich O'Malley entsetzt aus ihr zurückzog. Erklären mochte sie nichts. Das wollte und brauchte sie nicht.

Sie drehte sich von ihm weg, rollte sich zusammen und versuchte, sich den schnellsten Weg nach Hause ins Gedächtnis zu rufen.

Als Angus und Ellen den Gerichtssaal in Pittsfield betraten, ließen sie zwischen sich einen Platz für Allie frei; doch zehn Minuten bevor die Jury zusammentreten würde, war sie immer noch nicht aufgetaucht. »Ich weiß nicht, was mit ihr ist«, sagte Ellen und sah auf ihre Uhr.

Graham, der vor Nervosität und Tatendrang fast auf den Zehenspitzen stand, schüttelte den Kopf. »Sie würde das Eröffnungsplädoyer auf keinen Fall verpassen wollen«, meinte er.

»Ein platter Reifen«, verkündete Angus. »Was anneres kann ich mir nich vorstellen.«

Graham nickte und blickte fest auf die Tür, durch die Jamie in ein paar Minuten hereinkommen würde. »Hoffentlich erscheint sie rechtzeitig«, murmelte er. »Es wird ihn umbringen, wenn sie nicht dabei ist.«

Graham lehnte sich an sein Pult und brachte dabei unabsichtlich seine Unterlagen durcheinander. Er fragte sich, was Jamie, der sich für eine Minute der Ruhe in eine Toilettenkabine zurückgezogen hatte, wohl für Gedanken wälzen mochte. Es beschäftigte ihn, wie er sich bis zum Abend dieses ersten von vielen Verhandlungstagen halten würde.

Der Angeklagte war die unwichtigste Person im Gerichtssaal. Er hatte gar nichts mehr mit dem Fall zu tun. Er würde nicht seine Unschuld beteuern. Sein einziger Zweck war es, den Geschworenen als visuelles Hilfsmittel zu dienen, während sie die Aussagen der übrigen Zeugen anhörten.

Graham wußte außerdem, daß dieser Fall anders sein würde als die Zivilklagen, die er bisher durchgefochten hatte. Die Anklage hatte ihre Beweise. Die Verteidigung würde sie nicht abstreiten oder Gegenbeweise vorlegen. Im Gegenteil, die meisten von Grahams Zeugen würden mit ihren Aussagen die Behauptungen der Anklage untermauern. Doch er würde versuchen, die Tatsachen anhand der inneren Einstellung der Zeugen und ihrer Eindrücke von Jamie anders zu gewichten. Im wesentlichen bestand Jamies Rolle darin, den Geschworenen zu erklären: *Ja, es gibt eine Leiche. Aber Sie müssen sie in einem anderen Zusammenhang sehen.*

Nicht daß Graham geglaubt hätte, es ließe sich ausmachen, was im Kopf eines Geschworenen vorging.

Bleich und angespannt kehrte Jamie in den Gerichtssaal zurück und rutschte fast zur gleichen Zeit auf den Platz neben Grahams, als die Geschworenen eintraten und der Gerichtsdiener alle bat, sich für den Ehrenwerten Richter Juno Roarke zu erheben.

Sowie Roarke die Verhandlung für eröffnet erklärt hatte, war Audra Campbell aufgesprungen, um ihr erstes Plädoyer vorzutragen. »Meine Damen und Herren Geschworenen«, begann sie, »am 19. September 1995 wurde Margaret MacDonald von ihrem eigenen Ehemann ermordet. Er fuhr mit ihr in eine nahegelegene Stadt, mietete sich in einem Motel ein, drückte ihr ein Kissen aufs Gesicht und schnitt ihr die Luftzufuhr ab, so daß sie an Sauerstoffmangel sterben mußte. Die Anklage wird beweisen, daß der Angeklagte sich selbst der örtlichen Polizei gestellt und die Tat freiwillig gestanden hat.«

Die Staatsanwältin trug ein schwarzes Wollkostüm, das über ihren Schultern abstand wie das Trikot eines Footballspielers. Sie trat hinter ihrem Pult vor und baute sich mit einem wohlwollenden Lächeln vor der Geschworenenbank auf. »Ich möchte Sie an den Eid erinnern, mit dem Sie geschworen haben, das Gesetz zu achten und dem Mörder des Opfers Gerechtigkeit widerfahren zu lassen.« Dann schoben sich ihre Brauen auf der hohen Stirn zusammen. »Niemand, mich selbst eingeschlossen, wird bestreiten, daß die Umstände dieses Falles herzzerreißend und tragisch sind. Daß es für keinen der Beteiligten leicht gewesen war. Trotzdem«, ihre Stimme wurde wieder kräftiger, »bleibt die Tatsache, daß der Angeklagte den Mord wohlüberlegt, freiwillig und vorsätzlich begangen hat – wie er *selbst* zugab. Wenn Sie als Geschworene nun die Fakten hören werden, vergessen Sie bitte nicht, daß es in diesem Fall um einen Gesetzesbruch geht. Nicht um Mitgefühl oder Mitleid. Hier gilt nur die reine Rechtsprechung, und unsere Gesetze fordern zwingend eine Verurteilung.«

Sie setzte sich.

Jamie beugte sich zu Graham hinüber, der schon halb aufgestanden war. »Wo ist Allie?« flüsterte er.

Graham schüttelte den Kopf und warf einen Blick auf Ellen und Angus sowie auf den freien Platz zwischen ihnen. Dann wandte er sich der Jury zu. Einen Moment lang sagte er überhaupt nichts. Er ging vor der Geschworenenbank auf und ab, als wäre er über irgend etwas verbittert und immer noch damit beschäftigt, seinen Protest richtig zu formulieren.

»Meine Damen und Herren«, sagte er, »ich werde Ihnen das gleiche erzählen wie die Anklage eben. Ja, Maggie MacDonald wurde am 19. September 1995 getötet. Ja, Jamie MacDonald, ihr liebender Ehemann, hat die Tat gestanden. Anders als die Anklage werde ich allerdings diese Fakten in das dazugehörige emotionale Gefüge einordnen. An Maggies Todestag litt Jamie unter unbeschreiblichem Streß und großer Trauer, die von dem monatelangen Kampf gegen die unheilbare Krankheit seiner Frau herrührten. Die neuesten Auskünfte über ihren Zustand und ihre Prognose waren so schlecht wie nie zuvor.« Graham hielt inne und faßte die Geschworene mit dem miserabel gefärbten Karottenhaar ins Auge. »Sie werden in den Zeugenaussagen hören, wie sehr diese lange Trauer und Depression Jamie zu schaffen machte, so sehr nämlich, daß seine Fähigkeit, Recht und Unrecht voneinander zu unterscheiden, in Mitleidenschaft gezogen wurde. An jenem Morgen, an dem es geschah, hatte er keine Kontrolle mehr über sich selbst.«

Die Frau mit dem Leuchtschopf blickte in ihren Schoß. Das kaufte sie ihm nicht ab!

Graham trat einen Schritt zurück und setzte noch einmal nach. »An einem Tag vereinbarte Jamie Termine mit Maggies Arzt, um mit ihm über eine neue Behandlungsform zu sprechen, von der er Vielversprechendes gehört hatte. Am nächsten Tag überwältigte ihn das Gefühl, daß es völlig absurd war, seiner

Frau noch mehr Schmerzen zuzumuten, ohne jegliche Erfolgsaussicht.«

Die Geschworene mit dem Karottenkopf sah auf.

»Das hier ist kein gewöhnlicher Mordprozeß«, fuhr Graham fort. »Die meisten Kriminellen werden von ihrer Gier getrieben. Jamies Motiv war Trauer! Die meisten Kriminellen handeln aus Haß. Jamies Tat war ein Akt der Liebe.« Er kehrte zu seinem Pult zurück, so daß die Geschworenen Jamie ins Blickfeld bekamen. »Sie können diese Tat nicht beurteilen, ohne den Kontext in Betracht zu ziehen, in dem sie ausgeführt wurde. Sie können nicht nur Vernunft und Konsequenz anführen, wenn Sie sich nicht auch Gedanken über Gefühle und Moral machen. Kein Mensch lebt oder handelt in einem Vakuum.«

Er warf Audra einen Blick zu. »Die Anklage möchte Sie glauben machen, daß dies ein glasklarer Fall ist, eine Frage von Schwarz oder Weiß. Nun, sehen Sie sich um, meine Damen und Herren. In unserer Welt gibt es Farben ohne Zahl. Maggie MacDonalds Tod geschah nicht zwischen den Seiten des Gesetzbuches, sondern in unserer Welt. Und hier findet auch Jamies Verhandlung statt.« Er holte tief Luft. »Die Beweise werden Ihnen zeigen, daß in unserer Welt die Dinge nicht nur schwarz oder weiß erscheinen. Sondern daß es zumindest unendlich viele Grauschattierungen gibt ...«

Cam nahm sich einen Tag frei. Den Vormittag brachte er damit zu, bei Leuten zu klingeln, die er kaum kannte, und sie zu fragen, was es kosten würde, eine Uniform, eine Angelrute, ein gesticktes MacDonald-Wappen zurückzukaufen. Er ertrug die Anzüglichkeiten der Männer aus der Generation seines Vaters, daß er die nächste Zeit wohl in der Hundehütte schlafen müsse, und das breite Grinsen seiner Altersgenossen. Offenbar hatte Allie lediglich verlauten lassen, daß es einen Streit gegeben habe – sie war nicht ins Detail gegangen. Dafür mußte er ihr wohl dankbar sein. Doch es brachte ihn trotzdem auf die Palme, daß die Leute seine Lage als eine Art kindischen Streich betrachteten, den ihm seine Frau gespielt hatte.

Er fuhr zu *Glory in the Flower*, weil er dachte, daß Allie in ihrem Laden übernachtet hatte; doch an der Tür hing ein Schild, daß das Geschäft während des gesamten MacDonald-Prozesses geschlossen bliebe. Einen Augenblick lang geriet er in Panik bei dem Gedanken, daß ihn ein gieriger Scheidungsanwalt um Haus, Besitz, Geld bringen wollte. Dann ging ihm auf, daß damit natürlich Jamies Fall gemeint war.

Die Staatsanwältin hatte Cam erklärt, daß er wahrscheinlich am folgenden Tag in den Zeugenstand treten müsse – natürlich ein Ding der Unmöglichkeit, wenn er vor dem Abend nicht eine gottverdammte Uniform auftrieb. Eine wesentliche Portion seines Ansehens als Experte der Anklage beruhte darauf, daß er in voller Montur erschien.

Er fragte sich, ob Allie die Verhandlung wohl verfolgte oder sie angesichts des gestrigen Tages verpaßt hatte.

Es gelang ihm, einen Teilseiner Werkzeuge und Angelsachen zurückzukaufen, und er zog im wahrsten Sinne des Wortes einem Vierjährigen seine Uniform vom Leib, der in der Verkleidungsecke des Kindergartens Polizist spielte. Mittags aß er in seinem Auto und ging dann in sein Büro, wo weitere persönliche Dinge über seinen Schreibtisch verstreut lagen: sein Sportsakko, eine Gala-Uniform, ein Paar Sorrel-Stiefel, Skier. Hannah blieb in der Tür stehen. »Ich habe ein bißchen rumtelefoniert und ein paar Leuten ein schlechtes Gewissen eingetrichtert«, meldete sie. »Und ich werde Sie nicht fragen, was eigentlich los war.«

Er dankte ihr und verriegelte die Tür, sobald sie wieder draußen war. Dann krachte sein Kopf auf den Schreibtisch nieder.

Siebenmal blickte er an diesem Tag aus dem Fenster auf das Wheelock Inn. Aber er ging nicht hinüber, um nochmal nachzusehen; und allein aufgrund dieser mageren Tatsache hielt er auf dem Heimweg einen glimmenden, wachsenden Funken Stolz in seinen Händen.

Der erste Zeuge der Anklage war Hugo Huntley.

Audra lächelte ihm zu, als er sich auf dem harten Stuhl im

Zeugenstand niederließ. Sie wartete geduldig, bis er seine Brille am Hemd saubergeputzt hatte. »Würden Sie bitte Ihren Namen und Ihre Adresse nennen!« forderte sie ihn auf.

»Hugo Huntley.« Seine Stimme brachte das Mikrophon zum Pfeifen, deshalb lehnte er sich ein wenig zurück. »Vierzehnfünfzig Braemar Way, Wheelock, Massachusetts.«

»Und womit bestreiten Sie Ihren Lebensunterhalt, Mr. Huntley?«

»Ich leite das Bestattungsinstitut in Wheelock. Außerdem bin ich für die örtliche Polizei als Leichenbeschauer tätig.«

Audra bat ihn, seinen beruflichen Werdegang zu schildern: College, Medizinstudium, Prüfung vor der Kammer für Leichenbeschauer.

»Welche Pflichten obliegen Ihnen als Leichenbeschauer von Wheelock?«

Hugo blähte den Brustkorb auf. »Ich untersuche Todesfälle, bei denen die Todesursache nicht bekannt ist oder bestätigt werden muß. Nötigenfalls führe ich eine Obduktion durch.«

»Wie viele Obduktionen haben Sie insgesamt durchgeführt?«

Er lächelte. »Eine ganze Menge, schätze ich. Ein paar Hundert. Manchmal wollen die Angehörigen einfach nur wissen, was am Ende den Ausschlag gegeben hat.«

»Haben Sie im vergangenen September auch die Verstorbene obduziert?«

Hugo nickte. »Ja, Madame!«

»Und was stellten Sie als Todesursache fest?«

»Erstickung.« Er beugte sich vor und schnaufte. »Um es kurz auszuführen, Sauerstoffmangel im Gehirn, der schließlich zu einem absoluten Herzstillstand führte.«

»Ich verstehe. Konnten Sie berechnen, wann das Opfer gestorben war?«

»Nur ungefähr«, gab Hugo zu. »Meiner Meinung nach zwischen sieben und zehn Uhr morgens.«

Audra tigerte vor der Geschworenenbank auf und ab. »Haben Sie die Leiche auch äußerlich untersucht, Mr. Huntley?«

Der kleine Mann nickte. »Natürlich. Das gehört zu einer Obduktion.«

»Und was haben Sie gefunden?«

Hugo blickte in seinen Schoß, als hätte er dort einen Spickzettel. »Abgesehen von einer Narbe nach einer kürzlich vollzogenen Brustamputation gab es keine sichtbaren Stauchungen oder Hautverletzungen, keine Brandmale, nichts Ungewöhnliches.«

Audra hielt den Atem an. Mit offenen Fragen ließ sich ein Zeuge nicht lenken, und Huntley vergaß den allerwichtigsten Beweis. »Haben Sie auch die Hände untersucht?«

Des Leichenbestatters Blick fuhr hoch und traf den der Staatsanwältin. »O ja«, bestätigte er. »Das habe ich. Unter ihren Fingernägeln befanden sich Hautpartikel, die mit Proben von Jamie MacDonalds Haut übereinstimmten.«

»Hatten Sie auch Gelegenheit, den Angeklagten kurz nach seinem Geständnis vor der Polizei zu sehen?«

Mr. Huntley schluckte. »Jawohl.«

»Ist Ihnen dabei etwas Ungewöhnliches an ihm aufgefallen?«

»Auf seiner Wange waren Kratzer – auf der rechten!«

»Was haben Sie in Ihrem Bericht daraus geschlossen?«

Hugo sah kurz zu Jamie hinüber und ließ seinen Blick dann abgleiten. »Daß es möglicherweise zu einem Kampf gekommen war.«

Audra warf ihren französischen Zopf zurück. »Ihr Zeuge«, sagte sie und klopfte im Vorbeigehen mit dem Finger auf das Pult der Verteidigung.

Graham blieb sitzen, als hätte er alle Zeit der Welt und würde eben mit Hugo hinten auf der Veranda ein Plauderstündchen einlegen. »Mr. Huntley«, sagte er, die Beine übereinandergeschlagen, einen Arm über die Lehne des freien Stuhls zu seiner Rechten gelegt, »haben Sie schon einmal in einer Verhandlung ausgesagt?«

»In einer«, lautete die Antwort. »Wie sich herausstellte, handelte es sich um einen Selbstmord.«

Graham erhob sich geschmeidig. »Sie werden also nicht oft in einem Mordprozeß als Zeuge berufen?«

»O nein, ganz und gar nicht. Solche Sachen passieren in Wheelock nicht oft.«

»Wofür wir bestimmt alle sehr dankbar sind«, sagte Graham und hörte im Hintergrund ein ersticktes Kichern von der Geschworenenbank. »Wie viele Beerdigungen nehmen Sie pro Jahr vor?«

Hugo zog die Brauen hoch. »Eine ganze Reihe. Wir haben einen guten Ruf, deshalb kommen auch Leute von auswärts zu uns. Fünfzig vielleicht. Vielleicht auch mehr.«

»Und seit wie vielen Jahren führen Sie Ihr Unternehmen?«

»Seit fünfzehn.«

Graham nickte bedächtig. »Das macht also insgesamt siebenhundertfünfzig Beerdigungen, auf denen Sie waren.« Er pfiff leise. »Würden Sie sich für einen Experten in Sachen Trauer halten?«

»Einspruch!« Audra Campbell stand auf. »Könnte die Verteidigung uns erklären, wodurch sich ein Trauerexperte bestimmen läßt?«

»Stattgegeben«, sagte Roarke.

»Ich möchte es anders ausdrücken.« Graham lehnte sich neben Hugo an das Geländer des Zeugenstands, so als wäre er ein alter Freund, ein Kumpel. »Glauben Sie, Sie sind mit Trauer vertraut?«

Hugo nickte. »Ich habe viele Leute trauern sehen. Gewisse Dinge sieht man immer wieder – das, was man auch erwarten würde – Sie verstehen, Weinen, Schock, solche Dinge.«

»Mr. Huntley, waren Sie auf Maggies Beerdigung?«

Der Bestattungsunternehmer lebte sichtbar auf. »Ja, eine ganz besonders gelungene Zeremonie! Ich habe sie selbst arrangiert, müssen Sie wissen. Wir hatten Blumen, der Priester hielt eine sehr bewegende Ansprache, und wenn man bedenkt, daß sie nicht aus unserem Ort stammte, kam doch eine ganz beträchtliche Zahl von Trauergästen.«

»Haben Sie Jamie während der Beerdigung seiner Frau beobachtet?«

Hugo räusperte sich. »Jawohl. Er hat so geweint, daß er meiner Meinung nach gar nicht mehr merkte, wie sehr – und er war körperlich so geschwächt, daß er nicht mehr aufstehen konnte. Nicht einmal den ganzen Gottesdienst hielt er durch. Um die Wahrheit zu sagen, so etwas habe ich noch nie erlebt.«

»Hat er bei der Beerdigung zufällig etwas auf Gälisch gesagt?«

Hugo lächelte. »Ja«, antwortete er. »Als der Sarg in die Grube gesenkt wurde, hat er gesagt ›*Mo chridhe*‹.«

»Können Sie uns das übersetzen?«

»Es bedeutet ›mein Herz‹.«

Graham nickte. »Eines noch, Mr. Huntley. Sie haben ausgesagt, daß Sie Kratzer auf Jamies Wange bemerkten?«

»Ja, Sir.«

»Haben Sie auch festgestellt, wie sie ihm zugefügt wurden?«

Das verneinte Mr. Huntley. »Ich konnte auf keinen Kampf oder etwas Ähnliches schließen, wenn Sie das meinen.«

»Es ist also möglich, daß ihm diese Kratzer nicht von Maggie MacDonald zugefügt wurden?«

»Wahrscheinlich schon.«

Graham ging langsam auf die Geschworenen zu. »Und die Hautzellen unter Maggies Fingernägeln – ist es daher auch möglich, daß sie *nicht* von einem Kampf herrührten?«

Hugo legte den Kopf schief. »Unter Umständen ...«

»Wäre es zum Beispiel denkbar, daß sie die Hinterlassenschaft einer, sagen wir, leidenschaftlichen Nacht waren, die ein sehr liebendes Ehepaar miteinander verbracht hat?«

Diesmal drang das Prusten von der Geschworenenbank bis zu Graham vor. Er lächelte. Hugo nickte, und seine Augen wirkten groß und schwarz hinter der Brille. »Das könnte sein«, räumte er ein.

Graham schenkte seinem Klienten ein strahlendes Lächeln. »Keine weiteren Fragen«, sagte er.

Cam saß alleine im dunklen Wohnzimmer und leerte gerade das dritte Bier eines Sixpacks, als er hörte, wie die Haustür auf- und wieder zu ging. Er stand nicht auf, um sie zu begrüßen; doch er stellte sich die Flasche vor die Füße.

In der Tür zeichnete sich Allies Silhouette ab. Mit der rechten Hand faßte sie an den Schalter und überflutete den Raum mit grellem Licht, so daß Cam sie wie eine Eule anblinzelte, als hätte er sie noch nie gesehen.

Sie legte den Kopf zur Seite, musterte ihn und wünschte, er sähe nicht so aus, wie er immer aussah, wenn sie an ihn dachte. Es wäre wesentlich einfacher gewesen, wenn diese Sache eine Narbe in seinem Gesicht oder ein Brandzeichen auf seiner Stirn hinterlassen hätte, das seinen Verrat markierte. Die Kasse, mit der sie von ihrem Ausverkauf abgezogen war, stellte sie auf den Boden.

Cam warf einen Blick darauf. »Wieviel habe ich dir eingebracht?«

»Längst nicht genug«, sagte Allie.

Cam nickte. Er hatte nicht genau gewußt, was er erwarten sollte. Die Allie, an die er sich erinnerte, die er geheiratet hatte, hätte niemals seine Sachen verkauft. Sie hätte angenommen, seine Untreue würde etwas widerspiegeln, das *sie* falsch gemacht hatte; sie hätte ihn angefleht, ihr noch eine Chance zu geben, und vor lauter schlechtem Gewissen hätte er sie ihr gewährt. Diese neue Frau, die plötzlich einen eigenen, für ihn unberechenbaren Willen hatte, konnte einfach alles sagen oder tun.

Er wollte seine alte Allie wieder haben. Nicht aus Machtgelüsten, sondern weil er sich verletzt fühlte und müde war und vor allem das einzig Beständige in seinem Leben brauchte – ihren bedingungslosen Trost.

Weil ihm schwindlig von der Wahrheit wurde, schloß er die Augen und fragte sich, wie es so schnell hatte geschehen können, daß er nicht mehr alles, was er sich wünschte, in Händen hielt, sondern absolut nichts mehr besaß. Er fragte sich, wie er sich derart von etwas Glänzendem, Neuem, Flüchtigem hatte blenden lassen können, daß er die Stärke von etwas Stabilem, Starkem, das *ihm* gehörte, nicht mindestens ebenso hoch geschätzt hatte.

»Wahrscheinlich willst du die ...« Er gab sich Mühe, wirklich Mühe, doch das Wort wollte einfach nicht über seine Lippen.

»Scheidung«, sagte Allie tonlos.

Cam nickte.

»Nein«, antwortete sie leise, und sein Blick flog zu ihr auf. Zu seiner Überraschung merkte er, daß er sich nicht wünschte, sie wäre Mia. Er sah seine Frau an und wünschte sich plötzlich, all das wäre nie passiert.

In Allies Augen traten Tränen, die sie nicht vergießen würde, um keinen Preis. Als sie sprach, schob sie trotzig das Kinn vor. »Du hast mich verletzt«, warf sie ihm vor, »aber *du* bist derjenige, der einen Fehler gemacht hat. Es ist nicht so, als hätte ich aufgehört, dich zu lieben, sobald ich alles herausgefunden hatte. Ich traue dir nur nicht mehr.«

Sie ging die Treppe hoch und ließ Cam auf der Couch zurück, wo er die Worte, die sie ihm zugeworfen hatte, wie frisch geschlüpfte, flatternde Vögel im Schoß hielt. Er blickte die dunkle Treppe hoch, doch seine Zukunft vermochte er nicht zu erkennen.

18

Als Cam am folgenden Morgen in den Zeugenstand trat, blickte er nur Allie an. Sie saß fast genau hinter Jamie, so daß er, wenn er sie anschaute, auch seinen Cousin im Blick hatte.

Für jemanden, der wegen Mordes vor Gericht stand, sah Jamie gut aus. Er trug einen olivfarbenen Anzug von elegantem Schnitt und eine dunkelrote Krawatte, die ruhig und konservativ wirkte. Jemandem, der nicht so genau zu beobachten gelernt hatte wie Cam, wären die Schweißperlen in den Nackenhaaren oder die Röte vielleicht entgangen, die jedesmal in seine Ohren stieg, wenn Audra Campbell eine Frage stellte.

Cam war vereidigt worden und hatte das Verhaftungsprotokoll sowie das freiwillige Geständnis als Beweismittel eingebracht. Er lächelte Audra zu, als sie vor ihn trat; schon früher hatte er mit ihr zu tun gehabt. Er mochte sie nicht besonders, war aber der Abteilung des Staatsanwalts verpflichtet. Die Polizei – vor allem der Chief – waren Hauptzeugen der Anklage. Ein Polizist flößte schon von Amts wegen Respekt ein. Die Geschworenen verließen sich instinktiv darauf, daß die Polizisten Menschen wie sie selbst, ihr Eigentum, ihr Leben beschützte. Was immer Cam auch aussagte, würden die meisten Geschworenen als verbindlich hinnehmen.

Er nannte seinen Namen und seinen Beruf. »Wie viele Jahre sind Sie bei der Polizei?« fragte Audra.

»Acht«, antwortete Cam. »Plus drei Jahre als Teilzeitbeamter, bevor ich zum Chief ernannt wurde.«

»Und wie viele Verhaftungen nehmen Sie pro Woche vor?«

Cam zog die Stirn in Falten. »Ich persönlich? Oder unsere Dienststelle?«

»Sie, Chief MacDonald.«

Cam wurde es ungemütlich auf seinem Stuhl. »Sechs oder sieben. Zehn, wenn in einer Woche viel los ist. Alles in allem werden jeden Tag im Durchschnitt drei Menschen von einem unserer Beamten in Gewahrsam genommen, weil sie irgendwelche kriminellen Taten begangen haben.«

»Waren Sie am neunzehnten September im Dienst?«

Cam nickte. »Jawohl. Eigentlich hatte ich gerade Mittagspause, als der Angeklagte vor dem Revier anhielt und mich sprechen wollte. Einer meiner Sergeants hat mich geholt.«

Graham hörte aufmerksam zu und machte sich auf einem gelben Block Notizen, die er selbst kaum entziffern konnte. Cam sprach deutlich und teilnahmslos; ohne jede entlastende Emotion legte er die Fakten eines grauenhaften Falles dar.

»Der Angeklagte fuhr in einem roten Ford vor«, berichtete er. »Das Opfer saß auf dem Beifahrersitz, obwohl ich bei meinem Eintreffen nicht gleich erkannte, daß die Frau nicht mehr lebte. Er fragte mich, ob ich der Chief sei, und als ich das bestätigte, nannte er mir seinen Namen und erklärte mir, daß er sie getötet habe.«

»Können Sie sich noch an den Wortlaut erinnern, in dem der Angeklagte das ausdrückte?«

Cam nickte. Er sah Jamie an. »Er sagte: ›Meine Frau Maggie ist tot, und ich habe sie umgebracht.‹«

Audra stand vor der Jury, als wäre sie nur eine weitere interessierte Geschworene. »Und was geschah dann?«

»Nachdem der Angeklagte vorgefahren war, hatte sich eine Menschenmenge angesammelt. Einige Frauen fielen in Ohnmacht, und ein Mann aus der Menge versetzte dem Angeklagten einen Fausthieb.«

»Geschah noch etwas?«

Cam rückte seine Uniformkrawatte gerade. Er starrte einen Geschworenen an, der damit beschäftigt war, die Knöpfe an seiner Uhr neu zu stellen. »Ja. Ich bedeutete meinem Sergeant, den Zustand des Opfers zu überprüfen, woraufhin sich der Angeklagte zur Wehr setzte. Zu diesem Zeitpunkt teilte ich ihm mit, daß er verhaftet sei.«

»Haben Sie den Angeklagten über seine Rechte aufgeklärt?«

Das bejahte Cam. Er beobachtete, wie sich Allie über das Geländer beugte, das sozusagen die Zuschauer von den Spielern auf dem Platz trennte, und Jamie beruhigend die Hand auf seine Schulter legte. »Er verzichtete auf das Recht, einen Anwalt hinzuzuziehen, und wollte sofort eine Aussage machen.«

»Wie gehen Sie normalerweise bei freiwilligen Aussagen vor?«

»Wir weisen den Verhafteten noch einmal auf seine Rechte hin und fragen ihn dann sogar ein drittes Mal, ob er einen Verteidiger haben möchte. Wir nehmen die Aussage auf Band auf, lassen sie dann von unserer Schreibkraft abtippen, und nachdem der Verhaftete sich von der Richtigkeit des Schriftstücks überzeugt hat, unterschreibt er es.«

Audra ging auf die Gerichtsschreiberin zu. »Bitte protokollieren Sie, daß diese freiwillige Aussage als Beweismittel S-drei vorgelegt wurde.« Sie drehte sich wieder zu Cam um. »Chief MacDonald, können Sie die Aussage des Angeklagten für uns zusammenfassen?«

»Er sagte, daß bei seiner Frau verschiedene Arten von Krebs diagnostiziert worden seien und daß ihre Krankheit unheilbar gewesen sei. Nach einem Arztbesuch am vorangegangenen Freitag sei sie sehr deprimiert nach Hause gekommen. Der Angeklagte erklärte, seine Frau habe ihn gebeten, sie zu töten. Er sagte, am Montag seien sie von ihrem Heimatort Cummington nach Wheelock gefahren, wo sie sich im Wheelock Inn ein Zimmer nahmen. Dort preßte er am Dienstagmorgen seiner Frau ein Kissen aufs Gesicht und erstickte sie.«

»Wie wirkte der Angeklagte, als er diese Aussage machte?«

Cam warf einen Blick auf Jamie. »Er hat nicht geweint, wenn Sie das meinen. Er sprach deutlich und präzise, so als sei ihm völlig klar, was er da von sich gab.«

»Einspruch«, meldete sich Graham. »Der Zeuge kann nicht wissen, was in Jamies Kopf vorging.«

Roarke nickte. »Die Geschworenen werden diese letzte Bemerkung unberücksichtigt lassen.«

Zielstrebig fuhr Audra fort: »Glauben Sie aufgrund der Aussage des Angeklagten, Chief MacDonald, daß die Tötung vorsätzlich ausgeführt worden ist?«

»Ja.«

»Glauben Sie, der Angeklagte hat die Tat zuvor abgewogen, wenn auch nur für wenige Minuten?«

»Ja.«

»Glauben Sie, daß der Angeklagte aus freiem Willen seine Frau erstickt hat?«

»Jawohl.«

Audra trat aus Cams Blickfeld, so daß er Allie sehen konnte, deren Augen dunkel, scharf und unerträglich kalt wirkten. Aus weiter Ferne hörte er die Absätze der Staatsanwältin über die getupften Fliesen klacken. »Keine weiteren Fragen!«

Während der kurzen Verhandlungspause, die der Richter nach Cams erster Aussage einlegen ließ, sagte Graham zu Allie, daß Jamie sie sehen wolle. Er führte sie ans andere Ende des Ganges in ein winziges Besprechungszimmer, das außen von einem bewaffneten Beamten bewacht wurde.

Allie öffnete die Tür und schloß sie gleich wieder hinter sich, um den Lärm und die Vorwürfe draußen zu lassen. Jamie saß mit gesenktem Kopf am Tisch, als könne er seinen Blick nicht von dem Holz losreißen. »Es tut mir leid«, sagte sie sofort.

Jamie sah auf und grinste. »Habe ich etwa schon verloren?«

Allie schüttelte den Kopf. »Ich meine wegen gestern, wo ich hätte kommen sollen – was ich auch wollte.« Sie hielt inne. »Das war gedankenlos von mir.«

Er lachte. »Diese Entschuldigung kenne ich doch. *Damit* kommst du nicht durch.« Sein Gesicht gerann wieder in Bitterkeit. »Es sei denn, ich schaffe einen Präzedenzfall.«

Allie ließ sich ihm gegenüber nieder. »Du siehst eigentlich ganz munter aus«, stellte sie fest.

Jamie warf ihr einen Blick zu. »Du auch.« Er beugte sich vor. »Und was schließen wir daraus?«

Sie wußte, daß sie losheulen würde, wenn sie nur noch

dreißig Sekunden hier sitzen bliebe; aber sie wollte Jamie nicht mit ihren eigenen Problemen belasten. »Ich muß gehen«, sagte sie und stand auf.

»Erzähl es mir«, bat Jamie leise. »Es wäre schön, wenn ich zur Abwechslung mal nicht über mich selbst nachdenken müßte.«

Allie ließ sich wieder auf den harten Metallstuhl sinken. Ihr Rock blähte sich über ihren Fußknöcheln. »Also gut«, murmelte sie. Und begann zu reden.

Bald gab es kein Halten mehr. Jeder Satz zerrte in einer ununterbrochenen Folge den nächsten aus ihrem Herzen. Allie fing damit an, daß Cam eine Affäre gehabt hatte. Daß sie zu dumm gewesen war zu erkennen, daß er sie mit Mia betrog, ihrer Mitarbeiterin. Daß sie alles herausgefunden hatte, nachdem die beiden irgendwo ein romantisches, verschneites Wochenende miteinander verbracht hatten. Daß von Cam nichts als Lügen gekommen waren.

Sie erzählte Jamie von dem Flohmarkt und der Kassette und davon, wie sie nach Shelburne Falls getrampt war. Dann packte sie den Büffelcowboy und die grauenhafte Nacht im Motel aus. Trotz allem müsse sie nun idiotischerweise doch zurückkehren – aber wisse nicht, ob sie Cam das noch geben könne, was er sich wünschte.

»Und das wäre?« erkundigte Jamie sich.

Allie ließ ihren ganzen Atem raus. »Daß alles wieder beim alten ist ... ich so bin wie vorher. Er, bevor er ihr begegnete ...«

Jamie starrte Allie an, sah die Ringe unter ihren Augen und das nervöse Spiel ihrer Hände am Rocksaum. Natürlich hatte er Cams Aussage verfolgt, aber vor allem war ihm dabei aufgefallen, wohin Cam die ganze Zeit über seinen Blick richtete. Graham hatte Jamie erklärt, daß die meisten Zeugen der Anklage, vor allem die sogenannten Experten, Jamie komplett ignorieren und direkt zu Audra oder den Geschworenen hin sprechen würden. Cam hatte Jamie zwar ignoriert, aber sich statt dessen auf seine Frau konzentriert.

Jamie durchschaute diesen Blick. *Bitte,* hieß er, *du bist alles, was ich habe.*

Und ihm ging auf, daß Allie MacDonald etwas ganz Unwahrscheinliches fertigbekommen hatte – das Jamie nicht einmal dadurch gelungen war, daß er seiner Frau ihren letzten Wunsch erfüllte. Statt das zu tun, was Cam erwartete – zu weinen, vermutete Jamie, so wie immer weiterzumachen, ihn anzubetteln –, hatte Allie ihm den Boden unter den Füßen weggezogen. Die ganze Zeit über befand sich Jamie in dem Glauben, der Weg zu Maggies absoluter Liebe läge darin, alles zu tun, was sie verlangte, und so zu sein, wie sie es sich wünschte. Allie hatte ihm das Gegenteil bewiesen.

Dabei geschah das sicher nicht einmal mit Absicht. Sie hatte einfach das Gleichgewicht zwischen ihr und Cam verschoben. Ganz plötzlich hing sie nicht mehr an Cams Hemdzipfel, sondern er klammerte sich an alles, was Allie ihm zu überlassen bereit war.

»Vierzig-sechzig«, konstatierte er und betrachtete Allie mit frisch entdeckter Bewunderung. »Wer hätte das gedacht?«

Gleich nach der Mittagspause kehrte Cam in den Zeugenstand zurück, und Graham baute sich dicht vor ihm auf. Er kannte seine Aufgabe, die ihm zugegebenermaßen Freude bereitete. Man konnte einen Polizisten nicht in Mißkredit bringen, schon gar nicht einen Chief. Jeder Geschworene sah Cam als durch und durch braven Kerl, der gleich nach Gott und dem Präsidenten kam; als grundsoliden, hilfsbereiten Mitmenschen. Wenn er Cam bedrängte, würde das kein gutes Licht auf Graham werfen. Nicht den Hüter des Gesetzes galt es zu zerstören; er mußte das blinde Vertrauen der Geschworenen in ihn zerstören.

»Chief MacDonald«, hub Graham freundlich an, »gibt es viele Mordfälle in Wheelock?«

Cam schüttelte den Kopf. »Das ist mein erster.« Er lächelte. »Gott sei Dank!«

»Gab es in Ihrer Laufbahn jemals einen anderen Fall, in dem das Opfer unheilbar krank war?«

»Ich glaube nicht.«

»Sie *glauben* nicht?«

»Nein«, korrigierte Cam, »es gab keinen.«

Graham gab ein undefinierbares Geräusch von sich und stellte sich an die Geschworenenbank. »Würden Sie aufgrund Ihrer Erfahrung sagen, daß dieser Fall sich von anderen Morden unterscheidet?«

»In gewisser Hinsicht«, sagte Cam.

»Wie zum Beispiel?«

Cam verdrehte die Augen nach oben. »Also, in diesem Fall kannte der Täter das Opfer. Er ...«

»Ja«, fiel ihm Graham ins Wort. »Allerdings. Und trifft es nicht auch zu, daß in den wenigsten Mordfällen das Opfer sich mit der Tat einverstanden erklärt?«

»Einspruch«, rief Audra von ihrem Tisch herüber.

»Ich möchte es anders ausdrücken. Erklärt sich in der Mehrheit der Mordfälle das Opfer mit der Tat einverstanden?«

»Natürlich nicht.« Cam schüttelte den Kopf.

»Chief«, hakte Graham nach, »welchen Eindruck hatten Sie von Jamie, als er seine Aussage machte?«

»Einspruch!« Diesmal stand die Staatsanwältin auf. »Die Frage wurde bereits gestellt und beantwortet.«

»Stattgegeben.« Richter Roarke warf Jamie einen bohrenden Blick zu.

»Chief MacDonald, wenn ich mich recht entsinne, haben Sie vorhin ausgesagt, Jamie hätte klar und präzise gewirkt bei seinem Geständnis. Ist das richtig?«

»Jawohl.« Cam legte die Ellbogen auf das Geländer, als mache ihm die Sache allmählich Spaß.

»Wirkte Jamie die ganze Zeit über klar und präzise, angefangen von Ihrer ersten Begegnung vor der Polizeistation bis zu dem Zeitpunkt, an dem Sie seine Aussage aufnahmen?«

Cam schüttelte den Kopf. »Es gab einen Zwischenfall, als mein Sergeant nach dem Opfer sehen wollte. Der Angeklagte befreite sich aus einem Haltegriff und schubste den betreffenden Beamten beiseite. Dabei murmelte er unzusammenhängendes Zeug dahingehend, daß niemand seine Frau anrühren dürfe.«

»Hat er dabei geweint?«

»Jawohl.«

»Also hat sich Ihrer Meinung nach Jamies Zustand innerhalb einer Stunde von einem gewalttätigen, hektischen Verhalten zu klarer, präziser Sprache hin gewandelt?«

»So ist es.«

Aus dem Augenwinkel sah Graham in der Verteidigungsecke eine Fliege um Jamies Kopf schwirren. Jamie schlug ein paarmal danach und hielt sie schließlich unter seiner gewölbten Hand auf der Platte gefangen. Graham merkte, daß einige der Geschworenen Jamie beobachteten. Er hielt den Atem an, als Jamie die Hand flach auf den Tisch drückte, um daraufhin seine Beute in einem Papiertaschentuch verschwinden zu lassen.

Scheiße. Damit hatte er alles verspielt, was Graham soeben an Boden gewann. »Chief MacDonald, kannten Sie Jamie schon, bevor er am neunzehnten September vor Ihrem Revier auftauchte?«

Mit einem Ruck schoß Cams Kopf hoch. Das bestätigte er. »Der Angeklagte ist mein Cousin.«

Ein leichtes Beben lief durch die Geschworenenbank. »Was nicht ungewöhnlich in Wheelock ist, oder? Können Sie uns die Ursprünge Ihrer Verwandtschaft erläutern?«

Audra erhob einen Stift. »Einspruch, Euer Ehren«, sagte sie. »Wo besteht hier der Zusammenhang?«

Graham wandte sich an den Richter. »Bitte lassen Sie mir in dieser Sache ein wenig Freiraum«, bat er.

»Stattgegeben«, sagte Roarke. Er wandte sich an Cam. »Seien Sie so gut und beantworten seine Frage!«

Fünfzehn Minuten lang breitete Cam die Geschichte jenes entwurzelten Highland-Clans aus, den sein damaliger Namensvetter vor zweihundertfünfzig Jahren Nase für Nase nach Massachusetts verschifft hatte. Er erklärte, daß er theoretisch immer noch Chief des Clans sei, was allerdings nur noch als Ehrentitel gelte.

»Aber«, wandte Graham ein, »haben Sie als Clanchef nicht vielleicht noch mehr Verantwortung für die Bürger von Wheelock als ein gewöhnliches Polizeioberhaupt?«

Cam zuckte mit den Achseln. »Persönlich sehe ich das schon so.«

»Kann es sein, daß Jamies Entscheidung, seine Frau in Wheelock zu töten, etwas damit zu tun hatte, daß Sie dort leben?«

»Einspruch«, sagte Audra. »Mein Zeuge steht hier nicht unter Anklage.«

»Mr. MacPhee«, ermahnte Roarke ihn, »Sie bewegen sich auf dünnem Eis.«

»Chief MacDonald!« Unbeirrt steuerte Graham auf sein Ziel zu. »Müßte Jamie sich als Mitglied des Clans der MacDonalds nicht an Sie wenden?«

»Theoretisch ja«, räumte Cam ein.

»Ist es möglich, daß er nach Wheelock kam, weil er auf Ihre Unterstützung hoffte?«

Cam beugte sich vor und nagelte Graham mit einem bohrenden Blick fest. »Warum hat er sich dann nicht bei mir gemeldet, *bevor* er sie umbrachte?«

Einen Augenblick war Graham sprachlos. Tiefe Röte stieg von seinem Hemdkragen aus nach oben. »Halten Sie sich für einen Ehrenmann?« fragte er schließlich.

Cam sah seine Frau an. Er stand unter Eid. Nervös rutschte er auf seinem Sitz herum, doch Allies Blick blieb unerschütterlich. »Im großen und ganzen«, wich er aus.

»Können Sie uns das Motto Ihres Ortes nennen?«

»*Ex uno disce omnes*. Das bedeutet: ›Von einem schließe auf die übrigen.‹« Er zögerte. »Das war schon damals in Carrymuir, in Schottland, das Motto des Clans.«

Graham nickte. »Ihr Motto hat also auch etwas mit Beurteilen zu tun.« Er blickte hoch zu einem Wasserfleck an der Decke. »›Von einem schließe auf die übrigen.‹« Wieder nahm er Cam aufs Korn. »Wenn Jamie MacDonald ein fauler Apfel ist, was würde das denn über Ihren Clan und Sie selbst aussagen, Chief?«

Cam starrte ihn finster an. »Ich weiß nicht, inwiefern das ...«

»Bitte beantworten Sie nur meine Frage.«

Graham warf einen kurzen Blick zur Jury hinüber, um festzustellen, ob jemand wohl das Gefühl hatte, daß er den Chief zu grob anfaßte. Die meisten Geschworenen saßen gespannt vorgebeugt auf ihren Stühlen.

Cam schaute seiner Frau in die Augen. »Ich glaube, wenn man über jemanden urteilt«, sagte er langsam, »sind immer die jeweiligen Umstände zu berücksichtigen.«

Richter Roarke, dessen Vorliebe für Oreo-Kekse bekannt war, legte nach Cams Kreuzverhör eine halbstündige Pause ein. Cam warf einen Blick auf die Uhr. Es war kurz nach drei. Bis das Gericht wieder zusammentrat, wäre es fast Zeit zum Heimgehen. Allie war am Morgen mit ihrem eigenen Wagen gekommen, doch vielleicht konnte er sie überzeugen, mit ihm Kaffee zu trinken oder sogar essen zu gehen. Er wollte einfach nur Frieden schließen.

Am schlimmsten war es, mit ihr in einem Haus zu sein und nicht zu wissen, woran, zum Teufel, sie gerade dachte. Sie tat alles genau wie immer – den Geschirrspüler leeren, sich die Nachrichten ansehen –, doch sie hatte diese komische Art, einfach durch ihn hindurch zu schauen. Sie behauptete, sie wolle ihn nicht loswerden; aber allmählich bekam er das Gefühl, daß sie ihn einzig und allein im Hause duldete, um ihn zu bestrafen.

Zweifellos hatte er sich wie ein Arschloch aufgeführt, und es war ihr gutes Recht, Abstand zu wahren. Er sagte sich, daß er irgendwie zu Kreuze kriechen mußte – zwar Mia in einem distanzierten Porträt bewahren, aber nicht die vergangenen Monate alles andere in seinem Leben zerstören lassen. Es behagte ihm nur einfach nicht, ständig mit eingezogenem Schwanz herumzulaufen.

Allie sagte, daß sie ihn liebte. Sie würde sich schon wieder einkriegen.

Gerade beugte er sich über den Wasserspender, als er eine Hand auf seinem Hemdkragen spürte, die ihn zurückriß und unvermutet beutelte. »Wenn ich nicht fürchten müßte, daß man mich wegen Körperverletzung anzeigt«, zischte Jamie zwischen zusammengebissenen Zähnen, »würde ich dir die Visage polieren.«

Er ließ Cam ebenso plötzlich los, wie er ihn gepackt hatte, so daß sich die Umstehenden und die Wachmänner fragten, ob sie sich den Zwischenfall vielleicht nur eingebildet hatten. »Allie hat es dir wohl erzählt!« Cam stöhnte, denn es war ihm peinlich, daß dieser Mann soviel über ihn wußte.

»Du Idiot«, fauchte Jamie, »du weißt gar nicht, was du verloren hast.«

Cam starrte Jamie an und dachte an das, was er während seiner Aussage *nicht* erwähnt hatte – Jamies Schilderung von Maggies Krankheit, ihre Reise nach Quebec, wie zärtlich er ihre Leiche berührt hatte, nachdem er mit Zandy fertig war. Und er begriff, daß komischerweise ausgerechnet dieser Mann vielleicht der einzige Mensch war, der ihn verstehen würde. »Und du weißt nicht, was ich *gehabt* habe«, verbesserte Cam ihn ruhig.

Als er den Tonfalls seines Cousins wahrnahm, trat Jamie einen Schritt zurück. »Vorübergehende Unzurechnungsfähigkeit?«

»Wahrscheinlich«, meinte Cam, »würden es manche Leute so nennen.«

Jamie starrte ihn an. Er sagte kein Wort, doch die Botschaft war eindeutig: *Oder hast du nur etwas getan, wogegen du nicht ankamst? Auch wenn es gegen alle Regeln verstieß?*

Cam deutete mit einer Kopfbewegung zum Ende des Korridors, wo weniger Leute standen, und schweigend machten sie sich auf den Weg. Dort lehnte sich Cam an die Mauer, ein Bein angewinkelt, den Fuß gegen die Ziegel gestemmt, und ließ den Kopf zurücksinken. »Wie hast du es geschafft?« Seine Stimme war rauh. »Wie hast du es geschafft, sie gehen zu lassen?«

Jamie wich seinem Blick aus. »Irgendwie habe ich mich einfach damit abgefunden, daß es mich bis an mein Lebensende jeden Tag ein bißchen umbringt.«

Cam dachte an Mia, an ihr Haar, das über dem Kragen ihrer überdimensionalen Jacke hüpfte, und fragte sich, ob sie das wohl auch so empfand, wo immer sie jetzt sein mochte.

»Ich glaube, ich habe dich falsch eingeschätzt«, sagte Cam.

Jamie sah seinen Cousin an, sah die steifgebügelten Manschetten und Kragenecken an seinem Uniformhemd, die blinkenden Knöpfe und Anstecker darauf. Er dachte an das, was Cam eben zugegeben hatte, dann an Allie; und er wußte, daß, selbst wenn sich am Ende alles zurechtbog, allein ihr Herz gebrochen übrigbliebe.

Jamie wandte sich ab. »Ich dich wohl leider auch«, schloß er die Unterhaltung.

Ellen saß Allie gegenüber in einem leeren Zimmer im Obergeschoß. Sie nippten an ihrem Kaffee, den sie aus einem lärmenden Automaten geholt hatten.

»Ich glaube, die Geschworenen mögen Jamie«, sagte Allie in der Hoffnung, daß das Gespräch nicht auf Cameron kam.

»Die Frau mit den Perlen im Haar ganz bestimmt«, pflichtete Ellen ihr bei. »Die Kunstlehrerin, stimmt's?«

»Kindergärtnerin«, korrigierte Allie. »Aber die war von Anfang an auf unserer Seite.«

Ellen sah sie neugierig an. »Woher weißt du das?«

Allie lachte. »Wenn man sich lang genug in Grahams Nähe aufhält, entwickelt man einen Instinkt dafür.«

Sie hatte ihr Gesicht dem Fenster zugewandt. Es regnete, und nach dem Tauwetter gestern und den Schauern heute war praktisch kein Schnee mehr geblieben. Die Welt sah vollkommen anders aus als noch vor wenigen Tagen.

Ellen knetete ihre Papierserviette im Schoß. Sie hatte von Allies Flohmarkt gehört; wer nicht? Gemeinsam mit Hannah hatte sie sogar ausfindig gemacht, wer was von Cams Sachen besaß – Hannah mit Hilfe des Telefons, Ellen mittels Pendel. »Cam hat sich heute gut gehalten«, sagte sie und sah Allie merklich zusammenzucken.

Die fahle Gräue des Regens legte häßliche, ineinanderlaufende Beulen und Flecken auf Allies Wangen. Als sie sich umdrehte, stockte Ellen angesichts dieser Verzerrung der Atem. »Allie«, sagte sie leise, »ich hab's gewußt.«

»Du hast es *gewußt*«, wiederholte Allie, »oder du *weißt* es?«

»Macht das einen Unterschied?«

Allie wandte sich wieder ab. »Ich bin mir nicht sicher.«

In der jungen Frau lag soviel negative unterdrückte Energie, daß Ellen glaubte, sie könnte gar nicht tief genug danach graben; an solchen Sachen waren schon Menschen von innen her verbrannt.

»Ich will nicht darüber reden«, sagte Allie angespannt, doch dann sah sie ihre Schwiegermutter an und seufzte. »Du brauchst dir keine Vorwürfe zu machen. Er ist dein Sohn.«

Ellen zögerte keine Sekunde. »Genauso wie du meine Tochter bist«, ergänzte sie. »Und mit einem Ersatz hätte ich mich nur schwer abgefunden.«

Erst wollte Allie lächeln; doch statt dessen wandte sie sich wieder dem Regen zu und versuchte, die Tropfen zu zählen, die sich gegenseitig an den Rand der Fensterscheibe jagten, als läge irgendein Makel darin, allein zu bleiben.

Ellen schüttete sich ihren Kaffee über den Schoß. »O Himmel«, jammerte sie. »Ich kann gar nicht fassen, daß ich so ein Tolpatsch bin.« Erfolglos wischte sie mit ihrer durchtränkten Serviette über den verlaufenen braunen Fleck.

Allie sprang auf. »Hast du dich verbrüht? Ich hole noch ein paar Papiertücher.« Sobald sie das Zimmer verlassen hatte und auf dem Weg zur Toilette war, öffnete Ellen hastig ihre Handtasche und holte eine kleine Phiole mit gemahlener Ignatia heraus. Dieses Mittel hatte sie ohne Allies Hilfe hergestellt; doch sie hoffte, daß sie inzwischen genug von ihr abgeschaut hatte. Es war eine Arznei gegen Trauer, Zorn und Enttäuschung, die die eigene Seele nicht abzuschütteln vermochte.

Als Allie zurückkam, war die Ignatia bereits in ihren Kaffee gerührt. Allie half Ellen, den Fleck auf ihrem Kleid trockenzutupfen, und beklagte den Schaden. »Das macht nichts«, meinte Ellen, »läßt sich alles reinigen.« Sie spreizte ihre Beine ein wenig und wedelte den dünnen Stoff in der stickigen Luft, um ihn trocken zu bekommen, ehe die Verhandlung weiterging.

Sie schaute zu, wie ihre Schwiegertochter an ihrem Kaffee

nippte. »Trink ihn aus«, drängte sie, als Allie die Tasse beiseite schieben wollte. »Du kannst, weiß Gott, eine kleine Stärkung gebrauchen.«

Schließlich drehte Allie den leeren Becher um. Ein winziger Tropfen rann auf den Besprechungstisch. Ellen lächelte. Sie fragte sich, wie lange es wohl dauern würde, bis das Mittel zu wirken begann. »Wieviel hast du eigentlich für Ians alte Fliegenangel bekommen?«

Allie blieb ungläubig der Mund offen stehen. »Sechzig«, stotterte sie dann.

Ihre Schwiegermutter nickte. »Alles in allem«, sagte sie, »hätte ich es auch nicht besser machen können.«

Die Anklage hatte die Beweisaufnahme abgeschlossen. Die Verhandlung wurde auf den folgenden Morgen vertagt. Ellen erklärte Angus, daß sie ihn nur heimfahren würde, wenn er seinen Mantel ganz zuknöpfte; Jamie und Graham verließen ebenfalls den Gerichtssaal, steckten dabei die Köpfe zusammen und besprachen ihre heutige Strategie.

»Wie wär's mit einem Kaffee?« sagte Cam zu Allie.

»Ich habe eben einen getrunken«, gab sie Bescheid. »Mit deiner Mutter.«

Schweigend brach sie auf, doch Cam folgte ihr auf dem Fuße. »Abendessen«, hakte er nach, »du mußt mal was essen!«

»Aber nicht um halb fünf am Nachmittag.« Sie warf das Haar über den Mantelkragen; Cam sah, wie es sich über ihre Schultern breitete. »Betteln steht dir nicht.«

»Ich bettle nicht, sondern verhandle.«

Allie ignorierte ihn. »Wir treffen uns dann später zu Hause.«

Sie wollte auf ihren Wagen zugehen, doch Cams tragende Stimme hielt sie auf. »Nein, das werden wir nicht. Du wirst da sein, und ich werde da sein, aber von einem Treffen kann ganz bestimmt keine Rede sein!«

Er hatte das quer über den Parkplatz gebrüllt, und obwohl sie glaubte, daß alle ihre Bekannten inzwischen gegangen waren, konnte sie doch nicht ganz sicher sein. Mit hastigen Schritten kehrte sie zu ihm zurück, blieb dicht vor ihm stehen und sah wütend zu ihm auf. »Es ist erst *zwei* Tage her«, zischte sie. »*Zwei* lächerliche Tage. Wie *kannst* du es wagen?«

Ein Regentropfen fiel ihr ins Auge und trübte ihr die Sicht, allerdings ohne das Brennen einer Träne. Bis dahin war ihr gar nicht aufgefallen, daß es immer noch regnete.

Während ihrer Flitterwochen hatte es jeden Tag geregnet. Auf Aruba, wo es das sonst nie tat!

»Ich weiß, woran du gerade denkst«, sagte Cam, und ein Lächeln breitete sich auf seinem Gesicht aus, ein freches Grinsen, das sie am liebsten weggeohrfeigt hätte. »Ich muß auch immer daran denken, wenn es so regnet.«

»Ich kann mich nicht erinnern«, entgegnete Allie kalt.

Cam hielt sie am Arm fest. »Du erinnerst dich sehr wohl«, widersprach er. »Vielleicht bist du stinksauer auf mich – aber du kannst nicht einfach alles wegwerfen, was bis vor ein paar Monaten war.«

Allie blinzelte die Feuchtigkeit aus ihren Augen. »Warum nicht?« höhnte sie. »Du hast es doch auch gekonnt!«

Erinnerst du dich daran, daß ich dir erzählte, ich wäre gern Reiseschriftsteller geworden? Wie wir in manchen Nächten im Dunkeln gesessen, uns mit unseren Stimmen abgetastet und Rückblicke auf fremde Orte angestellt haben, so als spielten wir ein kompliziertes Brettspiel: deine Akropolis gegen meinen schnurrbärtigen Künstler auf dem Montmartre, dein staksendes Kalb in den Straßen von Bombay gegen meinen Blick aus einem Doppeldecker auf die Serengeti, wo das hohe Gras wie ein silberner Fischschwarm von links nach rechts schwang und zurück.

Mir ging auf, daß ich in den Monaten nach deinem Verschwinden doch noch zum Reiseschriftsteller wurde. Ich habe über Sizilien und Haifa und das Moor in Yorkshire geschrieben, über den Orient und das Mittelmeer, über all die Orte, an denen du dich aufhalten könntest. Nur daß ich mir meine Reiseziele nur einbildete und ich nie einen Fuß an ein anderes Gestade setzte.

Erst machte mich das rasend. Doch dann, im Laufe der Zeit, fiel mir wieder ein, daß ich nie gern geflogen bin.

19

Vorläufig beantragte Graham nur, das Verfahren einzustellen. Er und Audra standen Hüfte an Hüfte vor dem Tisch von Richter Roarke und drängelten um den besten Platz wie zwei junge Wölfe, die an dieselbe Zitze wollten. Roarke setzte seine Brille ab und rieb sich mit Daumen und Zeigefinger über die Nasenwurzel. Es war erst neun Uhr morgens. »Und warum?«

»Aus Mangel an Beweisen.«

Audra ächzte lauthals.

MacPhee jun. hatte sich selbst schon gesagt, daß es nicht klappen würde; daß er den Richter nur deshalb vor der Zeugenvernehmung mit Anträgen bombardierte, weil das so üblich war. Aus Mangel an Beweisen? Also gut, vielleicht traf das auf diesen Fall nicht wirklich zu, doch es galt als der häufigste Grund für eine Verfahrenseinstellung.

»Antrag abgelehnt«, sagte Richter Roarke. »War das alles, oder wollen Sie mir noch mehr Zeit stehlen?«

Graham straffte die Schultern. Vom Tisch der Verteidigung her spürte er Jamies Blick, der ein kleines Loch in seinen Rücken brannte. »Es ist absolut unmöglich, über James MacDonald zu verhandeln wie über einen durchgedrehten Amokläufer, der in einem Fastfood-Restaurant dreißig Leute erschießt«, argumentierte er. »Hier handelt es sich um eine vollkommen andere Art von Fall.«

Audra verzog die Lippen zu der erbärmlichen Imitation eines herablassenden Lächelns. Heute morgen hatte sie beim Auftragen des Rouges nicht achtgegeben: Für Graham sah es so aus, als trüge sie Clownsflecken auf den Wangen. »Das können Sie Ihrem Abgeordneten erzählen«, schaltete sie sich ein. »Bisher bleibt ein Mord immer noch ein Mord. So steht es zufällig im Gesetz.«

Graham sah wieder auf den Richter. »Bei einem gewöhnlichen Verbrechen ist davon auszugehen, daß das Opfer der Tat nicht zustimmt«, setzte er neu an.

Roarke nickte. »Richtig, doch leider lauten die Gesetze immer noch anders. Sie werden doch nicht in diesem kleinen Gerichtssaal an den Grundlagen unseres Rechtssystems rütteln wollen, Mr. MacPhee?«

Der Anwalt atmete tief durch und unternahm einen letzten Versuch. »In diesem Fall geht es um das Recht zu sterben, nicht um den Raub eines Lebens.«

Audra schmunzelte. »Das klingt rührend, Graham, aber es ist keine Rechtfertigung vor dem Gesetz.«

Richter Roarke klopfte fester mit seinem Hammer, als er beabsichtigt hatte. »Es reicht«, schloß er. »Alle Anträge sind abgelehnt. Die Verhandlung wird nach einer Unterbrechung von zehn Minuten wieder aufgenommen.«

Graham kehrte zurück zu seinem Pult und hielt sich hartnäckig vor, daß Anträge auf Verfahrenseinstellung eine Formsache waren und daß er von Anfang an mit einer Ablehnung gerechnet hatte. Doch als sein Blick auf Jamies hoffnungsvolle Miene fiel, begriff er, was sie wirklich bedeuteten. Man beantragte eine Verfahrenseinstellung, damit man im Fall einer Berufung nicht mit gänzlich leeren Händen dastand. Was bedeutete, daß Graham sich in gewisser Hinsicht bereits mit der Tatsache einer Niederlage abzufinden begann.

Es war idiotisch von ihm, ihr Blumen zu bringen. Nicht genug, daß Cam sie von der Konkurrenz gekauft hatte; der Anblick von so vielen Blüten auf ihrer Kommode und der Anrichte und dem Schlafzimmerboden ließ Allie an ihren Laden denken und des weiteren an Mia.

Er hatte Chrysanthemen, Margeriten und Gladiolen, Amaryllis, Enzian und Fuchsien besorgt. Außerdem Lilien, Alpenveilchen und eine große Menge Schleierkraut. Cam schien sich Mühe gegeben zu haben, alle Regenbogenfarben ausfindig zu machen und sie in ihr Zimmer zu schleppen.

Sie war aufgewacht, als er mit noch einer Vase hereingeschlichen kam, die er neben ihrer Bürste abstellen wollte. »Was tust du hier drin?« fragte sie und setzte sich augenblicklich auf.

Cam lächelte und streckte ihr die Blumen, statt sie auf der Kommode abzusetzen, wie einen Geburtstagsstrauß entgegen. »Sieht man das nicht?«

Die vergangene Nacht hatte er sicher wieder auf dem Sofa verbracht, weil sie ihn nicht ins Schlafzimmer lassen wollte. »Ich habe nicht Geburtstag.«

Cam setzte sich aufs Bett, und Allie rutschte instinktiv beiseite. »Ich weiß«, sagte er.

Sie sah ihn wütend an. »Du kannst dir kein reines Gewissen kaufen.«

Ein schwarzer Blitz zuckte kurz durch seine Augen und verschwand augenblicklich hinter einer spontanen Maske der Selbstbeherrschung. Er rang sich ein Lächeln ab.

Allie wußte, daß sie gehässig war. Sie hatte Cam gebeten zu bleiben; aber sie an seiner Stelle wäre längst gegangen, wenn sie so viele Gemeinheiten ertragen müßte, wie sie Cam an den Kopf warf. Und doch konnte sie einfach nicht anders. Manchmal öffnete sie den Mund, um einen Waffenstillstand einzuleiten; aber sofort spie dieses gräßliche Ding, das sich in ihr eingenistet hatte, einen ganzen Eimer voll Bosheiten über ihm aus.

Sie fragte sich, wie lange es wohl dauern würde, bis ihr Gehirn das Herz davon überzeugt hatte, daß dies kein Wettkampf mehr war. Cam hatte gewonnen, ohne Wenn und Aber. Ganz gleich, welche verbalen Mittel sie einsetzte – sie konnte Cam nicht einmal *annähernd* so verletzen, wie er sie getroffen hatte.

»Weißt du, wo sie ist?«

Allie hörte die Frage von ihren Lippen fallen; sie war entsetzt darüber, sie gestellt zu haben. Cam wurde rot und wieder bleich. »Nein«, murmelte er. »Und wenn ich es wüßte, würde es auch nichts ändern.«

»Woher willst du das wissen?« schrie Allie ihn an. »Das hat dich schon einmal nicht abgehalten.«

Cam starrte auf einen Punkt knapp links von Allies Schulter.

Dort war ein Fleck auf der Tapete. Es war eine Mücke gewesen, im vergangenen Sommer; eines Nachts hatte er sie im Dunkeln erschlagen und an der Wand zerquetscht. Er hatte mit Allie geschlafen, und das Vieh war auf ihrer Schulter gelandet, um Blut zu saugen. »Ich gehöre hierher«, sagte Cam nur. »Zu dir.«

»Wo wärst du denn *lieber?*«

Ich weiß es nicht. Cam stand auf, nahm Allie die Blumen ab und stellte sie auf ihren Nachttisch. »Hör zu«, sagte er. »Du mußt mir glauben – und mir ein bißchen Luft lassen.«

Allie verschränkte die Arme vor der Brust. »Ich muß überhaupt nichts«, sagte sie, doch die Stimme versagte ihr dabei.

Kurz darauf verließ Cam das Zimmer. Allie hörte das Wasser in der Dusche laufen und das Rupfen von Baumwolle, als er sein T-Shirt über den Kopf zog und aus seinen Shorts stieg. Sie stand auf, hüllte sich in ihren großen Morgenmantel und tappte die Treppe hinunter.

Cam hatte das Laken und die Decke säuberlich zusammengefaltet und alles an einem Sofaende aufgestapelt. Sein Gurt lag, wie immer, quer über dem Eßtisch. Seine Stiefel standen neben dem Fernseher.

Die Brieftasche und das Kleingeld hatte er auf den Videorecorder gelegt. Mit einem Finger tippte Allie das Lederetui an. Dann klappte sie es mit klopfendem Herzen auf, während sie mit halbem Ohr auf das Wasser horchte, das oben durch die Leitungen rauschte.

Siebzehn Dollar. Ein Führerschein. Ein Organspendeausweis. Sie kontrollierte die engen Einschublaschen und beförderte eine Bescheinigung über einen absolvierten Erste-Hilfe-Kurs, eine VISA-Card und eine American-Express-Card ans Tageslicht. Ein paar Kontoauszüge; eine Quittung aus einem Restaurant in Pittsfield. Eine Geldautomatenkarte.

Es gab keine Geheimfächer in seiner Brieftasche; das wußte sie, denn sie hatte ihm das Portemonnaie selbst vorletztes Weihnachten geschenkt. Sie stieß weder auf einen Papierfetzen mit einer ihr unbekannten Adresse noch auf eine Notiz mit einer Telefonnummer und einem dahingekrakelten ›M‹. Es steckte kein

Kondom hinten neben den Geldscheinen, kein vom vielen Anfassen verknittertes und verwittertes Bild Mias. Sie fand keinen Beweis dafür, daß Cam vorhin in irgendeiner Hinsicht gelogen hatte.

Allie wußte, wie man es anstellte, sich in jemanden zu verlieben; doch sie hatte keine Ahnung, wie man es anstellte, jemandem wieder zu vertrauen. Angewidert von ihrem Argwohn klappte sie die Brieftasche zu.

Während der zehnminütigen Unterbrechung fiel Richter Roarkes Tochter beim Spielen von einem Klettergerüst und brach sich ein Bein. Hastig und fahrig entließ er nach einer Entschuldigung die Geschworenen und verkündete, daß die Verhandlung am folgenden Morgen um neun Uhr wiederaufgenommen würde. Jamie grinste von einem Ohr zum anderen. »Das ist gut«, sagte er zu Graham. »Meinen Sie nicht auch?«

Graham warf ihm einen Blick über die Akten hinweg zu, die er in seinen Koffer schob. »Wieso?«

»Ich könnte mir denken, wenn die Geschworenen einen Tag lang aus diesem Gerichtssaal herauskommen, dann ist ihnen das, was die Anklage vorgebracht hat, nicht mehr so frisch im Gedächtnis.«

»Jamie«, mahnte Graham, »man kann nie wissen, was in den Geschworenen vorgeht.«

Allie beugte sich über das Geländer, das den Publikumsbereich vom restlichen Gerichtssaal trennte. »Also, ich finde, Jamie hat recht. Je länger sich diese Verhandlung hinzieht, desto mehr geraten die Aussagen der Anklagezeugen in Vergessenheit.«

Graham lächelte. »Sie vergessen, daß auch Audra ein Schlußplädoyer halten wird.« Er klappte seinen Aktenkoffer zu und sah auf die Uhr. »Fahren Sie nach Wheelock zurück, Allie? Ich muß noch in einem anderen Fall einen Straferlaß aushandeln; am besten verschwinde ich gleich in der Bibliothek.«

Allie nickte. »Ich kann Jamie mitnehmen!«

Jamie wandte sich an Graham. »Sie haben noch andere Fälle außer meinem?« fragte er neugierig.

Graham grinste. »Ein guter Anwalt gibt seinem Klienten immer das Gefühl, daß er niemanden außer ihm vertritt. Natürlich kommt das in Ihrem Fall der Wahrheit ziemlich nahe.« Er verschwand durch den Mittelgang aus dem Gerichtssaal, eine Hand zu einem ansatzweisen Winken erhoben.

Allie klemmte ihr Haar hinter die Ohren und strich mit den Händen vorn über ihren Wollmantel. »Also«, sagte sie. »Hast du Hunger?«

Jamie schüttelte den Kopf. »Graham läßt nicht zu, daß ich ohne ein gutes Frühstück im Bauch losziehe.« Er nahm Allie am Ellbogen und geleitete sie hinaus, mitten durch die wachsende Reporterschar. »Ich möchte einfach nur heim«, erklärte er. »Vielleicht kann ich heute nachmittag ein wenig schlafen.«

Allie schloß erst die Beifahrertür auf; dann stieg auch sie ein und beobachtete, wie er sich in den engen Sitz zwängte, ihn zurückschob, um die Beine auszustrecken. Dann schaltete sie die Zündung ein; ein kräftiger Windstoß aus den Heizungsdüsen wehte ihr die Strähnen aus der Stirn. »Mein Gott«, sagte sie. »Kaum zu glauben, daß es gestern noch zehn Grad über Null hatte.«

Jamie reagierte mit einem kehligen Laut. »Heutzutage läßt sich nichts mehr vorhersagen.«

Allie warf ihm einen kurzen Blick zu, ehe sie vom Parkplatz des Gerichts nach rechts auf die Straße bog. Seine Augen waren blutunterlaufen, die Haut darunter sah aufgedunsen und gerötet aus. Jamie spürte ihren Blick. »Ich weiß«, sagte er. »Ich sehe aus, als stände ich mit einem Bein im Grab.«

»Du schläfst schlecht?«

Jamie schüttelte den Kopf. »Noch schlechter als damals, nachdem ich Maggie getötet hatte«, kommentierte er spröde. »Wenn ich wüßte, wie sich die Geschworenen entscheiden, könnte ich wahrscheinlich alles schlucken, was die Kuh Audra Campbell vor Gericht auftischt. Selbst wenn ich für die nächsten fünf Ewigkeiten hinter Gitter wandern muß. Aber diese Ungewißheit treibt mich zum Wahnsinn.«

Allie nickte. »Mir geht es genauso«, erklärte sie. »Ich kann mir nicht vorstellen, Cam für immer wegzuschicken – aber wenn er bei mir ist, weiß ich nicht, was ich mit ihm reden soll. Ich wünschte, jemand würde mir einen dieser kleinen Foto-Schlüsselanhänger vor die Nase halten, die man früher auf dem Jahrmarkt bekam, und sagen: ›Schau her. Das ist deine Zukunft. Da geht's lang.‹«

Jamie blickte aus dem Seitenfenster und beobachtete einen Vogel – ein etwas absurdes Exemplar, schließlich war es Ende Januar –, der neben dem Auto herflog. »Es läuft also nicht mit dir und Cam?« erkundigte er sich.

»Das ist noch milde ausgedrückt«, gab Allie zu.

»Liegt es an ihm oder an dir?«

An mir, dachte Allie. *In mir haust etwas Schreckliches, das ich einfach nicht loswerde.* »Ich kann nicht dagegen an, sage Sachen zu ihm, die ich gar nicht sagen will. Wenn ich mit ihm in einem Raum bin, kenne ich mich selbst nicht wieder.«

Aber ich erkenne ihn. Dieser Gedanke kam ihr ganz plötzlich, und sie errötete. Sie merkte, daß Jamie sie beobachtete, und öffnete nervös die Lüftungsklappen, als wäre ihr auf einmal zu heiß in ihrer Haut.

»Weißt du«, sagte er langsam, »Graham hackt dauernd darauf herum, ob ich es für richtig gehalten habe, Maggies Leben zu beenden, oder nicht.«

Allie nickte und versuchte, dem abrupten Themenwechsel zu folgen. »Das ist seine Verteidigungsstrategie, Jamie«, setzte sie ihm auseinander. »Du solltest das nicht persönlich nehmen.«

»Tue ich auch nicht«, erwiderte er. »Nur würde meine Antwort heute anders ausfallen als damals.«

Sie knallte den Fuß auf die Bremse. *Reue.* Ihr fiel wieder ein, was Graham einmal über diese Verhandlung gesagt hatte: Reue war die Grundvoraussetzung für Gnade. Nur der Mangel an Reue rechtfertigte eine Strafe. »Hast du das Graham gesagt?«

Jamie schüttelte den Kopf. »Mir ist der Gedanke eben erst gekommen, und ich glaube kaum, daß er denselben Effekt auf ihn hätte wie auf dich.«

»Wie meinst du das?«

»Nach dem, was ich durchgemacht habe, würde ich es mir an deiner Stelle gründlich überlegen, ob ich das aufgebe, was zwischen Cam und dir ist. Damit wäre es ein für allemal verloren, verstehst du?«

Allie lenkte den Wagen an den Straßenrand und legte die Hand auf Jamies Arm. »Das ist eine ganz andere Situation«, beteuerte sie. »Was du mit Maggie hattest, wurde durch etwas zerstört, das nicht in eurer Macht lag. Was Cam und ich hatten, wurde durch *ihn* zerstört.«

Jamie zog ein Knie an und stützte es gegen das Handschuhfach. »Ich werde dir noch etwas sagen, was ich meinem Anwalt nicht erzählt habe«, fing er an. »Weißt du, wieso ich nicht schlafen kann? Weil ich von Maggie träume. Nicht von ihrem Tod, nicht so wie am Anfang. Ich muß immer daran denken, was passieren würde – was passieren *wird* –, wenn wir uns wiedersehen. Vergiß die ganze Scheiße, daß sie unheilbar krank war und daß sie selbst darum gebeten hat, getötet zu werden – am Ende läuft es immer darauf hinaus, und das kann dir jeder Geschworene bestätigen, daß ich es *getan habe*. Ich habe sie umgebracht. Und ich muß mich permanent fragen, ob sie mir das wirklich vergibt.«

Er sah Allie an, nahm ihre Finger in seine und drückte so fest zu, daß es fast weh tat. »Wenn du mich vor drei Monaten gefragt hättest, hätte ich dir geantwortet, daß du jemanden, den du wirklich liebst, gehen lassen mußt. Aber heute sehe ich dich an, träume von Maggie und weiß, daß ich mich getäuscht habe. Wenn du jemanden wirklich liebst, Allie, dann mußt du ihn festhalten, glaube ich.«

Sie setzte Jamie an Angus' Haus ab und fuhr dann durch das Straßengewirr von Wheelock, an ihrem Haus vorbei und an der Polizeistation, bis zum *Glory in the Flower.*

Allie ließ das ›Geschlossen‹-Schild an der Tür hängen und ging ans Kühlregal, wo die meisten der von ihr gekauften Blumen vor sich hinwelkten und -starben. Doch sie war nicht gekommen, um Großputz zu machen. Mit einem flüchtigen Blick holte sie ein paar tote Lilienstengel aus ihren Eimern und warf sie zum Abfall. Dann zog sie den Hundert-Liter-Müllsack aus der großen Metalltrommel, verknotete ihn und stellte ihn nach draußen neben die Hintertür.

Sie wußte, daß sie den Nachbarn einen Schrecken einjagen würde – trotzdem riß sie alle Fenster auf, so daß der Biß des Winters und die frische, unverbrauche Luft hereinwehen konnten. Sie kramte in ihren Trockenblumenvorräten und sortierte jeden Lorbeerzweig heraus, den sie nur auftrieb. Einige zupfte sie aus den Arrangements, die sie zum Verkauf an der Wand aufgehängt hatte. Sie durchstöberte die verrottenden Pflanzen im Kühlregal und entdeckte nochmals frischen Lorbeer, dessen dicke, seilige Ranken sich um ihre Handgelenke schlangen. Dann ließ sie alles in die Metalltrommel fallen, warf ein paar zusammengeknüllte Zeitungsseiten dazu und zündete es an.

Der Legende nach verbrannten junge Mädchen Lorbeer, wenn sie die Liebe ihres abtrünnigen Geliebten wiedergewinnen wollten.

Sie beugte sich über die Trommel und ließ den Rauch um ihr Gesicht herum aufsteigen, bis sie husten mußte und ein süßer, aschiger Geruch sich in ihrem Haar und ihrem Mantel festsetzte, der so lang wie möglich darin haften bleiben sollte.

Allie schloß die Augen, und nur darum nahm sie die dornige Ranke der Morgenwinde nicht wahr, die sich an ihrem Ärmel verfangen hatte und deren glockenförmige Blüten sich schlossen, als sie in die Flammen fielen. Deshalb konnte ihr auch nicht einfallen, daß die Morgenwinde ebenfalls mit einem Feuermythos verbunden war; daß die knisternden Ranken einst von dem baldigen Tod eines Menschen kündeten, der einem nahestand.

Als Allie in ihr Haus zurückkehrte, saß Cam bereits im Wohnzimmer und schaute sich die Abendnachrichten an. Er hatte sich eine Dosensuppe warm gemacht und ihr mindestens die Hälfte übrig gelassen.

Sie zog ihren Mantel aus und ließ ihn auf einem Eßzimmerstuhl gleiten, so daß der Ärmel über Cams Waffengurt zu liegen kam. »Hi«, sagte er. »Wie war die Verhandlung?«

»Sie wurde vertagt«, gab sie Auskunft. Sie nahm die Post, die Cam ihr auf den Tisch gelegt hatte, und sah die Rechnungen und Kataloge durch. »Die Tochter des Richters hat sich das Bein gebrochen.«

Cam sah Allie an. »Ein Glücksfall!«

Sie zog eine Achsel hoch. »Jamie glaubt das wohl auch. Graham hält sich bedeckt.«

»Hast du die Suppe gesehen?«

Allie nickte. Müde sank sie aufs Sofa, schlüpfte aus ihren Schuhen und schob die Füße in den Spalt zwischen zwei Polstern.

»Soll ich sie dir bringen?« Sie schüttelte den Kopf. Cam stellte seine Suppenschale auf dem Boden ab und setzte sich ihr gegenüber ans andere Ende der Couch. Sehnsüchtig blickte er auf die Stelle, an der sein Lehnsessel gestanden hatte. »Wer hat den Sessel gekauft?«

»Darby Mac. Für seine Frau.«

»Glaubst du, er überläßt ihn mir wieder?«

Allie legte den Kopf schief, als sähe sie den Sessel immer noch an seinem früheren Platz stehen. »Keine Ahnung!« Sie verschränkte die Arme. »Das hättest du dir früher überlegen sollen.«

Einen Augenblick schwiegen beide. »Was hast du den ganzen Tag gemacht?« fragte Cam.

Allie starrte ihn an. Sie konnte sich nicht entsinnen, wann Cam ihr das letzte Mal diese Frage gestellt hatte. Sonst hatte immer sie *ihn* gefragt. »Erzähl mir was«, sagte sie. »Worüber haben wir uns davor immer unterhalten?«

»Wovor?«

Allie machte eine Handbewegung. »Davor.«

Cam ließ den Kopf zurücksinken »Also, ich glaube, der Unterschied besteht hauptsächlich darin, daß du davor tatsächlich etwas zu unseren Gesprächen beigetragen hast.«

Allie bohrte die Füße tiefer in das Sofa. Sie spürte etwas unter ihren Zehen: eine Münze? Eine Knabberbrezel? »Du würdest nicht wollen, daß ich rede«, platzte sie heraus. »Glaub mir.«

Cam sah sie lange an. »Bringen wir es hinter uns, Allie. Sag einfach, was du sagen mußt, und dann fangen wir von vorne an.«

»Da gibt es nichts zu diskutieren«, knurrte Allie. »In meinem Benimmbuch steht nichts über solche Situationen.« Sie spürte Tränen hinter ihren Augen brennen, wandte sich ab und verfluchte sich dafür. Schwäche verzerrte ihre Lage, und das konnte sie nicht brauchen, nicht jetzt. Sie weigerte sich zu blinzeln, bis sie den Kronleuchter über dem Eßtisch leise schaukeln sah. Er war aus Eisen; eine Reihe von laufenden, drahtigen Strichmännchen wie von Keith Haring, die ihre Arme nach der Mitte streckten, um ein fettes Gehäuse zu halten, in dem die Glühbirne saß. Als Mia mit ihr gekommen war, an jenem allerersten Tag, hatte sie gesagt, daß er ihr gefiele.

»Denkst du an sie?« flüsterte Allie, und zwar so leise, daß Cam sie bitten mußte, die Frage zu wiederholen. »Denkst du an sie?«

Er antwortete nicht. Anfangs, am Tag von Mias Verschwinden, hatte er immer nur an sie denken können, bis er schließlich Seminar Seminar sein ließ, um herauszufinden, was eigentlich passiert war. Dann hatte er daheim entdeckt, daß all seine Sachen verschwunden waren; aber Mia geisterte immer noch so in ihm herum, daß er sich erst am folgenden Morgen auf die Wiederbeschaffung konzentrieren konnte.

Doch inzwischen waren mehrere Tage vergangen, und er traf Allie ständig. Er prallte mit ihr zusammen, wenn sie den Abstand falsch einschätzten, rieb sich an den Wundrändern ihres Schmerzes. Und ihn beschäftigte allmählich weniger, wieviel er verloren hatte, als wieviel noch gerettet werden konnte.

Mit einem Zentimeter Abstand ließ er seine Hand über Allies Fußknöchel schweben. »Ich denke immer noch an sie«, gestand er. »Nicht mehr so oft, aber trotzdem ...«

Allie wandte sich ab und zog die Beine unter ihren Körper.

»Warum hast du das Glasbild nicht verkauft?« fragte Cam.

»Weil ich blöd bin«, brauste sie auf. »Ich hätte es verkaufen sollen!« Sie sah Cam ins Gesicht. »Hat sie es mit dir ausgesucht? Mit dir eingepackt?«

»Hör auf!« Cam streckte die Hand nach ihr aus.

Doch Allie rannte bereits die Treppe hinauf. Als er im Schlafzimmer ankam, hatte sie das Bild vom Haken genommen. »Als du es mir geschenkt hast, hast du gesagt, ich soll vorsichtig damit umgehen.« Allies Stimme überschlug sich. »Du hast gesagt, es hält keinen Schubs aus.«

Und sie ließ es auf den Boden krachen!

Angus wollte am nächsten Tag nicht nach Pittsfield fahren, weil er blind aufwachte. Natürlich belastete er damit Jamie nicht, der einmal am Morgen in sein Schlafzimmer gekommen war und dann nochmal, nachdem Allie ihn abgesetzt hatte. Er hatte nur gesagt, es wäre eine seiner dummen Migränen und er hielte es für besser, nicht so lange im Auto zu sitzen.

Jamie verstand ihn eben, der gute Junge! Er erkundigte sich noch, ob Angus irgend etwas brauchte – Aspirin, ein nasses Tuch für die Stirn, Suppe –, doch Angus hatte ihn weggescheucht. *Einen ruhigen Schlaf*, hatte er gemurmelt. *Morgen wird's uns beiden besser gehen.*

Wenn man es genau betrachtete, dann war Angus nicht wirklich blind. Er sah die Dinge nur anders, als sie um ihn herum existierten. Seit acht Jahren schlief er nun in diesem Zimmer und wußte genau, wo sich die Tür befand, daß der Schreibtisch links von seinem Bett stand, wo das Fenster war und welche Vorhänge dort hingen. Doch als Angus an diesem Morgen die Augen aufgeschlagen hatte, erkannte er nur die große Halle in Carrymuir.

Es war gelinde gesagt irritierend, daß Jamie einfach durch die Tür trat und sich an ein über dreihundert Jahre altes Wappenschild lehnte oder daß am Fuße des Möbels, das ihm irgendwie als Bett gedient hatte, der verkratzte Holztisch mit seinen dreißig Stühlen stand. Mehrmals während des Tages versuchte Angus, die Augen zuzukneifen und sie klar zu reiben oder einen

Liquor einzuträufeln – damit das gewohnte Bild zurückkam; aber all seine Bemühungen waren vergebens.

In jener Nacht träumte Angus. Die Wände seines Zimmers klappten nach außen, sein Haus wurde rund wie die Welt, und er sah von dort, wo eigentlich der Mond stehen sollte, drei Lichtkugeln niedersinken. Die Straße rollte sich auf, der Asphalt verschwand, und darunter kam das Moor zum Vorschein. Er sah, wie sich zu seiner Linken und seiner Rechten zwei Armeen sammelten. Eine war blau uniformiert und stand unter einer schottischen Flagge. Die andere, in leuchtendem Rot, sammelte sich unter einem Union Jack. Zweimal griff die rote Armee die blaue an, und zweimal wehrte die blaue Armee den Angriff ab. Beim dritten Mal durchbohrten die Schotten die Engländer mit ihren Schwertern und versprengten alle, die nicht gefallen waren.

Angus sah die Kanonen rülpsen und die singenden Schwerter funkeln, er sah die Standarten im Kugelhagel fallen, doch hörte keinen einzigen Laut. Jedenfalls nicht, bis ein Mann in Blau auf ihn zukam und ihm die Hand entgegenstreckte. Der Mann war so groß, wie Angus es einst gewesen war, und sein Haar leuchtete heller als Feuer. Angus streckte ebenfalls die Hand aus, um dem Mann ein Schwert zu überreichen, und zwar mit dem Heft voran; bei dieser Geste merkte er, wie müde er vom Kämpfen war. Er lächelte, setzte sich auf und spürte dabei, wie die Schmerzen und Knoten in seinen Gliedern dahinschmolzen und wie seine schlaff herabhängenden Muskeln fest und stark wurden. »Komm«, sagte der Blaue, als Angus an seiner Seite losmarschierte, »du gehörst zu uns.«

20

Audra Campbell blickte auf den leeren Platz der Verteidigung und fragte sich, was Graham MacPhee wohl im Schilde führte. Kein Angeklagter, kein Anwalt! Und die Reihe dahinter, in der sich ansonsten die MacDonald-Parteigänger drängten, war verdächtig leer!

Sie kniff die Augen zusammen und klopfte mit dem Stift auf ihren Notizblock.

Erst als die Geschworenen hereingeführt wurden, kam Graham den Mittelgang des Gerichts entlang gerannt. Er blieb gleich stehen und rückte seine Krawatte gerade, als der Richter das Gericht betrat.

»Euer Ehren«, begann er augenblicklich, »ich bitte um Erlaubnis, mich dem Hohen Gericht nähern zu dürfen.«

Roarke winkte Audra und Graham zu sich. »Die Verteidigung bittet um Vertagung«, sagte Graham ruhig. »Angus MacDonald, Jamies Großonkel, ist vergangene Nacht im Schlaf gestorben. Gemäß den Kautionsbedingungen wohnt Jamie bei Angus.«

Roarke runzelte die Stirn. Selbst Audra blieb still. »Wieviel Aufschub brauchen Sie, Mr. MacPhee?«

»Bis Montag? Das wäre der Tag nach der Beerdigung.«

Roarke donnerte seinen Hammer auf den Tisch. »Der Termin ist vertagt auf Montag morgen neun Uhr.«

Als sie sich vom Richtertisch abwandten, um zu ihren jeweiligen Pulten zurückzukehren, beugte sich Audra zu Graham. »Wenn ich es nicht besser wüßte ...«, setzte sie an.

»Reden Sie gar nicht erst weiter«, fiel Graham ihr ins Wort. »Aber ich gebe zu, daß Angus' Heimgang sich als weiterer Gnadenakt erweisen könnte.«

Die Geschworenen mochten Watchell Bud Spitlick. Er saß mal so, mal so im Zeugenstand, rutschte auf seinem Stuhl herum und äh-te und hmm-te sich mühsam durch Grahams Fragen. Er trug graue Baumwollhosen und ein weißes Hemd über einem T-Shirt, dessen Aufdruck durch den dünnen Stoff des konservativen Hemdes gut zu lesen war: GOD BLESS AMERICA. Graham hätte ihm nichts Besseres aussuchen können.

»Leben Sie schon lange in Cummington, Sir?«

»Das will ich meinen.« Bud lächelte und zeigte dabei seine Goldkronen. »Ich und die Missus sind hier, seit wir geboren wurden. Wir gehören fast zum Inventar der Stadt. Früher besaßen wir den Gemischtwarenladen ...« Er wandte sich an die Geschworenen, um ein bißchen Werbung zu machen. »Vielleicht hat jemand von Ihnen schon davon gehört? Von Spitlick's? Einmal, '89 glaube ich, gab es einen ganzen Artikel über uns im *Globe*. Jedenfalls wollten wir uns irgendwann zur Ruhe setzen, aber nicht gänzlich, wenn Sie verstehen – darum verkaufen wir jetzt unsere Waren von zu Hause aus.«

»Von zu Hause aus? Können Sie das genauer beschreiben?« Graham wußte verdammt gut, daß dies nichts mit dem Fall zu tun hatte. Aber selbst der zynischste Geschworene würde diesem Mann glauben. Es konnte nicht schaden, ein bißchen dicker aufzutragen.

Bud errötete, so daß seine Nase reliefartig hervorragte. »Also, die Stoffballen haben wir im Wohnzimmer, zusammen mit den Textilwaren. Und es gibt eine ordentliche Auswahl an Kinderschlittschuhen; wir nehmen sogar gebrauchte in Zahlung, deshalb kommen viele Eltern zu uns. Dann sind da Süßigkeiten für die Kleinen, ein paar Bestseller im Taschenbuch und ein paar Brettspiele. Eigentlich haben wir ein bißchen was von allem und jede Menge Krimskrams.«

»Woher kennen Sie Jamie, Mr. Spitlick?«

Bud sah zu Jamie hinüber und schenkte ihm ein breites, ehrliches Lächeln. Graham hoffte, daß alle Geschworenen es mitbekamen. Bud hatte Jamie seit Maggies Tod nicht mehr gesehen, und er würde nicht mit ihm sprechen dürfen, bis er seine Aussage gemacht hatte; deshalb war dies die einzige Art und Weise, mit ihm Verbindung aufzunehmen. »Jamie hat das Haus neben meinem gekauft, vor ungefähr zwölf Jahren.«

»Und Sie kannten auch seine Frau Maggie?«

»Klar. Ein süßes kleines Ding. Er hat sie vor etwa zehn Jahren geheiratet. Meine Frau und ich haben mit ihnen gefeiert.«

Graham lehnte sich an den Zeugenstand. »Können Sie uns ein bißchen über Jamie und Maggie erzählen?«

Bud pfiff durch die Zähne. »Wenn dich dein Nachbar nicht kennt, wer denn *dann*? Jamie und Maggie haben sich, wenn ich mich recht erinnere, gleich nach ihrer Hochzeit in die Flitterwochen verabschiedet und einfach nie damit aufgehört. Sie gehörten ganz bestimmt nicht zu den Leuten, die mit Töpfen und Pfannen aufeinander werfen und sich jeden Abend anbrüllen, wer zuviel Geld ausgegeben hat. Viel öfter hörte man, wie sie im Haus Fangen gespielt und dabei gekichert haben.«

Graham sah Jamie an. Zum ersten Mal während der gesamten Verhandlung lächelte er.

»Sie waren verrückt vor Liebe«, fuhr Bud Spitlick fort. »Für mich waren sie meine Kinder.« Dann räusperte er sich. »Natürlich fanden wir es schrecklich, als Maggie krank wurde. Ich glaube, Maggie wurde noch besser damit fertig als Jamie; denn der mußte hilflos zusehen, wie sie Schmerzen litt.«

»Können Sie uns ein Beispiel nennen?«

»Also, letztes Frühjahr – ganz früh, ich würde sagen im März –, war was mit Maggie, mitten in der Nacht. Sie hatte irgendein neues Medikament bekommen; und ich schätze, ihre Lunge machte nicht mehr mit. Die Krankenwagensirene hat mich aufgeweckt. Wahrscheinlich hat sie die ganze Straße aufgeweckt, und die meisten von uns standen im Bademantel draußen und schauten zu, wie die Sanitäter Maggie auf einer Bahre nach draußen getragen haben. Und neben ihr läuft Jamie, splitterfasernackt wie ein Neugeborenes, hat sich halb über ihre Trage geworfen und seinen Mund auf Maggies gedrückt, um sie zu beatmen. Die Sanitäter schoben ihn weg, haben ihm befohlen, sich was anzuziehen; aber er ist einfach stocksteif stehengeblieben, wie unter Schock. Ich werde wohl nie den Anblick des armen Jamie vergessen, mit dem roten Blinklicht auf seiner Haut, der zuschauen mußte, wie der Krankenwagen Maggie wegbrachte.«

Graham nickte und ließ den Geschworenen einen Augenblick Zeit, Mitgefühl zu entwickeln. »Können Sie uns etwas mehr über Maggie erzählen?«

Wieder erhob Audra Einspruch. »Über die Verstorbene wird nicht verhandelt.«

»Ich hätte hier gern etwas Spielraum, Euer Ehren«, forderte Graham.

Roarke nickte. Auch ihn schien die Krankenwagengeschichte berührt zu haben. »Allerdings rate ich Ihnen, nicht zu weit zu gehen«, warnte er. Er wandte sich an Bud Spitlick. »Sie dürfen weitersprechen.«

Bud schüttelte den Kopf. Ihm saß sichtbar ein Kloß im Hals, deshalb reichte Graham ihm eine Schachtel Kleenex von dem Geländer des Zeugenstandes. »Also«, begann Bud und hielt inne, um sich die Nase zu putzen, »Maggie war schwer krank. Es würde nicht besser werden, das begriffen wir alle.«

Graham wartete darauf, daß Bud fortfuhr, und merkte dann, daß der in seinen Erinnerungen feststeckte. »Hat Maggie jemals mit Ihnen über das Recht zu sterben gesprochen?«

»Einspruch!« kreischte Audra. »Das ist absolut irrelevant.«

»Das ist absolut relevant«, entgegnete Graham und marschierte gleichzeitig mit Audra auf Richter Roarke zu. »Die Frage bezieht sich auf Jamies geistigen Zustand sowie das Wesen seiner Tat.«

Roarke blickte von Audra auf Graham und wieder zurück, als versuche er zu entscheiden, welchen von diesen Anwaltstrotteln er zuerst aus seinem Gericht schmeißen sollte. »Einspruch stattgegeben«, verkündete er. »Nehmen Sie sich in acht, Mr. MacPhee.«

Graham wandte sich ab, doch er lächelte insgeheim. Er hatte auch nicht erwartet, daß Audras Einspruch abgelehnt würde; doch es war ihm gelungen, den Gedanke an einen Euthanasietod in das kollektive Bewußtsein der Jury zu pflanzen. Ohne daß er dabei das Wort *Mitleid* in den Mund genommen hatte.

»Mr. Spitlick«, sagte Graham, »haben Sie sich mit Maggie über ihre Krankheit unterhalten?«

Bud begann zu schwitzen; in den Achselhöhlen bildeten sich große Flecken auf seinem weißen Hemd. Er zerrte an seiner Krawatte. »Sie machte sich große Sorten«, wich er aus, »war grundsätzlich nicht gerne in der Nähe von Kranken.«

»Woher wissen Sie das?«

»Vor einiger Zeit, ich schätze mal vor fünf Jahren, hatte meine Schwester einen Schlaganfall. Maggie hat liebenswürdigerweise unseren Laden geführt, während wir im Krankenhaus waren; oft hat sie uns etwas zu essen nach Hause oder ins County General Hospital gebracht. Meine Schwester war für gehirntot erklärt worden, müssen Sie wissen – aber sie hing an einem dieser komplizierten Apparate, und zwar eine ganze Weile. Ab und zu kam Maggie in die Klinik, um meine Frau abzuholen und sie heimzufahren oder um uns ein paar Sandwiches dazulassen. Trotzdem betrat Maggie so gut wie nie das Krankenzimmer. Sie hat gesagt, kranke Leute jagten ihr eine Todesangst ein. – Eines Abends ist sie allerdings doch hereingekommen und hat meine Schwester angeschaut. Sie meinte, das sei doch kein Leben.«

»Was haben Sie darauf erwidert?«

Bud hatte angefangen zu weinen. »Ich habe ihr gesagt«, krächzte er, »daß Gott Frances zu sich nehmen würde, wenn er dazu bereit war. Und Maggie meinte, wenn sie da liegen würde, dann sollte jemand für sie mal Gott auf die Schulter klopfen und ihn aufwecken.« Er putzte sich die Nase mit einem Kleenex-Knäuel. »Es tut mir leid«, schluchzte er. »Es tut mir so leid.«

»Schon gut, Mr. Spitlick«, sagte Graham. Er sah Jamie an, der seinen Nachbarn mit unmißverständlichem Schmerz in den Augen betrachtete. »Lassen Sie sich Zeit.« Er wartete, bis Bud zu Jamie hinüberlinste und mit einem kurzen Nicken sowie aufrichtigem Lächeln getröstet wurde. Dann wandte er sich an Audra. »Ihr Zeuge!«

Audra war nicht so dumm, einen Zeugen ins Kreuzverhör zu nehmen, den die Geschworenen nicht nur mochten, sondern bei dem auch noch ihre Gemüter mitsprachen. Bud Spitlick spielte ihnen nichts vor; er war viel zu ungeschliffen, um eine so ausgeklügelte Vorstellung einstudiert zu haben. Sie lächelte ihn an und kam an den Zeugenstand. »Mr. Spitlick«, sagte sie, »ich möchte Ihnen eine hypothetische Frage stellen. Hätten Sie vor dreißig Jahren geglaubt, daß Sie einmal in Ihrem Wohnzimmer einen Gemischtwarenladen führen werden?«

Bud grinste. »Nein, Madame, ganz bestimmt nicht. Damals waren wir das Sahnestück im ganzen Ort. In Cummington gab es weder einen Wal-Mart noch einen Woolworth, also kamen alle zuerst zu uns.«

Audra nickte. »Sie würden mir daher recht geben, daß die Antwort auf eine hypothetische Frage nicht unbedingt mit der Wirklichkeit übereinstimmt – die später ja ganz anders aussehen kann?«

Sie merkte, wie es in seinem Kopf arbeitete, während er den Satz zu durchschauen versuchte. Mochte der Himmel sie vor allzu dummen Menschen bewahren! »Ja«, sagte Bud. »Das ist wohl richtig.«

»Also muß das, was die Verstorbene im Zusammenhang mit der unglückseligen Lage Ihrer Schwester äußerte, nicht direkt ihren eigenen Wünschen entsprochen haben, als sie sich dann tatsächlich in ähnlicher Bedrängnis wiederfand?«

Buds Gesicht lief dunkelrot an. »Das weiß ich nicht«, nuschelte er. »Ich bin mir da nicht sicher.«

»Mr. Spitlick, als Ihre Schwester unheilbar krank war und im Koma lag, standen Sie da unter starkem Druck?« Sie begann, mit dem Rücken zum Zeugen im Raum hin und her zu gehen.

»O ja!« Bud wirkte erleichtert, über ein Thema sprechen zu können, das er im Griff hatte.

Audra drehte sich zu ihm um und nagelte ihn mit ihrem kalten blauäugigen Blick fest. »Wieso haben Sie sie nicht getötet?«

Graham sprang auf. »Einspruch!« rief er.

»Stattgegeben.«

Audra lächelte dem Angeklagten zu. »Ich ziehe die Frage zurück.«

Allie hörte Wasser rauschen; also duschte Cam. Er war mittags heimgekommen, weil er Nachtschicht gehabt hatte, und an solchen Tagen sah seine Routine so aus: Alles aus dem Kühlschrank, was nicht gekocht werden mußte, verschlang er, duschte und kroch dann ins Bett, um sechs Stunden lang wie ein Stein zu schlafen.

Er hatte die Tür angelehnt gelassen. Allie sah den Dampf in dicken Schwaden aus dem Bad wallen und auf den Orientläufer im Flur sinken. Er sang vor sich hin und wusch sich offensichtlich die Haare, denn in regelmäßigen Abständen kamen die Worte nur gegurgelt. Wahrscheinlich hatte er die Augen fest zugekniffen.

Sie drückte die Tür einen Spalt weit auf und schielte durch die Öffnung.

Eilig versicherte sie sich, daß sie immer noch wütend auf ihn war; daß sie ihm nicht zuschauen wollte und daß er sie nicht das geringste anging. Durch das dampfige Glas der Kabine sah sie seine langen Beine, die über die Schulter gereckten Arme, mit denen er sich den Rücken einseifte, die unscharfen Umrisse seines Hinterns.

Erst als sie wieder hinunter in die Küche gerannt war und darauf wartete, daß das Feuer aus ihren Wangen wich und das Zittern aufhörte, begriff sie, daß ihre Erregung nichts mit Voyeurismus zu tun hatte. Sondern mit der Tatsache, daß sie allen festen Absichten zum Trotz sich nach etwas sehnte, das sie lieber nicht bekommen wollte.

Dascomb Wharton paßte nur knapp in den Zeugenstand. Graham sah, daß mehrere Geschworene hinter vorgehaltener Hand die Mundwinkel verzogen, als der Gerichtsdiener dem Arzt half, sich auf dem Zeugenstuhl sowie einem Hilfsmöbel niederzulassen, das man extra für ihn in den Zeugenstand gestellt hatte. *Toll,* dachte Graham. *Unser Sachverständiger ist eine Lachnummer.*

Doch Wharton antwortete deutlich, präzise und sehr professionell. Als er seine berufliche Laufbahn beschrieb, die einen Abschluß an der Harvard Medical School und eine Tätigkeit am Massachusetts General Hospital beinhaltete, wirkte sogar Richter Roarke beeindruckt.

»Wie lange praktizieren Sie schon in Cummington, Doktor?« fragte Graham.

»Einundzwanzig Jahre«, lautete die Auskunft.

»Und mit was für Fällen haben Sie zu tun?«

»Als Allgemeinmediziner entbinde ich Babys; ich kümmere mich um diese Babys, wenn sie Keuchhusten haben; ich helfe ihnen durch die Windpocken, nehme Untersuchungen für die Schule oder die Army vor, und manchen von ihnen helfe ich, ihre eigenen Kinder zu gebären. Außerdem behandle ich Notfälle aller Art: Blinddärme, Gallensteine, verschiedene Arten von Krebs.«

»Wann kam Maggie das erste Mal zu Ihnen?«

Wharton bewegte sich in seinem Stuhl; der Boden des Zeugenstands knarzte. »Maggie wurde meine Patientin, als sie nach Cummington zog, also 1984. Ich war mit ihrer medizinischen Vorgeschichte vertraut.«

Graham nickte. »Können Sie uns erzählen, wie Sie ihren Krebs diagnostiziert haben?«

Er hörte gar nicht zu, als Wharton erzählte, wie Maggie seine Praxis aufsuchte, nachdem sie sich beim Eislaufen den Knöchel gebrochen hatte; daß die Röntgenaufnahmen nicht nur darauf hinwiesen, wie der Knochen zu reponieren sei, sondern auch auf Läsionen, die einen Tumor in ihrem Körper vermuten ließen. Statt dessen beobachtete Graham die Geschworenen. Zum ersten Mal während der gesamten Verhandlung machten sich einige davon Notizen. Die meisten hockten gespannt auf der Stuhlkante.

Wharton erläuterte in Laiensprache, welcher Typ von Brustkrebs Maggie befallen hatte; die Entscheidung, eine radikale Brustamputation vorzunehmen, bei der auch die Lymphknoten entfernt wurden; was es bedeutete, daß man die Metastasen –

die Knochenläsionen – vor dem ursprünglichen Tumor entdeckt hatte. Er schilderte ihre Odyssee durch Chemotherapien und Bestrahlungen, wie auch die damit verbundenen Nebenwirkungen.

Jamie sah den Arzt nicht an. Er hielt den Blick auf seinen Schoß gerichtet.

»Können Sie uns sagen, wie Maggies Zukunft angesichts ihrer verschiedenen Krebsformen aussah?«

Wharton seufzte. »Sie würde sterben«, sagte er. »Die Frage war nicht mehr *ob,* sondern nur noch *wann.*«

»Konnte man Ihrer Erfahrung nach auf eine Besserung ihres Zustands hoffen?«

»Das habe ich noch nie erlebt.«

Graham stellte sich neben Jamie. »Haben Sie das Jamie und Maggie mitgeteilt?«

»Ja, natürlich.«

»Und wie haben die beiden reagiert?«

»Maggie nahm es stoisch hin. Ich glaube, sie ahnte längst, wie es um sie stand. Jamie war da anders. Während ich redete, hielt er die ganze Zeit über ihre Hand, und als ich geendet hatte, erklärte er mir, ich hätte den Verstand verloren. Er deutete an, daß ich ihre Ergebnisse vertauscht hätte, daß sie eine zweite Meinung einholen würden.«

»Haben die beiden das Ihres Wissens nach getan?«

»Ja«, sagte Wharton. »Der Befund des Kollegen deckte sich mit meinem. Er schickte mir seine Diagnose als Anlage zu Maggies Akte.«

»Haben Sie jemals allein mit Jamie gesprochen?«

Der Arzt nickte. »Er suchte mich mehrere Male auf, um mir neue Heilmethoden vorzuschlagen, von denen er gehört hatte. Eine hatte etwas mit chinesischem Ginseng zu tun, glaube ich; ein anderes Mal handelte es sich um irgendwelchen chiropraktischen Unfug, mit dem der Krebs angeblich aufgehalten werden konnte. Er sagte, er wolle allein mit mir sprechen, um seiner Frau falsche Hoffnungen zu ersparen; doch dann erläuterte er mir jedesmal, auch in ihrem Beisein, die neueste Theorie, die er ausfindig gemacht hatte. Es war deutlich, daß er sich intensiv mit Mammakarzinomen und den verschiedenen Therapien befaßt hatte, die in anderen Fällen angewendet wurden. Allerdings hätten selbst die vernünftigeren Behandlungen, die er da anschleppte, bei Maggie nichts bewirkt.«

»Würden Sie sagen, daß er ein liebender Ehemann war?«

Zum ersten Mal, seit Wharton sich im Zeugenstand befand, sah er Jamie an. »Seinesgleichen habe ich selten erlebt.«

Graham setzte sich wieder. »Dr. Wharton, wann suchte Maggie Sie letztmals auf?«

»Am fünfzehnten September, einem Freitag, glaube ich, kam sie nachmittags zu einem Termin in meine Praxis.«

»Was haben Sie ihr an jenem Tag gesagt?«

»Sie beklagte sich über ein Blitzen in den Augen und über zeitweilige Blindheit, was, wie ich ihr erklärte, von einem Tumor herrührte, der auf ihren optischen Nerv drückte. Zu diesem Zeitpunkt breitete sich der Krebs bereits in ihrem Gehirn aus. Ich erklärte ihr, daß ich nicht sicher sei, welcher Körperteil als nächster betroffen würde. Je nachdem, wohin der Tumor sich ausdehnte, konnte er unter Umständen ihre Atmung blockieren. Er konnte epileptische Anfälle oder einen Schlaganfall auslösen – hätte zu dauerhafter Erblindung führen können. Ich habe ihr erklärt, daß es einfach keine Gewißheit gab.«

»Würden Sie dem Gericht beschreiben, in welcher emotionalen Verfassung sie Ihre Praxis verließ?«

»Einspruch«, meldete sich Audra. »Der Zeuge kann nicht wissen, was in der Verstorbenen vorgegangen ist.«

»Ich möchte mich anders ausdrücken«, nahm Graham einen neuen Anlauf. »Können Sie mir schildern, wie sie sich verhielt, bevor sie ging?«

Wharton schüttelte den Kopf. »Sie war sehr niedergeschlagen, dankte mir und schüttelte meine Hand.« Er hielt inne, als würde ihm eben etwas einfallen. »Ach ja, sie vergaß ihre Jacke; meine Helferin mußte ihr hinterherrufen, als sie schon draußen war.« Er spitzte die Lippen. »Sie wußte bereits, daß sie sterben mußte; an jenem Tag hatte sie begriffen, daß ihre Körperfunktionen wie bei einem russischen Roulette nacheinander ausfallen würden; ich kann mir nicht vorstellen, daß es sie unberührt ließ.«

Graham dankte dem Arzt. »Keine weiteren Fragen.«

Audra war aufgestanden, noch bevor Graham an seinem Platz anlangte. »Eine Frage, Dr. Wharton. Können Sie als Experte dem Gericht sagen, wie hoch die Wahrscheinlichkeit ist, daß das Opfer am Morgen des 19. September 1995 eines natürlichen Todes gestorben wäre?«

Wharton atmete langsam aus. »Eine solche Wahrscheinlichkeit gab es nicht«, antwortete er.

Audra lächelte. »Keine weiteren Fragen.«

Graham erhob sich augenblicklich. »Ich möchte die Befragung erneut aufnehmen«, verkündete er. Er marschierte zügig bis an den Zeugenstand. »Dr. Wharton«, erhob er seine Stimme, »wenn Maggie den 19. September 1995 überlebt hätte, wäre ihre Lebensqualität mit der zu vergleichen gewesen, die sie vor ihrer Krebserkrankung genossen hatte?«

Wharton blickte auf die Geschworenen. »Auf gar keinen Fall«, versicherte er.

Cam sagte Hannah, er würde die Einsatzberichte der Beamten kontrollieren, die während der letzten Nächte Schicht gehabt hatten; dann verschwand er in sein Büro und schloß die Tür hinter sich ab. Er setzte sich an seinen Schreibtisch und nahm die kleine Uhr von der Tischecke in die Hand. Sie stellte eine Prämie dar, für sein erstes gemeinsames Sparkonto mit Allie vor fünf Jahren. Für tausend Dollar hätten sie eine Heißluft-Popcornmaschine bekommen. Damals besaßen sie nur zweihundertfünfzig.

Hierauf öffnete er das Seitenschränkchen, das mit den schaukelnden grünen Ordnern voller Vordrucken für Verhaftungsprotokolle, Haftverlegungsformularen, freiwilligen Aussagen, Streifenwagen-Fahrtenbüchern. Und dem Globus, den Mia ihm zu Weihnachten geschenkt und den er ganz hinten verstaut hatte!

Er angelte ihn heraus und ließ ihn um seine magnetische Achse kreiseln. »Wo bist du?« fragte er laut und deutete auf die Türkei, über die sie gesprochen hatten; dann ließ er seine Fingerspitzen den ganzen Weg bis nach Nordamerika wandern. Noch einmal drehte er die Weltkugel, bis alle Farben und Länder in einem unkenntlichen Regenbogen verschwammen.

Schließlich versenkte er den Globus in dem Papierkorb unter seinem Schreibtisch und bedeckte ihn mit zusammengeknüllten Drucksachen, damit er ganz normal entsorgt wurde.

Paula Cioffi hätte als Komikerin auftreten können. Als Graham sie bat, ihren Namen und ihre Adresse sowie ihren Beruf zu nennen, erklärte sie, das Paradestück einer Familienmutter zu sein und außerdem würde sie liebend gern in allen weiteren anstehenden Verhandlungen aussagen, weil sie auf diese Weise endlich mal von ihren Kindern weg käme.

Sie trug ein schrilles, mit lila Blumen bedrucktes Volantkleid und thronte wie eine Königin im Zeugenstand. Immer wieder blickte sie auf die Geschworenen oder starrte voller Mitgefühl zu Jamie hinüber.

Graham spielte mit dem Gedanken, sie einzustellen.

»Mrs. Cioffi«, begann er, »seit wann kannten Sie Maggie?«

Sie verdrehte die Augen nach oben. »Mal sehen. Das war vor Alexandra und Justin; aber die Zwillinge hatte ich schon und mit Chris war ich schwanger.« Jetzt strahlte sie. »Seit acht Jahren.«

»Wie haben Sie sich kennengelernt?«

»Wir waren zusammen in einem Aerobic-Kurs, der in unserer Kirche stattfand. Wie gesagt, ich war schwanger, also habe ich versucht, mich möglichst weit hinten zu halten, wo keiner sehen konnte, wie dämlich ich in meinem Schwangerschafts-Dreß aussah. Maggie blieb ebenfalls hinten, weil sie meinte, sie leide an motorischer Legasthenie und setze immer das rechte Bein vor, wenn bei allen anderen das linke dran war. Wir haben uns köstlich amüsiert und sind gleich nach der ersten Stunde zusammen Kaffee trinken gegangen.« Sie blinzelte zu den Geschworenen hin. »Natürlich nahm ich koffeinfreien!«

»Wie oft haben Sie sich gesehen?«

»Anfangs zweimal die Woche; nach jeder Aerobic-Stunde. Dann hatte ich irgendwann zu viele Kinder, als daß sich noch ein Babysitter auftreiben ließ; deshalb bin ich nicht mehr hingegangen. Danach kam Maggie mich ein paarmal in der Woche besuchen, manchmal auch am Wochenende.«

»Wußten Sie von Maggies Krankheit?«

Pauline nickte. »Aber ja. Eintdeutig kam sie nicht mehr so gut zurecht wie früher. Ständig hat sie Schmerzmittel geschluckt, und man konnte sehen, wie ihre Augen manchmal glasig wurden, als wäre da ein Leiden, gegen das die Medikamente nichts ausrichten konnten. Sie wurde eine ganz andere Frau als die, die ich vor acht Jahren kennengelernt habe.« Pauline schöpfte Luft. »Oft hat sie mit mir über ihren Krebs gesprochen. Bei irgendwem mußte sie sich ja die Sache vom Herzen reden, und Jamie wollte sie keine Angst einjagen.«

»Können Sie uns Maggies Ehe beschreiben?«

Audra hob die Hand. »Sie ist keine Therapeutin, Euer Ehren.«

»Nein«, bestätigte Pauline fröhlich. »Nur ein Haushaltsguru. Ich schlage Therapien vor, aber die sind wahnsinnig billig.«

»Ich möchte die Frage anders stellen.« Graham räusperte sich. »Wie haben sich Jamie und Maggie in Ihrer Anwesenheit verhalten?«

Pauline wurde nüchtern. »Jamie hat sehr an ihr gehangen, und sie liebte ihn. Sie haben zu den Paaren gehört, die ganze Gespräche führen können, indem sie sich bloß anschauen, die Brauen lüften und mit den Achseln zucken, verstehen Sie? Wenn man mit ihnen zusammen war, hatte man immer das Gefühl, daß man irgendwie stört.« Sie lächelte. »Ich war unglaublich eifersüchtig. Mein Mann ist der Meinung, es reicht, seine Liebe dadurch zu zeigen, daß er seine Unterwäsche vom Fußboden aufhebt.« Die Geschworenen lachten, und Richter Roarke schoß Pauline einen giftigen Blick zu. »Jedenfalls«, fuhr sie fort, »kann ich mich nicht daran erinnern, daß sie einmal nicht über ihn gesprochen hätte, wenn sie bei mir war. Sie hat gesagt, das

Schlimmste am Sterben wäre für sie, ihn zurücklassen zu müssen.«

»Wußte Maggie, daß sie sterben würde?«

»Ja, aber sie wußte nicht wann. Einmal hat sie zu mir gesagt, sie hätte das wirklich gern unter Kontrolle. Und am gleichen Tag hat sie mir verraten, daß sie Jamie bitten würde, sie zu töten.«

Graham sah zu Audra hinüber und überlegte, wie er einen Einspruch umgehen konnte. »Soweit Sie das beurteilen können, Mrs. Cioffi ... hatten Sie damals, als Maggie das sagte, das Gefühl, Jamie wäre dazu fähig?«

Audra blieb still. Pauline ebenfalls, wenigstens einen Moment. Sie sah Jamie an, als würde sie, wie früher seine Frau, nur durch ihren Blick zu ihm sprechen. »Ich weiß nicht«, sagte sie schließlich. »Er hätte alles getan, worum Maggie ihn gebeten hat – aber er hätte ihr ganz bestimmt nicht weh tun wollen. Womöglich nahm er an, daß er ihr die Schmerzen ersparen konnte, die sie jeden Tag ertragen mußte ...«

Graham blieb vor Pauline stehen. »War Maggie Ihre beste Freundin?« fragte er leise.

»Sie war die Schwester, die mir jetzt fehlt!«

»Sind Sie böse auf Jamie, weil er Ihre beste Freundin umgebracht hat?«

Paulines Blick glitt von Grahams Gesicht ab über seine Schulter und kam auf Jamie zur Ruhe. Sie lächelte ihn an, und Jamies Schultern sackten erleichtert herab. Vergebung. »Nein, ganz und gar nicht.«

Während des Kreuzverhörs ging Audra auf Patrouille zwischen Jamie und Pauline. »Wie interessant«, sagte sie. »Sie haben Ihrer besten Freundin den Tod gewünscht?«

Pauline sah Audra verächtlich an. Sie mochte diese Frau nicht, weder das engärschige kleine Designerkostüm noch das zurückgezerrte Haar, noch ihre näselnde Sprache. Zum Donnerwetter, die Staatsanwältin würde schon noch merken, wozu Pauline Cioffi dank ihres gesunden Menschenverstands fähig war. Als einmal ein Bengel ihren kleinen Sohn verprügelt hatte, war Pauline zum Haus dieses Raufbolds marschiert und hatte seiner Mutter eine Ohrfeige verpaßt. Wenn diese Staatsanwaltsschlampe vorhatte, Paulines Freundschaft mit Maggie in den Dreck zu ziehen – eine heilige, edle Verbindung und einer der Lichtpunkte in Paulines Leben –, dann würde Pauline ihr Gleiches mit Gleichem vergelten!

»Blödsinn«, sagte Pauline, »Sie wissen ja nicht, was Maggie durchgemacht hat.«

»Also Sie haben das Gefühl, daß sie erlöst werden wollte. Was wäre aber, Mrs. Cioffi, wenn man in diesem Monat ein Mittel gegen Maggies Krebs entdeckt hätte? Oder in diesem Jahr?«

Pauline beugte sich auf ihrem Sitz vor und fixierte Audra Campbell kalt. »Aber man hat keines entdeckt«, schnaubte sie. »Oder?«

Audra wandte sich ab, zornig und schwer angeschlagen; sie hatte keine weiteren Fragen.

Als sich der Sturm allmählich legte und sie zu mir zurückgekehrt war, versuchte ich, nicht mehr an dich zu denken. Dies war meine Ehe; dies allein zählte.

Doch manchmal kam mir unwillkürlich die Frage in den Sinn: Wenn es anders herum gewesen wäre – wenn sie in mein Leben getreten und dann wieder verschwunden wäre –, hätte sie sich dann ebenfalls monatelang in meine Gedanken gestohlen wie eine magische Fährte, wie ein immer wiederkehrender Refrain, wie du?

21

Erst nachdem Jamie einen Dollar an den Getränkeautomaten vor dem Gerichtssaal verloren hatte, ging ihm auf, daß er nicht an die Justiz glaubte. Wieso sollte es in der Hand von zwölf Menschen liegen, die ihn nie zuvor gesehen hatten, über sein Dasein zu bestimmen? Es war nicht richtig, daß sie Einzelheiten aus Jamies Beziehung zu seiner Frau zu hören bekamen, die Jamie für sich allein bewahren wollte, damit sie nicht an Intensität und Glanz verloren. In einer vollkommenen Welt mochte es vielleicht Gerechtigkeit geben. Doch in einer vollkommenen Welt bekamen Menschen auch keinen Krebs. Das Thema Euthanasie stand nicht zur Debatte. Wenn man Geld in einen Cola-Automaten steckte, kam tatsächlich eine Cola heraus.

Die Knöpfe seines Hemds drückten in seine Haut. Er merkte, daß er es am Morgen verkehrt herum angezogen hatte; sein Denken war getrübt. Hinter dem winzigen Plexiglasfenster in der auf und zu schwingenden Tür zum Gerichtssaal konnte er die amerikanische Flagge sehen. Ihm fiel ein, wie er als Kind den Eid auf die amerikanische Flagge aufzusagen versucht und dabei etliche Worte verwechselt hatte: *Eine Nation unter der Sonne. Unbesingbar. Mit Freizeit und Gerechtigkeit für alle.* Aber das hier war wohl kaum ein Klassenzimmer.

Er dachte an die ersten Tage nach Maggies Tod zurück, als ihm nur eines wichtig erschienen war, nämlich jemanden zu finden, der ihn bestrafen würde. Damals wollte er so schnell wie möglich ins Gefängnis. Es war ihm schleierhaft, wie sich seine Einstellung so radikal hatte ändern können, daß ihm jetzt allein bei dem Gedanken übel wurde; eingesperrt zu sein, nicht mehr das Gras unter seinen Füßen und den Himmel über sich zu spüren.

Jamie merkte, daß er ans Gefängnis dachte wie an den Tod:

Man verschwand einfach. Im Grunde machte es keinen großen Unterschied.

Durch das Plexiglas sah er Graham eine Handbewegung vollführen. Jamie MacDonald trat durch die Schwingtür und schluckte den bitteren Geschmack hinunter, den seine Zukunft auf seine Zunge schickte.

Allie zappelte ein wenig auf ihrer harten Holzbank. Eben war Jamie aufgerufen worden; der Gerichtsdiener geleitete ihn zu seinem Platz. Er trug den olivfarbenen Anzug, den sie ihm gekauft hatte, und aufgrund seiner Größe und seiner breiten Schultern wirkte er wie ein Erwachsener, der sich in eine Schulbank zwängte.

Sie sah sich um. Ellen saß neben ihr, hielt Allies Hand und drückte den runden, schwarzen Stein hinein. Gestern hatte sie Jamie ein Mantra gegeben, ein Wort, das er nach Hause, in den Gerichtssaal und überall hin mitnehmen sollte, wo er das Bedürfnis verspürte, sein Gleichgewicht zu finden.

Angus, Gott gebe seiner Seele Frieden, ruhte ein paar Schritte von Ian entfernt auf dem Friedhof von Wheelock. Doch Allie wußte, daß er zuschaute. Sie wußte das, weil sie ihn auf dem Beifahrersitz des Autos gespürt hatte, das er seit Jahren nicht mehr benutzte und das Jamie flottgemacht hatte, um damit zur Verhandlung zu kommen.

Die übrigen Zuschauer im Saal waren Menschen, die von dem Fall gehört hatten, oder Reporter. Vielleicht waren auch ein paar Gerichts-Schlachtenbummler darunter. Leute mit einer Vorliebe für Geheimnisse, die Verhandlungen über Kriminalfälle verfolgten und Wetten abschlossen über den Ausgang.

Eben wollte sie ihre Aufmerksamkeit wieder dem Zeugenstand zuwenden, wo Jamie vereidigt wurde – als ihr das Funkeln eines Abzeichens ins Auge fiel. Cam schlich leise durch den Mittelgang und ließ sich ein paar Reihen hinter ihr an der Wand nieder.

Seit Maggies Arzt in den Zeugenstand gerufen worden war, kam er regelmäßig zu den Verhandlungen. Er äußerte sich nie darüber, und sie hatten kein einziges Mal zu Hause über den Fall gesprochen; doch andererseits redeten sie sowieso kaum miteinander.

Allie stellte sich die Zuschauer im Gerichtssaal gerne als Hochzeitsgäste vor. Die Familie der Braut, die Familie des Bräutigams – der Staatsanwältin oder des Angeklagten. Seit der Eröffnung des Prozesses hatte sie jeden Tag die Zuschauer auf der Seite der Staatsanwältin und die Menschen auf der Seite des Angeklagten gezählt. Auf Jamies Seite waren es meist eine Handvoll weniger.

Allie wußte, daß die meisten Zuschauer sich bei einer Verhandlung lediglich für einen Sitzplatz entschieden, ohne dabei in Betracht zu ziehen, welche psychologische Aussage sie dadurch machten; diese Dinge waren daher nichts als Interpretation. Dennoch drehte sie sich zu Cam um, fing seinen Blick auf und lächelte. Heute saß er zum ersten Mal seit seiner Teilnahme an dem Ganzen auf der Seite des Cousins.

Graham war begeistert. Absolut begeistert. Er wandte sich an Jamie und sah dann verstohlen auf die Geschworenen, die immer wieder auf das Hemd seines Klienten schauten und mit ihren Blicken dann unauffällig wieder abschweiften. »Jamie«, sagte er, »da sich viele Leute diese Frage stellen, spreche ich sie aus: Warum haben Sie Ihr Hemd verkehrt herum angezogen?«

Jamie räusperte sich und wurde rot. »Mein Onkel Angus hat mir erklärt, das sei ein alter schottischer Brauch; wenn man morgens verkehrt herum in ein Kleidungsstück geschlüpft ist, solle man es nicht umkrempeln, weil man damit auch sein Glück umkrempelt. Ich wollte heute kein Risiko eingehen.«

Der Geschworene mit der Mickymaus-Krawatte brach in Gelächter aus. Ein paar Zuschauer kicherten. Graham trat an die Anklagebank. »Jamie, ich möchte Ihnen im Namen des Gerichts mein Beileid zum Verlust Ihres Onkels ausdrücken.«

»Danke«, murmelte Jamie.

»Können Sie dem Gericht erklären, womit Sie Ihr Geld verdienen?«

Jamie räusperte sich. Er hatte zwar lange mit Graham geübt, trotzdem war er nervös. »Ich besitze ein Softwareunternehmen«, gab er Auskunft. »Eine Firma für Konzeptdesign. Wir erschaffen virtuelle Welten.«

»Virtuelle Welten? Also virtuelle Realität? Mit Science-fiction-Handschuhen und Helmen und so weiter?«

»So ungefähr«, antwortete Jamie.

Graham pfiff durch die Zähne. »Das klingt schrecklich kompliziert«, meinte er. »Könnten Sie für uns definieren, was virtuelle Realität bedeutet?«

Jamie rutschte auf seinem Stuhl herum. Nicht zum ersten Mal fragte er sich, was Graham wohl mit diesen Fragen bezweckte. Keiner in der Jury hatte ein Problem damit, daß Jamie mit Nintendo zusammenarbeitete. »Virtuelle Realität ist gleichzusetzen mit der willentlichen Ausschaltung jeden Zweifels«, erläuterte er. »Wir erleben sie in unseren Träumen, in Büchern, in Filmen. Der Grund, weshalb wir den Begriff mit Computern assoziieren, ist, daß speziell die Computertechnologie jemanden in diese Erlebnisweise *versetzen* kann.«

»Was heißt das?«

»Daß es keinerlei Ablenkung gibt – die reale Welt ist nicht mehr wahrnehmbar. Die künstliche Welt ist dann das, was man sieht, hört, fühlt.« Er hielt inne, irritiert durch die logischen Konsequenzen und die Ironie dieser Definition. Jamie MacDonald, der Vorkämpfer für Virtual-Reality-Freizeitparks und -Spielzeuge, der den MegaStick für Sega erfunden und der auf einem Zehn-Inch-Monitor eine neue Wirklichkeit gestaltet hatte, war nie in der Lage gewesen, sich ganz und gar aus der realen Welt zu lösen. Weder soweit es seine Frau, noch jetzt ihn selbst betraf. Ganz gleich, was Maggie und er bezüglich ihrer Entschlüsse sich einzureden versucht hatten – es blieben Fragezeichen. Wie nach einem Ausflug in die virtuelle Realität stand er, nachdem er erst den Helm abgesetzt, Datenhandschuh und -anzug ausgezogen und den Computer abgeschaltet hatte, wieder genau da, wo er angefangen hatte.

Jamie preßte die Hände vors Gesicht. Erschrocken trat Graham einen Schritt näher, um seinen Klienten sofort wieder zurückzuholen. »Ich würde gerne ein wenig über Maggie reden«, sagte Graham und ließ das Licht, das in Jamies Augen trat, für sich selbst sprechen – ehe er seine erste Frage stellte. »Wie lange waren Sie verheiratet?«

»Elf Jahre.«

»Wie haben Sie sie kennengelernt?«

Jamies Miene verklärte sich. »Sie hat mit einem Mop einen künstlichen Ententeich im Park vor meinem Haus gesäubert. Ich konnte den Blick nicht von ihr wenden, und weil ich nicht wußte, was ich sagen sollte, habe ich mir eine der Bürsten auf dem Rasen geschnappt und mitgemacht.«

»Wieso machte sie einen Ententeich sauber?«

»Sie hat gesagt, es würde sonst keiner tun, und ihr taten die Enten leid. Sie war so ein Mensch.«

Audra kritzelte auf den gelben Notizblock vor ihr: *Sankt Maggie!*

»Waren Sie glücklich verheiratet?«

»Ja, schon. *Sie* hat es bestimmt geglaubt. Ich meine, wir haben uns auch gestritten – ob wir genug Geld hatten, wer an der Reihe war, das Bad zu putzen –, aber ich schätze, das geht allen Paaren so.« Er fixierte Pauline Cioffi, die jetzt bei den anderen Zuschauern saß. »Auch für mich war sie die beste Freundin.« Er zögerte. »Nachdem ich Maggie geheiratet hatte, konnte ich mir nicht mehr vorstellen, wie ich es fünfundzwanzig Jahre ohne sie ausgehalten hatte.«

Graham lehnte sich lässig an die Geschworenenbank. »Was für Zukunftspläne hatten Sie?«

Jamies Blick umwölkte sich. »Vor ungefähr einem Jahr war es ziemlich klar, daß es keine großen Pläne mehr gab«, berichtete er. »Aber bevor Maggie krank wurde, haben wir uns oft darüber unterhalten, in ein größeres Haus und vielleicht aus Cummington wegzuziehen.« Er lächelte. »Wir hatten uns als Ziel gesetzt, mehr als nur eine Toilette zu haben. Und wir wünschten uns Kinder. Mein Gott, wie sehr haben wir uns Kinder gewünscht. Wir haben daran gearbeitet – fünf Jahre lang! Aber das erste Baby hat Maggie verloren, und sie bekam einfach kein zweites; später fanden wir heraus, daß es wahrscheinlich ebenfalls irgendwie mit dem Krebs zusammenhing.«

Allie fiel es schwer, still sitzenzubleiben. Sie dachte an den Stapel von Eisprung-Bestimmungstests, den sie in Jamies Haus im Wäscheschrank gefunden hatte. Wenn ein Kind mit im Spiel gewesen wäre, wäre Jamie wahrscheinlich nicht auf Maggies Bitte eingegangen. Mit einem Kind hätte alles anders ausgehen können. Sie senkte den Kopf ein wenig und schielte heimlich zu Cam hinüber. Ob er sie wohl auch betrogen hätte, wenn sie und Cam ein Baby hätten?

»Jamie, wie haben Sie von Maggies Krankheit erfahren?«

Einen Moment lang schwieg Jamie. Dann schloß er die Augen, lehnte sich in seinem Sitz zurück und entließ die Worte aus seinem Mund. Sie kamen langsam und ausdruckslos; doch seine Hände klammerten sich so fest um die hölzerne Absperrung vor ihm, daß Finger und Knöchel weiß hervortraten. Er erzählte eine Geschichte, und selbst die Geschworene Nummer elf, die eben noch am Eindösen gewesen war, lauschte ihr plötzlich hellwach und aufmerksam. Vor den Augen seiner Zuhörer ließ Jamie einen vereisten Teich entstehen, den gebrochenen Knöchel, die ernste Unterredung mit dem Arzt.

Cam dachte an Braebury, an die zwei Eislaufflächen, an Mia. Die Eisskulptur fiel ihm ein. Bis sie den Teich verließen, war es so warm geworden, daß der Eisphoenix, als sich Cam die Schlittschuhe über die Schulter hängte und einen letzten Blick zurückwarf, ganz anders aussah als in der Morgenfrische.

Nachdem Jamie geendet hatte, ließ Graham einen Moment verstreichen. »Als Dr. Wharton Ihnen erklärte, daß Maggies Knochenläsionen von Krebsmetastasen herrührten, wie haben Sie sich da gefühlt?«

Jamie schüttelte den Kopf. »Ich habe ihm erklärt, daß er sich irrt. Jeder hat doch schon mal Röntgenaufnahmen gesehen, stimmt's? Wie soll man darauf Läsionen erkennen? Wahrscheinlich war es das Wort ›Krebs‹, das mir Todesangst gemacht hat. Man hört es, und plötzlich bekommt man keine Luft mehr.« Er sah Graham ins Gesicht. »Es war im Grunde gleichgültig, daß der Doktor mir eröffnete, Maggie hätte Krebs und nicht ich. Das hätte mich auch nicht stärker treffen können.«

»Haben Sie ein zweites Gutachten eingeholt?«

»Ja, von einem Arzt in Boston. Er war ebenfalls der Meinung, daß Maggies Knochenläsionen Krebsmetastasen waren.« Jamie senkte den Blick.

»Wie hat Maggie auf diesen Befund reagiert?«

»Mit Angst. Ein paar Tage lang hat sie sich in ihr Schneckenhaus zurückgezogen und kaum ein Wort gesprochen, mich auch nicht an sich herangelassen. Doch dann ist ihr Lebenswille wieder erwacht, und sie wollte so schnell wie möglich operiert werden. Sie sagte, das Ding solle raus aus ihrem Körper.«

Graham nickte. »Was haben Sie daraufhin beschlossen?«

»Ihr wurde die Brust amputiert. Auch das machte ihr Todesangst – sie war ja noch jung und fürchtete, ich würde sie dann irgendwie für entstellt halten. Ich habe ihr immer wieder erklärt, daß das nichts ausmachen würde, daß sie sich in einem Jahr einer schönheitschirurgischen Operation unterziehen könnte und so weiter; aber ich glaube, sie hat zum Teil auch deshalb immer wieder darüber gesprochen, wie sie danach aussehen würde, weil sie sich von dem Vorhandensein der Metastasen ablenken wollte.«

»Können Sie uns berichten, welchen Behandlungen sich Maggie unterzog?«

Liebevoll, als wären es verschiedene Laken, die er nacheinander beiseiteschlug, um seine Frau zu enthüllen, begann Jamie, den Verlauf von Maggies Leidensweg darzustellen. Er beschrieb, wie sie auf dem Sofa im Wohnzimmer lag und Griffübungen machte, um die Muskeln unter ihrem Arm und in ihrem Brustkorb wieder aufzubauen, die bei der Operation durchtrennt worden waren. Ohne zu stottern, zählte er die Namen der Medikamente während ihrer Chemotherapie auf, als wären es alte Freunde. Nach diesen Behandlungen habe er Maggie nach Hause gefahren und zwischendurch am Straßenrand angehalten, damit sie die Tür öffnen und sich nach draußen übergeben konnte. Er schilderte das Wartezimmer der Bestrahlungsklinik mit den lächelnden, kahlköpfigen Kindern und den fahlgesichtigen Frauen, die sich Tücher um ihre Köpfe gebunden hatten. Auch den Laserstrahl, einem roten Messer gleich, der Maggies Pupille durchbohrte, ließ er nicht aus.

»Gab es zwischendurch für Ihre Frau auch Erholungsphasen?«

»Nein. Schließlich kam es so weit, daß der Krebs uns beide rund um die Uhr auf Trab hielt. Wir konnten uns auf nichts anderes konzentrieren und hatten auch keine Nerven mehr für Zerstreuungen. Gemeinsam haben wir daran gearbeitet, ihre Qualen zu lindern. Am Ende kannten wir alle Schleichwege zum Krankenhaus. Jeden Tag waren wir einzig und allein damit beschäftigt, ihn zu überstehen.«

»Seit wann wußte Maggie, daß sie sterben würde?«

Jamie wandte den Blick ab. »Der Arzt erklärte ihr, daß sich ein Tumor in ihrem Gehirn gebildet hatte. Ihr wurde immer wieder schwindlig, außerdem hatte sie hinter den Augen diese Explosionen, wie sie es nannte. Das war im Juni letzten Jahres. Nach einer Kontrolluntersuchung saßen wir in seinem Zimmer – wir kamen nach jeder Untersuchung nochmal dorthin –, und sie fragte ihn geradeheraus. Wharton hat geantwortet, *jeder* müsse irgendwann sterben; daraufhin wurde Maggie sehr wütend. Sie hat gesagt: ›Behandeln Sie mich nicht wie ein kleines Kind‹, und wollte aufstehen, um hinauszugehen – aber auf dem Weg ist sie zusammengebrochen.« Jamie sah auf. »Wie gesagt, das kam zu der Zeit öfter vor. Als sie wieder zu sich kam, hat er ihr die Auskunft gegeben, er wüßte nicht genau, wann.«

»Sprach sie hinterher mit Ihnen darüber?«

Jamie nickte. »Im Auto sagte sie kein Wort, bis wir in unsere Einfahrt eingebogen waren. Aber sie machte auch keine Anstalten, ihren Gurt zu lösen und auszusteigen. Dann hat sie mich angesehen und mich gefragt, ob ich wüßte, wie Krebs aussehe. Ich habe den Kopf geschüttelt, und sie fing an zu weinen. ›Er ist ein riesiger, häßlicher fetter Puppenspieler und hält alle Fäden in seiner Hand.‹«

Graham ließ seinen Blick über die Geschworenen wandern. Auf vielen Gesichtern fand er Mitgefühl; manche hatten sich vorgebeugt. Einige der Frauen fingen Grahams Blick auf und wandten sich ab, als wüßten sie, daß ihre Reaktion beobachtet wurde. Er vergrub die Hände in den Taschen. »Jamie«, sagte er, »hat Maggie Sie schon einmal vor dem September 1995 gebeten, sie zu töten?«

»Ja«, gestand Jamie. »Im Januar. Wir waren in Quebec, im Urlaub.«

»Wie haben Sie damals reagiert?«

»Ich habe ihr gesagt, sie soll aufhören mit solchem Unsinn.« Er schüttelte den Kopf. »Mir war klar, daß es schlimm für sie war, aber ich habe nicht das wahre Ausmaß erkannt.« Er blickte in die Ecke des Gerichtssaals, auf die staubige, leblose amerikanische Flagge. »Ich hatte ja keine Ahnung, daß es noch schlimmer werden würde.«

Allie saß Cam gegenüber in einem armenischen Restaurant gleich in der Nähe. Zwischen ihnen standen Teller mit Lamm und Safranreis, exotischen Gemüsen und ein Korb mit Fladenbrot. Die meisten Speisen waren noch unangetastet.

»Glaubst du, wir sollten Jamie etwas davon mitbringen?« fragte Allie.

»Bestimmt kümmert sich sein Anwalt darum«, meinte Cam. Er lehnte sich an das Fensterbrett und betrachtete seine Frau. So richtig begriff er es nicht, wieso sie sich so schnell einverstanden erklärte, mit ihm essen zu gehen. Er mußte sie in einem schwachen Augenblick erwischt haben, als die ergreifenden Details von Jamies Aussage sie mürbe gemacht hatten.

»Findest du, er macht seine Sache gut? Wie er so redet und wie er da oben aussieht?«

Cam nickte. »Ich habe mir die Geschworenen angesehen. Ein paar Frauen links haben leise geweint, als er von den Behandlungen anfing. Das ist bestimmt ein gutes Zeichen.«

»Graham sagt, man darf sich nie auf die Geschworenen verlassen. Sie tun in einem Augenblick ganz freundlich und jagen dir im nächsten ein Messer in den Rücken. Außerdem geht es bei der Verhandlung nicht darum, ob Jamie und Maggie in einer schwierigen, grauenvollen Lage waren oder nicht. Es geht um seine Unzurechnungsfähigkeit während der Tat.«

»Die nicht bestand«, bemerkte Cam.

Allie schoß einen Blick auf ihn ab. »Gott sei Dank haben sie nicht *dich* in die Jury berufen.«

Cam schob ihr einen Schnitz Pitabrot zu. »Du mußt etwas essen. Du siehst aus, als könnte dich ein Windhauch umschmeißen.«

Allie stopfte sich die Pita in den Mund. »Vielen Dank«, meinte sie sarkastisch. Sie sah Cam an, der in voller Uniform vor ihr saß, den schweren Waffengürtel hoch an den Hüften; seine Marke blinkte im Licht, das durch das Fenster hereindrang. »Weißt du«, sagte sie und lächelte schüchtern, »ich fühle mich immer wahnsinnig sicher, wenn ich mit dir ausgehe und du so angezogen bist.«

Cam lachte. »Du hast ja keine Ahnung, wie viele Leute mich im Gericht gefragt haben, wo die Toiletten sind. Sie halten mich für einen Aufpasser.«

Allie beugte sich über den Tisch und zog seinen Kragen gerade. Als ihre Finger über die Haut unter seinem Kinn strichen, jagte ein Schauder über seinen Rücken. »Ich weiß nicht, ob das von der Uniform kommt«, sagte sie. »Vielleicht ist es auch die Pistole. Oder einfach du.« *Vielleicht kommt das daher, daß man ihn niemals für einen Lügner halten würde, wenn er so angezogen ist.*

Sie sank zurück, und Cam beugte sich instinktiv vor, um sie aufzuhalten; doch er wußte, daß er sie schon wieder verloren hatte. »Ist dir klar, daß sie am gleichen Tag aufgetaucht sind?« sagte Allie ruhig. »Jamie und Mia.«

»Ich weiß«, bejahte Cam. »Ich weiß noch, daß ich sie gefragt habe, ob sie ihn kennt.« Sein Herz klopfte wieder wie wild, allein wegen des Themas. Doch diesmal brüllte Allie ihn nicht an. Sie war in einem Restaurant, sprach leise und hielt ihm einen kurzen Strohhalm der Hoffnung hin, gerade so lang, daß er auf die Untertasse paßte, auf der die Bedienung die Rechnung brachte.

»Habt ihr über mich gelacht?« flüsterte sie. »Ich stelle mir immer vor, wie ihr beide über mich lacht ...

Den ganzen Morgen über hatte Cam sich Jamies herzzerreißende Aussagen anhören müssen – doch nichts davon hatte ihn so tief und schmerzhaft getroffen wie das, was Allie soeben äußerte.

Er dachte an Mia; daran, daß es keinerlei Platz für einen Dritten gab, wenn sie beide zusammen waren. »Nein«, beruhigte Cam sie. Er sah Allie in die Augen, streckte die Rechte über den Tisch und faßte nach ihrer. Zum ersten Mal zuckte sie nicht zurück. Ihre Finger bebten in seiner Hand und kamen dann zur Ruhe.

»Nein«, wiederholte er und verkroch sich nach innen. »Niemals.«

Nach der Mittagspause saß Jamie wieder auf der Anklagebank und beschwor Maggie herauf.

Ab und zu stellte Graham ihm eine Frage, aber nur, um Jamie in die richtige Richtung zu lotsen. Jamie begann mit der Nacht des fünfzehnten September, als Maggie vom Arzt heimkam; enden würde sein Bericht damit, daß er vor der Polizeistation von Wheelock vorfuhr und nach seinem Cousin fragte.

Sie hatte ein rotes Polohemd in den Händen gehalten, als sie ihn bat, sie zu töten. Die Schachtel, in der sie ihre Kleider verstaut hatte, war zu drei Vierteln voll. Ganz oben lagen die BHs, die sie vor der Operation getragen hatte. Er hielt sie an den Händen fest. »Ich will, daß du mich umbringst«, sagte sie.

»Das ist nicht dein Ernst«, protestierte Jamie wild. »Kommt gar nicht in Frage!«

Maggie löste sich aus seinem Griff und ließ das Polohemd zwischen ihnen fallen wie eine Blutpfütze. »Laß mich gehen, Jamie«, beharrte sie. »Du bist egoistisch.«

Er sah, wie ihre zarten Schultern unter der Kraft ihrer Gewißheit bebten, und setzte sich auf ihr Bett, weil er begriff, daß er gleich das Widerwärtigste sagen würde, was ihm einfiel. »Nein«, belehrte er sie. »*Du* bist es!«

Sie drehte sich um und ließ sich auf der anderen Seite des Bettes auf die Kante sinken. So blieben sie sitzen wie zwei künstliche Figurinen, die Hände im Schoß gefaltet, die Köpfe gesenkt. »Es steht mir zu, egoistisch zu sein«, erklärte Maggie bitter. »Das ist eines der wenigen Privilegien, die mir mein Körper gelassen hat.«

Jamie hob das rote Hemd auf und warf es in die Schublade zurück. Er faßte in den Karton nach den BHs, die ihm wie eine Kaskade seidener Bänder durch die Finger glitten. Auch sie legte er in Maggies Schublade zurück.

Sie gingen zu Bett und schliefen so ein, wie sie es am angenehmsten fanden: Maggies Rücken an seinem Bauch, er mit einem Arm unter dem Kissen und dem anderen über ihrer verbliebenen Brust. Irgendwann mitten in der Nacht, als seine Finger sich entspannten, senkte sich seine Hand auf die flache Stelle über ihren Rippen. Er erwachte und merkte, daß er nach ihrer Narbe tastete.

Sie sog scharf die Luft ein.

»Tue ich dir weh?«

Maggie drehte sich in seinen Armen um. »Physisch oder psychisch?« fragte sie und sah ihm dabei direkt in die Augen.

Sie hatte ihn schon öfter so angesehen. Jamie bezeichnete diese Musterung insgeheim als Medusenblick, weil er ihn auf der Stelle erstarren ließ und ihm jeden Gedanken raubte. Doch diesmal weiteten sich mitten im Blick ihre Augen ein winziges bißchen. Und er wußte, daß sie ihn nicht einmal anflehen konnte, so schrecklich war der Schmerz.

Er wußte nicht, was es bedeutete, jeden Abend schlafen zu gehen und sich zu fragen, ob man am Morgen wieder aufwachen würde. In den Badezimmerspiegel zu blicken, in die eingesunkenen Augen, auf die kahlen Stellen am Schädel und die zackige Narbe, wo früher einmal eine Brust gewesen war – und dabei Gott zu danken, daß man immer noch auf eigenen Beinen stehen und das eigene Gesicht erkennen konnte.

Dafür wußte Jamie, wie es war, jeden Abend seine Frau zu küssen und in den Druck der Lippen ein stilles letztes Adieu zu legen, nur für alle Fälle – eine Regung, die man niemals aussprechen durfte, weil man damit nur ihre Angst nährte. Oder nachts immer wieder aufzuwachen und auf ihren Atem zu lauschen. Er wußte, wie todmüde er war, wie er sich jeden Tag dazu zwang, erneut einen Rest Energie aufzubringen.

Jamie brach das Schweigen. »Willst du nicht lieber Pillen nehmen?« fragte er. »Ich besorge dir welche – ohne einen Notarzt!«

In der Schwärze der Nacht, während das Haus um sie herum zur Ruhe kam, hatte dieses Gespräch über den Tod sogar etwas Tröstliches. Maggie tastete nach ihm. Es war stockdunkel, doch ihre Handfläche landete genau auf seinem Herzen, als würde sie wissen, daß sie es schon längst festhielt. »Ich möchte, daß du mich dabei berührst«, sagte sie. »Deine Hände will ich auf mir spüren, wenn ich gehe.« Sie drehte sich auf den Bauch und stützte sich auf die Ellbogen. Die Aussicht, diesen Alptraum schließlich doch noch zu kontrollieren, brachte ihre Augen zum Leuchten und ließ ihr Lächeln aufrichtig werden. »Tu es gleich«, bat sie. »Tu es, bevor du den Mut verlierst.«

Jamie drehte ihr den Rücken zu, so daß er sie nicht mehr sehen konnte. »Klar«, knurrte er. »Ich hole schnell mal mein Gewehr und puste dir das Hirn weg. Oder vielleicht lege ich meine Hände um deinen Hals und schüttle dich, bis dir das Genick bricht.«

Er war grausam; das wußte er. Doch er sah keinen anderen Weg als eine Schocktherapie, um sie in die Wirklichkeit zurückzuholen. Maggie schob die Arme unter seine und drückte ihn. »Ein Kissen«, flüsterte sie. »Das tut nicht weh.«

Er schwieg so lange, daß sie schon glaubte, er sei eingeschlafen. Der Morgen kündigte sich bereits an, als Jamie sich wieder umdrehte und sie an sich zog. »Ich möchte noch ein Wochenende mit dir«, erklärte er mit einem Ekelgefühl in der Magengrube angesichts dieses Handels. »Zeit und Ort wähle ich.«

Maggie war einverstanden. Jamie schubste sie weg, lief ins Bad und übergab sich.

Am Samstagvormittag holten sie alles Eßbare aus dem Kühlschrank und machten ein Picknick zum Frühstück. Sie kletterten auf das Dach ihres Hauses, hinten bei dem ausgebauten Giebel, dank dessen sie im obersten Stock keine schmalen, schrägen Decken hatten. Bud Spitlick sah sie, als er seine Zeitung hereinholte, und mahnte sie, bloß vorsichtig zu sein, sonst würden sie herunterfallen. Instinktiv hatte Jamie die Arme fester um Maggie geschlungen, die auf seinem Schoß saß. »Ich könnte mir den Hals brechen«, flüsterte sie ihm zu und fing an zu kichern. »Stell dir vor, wieviel Ärger ich dir dadurch ersparen würde.«

Beide lachten, bis ihnen dämmerte, worüber sie sich da eigentlich amüsierten, und engumschlungen verstummten sie.

Jamie fragte sie, was sie als nächstes unternehmen wollte. Maggie meinte, sie sollte ihre Kleider zusammenpacken; er widersprach, so dürfe sie ihre letzten Tage nicht vergeuden. »Dann machen wir was, was ich noch nie getan habe«, sagte sie, und er fragte sich, was das wohl war: einen Pornofilm ausleihen? Aus einem Flugzeug springen? Nach Florida fahren?

Sie wollte in ein Kino und es in der letzten Reihe mit ihm treiben wie ein Teenager. Jamie wußte nicht mehr, wie der Film hieß, den sie sich aussuchten; das spielte auch keine Rolle. Er knöpfte ihre Bluse auf, ließ seine Finger in ihren Hosenbund gleiten und kam schließlich in Maggies Hand, während der Film grün und blau auf ihrer Haut glühte.

Abends aßen sie in einem teuren Restaurant und fuhren dem Mond hinterher kreuz und quer durch Lenox. Auf eine Eingebung hin und da sie schick gekleidet waren, schmuggelten sie sich in die Hochzeitsfeier eines ihnen völlig unbekannten Paares. Lachend beobachtete Maggie, wie Jamie sich zehn Minuten lang mit dem Vater der Braut unterhielt. Sie tanzten Jitterbug, so wie sie es einmal im Sommer in einem Volkshochschulkurs gelernt hatten – Maggie war die Anstifterin dazu – und wirbelten dabei über die Tanzfläche, bis sich der Schweiß durch Maggies Kleid abzeichnete; erst dann merkten sie, daß die anderen Gäste applaudierten.

Sie fuhren im Auto zu einem Paß in den Berkshires, schliefen dort und erwachten, als sich die Sonne wie süffiger Roséwein in das Tal unter ihnen ergoß. Immer noch in Anzug und Seidenkleid, zogen sie sich Schuhe, Socken und Strümpfe aus und spazierten durch die Wiese unten am Hügel, suchten nach vierblättrigem Klee, leuchtenden Primeln und flachen glatten Steinen zum Springenlassen. Die Gesichter von der Sonne gerötet, fuhren sie heim und duschten zusammen. Dann setzten sie sich beide aufs Bett und beobachteten, wie die Sterne aufgingen.

Am Montag waren sie schon fast aus dem Haus, als Maggie Jamie am Arm packte und zurück ins Schlafzimmer zog, wo sie ihm die Kleider vom Leib riß, bis er rückwärts mit ihr auf die Matratze fiel und sie mit einer Inbrunst liebte, die zu jeder anderen Zeit der Anfang von mehr gewesen wäre.

Schließlich fuhr er sie nach Wheelock, hielt kurz vor dem Haus seines Cousins, dessen Adresse er aus dem Telefonbuch und dann auf einer Straßenkarte nachgeschlagen hatte. »Er wird sich um mich kümmern«, sagte er zu Maggie, während sie auf der gegenüberliegenden Straßenseite in ihrem Auto saßen. »Er ist mit mir verwandt.«

Zum ersten Mal schien Maggie darüber nachzudenken, daß Jamie hinterher allein mit den Konsequenzen fertig werden mußte. »Was werden sie mit dir machen?« fragte sie.

Jamie lächelte sie an. »Ist doch egal«, sagte er. »Ohne dich habe ich keine dringenden Pläne.«

Maggie war müde. Trotz des Morphiums forderten die vielen Unternehmungen ihren Tribut. Fast den ganzen Tag blieben sie auf ihrem Zimmer im Motel. In jener Nacht erklärte ihm Maggie, während sie Sekt aus der Flasche tranken und Maggie sich die Pepperonistücke von der Pizza stibitzte, was sie sich vorstellte. »Du solltest wieder heiraten«, sagte sie. »Du wärst ein wunderbarer Vater.«

Der Gedanke an eine andere Frau als Maggie war lächerlich, doch das behielt er für sich.

»Ich *verlange,* daß du wieder heiratest«, drängte sie.

Jamie sah sie an. »Ich glaube, du verlangst schon genug von mir.«

»Du wirst dich wieder verlieben«, gab Maggie sich erfahren. »Und dann bist du froh, daß wir dieses Gespräch geführt haben.«

Jamie stand auf und trat ans Fenster, hinter dem sich Wheelock für die Nacht bereitmachte. »Es wird keine zweite wie dich geben.« Seine Stimme brach.

»Das hoffe ich doch sehr«, lachte Maggie. »Ich war einzigartig.«

»Jawohl!« Jamie drehte sich um und sah sie an. Er merkte, daß sie bereits in der Vergangenheit sprachen. »Du bist es noch!«

Sie liebten sich erneut, diesmal so langsam, daß Maggie weinte. Nachts wachte Jamie auf, weil ihre Beine hinter seinen zuckten. »Willst du wissen, wann?« flüsterte er ihr ins Haar. »Oder wäre es dir lieber im Schlaf?«

»O nein«, murmelte Maggie, die Lippen in seiner Halsmulde, wo sein Puls schlug. »Ich muß mich doch verabschieden.«

Kurz davor küßte sie ihn. Sie grub ihre Finger in sein Haar und zog so fest daran, daß ihm Tränen in die Augen traten. *Ich würde es für dich tun,* erklärte Maggie eindringlich, und Jamie nickte. Doch ihm war klar, daß er sie nie darum gebeten hätte. Er hätte es niemals fertiggebracht, sie zu verlassen.

Sie lag auf dem Kissen, auf dem sie nachts geschlafen hatte. Um 7 Uhr 32 drückte er sein Kissen auf ihr Gesicht. Sie legte die Hand an sein Handgelenk und hob die Ecke des Baumwollbezugs von ihrem Mund. »Es riecht nach dir«, hauchte sie und lächelte.

Um 7 Uhr 38 war es vorbei.

Jamie verstummte. Die Luft im Gerichtssaal knisterte. Er hatte Angst, sich zu bewegen, so als könnte die Luft um ihn herum brechen. Grahams Hand lag auf Jamies Arm. »Alles okay?« flüsterte er.

Jamie nickte.

»Hat sie sich gewehrt?« fragte Graham.

»Ja«, gab Jamie Auskunft. »Sie versuchte es kurz.«

»Warum haben Sie nicht aufgehört?«

Ganz egal, was passiert, hatte sie gesagt. »Sie wollte es so«, antwortete Jamie. »Wir hatten das besprochen.«

»Sie sagen, Sie hätten sie etwa gegen sieben Uhr dreißig morgens getötet. Warum sind Sie erst am frühen Nachmittag zur Polizei gegangen?«

Jamie dachte daran, wie Maggie auf dem Bett gelegen hatte und er die Decke zu ihrem Kinn hochzog. Er dachte daran, wie er sie von einem Stuhl aus betrachtet hatte, vornübergebeugt, die Ellbogen auf den Knien, wartend. »Sie hat ausgesehen, als würde sie schlafen«, sagte er. Er blickte Graham an. »Ich habe gedacht, daß sie vielleicht wieder aufwacht, wenn ich ihr ein bißchen Zeit lasse.«

In dieser Nacht träumte Allie von dem Tag, an dem sie ihre Unschuld verlor. Doch weil es ein Traum war, schrieb sie den Tag um, bis die Geschichte so verlief, wie sie es sich immer gewünscht hatte. In dieser Version merkte es Cam davor und überließ ihr die Entscheidung. Es war ein fast so hochgeschätztes Gut – dieses rauh geflüsterte *Bist du sicher* – wie die Wärme seiner Hände oder der Hauch aus seinem Mund. Durch die Macht eines Wortes konnte sie für sie beide die Zeit anhalten, etwas, das ihr später nie wieder ganz gelungen war. *Ja,* hatte sie gesagt, als Cam sie berührte. Sie sagte es immer und immer wieder. *Ja.*

Allie wachte auf, hatte die Arme um sich geschlungen und zitterte. Sie wollte nicht von Cam träumen; sie wollte nicht einmal an ihn denken. Zwar hatte sie gehofft, daß es inzwischen vorüber war; doch sie wurde das Bild von ihm in den Armen einer anderen einfach nicht los.

Sie fragte sich, ob man wohl eher vergeben konnte als vergessen ...

Ungeduldig fuhr sie hoch, so daß die Decke von ihr abfiel. Dann stand sie auf und ging die Treppe hinunter.

Cam erwachte überrascht und ahnte ihre Anwesenheit, noch ehe er Allie in der Dunkelheit erblickte; auf den unteren Stufen, mit im Mondschein leuchtendem, weißen Nachthemd.

»Du kannst nach oben kommen«, sagte sie. Sie drehte sich um. »Wenn du willst«, ergänzte sie über die Schulter hinweg noch.

Sie glaubte nicht, je zuvor etwas so Schönes gehört zu haben wie das Knarzen der Matratze, als Cam neben ihr ins Bett kroch. Zögernd rutschte sie ein bißchen auf ihn zu, die Arme immer noch über der Brust verschränkt. Sie starrten an die Decke, als könnten sie durch den Verputz in die kalte, strenge Nacht sehen.

Die Sache blieb ihm unverständlich. Sie hatte ihn nach oben eingeladen – doch er wußte nicht, ob er sie jetzt berühren oder um Verzeihung bitten oder dieses kleine Zugeständnis einfach hinnehmen und im Dunkeln liegenbleiben sollte; unterdessen stahl sich die Wärme ihres Körpers über den Abstand zwischen ihnen hinweg und wärmte auch seine Seite.

»Hast du nicht schlafen können?« fragte er.

»Nein. Und du?«

»Ich habe geschlafen, bis du runterkamst.«

Er hörte, wie Allie sich bewegte. »Das habe ich nicht gewußt. Dann hätte ich dich nicht geweckt.«

Cam spürte sein erigiertes Glied gegen den Stoff seiner Boxershorts drängen, eine natürliche Folge ihrer Nähe, die ihm den Geruch ihrer Haut und ihres Shampoos brachte; er mußte über die Ironie ihrer Worte lächeln. »Schon okay! Ich bin lieber hier.«

Sie drehte sich auf die Seite. Im fahlen Licht konnte Cam den gespannten Zug um ihren Mund, das unstete Flackern ihrer Augen ausmachen. »Ich muß es wissen«, sagte sie. »War sie hier? In diesem Bett?«

Cam dachte an das Wochenende, das er mit Mia verbracht hatte, während Allie in Cummington weilte. Blitzartig tauchte Mia vor seinem Auge auf, das Handtuch um ihr nasses Haar gewickelt und auf Allies Bett sitzend. In diesem Moment war wirklich niemandem mit Aufrichtigkeit gedient. »Nein«, log er.

Allie ließ sich wieder auf den Rücken fallen. Sie zog sich an die Kante zurück, von ihrem Platz vertrieben durch Mia, die den ganzen Raum zwischen ihr und Cam einzunehmen schien. Jetzt dachte er an sie; sie wußte das so sicher, wie sie ihren eigenen Namen wußte; es war ihre eigene Dummheit, ihm diesen Gedanken in den Kopf zu setzen. Mias Lachen, Mias klare, blaue Augen, Mias geschickte, schöpferische Hände! Allie klammerte sich an die Matratze, um nicht aus dem Bett zu fallen. Sie konnte nicht mehr atmen, so beengt fühlte sie sich.

Der Büffelcowboy fiel ihr ein. Es lag ihr auf der Zunge. Sie würde Cam ansehen und sagen: *Soll ich dir was erzählen? Ich habe auch mit jemand anderem gefickt.* Sie würde sehen, wie sein Gesicht vor Entsetzen erstarrte, und dann würde sie sagen: *Und wie fühlst du dich jetzt? ... Ach ja? So ist das nämlich.*

Er würde nie erraten, was vorgefallen war, solange sie es ihm nicht mitteilte. Und ihr wurde klar, daß sie nicht darüber sprechen würde, nur um Cam weh zu tun. Diese Sache vergrub sie am besten in ihrem Inneren, vielleicht gleich neben dem schmerzhaften, zornigen Knoten, den sie seit über einer Woche in ihrem Herzen mit sich herumschleppte. Ein Notpflaster, ein As im Ärmel. Vielleicht würde sie es nie einsetzen, aber sie würde es immer spüren wie einen spürbaren, geheimen Stein; auf diese Weise fühlte sie sich vielleicht nicht ganz so leer, wenn sie sich eines Tages von ihrem Zorn verabschiedete.

Ein zu Kopf steigendes Machtgefühl durchschoß sie, als sie begriff, daß sie nicht nachgab. Sie hatte Cam dabei beobachtet, wie er sich mit unsicheren Schritten auf sie zu bewegte, und nun durfte sie sich ruhig einholen lassen.

Sie schob sich ein winziges Stück näher zu ihrem Mann und ließ ihre Hand unter sein T-Shirt gleiten.

Augenblicklich war er über ihr, drückte sie in die Kissen, ihren Kopf mit beiden Händen umklammernd, ihre Haare zwischen seinen Fingern. Er küßte sie auf die Lippen, auf den Hals, auf die geschlossenen Augen – so feierlich, als würde ihm eben eine Audienz bei der Königin gewährt, als beträte er einen geweihten Kreis.

Sein Körper dachte einzig und allein daran, sich in Allie zu versenken, doch zum ersten Mal seit Monaten war sein Kopf stärker. Er spürte, wie seine Begierde physisch in den Hintergrund gedrängt wurde, und rutschte ein wenig tiefer, um seinen Kopf auf ihre Brust zu betten. Instinktiv drückte sie ihn fester an sich, fuhr ihm mit den Fingern durchs Haar und wiegte ihn, während ihn mit voller Wucht die Erkenntnis traf, was beinahe aus seinem Leben geworden wäre. Er wollte sie nicht verlieren. Andernfalls wüßte er nicht mehr, wer er war.

»Es tut mir so leid«, flüsterte er mit laufender Nase, und jede seiner Tränen versengte Allies Haut aufs neue. »Es tut mir so leid.«

Darauf hatte Audra Campbell seit Tagen gewartet. Sie sah schon morgens tatendurstig aus. Jamie folgte ihr mit mißtrauischem Blick, als sie durch die Weite des Gerichtssaals auf ihn zu kreuzte.

»Mr. MacDonald, würden Sie mich jetzt umbringen, wenn ich Sie darum bitten würde?«

Jamie sah zu Graham hinüber, der kaum merklich nickte, als wollte er ihn daran erinnern, daß er die Frage beantworten mußte, gleichgültig, wie lächerlich sie ihm erschien oder welche Phantasien sie in seinem Kopf hervorrief.

»Natürlich nicht«, sagte er.

»Wieso nicht?«

Er breitete die Hände aus, eine Geste des Zugeständnisses. »Ich kenne Sie nicht.«

»Aha«, sagte Audra. »Sie bringen also nur Menschen um, die Sie kennen?«

Jamie blickte sie ernst an. »Nein«, widersprach er. »Mit Maggies Tod waren zwei Leben verbunden. Ich habe es getan, weil ich sie liebte.«

»Ooh!« Audra dehnte die Silbe wie eine Entdeckung. »Sie bringen also nur Menschen um, die Sie *lieben*?« Sie blieb vor ihm stehen und sah ihm in die Augen. »Kehren wir zu dem Arztbesuch am fünfzehnten September zurück. Als Maggie heimkam, haben Sie da beschlossen, sie zu töten?«

»Nein.«

»Stimmt es nicht, daß Sie sie vor sechs Monaten töten wollten?«

»Nein«, wiederholte Jamie.

»Hatte sich der Gesundheitszustand Ihrer Frau verschlechtert?«

Jamie blinzelte angesichts dieses abrupten Themenwechsels. Graham hatte ihn davor gewarnt. Audra Campbell würde versuchen, ihn wütend zu machen und zu verwirren, damit er irgend etwas sagte, das sie gegen ihn verwenden konnte. »Ja«, bestätigte er. »Maggies Zustand hatte sich sehr verschlechtert.«

»Inwiefern?«

»Sie war zeitweise blind, und natürlich war da die Brustamputation. Sie litt große Schmerzen – Kopfweh, Hüftprobleme, solche Sachen, eine ständige Erschöpfung. Seit Beginn der Krankheit hatte sie etwa fünfundzwanzig Pfund verloren.«

»Ist es nicht so, daß Ihre Arztrechnungen eine astronomische Höhe erreicht hatten?«

»Natürlich«, gab Jamie zu, »die Behandlungen haben Geld gekostet. Aber wir waren versichert.«

»Wo wir gerade von Versicherungen sprechen, Mr. MacDonald, hatte Ihre Frau eine Lebensversicherung?«

»Ja«, sagte Jamie ruhig.

»Wie hoch?«

»Über sechzigtausend Dollar.«

»Und wer stand als Hauptbegünstigter in ihrem Versicherungsschein?«

Jamie sah der Staatsanwältin ins Gesicht. Er würde *kein* schlechtes Gewissen zeigen. »Ich.«

Audra setzte zum Todesstoß an. »Ist es nicht so, daß die kranke Frau, an deren Seite Sie damals lebten, nicht mehr die Frau war, in die Sie sich verliebt hatten – oder die Sie an Ihrer Seite haben wollten?«

Jamie blieb der Mund offen stehen. Er war wie gelähmt; er fragte sich, ob ihm das jeder ansah, der ihm die Hand schüttelte oder ihm auf der Straße begegnete, oder ob Audra Campbell die Fähigkeit besaß, die Gedanken eines Sünders zu lesen. »Nein«, erklärte er ein wenig zu spät, »um Gottes willen!«

»Zwei Tage vor der Tat haben Sie Ihre Frau zum Abendessen

ausgeführt. Beschlossen Sie zu diesem Zeitpunkt, sie umzubringen?«

»Nein«, verkündete Jamie fest.

»War es beim Blumenpflücken im Park?«

»Nein.«

»Aber bevor Sie nach Wheelock fuhren, richtig?«

»Nein!« donnerte Jamie. Er saß immer noch auf seinem Stuhl, doch seine Hände klammerten sich mit dem letzten Rest von Selbstbeherrschung an das Geländer um die Anklagebank. Er gab die Antwort mit zusammengebissenen Zähnen. »Ich habe *nicht* beschlossen, sie zu töten. Weder bevor wir nach Wheelock kamen noch danach. *Niemals*. Es war *ihre* Entscheidung.«

Er wollte Graham nicht ansehen. Vor allen anderen Dingen hatte ihm sein Anwalt eingebläut, ruhig zu bleiben. *Sie will Sie als gewalttätig hinstellen,* hatte er gesagt. *Sie möchte bei den Geschworenen den Eindruck erwecken, daß Sie in dieser Nacht durchgedreht sind.* Jamie schielte zu Graham hinüber. Der saß an seinem Pult, den Kopf über einen leeren Notizzettel gebeugt und die Augen von der Hand überschattet, als wäre er sehr müde.

Audra schenkte Jamie ein herablassendes Lächeln. »Angenommen, die Verstorbene war mit allem einverstanden«, sagte sie, »trifft es dann nicht trotzdem zu, daß sie in den letzten Sekunden vor ihrem Tod ihre Meinung geändert hat?«

Jamie ließ seine Miene gefrieren. »Ich weiß nicht, was Sie damit sagen wollen.«

»Hat sie Ihnen nicht wiederholt das Gesicht gekratzt?«

»Ja, aber ...«

»Bestimmt war das doch ein recht deutliches Zeichen für jemanden, der nicht mehr sprechen konnte«, unterbrach ihn Audra sofort. »Warum haben Sie nicht von ihr abgelassen, Mr. MacDonald?«

Jamie blickte in die auf- und abschaukelnden Gesichter der Geschworenen, als gäbe es einen Freund darunter. »Sie hat das so gewollt. Sich selbst hat sie nicht vertraut, aber mir. Und ich hatte es ihr versprochen.«

»Versprochen«, wiederholte Audra langsam und rollte das Wort dabei in ihrem Mund herum wie einen Dauerlutscher. »Aber haben Sie in Ihrem Ehegelübde nicht auch versprochen, daß Sie für Ihre Frau sorgen würden, in Krankheit wie in Gesundheit?« Sie stolzierte in ihre Ecke, noch während Graham sich erhob, um Einspruch zu erheben. »Keine weiteren Fragen«, sagte sie.

22

Als Cam am Morgen aufwachte, tastete er nach Allie, spürte aber nur eine glattgezogene Decke neben sich. Er setzte sich auf und fuhr sich mit den Händen durchs Haar, bis es in alle Richtungen abstand. Wahrscheinlich war sie unten und machte ihm Frühstück. Er schnüffelte, roch aber nur Spuren des Rosenöls, mit dem Allie die Bettwäsche beduftete.

Langsam ging er ins Bad und putzte sich die Zähne. Sie würde das Wasser rauschen hören und wissen, daß er aufgestanden war. Der Spiegel zeigte seine Ringe unter den Augen.

Vergangene Nacht hatte er mit seiner Frau geschlafen. Ein Akt, der unter dem Segen Gottes stand und der deshalb alles in Ordnung bringen müßte. Dennoch hatte er beim Aufwachen keine Erleichterung gespürt. Nur stechende Kopfschmerzen, die von zwei widersprüchlichen und für ihn unversöhnlichen Gedanken erzeugt wurden: Erstens würde er Mia bis an sein Lebensende lieben; zweitens bliebe er immer mit Allie zusammen. Diese beiden Gegebenheiten schienen einander zu überlappen, und ihre zackigen Ränder wollten sich nicht einmal mit Gewalt zu einem Puzzle zusammenfügen lassen.

Er hatte alles daran gesetzt, seine Ehe wiederherzustellen, weil er wußte, daß er Mia nicht haben konnte, und weil – um der Wahrheit die Ehre zu geben – er nie die Verbindung zu Allie aufgegeben hatte. In gewisser Hinsicht freute er sich sogar darauf, dieses Kapitel abzuschließen und wieder sein gewohntes Leben aufzunehmen. Doch als Cam Allie gestern nacht berührte, hatte er gespürt, daß seine Frau ihm fremd geworden war. Sie sah noch so aus und fühlte sich so an wie früher – aber jetzt strahlte sie eine ihm unbekannte Aura von Selbstvertrauen und Sicherheit aus, die Cam völlig vor den Kopf stieß.

Diese Erkenntnis brachte wieder Boden unter seine Füße. Allie war immer die wichtigste Konstante in seinem Erwachsenenleben gewesen. Und obwohl es ihm nicht zustand, Forderungen zu stellen, wollte er seine alte Allie wiederhaben. Sie sollte wieder zu ihm aufschauen, als hätte er die Sonne erschaffen – so daß er ihre Miene nach Hinweisen darauf absuchen konnte, ob sie ihn immer noch so unwiderstehlich fand.

Er schlüpfte in eine Jogginghose und ging nach unten. Duschen würde er später. Vielleicht konnte er Allie überzeugen, mit ihm zusammen zu duschen; allerdings hatte er das Gefühl, daß es im Tageslicht schwieriger sein würde, Frieden zu schließen, als in der Nacht, wo man sich leichter fallen lassen konnte. »Allie«, rief er. Er sah im Wohnzimmer und in der Küche nach. Ihr Adreßbuch war verschwunden; ihre Autoschlüssel auch.

Keine Nachricht lag für ihn bereit.

Ihm fiel ein, wie sie ihm kurz nach ihrer Hochzeit immer aufgeschrieben hatte, wo sie gerade war, nur für den Fall, daß er sie suchte. »Das ist doch lächerlich«, hatte er ihr erklärt. »Wenn ich heimkomme und du nicht im Haus bist, dann schaue ich selbstverständlich im Garten nach. Das brauchst du mir nicht extra aufzuschreiben.« Allie hatte es trotzdem getan. *Ich würde mir das gleiche von dir wünschen,* hatte sie gesagt.

Seines Wissens nach hatte er ihr kein einziges Mal eine Mitteilung hinterlassen, wohin er ging oder wann er wieder zurück sein würde. Er war Polizist und unbesiegbar, ihm konnte nichts widerfahren. Einige Male hatte Allie in der Funkzentrale angerufen, um sich zu erkundigen, wo er steckte: wenn er nachmittags dienstfrei und beschlossen hatte, einmal um den See zu spazieren, um sich den nervenzehrenden Tag aus dem Leib zu laufen, oder über den Paß in Richtung New York zu fahren. Allie hatte sich um ihn geängstigt; daraufhin feixte er nur, sie würde sich unnötig den Kopf zerbrechen.

Heute sehnte er sich geradezu nach einem Zeichen von ihr.

Cam ging nach oben und drehte die Dusche auf. Er ließ den Dampf die Kabine füllen, bis er seine Hand nicht mehr vor Augen sah.

Während Harrison Harding an jenem Nachmittag vor dem Gerichtssaal darauf wartete, als Zeuge aufgerufen zu werden, fertigte er für Graham eine grobe psychologische Skizze der Geschworenen an. Die ließ er Graham zukommen, zehn Minuten bevor man ihn bat, als psychiatrischer Sachverständiger der Verteidigung in den Zeugenstand zu treten. Während der Vereidigung des Arztes starrte Graham auf den Zettel. *Geschworener Nr. 2 wirkt gesetzt, ein Problem. Geschworene Nr. 3, nervöses Zucken im linken Auge, konservativ, argwöhnisch. Geschworene Nr. 5, gebatikte Bluse, möglicherweise die Beste. Geschworener Nr. 7, ungebärdiger Schopf, fair und sehr motiviert. Geschworene Nr. 11, rotgefärbte Haare, extrem neurotisch, unberechenbar.*

Graham geleitete Dr. Harding durch das pedantische Ritual, seine berufliche Laufbahn zu schildern, das einzig dazu diente, bei den Geschworenen den Eindruck zu festigen, dieser Mensch sei wahrhaftig ein Experte in seinem Fachbereich. »Wie viele Jahre praktizieren Sie schon, Dr. Harding?« war Grahams erste richtige Frage, seit Jamie den Platz geräumt hatte.

»Seit siebzehn Jahren.«

Graham ließ die Geschworenen diese Information verdauen. Sie waren heute ein wenig unkonzentriert. Ab und zu blickte der eine oder andere von ihnen auf den Angeklagten, entweder vorwurfsvoll oder um zu sehen, wie er sich nach dem gestrigen Kreuzverhör hielt.

»Haben Sie schon einmal vor Gericht ausgesagt?«

»Oft«, bestätigte Harding. Er faltete die Hände säuberlich im Schoß.

»Können Sie Ihre Sitzungen mit Mr. MacDonald beschreiben?«

Harding sah seinen Probanden an, als müßte er in dessen Gehirnwindungen schauen, damit ihm wieder einfiel, was zwischen ihnen ausgetauscht worden war. »Jamie ist ein reservierter Mensch, der nicht leicht Zugang gewährt. Die meiste Zeit während unserer Sitzungen sprach er von seiner Frau Maggie. An der Detailgenauigkeit und der Hingabe, mit der er Bericht erstattete, läßt sich klar erkennen, daß seine Beziehung zu ihr ungeheuer eng war, daß auf dieser Beziehung zum Teil seine Ich-Vorstellung basierte. Ich glaube, daß Jamie in zweifacher Hinsicht psychische Probleme hatte. Einerseits baute er eine Verschmelzungsphantasie auf, wobei ein Mensch mit besonders fragiler Persönlichkeit psychisch mit einem Partner eins wird. In Jamies Fall war diese Phantasie auf Maggie gerichtet. Maggie leiden zu sehen, verursachte den gleichen Schmerz in Jamie – kein Mitleid, wie Sie oder ich es empfinden würden –, sondern wahre physische Empathie. Ein Ende von Maggies Leiden war dementsprechend gleichzusetzen mit dem Ende seiner Qualen. – Zusätzlich litt er an einer temporären psychotischen Reaktion, die durch lange anhaltenden Streß ausgelöst wurde.«

»Können Sie das etwas näher ausführen?«

»Dabei handelt es sich um eine kurze Zeitspanne, während derer sich eine Person eindeutig ungewohnt und abweichend von ihrem gewöhnlichen Lebensstil verhält. Oft sind damit Gedächtnisverlust, Amnesieperioden und Realitätsstörungen verbunden. In anderen Worten, der Betroffene nimmt möglicherweise nicht wahr, was um ihn herum geschieht, auch wenn er die Vorgänge selbst ausgelöst hat.«

»Glauben Sie in Ihrer Eigenschaft als Psychiater, daß Jamie heute zwischen Recht und Unrecht unterscheiden kann, Doktor?«

»Ja.«

»Und zum Zeitpunkt des Todes seiner Frau?«

»Nein.«

»Warum nicht?«

Harding schlug die Beine übereinander. »Jamie stand unter außerordentlich starkem Druck, der seine Fähigkeit, klar zu denken, so einschränkte, daß er Äußerungen von Maggie ihm gegenüber nicht mehr objektiv zu gewichten vermochte. Menschen, die mit einem unheilbar kranken Lebenspartner verbunden sind, leiden oft unter extremen Depressionen und einem eingeschränkten Urteilsvermögen. Um es laienhaft auszudrücken, Jamie drehte durch. Meiner Meinung nach war er sich in der Nacht, als seine Frau starb, der Tragweite seiner Handlungen nicht bewußt.«

Graham dankte Dr. Harding und überließ Audra Campbell seinen Zeugen. Sie stand auf, legte den Finger an die Lippen und betrachtete ihn dann ein wenig genauer. Schließlich erstrahlte ein Lächeln auf ihrem Gesicht. »Dr. Harding!« rief sie, als begegnete sie einem alten Freund. »Habe ich Ihren Namen nicht schon mal gelesen? Im *Time*-Magazin? Im Zusammenhang mit der Verhandlung gegen diesen Sterbehelfer Kevorkian?«

Harding plusterte sich sichtbar auf, seine Schultern wuchsen zehn Zentimeter in die Höhe, und seine Brust weitete sich hochgemut. »Ganz recht«, bestätigte er. »Im November 1995.«

Audra nickte, als sei sie sichtlich beeindruckt. »Ist es richtig, Dr. Harding, daß Sie schon in zahlreichen Verhandlungen ausgesagt haben und dabei für das Recht auf den eigenen Tod eingetreten sind?«

»Ja«, antwortete Harding stolz. »Allerdings!«

»Und ist es nicht möglich, daß Sie durch Ihre Interpretation des Verständnisses, das der Angeklagte von Recht und Unrecht hatte, im Grunde seine Tat persönlich rechtfertigen?«

Graham beobachtete, wie der Wind aus Hardings Segeln wich. »Nein, natürlich nicht«, haspelte er.

»Keine weiteren Fragen.«

Audra setzte sich und warf Graham einen triumphierenden Blick zu. »Die Verteidigung beantragt eine Pause«, sagte er und hakte Jamie unter.

Cam brachte Allie eine Tasse Kaffee. Sie unterhielt sich mit seiner Mutter und hatte ihm den Rücken zugewandt, deshalb konnte sie ihn unmöglich kommen sehen; als er seine Hand auf ihren Arm legte, erstarrte sie daher.

Ellen sah zu ihrem Sohn auf, beendete ihren Satz und meinte, sie müsse auf die Toilette.

»Ich habe dich heute morgen vermißt«, sagte Cam. Er kam sich lächerlich vor und war nervös. Seine Hände zitterten.

Allie nickte. Sie nahm einen Schluck Kaffee und vermerkte

insgeheim, daß Cam Zucker hineingetan hatte; dabei nahm sie *nie* Zucker.

»So«, sagte er und schaute zur Tür des Gerichtssaals. »Jetzt ist es fast vorbei.«

»Vielleicht zieht es sich noch etwas hin. Graham sagt, daß die Anklage einen Gegengutachter aussagen lassen will. Ihren eigenen Psychologen.«

Cam nickte. Jamie tat ihm leid, doch er wollte jetzt nicht über ihn sprechen. Er senkte die Stimme. »Und, bedauerst du irgendwas?« fragte er.

Allie sah ihn an. Ihre eichenfarbenen Augen waren weit offen und klar. »Ich liebe dich, Cam«, erklärte sie ohne Umschweife, »aber ich kann dich immer noch nicht wieder besonders leiden.«

Die Anklage rief Roanoke Martin in den Zeugenstand.

Graham sah ihn die Stufen hinaufklettern und seine Hand auf die Bibel legen. Sein gesenkter Kopf und der schlaffe Gang ließen keinen Zweifel daran, daß es ihm gar nicht gefiel, hier zu sein.

Audra befragte den Psychologen nach seiner beruflichen Laufbahn. Dann baute sie sich breitbeinig vor ihm auf und nahm Graham dadurch die Sicht. »Wann haben Sie den Angeklagten untersucht?«

»Am neunzehnten Dezember vergangenen Jahres.«

»Können Sie uns das Ergebnis Ihrer Untersuchung mitteilen?«

»Der Angeklagte konnte eindeutig Recht von Unrecht unterscheiden und zeigte keinerlei Anzeichen von Verlust seines Realitätssinns.«

Die Staatsanwältin nickte knapp. »Dr. Martin, war sich Ihrer fachlichen Meinung nach der Angeklagte in der Tatnacht darüber im klaren, daß es zu einem Sauerstoffmangel führen würde, wenn er ein Kissen auf das Gesicht eines anderen Menschen drückt?«

»Ja.«

»War er sich darüber im klaren, daß dieser Sauerstoffmangel zum Tode führen könnte?«

»Ja.«

Audra blickte auf die Geschworenen. «Haben Sie aufgrund Ihrer Unterhaltung mit dem Angeklagten den Eindruck, daß er in der Mordnacht nicht Herr seiner Sinne war?«

»Nein«, antwortete Martin fest. »Das habe ich nicht.«

»Ihr Zeuge.« Audra marschierte zurück zum Tisch der Anklage und fing an, Ordner und Akten zuzuklappen, als wäre der Fall damit erledigt.

Graham erhob sich langsam. »Können Sie sich erinnern, um wieviel Uhr Jamie in Ihre Praxis kam?«

Martin zog die Stirn in Falten und stellte ein Höchstmaß an Konzentration zur Schau. »Ich bin mir nicht sicher. Aber ich kann nachschauen.«

»Bitte.«

Graham ging langsam auf und ab, während Dr. Martin in einem schwarzen, ledergebundenen Notizbuch herumblätterte, das er aus seiner Brusttasche gezogen hatte. »Um zwölf Uhr fünf«, sagte er.

»Können Sie mir, ohne in Ihren Unterlagen nachzusehen, sagen, wie lange die Sitzung gedauert hat?«

Der Psychologe blinzelte Graham eulenhaft an. »Genau kann ich mich nicht entsinnen.«

»Würde es Ihnen helfen, wenn Sie Ihre Unterlagen nochmal zu Rate ziehen?«

Martin überflog ein paar Seiten. »Die Sitzung endete um zwölf Uhr dreiundzwanzig.«

»Sie haben sich also achtzehn Minuten mit Jamie unterhalten.«

»Ja, offenbar.«

»Haben Sie dabei über die fragliche Nacht gesprochen?«

»Ja.«

»Über die Krankheit seiner Frau?«

»Kurz.«

»Haben Sie die Aussichten für eine Gesundung erwogen?«

»Ich kann mich nicht erinnern.«

Inzwischen war Graham so nahe an den Zeugen herangetreten, daß der sich unter der Wucht der Fragen zurücklehnen mußte. »Haben Sie eingehend die Beziehung der beiden erforscht?«

»Soweit das möglich war«, meinte der Doktor abwehrend.

Graham pfiff lange durch die Vorderzähne. Dann stopfte er beide Hände in die Taschen. »Das heißt, Sie haben das *alles* in achtzehn Minuten besprochen? Und Sie fühlen sich aufgrund dieser zweifellos tiefschürfenden Unterhaltung mit Jamie befähigt, ein Urteil über seine geistige Verfassung abzugeben?«

Roanoke Martin reckte das Kinn vor. »Durchaus«, erklärte er.

»Ist es nicht so, daß Sie Jamie an jenem Tag zugehört haben und seine Antworten sowie seine Gefühlslage *an jenem Tag* in Betracht zogen – Ihre Schlußfolgerung über seine geistige Verfassung daher auf dem beruht, was *Sie an jenem neunzehnten Dezember feststellten?*«

»Also«, sagte Martin, »natürlich spielte das eine ...«

»Keine weiteren Fragen.«

Graham kehrte an seinen Platz zurück.

Es war Freitag, und alle Juristen wußten, daß Juno Roarke gern so früh wie möglich aus dem Gericht kam, um zum Hunderennen zu fahren; darum überraschte es niemanden, daß der Richter die Geschworenen entließ und verkündete, die Schlußplädoyers würden am Montagmorgen beginnen. Wie gesagt – keine Überraschung, nur eine Enttäuschung.

Graham schaufelte die Akten in seinen Koffer. Jamie saß immer noch neben ihm. »Jetzt ist die Show vorbei?« fragte er.

»Genau«, sagte Graham. Die Schlußplädoyers zählten nicht. Außerdem hatte die Anklage sowieso das letzte Wort. »Ich wünschte nur, er hätte heute nicht abgebrochen. Jetzt müssen Sie das ganze Wochenende lang schwitzen.«

Jamie zuckte mit den Achseln. Er sagte nichts, doch Graham wußte, was ihm durch den Kopf ging. *Noch ein Wochenende in Freiheit.*

»Kommen Sie allein nach Wheelock?« fragte Graham.

Jamie nickte. Er wünschte Graham einen schönen Sonntag. Dann drehte er sich um. Die meisten Zuschauer waren schon vor ein paar Minuten aus dem Gerichtssaal verschwunden, Allie und Cam nirgendwo zu sehen. Ellen saß ganz allein auf der Bank hinter ihm.

»Ach, du bist noch da!« Er lächelte sie an.

»Ich versuche, ein Gespür für den Raum zu entwickeln, und dazu muß es still sein«, erläuterte sie. »Du weißt schon, ob es ein positiver oder ein negativer Ort ist.«

Jamie schwang ein Bein über das Absperrgitter. »Vermutlich hängt das davon ab, ob du Staatsanwältin oder Angeklagter bist«, meinte er leise.

»Und«, Ellen legte ihm eine Hand aufs Knie, »was willst du machen, wenn der Spuk vorbei ist?«

Sie sah ihn mit so gespannter Erwartung an, daß Jamie fast lachen mußte. »Ich fahre nach Disney World«, jubelte er und setzte ganz über das Geländer, so daß er neben Ellen stand. Dann ließ er sich auf ihre Bank sinken und rieb sich die Augen. »Ich weiß es nicht. Ich weiß es wirklich nicht.«

»Und«, insistierte Ellen, »was würdest du *gern* machen?«

Er dachte darüber nach. Arbeiten wollte er nicht; im Moment konnte er sicher nicht besonders gut programmieren, solange er nicht einmal seinen eigenen Kopf unter Kontrolle bekam. Und er hatte keine große Lust, nach Cummington zurückzukehren. Vor allem hatte er Maggie in Wheelock getötet, weil er die Tat nicht mit ihrem gemeinsamen Erinnerungsort in Verbindung bringen wollte. Komisch, damals hatte er tatsächlich geglaubt, er könnte dem entrinnen.

»Ich würde gern durch alle fünfzig Bundesstaaten reisen«, sagte er zu seiner Überraschung. »Oder vielleicht an die Westküste ziehen und dort ganz von vorn anfangen.« Er hörte sich eine Idee nach der anderen aufzählen und die Gedanken nur so aus sich heraussprudeln. Ellen legte ihm die Hand auf die Schulter.

Jamie redete über eine Stunde, den Blick starr geradeaus, Ellen an seiner Seite. Und je weiter sich die Vorstellungen in seinem Kopf entwickelten, desto realer wurden sie, bis er sich wirklich durch die Black Hills wandern, Bären zähmen oder zehnmal alle Neune kegeln sah. Er blies seine Zukunft immer weiter auf. Ihm kam gar nicht der Gedanke, wie sehr er einem kleinen Kind glich, das seine Zuversicht auf der Hoffnung gründete, eines Tages Präsident, Schauspieler oder Quarterback zu werden, und das sich störrisch weigerte, diese Hoffnung in Frage zu stellen.

Am Sonntagabend rief Graham Jamie in Angus' Haus an. Jamie hatte auf dem Wohnzimmerboden Zeitung gelesen. »Hallo?«

Graham räusperte sich, bevor er etwas sagte. »Wie geht's?« fragte er.

»Gut. Was ist denn?« Jamie grinste. »Ist der Prozeß geplatzt?«

»Das wäre mein schönster Traum.« Graham zögerte. »Jamie, es ist mir schrecklich unangenehm, das zu sagen – aber ich weiß nicht, ob Sie selbst daran gedacht haben.«

Jamie merkte, wie die Wände auf ihn einstürzten. Er legte sich flach auf den Bauch und ließ das Kinn auf den Boden sinken. »Woran denn?«

»Kommen Sie am Montag nicht mit dem Auto. Ich hole Sie ab.«

Jamie schloß die Augen und legte den Hörer auf.

Am Montag platzte der Gerichtssaal aus allen Nähten. Die Reporter, die während der vergangenen zwei Wochen den Prozeß verfolgt hatten, schienen fünfzig weitere ihrer Gattung gezeugt zu haben, die sich nun hinter den Bankreihen auf den Stehplätzen vor der Wand drängelten. Ein paar Einwohner aus Wheelock waren gekommen und ein paar Familien aus Cummington. Neben der Tür war noch eine Lücke, dort würden sich in Kürze die Wachleute postieren.

Graham stand auf und rückte seine Krawatte gerade. Er hatte heute einen olivfarbenen Anzug an, genau wie Jamie, eine stille Geste des Zuspruchs. Er fragte sich, ob das wohl einem der Geschworenen auffallen würde. Um neun Uhr dreißig begann er zu sprechen. »Ladies und Gentlemen«, sagte er, »Sie haben eine Liebesgeschichte zu hören bekommen. Eine unglückliche zwar, aber dennoch eine Liebesgeschichte. In diesem Fall geht es um eine Frau namens Maggie, die sich in einen Mann namens Jamie verliebte, und beide wollten eigentlich glücklich miteinander alt werden.«

Er drehte sich um und sah Jamie ins Gesicht. »Aber so kam es nicht. Traurigerweise geht es in dieser Geschichte um eine Liebe, die keinen Bestand haben konnte, aufgrund der physischen Zerstörung Maggies und der psychischen Zerstörung Jamies. – Das Gesetz kennt nicht nur Recht und Unrecht. Es unterscheidet auch zwischen Menschen, die Böses tun, und Menschen, die krank sind. Aus diesem Grund haben Sie während unseres Prozesses die Aussagen verschiedener psychologischer Fachleute gehört. In diesem konkreten Fall fällte der Gutachter der Anklage sein Urteil über Jamies geistige Verfassung aufgrund eines Gesprächs von *achtzehn Minuten*. Achtzehn Minuten. Er hat weniger Zeit gebraucht, um über die Fähigkeit eines Menschen zu urteilen, ein Leben zu nehmen und die Konsequenzen zu überblicken, als ich morgens unter der Dusche stehe.«

Der Geschworene Nummer 6 lächelte.

»Der Gutachter der Anklage hat mit Jamie nicht ausführlich genug über die Person gesprochen, die er mehr als alles andere auf der Welt liebte, mehr noch als sich selbst. Er hat mit Jamie nicht ihre Krankheit erörtert, auch nicht die Aussichten auf Besserung oder die Belastung, unter die Maggies Krankheit die beiden setzte. Und trotzdem ist er der Meinung, ein qualifiziertes Gutachten abzugeben.«

Graham trat zu den Geschworenen. »Wir wissen, daß ein Knochen bricht, wenn er unter zu großem Druck steht. Mit dem Geist ist es nicht anders. Sie haben Zeugenaussagen gehört, daß Jamie zum Zeitpunkt des Todes seiner Frau nicht klar denken konnte, daß er ihre Worte nicht richtig einordnen und rational beurteilen konnte.«

»Sie haben Zeugenaussagen gehört, daß Jamie bei der Beerdigung seiner Frau außer sich war vor Trauer. Würde sich so ein Mörder verhalten? Sie haben gehört, wie Maggie und Jamie ihre letzten Tage miteinander verbrachten. Würde ein Mann, der einen skrupellosen Mord plant, wohl mit seiner Frau in die Berkshires fahren, um dort mit ihr den Sonnenaufgang zu genießen, würde er sie wiederholte Male lieben, sie zum Essen und Tanzen ausführen? Sie haben die Aussage von Maggies bester Freundin gehört, daß Maggie Jamie bitten wollte, sie zu töten, und selbst diese Frau, *Maggies beste Freundin,* hegt keinerlei Groll gegen Jamie. Auch der Polizeichef, der ihn verhaftet hat, mußte zugestehen, daß sich Jamies Fall nicht auf ein Schwarzweiß-Raster reduzieren läßt.«

Graham musterte die Mienen der Geschworenen. Sie verrieten nichts. »Wissen Sie«, fuhr er leise fort, »ich kann verstehen, was Sie nervös macht. Es ist beunruhigend, von einem Mann zu hören, der seine Frau so sehr liebt, daß er zu einer solchen Tat fähig ist. Wir alle spüren ein wenig unser schlechtes Gewissen, weil wir wahrscheinlich nicht so weit gehen würden. Sobald wir zugeben, daß Jamie den Mut hatte, so etwas zu tun, sind wir gezwungen, zuzugeben, daß *wir* es nicht tun würden. Daß *wir* nicht so stark sind oder so stark für unsere Partner oder Geliebten empfinden.

Es ist höchst eigenartig, bei einer Verhandlung wie dieser über die Liebe zu sprechen. Viel öfter hört man vor Gericht von Haß. Der Haß trieb ihn dazu, sein Gewehr herauszuholen und alle Passagiere in der Long Island Railroad niederzuschießen. Der Haß trieb ihn dazu, eine Bombe in einen Londoner Pub zu werfen. Wir glauben sofort, daß der Haß einen Menschen zu einer Wahnsinnstat treiben kann. Warum also nicht auch die Liebe?

Schließlich kann uns die Liebe genauso um den Verstand bringen wie der Haß. Die Liebe kann einem Menschen die Vernunft rauben. Wer kennt solche Sprüche nicht: *Ach, von dem kannst du nichts anderes erwarten. Der ist verliebt.* Oder *Liebe macht blind.* Oder *Liebe überwindet alle Schranken.* Bedenken

Sie, welche Kraft wir der Liebe in unseren Sprichwörtern zumessen! Kann überhaupt ein Zweifel daran bestehen, daß wir ihr ausgeliefert sind?«

Graham kehrte zu seinem Klienten zurück, so daß die Geschworenen auch Jamie im Blickfeld haben würden. »Wenn es eine Möglichkeit gäbe, die Liebe wie das Verhaftungsprotokoll als Beweismittel zu den Akten zu geben, dann hätte ich das getan. Doch das ist nicht möglich. Ich möchte Sie jedoch bitten, folgendes im Kopf zu behalten: Jamie ist ein großer Mann. Ein Meter dreiundneunzig und in guter physischer Verfassung. Ein kräftiger Kerl. Trotzdem konnte er sich nicht vor der Liebe schützen. Während der Belastung, unter der er seit Monaten stand, hat sie sich als stärker erwiesen als sein Urteilsvermögen, stärker als alles, was man ihm als richtig oder falsch beigebracht hat. Wenn Jamie ein Verbrechen begangen hat, dann jenes, daß er seine Ehefrau zu sehr liebte. Sollte man ihn dafür bestrafen?«

Graham setzte sich. Es war 9 Uhr 52.

Audra Campbell nahm Jamie ins Visier. »Wenn wir Maggie MacDonald wieder gesund und munter machen könnten, übernähme das jeder von uns bestimmt liebend gern.« Sie drehte sich zu den Geschworenen um. »Seit den vergangenen zwei Wochen wird in diesem Gerichtssaal soviel von Trauer und Menschlichkeit gesprochen, daß sich unsere Herzen leicht in diesen Strom begeben und wir vergessen, worum es in Wahrheit geht. Doch wenn wir die Gefühle einmal beiseite lassen, dann bleiben nur die nackten Tatsachen.«

Sie nahm vor der Geschworenenbank ihre Wanderung auf, blickte hin und wieder dem einen oder anderen ins Auge. »Mr. MacDonald hat keine Vorstrafen. Er versteht sich auszudrücken, ist intelligent und ein guter Staatsbürger. Mr. MacPhee möchte Sie glauben machen, daß aufgrund dieser Dinge sein Klient nicht entsprechend der Vorgaben unseres Rechtssystems verurteilt werden sollte. Das Gesetz sagt jedoch nicht, daß man, wenn man bis zu einem bestimmten Punkt ein vorbildliches Leben geführt hat, auf einmal durchdrehen und das Gesetz brechen darf – und damit durchkommt.«

Sie blieb stehen, eine Hand vor der Geschworenen mit dem roten Haar erhoben. »Wenn Sie einmal all die besonderen Umstände außer acht lassen, auf die Mr. MacPhee sich in diesem Gerichtssaal berufen hat, dann werden Sie feststellen, daß immer noch klare, unwiderlegbare Beweise bleiben. Am 19. September 1995 hat Mr. MacDonald nach einer Phase der Planung und Überlegung das Gesetz in eigene Hände genommen und seine Frau ermordet.«

Audra machte eine Pause, um mehr Wirkung zu erzeugen. Ein Geschworener rechts von ihr hustete hinter vorgehaltener Hand. Graham sah, wie die Jury auf Audra, oder jeweils vor sich hin oder auf Jamie starrte. Er konnte nicht einmal mehr vermuten, was diese Leute über Audra oder ihn selbst dachten. »Bestimmt hat jeder hier im Gerichtssaal schon einmal miterlebt, wie ein ihm nahestehender Mensch leiden mußte. Vielleicht nicht so lange wie Maggie MacDonald; vielleicht auch länger. Bestimmt stand jeder von Ihnen in dieser Situation unter Druck. Aber keiner von Ihnen hat deshalb das Gesetz gebrochen.

Ich hoffe, daß Sie das im Kopf behalten, wenn Sie sich die Fakten ansehen. Die *Fakten,* nicht die Emotionen, die Trauer oder das Grauen. Denn obwohl all diese Dinge ihren Platz haben, dürfen wir sie nicht mit den Beweisen vermengen, und die Beweise können nur zu einer Verurteilung führen.«

Sie setzte sich, und an Grahams Seite ließ Jamie den Atem entweichen, den er so lange angehalten hatte.

Natürlich lautet meine hartnäckigste Frage: Was wäre, wenn wir uns irgendwann einmal begegnen würden, nun, nachdem du deinen Weg gewählt hast und ich meinen?

Ich stelle mir gern vor, daß wir dann zusammen essen gehen und daß ich auch nach so langer Zeit für dich bestellen und deinen Geschmack treffen würde. Aber es sind weniger diese Einzelheiten, die mich beschäftigen. Würde ich Bilder von meinen Kindern aus meiner Brieftasche holen und sie dir zeigen? Würdest du beim Reden ganz unbewußt mit dem Ehering an deinem Finger spielen?

Vielleicht würden wir darüber sprechen: über deine Flucht. Ich bin überzeugt, du hast geglaubt, wegzugehen würde dich befreien; bestimmt hast du deinen Irrtum inzwischen erkannt. Selbst wenn du dich dem Menschen entziehst, der dich festhält – solange dieser Mensch glaubt, du gehörst ihm, wirst du ihm gehören.

23

Jeder Mann wächst mit seiner Verantwortung. Jede Frau auch.

Jamie musterte die Gesichter der Geschworenen, während sie den letzten Anweisungen von Richter Roarke lauschten, um sich danach zur Beratung zurückzuziehen. Jeder einzelne – selbst der ergraute alte Kerl, der wie eine Schildkröte aussah, und die rundschultrige Frau mit der miserablen Haartönung – schien zehn Zentimeter gewachsen zu sein. Jeder einzelne widmete seine ganze Aufmerksamkeit der dröhnenden Stimme des Richters; und Jamie begriff, daß die Männer und Frauen vor ihm, Schmetterlingen gleich, die aus ihrer Puppe schlüpfen, nicht mehr dieselben Männer und Frauen waren, die er während der vergangenen zwei Wochen kennengelernt und durchschaut zu haben meinte.

Kein einziger Geschworener blickte zu ihm herüber. Er fragte sich, ob das auf ein schlechtes Gewissen zurückzuführen war, auf Ekel oder nur darauf, daß sie nichts verraten wollten. Wie viele unter den zwölfen hatten wohl ihre Entscheidung bereits gefällt, für wie viele war die geheime Beratung nur noch eine Formalität?

Richter Juno Roarke dankte ihnen für ihre Mühe und Geduld während des Prozesses. Dann räusperte er sich und ließ seinen Blick über die Männer und Frauen wandern, während er ihre Pflichten dem Gericht gegenüber umriß. »In diesem Staat«, erklärte er, »wird vorsätzlicher Mord als Mord aus niedrigen Beweggründen definiert.« Er hielt inne und ließ das einwirken. »Damit ein solches Urteil gefällt werden kann, muß die Anklage bewiesen haben, daß der Angeklagte seine Tat mit Vorbedacht, aus freiem Willen und mit Überlegung begangen hat. Der Anklage obliegt die Pflicht zu beweisen, daß der Angeklagte all diese Voraussetzungen erfüllt – ohne den leisesten berechtigten

Zweifel.« Der Richter erläuterte ausführlich die Bedeutung dieser Rechtsbegriffe. »Wenn Sie nach Anhörung aller Beweise und nach der Berücksichtigung der von mir erläuterten Richtlinien und Rechtsgrundsätze doch noch einen berechtigten Zweifel daran hegen, daß der Angeklagte des ihm zur Last gelegten Verbrechens schuldig ist, müssen Sie ihn von der erhobenen Anklage freisprechen. Wenn Sie andererseits der Meinung sind, daß seine Schuld hinreichend bewiesen ist und keinerlei berechtigter Zweifel mehr besteht, muß er schuldig gesprochen werden.« Er holte tief Luft. »Schließlich können Sie, wenn Ihnen die vorgebrachten Anklagepunkte nicht zutreffend erscheinen, den Angeklagen eines geringeren Vergehens schuldig sprechen – in diesem Fall eines vorsätzlichen Totschlags – worunter man den mit Absicht zugefügten Tod eines Menschen versteht, während der Täter unter einer extremen emotionalen Störung leidet.«

Graham wandte sich an Jamie und lächelte. Die Geste wirkte gezwungen.

»Die Verteidigung«, erläuterte Richter Roarke, »behauptet andererseits, daß der Angeklagte freizusprechen sei, weil er zum Zeitpunkt der Tat vorübergehend unzurechnungsfähig gewesen ist. Die gesetzliche Definition von Unzurechnungsfähigkeit besagt, daß der Angeklagte zur Tatzeit die Natur und das Wesen seiner Handlung nicht begreifen konnte.«

Jamie sah, wie einer der Geschworenen – der Künstler, den er auf seiner Seite gehabt zu haben glaubte – zustimmend nickte.

»Wenn Sie der Überzeugung sind, daß dies der Fall ist«, fuhr Roarke fort, »müssen Sie weiterhin entscheiden, ob der Angeklagte inzwischen die Tragweite seiner Tat begreift.« Er nickte mit dem Kopf, als sei er mit sich selbst zufrieden. »Die Entscheidung muß einstimmig gefällt werden. Falls Sie Fragen hinsichtlich der Rechtslage oder Ihrer Pflichten haben, falls Sie eine Aussage noch einmal nachlesen oder Beweismaterial erneut vorgelegt haben wollen, setzen Sie sich bitte mit dem Gerichtsbeamten in Verbindung; dann werde ich Ihnen möglicherweise behilflich sein können.« Er hob ein Papier von der Schreibfläche auf. »Wenn Sie Ihre Entscheidung fällen, wird dieser Wahlzettel helfen, Ihre Antworten einzeln auszuwerten.« Er lächelte den Geschworenen wohlwollend zu, als hätten sie bereits etwas sehr, sehr Gutes vollbracht. »Dies ist der wichtigste Teil der gesamten Verhandlung, meine Damen und Herren. Ich möchte Sie eindringlich darum bitten, nicht zu vergessen, wozu Sie sich unter Eid verpflichtet haben.« Er zog kurz die Stirn in Falten. »Ihre Essenswünsche können Sie auf dem Weg zum Besprechungszimmer dem Beamten mitteilen. Vielen Dank.«

Jamie sah die Geschworenen wie auf einer Perlenschnur aufgefädelt sich durch die Seitentür hinausschlängeln. Er ließ den Kopf auf den Tisch der Verteidigung sinken und schloß die Augen. So blieb er sehr, sehr lange sitzen, bis die herumschwirrenden Reporter den Saal verlassen hatten, bis Allie es aufgegeben hatte, mit ihm ins Gespräch zu kommen, und bis die Zuschauerränge sich geleert hatten. Dann legte Graham ihm die Hand auf die Schulter. »Wir gehen jetzt spazieren«, schlug er vor.

GESCHWORENEN-URTEIL
STAAT VON MASSACHUSETTS GEGEN JAMES REID MACDONALD
VERFAHRENSNUMMER 1098-96

( ) 1. *Wir befinden den Angeklagten des vorsätzlichen Mordes für* SCHULDIG.

( ) 2. *Wir befinden den Angeklagten des vorsätzlichen Mordes für* NICHT SCHULDIG.

( ) 3. *Wir befinden den Angeklagten des vorsätzlichen Totschlags für* SCHULDIG.

( ) 4. *Wir befinden den Angeklagten des vorsätzlichen Totschlags für* NICHT SCHULDIG.

( ) 5. *Wenn Sie den Angeklagten des Mordes für* NICHT SCHULDIG *befunden haben, haben Sie ihn für* NICHT SCHULDIG *befunden aufgrund einer Unzurechnungsfähigkeit zur Tatzeit?*

( ) 6. *Wenn Sie Frage Nr. 5* MIT JA *beantwortet haben: Hält diese Unzurechnungsfähigkeit noch an?*

Graham hatte draußen mit Jamie spazierengehen wollen, doch auf der Treppe vor dem Gerichtsgebäude rauchten und palaverten so viele Reporter, daß er seinen Mandanten praktisch den Löwen zum Fraß vorwerfen würde, wenn er dort mit ihm auftauchte. »Wir probieren es dort oben«, disponierte er um und schleppte Jamie zwei Stockwerke hinauf zu den Büros des Gerichts von Pittsfield.

Er haßte diesen Abschnitt des Prozesses. Jetzt konnte er nichts, absolut nichts mehr tun, als im Kopf die Aussagen seiner Zeugen und die Kreuzverhöre durchzugehen, und etwaige Fehler zu finden. In Jamies Fall hatten sie einige Schlachten gewonnen und andere verloren. Doch der Ausgang des Krieges war immer noch offen.

Angesichts von Jamies Miene wünschte er sich, ihn irgendwie aufmuntern zu können; aber in diesem Augenblick gab es nichts, was sein Klient hören wollte oder mußte. Jamie starrte durch ein vergilbtes Fenster auf den Parkplatz. Graham trat hinter ihn und beobachtete, wie der Gerichtspförtner sich in ein Auto beugte und jemandem den Weg erklärte.

»Falls ich es vergessen sollte, Anwalt«, sagte Jamie, ohne sich umzudrehen, »Sie haben gute Arbeit geleistet.«

Graham schüttelte den Kopf. »Wir sind noch nicht am Ziel.«

»Trotzdem«, widersprach Jamie und beließ es dabei.

»Kann ich Ihnen irgendwas besorgen?« fragte Graham. »Kaffee? Etwas zu essen?«

Jamie drehte sich um und vergrub die Hände in den Hosentaschen. »Wenn sie mich mitnehmen, wer kriegt dann den Anzug?«

Graham schwieg, sprachlos vor Schreck. »Der wird für Sie aufbewahrt. Zusammen mit Ihrer Uhr und Ihrem Geld und solchen Dingen.«

Jamie blickte wieder aus dem Fenster. »Das ging mir nur gerade durch den Kopf.«

Als Graham ihn allein ließ, vorgeblich um auf die Toilette zu verschwinden, obwohl Jamie wußte, daß er in Wahrheit momentan keine besonders angenehme Gesellschaft für seinen Anwalt war, wanderte Jamie weiter durch den Gang im zweiten Stock des Gerichtsgebäudes. Die meisten Türen hatten Milchglasscheiben, durch die man unwillkürlich einen Blick warf und die doch nichts erkennen ließen. In einer Reihe von Zimmern war es dunkel, und die meisten waren abgeschlossen. Jamie mußte lächeln. Allein der Himmel wußte, was für Kriminelle in einem Gerichtsgebäude durch die Korridore schlichen.

Gedankenverloren begann er, an den Türknöpfen zu drehen. Nicht weil er in ein Büro wollte, sondern weil er sonst nichts mit sich anzufangen wußte und weil ein fester Rhythmus damit verbunden war: zwei Schritte, Hand raus, drehen; zwei Schritte, Hand raus, drehen. Wenn sich eine Tür öffnen ließ, steckte er den Kopf hinein und setzte sein bestes ›Anständiger-Bürger‹-Lächeln auf. »Verzeihung«, sagte er dann zu der verblüfften Sekretärin. »Falsches Zimmer.«

Er fragte sich, ob es wohl einen Unterschied machte, eingesperrt oder ausgesperrt zu sein.

Das letzte Zimmer auf der linken Seite war der Kopierraum. Unter der Türkante konnte er die neonblauen Blitze sehen. Jemand war drin und kopierte etwas. Er spielte mit dem Gedanken, hineinzugehen, sich wie ein Anwalt zu gebärden und zu warten, bis der Kopierer frei war, um dann seine Hände oder sein Gesicht zu vervielfältigen. Er hatte das früher mal gemacht, im College – seine Wangen und Lippen auf das Glas gepreßt, während der Blitz hinter seinen Augen abging wie eine Rakete. Immer neue Versuche hatte er unternommen, auf der Suche nach der perfekten Reproduktion; doch so ausdauernd er auch am Ball blieb, in Schwarzweiß hatte er immer ausgesehen wie ein Schmerzensmann.

Er öffnete die Tür und sah zuerst niemanden, nur den Kopierer selbst, der blaue Strahlen um sich schoß, als wäre er durchgebrannt. Deshalb streckte er die Hand nach dem grünen Knopf aus und schaltete den Apparat ab – dann blickte er auf und sah Maggie.

Sie saß oben auf dem Gerät, in einem ärmellosen schwarzen

Rollpulli und Jeans; er begriff nicht, wieso sie in diesem Aufzug mitten im Januar nicht halb erfror. Seine Hände ballten sich ganz von allein zu Fäusten und lockerten sich wieder; halb bekam er mit, daß die Tür zum Kopierraum zuging und ihn einschloß. Millionen Fragen kochten in seiner Seele hoch: *Vermißt du mich? Hat es weh getan? Bist du jetzt gesund? Liebst du mich?* Doch zu seinem Erstaunen blieb er stumm, geknebelt von seiner Neugier.

Statt dessen sah er sie lächeln. Wie ein Mensch, der zum allerersten Mal wahre Schönheit erlebt, labte er sich an den nach oben gezogenen Lippen und dem Mitgefühl in ihrem Blick. Er dachte: *Ist sie ein Engel?* Und als sie kaum merkbar nickte, grinste er. Zwischen ihnen hatte sich nichts geändert. Sie konnte immer noch seine Gedanken lesen.

In diesem Augenblick begriff er, daß der Himmel das war, was man darin suchte – daß er für jeden anders aussah und daß man ihn manchmal dort antraf, wo man es auf keinen Fall erwartete. Er hatte so angestrengt nach Maggie gesucht, daß er sie gar nicht bemerkt hatte, wenn sie ihm erschienen war; denn da sie ohne den erwarteten Heiligenschein und den Stern in der Hand aufzutauchen pflegte, hatte er sie lediglich für eine Einbildung gehalten. Doch Maggie, seine Maggie, mit den zerrissenen Jeans und Puderzuckerspuren auf der Wange, die von einem Doughnut stammten – nun, seit Wochen hatte er sie schon so gesehen: als Phantom in einem Speiseteller bei Ellen zu Hause oder als Bild im Badezimmerspiegel, wenn er sich zu rasieren versuchte.

»Du hast mich gefunden«, flüsterte er und ließ sich an der Wand nach unten gleiten, bis er auf dem Boden saß.

Allie und Cam befanden sich zwei Stockwerke tiefer, wo sie am Ende des Korridors auf einer Bank hockten und darauf warteten, daß die Geschworenen ihr Urteil fällten. Allie hatte sich zusammengekauert, während in ihrem Kopf alle dramatischen Gerichtsszenen abliefen, die sie jemals im Fernsehen verfolgt hatte. Am meisten in Bann hielt sie die Szene, in der ein großer, stämmiger Wachmann Jamie in Handschellen von MacPhees Pult wegschleifte – wohin wohl, nach Attica? –, während jener sein Gesicht himmelwärts hob und verzweifelt nach Maggie schrie.

Cam plauderte seit beinahe drei Stunden ununterbrochen über Angus' Hinterlassenschaft – als gäbe es nichts Wichtigeres zu besprechen. Etwas wegen des Hauses, das Cam für Angus gemietet hatte, als er ihn aus Schottland geholt hatte, und wegen der zukünftigen Vermietung. Sie hörte, wie Cam sich Gedanken über Mietkautionen und Immobilienmakler machte. »Darf ich dich was fragen?« sagte sie schließlich. »Wieso fängst du gerade *jetzt* davon an?«

Die Antwort kam wie aus der Pistole geschossen. »Weil du dann nicht ständig daran denken kannst, was die Geschworenen gerade machen«, sagte er. »Du bist so verspannt, daß es mir angst macht, neben dir zu sitzen.«

Allie mußte lächeln. »Mieteinnahmen sind mir vollkommen egal. Ich will einfach vor mich hinbrüten.« Sie sah zu ihm auf. »Aber«, gestand sie, »es war nett von dir, daß du es versucht hast.«

»Ich habe bei einer Meisterin gelernt«, antwortete Cam ruhig, und Allie mußte an die unzähligen Male denken, wenn er von der Arbeit heimgekommen war und an nichts anderes denken konnte als an den einen, der ihm entwischt war, oder an den sexuellen Mißbrauch, der sich in einer braven Wheelocker Familie eingenistet hatte, von der man das nie erwartet hätte. Sie saß dann neben ihm und schnatterte wie eine Elster vor sich hin, über Blumenausstellungen oder Sonderangebote oder irgendwelchen Klatsch, den sie in der Warteschlange an der Supermarktkasse aufgeschnappt hatte – Dinge, die Cam nicht im entferntesten interessierten, die ihn aber von der dunkleren Seite in seinem Dasein ablenkten – und wenn nicht aus Interesse, dann doch aus Verwirrung.

»Bei Angus' Haus will ich darauf hinaus«, sagte Cam, »daß der Mietvertrag verlängert wird. Am besten monatsweise. Ich habe mir gedacht, vielleicht möchte Jamie nicht gleich nach

Hause, sondern lieber noch in Wheelock bleiben, wenn das heute vorbei ist. Er weiß bestimmt nicht, daß *wir* das Haus für Angus gemietet haben.« Cam drehte die Krempe seiner Uniformmütze in der Hand. »Und er hat eine Verschnaufpause verdient.«

Allie blieb der Mund offen stehen. »Das fände ich toll«, meinte sie, als sie sich erholt hatte.

Sie blickte ihn an und sah nicht die wohlgeformten Züge, die sie früher im Schlaf hätte beschreiben können, sondern viel Subtileres: die Güte in den Augenwinkeln, die Reue rund um seinen Mund, die Hoffnung, die er mit der urwüchsigen Kraft seiner Hände ausdrückte. Verglichen mit seinem ausgeprägten Kinn, dem vollen Haar und den anderen physischen Vorzügen, die sie immer bewundert hatte, wirkten diese Eigenschaften weitaus attraktiver.

Sie lehnte sich leicht in seine Richtung. Cam starrte ihr in die Augen und versuchte, die Signale richtig zu deuten. *Küß mich,* dachte sie. *Mach es wenigstens einmal richtig ...*

Er beugte sich vor.

Ein Gerichtsdiener trat auf den Gang und bellte die Schaulustigen an, die vor Stunden aus dem Gerichtssaal geströmt waren: »Fünf Minuten!« Damit riß er Allie in die Gegenwart zurück. »Urteilsverkündung in fünf Minuten!«

Als sich Jamie neben Graham in die Bank quetschte, sah er kurz zum Tisch der Anklage hinüber. Audra Campbell ordnete bereits ihre Notizen und Akten. Der Gerichtssaal quoll über. Die beiden bewaffneten Wachbeamten, die Jamie gegebenenfalls fortbringen würden, standen wie Torposten links und rechts der Tür. Es waren noch mehr Reporter anwesend als während der Plädoyers. Jamie kannte nur die wenigsten der Menschen, die zur Urteilsverkündung gekommen waren. Er mußte kurz an das alte England denken, wo die Hinrichtung von Verbrechern als öffentliches Spektakel galt.

»Erheben Sie sich.« Während sich der Richter zu seiner Bank begab, rappelte Jamie sich hoch; doch er konnte sich nur aufrecht halten, indem er sich auf der Tischplatte abstützte und leicht gegen Graham lehnte.

Die Jury wurde hereingerufen. Drei Geschworene sahen Jamie kurz an und blickten gleich wieder weg. Graham sagte sich, daß das nichts zu bedeuten habe.

Es kam Jamie so vor, als sei er nur vorübergehend in seinen Stuhl zurückgesunken, als Richter Roarke ihn anschaute. »Würde sich der Angeklagte bitte erheben?«

Er spürte Grahams Hand unter seinem Arm, die ihn hochzog. *Wieso tun sie das?* dachte er. *Damit ich ein besseres Schaustück abgebe? Damit sie sehen können, wie meine Knie zittern? Damit sie dabei sind, wie ich umkippe, wenn ich das Urteil höre?*

Richter Roarke wandte sich an den Sprecher der Jury, den pensionierten Soldaten, den Graham von Anfang an nicht in der Jury hatte haben wollen. »Haben Sie ein Urteil gefällt?« fragte er.

Der Sprecher nickte. Er reichte dem Gerichtsdiener den Wahlzettel, den sie vorhin ausgehändigt bekommen hatten, und der Gerichtsdiener reichte ihn weiter an Richter Roarke. Der Richter warf einen kurzen Blick darauf, reichte ihn dem Gerichtsdiener zurück und nickte. »In der Sache ›Staat von Massachusetts gegen James MacDonald‹: Wie befinden Sie über die Anklage vorsätzlichen Mordes?«

»Nicht schuldig.«

Jamie spürte, wie etwas in seiner Brust aufplatzte, etwas Spritziges, Sprudelndes, das als Schweiß durch seine Haut brach.

»Wie befinden Sie über vorsätzlichen Totschlag?«

»Nicht schuldig.«

Hinter ihm wurde allgemeines Murmeln laut, ein überraschtes Geflüster, das wie Wind in einem Pappelwald klang. Der Richter fuhr fort: »Beruht Ihr Urteil darauf, daß der Angeklagte zur Tatzeit nicht zurechnungsfähig war?«

»Jawohl«, bestätigte der Sprecher.

Graham packte Jamies Arm fester.

»Dauert diese Unzurechnungsfähigkeit noch an?«

»Nein.«

Nein. Jamie sah Graham an, ein blödes, dämliches Grinsen auf dem Gesicht, und umarmte seinen Anwalt dann so fest, daß Graham vom Boden hochgehoben wurde. Im Gerichtssaal brach ein Tumult aus. Jamie spürte Allies Hände weich und unmißverständlich auf seinen Sakkorücken klopfen.

Der Richter donnerte mit dem Hammer auf den Tisch. »Ich danke Ihnen für die aufgebrachte Zeit und Mühe«, sagte er zu den Geschworenen. Dann wandte er sich an Jamie. »Der Angeklagte ist frei und kann gehen.«

Eine Horde von Reportern stürzte sich auf Grahams Platz der Verteidigung, nur durch die Absperrung zum Zuschauerbereich gebremst. Sie streckten Jamie ihre Mikrophone unter die Nase, blendeten ihn mit Blitzlichtern und schleuderten Fragen auf ihn ab, die er mit einer Hand abfing und in der Faust zusammenknüllte: *Wie fühlen Sie sich jetzt? Glauben Sie, daß dieses Urteil Folgen für andere Euthanasie-Fälle haben wird? Was wollen Sie jetzt machen?*

Audra drängte sich durch die Journalisten, um Graham die Hand hinzustrecken. »Gute Arbeit«, gab sie zu. Ihr Gesicht war verkniffen, die Miene wie festgefroren.

Graham schüttelte ihre Hand und sah, wie Audra von der Menge verschlungen wurde. Dann entdeckte er seinen Vater. Duncan MacPhee drängte sich nicht zu ihm vor, doch er kletterte auf eine Zuschauerbank, wo Graham ihn deutlich sehen konnte. So blieb er stehen, zu voller Größe aufgerichtet, die Straßenschuhe passend zu seinem italienischen Anzug. Er hob die Hand, hielt einen Daumen nach oben und grinste.

Jamie achtete kaum auf die Fragen, mit denen ihn die Reporter bombardierten. Er mußte immerzu an den Tag vor mehreren Monaten denken, an dem er auf Kaution freigekommen war und auf der Fahrt zu Angus' Haus den Ballon über Darby Macs Maisfeld hatte schweben sehen. *Herzliche Glückwünsche* hatte darauf gestanden, und er hatte es auf sich bezogen.

Jetzt beugte er sich zu Graham hinüber. »Ich brauche jemanden, der mich heimbringt«, bat er sichtlich bewegt. »Das zahle ich Ihnen extra.« Er gab seinem Anwalt einen Schlag auf die Schulter und erklärte ihm, er sei solange draußen. Dann ging er durch den Mittelgang zur Tür und verschwand aus dem Gerichtsgebäude, um heimlich zu einem kleinen blattlosen Obstbaum hinter den Mülltonnen abzutauchen, wo Maggie bereits auf ihn wartete.

Allie und Cam hatten Jamie nach der Urteilsverkündung nicht mehr sprechen können; doch Cam erklärte ihr, daß Jamie im Augenblick ohnehin zu aufgewühlt wäre und daß sie ihn später anrufen oder besuchen konnten. Er holte die Autoschlüssel aus seiner Tasche – sie waren in seinem heruntergekommenen Zivilstreifenwagen hergefahren –, doch Allie pflückte sie ihm aus der Hand. »Ich fühl' mich so wahnsinnig positiv«, sagte sie. »Laß mich fahren!«

Infolgedessen saß er in seinem eigenen Auto auf dem Beifahrersitz, den er ganz nach hinten geschoben hatte. »... mach nur mal eben die Augen zu«, erklärte er, doch in nicht einmal zehn Sekunden war er eingeschlafen.

Er träumte von Mia. Er stand in seiner Haustür, während sie ihm von der Einfahrt her zuwinkte. Es war Winter, und sie trug einen tieflila Wollmantel, der zu ihren Augen paßte und so bezaubernd aussah, daß Cam einfach den Blick nicht abwenden konnte. Um nicht zu ihr hinauszulaufen, umklammerte er den Türknauf fester.

Dann stand Allie neben ihm, in einem Pullover, den er ihr letztes Jahr zum Geburtstag geschenkt hatte. Sie hielt die Arme vor der Brust verschränkt. »Du läßt die ganze Wärme raus«, beklagte sie sich und wollte die Tür schließen.

Cam spürte, wie sein Herz raste. Sie war nahe genug, um Mia sehen zu können, aber es kam ihr gar nicht in den Sinn, hinauszuschauen. Statt dessen versuchte sie, die Tür zuzudrücken. »Ich mache das schon« sagte er und ließ die Tür nach einem letzten Blick auf Mia ins Schloß fallen.

Als das geschah, merkte er, daß es nicht die schwere Eichentür war, die er selbst damals ausgesucht hatte. Die neue Tür war mit einer Isolierung und einem Fenster aus neun Milchglasscheiben in der Mitte ausgestattet. Man konnte zwar durch das Glas sehen, aber alles wirkte plump und verzerrt. Cam starrte angestrengt hindurch, bis er die Umrisse dessen ausmachen konnte, was wohl Mia sein mußte, und er begriff, daß das genügte.

In seinem Traum lächelte Allie ihn an. »Kommst du?«

Er wußte nicht, wohin, doch er nickte. Und folgte ihr ohne Widerstreben.

Das Adrenalin verflog mit jeder Meile, die sie in Cams Auto dahinbrausten, bis Allie, als sie in ihre Einfahrt bogen, nicht mehr wußte, wie sie die Beine aus dem Wagen heben oder es gar bis ins Haus schaffen sollte. Sie lächelte immer noch, doch ihr Lächeln galt Jamie.

Es stand in den Sternen, was sie und Cam jetzt tun sollten, nachdem der Prozeß zu Ende war. Der hatte als Puffer zwischen ihnen gedient und später als erste zaghafte Brücke. Cam würde keine Punkte mehr machen können, indem er sich im Gericht neben sie setzte oder indem er Jamie höflich die Hand schüttelte, sobald er dort eintraf. Jetzt hatten Allie und Cam nur noch einander.

Ihr fiel wieder ein, welche Todesängste sie in ihrer Hochzeitsnacht ausgestanden hatte. Es war nicht der Sex; den hatten sie bereits hinter sich gebracht. Sondern die Tatsache, daß sie, nachdem sie die Hochzeitsfeier verlassen und ins Wheelock Inn zurückgekehrt waren, sich der unwiderruflichen Tatsache bewußt wurde, von nun an wahrhaftig bis an ihr Lebensende mit Cam zusammenzuleben. Ihre Finger hatten gezittert, als sie den Gürtel um seinen Kilt gelöst und sein frisch gestärktes weißes Hemd aufgeknöpft hatte. Cam neckte sie deswegen, doch ihr machte nicht nur dieser eine Abend angst. Ihr bangte vor dem nächsten Abend und dem übernächsten und dem Abend danach; davor, daß sie einander vertrauen müßten, daß sie eben erst am Anfang standen und noch einen so endlosen Weg vor sich hatten.

In ihrer Hochzeitsnacht hatte sie Streit mit Cam gesucht. Er hatte etwas völlig Harmloses verbrochen – nämlich beim Ausziehen ihren Strumpf zerrissen –, doch sie hatte angefangen zu weinen. Unbeherrscht brüllte sie, er passe nicht auf, er sei unvorsichtig, und was *das* wohl für ein Omen sei? Cam hielt sie einfach fest, ihr ruhiger Held wie immer, bis sie sich nicht mehr wehrte. Seine Küsse waren derart überzeugend, daß das Morgen keine so große Rolle spielte, wenn man sich nur genug auf das Hier und Jetzt konzentrierte.

Momentan bebten Allies Hände wieder, als sie den Schlüssel in das Schloß der hinteren Eingangstür steckte, durch die man in die Küche gelangte. Ihr Blick fiel auf ein Glas Saft, das Cam auf der Küchentheke hatte stehen lassen. Traubensaft. Allie marschierte vorwärts, dicht gefolgt von Cam. Sie hob das Glas hoch. Auf dem weißen Resopal prangte ein tieflila Fleck.

Sie schnappte sich einen Schwamm und begann, auf dem Fleck herumzuschrubben. »Ich fasse es nicht, daß du so was immer wieder tust«, meckerte sie. Sie hörte, wie er den Reißverschluß seiner Jacke aufzog und sie über einen Stuhl hängte. Allie war immer noch in Mantel, Hut, Schal.

Als sie den Schwamm wegnahm, erschien der Ring schon ein bißchen blasser, doch er war immer noch zu sehen, klar und deutlich. Jeder Mensch wußte, daß Traubensaft Flecken machte. Cam wußte es. Wie oft hatte sie ihm das schon erklärt?

»Der wird nie wieder rausgehen«, schimpfte sie, beugte sich über die Theke und schrubbte noch einmal mit der Scheuerseite ihres Spülschwamms nach. Ihre Hand begann weh zu tun, und ihre Knöchel wurden rot.

Sie war so damit beschäftigt, den Makel zu beseitigen, daß sie gar nicht hörte, wie Cam hinter sie trat. Er legte seine Hand auf ihre und drückte den Schwamm darunter platt. Seife quoll wie Leim zwischen ihren Fingern hoch. »Allie«, sagte er gefaßt, »beruhige dich. Gib mir deinen Mantel.«

Aber sie wollte sich nicht beruhigen. Sie wußte, daß sie irrational handelte, und hatte das Gefühl, die ganze Szene von einem der freiliegenden Deckenträger aus zu beobachten. Natürlich ging es ihr nicht um den Traubensaftfleck. Und dennoch schossen ihr hundert Fragen durch den Kopf. Was, wenn sie eines Tages das Haus verkaufen wollten? Wenn sie es noch einmal mit Clorox versuchte? Warum begriff er nicht, daß ihr Blick jedesmal, wenn sie in die Küche kam, magisch von diesem Fleck angezogen würde?

»Allie«, flehte Cam nochmals. Er drückte sie an sich, zog den Reißverschluß ihres Mantels auf, nahm ihr den Hut ab. Auch den Schal zog er von ihrem Hals. Dann deckte er wieder ihre Hand mit seiner zu. »Siehst du?« sagte er und lächelte dabei auf eine Weise, die sie an den körperlichen Schmerz damals bei ihrer ersten Verabredung erinnerte, weil sie ihn nicht schon als Kind gekannt hatte. »Siehst du? Er ist weg.«

Sie senkte den Blick. Irgendwo unter ihren Händen war er noch. Aber in diesem Augenblick hatte Cam recht. Aus seinem Blickwinkel gab es nichts zu sehen.

Die vertraute Wärme seiner Haut ging auf sie über. Doch inzwischen spürte sie auch, wie rauh Cams Fingerspitzen auf ihren lagen, wie wenig ihre Hände zueinander paßten.

Cam drehte Allie in seinen Armen um, daß sie ihn anschauen mußte. »So«, sagte er, und es war eine Frage.

Doch für Allie klang das Wort wie ein Anfang. »So«, griff sie seinen Tonfall auf und gab damit beiden eine Chance.

Danksagung

Ich stehe – erneut – in tiefer Schuld bei Ina Gravitz und Dr. James Umlas. Danken möchte ich auch Fran Kaszuba, Christopher Gentile, Aaron Belz, Laura Gross, Laura Yorke, Jane Picoult, Jon Picoult und Paul Constantino, Polizeichef von Sterling, Massachusetts. Hut ab vor Andrea Greene Goldman, meiner Rechtsexpertin, der auch mitternächtliche Besprechungen nichts ausmachten und die mir gnädig ihren Stundensatz erließ. Aber vor allem danke ich meinem Mann Tim van Leer, der mir Lektionen im Fliegenfischen auf unserem staubtrockenen Rasen im Garten und die zum Schreiben nötige Zeit gab.